ROBERT GODDARD

Dunkle Spiegel

Buch

Der Mord an Joshua Carnoweth erschütterte vor vierzig Jahren die kleine Gemeinde von Truro, einem malerischen Städtchen in Cornwall. Der Täter war schnell gefunden: Michael Lanyon, der Haupterbe, soll aus purer Habgier gemordet haben – und wurde nach kurzem Prozeß gehängt. Die Ordnung scheint wiederhergestellt. Das Testament Joshuas zu Lanyons Gunsten ist unwirksam, und endlich kommt Joshuas Schwester, die in ihren Augen rechtmäßige Erbin, zum Zuge. Ihre Familie widmet sich mit Hingabe dem neuen Reichtum und begräbt die düsteren Ereignisse unter gemeinsamem Schweigen.

Vier Jahrzehnte später taucht nun Lanyons Sohn Nicky völlig verwahrlost bei einem großen Familienfest auf und erhängt sich kurz darauf im Park des Anwesens. Bevor er stirbt, schreit er seinem besten Freund Chris Napier noch zu, daß er den Mörder seines Vaters suche. Seine Fragen und Nachforschungen entlarven die ehrenwerten Familien Carnoweth und Napier als hinterhältig, geldgierig und erpresserisch. Chris selbst gerät in die Schußlinie und sieht sich landesweit als Mörder gesucht. Aber das wahre Ausmaß der Machenschaften um Joshuas Tode übertrifft seine schlimmsten Erwartungen.

Und doch bringt er es nicht fertig, die Welt mit der furchtbaren Wahrheit zu konfrontieren und seine Familie zu zerstören. Er läßt sich auf einen gefährlichen Handel ein – und erkauft sich Schweigen und persönliches Glück. Aber der Frieden ist zerbrechlich. Und eines Tages klopft die Vergangenheit noch einmal an. Chris muß sich erneut entscheiden ...

Autor

Robert Goddard wurde in Hampshire geboren. Er hat Geschichte an der Universität von Cambrigde gelehrt, bevor er sich ausschließlich dem Schreiben widmete. Mittlerweile hat er elf Romane geschrieben, die zu internationalen Bestsellern wurden. Zuletzt erschien in deutscher Sprache der Roman »Gefangen im Licht«.

Von Robert Goddard außerdem bei Goldmann lieferbar:

Dein Schatten, dem ich folgte. Roman (09856) • Die Zauberlehrlinge. Roman (44273) • Geschlossene Gesellschaft. Roman (42751) • Leben heißt Jagen. Roman (41195) • Mitten im Blau. Roman (41310) • Nimm niemals Abschied. Roman (42141)

Robert Goddard

Dunkle Spiegel

Roman

Aus dem Englischen
von Elke vom Scheidt

GOLDMANN

Die Originalausgabe erschien 1997 unter dem Titel
»Beyond Recall« bei Bantam Press, London

Umwelthinweis:
Alle bedruckten Materialien dieses Taschenbuches
sind chlorfrei und umweltschonend.

Taschenbuchausgabe September 2000

Umschlaggestaltung: Design Team München
Umschlagfoto: TIB/South
Druck: Elsnerdruck, Berlin
Verlagsnummer: 44704
RM · Herstellung: Sebastian Strohmaier
Made in Germany
ISBN 3-442-44704-6
www.goldmann-verlag.de

3 5 7 9 10 8 6 4

*In liebevoller Erinnerung an Terry Green –
Freund, Kollege und guter Kumpel, der viel zu früh
abberufen wurde.*

HEUTE

Die Luft ist hier anders, irgendwie reiner. Das Licht ist heller, die Ränder der Blätter und die Umrisse der Gebäude zeichnen sich so deutlich ab wie die Erinnerungen, die mir in den Sinn kommen, ausgelöst durch die unveränderte Heiligkeit dieses Ortes, den ich Heimat nenne. Ich schiebe das Fenster hoch und schaue in den Abend hinaus. Die Luft ist kühl und durch den Regen am späten Nachmittag wunderbar klar. Ich berühre das Holz und prüfe mit dem Daumen den Anstrich. Ich beobachte ein Kaninchen, das ich durch das Quietschen des Fensterrahmens gestört, aber nicht erschreckt habe; es hoppelt gemächlich in die Deckung der Bäume. Sein geruhsamer Rückzug lenkt meinen Blick nach St. Clement's Hill, wo ich die Dächer der Truro School und gleich nördlich davon die weißen Punkte ausmachen kann, die Schafe auf einer Weide sein könnten, wenn ihre Abstände nicht so regelmäßig wären, Schafe, die behütet grasen, und nicht Grabsteine von Toten, die für immer auf einem vertrauten Hügel ruhen.

Ich habe kein Zimmer verlangt, das nach Osten hinausgeht. Ich habe meine Verbindung mit Tredower House nicht erwähnt, als ich mich angemeldet habe. Ich habe nicht einmal meinen Namen preisgegeben. Die Dame am Empfang war ohnehin zu jung, um sich zu erinnern, vermutlich auch zu jung, um sich überhaupt dafür zu interessieren. Reiner Zufall hat mich also in dieses spezielle Zimmer geführt, wo mein Großonkel seinen riesigen alten Diwan, sein Durcheinander von Prüfgeräten und seine angeschlagenen Ledertruhen und Schrankkoffer stehen hatte, als warteten sie auf eine Reise. Vielleicht hat er hier geruht, hat dem Gurren der Tauben gelauscht und die Sommerluft eingeatmet, bevor er vor fünfzig Jahren zum letztenmal aufbrach.

Genau hier oben, höchstens sechs Kilometer entfernt, sind seine Knochen jetzt Staub unter einer Platte aus kornischem Granit. Noch vor ein paar Stunden stand ich vor dieser Grabplatte und wartete auf ein Treffen; ich wartete, und ich war bereit, mich zu Erinnerungen zwingen zu lassen. Ich las die Inschrift, kursorisch und zurückhaltend, die nur soviel verriet, wie der Anstand gebot, und dachte daran, wie sorgfältig meine Großmutter die Worte ausgewählt haben mußte. »Knapp und schicklich«, hörte ich sie im Geist zu dem Steinmetz sagen. »Sein Name.« *Joshua George Carnoweth.* »Seine Daten.« *1873–1947.* »Die üblichen Initialen.« *RIP.* »Ich denke, das sollte genügen.«

Und du mußt gedacht haben, es würde genügen, nicht wahr, Großmutter? Du mußt dir deiner Sache sehr sicher gewesen sein, sogar noch, als fünfundzwanzig Jahre später dein eigenes Leben zur Neige ging. Für dich natürlich kein kaltes Grab auf einem windigen Hügelkamm, sondern hygienische Verbrennung. Nun ja, manche Dinge kann man nicht verbrennen, nicht einmal begraben. Du mußt geglaubt haben, man könne es doch. Aber du hast dich geirrt. Nur bist du nicht mehr da, um dieser Tatsache ins Auge zu blicken, nicht wahr? Aber ich bin da.

Ich kam zu früh zu meiner Verabredung auf dem Friedhof. Nicht viel, aber früh genug, um nach dem Aufstieg wieder zu Atem zu kommen und mich von der Umgebung etwas beruhigen zu lassen. Es war windig, was den Regen ankündigte, der noch nicht gefallen war. Die rasch dahinziehenden Wolken lenkten die Sonnenstrahlen über die Stadt unter mir, ließen ihren Schein zuerst auf die einzelne kupferne Turmspitze der Kathedrale, dann auf den höheren Mittelturm, dann auf die lange, helle Linie des Viadukts und die tiefgrünen Weiden dahinter fallen; und endlich, in größerer Nähe, auf einen Vogelschwarm über der Kapelle des Friedhofs, der im Wind herumwirbelte wie eine Handvoll Kies an einem sturmgepeitschten Strand, angestrahlt und sichtbar und dann schnell wieder verschwunden.

Seit Onkel Joshua begraben wurde, sind die Häuser an den Hängen rings um den Friedhof hinaufgekrochen wie irgendein feindlicher Belagerer bei Nacht, unbemerkt, bis man ihn plötzlich wahrnimmt. Dieser Gedanke kam mir genau in dem Moment, als ich sie den Weg heraufkommen sah, schnellen und entschlossenen Schrittes, unauffällig gekleidet, dünner, verhärmter und älter als bei unserer letzten Begegnung.

In einiger Entfernung blieb sie stehen und starrte mich an, regelmäßig atmend. Die Feindseligkeit, sofern vorhanden, war gut getarnt. Aber was hatte ich anderes erwartet? Sie hatte immer eine Maske getragen. Ich hatte das nur nicht gewußt.

»Sie sind gut gealtert«, sagte sie sachlich. »Noch immer trocken?«

»Ja, in der Tat.«

»Dann muß es daran liegen. Es sei denn, es sind die Auswirkungen von Ehe und Vaterschaft.«

»Wie haben Sie das herausgefunden?«

»Ich habe mich auf dem laufenden gehalten. Wo sind sie – Ihre Frau und Ihr Sohn?«

»Schweiz.«

»Praktisch wegen der Banken, stelle ich mir vor.«

»Ist es das, worum es geht – Geld?«

»Was sonst? Ich bin knapp dran.«

»Hat man Ihnen für Ihre phantasievollen Memoiren nicht genug bezahlt?«

»Nicht genug, um unbegrenzt so weiterleben zu können, wie ich es gewohnt bin.«

»Sie meinen, Sie haben alles verbraucht?«

»So ungefähr.«

»Nun, das ist Pech. Von mir werden Sie nichts bekommen.«

»Von irgend jemandem werde ich soviel bekommen, wie ich brauche. Von Ihnen – oder von dem, der am meisten bietet. Und ich denke, die Gebote für die Geschichte, die ich zu erzählen habe, werden ziemlich hoch sein. Meinen Sie nicht?«

»Vielleicht.«

»Wenn die Wahrheit herauskommt, werden eine Menge Leute sehr dumm dastehen.«

»Schlimmer als dumm, in Ihrem Fall.«

»Deswegen bin ich ja bereit, den Mund zu halten. Für einen Preis.«

»Welchen Preis?«

»Die Hälfte von dem, was ich letztes Mal hätte bekommen sollen. Sie können es sich leisten. Bloß die Hälfte. Ist das nicht fair?«

»Nein, ganz und gar nicht.«

»Ich gebe Ihnen vierundzwanzig Stunden, um darüber nachzudenken. Kommen Sie morgen um die gleiche Zeit mit Ihrer Antwort hierher.«

»Warum hierher?«

»Weil dies das einzige Grab ist, von dem ich genau weiß, wo es liegt.« Dabei hätte sie fast gelächelt. Ein Lächeln wäre das Eingeständnis gewesen, daß hier etwas jenseits von Habgier und Neid am Werk war, aber dazu reichte es nicht ganz.

»Ich glaube nicht, daß Sie den Mut haben, jetzt alles ans Licht zu zerren.«

»Das hat mit Mut nichts zu tun, das ist ein Mangel an Alternativen. In letzter Zeit mußte ich mich sehr einschränken und ein tödlich langweiliges Leben führen; dabei hatte ich mir geschworen, es dazu nie kommen zu lassen. Nun, ich habe genug davon, und dies ist die einzige Möglichkeit, ihm zu entfliehen.«

»Ist das nicht immer noch besser als ein Gefängnis?«

»Oh, ich habe nicht die Absicht, dorthin zurückzugehen. Mit dem, was die Zeitungen mir für die Wahrheit bezahlen werden, kann ich das Land verlassen und ein anderer Mensch werden. Sie wissen, wie gut ich darin bin.«

»Ja, das weiß ich.«

»Aber für Sie käme das nicht in Frage, nicht? Sie sind jetzt ein hingebungsvoller Familienvater. Denken Sie darüber nach. Wir haben schon einmal ein Geschäft gemacht. Wir können wieder eins machen. Es ist ganz einfach.«

»Wenn Sie wirklich glauben…«

»Ich glaube, daß Sie alles, was Sie jetzt sagen, später ziemlich töricht finden könnten, wenn Sie erst Gelegenheit hatten, sich die Alternativen zu überlegen. Ich wäge sie schon seit langem ab.«

»Und ich bekomme vierundzwanzig Stunden, um dasselbe zu tun?«

»Genau. Unter den gegebenen Umständen ist das großzügig.« Sie sah mich einen Augenblick unverwandt an. Ob sie dieselbe eigenartige Komplizenschaft mit mir empfand, die ich ihr gegenüber fühlte, konnte ich nicht feststellen, und ich hätte nie gewagt, danach zu fragen, aus Angst vor der Antwort. Wir hatten uns vor Jahren selbst in diese Lage gebracht, indem wir uns darauf geeinigt hatten – wie widerstrebend auch immer –, die Wahrheit, die wir beide kannten, geheimzuhalten. Was ist ein Geheimnis ohne Vertrauen anderes als ein Vertrag, der nur darauf wartet, gebrochen zu werden? »Bis morgen?« fügte sie hinzu.

Ich nickte. »Bis morgen.«

Da ist sie also, die Bedrohung, mit der ich seit unserem Handel immer gelebt habe. Das Dilemma, von dem ich gern so tue, als hätte ich es nicht erwartet. Nun gut, wenn es passieren muß, dann soll es eben passieren. Hier und jetzt. Es gibt keinen passenderen Ort und keinen passenderen Zeitpunkt. Und ich habe bis morgen Zeit, um zu einer Entscheidung zu kommen. Wer braucht mehr als das?

Ich schaue aus dem Fenster auf die am Hang abfallenden Rasenflächen und höre das Dröhnen des Verkehrs, das hügelaufwärts lauter wird. Ich erinnere mich an eine Zeit, als der Verkehr so gering war, daß man ein einzelnes Auto die Boscawen-Brücke überqueren und sich die Straße zum Isolation Hospital hinaufquälen hören konnte. Genauso, wie ich mich an eine Zeit erinnere, als ich noch nichts von der Wahrheit über Onkel Joshuas Tod wußte, bis auf das Wenige, das dem durchschnittlichen Zeitungsleser im Omnibus nach Clapham bekannt war. Mehr als dreißig Jahre habe ich als Kind und als Mann in diesem glücklichen Zustand gelebt. Dann, an einem frühen Sonntagmorgen im September 1981, auf dem Weg dort unten in der Nähe der Rhododendren, den ich jetzt betrachte, erhaschte ich den ersten, von Unterholz teilweise verdeckten Blick auf das, was diese Phase meines Lebens abrupt und erschreckend beendete. Und die nächste Phase in Gang setzte. Die sich auf den heutigen Tag zubewegte. Und auf morgen.

Ich lasse das Fenster herunter und schließe den Lärm aus. Aber nicht die Erinnerungen. Sie stürmen auf mich ein und ergreifen Besitz von mir, als ich langsam durch das Zimmer gehe, mich aufs Bett lege und die Augen schließe, um mich ihnen zu stellen. Ich werde nirgends hingehen. Ich laufe nicht weg. Ich habe bis morgen Zeit, um sie alle noch einmal zu durchleben. Was ich anscheinend tun muß, bevor ich mich entscheide.

GESTERN

1. Kapitel

Im September 1981 war der Mord an meinem Großonkel Joshua Carnoweth längst kein schockierender und vielbeklagter Schlag gegen Truros friedliches Selbstbild mehr. Vierunddreißig Jahre hatten ihn zu einer kuriosen Fußnote der Stadtgeschichte werden lassen. Die meisten der vielen Dinge, die seinerzeit darüber gesagt worden waren, waren vergessen, und alle Leidenschaften, die er geweckt hatte, waren vergangen. Es war nicht so, als würde sich keiner erinnern, nur waren die Dinge niemandem wichtig genug, um daran zurückzudenken. Nach drei Jahrzehnten Wohlstandsgesellschaft waren die rationierten Freuden und reichlich vorhandenen Sorgen von 1947 relativ antiquiert, und mit ihnen auch die Erinnerungen an jene, die das Jahr nicht überlebt hatten.

Selbst innerhalb der Familie, von der Joshua sich teilweise gelöst hatte, wurde sein Name selten erwähnt. Einige von uns wohnten in seinem Haus. Und uns allen ging es dank des Vermögens, das meine Großmutter von ihm geerbt hatte, gut – in unterschiedlichem Maß. Aber die meisten von uns hatten gelernt, so zu tun, als habe er keine wirkliche Rolle dabei gespielt, die Napiers von bescheidenen Ladenbesitzern zu Firmendirektoren und Hoteliers zu machen. Das war schließlich nicht seine Absicht gewesen. Er hatte uns nicht mit seinem Reichtum überschütten wollen. Vermutlich wäre er empört gewesen, daß seine Ermordung solche Folgen hatte. Insoweit war es wohl gerechtfertigt, daß wir sowenig an ihn dachten. Vielleicht wäre alles, was über kollektive Gleichgültigkeit hinausging, so gewesen, als würden wir auf seinem Grab tanzen. Ich gehörte damals zu denjenigen, denen seine Wohltaten am wenigsten bewußt waren.

Ich glaubte, die ganze Geschichte zu kennen, aber ich kannte sie nicht einmal zur Hälfte. Ich dachte, ich würde mich genauso daran erinnern, wie sie gewesen war, aber das, was ich im Gedächtnis hatte, war eine Fiktion, die sich gefährlich abgenutzt hatte, ohne daß es jemand merkte. Und im September 1981 begann sie sich endgültig aufzulösen.

Samstag, der fünfte September, war der Tag, an dem meine Nichte, Tabitha Rutherford, Dominic Beale heiraten sollte, einen gutaussehenden und sehr begehrten jungen Bankkaufmann. Durch einen glücklichen Zufall war es auch der Tag, an dem meine Eltern ihre goldene Hochzeit feierten. Deshalb wurde ein großes Familienfest arrangiert. Die Eheschließung sollte in der St. Mary Clement Methodist Church im Zentrum Truros stattfinden, gefolgt von einem Empfang in Tredower House.

Nach dem Tod meiner Großmutter war das Heim der Familie in Cornwalls führendes Hotel- und Konferenzzentrum umgewandelt worden (so hieß es im Prospekt), geführt von meinem Schwager, Trevor Rutherford. So hatte mein Vater das Problem gelöst, was man mit Trevor machen sollte, nachdem Dad die Kette von sechs Napier-Kaufhäusern verkauft hatte, die er in den fünfziger Jahren mit Hilfe dessen, was Großmutter von Onkel Joshua erbte, hatte erwerben können. Er hatte das fast sofort nach ihrem Tod getan, als sie kein Veto mehr gegen einen derart konservativen Schritt einlegen konnte, und hatte sich mit meiner Mutter nach Jersey zurückgezogen. Ein paar Jahre später, als ihnen klarwurde, daß sie eigentlich doch sehr an Cornwall hingen, waren sie wieder zurückgekommen zu dem, was noch immer der begehrenswerteste Wohnsitz an der Mündung bei Helford sein muß. Das Tredower-House-Hotel entsprach mittlerweile seinem Ruf, was mehr dem Organisationstalent meiner Schwester Pam zu verdanken war als irgendwelchen herausragenden Fähigkeiten Trevors in seiner Eigenschaft als Manager.

Das Hotel war übers Wochenende geschlossen, so daß die große Versammlung von Freunden, Verwandten und Geschäftsfreunden sich ungestört unserer Gastfreundschaft erfreuen konnte. Und am Samstag morgen fuhr ich, widerstrebend Pams Befehlen gehorchend, von Pangbourne herunter, um an den Feierlichkeiten teilzunehmen. Ich hatte den Stag für die Fahrt fertig gemacht und schaffte es in genau vier Stunden, was damals beinahe ein Rekord war. Pam hatte gewollt, daß ich am Freitag käme, aber ich hatte behauptet, eine Fahrt gegen die Uhr mit offenem Verdeck sei genau das, was ich bräuchte, um einen klaren Kopf zu bekommen.

Das war natürlich ein Vorwand, und ich bin sicher, daß sie das erkannt hat. Ich konnte ein Ereignis dieser Größenordnung nicht boykottieren, aber ich konnte meine Teilnahme daran auf ein Minimum beschränken. Ankunft in letzter Minute, rascher Aufbruch am folgenden Nachmittag: Ich hatte alles geplant. Ich würde da sein, aber mit etwas Glück würde ich mich fühlen, als sei ich nicht da.

Zwischen mir und Dad bestand ein klassischer Zwist. Er reichte zwanzig Jahre zurück; damals war ich zur Managerausbildung in das Geschäft in Plymouth gegangen und hatte als Belohnung dafür, daß ich ein gehorsamer Sohn war, einen großzügigen Zuschuß erhalten. Jetzt verdiente ich meinen Lebensunterhalt selbst, und zwar gar nicht schlecht, aber es hatte Zeiten gegeben, in denen das nicht der Fall gewesen war, und sie waren zu zahlreich gewesen, um sich dabei wohl zu fühlen. Bei keinem dieser Anlässe hatte ich um Hilfe gebeten, und Dad hatte mir auch keine angeboten. Auf beiden Seiten stand der Stolz im Weg. Er wollte, daß ich meine Fehler zugab, ohne einzuräumen, daß er selbst auch welche gemacht hatte, und vermutlich dachte er, ich wolle das gleiche von ihm. Was dabei herauskam, war ein Waffenstillstand. So hatte ich in der jüngeren Generation meiner Familie eine einzigartige Stellung, indem ich es selbst zu etwas gebracht hatte. Genauer ausgedrückt, indem ich es *wieder* zu etwas gebracht hatte, denn Ende der sechziger Jahre hatte ich längere Zeit versucht, mich zu Tode zu trinken. Doch das Ergebnis war dasselbe. Ich war nicht drinnen und auch nicht draußen. Ich war einer von ihnen, aber es sah nicht so aus – weder für sie noch für mich.

Eine ähnliche Ambivalenz kennzeichnete meine Beziehung zu meiner Geburtsstadt. Truro ist alles, was man von einer Domstadt an der feuchten, entlegenen Spitze der Südwesthalbinsel erwartet, und ist es gleichzeitig auch nicht. Es ist eine Stadt langer, steiler, geschwungener Hügel, helles Licht scheint auf vom Regen gewaschene Steine; georgianische Eleganz neben schmutzigen Lagerhäusern und schlammigen Kais, Armut und Verelendung neben wimmelndem Tourismus, keltischer Romantik und dem seltsamen, hartnäckigen Gefühl, bedeutend zu sein. Keines von Truros Merkmalen, die ich auf Anhieb beschreiben kann – die überdimensionale Kathedrale, das Viadukt hoch über Victoria Park, meine alte Schule, die hoch auf dem Hügel im Süden liegt, das Haus in der Crescent Road, in dem ich geboren wurde, Tredower House selbst –, war damals viel älter als hundert Jahre. Doch das, was ich von Truro mit mir herumtrage und weder abtun noch mir genau vorstellen kann, wirkt zugleich älter und kraftvoller. Wir Napiers sind teilweise zugewandert. Eine der anziehendsten Eigenschaften meines Großvaters Napier war für meine Großmutter die Tatsache, daß er *nicht* aus Cornwall stammte. Die Carnoweths hingegen sind so kornisch wie Safrankuchen. Ihre Truroer Wurzeln reichen tief, und manche davon haben auch mich im Griff, egal, wie weit entfernt oder lange ich fort bin.

All dies machte jeden meiner Besuche in Tredower House zu einem Abenteuer in bekannten Gewässern, die aber dennoch turbulent waren. Es stand, von Bäumen umgeben, nahe beim Hügelkamm in der St. Austell Road, ein gotisches Herrenhaus, das nackt und häßlich ausgesehen haben muß, als es um 1870 für Sir Reginald Pencavel, den Porzellanerde-Magnaten, erbaut wurde. Aber im Laufe der Jahre wuchsen die Bäume, und der Sandstein alterte, so daß das Haus etwas verwandtschaftlich Vertrautes bekam, wie ein alter Bekannter, von dem man plötzlich merkt, daß er ein Freund geworden ist.

Der letzte der Pencavels fiel an der Somme. Als seine Witwe 1920 wieder heiratete, schrieb sie das Haus zum Verkauf aus. Der Käufer war ein heimkehrender verlorener Sohn der Stadt, mein Großonkel Joshua Carnoweth, der gerade aus dem langen, selbstauferlegten Exil von den Goldfeldern in Nordamerika zurückgekehrt war, nachdem er ein größeres Vermögen erworben hatte, das ihm keiner zugetraut hatte. Der Kauf von Tredower House war eine Zurechtweisung der Zeitgenossen, die an ihm gezweifelt hatten, und sollte gleichzeitig allen verkünden, daß seine Wanderjahre nun zu Ende waren. Er war siebenundvierzig; zu jung, würde ich sagen, um sich als Landjunker in Cornwall niederzulassen. Doch er hatte Gründe genug dafür und konnte nicht wissen, daß sich diese eines Tages gegen ihn verbünden und ihn vernichten würden.

In gewisser Weise war ich froh, daß das Haus belebter und auffälliger geworden war, seit ich nicht mehr dort wohnte. Ein moderner Konferenzsaal auf der Rückseite, ein Parkplatz, wo sich der Obstgarten befunden hatte, und zahlreiche Wegweiser und Sicherheitsscheinwerfer kündeten in einer Weise von seiner kommerziellen Identität, die persönliche Erinnerungen überlagerte, ohne sie indessen ganz auszulöschen. Selbst das Ausrichten von Hochzeiten gehörte regelmäßig zum Geschäft, wenn auch keiner der Empfänge für Kunden wohl je ein größeres Festzelt mit rosafarbenen Drapierungen und goldenen Bändern erfordert hatte als das, das ich zwischen den Bäumen erspähte, als ich an diesem Morgen auf dem Weg zur Kirche in meinem Stag am Grundstück vorbeifuhr.

Die Trauung verlief reibungslos und ohne den geringsten Patzer. Danach erfolgte ein Massentransport zu Tredower House. Da sich so viele Leute darum rissen, der Braut und ihren Großeltern zu gratulieren, Pam von ihren Pflichten als Gastgeberin in Anspruch genommen war und Trevor dieses eine Mal eine gute Entschuldigung hatte, mich zu ignorieren, geriet ich ohne großen Widerstand an den Rand der Ereignisse. Mindestens eine Stunde war noch mit Champagner und Kanapees zuzubringen. Für einen trockenen Alkoholiker, der mit seinen Verwandten nicht auf allzu gutem Fuß stand, versprach diese Stunde qualvoll zu werden. Also verzog ich mich so diskret wie möglich in eine schattige Ecke des Rasens, lehnte mich an die Krocketbank, die man unter einer Buche in Sicherheit gebracht hatte, und beobachtete die Party. Gelächter mischte sich mit den trägen Melodien der Jazzband in der stillen Sommerluft. Bunte Kleider bewegten sich wie in einem langsam gedrehten Kaleidoskop im dunstigen Sonnenschein. Das Licht funkelte in den Champagnerkelchen. Freude, Vergnügen und Zufriedenheit allenthalben. Ich versuchte, mich nicht wie am Katzentisch zu fühlen, und brachte mit Orangensaft einen Toast auf die ganze Versammlung aus.

Meine Eltern, zusammen mit Braut und Bräutigam, waren im Festzelt und daher nicht zu sehen. Sie hatten sicher noch damit zu tun, die Gäste zu begrüßen, und ich wußte, daß sie das mit unerschöpflichem Aplomb erledigen würden. Großmutter hatte meinen Vater gut für die gesellschaftlichen Verpflichtungen trainiert, die mit der Stellung verbunden waren, die sie für ihn vorgesehen hatte. Sie hatte ihm beigebracht, eine glatte, gewandte Fassade vor sich herzutragen, die seinen Weg in die Welt des Big Business und der Lokalpolitik ebnete. Das Alter schien dieses Image nur noch zu verstärken. Man mußte ihm sehr nahe gestanden haben, um in ihm einen ganz anderen Menschen zu erkennen.

Und meine Mutter stand ihm seit fünfzig Jahren näher als alle anderen, und ich wußte, daß ihre Zuneigung nicht gespielt war; ich schätze daher, daß an ihm mehr echt gewesen sein muß, als ich zuzugeben bereit war. Ich argwöhnte, daß Großmutter ihn zu dieser Ehe gedrängt hatte. Die Auswahl einer Ehefrau für ihren Sohn und einer Mutter für ihre Enkel war etwas, das sie nicht dem Zufall überlassen hätte, soviel steht fest. Doch wenn es so war, dann war ihr Manöver erfolgreich gewesen, wie üblich. Ich hatte nie Grund, daran zu zweifeln, daß meine Eltern sich liebten. Die einzige Frage, die mir im Kopf herumging, war, ob sie auch mich liebten.

Pam hätte einen solchen Gedanken als dummes Zeug abgetan, und das mit gutem Grund. Ihre Erziehung hatte sie zu einer praktischen und liebevollen Frau mit einer Tochter gemacht, die für ihre guten Eigenschaften sprach. Tabitha besaß den gleichen Scharfsinn und die gleiche Klarsicht wie ihre Mutter und auch deren fein gemeißelte Züge und anmutige Bewegungen.

In diesem Augenblick sah ich den Vater der Braut, der sich gewandt durch die Menge bewegte. Die mittleren Jahre hatten Trevor gewinnen lassen und das Linkische und Unsichere geglättet, das mir aufgefallen war, als Pam uns miteinander bekannt gemacht hatte. Die Public-Relations-Seite des Hotelmanagements war etwas, das er ausgezeichnet beherrschte. Solche Dinge lagen ihm eindeutig. Er war ein schwerer Trinker, dem man nichts anmerkte, was mich natürlich sehr ärgerte; insgeheim hielt ich ihn für einen Dummkopf, und er mich vermutlich auch. Wir hätten beide allerhand zur Untermauerung unserer Behauptung anführen können.

Ich glaube nicht, daß ich irgend etwas hörte, was mich veranlaßte, mich in diesem Moment umzudrehen. Vielleicht spürte ich, daß ich nicht der einzige war, der die Szene beobachtete, daß eine Veränderung eingetreten, ein Faden aus dem Gewebe des Tages gezogen worden war. Ich bin nicht sicher. Und es spielt auch keine Rolle. Tatsache ist, daß ich mich umdrehte und einen Mann unter den ausladenden Ästen der alten Roßkastanie stehen sah, die die Nordwestecke des Gartens beherrschte. Er war ungefähr so groß wie ich, aber dünner, und hatte verfilztes, grau werdendes Haar und einen Bart. Seine Kleider waren zerlumpt und staubig, zerschlissene Jeans und ein kariertes Hemd mit offenem Kragen unter einem alten Regenmantel. Dieser bewirkte, daß ich ihn für einen Landstreicher hielt. Wer sonst würde an einem so sonnigen Tag einen Regenmantel tragen? Der Mann zitterte, aber gewiß nicht vor Kälte. Sein Gesicht befand sich im Schatten, aber ich hatte den Eindruck, daß er mich anstarrte und nicht die Hochzeitsparty auf dem Rasen.

Ich richtete mich auf und ging um die Bank herum. Während ich das tat, trat er einen Schritt auf mich zu und kam ins Sonnenlicht. Zum erstenmal sah ich sein Gesicht deutlich. Wenn er ein Landstreicher war, dann noch nicht lange. Seine Augen waren nicht trübe, seine Haut nicht rauh genug. Instinktiv hatte ich das Gefühl, ihn zu kennen, aber ich traute diesem Instinkt nicht. Sein Mund zuckte. Ein Lächeln oder eine Grimasse, das war schwer zu unterscheiden. Er murmelte etwas. Auch ohne den Lärm der Party wäre er schwer zu verstehen gewesen. Aber ich verstand ihn trotzdem. »Chris.« Mein Name. Gesprochen von jemandem, den ich nicht länger für einen Fremden halten konnte.

»Kennen wir uns?« fragte ich stirnrunzelnd.

Da lächelte er, schief und vertraut. Er schaute zu dem dicken Ast der Roßkastanie über seinem Kopf empor, hob langsam die Arme und bewegte sie vor und zurück wie jemand, der eine am Ast hängende Schaukel in Schwung bringen will. Ich spürte, wie ich den Mund aufsperrte, und erinnerte mich, daß ich als Kind genau an diesem Ast geschaukelt hatte, daß mein Freund aus Kindertagen, Nicky Lanyon, und ich…

»Nicky?« Ich hätte es gleich wissen müssen. Von unserem siebten bis elften Lebensjahr haben wir wohl mehr Zeit miteinander verbracht als mit irgendeinem anderen Menschen. Wir waren unzertrennlich in diesen vier Jahren um das Ende des Krieges herum. Chris und Nicky. Nicky und Chris. Doch im Sommer 1947 hatte all das geendet. All das und noch viel mehr. »Bist du's?«

Ich hatte ihn vierunddreißig Jahre nicht gesehen. Ich hatte mein Bestes getan, um ihn zu vergessen. Aber die Vergeßlichkeit, das wurde mir klar, als ich ihn ansah, war nur Verstellung. Ich erinnerte mich an ihn, als sei das schäbige mittlere Alter nur eine Verkleidung, die er jeden Moment abwerfen würde, als könne der elfjährige Junge, der er einst gewesen war, plötzlich sichtbar werden, mit kurzgeschorenen Haaren, funkelnden Augen, vom kornischen Sommer gebräuntem Gesicht, von irgendwelchen Waldabenteuern zerrissenem Hemd, grasfleckigen Hosen, schmutzigen Knien, heruntergerutschten Socken, verschrammten Schuhen; als könnten sich alle Bruchstücke einer verlorenen Freundschaft auf wunderbare Weise wieder einfinden und zusammensetzen. Es gab einen Moment – einen flüchtigen Augenblick –, da war ich glücklich, sehr glücklich, ihn zu sehen. Dann durchströmten mich Schuldgefühle und Mißtrauen und etwas wie Verachtung, um meine Rolle bei seiner Ächtung zu rechtfertigen. Ich spürte, wie ich mich versteifte und zurückwich. Ich sah ihn zusammenzucken, als habe auch er bemerkt, wie das Fallgitter zwischen uns herunterfiel.

»Was machst du hier?« Mein Ton hatte sich geändert, ohne daß ich es wollte. Ich muß mich kalt, steif und ablehnend angehört haben.

»Ich wollte...« Er sprach langsam und schleppend; sein Blick ruhte mit seltsamer, milder Neugierde auf mir. »Ich wollte... dich sehen.«

»Mich?«

»Habe... über das hier gelesen.« Er zog etwas, was wie ein Zeitungsausschnitt aussah, aus der Tasche seines Regenmantels und hielt es hoch. Ich dachte, der Ausschnitt stamme aus der Lokalzeitung, und nahm an, daß Trevor vielleicht eine Hochzeitsanzeige hatte drucken lassen. Aber wieso interessierte Nicky sich dafür? Er lebte nicht einmal in der hiesigen Gegend. Oder doch? »Wußte... daß du hier sein würdest.«

»Du hast... auf mich gewartet?«

»Mum ist tot.«

»Deine Mutter? Das tut mir leid. Ich...«

»Meine Schwester auch.«

Nickys jüngere Schwester, Freda, war während des Krieges an Keuchhusten gestorben. Daß er ihren Tod erwähnte, obwohl er wußte, daß er mir bekannt war, schien sinnlos, wenn nicht pervers, aber ich nahm an, daß es irgendeine Bedeutung hatte, die nur er verstehen konnte. »Was willst du, Nicky?«

»Mum und Dad... zusammen.«

»Vielleicht sind sie jetzt zusammen.«

»Nicht mit mir.«

»Wann ist deine Mutter gestorben?«

»Vor... sechs Monaten.« Er stopfte den Zeitungsausschnitt wieder in die Tasche. »Krebs.«

»Tut mir leid, das zu hören.«

Sein Blick wurde hart. »Wieso denn das?«

»Weil ich sie gern hatte.«

»Lügner.«

»Es ist wahr.«

»Lügner!« Diesmal schrie er das Wort, und sein Gesicht wurde rot vor Zorn. *»Lügner!«*

»Beruhige dich doch, um Gottes willen.«

»Warum... sollte ich?«

»Das ist der Hochzeitstag meiner Nichte. Wir wollen keine... Unannehmlichkeiten.« Kaum hatte ich die Worte ausgesprochen, bedauerte ich sie. Sein eigenes Leben hatte mehr als genug Unannehmlichkeiten enthalten, und gewiß wollte auch er keine weiteren. »Was... machst du denn so?«

»Suchen.«

»Was?«

»Die Antwort.«

»Auf was?«

»Das weißt du.«

»Nein. Das weiß ich nicht.«

»Aber du… kennst die Antwort? Kennst du sie, Chris?«

»Die Antwort auf was?«

»Wer hat meinen Vater getötet?« Die Frage war so bizarr, aber so offensichtlich ehrlich, daß ich ihn daraufhin nur anstarrte und versuchte, an seinem verzweifelten Blick abzulesen, wie schwer sein Weg seit dem Sommer 1947 gewesen war. »Wer hat es getan?«

»Was zum Teufel ist da los?« Trevors Stimme, laut und herrisch, unterbrach unser privates Gespräch. Ich drehte mich um und sah ihn auf uns zukommen, das Gesicht von Alkohol und Mißbilligung gerötet. »Was soll das Geschrei?«

»Nichts. Alles in Ordnung. Du brauchst nicht…«

»Wer ist das?« Trevor schaute an mir vorbei auf Nicky. »Sieht aus wie irgendein verdammter Penner.«

»Nichts dergleichen. Ich kann…«

»Dies ist eine private Party«, fiel Trevor mir ins Wort. »Verschwinden Sie von hier.«

»Moment, Trevor. Du verstehst nicht.«

Doch Unverständnis hatte meinen Schwager noch nie von etwas abgehalten. Er marschierte auf Nicky zu, mit einem Arm in Richtung Straße weisend. Nicky stolperte rückwärts, hob die Hände und senkte unterwürfig den Kopf. Kummer – und Schuldgefühle – durchzuckten mich bei dieser Zurschaustellung von Schwäche. Ich rief seinen Namen, aber es war zu spät. Er drehte sich um und begann zu laufen, duckte sich unter den Ästen und rannte auf den Teil der Mauer zu, den wir als Jungen so oft zusammen überklettert hatten, während Trevor tat, als verfolge er ihn. Es war kein Wettbewerb. Nicky flüchtete wie ein Fuchs vor den Hunden und verschwand im tieferen Schatten der Bäume. Vor meinem geistigen Auge sah ich ihn über die Mauer klettern, erinnerte mich, wo unsere Füße Halt gefunden hatten, sah ihn auf der anderen Seite herunterspringen, auf der Böschung bis zum tiefer liegenden Bürgersteig rutschen und dann auf der Straße davonlaufen.

»Der Bastard ist weg«, keuchte Trevor, als er wieder zu meiner Bank kam. »Davongelaufen.«

»Ich hab's gesehen.«

»Du hättest ihn selbst verjagen sollen. Säufer und Penner. Man kann es sich nicht leisten, sie zu ermutigen.«

»Er war genauso nüchtern wie ich und kein Penner.«

»Du redest, als wäre er ein Freund von dir von den Anonymen Alkoholikern.«

»Ein Freund? Ja. Na ja, das ist er tatsächlich.« Ich seufzte. »Oder vielmehr, er war es.«

»Ein Freund von dir? Kenne ich ihn vielleicht?«

»In gewissem Sinne, ja.«

»Wirklich? Wie heißt er?«

»Nicky Lanyon.«

»*Lanyon*?«

»Ja. Der Sohn von Michael Lanyon.«

»Was? Von dem Mann, der...«

»Richtig. Von dem Mann, den sie für den Mord an Onkel Joshua gehängt haben.«

Von dem Mann, den sie für den Mord an Onkel Joshua gehängt haben. Der Satz ging mir nicht aus dem Kopf und war mit Erinnerungen assoziiert, die an ihm hafteten wie Spinnweben an einem modrigen alten Wegweiser. Trevor hatte uns 1947 nicht gekannt, hatte nicht einmal in Cornwall gelebt. Für ihn waren die Lanyons nur ein unwichtiges Stückchen Geschichte aus zweiter Hand. Trotzdem wollte er nicht, daß ihr Name an einem Tag erwähnt wurde, an dem unsere Familie sich feierte. Ihm war bewußt, daß die Lanyons keine schwerwiegende Bedrohung darstellten, aber sie waren doch etwas leicht Irritierendes. Daß Nicky in Truro war, machte ihm keine Sorgen, aber er hätte es lieber gesehen, wenn er anderswo gewesen wäre. Überall, nur nicht hier.

»Wir sollten das für uns behalten, Chris, meinst du nicht?«

sagte er, als wir über den Rasen zurückgingen. »Es ist das letzte, was Melvyn und Una an ihrem Hochzeitstag hören sollten.« Die Anspielung auf meine Eltern war ein direkter Appell an meinen Familiensinn und mein Verantwortungsgefühl. Aber ich hatte ihn im Verdacht, daß Mum und Dad gar nicht die Menschen waren, um die er sich Sorgen machte, was er auch gleich darauf indirekt eingestand. »Und ich will nicht, daß Tabs der Tag verdorben wird.«

»Würde sie denn den Namen überhaupt erkennen?«

»Wahrscheinlich nicht. Aber dabei möchte ich es gern belassen.«

»Was ist mit Dominic? Weiß er, wie wir dieses Anwesen geerbt haben?«

Trevor blieb abrupt stehen. Ich hielt auch inne und wandte mich ihm zu. Sein Gesichtsausdruck verriet, daß er sich große Mühe gab, sich nicht zu ärgern. »In ein paar Stunden werden meine Tochter und mein Schwiegersohn auf Hochzeitsreise nach Mauritius sein. Ist es zuviel verlangt, wenn ich dich bitte, ihnen die Abreise nicht zu verderben?«

»Nein, ist es nicht.« Ich lächelte ihn an, von Mann zu Mann. »Vergessen wir Nicky. Ich schätze, wir werden ihn nicht wiedersehen.«

Ich machte meine Sache ganz gut, wenn ich das selbst sagen darf. Ich entdeckte das Geheimnis, wie ich Dominics Mutter unterhalten konnte, verkaufte seinem Vater beinahe den Bentley Continental, der damals in meinem Ausstellungsraum in Pangbourne den Ehrenplatz einnahm, hielt eine improvisierte Rede, in der ich geistreich die Rollen des dankbaren Sohnes und des zufriedenen Onkels vermischte, und nahm ganz allgemein begeistert an den Feierlichkeiten teil. Ich sah, daß Mum und Dad mindestens einen Blick angenehmer Überraschung über meine Mitwirkung tauschten, und war froh, daß sie nicht die leiseste Ahnung hatten, was dahinterstand. Ich versuchte nach Kräften, die Schuld und Scham abzuschütteln, die Nickys plötzliches Auftauchen in mir hinterlassen hatte. Und zwar, bevor ich zuviel Zeit hatte, mich zu fragen, warum ich sie überhaupt empfand.

Am späten Abend war mir das mehr oder weniger gelungen. Tabitha und Dominic waren nach Mauritius abgereist, und die Disco, die für ihre Freunde veranstaltet wurde, verlor allmählich den Schwung. Meine Mutter wurde müde, aber mein Vater schien sich noch zu amüsieren, also schlug ich eine Partie Snooker vor, da ich wußte, wie er es genoß, einen jüngeren Gegner zu schlagen. Er stellte sich der Herausforderung, und wir gingen ins Billardzimmer, das sich in gnädiger Entfernung vom Lärm der Band befand.

Der Raum wurde für Gäste instandgehalten, aber er sah mit dem großen Tisch, den alten Ledersesseln und den verblichenen Jagdgemälden an den Wänden noch weitgehend so aus wie früher. Die Umgebung erinnerte mich an Onkel Joshua, trotz seiner Verachtung für alle sportlichen Aktivitäten. Doch die nostalgischen Bemerkungen meines Vaters, während er um den Tisch herumging und eine Serie vorbereitete, unterminierten meinen Widerstand gegen Erinnerungen an Nicky Lanyon – und *dessen* Vater.

»Es war ein fabelhafter Tag. Wirklich. Deiner Mutter hat es sehr gefallen. Und mir auch. Kein Vergleich mit *unserer* Hochzeit, das kann ich dir sagen. O ja. Die war *ganz* anders.«

»Inwiefern?«

»Na ja, es war mitten in der Depression, nicht? Wir wohnten in der Carclew Street. In die Crescent Road sind wir erst nach Pams Geburt gezogen. Und das Geschäft ging schlecht. Für eine Hochzeitsreise ans andere Ende der Welt hatten wir kein Geld. Deine Mutter und ich verbrachten drei Tage in Penzance. *Drei Tage.* Kannst du dir das vorstellen?«

Ich kicherte. »Ich denke schon.«

»Und der Empfang fand in einem Mehrzwecksaal im Royal statt. Kein Festzelt hier oben auf dem Rasen für uns.«

»Aber Onkel Joshua war bei der Hochzeit. Ich habe ihn auf den Fotos gesehen.«

»O ja, er war da und hat mich und deine Mutter sehr von oben herab behandelt.«

»Er war nie der Typ, der ...«

»Was weißt du denn schon?« Mein Vater richtete sich auf, nachdem er mit zusammengekniffenen Augen an seinem Billardqueue entlanggeschaut hatte, und sah mich an. »Du hast die harte Seite seiner Natur nie erlebt. Er hätte ein bißchen mehr für uns tun können, als nur zu unserer Hochzeit erscheinen, nicht? Er besaß Geld und ein großes Haus, in dem man hätte feiern können. Aber hat er vielleicht angeboten, uns zu helfen? Den Teufel hat er getan.«

»Aber am Ende hat er uns doch geholfen, nicht? Unabsichtlich, meine ich. Er ließ sich von dem Mann ermorden, der alles hätte erben sollen. Das Geld *und* das Haus.«

»Ja.« Die Augen meines Vaters schienen in die weite Ferne zu schauen. »Das hat er.«

»Michael Lanyon.«

»Ich kenne seinen Namen, Junge. Ich kenne ihn gut.«

»Komisch, nicht?« Warum war mir das nicht früher eingefallen? Daran mußte Nicky gedacht haben, als er die vornehmen und reichen Leute beobachtete, die sich auf dem Rasen gegenseitig bewunderten. Daß sie *seine* Freunde hätten sein können, die eine Party in *seinem* Haus besuchten, *seine* Speisen aßen, *seinen* Champagner tranken. Wenn sein Vater nicht wegen des Mordes an Joshua Carnoweth verurteilt worden wäre. Weil das Gesetz nicht zuläßt, daß ein Mörder von seinem Verbrechen profitiert, indem er das Vermögen seines Opfers erbt. Aber es läßt zu, daß sein Sohn von dem verwiesen wird, was andernfalls sein Eigentum gewesen wäre – ohne Gewissensbisse.

»Was ist so komisch?«

»Wie Dinge manchmal ausgehen.«

Danach war Dad nicht mehr so recht bei der Sache, aber mir ging es genauso, also gewann er trotzdem mit sicherem Vorsprung. Wir gingen zurück in die Halle, wo Mum mittlerweile eingeschlafen war und Trevor sich rasch erbot, sie nach Hause zu fahren. Nachdem meine Eltern fort waren, wollte ich mich eigentlich schleunigst ins Bett verziehen. Aber Pam bestand darauf, daß ich mit ihr noch einen Kaffee trank, und irgendwie war ich sicher, daß sie dabei nicht beabsichtigte, unsere Eindrücke von Tabithas Outfit bei der Abreise auszutauschen.

»Trevor hat mir von Nicky erzählt.«

»Aha.«

»Was macht er in Truro?«

»Ich habe keine Ahnung.«

»Er war dein Freund.«

»Bei dir klingt das wie eine Anklage.«

»Tut mir leid. So habe ich es nicht gemeint. Ich bin müde und ... Ich möchte nicht, daß irgend etwas den Tag verdirbt.«

»Nichts hat den Tag verdorben.«

»Nein, aber ... Meinst du, daß es Zufall war? Daß er heute nachmittag hier aufgetaucht ist.«

»Ich bin nicht sicher. Er hat gesagt, er hätte von dem Fest gelesen.«

Sie runzelte die Stirn. »Das muß der Artikel letzte Woche im *West Briton* gewesen sein. Mums und Dads goldene Hochzeit, verbunden mit ein bißchen kostenloser Werbung für die Empfänge, die wir ausrichten. Trevor hielt es für eine gute Idee.«

»Aber du nicht?«

»Na ja, da lag der Tag ja eigentlich noch vor ihnen, oder? Und Tabs und Dominic ... Ich dachte einfach, man hätte es hinterher machen sollen.« Sie seufzte. »Ich halte nichts davon, die Vorsehung herauszufordern.«

»Mach dir keine Sorgen. Sieht so aus, als hätte die Vorsehung der Herausforderung widerstanden.«

»Hoffen wir's.« Mit schwesterlicher Besorgnis sah sie mich

an. »War es ein Schock für dich, ihn nach all den Jahren wiederzusehen?«

»Natürlich.«

»Wie sah er aus?«

»Heruntergekommen.«

»Und wie hat er auf dich *gewirkt*?«

»Verwirrt. Durcheinander. Verzweifelt.«

»Nicht ganz bei sich, meinte Trevor.«

»Kann sein.«

»Wo lebt er jetzt?«

»Das hat er nicht gesagt.«

»Und auch nicht, warum er zurückgekommen ist?«

»Nein«, log ich feierlich. »Kein Wort.«

Ich träumte in dieser Nacht nicht von Nicky, was an sich schon ein Sieg war. Ich schlief tief und fest in dem Zimmer, das ich bewohnt hatte, als wir Anfang 1948 in Tredower House einzogen. Es war eine sentimentale Geste von Pam, mir dieses Zimmer zu geben. Sie konnte nicht wissen, daß mir ein Zimmer mit weniger Erinnerungen an die Vergangenheit lieber gewesen wäre.

Als ich erwachte, früh, und nichts hörte als Vogelgezwitscher und die verkehrslose Stille des Sonntagmorgens, mußte ich an den Tag unseres Umzugs aus der Crescent Road denken. Großmutter hatte ihn geplant wie einen militärischen Feldzug und muß sich gefreut haben, wie glatt er verlief. Natürlich hatte sie lange genug Zeit gehabt, um ihre Pläne auszuarbeiten. Sie hatte gewußt, daß wir dort landen würden, seit Onkel Joshua im August des Vorjahres gestorben war. Und sie hatte angenommen, daß der Mann, dem er das Haus hatte vermachen wollen, wegen des Mordes an ihm verurteilt werden würde, wie es dann ja auch geschah.

Da war es schon fast sechs Monate her, daß ich Nicky zum letztenmal gesehen hatte. Sechs Monate, aus denen vierunddreißig Jahre werden sollten, karg und hart, durch unsere Jugend und Erwachsenenjahre. Schon damals war er für mich verloren. Und ich war froh. Es bedeutete, daß ich das tun konnte, was alle von mir erwarteten: ihn vergessen.

Im Rückblick konnte ich mir mein Verhalten verzeihen. Die Ungeheuerlichkeit des Mordes – und das Kainszeichen der stellvertretenden Rolle meines Freundes dabei – hätte wohl jeden Elfjährigen beeindruckt. Besonders, da meine Familie und halb Truro so glücklich damit schienen, die Schuld auf *alle* Lanyons auszudehnen, ganz gleich, wie alt sie waren. Doch inzwischen genügte das nicht mehr. Ich war kein Kind mehr. Ich hatte mein ganzes erwachsenes Leben hindurch Zeit gehabt, Nicky aufzuspüren und herauszufinden, ob ich ihm helfen konnte, die Tatsache zu bewältigen, daß sein Vater ein Mörder war. Aber das hatte ich nicht getan. Statt dessen hatte *ich* mich von *ihm* aufspüren lassen.

Ich duschte, zog mir etwas an und ging hinaus auf das Gelände, zuversichtlich, daß so früh noch niemand auf sein würde. Das Festzelt stand noch da. Der Rasen war übersät mit Papierservietten, weggeworfenen Cocktailpickern, Zigarettenkippen, Champagnerkorken und Miniaturschneewehen aus Konfetti, die im Laufe der Nacht von der Zufahrt herübergeweht worden waren. Später würden die Leute vom Catering-Service kommen und Ordnung machen, aber im Augenblick war alles still und trostlos, aber seltsam friedvoll.

Ich ertappte mich bei dem Wunsch, Nicky würde jetzt erscheinen, da ich auf ihn vorbereitet war und frei sprechen konnte, denn niemand war anwesend, der sich hätte einmischen können. Ich nahm den langen Weg um den Rasen herum zu der Stelle, an der ich ihn am Nachmittag des Vortags gesehen hatte. Irgendwie hoffte ich, er sei zurückgekommen und warte darauf, mir eine zweite Chance zu geben. Eigentlich war es mehr eine Phantasie als eine Hoffnung. Das Leben ist geizig mit zweiten Chancen. Das wußte ich. Deswegen zuckte ich überrascht zusammen, als ich die Gestalt unter der Roßkastanie erblickte.

Ich hob die Hand, beschleunigte meine Schritte und lächelte unsicher. Aber es erfolgte keine Reaktion, und als ich mich dem Kamm der Anhöhe zwischen uns näherte, erkannte ich den Grund dafür. Mit jedem hastigen Schritt sah ich ihn deutlicher. Da war jemand, der gekleidet war wie Nicky. Er stand nicht, und er schaukelte auch nicht. Er hing an einem einzigen Seil von dem Ast, nach dem ich Nicky die Hände hatte ausstrecken sehen. Er hing da, die Arme schlaff, den Kopf gesenkt, mit baumelnden Füßen.

2. Kapitel

Von meinem Stuhl vor den hohen Fenstern der Halle aus konnte ich die Krone der Roßkastanie sehen, grün und schläfrig im zunehmenden Sonnenschein. Nicht den Ast, den der Strick eingekerbt hatte, nicht das Gehölz darunter, wo sie Nicky in einen Plastiksack mit Reißverschluß gesteckt hatten. Nur das dichte grüne Laub des großen alten Baums, auf den wir in sorglosen Kindertagen geklettert waren, von dem wir Kastanien geworfen und an dem wir geschaukelt hatten. Mein Blick ruhte auf dem Baum, und ich erinnerte mich, während in der Gegenwart Metall auf Metall klirrte, als das rosa und goldene Festzelt langsam abgebaut wurde und Detective Sergeant Collins mühevoll ein weiteres Mal die Fakten durchging.

»Sind Sie sicher, daß es Nicholas Lanyon *ist*, ja?« Unsere Gewißheit in diesem Punkt, obwohl wir zugaben, mehr als dreißig Jahre keinen Kontakt mit ihm gehabt zu haben, gab ihm eindeutig Rätsel auf. »Mrs. Rutherford?«

»Ja«, sagte Pam. »Ich meine, das heißt, ich habe eigentlich nicht…«

»Der Tote ist Nicky Lanyon«, warf ich ein. »Sie können sich auf mein Wort verlassen.«

»Für den Augenblick müssen wir das, Sir. Er hatte anscheinend keinerlei Papiere bei sich. Tatsächlich hatte er überhaupt nichts bei sich.«

»Kein Geld?«

»Weniger als zwei Pfund in Kleingeld.«

»Was habe ich gesagt?« bemerkte Trevor düster. »Heruntergekommen. Ich nehme an, da haben Sie Ihr Motiv.«

»Aber warum ist er hergekommen, Sir? Das ist es, was ich

nicht verstehe. Sie sagten, seine Familie hätte Truro vor Jahren verlassen.«

»Vor vierunddreißig Jahren«, präzisierte ich leise. »Wenn er vorhatte, sich umzubringen, ist es vollkommen verständlich, daß er dazu hierherkam.«

»Chris«, bat Pam, »müssen wir den Sergeant wirklich mit all dem belästigen?«

»Ich denke, man sollte ihn vorwarnen, daß die Presse sich sehr für diese Geschichte interessieren wird.«

»Ich schätze, das Interesse wird minimal sein, Sir. Selbstmord ist nicht...«

»Mord, Sergeant. Deswegen wird sie interessiert sein. Nicky Lanyons Vater und ein anderer Mann haben 1947 den Eigentümer dieses Hauses ermordet.«

Collins runzelte die Stirn. »In dem Fall haben Sie vermutlich recht. Wurden sie gehängt?«

»Nickys Vater ja. Das reicht aus, um die Gerichtsreporter die Archive durchforsten zu lassen, meinen Sie nicht?«

»Höchstwahrscheinlich. Wissen Sie irgend etwas über nahe Angehörige?«

»Nicky hat gesagt, seine Mutter sei tot.«

»Irgendwelche Geschwister?«

»Keine lebenden.«

»*Irgend jemand* in Truro, der vielleicht doch noch mit ihm in Verbindung stand?«

»Nicht daß ich wüßte.«

»Moment«, sagte Pam. »Gab es da nicht eine Tante?«

»Ja«, antwortete ich, einen Augenblick lang erstaunt darüber, wie leicht und vollkommen ich alles vergessen hatte. »Nickys Mutter hatte eine Schwester, die in eine Farmerfamilie unten in Roseland einheiratete – die Jagos. Er verbrachte jeden Sommer eine Woche bei ihnen. Ich... bin einmal mit ihm dort gewesen.«

»Dann werden Sie wissen, wo wir sie finden können.«

»Ja.« Meine Augen konzentrierten sich wieder auf die Roßkastanie. »Das weiß ich.«

Detective Sergeant Collins sah aus, als sei er 1947 noch nicht geboren gewesen. Kein Wunder, daß der Name Lanyon ihm nichts sagte. Es war so lange her. Aber nicht so lange wie der Beginn der ganzen Geschichte. Dazu mußte man viel weiter zurückgehen. Bis zur Jahrhundertwende und darüber hinaus. In eine Zeit, als die Kathedrale von Truro erst halb fertig war, ein riesiges, von Gerüsten umgebenes Gebäude, das im Herzen der Stadt, die es am Ende überragen würde, langsam Gestalt annahm, ein anglikanischer Kuckuck in einer Hochburg der Methodisten.

In der Hotelbar hing ein gerahmtes Foto von der Westfassade der Kathedrale, das ungefähr von 1900 stammte. Es zeigte die westliche Hälfte des Gebäudes, die noch nicht mehr war als eine leere Hülle; Steinmetze und Aufseher hatten gerade Arbeitspause und schauten von ihren luftigen Plattformen aus auf die Kamera nieder. Mein Urgroßvater, Amos Carnoweth, war nicht unter ihnen. Ich wußte das, obwohl er Steinmetz von Beruf und die Kathedrale sein letzter Arbeitsplatz gewesen war. Ich wußte es, weil er im Frühjahr 1887 auf der anderen Seite der Kathedrale nach einem Sturz vom Gerüst gestorben war. Sein Sohn Joshua war damals vierzehn Jahre alt; seine Tochter Adelaide, meine Großmutter, acht. Sie erzählte mir einmal, ihre Großmutter habe behauptet, die Tragödie sei die Strafe Gottes dafür, daß ein Methodist es gewagt hatte, Hand an anglikanischen Granit zu legen. Das war die alte Zeit.

Urgroßvaters Tod bedeutete den Auszug aus dem Haus der Familie in der Old Bridge Street. Großmutter und Onkel Joshua waren dort aufgewachsen, neben den Ställen des Red-Lion-Hotels, einen Steinwurf von der Kathedrale entfernt. Die Luft war erfüllt von dem Geruch nach Dung, dem Öl, mit dem die Pferdegeschirre eingerieben wurden, und Granitstaub. Sie fanden eine billigere Unterkunft in der Tabernacle Street nahe dem Lemon Quay, wo es überwiegend nach Schmutz, Fisch und Segeltuch roch.

Die Vergangenheit ist immer näher, als man denkt. Das Red Lion wurde Ende der sechziger Jahre von einem außer Kontrolle geratenen Laster zerstört, und den Fluß, der am Lemon Quay vorbeifloß, hatte man in den zwanziger Jahren überbaut. Ich erinnere mich an die dreieckige Fläche zwischen Lemon und Back Quay nur als Parkplatz, im Norden von der inzwischen fertiggestellten, für die Ewigkeit gebauten Kathedrale überragt. Aber irgendwie scheine ich mich auch an das zu erinnern, was meine Großmutter im Gedächtnis hatte: ein anderes, dunkleres, freundlicheres Truro, mit dem schnellsten Zug von London aus in sechs Stunden zu erreichen, aber in vieler Hinsicht so fern wie Konstantinopel.

Nach dem Tod seines Vaters wurde Onkel Joshua zum Ernährer der Familie. Er arbeitete zwölf Stunden am Tag in einer Zinnmine draußen in Baldhu. Großmutter pflegte ihm zu Mittag frisch gekochte Fleischpastete zu bringen, in Tücher gewickelt, um sie warm zu halten. Drei Meilen hin und drei Meilen zurück. Damals muß eine tiefe Verbundenheit zwischen ihnen bestanden haben, eine vertrauensvolle Zärtlichkeit, und nichts in der Welt deutete darauf hin, daß das nicht ihr ganzes Leben lang so bleiben würde. Die Gesundheit ihrer Mutter ließ nach, geistig und körperlich, aber sie hielten als Familie zusammen.

Großmutter verließ die Schule mit vierzehn Jahren, obwohl sie eine vielversprechende Schülerin war, wie sie später oft klagte. Vielleicht wäre es anders gekommen, wenn ihr Vater noch gelebt hätte, aber da ihre Mutter nicht einmal mehr in der Lage war, für andere die Wäsche zu waschen, mußte sie zum Lebensunterhalt beitragen. Sie nahm eine Stelle als Saumnäherin und Hilfsverkäuferin im Gardinengeschäft Webb's in der Boscawen Street an. Eine andere Hilfskraft in ihrem Alter, Cordelia Angwin, wurde ihre Freundin und kam regelmäßig zu Besuch in das Haus in der Tabernacle Street. Cordelia war ein hübsches, lebhaftes Mädchen, das schnell zu einer Schönheit erblühte. Zuerst schenkte Onkel Joshua ihr wenig Beachtung, aber mit der Zeit, als sie älter und ruhiger und immer schöner wurde...

Onkel Joshua hat mir nie etwas von alldem erzählt, und Großmutter war keine verläßliche Chronistin von Ereignissen, an denen sie selbst beteiligt gewesen war, also konnte ich vieles nur vermuten. Schlußfolgerungen ziehen, sage ich lieber dazu. Als ich Joshua Carnoweth kannte, war er ein schweigsamer und mißtrauischer Mann und scheinbar unfähig zu großen romantischen Gefühlen. Doch damals lagen die Dinge anders, und auch er war anders. Er verliebte sich hoffnungslos in Cordelia Angwin und flehte sie an, ihn zu heiraten. Aber sie wollte warten und lieber einen Mann finden, der in der Lage war, ihr zu gesellschaftlichem Ansehen zu verhelfen, wozu ein einfacher Minenarbeiter kaum fähig war. Das Zerwürfnis zwischen Großmutter und Onkel Joshua geht auf jene Zeit zurück. So wie ich ihren Charakter einschätze, nehme ich an, daß ihr die Werbung des Bruders um ihre Freundin zuerst peinlich war und daß sie dann Zorn auf beide empfand, als ihr klarwurde, wie sehr er sie anbetete. Keiner von beiden benahm sich so, wie sie es wünschte – und das war etwas, das sie nie ertragen konnte.

Im Sommer 1897 spitzten sich die Dinge zu. Cordelia war damals achtzehn und hatte Onkel Joshua klargemacht, daß sie keinesfalls daran denken würde, ihn zu heiraten, ehe sie einundzwanzig war. Ich vermute, unausgesprochen stand dahinter, daß sie dachte, bis dahin würde ihr vielleicht ein besserer Ehemann über den Weg laufen. Onkel Joshua muß angenommen haben, daß er drei Jahre Zeit hatte, um sich in eine Partie zu verwandeln, die man nicht ausschlagen konnte. Im Jahr zuvor hatte sich gerade die Nachricht von einem großen Goldfund am kanadischen Yukon verbreitet. Das Gerücht, das die Arbeiter in den Zinnminen über die Hafenkneipen von Falmouth erreichte, lautete, jemand mit den richtigen Fähigkeiten könne dort ein Vermögen machen. Onkel Joshua wurde eine billige Überfahrt auf einem Frachtdampfer nach Nova Scotia angeboten. Er nahm sie in der Erwartung an, er könne sich mit Wanderarbeit an die Westküste durchschlagen und bis zum Frühjahr den Yukon erreichen. Von Cordelia ließ er sich eine Art Abschiedsversprechen geben, daß sie auf ihn warten würde. Er seinerseits versprach, vor Ablauf von drei Jahren zurückzukehren, die Taschen voller Goldstaub.

Großmutter betrachtete das als unverzeihlichen Verrat, da sie nun ganz allein für die kranke Mutter sorgen mußte. Sie dachte, wenn am Yukon reiche Funde zu machen wären, würde davon nichts mehr übrig sein, bis ihr Bruder dort ankam. Das war eine realistische Einschätzung. Aber Onkel Joshua ging fort, um seinen Traum zu verwirklichen.

Im Verlauf von Winter und Frühjahr erhielten Großmutter und Cordelia ein paar Briefe, in denen er von seinen Fortschritten auf dem Weg durch Kanada berichtete. Dann – nichts mehr. Keine Nachrichten; kein Wort; keinerlei Kontakt. Joshua Carnoweth verschwand von der Bildfläche und endlich, als die Jahre vergingen, auch aus ihren Gedanken. Vielleicht war er tot, vielleicht schämte er sich zu sehr, nach Hause zurückzukehren und seinen Mißerfolg einzugestehen – keiner wußte, wie die Dinge standen. Aber wie auch immer, er kam nicht zurück. Nicht nach drei, nicht nach sechs, nicht nach zwölf und auch nicht nach zwanzig Jahren.

Daheim in Truro begann Großmutter, mit einem jungen Mann namens Cyril Napier auszugehen. Hoffnungslose Verliebtheiten waren ihre Sache nicht. Mein Großvater wurde als genau die Art von ausgeglichenem, aber ehrgeizigem jungen Mann ausgewählt, den sie als Lebensgefährten brauchte. Seine Eltern stammten ursprünglich aus Worcestershire. Sie waren einige Jahre zuvor nach Cornwall gezogen und hatten in der River Street ein Lebensmittelgeschäft eröffnet. Sein Vater kränkelte und hatte gehofft, das mildere Klima von Cornwall werde ihm wohltun. Vielleicht traf dies zu, aber nur bis zu einem gewissen Grad. Er starb kurz nach der Verlobung von Großmutter und Großvater. Sie setzten den Hochzeitstermin früher an, um das Geschäft als verheiratetes Paar führen zu können, und zogen, um Geld zu sparen, mit beiden Müttern in das Haus der Napiers in der Carclew Street ein. Großvaters Mutter half natürlich im Geschäft, was bedeutete, daß sie niemanden einstellen mußten. Es war harte Arbeit, der Laden hatte an sechs Tagen in der Woche von sieben Uhr morgens bis acht Uhr abends geöffnet, aber er gehörte ihnen, und die Carclew Street lag ein wenig höher den Hügel hinauf, sowohl topographisch als auch sozial. Die Geburt meines Vaters 1905 bedeutete, daß sie mit ihrer Arbeit auch das Los der nächsten Generation verbesserten. Großmutter baute für die Zukunft vor.

In gewissem Sinn tat das auch Cordelia Angwin. Sie verließ Webb's und trat in einem großen Haus in der Falmouth Road in Dienst. Sie wartete auf Onkel Joshua – oder ein besseres Angebot, je nachdem, wie zynisch man sein will –, bis sie einundzwanzig war und noch weit darüber hinaus. Sie und Großmutter verloren sich aus den Augen, obwohl sie sich von Zeit zu Zeit begegnet sein müssen; Truro ist eine zu kleine Stadt, als daß dies zu vermeiden gewesen wäre. Was sie bei solchen Gelegenheiten sagten oder dachten, weiß ich nicht.

Ungefähr zehn Jahre nach Onkel Joshuas Abreise ins unbekannte Kanada heiratete Cordelia. Ihr Mann arbeitete als Hilfskraft im Stadtrat. Sein Name war Archie Lanyon. Sie zogen in ein kleines Haus in der St. Austell Street, wo 1910 ihr erstes und einziges Kind geboren wurde. Sie tauften es auf den Namen Michael.

Im gleichen Jahr wurde die Kathedrale fertiggestellt, und die Steinmetze mußten sich anderswo nach Arbeit umsehen.

Detective Sergeant Collins war längst gegangen und die meisten Angestellten des Catering-Services, die aufgeräumt hatten, ebenfalls. Vom Rasen aus sah ich zu, wie die Männer von der

Firma, bei der das Festzelt gemietet worden war, die letzten Teile auf einen Lastwagen verluden, der auf halber Höhe der Zufahrt stand. Der Nachmittag war still und schwül, die Sonne schien warm auf mein Gesicht. Irgendein kleines Tier raschelte im Blattwerk unter den Bäumen jenseits der Blumenbeete. Ohne die Phantasie allzusehr zu bemühen, hätte man die Entdeckung, die ich an diesem Morgen gemacht hatte, ins Reich der Illusion verweisen können. Doch ihre Folgen waren nicht zu ignorieren. Ich sah noch immer Nickys schief herunterhängenden Kopf, sein mit getrocknetem Speichel verkrustetes Kinn, seine geschwollen aus dem Mund ragende Zunge und seine toten, starrenden – mich anstarrenden – Augen.

»Chris!« hörte ich Pam aus dem Haus rufen und drehte mich um. Sie kam mir entgegen, einen Schlüsselbund in der Hand. »Alles in Ordnung mit dir?«

»Ja. Ich denke schon.«

»Ich werde runterfahren und Mum und Dad berichten, was passiert ist. Ich dachte, das ist besser als ein Anruf.«

»Gute Idee.«

»Willst du mitkommen?«

»Nein, danke. Ich... eh...«

»Mußt du woanders hin?«

Ich lächelte verlegen. »Ja. Ich werde vermutlich... fahren, wenn du fort bist.«

»Um die Jagos zu besuchen?«

»Anscheinend kannst du Gedanken lesen.«

»Ich dachte, daß du entweder zu ihnen oder geradewegs zurück nach Pangbourne fahren würdest.«

»Nein. Ich... glaube, ich werde vielleicht ein paar Tage bleiben. Wenn das geht.«

»Kein Problem.«

»Natürlich, wenn du das Zimmer brauchst...«

»Ich habe gesagt: kein Problem.«

»Ja, hast du. Danke. Ich...«

»Chris, da ist etwas, das du wissen solltest. Über die Jagos. Sie hatten einen Sohn, nicht?«

»Ja. Tommy. Ein paar Jahre jünger als Nicky und ich.«

»Er ist gestorben. Vor einer Weile. Ich habe es in der Zeitung gelesen. Ein Unfall auf der Farm. Er ist von einem Traktor überrollt worden, glaube ich. Irgend etwas in der Art.«

Ich wandte den Blick ab. »Na, großartig. Das ist einfach großartig.«

»Ich wollte dir davon erzählen, aber bis wir das nächste Mal von dir hörten... muß ich es vergessen haben.«

»Mach dir nichts draus.« Mit einer flüchtigen Geste brüderlicher Zuneigung legte ich einen Arm um sie. »Sag Mum und Dad, daß es mir wirklich leid tut, falls ihnen das ihren Hochzeitstag verdorben hat.«

»Es ist nicht deine Schuld.« Sie seufzte. »Wenigstens ist es nicht in der Nacht davor passiert.«

»Das wäre unmöglich gewesen.«

Stirnrunzelnd sah sie mich an. »Wieso das?«

»Weil er da noch nicht hier war. Deswegen ist es *doch* teilweise meine Schuld. Er hat auf mich gewartet. Er wollte, daß ich hier bin, wenn er es tut, er wollte, daß ich sehe, wie er hinterher aussieht.«

»Das kannst du doch gar nicht wissen.«

»Ich glaube doch.«

»Aber warum? Welchen Sinn sollte das haben?«

»Ich bin mir nicht sicher. Aber ich werde versuchen, es herauszufinden.«

»Und du meinst, die Jagos könnten dir helfen?«

»Vielleicht. Irgendwo muß ich ja anfangen.«

»Du *mußt* überhaupt nicht anfangen. Keiner zwingt dich.«

»Nein? Nun, ich will dir etwas sagen, Pam. Ich fühle mich wirklich so, als wäre ich gezwungen.«

Onkel Joshua sprach niemals offen über seine Jahre in Nordamerika. Die ausführlichste Information, die ich je von ihm bekam, gab er mir, als er mich eines Tages dabei antraf, wie ich eine Landkarte von Alaska und dem Yukon-Gebiet Kanadas betrachtete. Sie befand sich in einem großen alten Atlas in der Bibliothek in Tredower House. Die meisten Bücher hatte er als Partie von Lady Pencavel übernommen, ich nehme an, um die Regale zu füllen, denn keiner hätte ihn als Bücherfreund bezeichnet. Aber Landkarten schien er zu mögen. Vielleicht erinnerten sie ihn an seine Wanderjahre. Diese Jahre müssen irgendeinem Bedürfnis seiner Seele entsprochen haben, sonst hätte er sie nicht so lange ausgedehnt. Und es überraschte mich nicht, daß der Atlas sich immer von selbst an dieser bestimmten Stelle zu öffnen schien.

Juneau, Sitka, Skagway; Whitehorse und Dawson City; Valdez, Fairbanks, Nome. Er kannte sie alle. Das war an der Art zu erkennen, wie er darüber sprach. Er hatte seine Erinnerungen: an die Zeltstadt am Strand in Nome, wo Gold im schwarzen Sand der Beringsee funkelte; an die morastigen Straßen und verqualmten Saloons von Dawson; an die Schornsteine und Hochbahnen der Goldmine von Treadwell, die sich an der Küste von Douglas Island entlang bis über den Kanal nach Juneau erstreckte – so groß, daß sie selbst eine Stadt war; an die langen, sonnenlosen Winter, wenn die Schneewehen höher waren als die Häuser und die Temperatur auf minus fünfzig Grad Celsius fiel; und an die kurzen Sommer mit den hellen Nächten, in denen Fliegen und Mücken einen Mann buchstäblich in den Wahnsinn treiben konnten. An diesem Nachmittag sprach er offener und ausführlicher über diese Dinge als jemals sonst. Warum, weiß ich nicht. Vielleicht trafen meine Neugier und seine Sehnsucht nach dem Land, das seine zweite Heimat gewesen war, rein zufällig zusammen. Es war ein Tag zu Beginn des Frühlings im Jahr 1947, kalt genug, um ihn an Alaska zu erinnern; ein Tag des letzten Frühlings, den er erlebte.

Fairbanks, tief im Inneren Alaskas gelegen, war der Ort, über den er am meisten erzählte. Er hatte dort mehr Zeit verbracht als anderswo. Jahre, wie es schien. Er sprach über Fairbanks, das einst nur aus einem Gewirr von Zelten und Holzhütten bestand, dann aber zu einer großen, belebten Stadt geworden war, die in einem Jahr durch Feuer zerstört, im folgenden aber wieder aufgebaut wurde. Er beschrieb das jährliche Sweepstakerennen an dem Tag, an dem das Eis auf dem Fluß Chena schmolz. Er berichtete von den Feiern, mit denen die Nachricht begrüßt wurde, daß der Kongreß Alaska das Recht eingeräumt hatte, sich selbst zu regieren. Und er erwähnte eine Organisation, von der ich nichts wußte: die Northern Commercial Company. Ich nahm diese Namen und Ereignisse mit dem Staunen – und dem mangelnden Verständnis – des Kindes auf, das ich damals war.

Nach seinem Tod, als das wahre Ausmaß seines Reichtums ersichtlich wurde, lieh ich mir jedes Buch über die Geschichte Kanadas und Alaskas aus, das die Truro Public Library besaß. Es gab nicht viele, aber ich erfuhr aus ihnen genug, um etwas Fleisch auf das Skelett seiner Vergangenheit zu packen und in groben Umrissen das Leben nachzuvollziehen, das er während seines dreiundzwanzigjährigen Exils geführt hatte. Mum und Dad mißbilligten mein Interesse an dem Thema. Sie sagten, es sei respektlos gegenüber dem Toten. Schon damals wußte ich, daß das Augenwischerei war. Heimlich forschte ich eifrig weiter, während andere Jungen Briefmarken, Vogeleier und Zigarettenbilder sammelten. Mehr als einmal wünschte ich mir, Nicky wäre noch da, damit ich meine Entdeckungen mit ihm teilen konnte. Aber dieser Wunsch mußte noch mehr verheimlicht werden als meine geschichtlichen Recherchen.

Joshua Carnoweth verließ Cornwall im Herbst 1897, wie Tausende anderer optimistischer Glücksritter aus allen Teilen der Welt, mit dem Ziel Klondike. Das ist eine Tatsache. Der Rest ist meine Rekonstruktion dessen, wie sein Leben damals verlaufen sein könnte – doch er kommt der Wahrheit so nahe wie nur irgendwie möglich.

Jeder, der so spät an den Klondike aufbrach wie Onkel Joshua, wurde zwangsläufig enttäuscht. Damit hatte Großmutter recht gehabt. Das Goldfeld war kompakt und zugänglich – wenn man das Glück hatte, gleich am Anfang dazusein. Aber das war 1896/97. Wenn man wie Joshua Carnoweth und zahllose andere im Frühjahr 1898 noch auf dem Weg die Küste von British Columbia hinauf war, dann jagte man einer wilden Gans nach und keiner goldenen. Und die Jagd war hart und langwierig. Man erreichte Skagway, einen verkommenen Hafen gleich hinter der Grenze zu Alaska, in dem es zahlreiche Verbrechen gab. Wenn man dort nicht auf einer schlammverkrusteten Laufplanke ausgeraubt und/oder ermordet wurde, zog man weiter nach Norden über die Berge, und zwar über den berüchtigen, schwer zu überwindenden Chilkoot-Paß zur kanadischen Grenze. Man wiederholte die Reise so viele Male, wie nötig waren, um einen Jahresvorrat an Lebensmitteln anzuhäufen, den die Mounties verlangten, ehe sie jemanden nach Kanada hereinließen. Dann marschierte man weiter zum Lake Bennett und versuchte, auf einem Schiff, das nach Dawson hinauffuhr, eine Koje zu ergattern. Und wenn man dort ankam, merkte man schnell, daß man nicht einmal seinen Lebensunterhalt verdienen konnte, von einem Vermögen ganz zu schweigen. Im Sommer 1898 drängten sich im kollektiven Wahn zwanzigtausend Menschen, darunter Joshua Carnoweth, in den schlammigen Straßen von Dawson City. Die Mounties sorgten dafür, daß sie dort wenigstens sicherer waren als in Skagway, aber reich waren sie nicht – und würden es wahrscheinlich auch nicht werden. Alles Gold war fort oder schon vergeben, und verlockende Aussichten waren rar. Onkel Joshua muß verzweifelt gewesen sein, als er erkannte, daß er um die halbe Welt gereist war, um nichts weiter zu gewinnen als die Erkenntnis seiner eigenen Dummheit. Was sollte er tun?

Im Winter beantwortete die Frage sich von selbst, als in Dawson die Nachricht von einem noch größeren Goldfund in Nome, an der fernen Westküste Alaskas, bekannt wurde. Wieder setzten sich die Massen in Bewegung und legten in wilder Jagd mit Schlitten oder zu Fuß über dreitausend Kilometer auf dem gefrorenen Fluß zurück. Onkel Joshua brach ebenfalls auf. Zu Fuß, schätze ich. Falls er Geld hatte, hätte es nicht gereicht, um einen Schlitten *und* Hunde zu kaufen, um ihn zu ziehen. Vielleicht wußte er inzwischen schon, daß es hoffnungslos war, von einem Goldfund noch zu profitieren, wenn man von ihm hörte. Aber es gab keine Alternative. Er mußte den Weg fortsetzen, den er eingeschlagen hatte.

Nome war in der Tat freundlicher zu den kleinen Leuten als die meisten anderen Goldfelder. Das Metall lag zum Schwenken in den Schüsseln bereit, es war im Sand am Ufer enthalten. Man brauchte keine teuren Gerätschaften, aber dort wie anderswo mußte man bei den ersten sein. Die besten Claims waren im Frühjahr 1899 schon vergeben. Für alle anderen war zwar auch noch Gold da, aber nicht genug, um ein Vermögen zu machen – schon gar nicht auf die Schnelle. Onkel Joshua muß in diesem letzten Sommer des Jahrhunderts auf dem mit Zelten übersäten Vorland von Nome zwischen Hoffnung und Verzweiflung geschwankt haben und schließlich zu einem harten Realismus gelangt sein. Man konnte irgendwie seinen Lebensunterhalt aus dem Sand sieben, aber wenn man Gewinn und Verlust abschätzte, kam man knapp mit plus minus null heraus. Zwei von den drei Jahren, die Cordelia ihm gewährt hatte, waren um, und es war offensichtlich, daß das letzte Jahr nicht besser werden würde. Es war aus, vorbei und fertig. Das Spiel war verloren.

Was tat Onkel Joshua? Hier werden die Nachweise weniger. Ich denke, er erkannte, daß seine einzige Chance, es zu etwas zu bringen, darin bestand, das Handwerk des Goldprospektors zu erlernen und dieses Wissen in Gegenden anzuwenden, wo bisher noch kein Gold gefunden worden war, aber vermutet wurde, es könnte welches geben. Falls dem so war, muß er auch erkannt haben, daß das Jahre dauern konnte, unter Umständen, ohne etwas einzubringen. Aber ich glaube, diese Aussicht war ihm lieber, als mittellos und gedemütigt nach Hause zurückzukehren. Wie er die Sache anging, weiß ich nicht. Seine Vertrautheit mit Juneau und den Treadwell-Minen legt nahe, daß er möglicherweise dort gearbeitet hat, um Geld für sein großes Vorhaben zu sparen. Als erfahrener Goldsucher wäre das eine logische Vorgehensweise gewesen, als er Nome noch ärmer verließ als zuvor schon Dawson. Vielleicht hat er ein Jahr oder mehr dort geschuftet und seinen Lohn gespart. Und dann...

Fairbanks. Der Goldfund dort beendete den Trend zum Goldrausch, weil das meiste Gold in unzugänglichen Tiefen lag. Man brauchte Zeit und schweres Gerät, um es abzubauen, und so entwickelte sich die Stadt Fairbanks als stabile, in die Zukunft blickende Gemeinde, und die schlimmsten Auswirkungen von Boom und Pleite blieben ihr erspart. Onkel Joshua ließ sich dort für den Rest seiner Zeit in Alaska nieder, und dieser Entschluß brachte ihm sein Vermögen.

Ich denke, er war von Anfang an dabei: seit Juli 1902, als ein italienischer Prospektor namens Felix Pedro in der Nähe einer Handelsniederlassung am Fluß Chena – mehr war Fairbanks damals nicht – Gold fand. Er könnte vielleicht sogar Partner dieses Pedro gewesen sein. Ich erinnere mich, daß Großmutter einmal in Onkel Joshuas Hörweite verächtlich über die italienischen Kriegsgefangenen sprach, die man den Jagos ausgeliehen hatte, damit sie bei der Ernte halfen. Der alte Mann hatte sie sofort verteidigt und die Italiener als »gute und ehrenwerte Menschen« bezeichnet. Damals wußte ich nicht, daß er dabei vielleicht an Felix Pedro dachte.

Onkel Joshua erinnerte sich noch an Fairbanks, wie es gewesen war, als man die festen Gebäude an den Fingern einer Hand abzählen konnte. Was bedeutet, daß er in jenem ersten Sommer dortgewesen sein muß. Er erinnerte sich an das große Feuer in der Stadt, das im Mai 1906 den Geschäftsbezirk zerstörte. Und er erinnerte sich, wie die Nachricht die Stadt erreichte, daß Präsident Taft im August 1912 die Erklärung unterzeichnet hatte, die Alaska die Selbstbestimmung garantierte. Man kann also mit einiger Sicherheit annehmen, daß er von 1902 bis zum Ausbruch des Ersten Weltkrieges ständig dort lebte und langsam aus dem, was hochlukrative Schürfrechte gewesen sein müssen, ein Vermögen ansammelte. In der Gegend um Fairbanks wurde zwischen 1902 und 1914 Gold im Wert von dreiundsechzig Millionen Dollar geschürft, eine Statistik, die mir im Gedächtnis haftengeblieben ist, seit ich sie zum erstenmal las. Onkel Joshua gründete wahrscheinlich eine Firma zur Förderung des Edelmetalls in seinen Minen. Vielleicht hatte er auch Geld in die Northern Commercial Company gesteckt, den Betrieb, den er mir gegenüber erwähnte. Die NCC errichtete buchstäblich ein Monopol auf den Land- und Wassertransport zur Küste und versorgte die Stadt mit Wasser, Elektrizität und Dampf für die Heizung. Vielleicht investierte er auch in einige der anderen Industrien von Fairbanks, etwa Brauereien und Sägewerke, und gab den Schulen und Krankenhäusern großzügige Spenden. Vielleicht wurde er eine Stütze der Gemeinde und beschloß, sich dauerhaft niederzulassen, um dabei mitzuwirken, bürgerliche Werte im Kernland Alaskas zu etablieren. Was immer auch davon zu halten ist, ich glaube, er wäre bis zum Ende seiner Tage in Fairbanks geblieben und hätte die Erinnerung an Cordelia gehegt – allerdings, nachdem er sich damit abgefunden hatte, sie nie wiederzusehen –, wenn der Krieg nicht gewesen wäre.

Das war eine Phase seines Lebens, über die er niemals sprach: die vier Jahre, die er in der kanadischen Armee verbrachte und an der Westfront kämpfte. Irgendein patriotischer Instinkt muß ihn veranlaßt haben, Fairbanks zu verlassen und sich als Freiwilliger bei den kanadischen Militärbehörden zu melden. Er war über vierzig, und Dokumente, die nach seinem Tod auftauchten, zeigten, daß er da schon seit mehr als zehn Jahren amerikanischer Staatsbürger war. Doch er ging trotzdem. Großmutter fand in einer alten Tabaksdose ein paar Orden und ausgefranste

Epauletten, als sie seine Habseligkeiten inspizierte. Nur deshalb weiß ich, daß er Major bei den Royal Canadian Engineers war. Seine Bergbauerfahrung bedeutete wahrscheinlich, daß er ein wertvoller Rekrut war. Vielleicht beaufsichtigte er den Bau von Gräben und Tunnels. Wir werden es niemals erfahren, weil er nie ein Wort darüber verlor. Das einzige, was wir wissen, ist, daß er unversehrt aus diesem Krieg hervorging. Im Unterschied zu Cordelias Ehemann, Archie Lanyon, der *seinen* Krieg mit einer deutschen Kugel im Gehirn beendete, einer Verletzung, die sich als um so grausamer erweisen sollte, als sie nicht tödlich war.

Davon ahnte Onkel Joshua nichts, als er demobilisiert wurde. Trotzdem hatte irgend etwas ihn verändert. Er wollte nach Hause, und zu Hause, so scheint es, bedeutete Cornwall. Tod und Zerstörung, die er in Frankreich gesehen hatte, müssen in ihm die Sehnsucht nach dem Land geweckt haben, in dem er geboren wurde.

Ich nehme an, er ging nach Fairbanks zurück, um seine Geschäftsangelegenheiten zu regeln. Das würde erklären, warum er erst im Frühjahr 1920 nach England kam und nur Bargeld bei sich hatte, Geld in einer Größenordnung, die den Manager der Martin's Bank in Truro schockiert haben muß, als dieser erfuhr, wieviel bei ihm deponiert werden sollte. Tatsache war, daß Joshua Carnoweth als Millionär in seine Geburtsstadt zurückgekehrt war – als mehrfacher Millionär.

Ich verspürte eine erdrückende Affinität zu Onkel Joshua in der weit zurückliegenden Stunde seiner Heimkehr, als ich an diesem Nachmittag spät aus Truro herausfuhr. Es gibt einen Punkt, an dem Abwesenheit sich selbst zu nähren beginnt. Jenseits dieses Punktes wird jede Rückkehr zu dem Ort und den Menschen, die man verlassen hat, unmöglich. Natürlich nicht im physischen Sinn. Man *kann* zurückgehen, aber nur, um zu entdecken, daß das, woran man sich erinnert, nicht mehr existiert.

Ich war unterwegs zur Farm der Jagos unten auf der Roseland-Halbinsel und folgte derselben Straße wie im August 1946, als mein Vater Nicky und mich im Lieferwagen des Geschäfts nach Trelissick gefahren und auf die King-Harry-Fähre gesetzt hatte, zufrieden, daß Dennis Jago, Nickys Onkel, uns mit dem Dogcart auf der anderen Seite des Flusses erwartete. Damals war Benzin rationiert, Urlauber in Autos hatte man seit 1939 nicht mehr gesehen – was in meiner Erinnerung bedeutete: nie –, und Pferdewagen waren allgemein üblich. Die Fähre war ein altes Dampfschiff, das aussah, als sei es schon seit der Erfindung des Verbrennungsmotors in Dienst. Ohne erwachsene Aufsicht auf ihr zu fahren – obwohl wir von beiden Ufern aus beobachtet wurden –, war ein großes Abenteuer. Während die Fähre dahintuckerte, starrte ich über die Reling auf die baumbestandenen Flußufer und stellte mir eine Galeone unter vollen Segeln vor, wie sie früher von Falmouth heraufkam, oder Schmuggler, die nachts verstohlen in geheimem Auftrag unterwegs waren.

Etwas von diesem kindlichen Staunen empfand ich noch immer, als ich mich an diesem Nachmittag der Fähre näherte. Es war ein sonniger Sonntag, und ich war nicht überrascht, daß in Trelissick eine Menschenschlange bis hinauf zum Hügel stand. Ich mußte eine Überfahrt abwarten, bis ich an Bord gehen konnte. Vielleicht wäre es schneller gegangen, wenn ich mit dem Auto den langen Weg über Tregony genommen hätte. Aber das war mir gleichgültig. Die dicht bewaldeten Ufer des Fal, wo er sich träge in Richtung Carrick Roads dehnt, waren für mich mit so vielen Erinnerungen verbunden, daß ich ihrer auch dann nicht müde geworden wäre, wenn ich einen ganzen Tag hätte warten müssen.

Als ich die andere Seite erreichte, nahm ich die St. Mawes Road und ließ meine Erinnerungen von der Hitze der Sonne und dem vertrauten Grün der Felder und Hecken tränken. Kein Fahrzeug folgte mir, als ich in den tiefen, zu beiden Seiten dicht von Farnen umgebenen Weg einbog. 1946 war er weniger zugewachsen gewesen, weil im Krieg reger Verkehr zu und von einer nahe gelegenen Flugabwehrbatterie geherrscht hatte. Doch das Schild am Ende des Weges, der nach Nanceworthal führte, war genau, wie ich es in Erinnerung hatte; anscheinend hing es noch immer im gleichen schiefen Winkel an seinem Pfosten.

Ich kam an einem halbfertigen Ziegelbau vorbei, den ich durch eine Lücke in der Hecke sehen konnte. Das Gras war fast so hoch wie dessen Wände und deutete darauf hin, daß man den Bau vor langer Zeit eingestellt hatte. Das war die einzige Veränderung, die ich bemerkte, als ich mich dem Haus näherte, das sich dicht unter den Hügelkamm schmiegte, wo das Land in Richtung des oberen Klippenrandes abzufallen begann. Die Zäune sahen gut gepflegt aus, das Vieh auf den Feldern war gesund und zahlreich. Als ich auf den Hof fuhr, bemerkte ich allerdings eine holländische Scheune, die in den vierziger Jahren noch nicht dagewesen war, und einen größeren und moderneren Melkraum. Nanceworthal hatte Fortschritte gemacht, wenn auch nicht ganz so sehr wie die Zeit.

Als ich ausstieg, tänzelte bereits ein Hund um den Wagen herum. Ich hörte, wie Ethel ihn rief, ehe ich sah, daß sie mich von der Tür des schiefergedeckten Farmhauses aus beobachtete. Sie war etwa fünfundsechzig, sah aber älter aus in ihrem abgetragenen braunen Kleid und der grünen Strickjacke; ihr Haar war glatt und grau wie Rauhreif, ihre Augen hatten unter der Last des Unglücks den Glanz verloren. Plötzlich fehlten mir die Worte, und ich brachte nur ein Lächeln und eine vage Handbewegung zustande, bot Mitgefühl ohne Trost.

»Hallo, Ethel«, sagte ich und spürte, wie unangemessen diese Begrüßung war; ich hatte sie früher nie mit ihrem Vornamen angeredet.

»Hallo, junger Christian.« Ihr kornischer Akzent überraschte mich. Ich hatte vergessen, wie ausgeprägt er war. »Hab mir schon gedacht, daß du das bist.«

»Haben Sie … von der Polizei gehört?«

»Man hat uns von Nicky berichtet, wenn du das meinst.«

»Es tut mir leid. Ich wollte ... Kann ich hereinkommen?«

»Komm herein und sei willkommen. In der Kanne ist Tee.«

Ich folgte ihr durch den Flur und in die Küche. In früheren Zeiten wäre sie sauberer und besser gelüftet gewesen. Der schmutzige Herd und das ungewaschene Geschirr, das sich im Ausguß stapelte, ließen erkennen, daß Ethel inzwischen nicht nur ihr eigenes Äußeres vernachlässigte. Sie war damals, 1946, eine Frau von dreißig Jahren, mit hellen Augen, glänzendem braunen Haar und perlendem Lachen gewesen. Aber damals hatte sie auch noch einen Sohn und eine Schwester und einen Neffen gehabt. Und ihr Schwager war noch nicht wegen Mordes gehängt worden. Daß sie nichts mehr wichtig nahm, war wahrscheinlich ihre Art zu überleben.

Sie schenkte mir Tee ein, und wir setzten uns an den Tisch. Schweigend trank ich einen Moment lang; mir war bewußt, daß sie mich musterte. Dann sagte sie: »Ich habe keine Safranbrötchen für dich.« Ich hätte mich fast verschluckt, als ich mich daran erinnerte, daß uns in diesem Zimmer jeden Nachmittag frisch gebackene Safranbrötchen erwartet hatten, wenn Nicky und ich von irgendeinem Ausflug auf die Felder zurückkamen, den kleinen Tommy zwischen uns schaukelnd. Wie hatte ich mich damals auf unsere versprochene Woche in Nanceworthal im folgenden Sommer gefreut. Aber dazu war es nicht mehr gekommen. Dies war mein erster Besuch nach mehr als dreißig Jahren.

»Es hat mir wirklich leid getan, das von Tommy zu hören.«

»Hast du seinen Bungalow unten am Weg gesehen?«

»Was – das halbfertige Haus?«

»Ja, das ist es. Es hatte ja keinen Sinn, es fertigzubauen, nicht? Es war für ihn bestimmt. Er wollte heiraten, weißt du. Und sie war eine gute Partie.«

»Wie lange ... ist das her?«

»Sieben Jahre.«

Ich seufzte. »Wie geht es Dennis?«

»Er ist draußen auf den Feldern. Traut sich im Moment außer Arbeit nicht viel zu. Als man uns das von Nicky sagte... hat er bloß genickt und ist wieder nach draußen gegangen. Entweder ist er so, oder er wird furchtbar wütend auf mich...« Sie schüttelte den Kopf. »Was soll ein Mensch denn tun? Man rechnet nicht damit, oder? Nicht damit, so viele so jung zu verlieren.«

»Nicky hat gesagt... daß seine Mutter kürzlich gestorben ist.«

»Das war im März, daß Rose ging. Eigentlich eine Gnade. Sie war so krank.«

»Wo hat sie gewohnt?«

»Essex. Als sie von hier weggingen, machten sie erst halt, als sie an die Westküste kamen und nicht noch weiter weglaufen konnten.« Sie sah mich an. »Sie fühlten sich alle verfolgt. Damals und auch später noch.«

»Was haben sie gemacht? Ich meine...«

»Rose hat wieder geheiratet. Einen Burschen namens Considine. War 'ne Art Elektriker.«

»Und... die alte Mrs. Lanyon?«

»Cordelia starb innerhalb von zwölf Monaten, nachdem sie Truro verlassen hatte. An Krebs, wie Rose. Oder an gebrochenem Herzen. Das kannst du sehen, wie du willst.«

»Hat Nicky bei seiner Mutter gewohnt, als sie starb?«

»*Sie* wohnte bei *ihm*. Kleine Wohnung in Clacton. Verließ letztes Jahr ihren Mann. Wollte bei jemandem sterben, der sie richtig liebte, möchte ich sagen. Dieser Considine war nie auch nur ein bißchen gut zu ihr. Immer einer, der viel Getöse machte und weglief.«

»Also blieb Nicky allein zurück, nachdem Rose gestorben war?«

»Ja.«

»Keine eigene Familie?«

»Er hat nie geheiratet, wenn du das meinst. Nicky hat niemals festen Fuß gefaßt.« Sie schaute traurig in ihren Tee. »Was mit seinem Vater passierte … das hat er nie überwunden. Hat immer dran denken müssen.«

»Haben Sie ihn oft gesehen?«

»Seltener und seltener, als er älter wurde. Natürlich erzählte Rose mir in ihren Briefen von ihm. Aber da gab es anscheinend nicht viel zu berichten. Er hatte lange einen Job in der öffentlichen Bibliothek in Clacton. Gab ihn auf, damit er seine Mutter pflegen konnte. Seit sie starb … Na ja, als ich zur Beerdigung hinfuhr, sah ich die Veränderung an ihm. Er war ganz in sich gekehrt. Lebte mehr und mehr in der Vergangenheit. Und die Vergangenheit seiner Familie ist kein passender Aufenthaltsort, oder?«

»Haben Sie ihn da zum letztenmal gesehen?«

»Nein. Er kam letzte Woche her, weißt du. Und so, wie er war … habe ich das Schlimmste befürchtet. Man hätte nicht sagen können, daß mit ihm etwas nicht stimmte. Er saß da, wo du jetzt sitzt. Er muß sich eine Weile auf der Straße aufgehalten haben, seine Kleider waren ganz zerlumpt. Und er sah so müde aus. Ich habe ihm gesagt, daß er bei uns bleiben soll, aber davon wollte er nichts wissen. Sagte, er müßte woanders hin. Und ich schätze, dahin ist er auch gegangen, aber du wirst es auf keiner Landkarte finden.« Sie wandte sich ab und tupfte sich mit einem Taschentuch, das sie aus dem Ärmel ihrer Strickjacke gezogen hatte, die Augen ab. Ihre Stimme klang belegt, als sie hinzufügte: »Hoffen wir, daß er dort glücklicher ist.«

»Ich habe gestern nachmittag mit ihm gesprochen«, sagte ich, unsicher, wieviel von unserem Gespräch zu erwähnen klug war. »Er schien sich … mit dem Tod seines Vaters zu beschäftigen.«

»Wie ich dir gesagt habe. Damit konnte er sich nie abfinden.«

»Er hat mich gefragt, wer ihn umgebracht hat.«

Sie sah mich lange und nachdenklich an. »Was hast du ihm gesagt?«

»Was hätte ich darauf sagen *können*?«

Sie schob die Unterlippe vor und schüttelte als Antwort den Kopf. Dann richtete sie sich auf ihrem Stuhl auf und sah zur Uhr hoch. »Dennis bringt sie gleich zum Melken herein. Du setzt am besten deinen Wagen zurück, denke ich.« Ich spürte, daß sie einen Vorwand suchte, mich loszuwerden, aber ob sie Angst hatte, ihre Zunge nicht im Zaum halten zu können, oder die Reaktion von Dennis auf meine Anwesenheit fürchtete, konnte ich nicht erkennen.

»Ich muß sowieso weg«, sagte ich, trank mit einem Schluck meinen Tee aus und stand auf. »Ich bin nur gekommen, um ... na ja, Sie wissen schon.«

Sie blickte zu mir auf. »Ja. Ich schätze, ich weiß es.«

»Könnten Sie mir Bescheid geben, wann die Beerdigung ist? Ich würde gern hingehen, wenn ich darf.«

»Ja, das mache ich für dich, Christian.«

»Sie können mich in Tredower House erreichen. Oder man wird es mir ausrichten.«

»Deine Schwester führt dieses Haus gut.«

»Ja, das glaube ich auch.« Die Bemerkung ließ mich wieder an Nicky und die Vergangenheit denken, bei der er zu lange verweilt hatte. »Vielleicht, wenn Nickys Schwester noch gelebt hätte, wäre jemand dagewesen, der ... nun, ich weiß nicht ... der ihm Unterstützung gegeben hätte, als er sie brauchte. Merkwürdigerweise hat er sie gestern erwähnt. Dabei ist es so lange her, und ...«

»Er hat seine Schwester erwähnt?« Ethel sah mich stirnrunzelnd an.

»Ja, hat er. Ich fand das merkwürdig. Schließlich ist sie schon seit Jahren tot.«

»Wer sagt denn, daß sie tot ist?« Ethels Stirnrunzeln wurde feindselig, irgendwie beleidigt.

»Wie bitte?«

»Rose hat sich eingeredet, sie wäre tot, und ich nehme an, daß Nicky das mitgemacht hat, bis er auch daran glaubte. Aber niemand weiß es sicher.«

Erstaunt starrte ich sie an. »Ich verstehe nicht. Freda ist doch an Keuchhusten gestorben, oder?«

»Oh, Freda ja.« Sie wurde rot. »Ich verstehe, was du meinst.« Hastig stand sie auf und ging zur Tür. »Am besten begleite ich dich nach draußen, bevor die Kühe dein Auto verkratzen.«

»Moment. Eben haben Sie gesagt, keiner wüßte es sicher. Was haben Sie damit gemeint?«

»Nichts. Es ist bloß...« Sie sah mich an, als wolle sie darum bitten, daß ich sie nicht drängte. »Ich hatte nicht richtig verstanden.«

»Was hatten Sie nicht verstanden?«

»Welche...« Sie wandte den Blick ab. »Welche Schwester du meintest.«

»Aber es gab doch nur eine, oder?«

»Nein. Rose hatte noch eine Tochter, weißt du. Nachdem sie nach Essex gezogen waren.«

»Was ist aus ihr geworden?«

»Sie ist vor ungefähr fünfzehn Jahren auf dem Heimweg von der Schule verschwunden. Spurlos verschwunden. Rose hat sich eingeredet, sie wäre tot, aber eine Leiche wurde nie gefunden. Sie könnte heute noch leben.«

»Und sie wäre Nickys Halbschwester?«

»Nein, sie waren Bruder und Schwester, schlicht und einfach.«

»Ich verstehe immer noch nicht. Sicher, wenn Rose eine Tochter von diesem Considine hatte...«

»Sie war nicht von Considine. Michaela kam zur Welt, als Rose diesen Kerl überhaupt noch nicht kannte.«

»Michaela?« Bevor Ethel antworten konnte, erriet ich, was der Name bedeuten mußte. »Sie meinen... sie war Michael Lanyons Kind – nach seinem Tod geboren?«

Ethel zögerte einen Moment und nickte dann feierlich.

»Guter Gott.«

»Ja.« Sie sah mich unverwandt an. »Aber manchmal frage ich mich, ob er wirklich so gut ist. Wenn ich so sehe, was er alles zuläßt...«

3. Kapitel

Pam wartete auf mich, als ich nach Tredower House zurückkam. Ich war so verblüfft über das, was Ethel Jago mir erzählt hatte, daß ich mich kaum erinnern konnte, wo Pam gewesen war und weshalb. Eine andere weiter zurückliegende Erinnerung beschäftigte meine Gedanken: Nicky, wie er in jenem lange vergangenen Sommer gewesen war, als wir uns noch auf Nanceworthal und die ganze Welt hatten freuen können; Nicky, wie er gewesen war, bevor das Schicksal sich ihn als Opfer auserkor. Meine eigenen Nöte waren soviel trivialer als alles, was er hatte durchmachen müssen und nicht hatte ertragen können. Ein Vater, der wegen Mordes gehängt wurde; eine Mutter, die aus Sehnsucht nach Liebe starb; eine Schwester, seit Jahren verschwunden. Wie sollte er da gewinnen – ohne einen Freund, an den er sich wenden konnte?

»Wie waren die Jagos?« fragte Pam.

»Geknickt. Vom Leben geschlagen, mehr oder weniger.«

»So schlimm?«

»Ich denke schon, ja.«

»Vielleicht hättest du nicht hingehen sollen.«

»Vielleicht hätte ich nicht so lange wegbleiben sollen.«

»Aber du kennst sie kaum.«

»Stimmt. Aber irgendwie kenne ich sie doch. Wieso eigentlich, Pam?«

»Weil du, als du zehn warst, eine Woche bei ihnen verbracht hast.« Sie runzelte die Stirn. »Was meinst du damit?«

»Vergiß es.« Ich versuchte, den nagenden Zweifel abzuschütteln, den der Besuch in Nanceworthal in mir hinterlassen hatte. Jetzt, angestachelt darüber nachzudenken, fand ich, daß ein gemeinsamer Urlaub auf dem Bauernhof mit Nicky für meine Eltern und Großeltern eine seltsame Art gewesen war, ihre Mißbilligung den Lanyons gegenüber auszudrücken. »Wie geht's Mum und Dad?«

»Gut. Sie sind natürlich schockiert, aber … sie möchten mit dir über das reden, was passiert ist.«

»Tatsächlich?«

»Ja. Ich habe ihnen gesagt, daß du noch ein paar Tage bleibst. Sie haben dich für morgen zum Lunch eingeladen.«

»Gut.«

»Soll ich anrufen und ihnen sagen, daß du kommst?«

»Warum nicht? Dann habe ich eine Chance, sie zu fragen.«

»Sie was zu fragen?«

»Die Frage, die du nicht verstanden hast.«

Pams Stirnrunzeln verstärkte sich. »Ich weiß nicht, wovon du redest.«

»Nein, aber sie werden es wissen.«

Meine Familie besaß immer eine ausgeprägte Fähigkeit, ihre eigene Vergangenheit zu beschönigen. Der Ursprung meiner Freundschaft mit Nicky Lanyon war ein Beispiel dafür, und daß mein Großvater während des Ersten Weltkriegs nicht zum Militärdienst mußte, ein weiteres. Seine andauernde Kränklichkeit in diesen Jahren hatte sich anscheinend gelegt, als ich ihn kannte, und sie hinderte ihn keineswegs daran, gesund ein hohes Alter zu erreichen. Könnte es sein, daß meine Großmutter, obwohl überaus patriotisch, seine Überlebenschance für gering gehalten und entschieden hatte, ihn nicht entbehren zu können? Falls das so war, hätte sie sich sicherlich nicht gescheut, die medizinischen Fakten entsprechend zu manipulieren. Was, unter anderen kleinen Geheimnissen, erklären würde, warum Dr. Truscott von uns jedes Weihnachten einen üppigen Geschenkkorb erhielt, auch als er sich schon lange aus seiner Allgemeinpraxis zurückgezogen hatte.

Archie Lanyon hingegen erging es ganz anders. Er zog bei guter Gesundheit in den Krieg und kam lange vor dem Waffenstillstand mit dem Gehirn eines Kindes und dem Körper eines Invaliden zurück. Er starb erst viel später, aber sein Leben war vorbei. Cordelia muß der Armut ebenso nahe gewesen sein wie der Verzweiflung. Sie hatte einen kleinen Sohn großzuziehen und einen hilflosen Mann zu pflegen. Und wann immer sie an dem aufblühenden Geschäft der Napiers in der River Street vorbeikam, muß sie sich daran erinnert haben, wieviel freundlicher das Leben zu ihr hätte sein können, wenn sie eine andere Wahl getroffen hätte. Ich weiß nicht, wie sie ihren Alltag meisterte und ob sie Großmutter jemals um einen Gefallen, einen Kredit oder sonst eine Hilfe bat. Vielleicht war sie dazu zu stolz. Vielleicht wußte sie auch, welche Antwort sie bekommen hätte. Großmutter schuldete ihr nichts, und sie bezahlte immer nur das, was sie schuldete. Wie auch immer, Cordelia muß gelegentlich an Joshua Carnoweth gedacht haben. Aber niemals, vermute ich, als an ihren potentiellen Retter oder den Wanderer, der bald zurückkehren würde.

Aber im Frühjahr 1920 geschah genau dies. Er kam in eine Stadt zurück, die kaum anders war als die, die er dreiundzwanzig Jahre zuvor verlassen hatte. Die Kathedrale war natürlich fertig, und es gab ein paar Privatautos und motorisierte Taxis, aber ansonsten war alles unverändert. Die meisten Straßentransporte erfolgten mit Pferdefuhrwerken, der Kenwyn-Fluß war noch nicht überbaut, die Straßen besaßen noch Gaslaternen. Der Krieg hatte allerdings bedeutende wirtschaftliche Veränderungen mit sich gebracht. Die Lebenshaltungskosten hatten sich enorm erhöht, was für meine Großeltern von Vorteil war, denn sie konnten in die steigenden Nahrungsmittelpreise, die für einen Mann mit praktisch unbegrenzten Mitteln wie meinen Großonkel keinerlei Rolle spielten, einen kleinen Extraprofit einkalkulieren. Für jemanden in Cordelias heikler Lage jedoch stellten diese Preise eine echte Bedrohung dar. Die Miete ihres

Hauses hatte sich seit der Vorkriegszeit verdoppelt, aber ihre Einkünfte waren rapide gesunken.

Onkel Joshuas Rückkehr in den Schoß seiner Familie scheint kühl verlaufen zu sein. Großmutter sagte immer, er habe Großvater nicht gemocht und ihnen beiden zu verstehen gegeben, daß er einfache Ladenbesitzer als unter ihm stehend betrachtete, nachdem er nun zu Reichtum und Ansehen gelangt war. Mein Vater schloß sich dieser Einschätzung an, aber offen gesagt wurde sie durch nichts bestätigt. Der Joshua Carnoweth, den ich kannte, konnte zwar recht kratzbürstig sein, war aber kein Snob. Sein großer Reichtum hatte keinerlei Auswirkungen auf sein Verhalten. Er besaß ein großes Haus, aber er lebte einfach und kleidete sich schlicht. Er war alles andere als ein Angeber. Ich zweifle nicht daran, daß es zwischen Bruder und Schwester Zwietracht gab, aber das hatte nichts mit Onkel Joshuas Meinung von meinem Großvater zu tun, so gering diese zweifellos auch war, sondern damit, daß er eine Haushälterin beschäftigte. Und weil diese Haushälterin Cordelia Lanyon war.

Wie war das Wiedersehen zwischen *diesen* beiden? Wie begrüßte Cordelia den Mann, der zurückgekommen war und festgestellt hatte, womit er gerechnet haben mußte, nämlich daß sie nicht auf ihn gewartet hatte? Welche Erklärung gab Onkel Joshua selbst – für seine späte Rückkehr, die veränderten Umstände, den Abstand zu dem liebeskranken Minenarbeiter, der er einst gewesen war? Ich stelle mir vor, wie die beiden verlegen in der winzigen Eingangsdiele des Hauses in der St. Austell Street standen, sich ansahen, nach Worten für die unterschiedlichen Erfahrungen suchten, die sie in ihrem Leben gemacht hatten, während Archie in einer Ecke in einem Sessel hing, sabbernd und röchelnd, und der kleine Michael sie von der Tür aus beobachtete. Cordelia war noch immer schön. Selbst im Alter, wie ich mich an sie erinnere, wirkte sie blaß und sanft und wies noch die Spuren ihrer einstigen Schönheit auf. Onkel Joshua war stark, gutaussehend und gut gekleidet. Sie schauten einander an und sahen das, was hätte sein können. Wenn er früher zurückgekommen wäre, gnädig und weit weg... Aber sie liebte ihren Mann. Sie wünschte ihm nicht den Tod. Und Onkel Joshua bewunderte sie dafür. Sicher wurde nichts offen ausgesprochen, nichts erklärt, aber sie kamen zu einer Übereinkunft.

Binnen eines Monats zogen die Lanyons in Tredower House ein. Cordelia kümmerte sich um das Hauspersonal. Onkel Joshua engagierte eine Pflegerin für Archie und einen Hauslehrer für Michael, um seine Intelligenz zu fördern. Für diejenigen, die nichts von ihrer früheren Beziehung wußten, war das sicher nicht weiter bemerkenswert, wenn auch sehr großzügig von Joshua Carnoweth. Die Aufgaben, die Cordelia als Haushälterin zu bewältigen hatte, waren vielfältig und anstrengend, obwohl sie nach damaligen Maßstäben üppig bezahlt wurde. Aber manche Leute sahen das weniger karitativ. Es gab Verdächtigungen, Gerüchte, Unterstellungen... Sie argwöhnten, Joshua Carnoweths Beziehung zu ihr sei nicht die eines Arbeitgebers zu seiner Angestellten. In gewissem Sinn hatten diese Leute recht... und auch wieder nicht. Jedenfalls nicht, solange Archie Lanyon lebte, und er lebte noch lange.

Michael Lanyon erwies sich als aufgeweckter Junge. Mit zwölf Jahren gewann er ein Stipendium für die Truro School. Onkel Joshua hätte sicherlich sein Schulgeld bezahlt, wenn das nötig gewesen wäre. Und er hat ihn sicher auch finanziell unterstützt, als er 1928 nach Oxford ging und ein Jahr nach seinem Studium auf den Kontinent, um seinen Horizont zu erweitern. Ich nehme an, daß er auch seinen darauffolgenden Eintritt als Juniorpartner bei Colquite & Dew ermöglichte, dem alteingesessenen Immobilienmakler und Auktionator Truros. Es besteht kein Zweifel daran, daß Onkel Joshua tat, was er konnte, um Michael zu unterstützen. Ich vermute, daß er ihn mit der Zeit als so etwas wie seinen Sohn betrachtete, den er selbst nicht hatte. Was dem Klatsch nur weitere Nahrung gab und meine Großeltern erboste. Das Lebensmittelgeschäft lief immer besser, doch für eine teure Privatschule, auf die man meinen Vater hätte schicken können, reichte es nicht. Seine Universität war der Laden in der River Street, der ihm bestimmte Beruf nicht der eines Auktionators, sondern der eines Krämers, in einer Welt von Schinken, Brot und Mehl; Streichhölzern, Senf und Seife; dreizehn Stunden am Tag, sechs Tage in der Woche. Es muß ihn erzürnt haben – ebenso wie Großmutter –, Michael Lanyon in seinem Anzug vorbeistolzieren zu sehen. Da war mein Vater schon mit meiner Mutter verheiratet. Pam war geboren. Die größer gewordene Familie war in das Haus in der Crescent Road gezogen, wo ich das Licht der Welt erblicken sollte. Es ging ihnen nicht schlecht. Tatsächlich hätten sie denken können, es ginge ihnen so gut wie allen anderen – wenn nicht der unvermeidliche Vergleich mit den Bewohnern von Tredower House gewesen wäre.

Im April 1935 heiratete Michael Lanyon Rose Pawley, die ältere Tochter des Bahnhofsvorstehers. Meine Eltern und Großeltern waren zur Hochzeit eingeladen. Das war eine Geste der Versöhnung, die sie nicht zurückweisen wollten, soviel Groll sie auch unterdrücken mußten. Man hatte an die Zukunft zu denken. Da Onkel Joshua älter wurde, nahm ihre Unsicherheit darüber, wem er seinen Reichtum vermachen würde, unverhältnismäßig zu. Großmutter wußte, wann man Pragmatismus über Prinzipien stellen mußte, und dies war eine solche Gelegenheit. Also gingen sie zur Hochzeit und wünschten dem Brautpaar viel Glück.

Die Frischvermählten brauchten sich kein eigenes Heim zu suchen. Tredower House war groß genug, um alle Kinder aufzunehmen, mit denen sie gesegnet sein würden. In vieler Hinsicht war es zum Zuhause der Lanyons geworden, obwohl Cordelia nach außen hin immer nur die Haushälterin war, die im Haus lebte. Großmutter kann das alles nicht gefallen haben, aber sie hielt es nicht für angebracht, das zu äußern. Statt dessen brachte sie ihrem Bruder nach Kräften die Auffassung nahe, daß Blut sehr viel dicker als Wasser ist. Onkel Joshua seinerseits blieb umgänglich und auf der Hut. Wie groß sein Reichtum war – und wie er darüber zu verfügen gedachte –, blieb eine Angelegenheit zwischen ihm, seinem Gewissen und Mr. Cloke, seinem Anwalt, in dessen Bürosafe in der Lemon Street seit langem sein Testament lag.

Rose Lanyons erste Schwangerschaft fiel zufällig mit der zweiten meiner Mutter zusammen. Im März 1936, als Hitler das Rheinland wieder besetzte, kamen Nicky Lanyon und ich auf die Welt – und damit begann diese Geschichte.

Der Montagmorgen brachte die Presse nach Tredower House. Aber wir wurden nicht mit Teleobjektiven belagert; ein paar zweitrangige Schnüffler aus der Fleet Street hingen herum, in der Hoffnung, etwas über den Hintergrund eines Falles zu erfahren, der bislang nur ein Selbstmord durch Erhängen war, auf Seite fünf abzuhandeln. Sie waren zu faul, um die vierunddreißig Jahre alten Artikel ihrer eigenen Zeitung zu lesen, und wußten daher nichts von all den Verästelungen der Ereignisse, und natürlich ließen wir sie in dieser Unwissenheit. Trevor behauptete, ein Gast habe die Leiche gefunden, was beinahe stimmte, aber er erwähnte nicht, daß dieser Gast sein Schwager war und sich noch auf dem Anwesen befand.

Ich brach zeitig zum Lunch mit meinen Eltern auf und folgte durch die sonnige Landschaft einer gewundenen Straße in Richtung Helford-Mündung. Lanmartha war ein Haus aus alten Steinen mit steilem Dach auf den Anhöhen über Helford Passage, dessen prächtiger subtropischer Garten terrassenförmig zum Fluß hin abfiel. Hier ging meine Mutter ihrer Leidenschaft für Kamelien, Hortensien und exotische Mittelmeerpflanzen nach, während mein Vater auf dem Golfplatz auf dem hinteren Teil des Anwesens seiner Passion folgte, einen pickeligen weißen Ball in ein Loch zu schlagen. Solche Beschäftigungen kamen mir an einem Ort, an dem man nur aus dem Fenster zu schauen brauchte, um die grünste Landspitze und den sich im funkelnden Wasser spiegelnden tiefblauen Himmel zu sehen, überflüssig vor. Aber ich lebte im vom Land eingeschlossenen Berkshire und wußte um den Seltenheitswert einer solchen Szenerie. Für meine Eltern, die Cornwall nicht oft verließen, war die Aussicht einfach etwas, das man vor der Nase hatte, wenn man sein Frühstück einnahm.

Sie begrüßten mich mitfühlend, so als gingen sie davon aus, daß das Erlebte mich noch immer bedrückte. Das tat es auch, aber nicht in der Weise, wie sie sich das vorstellten. Der physische Schock war einem latenten Unbehagen gewichen, das durch keinerlei Mitgefühl zu vertreiben war. Wir saßen mit unseren Aperitifs draußen auf der Terrasse über der obersten Rasenterrasse – Pink Gin für Dad, Sherry für Mum und hausgemachte Limonade für mich –, während Mrs. Hannaford, die Haushälterin, das Mittagessen zubereitete. In dieser Atmosphäre wirkte unsere düstere Diskussion noch seltsamer. Eigentlich hätten wir uns gemeinsam darüber freuen sollen, wie glatt die Hochzeit verlaufen war. Aber Tabitha und Dominic waren für den Augenblick vergessen. Sie hatten schließlich das Glück, sich auf der anderen Hälfte der Erdkugel zu befinden.

»Mir tut jeder leid, der verzweifelt genug ist, sich selbst das Leben zu nehmen«, sagte Mum. »Aber was ich nicht verstehe, ist... daß er den ganzen Weg hierhergekommen ist, um es zu tun.«

»Man soll ja nichts Schlechtes über die Toten sagen«, stimmte Dad ein, »aber, verdammt, das alles kommt mir fast gehässig vor.«

»Inwiefern?« fragte ich, während ich meine Limonade schlürfte.

»Nun, es in Tredower House zu tun, garantiert, daß wir Unannehmlichkeiten haben, oder? Es bedeutet, daß die Presse alle an den Mord erinnern wird.«

»Warum sollte das für uns unangenehm sein?«

»Darauf hätten wir gut verzichten können«, sagte Mum. »Der Samstag war so... rundum gelungen. Und dann... das.«

»Ich habe von Pam gehört, daß er an dem Nachmittag mit dir gesprochen hat«, sagte Dad.

»Ja, das hat er.«

»Und, ergab das irgendeinen Sinn?«

»Nicht viel.« Ich hielt inne. »Er hat mich gefragt, wer seinen Vater umgebracht hätte.«

Beide Eltern sahen mich einen Augenblick verwirrt und stirnrunzelnd an. Dann sagte Dad: »Glaubst du, daß er verrückt war?«

»Verwirrt war er sicher. Aber ich glaube, das muß man auch sein, um so etwas zu tun. Wißt ihr, welchen Baum er benutzt hat – die Roßkastanie. Es war der Baum, an dem wir früher immer geschaukelt haben.«

»Ich kann mich an keine Schaukel erinnern«, sagte Mum. »Aber wir haben Tredower House damals so selten besucht.«

»Ich habe im Sommer buchstäblich dort gelebt.«

»Wirklich?«

»Aber das weißt du doch.«

»Ich weiß, daß du und ... Nicky ... ziemlich befreundet wart.«

»*Ziemlich* befreundet? Wir waren unzertrennlich.«

»Das ist sicher übertrieben, mein Lieber.«

»Nein, ganz und gar nicht. Wenn wir das nicht gewesen wären, warum hätte ich dann im Sommer zuvor eine Woche mit ihm in Nanceworthal verbringen sollen?«

»War das so lange?«

»Und im folgenden Sommer sollten wir wieder hinfahren.«

»Wirklich? Ich kann mich nicht daran erinnern.«

»Ihr habt die Freundschaft gefördert.«

Dad schnaubte. »Warum hätten wir das tun sollen?«

»Um euch mit Onkel Joshua gutzustellen, nehme ich an.«

Ein kleines, trotziges Schweigen trat ein. Dad räusperte sich und trank einen Schluck Gin. Mum verscheuchte eine Wespe vom Limonadenkrug und stand hastig auf. »Ich schaue besser mal nach, ob Mrs. Hannaford zurechtkommt. Entschuldigt mich.«

Kaum war sie außer Sicht, schaute Dad zu mir herüber und sagte: »Du hast über all das nachgedacht, bevor er sich umbrachte, nicht? Ich erinnere mich, daß du bei unserer Partie Billard in einer eigenartigen Stimmung warst. Du hättest mir schon bei der Gelegenheit von alldem erzählen sollen.«

»Ich wollte dir euren Hochzeitstag nicht verderben. Außerdem, wenn es beim Zusammentreffen mit Nicky geblieben wäre, hätte ich es mir sicher aus dem Kopf schlagen können.«

»Genau das solltest du jetzt auch versuchen. Es hat keinen Sinn, darüber nachzugrübeln, ob wir es für ihn und für dich... nützlich fanden, daß ihr euch anfreundeted, als ihr beide noch Kinder wart. Meine Güte, wir reden von etwas, das vierzig Jahre zurückliegt.«

»Aber habt ihr... gedacht, es könnte nützlich sein?«

Er schürzte die Lippen. »In gewisser Weise. Deine Großmutter hatte Angst, Onkel Joshua könnte zugunsten der Lanyons seine Familie vergessen. Und dafür gab es gute Gründe, wie sich herausstellte. Aber erinnere dich: Es war eure Zukunft – deine und Pams –, die wir zu sichern versuchten. Ich betrachte das nicht als etwas, wofür wir uns entschuldigen müßten.« Er warf mir einen herausfordernden Blick zu.

»Ich auch nicht. Aber ich kann mir nicht helfen, ich fühle mich irgendwie verantwortlich dafür, daß es mit Nicky so ein Ende genommen hat.«

»Das ist lächerlich.«

»Wirklich? Er war mein Freund, so lange das auch her ist.«

»Und sein Vater hat deinen Großonkel ermordet, so lange es auch her ist. Hast du das vergessen?«

»Nein. Aber es ist komplizierter, als du denkst. Ich bin zu Ethel Jago gefahren. Nach dem, was sie gesagt hat, war Rose Lanyon, als sie Truro verließ...«

»Chris!« Das war meine Mutter, die mich von den Fenstertüren des Wohnzimmers aus rief. »Telefon für dich.«

»Wer ist es?«

»Er sagt, er wäre ein alter Freund, obwohl ich noch nie von ihm gehört habe. Don Prideaux.«

»Das Gedächtnis deiner Mutter ist auch nicht mehr, was es einmal war«, sagte Dad leise. »Du bist doch mit einem Jungen namens Prideaux zur Schule gegangen, oder?«

»Ja. Später wurde er ...«

»Journalist bei der *Western Morning News.«* Dad nickte. »Er schreibt immer noch für sie.« Dann bedachte er mich mit einem unfrohen Lächeln. »Das ist seine Freundschaft zu dir.«

Ich ließ die Bemerkung unerwidert, stand auf und eilte ins Wohnzimmer. Meine Mutter war verschwunden, aber sie hatte den Telefonhörer neben dem Apparat auf der Anrichte liegen lassen. Ich nahm ihn auf und sagte mißtrauisch: »Hallo?«

»Chris, alter Junge. Don Prideaux hier.« Seine Stimme war tiefer und heiserer, als ich sie in Erinnerung hatte, aber unverkennbar. »Könntest du vielleicht ein paar Worte zu dem armen alten Nicky Lanyon sagen?«

»Was willst du wissen, Don?«

»Könnten wir uns vielleicht auf einen Plausch treffen?«

»Ich bin nicht sicher. Ich ...«

»Ich bin in Truro. Wie wär's mit dem City Inn, wenn es heute abend aufmacht? Die Drinks gehen auf meine Rechnung.«

»Don, ich weiß wirklich nicht, ob ich das schaffe. Es ist ... schwierig.«

»Ich muß diesen Artikel schreiben, Chris.« Sein Ton veränderte sich, etwas von der Kumpelhaftigkeit verschwand. »Du willst doch nicht, daß ich etwas in den falschen Hals bekomme, oder?«

»Nein. Aber ...«

»Wir sehen uns also dort?«

Ich seufzte. »In Ordnung.«

»Prima.« Er kicherte heiser. »Ich wußte, daß ich auf dich zählen kann.«

Strenggenommen kannte ich Don Prideaux länger als Nicky Lanyon. Wir trafen uns im Herbt 1941 im ersten Jahr in der Daniell Road School; wir waren Banknachbarn und saßen an jeweils einer Seite des schmalen Gangs zwischen unseren Pulten. Er war ziemlich groß für sein Alter, ein Spaßvogel, aber streitlustig und schrecklich neugierig. Damals befanden wir uns schon im zweiten Kriegsjahr, und da wir zu jung waren, um uns an das Leben in Friedenszeiten zu erinnern, war es für uns so, als gäbe es diesen Krieg schon immer.

Ich habe keine Erinnerung an den Ausbruch des Krieges im September 1939, obwohl dieser ein so fester Bestandteil der Familiengespräche ist, daß es mir vorkommt, als erinnerte ich mich doch daran. Wir waren den Tag über in Perranporth gewesen, und zwar mit dem wunderschönen, taubengrauen alten Talbot, der die folgenden sechs Jahre aufgebockt in der Garage bleiben sollte. Wir hatten in den Dünen ein Picknick gemacht und waren den Strand entlanggepaddelt. Wir hatten einen normalen Sonntag am Meer verbracht. Dann waren wir rechtzeitig für die Sechs-Uhr-Nachrichten im Radio nach Truro zurückgefahren und hatten in perfekt gesprochenem BBC-Englisch die schreckliche Meldung gehört; Großmutter war so geschockt, daß sie nicht merkte, daß die Hälfte meines weichen Eis in ihrem Tee gelandet war, und ihn trank, ohne sich zu beschweren.

Viele der Lebensumstände, an die ich mich als Kind erinnere, waren in Wirklichkeit Einschränkungen durch den Krieg, die ich fälschlich für den Normalzustand hielt. Die Rationierung bedeutete, daß Napier's Lebensmittelhandlung eigentlich kein privates Geschäft mehr war, sondern eine Zweigstelle des Ernährungsministeriums, das Kunden registrierte, Preise festsetzte und eine endlose Diskussion über Punkte, Coupons und legendäre Vorkriegsdelikatessen wie Ananas und Bananen auslöste, die ich mir nicht einmal vorstellen konnte. Die Einberufungen bedeuteten, daß die Hälfte der erwachsenen Männer aus der Gegend in ferne Regionen verschwand und gelegentlich mit prallen Tornistern und kurzgeschorenen Haaren zu einem achtundvierzigstündigen Urlaub wieder auftauchte. Mein Vater war einer von ihnen; er brach im Frühjahr 1940 in einen Krieg auf, den er damit zubrachte, von einem Schreibtisch irgendwo in Yorkshire aus Lebensmittelvorräte der Armee zu verwalten. Die Verdunkelung und die Einschränkung der Reisefreiheit bedeuteten mir nicht viel, wenn auch Pam häufig darüber klagte, daß wir nie mehr nach Perranporth fuhren. Ob sie dort allerdings Lust gehabt hätte, über Stacheldrahtverhaue zu klettern, um ins Wasser zu gelangen, vorausgesetzt, wir hätten überhaupt genug Benzin gehabt, um hinzufahren, ist eine andere Sache.

Die schlimmsten Auswirkungen des Blitzkriegs blieben Cornwall erspart, und so kamen Nächte im Luftschutzbunker in meiner Kindheit nicht vor. Großmutter zeigte mir eines Abends ein Glühen am östlichen Horizont und sagte, dort würde Plymouth brennen, aber ich hatte keine Vorstellung davon, was das wirklich bedeutete. In Frühlings- und Sommernächten hörte ich die vereinzelten dumpfen Einschläge von Bomben in den Falmouth Docks, aber niemand schien zu befürchten, daß sie sich uns nähern könnten. Im August 1942 dachten die Leute wieder darüber nach, als eine Bombe die Royal Cornwall Infirmary gleich auf der anderen Seite von Chapel Hill traf. Don Prideaux, dessen Familie in der Redannick Lane wohnte, etwas näher am Krankenhaus, berichtete, die Explosion habe ihn aus dem Bett geschleudert, aber schon damals besaß er die journalistische Gabe der Übertreibung. Am nächsten Morgen gingen wir zusammen hinunter, um uns den Schaden anzusehen, und fanden alles sehr aufregend, da wir nicht begriffen, daß unter den Trümmern Menschen begraben waren.

Zu dieser Zeit waren die Lanyons schattenhafte Gestalten für mich. In meiner Vorstellung waren sie so etwas wie Verwandte, vielleicht Cousins, aber bezüglich unserer Verbindung mit ihnen schien es immer eine gewisse Zweideutigkeit zu geben. Großmutter nahm Pam und mich mehrmals zum Tee bei Onkel Joshua mit nach Tredower House, und die Atmosphäre war dabei niemals so, als fühlten Bruder und Schwester sich miteinander wohl. Onkel Joshua hatte eine belgische Familie aufgenommen, die 1940 vor der deutschen Invasion geflohen und mit einem Frachtschiff im Hafen von Falmouth gelandet war. Großmutter schien diese Leute irgendwie zu mißbilligen, weil Onkel Joshua zuließ, daß sie sich auf dem Anwesen frei bewegten und keinen Unterschied zwischen ihren Kindern und denen der Lanyons machte – Nicky und der kleinen Freda. Michael Lanyon war in der Royal Air Force. Der Ehrenplatz im Salon, den Onkel Joshua einem Foto von ihm in Pilotenuniform eingeräumt hatte, schien Großmutter ebenfalls zu ärgern, was ich daran erkannte, daß sie immer wieder hinschaute. Aber sie blieb von einer hartnäckigen Liebenswürdigkeit, da sie immer ihre großen Pläne, die sie mit mir hatte und von denen ich nichts ahnte, im Sinn behielt. Und am Ende meines zweiten Jahres in der Daniell Road spielte sie ihre Trumpfkarte aus.

Pam sollte in Kürze auf die County Grammar School gehen. Auf ihre Ausbildung war kein Geld verwendet worden, und es war auch nie unausgesprochen vorausgesetzt worden, daß man für meine Geld aufbringen würde. Aber Großmutter hatte anscheinend eine Zeitlang Geld beiseite gelegt. Sie wollte, daß ich mich auf der Truro School einschrieb. Der Grund dafür war mir unklar. Ich hatte keine Lust, Daniell Road und meine Freunde dort zu verlassen, unter ihnen auch Don Prideaux. Aber meine Wünsche spielten kaum eine Rolle. »Damit wird er ein gemachter Mann sein«, beteuerte Großmutter. »Und was für den Enkel von Cordelia Lanyon gut ist« – hier kamen wir der Sache näher –, »ist auch gut für den meinen.«

Ich zweifelte nicht daran, daß Großmutter etwas gegen Cordelia Lanyon hatte, ja, daß sie sie nicht leiden konnte. Ich verstand nicht, warum, da die alte, weißhaarige Dame von sanftmütigem Wesen war und eine unaufdringliche Schönheit besaß.

Damals trug sie meist Schwarz, trauerte so in viktorianischem Stil um ihren kürzlich verstorbenen Mann und war immer sehr freundlich zu mir, wenn wir uns sahen. Großmutter beschrieb sie als Onkel Joshuas Haushälterin, aber ihre Schwiegertochter Rose, eine eher rundliche, weniger elegante Erscheinung, wenn auch genauso freundlich, war diejenige, die den Tee servierte, wann immer wir Tredower House besuchten; Cordelia schien eine herausgehobenere Stellung innezuhaben. Pam machte dunkle Anspielungen auf Familiengeheimnisse, für deren Kenntnis ich noch zu jung sei, vermutlich, weil man sie auch ihr nicht anvertraut hatte. Aber ich war derjenige, der deswegen seine Schule verlassen mußte, was mich nur noch in meiner Entschlossenheit bestärkte, hinter diese Geheimnisse zu kommen.

Im September 1943 wurde ich in meiner neuen, steifen Uniform aus graublauem Serge in die Vorbereitungsklasse der Truro School in Treliske gesteckt, ein umgebautes Herrenhaus anderthalb Kilometer vor der Stadt an der Redruth Road. Diese Entfernung kam mir eher wie hundertfünfzig Kilometer vor, so fern waren meine Freunde in der Daniell Road auf einmal. Wie sich herausstellte, sollte ich fünf Jahre später wieder mit Don Prideaux zusammentreffen, als er ein Stipendium für die Oberstufe gewann und mich dort einholte. Aber da war auch der Krieg schon vorbei und ebenso die Freundschaft, die mich mit Nicky Lanyon verband. Und auch das Leben von Joshua Carnoweth und Michael Lanyon. Es ist gut, daß wir die Zukunft nicht vorhersehen können, sonst wäre die Vergangenheit keine so sorglose Zeit.

Ich hatte Don zwanzig Jahre nicht mehr gesehen, als wir beide Ende der fünfziger Jahre durch unsere Arbeit nach Plymouth verschlagen wurden und unsere alte Schulfreundschaft erneuerten. Er litt unter der Mühsal und Trivialität des Provinzjournalismus und ich an der Mühsal und Trivialität des Kaufhausmanagements. Wir wurden Trinkkumpane und schwelgten in

Phantasien über unsere großartige kosmopolitische Zukunft, seine in der Fleet Street, meine im Musikgeschäft. Wie immer man es auch betrachten mochte, das Leben hatte nicht mitgespielt. Der Don, den ich an diesem Abend an der Bar des City Inn lehnend traf, hatte viel Haare verloren und eine Menge Gewicht zugelegt. Aber er war noch immer weit von der Fleet Street entfernt. Und als er hörte, was ich zu trinken bestellte, sagte mir seine entsetzte Grimasse, daß er fand, ich hätte in meinem bisherigen Leben auch nicht viel mehr Erfolg gehabt als er.

»Perrier-Wasser?« platzte er heraus. »Das soll wohl ein Witz sein.«

»Ich fürchte nein. Ich bin jetzt mehr als zehn Jahre lang abstinent.«

»Um Gottes willen, warum? Mit all deinem Geld könntest du dir mit Jahrgangschampagner die Zähne putzen.«

Ich setzte mich auf den Barhocker neben ihm und lächelte zerknirscht.

»Ärztliche Anweisung.«

»So schlimm?«

»Die Großstadt hat sich als nicht sehr gut für mich erwiesen. Du kannst dich glücklich schätzen, daß du es nie bis in die Fleet Street geschafft hast. Dort hätten sie dir wahrscheinlich etwas angewöhnt, das den Körper mehr schädigt als Bier.«

»Ich hätte die Chance trotzdem ergriffen.«

»Und warum hast du es nicht getan?«

»Weil sie niemals kam. Ich habe mich gelangweilt, bevor ich berühmt wurde. Und jetzt... ist es zu spät.«

»Es ist nie zu spät.«

»Du hast leicht reden, du sitzt bequem auf den Carnoweth-Millionen.«

»Don, du weißt so gut wie ich, daß ich auf eigenen Füßen stehen mußte, seit ich Plymouth verlassen habe. Mir ist kein Penny von diesen Millionen über den Weg gelaufen.«

»Aber du kannst dich noch immer darauf freuen, nicht?«

»Ich bin nicht sicher. Außerdem geht dich der Inhalt des Testaments meines Vaters entschieden nichts an.«

Mit einer beschwichtigenden Geste hob Don die Arme, und Rauch stieg von der Zigarette zwischen seinen beiden von Nikotin verfärbten Fingern auf.

»Okay, okay, es tut mir leid. Es ist bloß so, daß du aus meiner Sicht gar nicht so schlecht dastehst. Diese Sängerin, die du geheiratet hast – wie hieß sie noch?«

»Melody Farren.«

»Schon geschieden?«

»Da du schon fragst, ja. Seit langem.«

»Wie komme ich bloß darauf? Du mußt dabei gut abgeschnitten haben. Bekommst du immer noch einen Anteil von ihren Tantiemen?«

»Es gibt keine nennenswerten Tantiemen. Und selbst wenn es welche gäbe, hätte ich kein Recht auf einen Anteil.«

»Was macht sie jetzt?«

»Sie hält Ziegen. Auf einem kleinen Bauernhof in North Wales.«

»Was für eine Vergeudung. Sie hatte eine gute Stimme, und ihr Körper war noch besser, wie ich mich erinnere. Aber das hast du ja alles selbst gewußt, nicht?«

»Ja, Don. Ich habe es gewußt. Aber *du* wirst es nicht erfahren.« Ich hätte es wahrhaftig wissen müssen, aber meine Ehe mit Melody Farren – die in Wirklichkeit Myfanwy Probin hieß – war durch meinen Alkoholismus in meiner Erinnerung so verwischt, daß es mir schwergefallen wäre, Details auszugraben, auch wenn ich es gewollt hätte. Nach dem, was sie mit mir durchgemacht hatte, tat sie wahrscheinlich gut daran, sich in Snowdonia dem Zölibat und der Aufzucht von Ziegen zu widmen.

»In welchem Jahr ist sie noch Dritte im Songwettbewerb der Eurovision geworden?« fragte Don nachdenklich. »Muß gewesen sein, als die Miniröcke am kürzesten waren, weil der, in dem ich sie bei diesem Fandango im Fernsehen gesehen habe...« Er verstummte, als er sah, wie meine Miene sich versteinerte. »Na ja, alles Schnee von gestern! Du bist jetzt mit klassischen alten Autos im Geschäft, oder?«

»Wer hat dir das erzählt?«

»Niemand. Ich hab' in einer Zeitschrift eine deiner Annoncen gelesen. Napier Classic Convertibles in Pangbourne.«

»Das bin ich.«

»Vielleicht interessierst du dich für meinen Morris Minor. Hat eine Menge Charakter, leistet aber nicht viel. Ein bißchen wie sein Besitzer.«

»Warum kommen wir nicht zur Sache?«

»In Ordnung. Nicky Lanyon. Er tauchte am Samstag in Tredower House auf und sprach mit dir. Hat sich in der Nacht darauf erhängt. Du hast ihn am folgenden Morgen gefunden, richtig?«

»So weit ja.«

»Seine Mutter ist vor kurzem gestorben. Sonst keine nahen Angehörigen. Also bekommt Nicky Depressionen und beschließt, allem ein Ende zu machen. Aber dazu legt er den ganzen weiten Weg hierher zurück. Das zeigt einen schönen Sinn für was... Ironie vielleicht? Erhängt, wie sein Vater, auf einem Besitz, von dem man sagen könnte, daß sein Vater *dessentwegen* gehängt wurde. Kein Wunder, daß das ganze Rattenpack aus London angereist ist. Es ist ein Fressen für sie, nicht? Oder wäre eins, wenn sie sich damit abgeben würden, in alle Ecken zu schauen.«

»Und da kommst du ins Spiel.«

»Genau. Du und Nicky, ihr wart Freunde, Chris. Hast du ihn seit siebenundvierzig überhaupt wiedergesehen? Außer am Samstag, meine ich?«

»Nein.«

»Dann hattest du ihn wohl ganz vergessen. Er aber dich offenbar nicht.«

»Sieht so aus.«

»Was hat er am Samstag zu dir gesagt?«

»Nichts Zusammenhängendes.«

»Ach, komm schon.«

»Es stimmt.«

»Etwas über seinen Vater, oder?« Don sah mir in die Augen. »Ich habe heute nachmittag mit Ethel Jago gesprochen. Vor ein paar Jahren habe ich einen Artikel über den Tod ihres Sohnes geschrieben, und damals hat sie ihre Verbindung mit den Lanyons erwähnt. Zufällig fand sie auch, daß mein Artikel eine zurückhaltende und geschmackvolle journalistische Arbeit war. Also war sie mir gegenüber mitteilsamer, als sie vielleicht gewesen wäre, wenn irgendein Cockney redender Sensationsjournalist in Lederjacke bei ihr aufgekreuzt wäre. Ich bin den anderen um einige Schritte voraus. Ich weiß von dir und Nicky, was die anderen anscheinend nicht wissen. Und ich weiß, daß er in den letzten vierunddreißig Jahren behauptet hat, sein Vater wäre unschuldig gewesen. Was er vermutlich auch dir gegenüber geäußert hat, als du ihn getroffen hast. Liege ich da wieder richtig?«

»Nein.«

»Dann muß ich im Begriff sein, meinen Riecher zu verlieren. Was nicht der Fall ist.«

»Er konnte nicht akzeptieren, daß sein Vater ein Mörder war. Das ist nicht dasselbe wie die Überzeugung, er wäre unschuldig gewesen.«

»Ich kann daraus eine pathetische Geschichte machen, wenn es sein muß, Chris. Ich kann Nicky als trauriges und einsames Opfer darstellen, von seinem besten und ältesten Freund im Stich gelassen.«

»Was hindert dich daran?«

»Die Möglichkeit, daß hinter all dem eine größere Story steckt. Ethel hat mir auch von Michaela erzählt.« Ein Lächeln huschte über sein Gesicht, als er bemerkte, wie ich überrascht zusammenzuckte. »Michael Lanyons posthumes Kind. Also, das könnte ein echter Knüller sein.«

»Sieht so aus, als bräuchtest du die Story nur zu schreiben.«

»Nicht ganz. Ich brauche mehr Informationen. Und soweit ich sehe, ist die einzige Quelle Nickys Stiefvater, Neville Considine.«

»Wieso vergeudest du dann deine Zeit mit mir?«

»Weil Considine in Clacton wohnt, und mein Chefredakteur bezahlt mir keine Reise an die Küste von Essex, um für eine Geschichte in Cornwall zu recherchieren. Aber Considine wird zur Beerdigung kommen, oder nicht? Muß er doch wohl. Sie ist diesen Freitag.«

»Da weißt du anscheinend mehr als ich.«

»Der Punkt ist der, Chris. Ich brauche jemanden, der mir Considine in die wartenden Arme treibt. Jemanden, der mich als den Musterschüler unter meinen Kollegen empfiehlt. Bis dahin dürften hier nämlich etliche Konkurrenten herumschnüffeln. Ich brauche jemanden, der mich an die Spitze der Warteschlange bringt.«

»Du meinst mich?«

»Du wirst ihn zwangsläufig bei der Beerdigung treffen. Er muß wissen, daß du und Nicky Freunde wart, also wird er keinen Streit anfangen, wenn du mich als weiteren Freund vorstellst …«

»Du wirst dort sein?«

Don zuckte mit den Schultern. »Ethel schien nichts dagegen zu haben.«

»Warum läßt du dich dann nicht von ihr vorstellen?«

»Weil du das besser kannst. Ich habe ihr gesagt, daß wir drei zusammen zur Schule gegangen sind. Nur du weißt, daß das eigentlich nicht stimmt.«

»Und auch, daß du kein Freund von Nicky warst. Der einzige Kontakt, den du je zu ihm hattest, bestand darin, daß du ihm Beleidigungen nachgerufen hast, als wir in der Uniform der Prep School Chapel Hill hinuntergingen.«

Don zuckte wieder mit den Achseln, diesmal grinsend. »Kleine Abweichung von der Wahrheit. Sie wird meine Anwesenheit bei der Beerdigung rechtfertigen und mir helfen, Considines Vertrauen zu gewinnen. Nicht viel verlangt, wenn ich als Gegenleistung deinen Namen aus der Geschichte heraushalte.«

»Aha, so ist das also, ja? Erpressung.«

»Betrachte es doch so: Die Publicity könnte einen Hinweis darauf geben, was aus Michaela geworden ist. Es gibt keinen Grund zu der Annahme, daß sie tot ist, oder? Nickys Tod könnte einen gewissen Sinn bekommen, wenn seine Schwester in den Schoß dessen zurückkehren könnte, was von ihrer Familie noch übrig ist.«

»Warum habe ich den Eindruck, daß es dir darum nicht in erster Linie geht?«

»Weil du ein gemein denkender Zyniker bist, der glaubt, ich wäre nur hinter einem Knüller her, den ich an eine der landesweit verbreiteten Zeitungen verkaufen könnte.«

»Dein großer Durchbruch.«

»Du warst derjenige, der gesagt hat, es wäre nie zu spät.«

»Stimmt.«

»Also, spielst du mit?«

»In Ordnung. Unter der strikten Bedingung, daß ich in deiner Zeitung nichts über mich lese.«

»Großartig.« Don trank sein Bier aus und gab der Barfrau ein Zeichen, ihm noch eines zu bringen. »Willst du noch ein Perrier, Chris? Oder mußt du fahren?«

4. Kapitel

Don Prideaux hielt seinen Teil des Handels ein. Sein Artikel in der *Western Morning News* über Nickys Selbstmord erwähnte weder mich noch Michaela Lanyon. Was sie betraf, wartete er den richtigen Moment und die Chance ab, daß ich ihm möglicherweise alle Einzelheiten, die zu der Tragödie geführt hatten, auf einem Silbertablett servierte. Da die landesweiten Zeitungen anscheinend bis Mitte der Woche das Interesse an dem Fall verloren hatten, war das eine kluge Strategie. Wenn er die Geschichte brachte, würden seine Konkurrenten über alle Berge sein.

Und genauso ist es gekommen. Die Leichtigkeit, mit der es Don gelungen war, mich unter Druck zu setzen, hatte mich aus meiner sentimentalen Träumerei gerissen. Nicky war tot, und es gab keine Möglichkeit mehr, ihm zu helfen. Ich würde zu seiner Beerdigung gehen, weil ich ihm diese verspätete Reverenz an unsere Freundschaft schuldig war, aber damit würde die Sache dann auch zu Ende sein.

Am Dienstag morgen fuhr ich nach Pangbourne zurück in der Absicht, ein paar ruhige Tage in der Werkstatt zu verbringen, bevor ich zur Beerdigung nach Truro zurückkehrte. Napier Classic Convertibles' öffentliche Fassade bestand aus einem Viertel des Vorhofs und des Ausstellungsraums von Grayson Motors in der Station Road in Pangbourne. Ich versuchte, dort so wenig Zeit wie möglich hinter einer Topfpalme sitzend zuzubringen und auf Kunden zu warten, weil ich es vorzog, in den beiden Nissenhütten einer nicht mehr benutzten Scheune mit einem daran angrenzenden Hof, die ich von einem benachbarten Farmer gemietet hatte, in Handarbeit Autos zu restaurieren.

Mark Foster, mein einziger Angestellter, hatte den Mittwoch frei. Mir war das nur recht; ein einsamer Tag des Herumbastelns an dem Austin-Healey, den ich für einen meiner prompter zahlenden Kunden herrichtete, war genau das, was der Doktor mir verschrieben hatte.

Der Vormittag verlief gut, und ich dachte gerade daran, eine Mittagspause einzulegen, als ein Geräusch, das sich wie die Landung eines Doppeldeckers anhörte, mich auf die Ankunft eines Autos im Hof aufmerksam machte. Es war ein grauenhaft ungepflegter Fiat 500 mit mehr Rost als Lack und einem völlig defekten Auspuff.

Der Besitzer, ein großer, dünner alter Mann in einem billigen blauschwarzen Anzug und schmuddeligen Schuhen mit gesprungenem Oberleder, schob sich vom Fahrersitz und kam zögernd auf mich zu. Er hatte dichtes, fettiges Haar und funkelnde Augen wie eine Elster. Ich schätzte ihn auf siebzig Jahre. Irgendein unangenehmer Geruch haftete an ihm wie eine zweifelhafte Erinnerung, und als er lächelte, war sein Gesichtsausdruck gleichzeitig nervös und irgendwie verschlagen. »Ich suche Mr. Napier«, sagte er vorsichtig.

»Sie haben ihn gefunden.«

»Mein Name ist Neville Considine.« Er streckte eine Hand aus, und ich war merkwürdig erleichtert, meine von Öl geschwärzten Handflächen vorweisen zu können, um sie nicht schütteln zu müssen. »In der Tankstelle in Pangbourne haben sie mir gesagt, daß ich Sie hier finden kann.«

»Kommen Sie doch herein.«

Er folgte mir an dem zerlegten Austin-Healey vorbei in das winzige Büro im hinteren Teil der Werkstatt. Ich bot ihm einen Stuhl und eine Tasse Kaffee an und hoffte, er werde wenigstens letztere ablehnen, was er aber nicht tat.

»Sind Sie auf dem Weg nach Truro, Mr. Considine?«

»Ja. Zu Nicholas' Beerdigung. Von Mrs. Jago habe ich gehört, daß Sie auch hingehen wollen.«

»Ja, das werde ich tun.«

»Die Polizei hat mir gesagt, daß Sie derjenige waren, der ihn gefunden hat.«

»Ja. Eine schreckliche Geschichte. Sie haben mein tiefstes …«

»Das ist schon in Ordnung, Mr. Napier. Ich bin derjenige, der Ihnen sein Mitgefühl ausdrücken sollte. Ihn so zu finden, muß ein Schock gewesen sein.«

»Ja, das war es natürlich, aber …«

»Sie müssen wissen, daß ich Nicky in den letzten Jahren sehr selten gesehen habe.« Seine Stimme war leise, aber schrill. »Und es ist ja nicht so, als wäre er ein Blutsverwandter gewesen.«

»Nein. Nun ja, es tut mir trotzdem leid. Und das mit Ihrer Frau natürlich auch.«

»Danke.« Sein Dank hörte sich an wie ein unanständiges Ansinnen. Ich war froh, daß in diesem Augenblick das Wasser im Kessel kochte. Während ich den Kaffee aufgoß, fügte er hinzu: »Nicholas hat oft von Ihnen gesprochen, Mr. Napier.«

»Wirklich?« Ich reichte ihm seinen Becher und setzte mich mit meinem ihm gegenüber.

»Öfter als von jedem, den er sonst noch in Truro gekannt hatte. Und das war selten.«

»Und was hat er über mich gesagt?«

»Daß Sie sein bester Freund waren, natürlich. Deswegen bin ich hier.«

»Also, wenn ich irgend etwas tun kann …«

»Sie waren keine glückliche Familie, wissen Sie. Als ich Nicholas' Mutter geheiratet habe, dachte ich, ihr Pech hätte jetzt ein Ende. Aber ich fürchte, so war es nicht. Zuerst Michaela. Dann Rose. Dann der arme Nicholas. Alle tot, nur ich bin noch übrig.«

»Ethel hat mir von Michaela erzählt. Ist die Annahme, sie wäre tot, nicht ziemlich defätistisch?«

»Realistisch, würde ich eher sagen. Man hat ungefähr um die Zeit, als sie verschwand, in der Gegend von Colchester einen

Mann gefaßt, der eine Reihe von Sexualmorden an Teenagern begangen hatte. Die Polizei schien sicher, daß sie eines der Opfer war. Er hat nie gestanden, aber es schienen wenig Zweifel zu bestehen.«

»Das wußte ich nicht.«

»Es ist lange her. Man lernt, damit zu leben.«

»Tja, das muß man wohl.«

»Man lernt, mit den meisten Dingen zu leben, nicht? Man muß, wenn man weiterleben will. Nicholas war nie der Überlebenstyp.«

»Ach, nein?«

»Ich habe immer gedacht, daß er vielleicht von seinem Vater einen Charakterfehler geerbt hatte.«

»Aber Sie haben seinen Vater nie gekannt, oder?«

»Nein.« Sein Ton veränderte sich nicht. Ich hatte den Eindruck, daß er sich nie veränderte. Aber er fing an, rasch zu blinzeln, als fürchte er, mich beleidigt zu haben. »Das stimmt natürlich. Und Nicholas ist jetzt jedenfalls von seinem Elend erlöst.«

»War sein Leben denn so – elend?«

»Die meiste Zeit schon, fürchte ich.«

»Und wessen Schuld war das?«

Er sah mich stirnrunzelnd an, trank von seinem Kaffee und zog erneut die Stirn kraus. »Bei einem Selbstmord haben die Hinterbliebenen immer Schuldgefühle, nehme ich an.« Das war eine gute Antwort, eine bessere, als ich ihm zugetraut hätte. »Jetzt, da er nicht mehr ist, müssen wir unser Bestes für ihn tun, nicht?«

»Ja. Das müssen wir.«

»Ich habe Mrs. Jago beruhigt; ich werde die Kosten der Beerdigung übernehmen.«

»Das ist nett von Ihnen.« Was die Schuldgefühle betraf, hatte er recht. Sie nagten genau in diesem Moment an mir. Ich hätte selbst an die Rechnung des Beerdigungsunternehmens denken sollen.

»Tatsache ist allerdings, daß eine so unerwartete Ausgabe eine ziemliche Belastung für...«

»Lassen Sie mich das übernehmen.«

»O nein, das kann ich doch nicht annehmen.«

»Wirklich.«

»Nun ja, wenn Sie...«

»Ich bestehe darauf.«

»Das ist mehr als großzügig von Ihnen, Mr. Napier. Danke.« Er lächelte mich über den Rand seines Bechers hinweg an. In diesem Moment war ich sicher, daß er aus keinem anderen Grund nach Pangbourne gekommen war, als mich um Geld anzugehen – höchstwahrscheinlich, *bevor* er Ethel Jago irgendein Angebot gemacht hatte. Eigentlich hätte ich begierig sein müssen, mit ihm über Nickys Leben zu sprechen, aber im Grunde wollte ich ihn bloß loswerden. Der einzige Vorteil seines Besuchs bestand darin, mein Gewissen zu erleichtern, was die Kontaktaufnahme zu Don betraf. Neville Considine war der Typ Mann, der zu Täuschung geradezu einlud. Welche Art von Vater er für Nicky gewesen war – falls überhaupt –, mochte ich mir lieber nicht vorstellen. »Das sind leider nicht die einzigen Unkosten, die mir infolge von Nickys vorzeitigem Hinscheiden vielleicht entstehen, aber...«

»Was denn noch?«

Er räusperte sich, was auf seine Stimme aber keine erkennbaren Auswirkungen hatte. »Nicholas hat in Clacton einige Schulden hinterlassen, fürchte ich. Er hatte mehr als ein Jahr lang keine Arbeit, war aber zu stolz, um Arbeitslosengeld zu beantragen. Er hat eine Zeitlang die Miete für seine Wohnung nicht bezahlt, und es gibt da einen Kredit von einer Finanzierungsgesellschaft, den er nicht zurückgezahlt hat. Zweifellos sind solche Schulden juristisch durch seinen Tod erledigt, aber ich fühle mich verpflichtet, mich zu bemühen...«

»Wieviel?«

»Es könnten insgesamt einige tausend Pfund zusammenkommen.«

Ich sah ihn an, ließ ihn die Skepsis auf meinem Gesicht erkennen. Vermutlich dachte er, wie Don, ich würde in Geld schwimmen und wäre bereit, ihm auf der Stelle einen dicken Scheck auszustellen. Es war alles so deprimierend vorhersehbar. »Ich sage Ihnen etwas, Mr. Considine. Veranlassen Sie diese… Gläubiger…, eine detaillierte Aufstellung von Nickys Schulden zu machen, und dann werde ich sehen, was ich tun kann.«

Er schluckte seine Enttäuschung mit dem Rest des Kaffees hinunter. »Zu freundlich von Ihnen, Mr. Napier. Wirklich zu freundlich.«

»Das ist wohl das mindeste, was ich tun kann.«

»Dann sollte ich mich besser auf den Weg machen. Ich habe noch eine lange Fahrt vor mir, wie Sie wissen.«

»Ja, ziemlich.«

Er stand auf. Als ich das gleiche tat, sagte er: »Sie brauchen mich nicht hinauszubegleiten.« Aber ich mußte es doch tun. Bei einem Mann wie ihm war es ziemlich wesentlich, sich zu vergewissern, daß er auch wirklich fort war. Ich folgte ihm aus dem Büro und zurück auf den Hof, sah, wie er unterwegs den Austin-Healey beäugte. »Schönes Auto«, bemerkte er. »Muß Spaß machen, wenn man ein solches Hobby hat.«

»Das ist kein Hobby. Ich verdiene damit meinen Lebensunterhalt.«

Er gab keine Antwort, anscheinend zufrieden, seinen Punkt gemacht zu haben. Wir erreichten seinen Fiat, und ich wartete, während er sich hineinzwängte. Dann, als er das Fenster herunterkurbelte, um sich zu verabschieden, beschloß ich, eine einzige Frage über seine Beziehung zu Nicky zu riskieren.

»Sagen Sie, hat Nicky viel von seinem Vater gesprochen?«

»Zu mir nicht. Aber ich habe ihn auch nicht dazu ermutigt.«

»Warum nicht?«

»Weil ich wollte, daß er aufhört, in der Vergangenheit zu leben.«

»Und – hat er es getan?«

Er runzelte nachdenklich die Stirn, während er den spuckenden Motor des Fiat anließ, und dann, gerade als er anfuhr, gab er mir zum Abschied die Antwort: »Es sieht nicht danach aus, oder?«

In der Vergangenheit leben. Das wird immer abwertend gesagt, als sei die Vergangenheit der Zukunft zwangsläufig unterlegen oder jedenfalls weniger wichtig; niemand wird je verurteilt, weil er vorwärts schaut und nicht rückwärts. Die Wahrheit aber ist, daß wir *tatsächlich* in der Vergangenheit leben, ob uns das nun gefällt oder nicht. Dort nimmt unser Leben Gestalt an. Irgendwo vor uns, wie nah oder fern auch immer, liegt das Ende. Aber hinter uns, in Wolken des Vergessens gehüllt, liegt der Anfang.

Für Nicky und mich war der eigentliche Anfang der Herbst 1943. Die Vorbereitungsklasse der Truro School war eine viel kleinere und geschlossenere Gemeinschaft, als sie es heute ist, also mußte ich mit Nicky zwangsläufig nähere Bekanntschaft machen, als sich dies bei unseren gelegentlichen Begegnungen beim Nachmittagstee in Tredower House ergeben hatte. Aber Freundschaft erfordert noch etwas mehr als räumliche Nähe. Nicky und ich waren beide von Natur aus etwas verträumt und sehr wißbegierig, und diese Eigenschaften hätten uns wahrscheinlich auch dann zueinandergeführt, wenn zwischen unseren Familien keinerlei Verbindung bestanden hätte.

Es entwickelte sich eine gewisse Routine. Morgens, wenn er Chapel Hill hinaufstapfte, holte Nicky mich ab. Pam ging dann mit uns bis zur County Grammar School, und wir setzten allein unseren Weg nach Treliske fort. Nachmittags, auf dem Rückweg, warteten wir, bis Pam aus der Schule kam, und dann gingen wir mit ihr Chapel Hill hinunter und nach Truro hinein, um im Geschäft vorbeizuschauen. Großvater pflegte dann in seinem Wagen die Lieferrunde zu machen, während Pam Großmutter hinter der Theke half. Nicky und ich fuhren mit Großvater, und er setzte ihn unterwegs vor Tredower House ab. Samstags besuchte ich ihn dort immer, und wir spielten Tennis mit den belgischen Kindern, stellten auf dem Fußboden von Nickys Zimmer mit Spielzeugsoldaten und Streichholzschachteln Montgomerys Nordafrikafeldzug nach, kletterten auf die Roßkastanie, um nach imaginären deutschen Soldaten Ausschau zu halten, die von St. Austell her einmarschierten, oder setzten uns abwechselnd auf die Schaukel, die Onkel Joshua für uns an einem niedrigen, kräftigen Ast angebracht hatte.

Und so wurden wir mit der Leichtigkeit, die uns die Kindheit beschert, beste Freunde. In den Schulferien unternahmen wir ganztägige Ausflüge nach Idless oder Malpas oder über die Penweathers Lane ins offene Moorland hinaus, wobei wir unwissentlich den Weg wieder beschritten, den Großmutter fünfzig Jahre zuvor, als sie Onkel Joshua das Mittagessen brachte, zurückgelegt haben mußte. Aber wir wußten mehr über die Eroberung Englands durch die Normannen als über die jüngste Vergangenheit unserer Familien. Diese war ein Buch, das aufzuschlagen wir nicht ermutigt wurden. Wir sahen Nickys Großmutter und meinen Großonkel zusammen über den Rasen von Tredower House schlendern und hatten keine Ahnung, worüber sie reden mochten. Es gab in unserem Leben wichtigere und naheliegendere Sorgen, etwa die, ob es uns gelingen würde, von den GIs, die im amerikanischen Armeelager in der Tresawls Road ein und aus gingen, Kaugummi zu ergattern, oder ob wir die Marke eines neuen Jeeps erkennen konnten, der durch die Straßen rumpelte. Für uns war der Krieg das beste Spiel, das je erfunden worden war.

Seine Gefahren auch für uns wurden mir erst nach Freda Lanyons Tod an Keuchhusten Anfang 1944 deutlich. Nicky blieb für eine Woche bei uns in der Crescent Road, um der Ansteckungsgefahr zu entgehen. Wir beide empfanden das als großen Spaß, bis uns durch das traurige Schicksal seiner Schwester sehr plötzlich die Sterblichkeit bewußt wurde. Michael

Lanyon kam nach Hause, um Rose zu trösten, und sein starkes Hinken bewies, daß die Bruchlandung auf einem Flugplatz in Kent, von der Nicky mir erzählt hatte, nicht bloß ein faszinierendes Abenteuer war. Menschen konnten tatsächlich zu Schaden kommen. Ereignisse, so schien es, hatten Folgen.

Und der Krieg nahm seinen Verlauf. Die meisten amerikanischen Truppen verschwanden im Juni 1944 nach dem D-Day über den Kanal, und in Truro wurde das Leben eintöniger. Michael Lanyon wurde zu einer Radarstellung unten am Lizard versetzt. Das bedeutete, daß er die meisten Wochenenden in Tredower House verbrachte. Nickys Schilderung zufolge war er nicht mehr so fröhlich wie früher. Zweifellos lag das an den Belastungen des aktiven Dienstes, von seiner körperlichen Verwundung und dem Verlust seiner Tochter ganz zu schweigen. Das Hinken und vermutlich auch die Erinnerungen wollten nicht weichen. Gleichwohl empfand ich ihn immer als freundlich, ja sanft. In meiner Vorstellung wurden sein gutes Aussehen, sein pomadisiertes Haar, seine flotte Fliegerleutnantsuniform und die merkwürdige Anmut, mit der er sein steifes Bein bewegte, zum Ideal von Männlichkeit.

Mein eigener Vater hingegen, dessen Hauptmannsuniform nie so gut saß und dessen Einsatz im Krieg nie auch nur die geringste persönliche Gefahr für ihn bedeutet hatte, enttäuschte mich, wenn ich ihn mit denselben Maßstäben maß. Das sprach ich natürlich nie aus, aber ich beneidete Nicky um seinen Vater. Alles, was Michael Lanyon tat, ob er eine Player's-Airman-Zigarette rauchte, uns im französischen Kricket herausforderte, die Rhododendren zurückschnitt oder einfach mit dem rätselhaften, schiefen Lächeln, das Nicky von ihm geerbt hatte, vor sich hin starrte, tat er mit Eleganz.

Das Schulleben verlief in ruhigen Bahnen. Nicky und ich verloren unseren kornischen Akzent und erwarben gewisse Umgangsformen, die uns von Don Prideaux und seinesgleichen unterschieden. Aber diese Unterschiede waren nicht gravierend.

Wir alle folgten am VE-Day im Mai 1945 dem festlichen Blumenkorso vom Fußballplatz zur Kathedrale und noch einmal drei Monate später am VJ-Day.

Der Krieg war zu Ende. Michael Lanyon kehrte zu Colquite & Dew zurück, mein Vater ging wieder in den Laden, so daß mein Großvater sich mehr und mehr aufs Altenteil zurückziehen konnte. Großmutter aber blieb weiter aktiv, und das nicht nur im Lebensmittelgeschäft. Als ich älter wurde und die Subtilitäten der Konversation beim Tee in der Crescent Road besser begriff, wurde mir klar, daß sie bezüglich der Großzügigkeit ihres Bruders ebenso viele Ängste wie Hoffnungen hegte. »Ich tue mein Bestes, um zu erreichen, daß Joshua die richtigen Vorkehrungen für seine Familie trifft«, verkündete sie mehr als einmal im Ton eines Predigers. »Und ich erwarte von euch allen, daß ihr dasselbe tut.« Und mit *seiner* Familie meinte sie natürlich uns, nicht die Nachkommenschaft von Cordelia Angwin. In diesem letzten Kriegssommer war Onkel Joshua zweiundsiebzig Jahre alt. Die Zeit wurde knapp. Und nicht nur für ihn.

Bei Nickys Beerdigung schien die Sonne genauso wie bei unserer letzten Begegnung. Es gab keinen Gottesdienst in der Kirche. Die Trauergäste, fünf an der Zahl, begaben sich direkt zum Penmount-Krematorium und trafen sich dort in einer der beiden Kapellen. In der anderen fand eine sehr viel besser besuchte Totenfeier statt, was unsere spärliche Versammlung irgendwie dürftig erscheinen ließ. Verstärkt wurde dieser Eindruck noch durch Ethel Jagos geradezu spürbare Abneigung gegen Neville Considine und meine eigene Befürchtung, es sei offensichtlich, daß Don Prideaux und ich unter einer Decke steckten. Dennis Jago machte wahrscheinlich die beste Figur, denn er behielt die ganze Zeit über sein Schweigen bei, abgesehen von den obligatorischen Gebeten, die er deutlicher sprach als alle anderen.

Der Geistliche, den Ethel aufgetrieben hatte, zog sich hastig zurück, nachdem der Gottesdienst zu Ende war. Es gab keine Kränze zu begutachten, da es anscheinend keiner von uns für passend gehalten hatte, einen zu besorgen. So blieb uns nur noch, dem Beerdigungsunternehmer zu danken und uns dann verlegen auf dem Parkplatz zu versammeln, wissend, daß jeden Augenblick die andere Trauergesellschaft auftauchen würde, während über uns der Rauch aus dem Verbrennungsofen dahinzog.

»Ich wußte gar nicht, daß Sie mit Nicky zur Schule gegangen sind, ehe Sie mir das erzählten, Mr. Prideaux«, meinte Ethel zu Don, während sie sich die letzten Tränen abtupfte.

»O doch«, antwortete Don. »Natürlich war ich nie so eng mit ihm befreundet wie Chris, aber...«

»Ich bin froh, daß Sie gekommen sind«, warf Considine ein. »Ich weiß, Nicholas' Mutter hätte Ihre Geste zu schätzen gewußt.«

»Gott sei ihrer Seele gnädig«, murmelte Ethel.

»Wir dachten...«, begann Don verlegen. »Ich meine, würden Sie alle vielleicht gern mit Chris und mir zu Mittag essen? Wir dachten, wir könnten ins Heron in Palpas gehen.«

»Das wäre mir sehr angenehm«, sagte Considine in einem Ton, der irgendwie voraussetzte, daß wir bereits angeboten hatten, seine Mahlzeit zu bezahlen.

Ethel sah Dennis an, ehe sie antwortete. Wie er seine Wünsche zum Ausdruck brachte, war unklar, aber mit einem kleinen Nicken schien Ethel sie zur Kenntnis zu nehmen. »Wir müssen wieder zurück, Mr. Prideaux. Wir können die Farm nicht so lange allein lassen, verstehen Sie?«

»Ja, sicher.«

»Also dann, auf Wiedersehen, Ethel«, sagte ich und trat vor, um ihr einen Kuß zu geben.

»Auf Wiedersehen, Christian.«

»Dennis.« Er schüttelte mir fest die Hand, wobei sein Gesicht steif und ausdruckslos blieb. Dann gingen die beiden auf den schlammverspritzten Landrover zu, vor dem sich ihre makellose Beerdigungskleidung merkwürdig ausnahm. Ich spürte, daß dies ein endgültiger Abschied von ihnen war, der mehr Worte, mehr Ausdruck von Gefühlen erforderte. Aber wem hätte ich damit einen Gefallen getan? »Ich kann es kaum ertragen, an all das zu denken«, hatte Ethel kurz zuvor gesagt. Warum also sie dazu zwingen? Ich ließ die beiden mit einem bloßen Abschiedswinken gehen.

Considine war in der Limousine des Beerdigungsunternehmers nach Penmount gekommen; als wir aufbrachen, fuhr er daher mit Don im Wagen, und ich folgte ihnen. Vorbei an Tredower House nahmen wir die Straße nach Truro, sahen unterwegs hinter den Bäumen die Dächer der Truro School und fuhren dann die Malpas Road entlang und am Boscawen Park vorbei. An jeder Straßenecke dachte ich an Angelausflüge oder ziellose Streifzüge, die ich mit Nicky unternommen hatte, zurück. Wir waren den Weg, den ich jetzt fuhr, oft genug nach Malpas hinunter gegangen. Manchmal hatten wir die Fähre nach Tregothnan hinüber genommen und einen kühnen Abstecher auf das Anwesen von Lord Falmouth gewagt. Und manchmal waren wir auch nur den Weg nach Tresillian hinaufgeschlendert und hatten das Kommen und Gehen der Segelboote auf dem silbergrauen Wasser beobachtet. In meiner Erinnerung waren all diese kaum bemerkenswerten Tage zu einem Paradies verschmolzen, zu dem mir der Weg für immer versperrt blieb. Die Vergangenheit ist ein Raum, von dem man erst merkt, daß man ihn verlassen hat, wenn die Tür hinter einem zugefallen ist.

Don hatte die Fahrt von Penmount her nicht an Reminiszenzen vergeudet. Das wurde offenkundig, als ich beim Heron Inn eintraf. Es sah aus, als hätten er und Considine bereits eine Art Handel abgeschlossen. Don hatte einen laufenden Kassettenrecorder neben Considine auf den Tisch gestellt und sich offenbar als Journalist zu erkennen gegeben. Ich war als Garant seines guten Willens da und hatte keine andere Rolle, als die eines Zaungasts.

»Wie haben Sie die Lanyons kennengelernt, Mr. Considine?« erkundigte Don sich gerade, als ich hereinkam.

»Ich bin Elektriker von Beruf.« Considine hielt inne, um von seinem Ale zu trinken, und fuhr dann fort: »Ich bin in Clacton geboren und aufgewachsen. Früher habe ich viel in Butlin's Ferienlager gearbeitet – die ganze Beleuchtungsanlage und so weiter. Damals war es da richtig nett – es traten viele Berühmtheiten auf, und in der Saison waren alle Ferienhäuser vermietet. Rose arbeitete in der Küche. Ich kannte sie nicht näher, wir grüßten uns nur. Ich habe nie jemanden über ihren Mann tuscheln hören oder darüber, was er getan hatte. Sie war natürlich nach Clacton gekommen, um all das zu vergessen. Das wird so Anfang der fünfziger Jahre gewesen sein. Da war ihre Schwiegermutter schon tot. Rose und die Kinder – Nicholas und die kleine Michaela – wohnten draußen in Jaywick, einem Ferienort gleich westlich von Clacton. Hauptsächlich hölzerne Bungalows, nur im Sommer zu bewohnen, aus den dreißiger Jahren. Aber die Mieten waren dort am billigsten, und eine Menge ärmerer Familien lebte ganzjährig dort, darunter auch die Lanyons.

Jaywick war immer hochwassergefährdet. Deshalb hatte der Stadtrat überhaupt versucht, die Ansiedlung zu verhindern. Na ja, vieles wurde beim Hochwasser im Jahr dreiundfünfzig weggeschwemmt. Das Meer schwappte einfach darüber hinweg. Dutzende von Leuten ertranken, und Hunderte wurden obdachlos. Rose und die Kinder kamen nur mit dem nackten Leben davon. Als ich hörte, was passiert war, bot ich an, sie bei mir aufzunehmen. Mutter und ich hatten viel Platz in unserem Haus. Es wäre ein Verbrechen gewesen, ihnen nicht zu helfen.

So hat es angefangen. Rose war eine gute Frau: eine gute Mutter und eine fleißige Arbeiterin. Kurz bevor sie uns verlassen sollten, ließ ich sie wissen, was ich für sie empfand, und wir beschlossen zu heiraten. Da hat sie mir von dem Mord erzählt. Sie wollte nicht, daß ich es später selbst herausfinde und mich betrogen fühle. Aber für mich machte das keinen Unterschied. Das alles war ja nicht ihre Schuld, nicht? Oder die der Kinder. Wir heirateten im gleichen Sommer.«

»Und blieben zusammen bis zu Roses Tod?« fragte Don. »Mir kam es so vor, als hätte Ethel angedeutet...«

»Vor dem Ende kam es zu einer Trennung«, sagte Considine kühl. »Aber nicht zur Scheidung. Ich schätze, die Krankheit hat ihr Gemüt angegriffen. Sie wäre zu mir zurückgekommen, da bin ich sicher, wenn sie weitergelebt hätte.«

»Zweifellos«, sagte Don mit einem beruhigenden Lächeln. »Und wie kamen Sie mit Nicky zurecht? Er muß, wie alt, siebzehn gewesen sein, als Sie seine Mutter heirateten, oder?«

»Ach, so einigermaßen. Ein Jugendlicher und sein Stiefvater...« Considine seufzte. »Das ist nie einfach, würde ich sagen. Nicholas war nicht schwierig, das will ich nicht behaupten. Aber er war verschlossen, ja, sehr verschlossen. Introvertiert, so hätte ein Seelenklempner das wohl genannt, wenn wir es uns hätten leisten können, ihn zu einem zu schicken.«

»Hatte er irgendeine Anstellung?«

»Er hat in einer Wäscherei draußen in der St. Osyth Road gearbeitet. Mein Gott, was hat er aus diesem Laden Fliegen mitgebracht. Aber es war ehrliche Arbeit, und er besuchte Abendkurse, um weiterzukommen. Nicholas hat sich sehr bemüht, es im Leben zu etwas zu bringen, das steht außer Frage. Er hat ein paar Prüfungen abgelegt und einen Job in der öffentlichen Bibliothek ergattert. Rose hat sich sehr darüber gefreut. Karriere, Ehefrau, Kinder – im Geist sah sie das schon alles auf ihn zukommen.«

»Und was ging schief?«

»Ach, einiges. Er ließ sich mit diesen Atomkraftgegnern ein. Sie wissen schon – CND. Alles eigentlich nur wegen eines Mädchens. Sie war nicht gut für ihn. Und daß er mit einem Transparent am Trafalgar Square gesehen wurde, war seiner Karriere im Bibliotheksdienst auch nicht förderlich. Ich habe versucht, ihm den Kopf zurechtzurücken, aber er wollte nicht hören. Und dann hat das Mädchen ihm den Laufpaß gegeben, und ... alles wurde noch schlimmer. Als Michaela verschwand, war das ein richtiger Schock für ihn. Für seine Mutter natürlich auch. Und für mich. Ich liebte das Mädchen wie mein eigenes Kind. Aber Nicky ... wurde einfach nicht damit fertig.«

»Was genau ist denn passiert?«

»Sie war in der sechsten Klasse an der County High School und eine richtig gute Schülerin, ein intelligentes Mädchen und gerade siebzehn geworden. Das war im April fünfundsechzig. Ihre erste Schulwoche nach den Osterferien. Nun ja, eines Nachmittags, an einem Donnerstag, kam sie einfach nicht zum Tee nach Hause. Ein paar Freunde hatten sie auf dem normalen Weg die Schule verlassen sehen, über den Pausenhof hinter der Schule. Dann – nichts mehr. Kein Zeichen von ihr. Keiner hatte sie gesehen, es gab keine Hinweise, nichts. Sie war verschwunden. Die Polizei dachte zuerst, sie wäre vielleicht weggelaufen. Aber sie hatte kaum Geld bei sich und keine Kleider zum Wechseln. In ihrer Schuluniform wäre sie aufgefallen. Und sie hatte nichts gesagt – nicht einmal zu Schulfreundinnen –, was darauf hindeutete, daß sie *nicht* daran dachte. Sie war glücklich. Sehr häuslich veranlagt, wissen Sie. Keine, die wegläuft.

Später hat die Polizei ihre Meinung geändert. In den letzten paar Jahren waren in der Gegend von Colchester mehrere junge Mädchen ermordet worden. Sie haben den Schuldigen ungefähr sechs Monate nach Michaelas Verschwinden gefaßt. Er war ein Sexualverbrecher der schlimmsten Sorte. Ein richtiges Tier. Vergewaltigung, Verstümmelung und Gott weiß was noch. Er endete oben in Broadmoor. Sie erinnern sich vielleicht an den Fall. Brian Jakes hieß der Mann.«

»Nein, ich glaube nicht«, sagte Don und sah mich an.

Ich schüttelte den Kopf. »Ich auch nicht.«

»Das überrascht mich nicht sonderlich«, sagte Considine. »Damals drehten sich alle Schlagzeilen um die Moors-Morde. Sein Prozeß und der von Jakes fanden zur gleichen Zeit statt. Jedenfalls, die Polizei meinte – und wir meinten das auch –, daß Michaela eines seiner Opfer war. Es wurden mehrere Mädchen vermißt; er wollte nicht zugeben, daß er sie ermordet hatte, aber er sagte auch nicht, er hätte es nicht getan. Er lebte ganz allein in einem Wohnwagen auf einem Campingplatz außerhalb von Colchester. Von Beruf war er Kammerjäger, er fuhr in seinem Lieferwagen von Job zu Job. Und an dem Tag, an dem Michaela verschwand, hatte er bei einem Farmer oben in der Nähe von Thorpe-le-Soken gearbeitet, bloß ein paar Kilomter von Clacton entfernt. Er muß hinterher nach Clacton gefahren sein, Michaela im Pausenhof abgefangen, überwältigt und in seinen Lieferwagen gezerrt haben, weggefahren sein und... Nun ja, vielleicht ist es wirklich am besten, daß wir nie erfahren haben, was mit ihr passiert ist, wenn man bedenkt, was er mit einigen von den anderen angestellt hat.«

»Und Sie sagen, Nicky wurde damit nicht fertig?«

»Ja. Er war immer der Beschützer seiner Schwester gewesen. Anscheinend dachte er, er hätte verhindern müssen, daß es passierte. Man konnte nicht vernünftig mit ihm reden, seine Einschätzung dieses Vorfalls war völlig irrational. Aber er hielt unbeirrbar daran fest: Es war seine Schuld. Rose meinte, er hätte sich auch immer vorgeworfen, seinen Vater nicht gerettet zu haben. Er hatte so eine Art, sich immer für die Mißgeschicke anderer verantwortlich zu fühlen. Das war vollkommen unsinnig – nur für ihn nicht. Ich habe natürlich versucht, ihm zu helfen, aber der größte Teil meiner Aufmerksamkeit ging wohl an Rose, um sie über den schlimmsten Kummer hinwegzutrösten. Und mitten in all dem Kummer starb auch noch meine Mutter. Es war eine harte Zeit, das gebe ich gern zu. Und wir fingen gerade erst wieder an, uns davon zu erholen, als Nicholas auf eine Information stieß, die ihn so zurückwarf, daß er sich nie wieder richtig davon erholte.«

»Was für eine Information?«

»Ich weiß nicht, wie er es herausgefunden hat, aber er wußte es. Ein paar Jahre nach Michaelas Verschwinden – achtundsechzig oder neunundsechzig, ich bin nicht ganz sicher, wann – ließen sie Edmund Tully aus dem Gefängnis frei.«

Edmund Tully. Michael Lanyons Komplize beim Mord an Joshua Carnoweth. Glücklicher Nutznießer einer umgewandelten Strafe zu lebenslänglicher Haft. Noch nach all diesen Jahren spürte ich den Schock, den diese Nachricht für Nicky bedeutet haben mußte. Seinen Vater hatte man gehängt, aber Edmund Tully, der Mann, der den Mord begangen hatte, war kaum mehr als zwanzig Jahre im Gefängnis gewesen – und dann freigekommen. Er war irgendwo da draußen, atmete die frische, saubere Luft, während Nickys Vater in einem Gefängnisgrab vermoderte und seine Schwester...

»Das schien für ihn alles noch schlimmer zu machen. Um diese Zeit fing es an, mit ihm bergab zu gehen. Er vernachläßigte seine äußere Erscheinung und verlor die Selbstachtung. Über die Bücherei beschaffte er sich alle Zeitungsausschnitte über den Prozeß seines Vaters und ging sie immer wieder durch. Ich weiß nicht, wonach er gesucht hat. Ich bin nicht mal sicher, daß er es selbst wußte. Er zog in eine eigene Wohnung. Sie war nicht toll, aber er wollte unbedingt allein leben. Anscheinend verbrachte er mehr und mehr Zeit mit solchen Dingen. Ich schätze, er wurde ein bißchen einsiedlerisch. Das kann nicht gur für ihn gewesen sein. Am Ende verlor er seinen Job in der Bibliothek – oder gab ihn auf, ich weiß es nicht genau. Jedenfalls ging es mit ihm bergab, auch schon vor dem Tod seiner Mutter. Seither hatte ich ihn nicht mehr gesehen, aber nach dem, was ich gehört habe... bewegte er sich schon lange auf das zu, was letztes Wochenende passiert ist.«

»Sie glauben nicht an die Möglichkeit, daß Michaela vielleicht noch am Leben sein könnte, oder?« fragte Don.

»Jakes hat sie ermordet. Ich schätze, das ist ziemlich klar.«

»Aber er hat es nie gestanden?«

»Ausdrücklich nie. Soviel ich weiß.«

»Hat Nicky geglaubt, sie wäre tot?«

»O ja«, sagte ich in gedämpftem Ton. »Das hat er mir selbst gesagt.« Ich blickte auf und stellte fest, daß die beiden anderen mich anstarrten, verwirrt über meinen Einwurf. »Nun ja«, fügte ich abwehrend hinzu, »er hat es wirklich gesagt.«

»Da haben Sie es.« Considine musterte mich. »Nicholas hatte keine Zweifel, wie es scheint.«

»Aber es gibt keinen Beweis«, beharrte Don. »Dagegen *gab* es Beweise dafür, daß sein Vater Joshua Carnoweth ermordet hat. Und daran *hat* er anscheinend gezweifelt.«

»Richtig«, stimmte Considine zu.

»Warum?«

»Ich weiß nicht. Loyalität dem Andenken seines Vaters gegenüber, nehme ich an.«

»Kein anderer Grund?«

»Welchen anderen Grund könnte es geben?«

»Vielleicht hat er etwas entdeckt, als er diese Zeitungsausschnitte durchsah, die Sie erwähnten. Irgendeine Unstimmigkeit in der Beweisführung. Ein Element des Zweifels.«

»Das glaube ich nicht.«

»Warum nicht?«

»Weil er sich, wenn es so gewesen wäre, nicht umgebracht hätte. Die Möglichkeit, den Namen seines Vaters reinzuwaschen, hätte ihm einen Grund zu leben gegeben. Meinen Sie nicht auch, Mr. Napier?«

»Wie bitte?« Meine Gedanken waren zu der Begegnung mit Nicky in Tredower House gewandert. Er hatte mir damals gesagt, was er suchte. Aber das, was er suchte, war nicht zu finden. Vielleicht hatte er das endlich erkannt. »Er ... das heißt ...«

»Macht nichts«, warf Don ein. »Ich denke, ich habe genug.«

»Ich fürchte, das alles ist eine große Tragödie«, sagte Considine, und die Trauer in seinen Worten enthielt eine Spur Selbstzufriedenheit. »Der arme Nicholas hatte nie wirklich eine Chance.«

Es gab eine Zeit, da *hatte* Nicky eine Chance gehabt. Ich erinnerte mich gut daran. Damals, im Sommer 1946, als wir unsere sorglose gemeinsame Woche in Nanceworthal verbrachten, waren seine Aussichten so strahlend wie meine, seine Zukunft ebenso wolkenlos. Tredower House war sein Zuhause; sein Vater und seine Mutter liebten ihn so sehr, wie sie sich gegenseitig liebten; und mein Großonkel war da, um ihm alle Vorteile zu verschaffen, die er vielleicht brauchen würde. Für den Start ins Leben war das, wie ich zugeben muß, mehr, als ich aufzuweisen hatte. Aber ich war zu jung, um mich mit solchen Gedanken aufzuhalten, und infolgedessen auch frei von dem Groll, den meine Eltern und Großeltern hegten – und der um so fataler war, als er niemals geäußert werden durfte.

Ich habe mich oft gefragt, ob sie auch dann imstand gewesen wären, den Mund zu halten, wenn sie erkannt hätten, wieviel Grund sie hatten, verbittert zu sein. Sie wußten – jedermann wußte –, daß Joshua Carnoweth vor vielen Jahren als reicher Mann von seinen Reisen zurückgekommen war, aber was das tatsächlich in Pfund, Shilling und Pence bedeutete, ahnten sie nicht einmal. Doch damals berechtigte Reichtum jemanden nicht zu einer höheren Butterration, und die meisten Luxusgüter, für die man ihn vielleicht gern ausgegeben hätte, waren einfach nicht zu haben. Reichtum war im Nachkriegsengland etwas weitgehend Theoretisches. Der Talbot wurde aus der Garage geholt, aber die Benzinrationierung bedeutete, daß man mit ihm nicht sehr oft nach Perranporth fahren konnte, von weiter entfernten Zielen ganz zu schweigen. Im Laden standen die Kunden Schlange bis auf die Straße, aber es gab wenig Waren, und die Preise waren vorgeschrieben; das Geschäft konnte nicht expandieren, wie Dad gehofft hatte, als er aus dem Krieg nach Hause kam. Im Haushalt der Napiers beschränkten sich die

Früchte des Sieges auf eine gelegentliche, feierlich verzehrte Banane.

Großmutter allerdings war nie jemand, der sich von Unannehmlichkeiten oder Einschränkungen entmutigen ließ. Im Herbst 1946 eröffnete sie im Zimmer über dem Laden ein Textilgeschäft, nachdem sie für hundert Pfund das Warenlager einer verstorbenen Miss Odgers übernommen hatte. Ihr zufolge war das Textilgeschäft sauberer, leichter und potentiell gewinnbringender als das mit Lebensmitteln. Im folgenden Frühjahr machte sie sich einen Namen als einziges Geschäft in Truro, in dem es Mode im Stil des New Look zu kaufen gab. Ich habe mich oft gefragt, was auf die Dauer aus ihrem Nebenerwerb geworden wäre und ob er auf lange Sicht die Lebensmittel vielleicht ganz verdrängt hätte. Aber das werden wir natürlich nie wissen, denn die relativen wirtschaftlichen Vorteile beider Branchen wurden durch eine viel größere Umwälzung in unserem Leben unwichtig.

Keiner von uns ahnte das während des langen, kalten Winters 1946/47. Die Nation war in der Krise. Das wußte ich wegen der häufigen Schimpftiraden meines Vaters gegen die Labour-Regierung, der er die Schuld für alle Schwierigkeiten gab. Seiner Meinung nach hatte das Land einen Fehler gemacht, als es Churchill abwählte. Für Nicky und mich jedoch bedeuteten endlose Schneevorräte, mit denen wir spielen, und dick zugefrorene Teiche, auf denen wir Schlittschuh laufen konnten, höchstes Glück. Wir hatten jede Menge Zeit für den Schneemann, den wir auf dem Rasen von Tredower House bauten und zu Ehren des damaligen Schatzkanzlers, der Hauptzielscheibe des Zorns meines Vaters, Mr. Dalton tauften. Unser Mr. Dalton schmolz erst im März, und es tat uns leid, ihn verschwinden zu sehen.

Merkwürdigerweise brachten die Entbehrungen dieses Winters meine Familie enger mit Onkel Joshua zusammen als jemals zuvor. Die Leitungsrohre in der Crescent Road froren ein, aber in Tredower House gab es noch warmes Wasser, und ein großer

Holzvorrat bedeutete, daß man auch an einem Feuer sitzen konnte, Kohlenknappheit hin oder her. Gute zwei Monate lang badeten wir dort und nahmen unsere Mahlzeiten ein, und viele der unausgesprochenen Meinungsverschiedenheiten zwischen den beiden Haushalten tauten weg, lange bevor es das Eis tat. Das war die Zeit, in der Onkel Joshua mir von einigen seiner Erlebnisse als Goldsucher erzählte. Er und Großmutter sprachen freier und offener miteinander, als ich es je zuvor erlebt hatte. Und sogar Großmutter und Cordelia entdeckten Gemeinsamkeiten.

Es war eine merkwürdige, glückliche Zeit, in meiner Erinnerung symbolisiert durch eine Party an dem Sonntag zwischen Nickys elftem Geburtstag und meinem. Es gab keine Kerzen auf unserem Kuchen – Kerzen waren ebenso rar wie Kohlen –, und der Kuchen war auch nicht gerade groß, aber es war ein wunderbares Fest, sogar für die Erwachsenen. Großmutter und Onkel Joshua tanzten miteinander, und mein und Nickys Vater unterhielten sich wie alte Freunde. Für die Napiers und die Lanyons kam der Frühling 1947 recht zeitig.

Und es gab vieles, worauf man sich freuen konnte. Zunächst einmal den Sommer, in dem Nicky und ich eine weitere Woche – vielleicht sogar mehr – in Nanceworthal zu verbringen hofften. Und dann den Herbst, in dem wir in die Geheimnisse der höheren Schule eingeweiht werden sollten.

An einem brütend heißen Nachmittag im Juli verließen wir zum letztenmal die Vorbereitungsklasse, nachdem wir dort eine Teeparty gefeiert und eine hoffnungsvolle Hymne gesungen hatten. Auf dem Heimweg machten wir einen langen Umweg über die Treliske Lane bis zur Furt und dann am Flußufer des Kenwyn entlang nach Truro hinein. Wir erreichten die Stadt auf der St. Georges Road unter dem Viadukt und durch Victoria Gardens, wo wir uns in der Nähe des Musikpavillons auf eine Bank setzten, um unsere neuesten Zigarettenbilder zu vergleichen und darüber zu debattieren, wessen Durchschnittsleistung als

Schlagmann des heimischen Kricketteams am höchsten war. Es war meine, wenn auch nicht um viel. Nicky schwor, in der folgenden Saison werde es umgekehrt sein. Wir wetteten darauf um seinen Douglas Bader und meinen Denis Compton. Ich bezweifle, daß wir uns ein Jahr später noch an diese Wette erinnert hätten, aber heute habe ich sie so klar vor Augen wie die Luft an diesem Nachmittag in Truro. Denn dies war unser letzter gemeinsamer Schultag. Es sollte nie einen weiteren geben.

Don Prideaux und ich standen zwischen seinem Wagen und dem Geländer über dem Strand auf der Straßenseite dem Heron gegenüber. Considine befand sich noch im Lokal, um sich nach drei braunen Ales und einem aus drei Gängen bestehenden Lunch zu erleichtern. Die Fähre tuckerte mit einer Gruppe von Spaziergängern an Bord zurück auf die Seite von Tregothnan, während die Nachmittagssonne die Szene in eine Postkartenidylle verwandelte. Nur in meiner Phantasie rasten Sturmwolken über den Himmel.

»Ist er wert, was du ihm bezahlst, Don?«

»Ich bezahle ihm gar nichts.«

»Hör schon auf. Bloß für ein Mittagessen im Pub wäre er nicht so mitteilsam gewesen.«

»Wenn du's unbedingt wissen willst, er hat nur eine Aussicht auf Geld, und die hängt davon ab, ob ich die Geschichte weiterverkaufen kann. Mein Verleger würde auch kein Geld herausrücken, wenn du ihm Lord Lucans Adresse und Telefonnummer anbieten würdest.«

»Und du kannst sie weiterverkaufen?«

»Das weiß ich erst, wenn ich es versuche. Erst muß ich Jakes aufspüren. Wenn sie den Mistkerl freigelassen haben, was ich ihnen zutrauen würde, dann könnte ich die Masche ›frei, um wieder zu morden‹ abziehen. Wenn er aber noch im Bau ist – und vor allem, wenn er gestanden hat, daß er Michaela Lanyon ermordet hat –, dann ist es bloß eine alte Geschichte.«

»Nicht so alt wie der Mord an meinem Großonkel.«

»Du denkst an Tully? Daß der inzwischen draußen ist, war zu erwarten. Lebenslänglich bedeutet selten lebenslänglich.«

»Aber das läßt es so... sinnlos erscheinen, daß Michael Lanyon gehängt worden ist.«

»Du hast sicher nicht erwartet, daß sie Tully einlochen und den Schlüssel wegwerfen würden, oder?«

Ich schaute über den Fluß. Die Fähre hatte das andere Ufer erreicht. Die Passagiere gingen an Land. »Ich fürchte, das Problem ist, daß ich überhaupt nicht gedacht habe, Don.«

5. Kapitel

VIERZEHN TAGE VERGINGEN. Nicky verschwand nicht aus meiner Erinnerung, doch aus meinen Gedanken, als ich mich mehr mit Alltagsdingen beschäftigen mußte. Sein Selbstmord hatte einiges öffentliches Interesse an einem vierunddreißig Jahre alten Mordfall geweckt, aber die Wirkung hielt nicht an. Don Prideaux schickte mir ein Exemplar seines Artikels in der *Western Morning News* über die Tragödie der Familie Lanyon, aber in einem beigelegten Schreiben gab er zu, daß er ihn anderswo nicht hatte verkaufen können. Kein Geld also für Neville Considine, der es trotzdem nicht allzu eilig zu haben schien, mir Einzelheiten über Nickys Gläubiger zuzuschicken. Ich hatte das Gefühl – das mir nicht unangenehm war –, daß ich nichts mehr von ihm hören würde.

Die einzig neue Information, die ich Dons Artikel entnahm, war nicht weiter aufschlußreich. Brian Jakes war 1974 in Broadmoor von einem Mitgefangenen umgebracht worden. Falls er der Mörder von Michaela Lanyon war, so hatte er dieses Wissen mit ins Grab genommen. Was Edmund Tully betraf, so bestätigte das Home Office seine Entlassung auf Bewährung im Jahr 1969. Mehr jedoch wollten sie nicht mitteilen. Don nahm an, daß Tully inzwischen einen neuen Namen und eine neue Identität angenommen hatte. Der Mann, der mehr als alle anderen dazu beigetragen hatte, Nickys Vergangenheit zu zerstören, hatte offenbar behördlichen Schutz vor seiner eigenen Vergangenheit erhalten.

Meine Familie war, wie die meisten anderen auch, der Meinung, daß das Unglück der Lanyons lediglich einer der vielen Wechselfälle des Lebens war. Eine Woche nach der Rückkehr von ihrer Hochzeitsreise luden Tabitha und Dominic mich zum

Abendessen in ihrem hübschen Haus in Chelsea ein. Dominics Trauzeuge und dessen Freundin waren da, ebenso Trevor, der Pam in Truro gelassen hatte, während er das Wochenende damit verbrachte, auf einer internationalen Hotelmesse im Olympia Kontakte zu knüpfen. Ich wurde aufgefordert zu erzählen, wie ich in Tredower House einen Erhängten gefunden hatte, als habe sich Nickys Tod schon nach drei Wochen in eine billige Anekdote verwandelt. Warum spielte ich mit? Weil ich mich zu sehr schämte, ihn so vernachlässigt zu haben, um zuzugeben, was sein Tod mir wirklich bedeutete. Niemand von den Leuten, mit denen ich zusammensaß, war 1947 in Truro gewesen. Niemand außer Trevor war überhaupt schon geboren. Sie konnten es nicht wissen. Sie konnten es sich nicht vorstellen. Und ich wollte auch nicht, daß sie es taten.

»Weißt du noch viel über den Mord, Chris?« fragte Dominic mich irgendwann.

»Eigentlich nicht«, antwortete ich ohne Zögern. »Ich war ziemlich entfernt von all dem. Der Prozeß fand oben in Bodmin statt, und ich war zu jung, um die Zeitungsberichte zu lesen. Wir hatten damals nicht mal einen Fernsehapparat.«

»Und der andere Mörder – dieser Tully. War er aus der Gegend?«

»Nein.« Ich lächelte. »Tut mir leid, dich zu enttäuschen, aber ich habe ihn nie gesehen.«

Ich merkte, daß Trevor mich beobachtete, während ich sprach, und fragte mich, ob er wissen konnte, daß ich log. Etwas in seiner Miene deutete darauf hin. Doch falls dem so war, wollte er die Aufmerksamkeit der anderen nicht erregen.

Meine Aufmerksamkeit allerdings war eine andere Sache, wie sich zeigte, als ich ihn am Ende des Abends in meinem Wagen mitnahm und bei seinem Hotel absetzte.

»Ich bin überrascht, daß du nicht bei Tabs und Dominic bleibst«, bemerkte ich beiläufig.

Er grinste. »Ich wollte ihnen keine Umstände machen. Außerdem müssen sie jetzt ihr eigenes Leben führen. Dabei will ich nicht im Weg sein. Ich bin nur froh, daß sie sich nicht übermäßig über diese gräßliche Lanyon-Sache aufregen. Aber wie du schon sagtest« – er drehte sich auf seinem Sitz zu mir, um mich anzuschauen –, »sie hatte nie etwas mit dir und Pam zu tun, oder? Oder mit Melvyn und Una.« Er hielt inne, bevor er meine eigenen Worte zitierte. »Es war alles ziemlich weit weg von euch. Ist eigentlich auch gut so, denn wenn einer von euch irgend etwas Bedeutsames gesehen hätte, dann hätte er vielleicht beim Prozeß aussagen müssen.« Wieder machte er eine Pause. Dann, als könne er es sich nicht verkneifen, die Frage auszusprechen, meinte er: »Oder nicht?«

Aber ich hatte nie etwas Bedeutsames gesehen. Jedenfalls nicht bewußt. Wäre es nur anders gewesen. Ich war ein Junge von elf Jahren. Für mich bedeutete Sicherheit, daß Tee auf dem Tisch stand, wenn ich nach Hause kam; daß der Cornish-Riviera-Express nachmittags um Viertel vor fünf auf dem Bahnhof von Truro ankam; daß die Glocken der Kathedrale zum Abendgebet läuteten; daß die Sonne auf- und unterging – die Sorgen und Spiele einer durchschnittlichen Kindheit. Nichts von alldem bereitete mich auf das vor, was für mich, Nicky und seinen Vater eines Nachmittags Ende Juli 1947 begann.

Michael Lanyon war bei der Firma Colquite & Dew als reisender Experte für die Schätzung von Antiquitäten beschäftigt und verfügte aufgrund dieser Tätigkeit über eine relativ großzügig zugeteilte Menge Benzin für sein Auto, einen hübschen Alives Silver Crest von 1937. Er hatte an diesem Nachmittag einen Termin in Helston, und als er zu einem raschen Mittagessen nach Tredower House kam und Nicky und mich im Garten herumlungern sah, lud er uns ein mitzufahren. Das war ein seltenes und aufregendes Ereignis, und wir machten das Beste daraus, indem wir ihn dazu überredeten, nach seiner Arbeit mit uns nach Porthleven zu fahren und uns dort ein Eis zu spendieren. Wir saßen am Hafen und genossen dieses Eis, während er eine Zigarette rauchte und auf das Meer hinausschaute und die Möwen beobachtete, die über uns kreisten; die Fischerboote knarrten an den Vertäuungen, und die Sonne glitzerte auf den Kämmen der Wellen. Ich weiß nicht, ob er sich glücklich fühlte, aber er wirkte jedenfalls zufrieden, ließ es sich dort im Sonnenschein wohl sein, seinen Sohn neben sich, während zu Hause seine Frau auf ihn wartete. Er war siebenunddreißig Jahre alt, mein Vater zweiundvierzig, aber er sah um mehr als fünf Jahre jünger aus mit dem faltenfreien Gesicht und den klaren Augen. Um die Wahrheit zu sagen, er sah aus wie ein Mann, der sich um nichts Sorgen zu machen brauchte.

Es war nach sechs Uhr abends, als wir nach Truro zurückkamen. Michael sagte, er müsse kurz im Büro vorbeischauen und würde mich dann nach Hause bringen. Das Büro lag über den Ausstellungsräumen von Colquite & Dew am Lemon Quay. Als wir in den Hof einbogen, wirkte er leer; das Grundstück war für die Nacht geschlossen. In Porthleven hatte eine frische Brise geweht, aber hier in Truro war der Abend schwül und drückend. Das Innere des Autos roch nach heißem Leder und dem Rauch von Airman-Zigaretten. Der Himmel hatte eine blaugraue Farbe. Hinter uns in den Gaswerken ertönte eine Sirene. Dunstiges Sonnenlicht lag auf den Westtürmen der Kathedrale. Im Hintergrund des Hofes pirschte sich eine Katze in der Nähe der Mauer an etwas heran. Nicky wickelte sich das Gummiband seiner Schleuder um die Finger. An alle diese Dinge erinnere ich mich. In allen Einzelheiten. Aber an nichts Bedeutsames.

Als der Wagen langsam ausrollte, löste sich aus dem tiefen Schatten unter dem vorstehenden Dach des Lagerhauses eine Gestalt. Es war ein Mann, der einen weiten zweireihigen Anzug und einen verbeulten Filzhut trug. Er rauchte eine Zigarette. Eine mehrfach gefaltete Zeitung steckte in seiner Jackentasche. Er trat einige Schritte ins Sonnenlicht, blieb stehen und sah in unsere

Richtung, erwartungsvoll und ohne Eile. Michael schaltete den Motor aus. Die Sirene tönte lauter, aber auch die Regungslosigkeit der Szene wurde intensiver, genau wie alles andere. Ich hörte Michael nach Luft schnappen. Nicky ließ das Gummiband der Schleuder erschlaffen. Der Mann kam näher, blieb erneut stehen und legte den Kopf schräg. Wir konnten jetzt sein Gesicht sehen – blaß und schmal und mit einem dunklen, kurzen Schnurrbart unter der abgeflachten Nase. Michael drückte seine Zigarette im Aschenbecher aus und umfaßte den Türgriff.

»Ihr Jungs wartet hier«, sagte er ruhig und entschieden. »Bleibt im Wagen.«

Er stieg aus, schlug die Tür hinter sich zu und ging langsam über den Hof auf den anderen Mann zu. Sie gaben sich nicht die Hand. Sie nickten sich nicht grüßend zu. Aber sie waren sich nicht fremd. Das sah ich an ihrem Verhalten, an der Art, wie sie sich ansahen. Ich hörte sie sprechen, aber sie waren zu weit entfernt, um mehr als vereinzelte Worte aufzuschnappen. »Lange Zeit...« »Nie gedacht...« Ihr Ton war ruhig, aber irgenwie beklommen, weder feindselig noch freundschaftlich. Der Mann mit dem Hut kicherte boshaft. Er zog an seiner Zigarette und warf dann weg, was davon übrig war. Michael schaute zu uns herüber, legte dem anderen Mann die Hand auf die Schulter und bewegte sich dabei auf die Tür zum Ausstellungsraum zu; anscheinend drängte er den anderen Mann, wieder dorthin zu gehen, wo er gewartet hatte. Langsam gingen die beiden Männer fort und blieben dann erneut stehen, aber völlig außer Hörweite.

Sie sprachen vielleicht drei Minuten lang. Nicky und ich beobachteten sie schweigend. Irgend etwas stimmte nicht. Irgend etwas war nicht normal. Ich sah Michael in seine Jackentasche greifen, etwas herausnehmen und es dem anderen Mann geben. Die Sirene verstummte. Der Mann schaute auf das nieder, was er bekommen hatte, steckte es dann in die Tasche und lächelte breit. Dann drehte er sich um und ging fort, wobei er sich ein einziges Mal zu uns umdrehte, als er sich dem Tor zum Lemon

Quay näherte. Eine Sekunde lang traf sein Blick meinen, und ich wünschte, es wäre nicht passiert. Er lächelte noch immer.

»Wer ist das?« flüsterte Nicky.

»Ich weiß nicht«, antwortete ich. »Aber mir gefällt nicht, wie er aussieht.«

»Mir auch nicht.«

Der Mann verschwand aus unserem Blickfeld, aber Michael blieb noch eine Minute, wo er war, und starrte ihm nach. Dann machte er auf dem Absatz kehrt und kam zum Wagen zurück, schnell, wodurch sich sein Hinken verstärkte. Seine Schuhsohlen hörten sich auf den Steinplatten des Hofs wie Gewehrschüsse an. Er stieg sofort ein und ließ den Motor an.

»Gehst du nicht ins Büro, Daddy?«

»Nein, mein Sohn.«

»Wer war der Mann?«

»Niemand. Keine Sorge. Ihr werdet ihn nicht wiedersehen.«

Damit hatte er recht; wir sahen ihn nicht wieder. Nicht einmal, als wir aus dem Hof hinausfuhren und über die Green Street in Richtung Boscawen Bridge fuhren. Er war nirgends zu sehen. Aber ein paar Wochen später erkannten wir sein Foto in der Zeitung. In unseren Köpfen gab es nicht den Schatten eines Zweifels. Es war Edmund Tully.

Ich hatte die Angewohnheit, Samstag nachmittags ein paar Stunden im Ausstellungsraum zuzubringen. Wenn es so etwas wie Laufkundschaft für klassische Kabrioletts gab, dann war dies die richtige Zeit dafür. An diesem Samstag allerdings war nichts davon zu merken. Seit Tabithas und Dominics Essenseinladung war eine Woche vergangen, seit ihrer Hochzeit ein ganzer Monat. Mit einer Reihe nasser, windiger Tage hatte sich der Herbst angekündigt, und niemand war scharf darauf, mit offenem Verdeck zu fahren. Die Blätter der Bäume auf der anderen Straßenseite waren gelb, und der leichte Wind blies kalt. Der Nachmittag schien kein gutes Geschäft zu versprechen.

Und es blieb tatsächlich ruhig. Deprimierend ruhig. Bis ein schicker roter MGB GT in den Vorhof einbog. Sportwagen, von attraktiven jungen Frauen gefahren, sind natürlich das Glamourideal von Werbeleuten, aber dieses spezielle Exemplar entsprach nicht ganz dieser Vorstellung. Die Frau, die aus dem Auto stieg, war gewiß jung – um die Dreißig, schätzte ich – und auffallend attraktiv; sie hatte kurzes, dunkles Haar, das ihre großen, funkelnden Augen betonte, aber sie trug ein merkwürdig förmliches schwarzes Kostüm und eine weiße Bluse, als sei sie unterwegs ins Büro. Wie es schien nicht ins Vorzimmer, dem leuchtenden Gold von Kette und Brosche nach zu urteilen. Sie sah nicht aus wie jemandes Assistentin, sondern eher wie die Chefin persönlich. Ihr selbstbewußtes Auftreten ließ darauf schließen, daß sie wußte, welchen Eindruck sie machte.

Sie blieb bei meinem liebevoll restaurierten Bentley Continental stehen – von dem Dominics Vater noch immer behauptete, er ziehe seinen Erwerb ernstlich in Betracht – und musterte ihn mit anerkennendem Blick. Ich stand von meinem Stuhl auf und ging zu ihr hinaus. Aber irgendwie wußte ich schon, daß wir nicht über Autos diskutieren würden.

»Wollen Sie sich vielleicht verbessern?« fragte ich.

»Wohl kaum.« Sie zog einen ihrer hellen Wildlederhandschuhe aus, und mir schoß der Gedanke durch den Kopf: Wie viele Frauen ihres Alters tragen zum Autofahren noch Handschuhe? So gut wie keine. Aber sie sah auch nicht im mindesten aus wie andere Frauen. Sie wirkte gleichzeitig älter und jünger, als ich sie geschätzt hatte, und besaß ein Lächeln, das sowohl überlegen als auch anziehend wirkte. »Sind sie der Besitzer?«

»Von Napier Classic Convertibles, ja. Chris Napier.«

»Freut mich, Sie kennenzulernen, Mr. Napier.« Sie reichte mir die Hand. »Pauline Lucas.«

»Natürlich, wenn Sie an Neuwagen interessiert sind, Miss Lucas…«

»Nein, nein. Eigentlich bin ich an Ihnen interessiert, Mr. Napier.«

»An mir?«

»Ja. Sie haben die Firma Napier Classic Convertibles schon eine Weile, nicht wahr?«

»Acht Jahre. Aber ich verstehe nicht…«

»Sieht aus, als ginge es Ihnen gut. Der Ausstellungsraum. Dieses Schmuckstück hier. Und die anderen, die bei der Bowershaw Farm aufgebockt stehen.«

»Sie waren in der Werkstatt?«

»Ja. Mark schien nichts dagegen zu haben, mich herumzuführen.«

Das kann ich mir vorstellen, dachte ich. Aber ich sagte: »Möchten Sie etwas kaufen, Miss Lucas?«

»Nein.«

»Was führt Sie dann zu mir?«

»Ich bin Anwältin. Ich vertrete Ihre Exfrau.«

»Miv? Was zum Teufel will sie mit einer Anwältin?«

»Warum setzen wir uns nicht? Dann kann ich es Ihnen erklären.« Sie lächelte liebenswürdig, als sei ich etwas schwer von Begriff. Ich war dankbar, daß keine Kunden in der Nähe waren und Les, der Verkäufer von Grayson's, gerade telefonierte. Ich hatte seit Jahren nichts von Miv gehört – von symbolischen Weihnachtskarten einmal abgesehen – und gedacht, das würde auch so bleiben. Damit, daß sie mir eine Anwältin schicken würde, hatte ich ganz bestimmt nicht gerechnet.

Wir setzten uns, und die Frau reichte mir eine Visitenkarte. *Pauline A. Lucas, LLB (Anwaltskanzlei)*, mit einer Adresse in Llandudno. Der Anwalt, der Miv bei der Scheidung vertreten hatte, saß in London, also hätte ich wohl nicht überrascht sein sollen, daß sie sich in North Wales jemand Neuen gesucht hatte. Was mich überraschte, war, daß sie überhaupt jemanden auf mich ansetzte.

»Mark hat gesagt, klassische Autos seien Ihr ein und alles.«

»Ach ja?«

»Und er hat auch gesagt, daß das Geschäft boomt.«

»Er kennt die Bücher nicht.«

»Nein. Aber Ihre Exfrau auch nicht.«

»Warum sollte sie? Das ist *meine* Firma, nicht ihre.«

»Das ist nicht ganz klar, Mr. Napier, nicht wahr?«

»Was meinen Sie damit?«

»Nun, hat sie nicht einen Teil des Kapitals aufgebracht?«

»Und wenn schon. Das war ein Geschenk. Eine Geste des guten Willens bei der Trennung.« Miv war immer großzügig gewesen – und versöhnlich. Als ich Napier Classic Convertibles gegründet hatte, war sie gerade mit Tantiemen für »Lover Come Back« überschüttet worden. Sie hatte gewußt, daß ich meine Familie nicht um Hilfe bitten konnte, und so hatte sie mich unterstützt. Und ich war dankbar dafür gewesen. Schließlich hatte sie deutlich gemacht, daß sie mir das Geld *schenkte*. Es war kein Kredit – in keiner Weise. Aber damals hatte sie auch keinen Rechtsbeistand wie Pauline Lucas gehabt. »Wollen Sie mir vielleicht erzählen, daß sie das Geld zurückhaben möchte?«

»Nein, das will sie nicht.«

»Was möchte sie dann?«

»Der Punkt ist, daß ihr Geschenk, ihr Kredit, nennen Sie es, wie Sie wollen, einen Anteil an der Firma bedeutet – einen Anteil an den Gewinnen.«

Ich starrte sie mit offenem Mund an. »Das ist nicht Ihr Ernst.«

»Das ist mein voller Ernst. Natürlich will sie keine aktive Rolle spielen, aber als stille Teilhaberin ist sie mit Sicherheit berechtigt ...«

»Sie ist zu gar nichts berechtigt!« Ich wünschte mir sofort, ich wäre nicht laut geworden. Les starrte mich durch die große Ausstellungshalle an, obwohl er den Telefonhörer noch am Ohr hatte. »Das ist absolut lächerlich.«

Unbekümmert zog Pauline Lucas eine Augenbraue hoch. »Verstehe ich das richtig? Sie leugnen also, daß sie einen Anteil an der Firma besitzt, der der von ihr anfangs investierten Summe entspricht?«

»Ja. Und das«, ich beugte mich, um meinen Worten Nachdruck zu verleihen, über den Schreibtisch, »ist mein letztes Wort in dieser Angelegenheit.«

»Ich fürchte, das ist nicht sehr wahrscheinlich.«

»Es war eindeutig ein Geschenk. Ohne Bedingungen.«

»Meiner Mandantin zufolge war es das nicht.«

»Sind bei ihr plötzlich harte Zeiten ausgebrochen, ist es das?«

»Ich kann ihre finanziellen Angelegenheiten nicht mit Ihnen diskutieren, Mr. Napier. Aber Ihre eigenen Aussichten sind mit Sicherheit beträchtlich rosiger als die meiner Mandantin.«

»Was zum Teufel meinen Sie damit?«

Sie senkte die Stimme. »Ich spreche vom Carnoweth-Erbe.«

Auf einmal tat Miv mir leid. Daß sie es neuerdings nötig haben sollte, sich dafür zu interessieren, was auf mich zukam oder nicht, wenn meine Eltern starben, war in Anbetracht der Verachtung, die sie immer für die begüterte Klasse im allgemeinen und meine Verwandten im besonderen empfunden hatte, ziemlich erbärmlich. Aber mit Pathos war bei Pauline Lucas nichts auszurichten. Sie war hier, um festzustellen, was sie für ihre Mandantin herausholen konnte, und offen gesagt wußte ich nicht, was ich ihr anbieten sollte: eine Rückzahlung oder eine glatte Abfuhr. Was herauskam, war etwas dazwischen.

»Als Miv und ich uns scheiden ließen, Miss Lucas ...«

»Damals habe ich sie nicht vertreten.«

»Vielleicht ist das ganz gut.«

»Vielleicht – für Sie.«

»Sagen Sie ihr, wenn sie mit mir über etwas reden will, dann soll sie genau das tun – *mit mir reden.*«

»Ist das alles, was Sie zu sagen haben?«

»Ja.«

Sie lächelte. »Nun, dieser Besuch sollte mir eigentlich nur

Klarheit über die Situation verschaffen. Und das ist sicherlich gelungen.«

»Aha. Gut.«

»Ich werde Ihre Äußerungen weitergeben. Und dann ...«

»Ja?«

»Sie hören von mir.«

Geschmeidig stand sie von ihrem Stuhl auf und lächelte wieder. »Einstweilen auf Wiedersehen, Mr. Napier. Und danke, daß Sie mich empfangen haben.«

Ich sah zu, wie sie zu dem MG hinausging, elegant auf den Fahrersitz glitt und davonfuhr. Als der Wagen unter der Eisenbahnbrücke verschwand, räusperte Les sich demonstrativ. Er telefonierte nicht mehr.

»Frauenprobleme, Chris?« fragte er mit einem mitfühlenden Grinsen.

»Exfrauenprobleme, wenn Sie es unbedingt wissen wollen.«

»Ach, das sind die schlimmsten. In solchen Momenten bereuen Sie sicher, daß Sie den Schnaps aufgegeben haben.«

»Sehr komisch.« Aber das war es natürlich nicht. Überhaupt nicht. Es war zu wahr, um komisch zu sein. Viel zu wahr.

In gewissem Sinn habe ich mein ganzes Leben lang im Schatten des Carnoweth-Erbes verbracht. Es gab eine Zeit, in der ich nichts darüber wußte, und eine andere, längere Zeit, in der es mir gleichgültig war, aber gegenwärtig war es immer. Ich war darin verwickelt, wissentlich oder nicht, willentlich oder nicht. Ich erinnere mich, Miv einmal gesagt zu haben, wie dankbar sie sein solle, daß es in ihrer Familie kein Geld gab. Sie hatte das für eine ironische Bemerkung zu ihrer Lebenseinstellung gehalten, aber das war es nicht.

Es war nicht Onkel Joshuas Schuld. Er versuchte nur, sein Glück mit denen zu teilen, die ihm am nächsten standen. Das ist wohl kaum ein unlauterer Beweggrund. Warum sollte er die Lanyons nicht über seine eigene Familie stellen, wenn er es so wollte? Großmutter hätte gesagt, daß Blutsbande unauflöslich sind, aber wenn ihr Bruder mittellos aus Alaska zurückgekehrt und auf ihre Mildtätigkeit angewiesen gewesen wäre, hätte sie es vielleicht anders gesehen.

Ironischerweise besteht die Möglichkeit, daß Onkel Joshua doch beschlossen hatte, nicht nur die Zukunft der Lanyons zu sichern, sondern auch unsere – unmittelbar vor seinem Ende. Vielleicht hatte er jahrelang darüber nachgedacht. Vielleicht war er, nachdem die beiden Familien sich nähergekommen waren und das Alter seine Differenzen mit Großmutter kleiner hatte werden lassen, dahin gelangt, uns allen etwas Gutes tun zu wollen. Falls das so war, würde es erklären, was er gemeint hatte, als ich zum letztenmal mit ihm sprach. Das war auch das letzte Mal, daß einer von uns mit ihm ein Wort gewechselt hat.

Es war der Nachmittag des 7. August 1947, ein Donnerstag, brütend heiß und drückend. Die Kathedrale glänzte im Sonnenglast. Tauben gurrten in den Bäumen rings um den Rasen von Tredower House. Das ganze Leben schien in Zeitlupe abzulaufen. Nicky und ich spielten gemächlich eine Partie Tennis, zu schlapp, um auch nur über die Punkte zu diskutieren, als Onkel Joshua vom Haus heruntergeschlendert kam und uns zuwinkte. Er trug einen dreiteiligen Leinenanzug, ein offenes Hemd, einen Strohhut mit heruntergeklapptem Rand und die festen Stiefel, die er bei jedem Wetter anhatte. Eigentlich wirkte er älter, als er war, was auf den schneeweißen Bart und den Schmerbauch zurückzuführen war. Sein Gang aber erinnerte an den eines viel jüngeren Mannes – fest und beschwingt, mit gestrafften Schultern. Er benutzte niemals einen Gehstock, und ich mußte nie das Tempo verringern, damit er mit mir Schritt halten konnte. Sein gemessenes Schreiten hatte einen ganz eigenen Schwung. Es enthielt die Kraft seiner Vergangenheit.

»Deine Mutter sucht dich, Nicky!« rief er.

»Wozu, Onkel Josh?«

»Aus einem guten Grund«, sagte er schroff. Dann grinste er.

»Könnte sein, daß sie dich fragen will, was du nächste Woche nach Nanceworthal mitnehmen willst. Warum gehst du nicht zu ihr und findest es heraus?«

»Sofort, Onkel.« Als Nicky davontrabte, rief ich ihm nach, ich würde wahrscheinlich zum Tee nach Hause gehen, bevor er wiederkäme. Er winkte, daß er verstanden habe, und lief weiter.

»Ich gehe mit dir in die Stadt, wenn du magst, Christian«, sagte Onkel Joshua. »Ich habe den gleichen Weg.«

Und so machten wir uns gemeinsam in Richtung Stadt auf. Ich fragte, was er dort zu erledigen hätte, und er klopfte sich an die Nase, knurrte und gab schließlich eine knappe Antwort.

»Geschäfte.«

»Dad sagt, es ist zu heiß für Geschäfte.«

»Er hat recht. Aber das hat lange genug gewartet. Ich will es nicht verschieben, weil das Thermometer steigt.«

»Ich hoffe, das schöne Wetter dauert den ganzen Sommer.«

»Wahrscheinlich wird es das. Freust du dich, nächsten Monat da anzufangen?« Er nickte in Richtung auf die Silhouette der Truro School am südöstlichen Horizont.

»Ich denke schon.«

»Ha! Da hast du nicht unrecht, junger Mann. Die Zukunft ist ein zweischneidiges Schwert.« Er seufzte. »Aber man kann es ja auch in der Scheide lassen, nicht?«

»Ich weiß nicht, Onkel.«

»Nein. Warum solltest du auch? Hör nicht auf mich. Ich bin bloß ein alter Mann, der so daherredet.«

Weiter wurde nichts gesprochen, bis wir den Hügel hinunter- und nach Truro hineinkamen und durch die St. Austell Street gingen. Das Schweigen war durchaus nicht unbehaglich, sondern angemessen und völlig normal. Trotz seiner Worte war Onkel Joshua nie jemand, der einfach so daherredete. Er dachte sich etwas dabei, verriet aber nicht immer, was es war. Als wir bei einer tristen Terrasse vor einem Haus stehenblieben und er die

Tür fixierte, wurde mir klar, daß dies das Haus sein mußte, in dem die Lanyons früher gewohnt hatten. Warum er dort stehenblieb und was er dachte, konnte ich nicht erraten. Er kratzte sich den Bart, schob seinen Hut in den Nacken und seufzte schwermütig. Dann ging er weiter über die Old Bridge Street zur Cathedral Close, wo wir im kühlen Schatten erneut anhielten. Er zündete sich eine Zigarre an und paffte genüßlich. Er war der einzige Mann, den ich kannte, der so etwas rauchte. Ansonsten begnügte sich die Männerwelt von Truro nach dem Krieg mit Waldgeißblatt und stinkenden Pfeifen. Onkel Joshuas Zigarren waren nur ein weiterer Beweis dafür, daß dreiundzwanzig Jahre in der Ferne ihre Spuren hinterlassen hatten.

»Ich brauche einen Rat, Christian«, sagte er endlich. »Meinst du, du könntest mir einen geben?«

»Ich, Onkel?«

»Warum nicht? Du bist jung genug, um unparteiisch zu sein.«

»Mich hat noch nie jemand um Rat gefragt.«

»Dann wird es Zeit, daß das jemand tut.«

»Worum geht es denn?«

»Es geht um den Unterschied zwischen Familie und Freunden. Wen stellst du an die erste Stelle?«

»Ich weiß nicht genau, was du meinst.«

»Nun, stell dir vor, deine Schwester Pam wäre in irgendwelchen Schwierigkeiten. Was würdest du machen?«

»Ihr heraushelfen.«

»Und wenn dein Freund Nicky in Schwierigkeiten wäre?«

»Würde ich *ihm* heraushelfen.«

»Aber wenn sie gleichzeitig in Schwierigkeiten wären, wem würdest du dann zuerst helfen?«

»Nun ja, ich … ich denke …«

»Schwierig, was?«

»Ich weiß es.« Ich grinste triumphierend. »Ich würde einen Weg finden, ihnen beiden zu helfen … sozusagen simultan.«

Mein Grinsen wurde breiter vor Stolz, weil mir ein so exotisches Wort eingefallen war.

Onkel Joshua lachte und klopfte mir auf die Schulter. »Das ist eine gute Antwort. Merk sie dir. Ich werde sie mir auch merken.«

»War das ein wertvoller Rat, Onkel?«

»Ja, junger Mann. Ich schätze, das war er.« Er klemmte sich die Zigarre zwischen die Zähne, und wir gingen weiter Richtung High Cross. »Gehst du nach Hause … oder ins Geschäft?«

»Ins Geschäft.«

»Dann verabschieden wir uns hier. Ich muß in die Lemon Street. Grüß deine Eltern von mir. Und natürlich auch Lady Fan Todd.« Seit Großmutter angefangen hatte, sich mit dem Textilgeschäft zu befassen, hatte er sie mit diesem spaßig-respektlosen Dialektspitznamen belegt. »Sag ihr …« Aber dann hatte er es sich doch wohl anders überlegt. Er lächelte. »Das kann warten. Geh nur.«

»Wiedersehen, Onkel.«

»Wiedersehen, Christian.«

Ich hatte erst ein paar Meter zurückgelegt, als er mich noch einmal zurückrief. »Was ist, Onkel?«

»Nicky hat gesagt, ihr wolltet den Wyatt-Earp-Film sehen, der im Plaza läuft.«

»*My Darling Clementine*? Au ja, den wollen wir sehen.«

Er grinste und warf mir eine Münze aus seiner Westentasche zu. Sie blitzte silbern in der Sonne. Als ich sie auffing, sah ich, daß es eine halbe Krone war.

»Dann nehmt euch die besten Plätze. Ihr braucht nicht zu knausern.«

»Toll! Danke, Onkel.«

»Und jetzt ab mit dir.« Mit seiner Zigarre winkte er freundlich zum Abschied, drehte sich um und ging durch die Cathedral Lane davon, während ich in Richtung River Street lief.

Ich kam nie dazu, *My Darling Clementine* zu sehen. Irgendwie hatte ich nicht den Mut, Onkel Joshuas halbe Krone für etwas so Frivoles auszugeben. Nicht in dem Wissen, daß ich ihn nie wiedersehen würde. Später rekonstruierte die Polizei seine Schritte und fand heraus, daß er kurz nach fünf in der Kanzlei seines Anwalts in der Lemon Street vorbeigeschaut hatte, wo man ihm mitteilte, Mr. Cloke sei zu einem Klienten in Chacewater gegangen und werde an diesem Tag nicht mehr zurückkommen. Er hatte sich um elf Uhr am folgenden Vormittag mit Mr. Cloke verabredet und nicht gesagt, worüber er sprechen wollte. Und so weiß bis heute niemand, ob es um sein Testament ging, denn er konnte den Termin nicht einhalten. In der folgenden Nacht wurde Joshua Carnoweth ermordet.

Daß ich 1970 nach Pangbourne gezogen war, hatte sich als eine meiner besseren Entscheidungen erwiesen. Miv und ich hatten uns gerade getrennt, und mir war klargeworden, daß ich London verlassen mußte, wenn der Verzicht auf Alkohol mehr sein sollte als nur eine leere Versprechung. Das Trinken hatte mich bereits den Führerschein gekostet, und so machte ich mich per Eisenbahn auf den Weg, um im Tal der Themse nach einem billigen, aber komfortablen Refugium zu suchen. Was ich gefunden hatte und wo ich elf Jahre später noch immer wohnte, war Harrowcroft Nummer vier, ein Landhäuschen am Ende einer Straße in The Moors, einer Sackgasse und Verlängerung der High Street, mit angebauter Garage für den Triumph Stag, den ich mir kaufen wollte, wenn mein Fahrverbot aufgehoben war, und einem kleinen Garten, der zum Ufer des Pang hinunterführte.

Es war nicht weiter als fünf Minuten zu Fuß von Grayson Motors entfernt, und ich glaube, an diesem Nachmittag brauchte ich nur drei. Les' Anwesenheit hatte mich daran gehindert, Miv sofort anzurufen, nachdem Pauline Lucas gegangen war, aber ich wollte nicht zu lange auf eine Erklärung von ihr warten. Glücklicherweise meldete sie sich gleich beim ersten Anruf.

»Hi!« Der amerikanische Ausdruck klang merkwürdig mit dem walisischen Akzent, der sich seit ihrem Rückzug nach Snowdonia wieder durchzusetzen schien.

»Ich bin's. Chris.«

»Chris? Ich muß schon sagen, das ist eine Überraschung.«

»Sollte es aber nicht. Ich habe gerade mit Pauline Lucas gesprochen. Oder vielmehr, *sie* hat mit *mir* gesprochen.«

»Ach ja? Wer ist das?«

»Hör auf, Spielchen zu spielen, Miv. Pauline Lucas. Deine Anwältin.«

»Ich habe nie von ihr gehört. Ich schätze, wenn überhaupt jemand, ist immer noch der alte Warboys mein Anwalt. Ist sie seine Assistentin?«

»Nein, natürlich nicht. Du weißt verdammt gut, wer sie ist.«

»Weiß ich nicht. Ehrlich, Chris. Ich verstehe überhaupt nichts.«

»Sie ist heute hier erschienen und hat mir von deinem angeblichen Anspruch auf einen Anteil an meiner Firma erzählt.«

»Aber ich habe keinen Anspruch auf einen Anteil. Und überhaupt, ich will gar keinen Anteil daran. Was sagst du, wer diese Frau war?«

»Pauline Lucas. Eine Anwältin aus Llandudno. Warte.« Ich zog die Karte, die sie mir gegeben hatte, aus der Tasche. »Pauline A. Lucas, 32A High Street, Llandudno.«

»Der Name sagt mir nichts. Außerdem, in Llandudno gibt es gar keine High Street. Und was die Beteiligung an deinem Geschäft mit Schrottautos betrifft, vergiß es. Das ist das letzte, was ich brauche.«

»Ich sage ja nicht, du sollst…«

»Bist du nüchtern, Chris?«

»Ja, natürlich, ich bin verdammt nüchtern.«

»Du hörst dich nicht so an.«

»Würdest du auch nicht, wenn…« Das Schrillen der Türglocke unterbrach meine verwirrten Gedanken. Ich sah eine

Gestalt, die sich hinter dem geriffelten Glasfenster der Haustür bewegte. »Willst du damit sagen, daß du keine Pauline Lucas – oder sonst jemanden – beauftragt hast, mich wegen des Geldes ausfindig zu machen, das du mir zur Gründung meiner Firma gegeben hast?«

»Dieses Geld war ein Geschenk. Ich verlange keine Geschenke zurück.«

»Ist das dein Ernst?«

»Ja.«

Die Türglocke schrillte erneut. Wahrscheinlich konnte der Besucher mich in der Diele stehen sehen, aber ich beschloß, ihn trotzdem zu ignorieren. »Woher wußte sie dann davon?«

»Keine Ahnung.«

»Du mußt es ihr erzählt haben.«

»Aber ich habe sie nie gesehen. Jedenfalls nicht wissentlich. Wie sieht sie aus?«

Die Türglocke unterbrach meinen stümperhaften Versuch, Pauline Lucas zu beschreiben; der Besucher drückte dreimal energisch auf den Klingelknopf. Es sah so aus, als werde er nicht nachgeben, aber einer von uns mußte es schließlich tun. Ich holte tief Luft. »Hör zu, Miv. Kann ich dich später noch einmal anrufen?«

»Wenn du meinst, du mußt, Herzchen. Ich kann dir aber auch die Nummer eines guten Psychiaters geben.«

»Vielen Dank. Tschüs.«

Ich knallte den Hörer auf die Gabel, marschierte zur Tür und riß sie auf. Eine Frau stand auf der Fußmatte, die Hand erhoben, um noch einmal zu läuten. Sie war schlank, ziemlich klein, und dunkelbraunes, lockiges Haar umrahmte ein blasses Gesicht mit weichen Zügen. Sie trug Bluejeans und einen roten Pullover mit Polokragen unter einer vliesgefütterten Fliegerjacke. Die Jeans hatten ausgestellte Hosenbeine, was seit mehreren Jahren aus der Mode war, und wirkten abgetragen und ausgebleicht. Mein erster Eindruck war, daß es sich um eine Art Studentin handelte, aber offensichtlich von der reiferen Art. Ich hätte sie auf dreißig oder darüber geschätzt. Merkwürdigerweise lag aber überhaupt nichts Reifes in dem geradezu panischen Ausdruck, der in ihre Augen trat, als sie mich erblickte. Sie biß sich auf die Unterlippe und zog die behandschuhte Hand von der Klingel.

»Ja?«

»Eh... Chris Napier?«

»Das bin ich.«

»O... richtig.«

»Was wünschen Sie?«

»Na ja, das ist ein bißchen...«

»Ich bin in Eile, also wäre ich Ihnen dankbar, wenn Sie...«

»Michaela Lanyon.«

»Was?« Ich dachte wirklich, ich hätte mich verhört.

»Ich bin Nickys Schwester.« Ein oder zwei Sekunden lang sah sie mich schweigend an, dann schluckte sie schwer und wiederholte ihren Namen, als teile sie meinen Unglauben. »Michaela Lanyon.«

6. Kapitel

»Ich nehme an, es muß… ein Schock für Sie sein, ich meine, wenn Sie wie der Mann, der über mich in der Zeitung geschrieben hat… wenn Sie gedacht haben… ich wäre…«

»Tot?«

»Ja.« Sie sah mich quer durch das Wohnzimmer an, in das ich sie zerstreut geführt hatte. Wir standen an einander gegenüberliegenden Fenstern »Gott, ich war nicht sicher, ob ich… ich meine…«

»Sie sind Michaela Lanyon?«

»Ja. Nun ja, eigentlich nenne ich mich Emma Moresco. Schon seit Jahren. Seit ich… weggelaufen bin.«

»Sie sind also nicht ermordet worden.«

»Nein.«

»Sie sind einfach… einfach so, aus freien Stücken verschwunden.«

»Ich mußte.«

»Und haben Ihre Familie in dem Glauben gelassen, Sie wären tot.«

»Dagegen konnte ich nichts tun. Nicht, ohne…« Sie wandte sich zur Seite und senkte den Kopf. »Es hat mir nicht gefallen, wissen Sie. Es hat mir keinen Spaß gemacht. Aber ich mußte von dort weg. Von dem Leben, das ich führte.«

»Warum?«

»Das spielt keine Rolle. Das ist nicht der Grund, weshalb ich gekommen bin. Ich bin wegen Nicky gekommen.«

»Zu spät. Er ist in dem Glauben gestorben, Sie wären von Brian Jakes ermordet worden.«

Sie seufzte und strich sich mit der Hand übers Gesicht. »Das ist nicht leicht. Gott, ich habe nicht mal ...« Ein Schauder durchlief sie. »Darf ich mich setzen?«

»Ja, natürlich. Tut mir leid.« Ich führte sie zu einem Sessel. Ihre Verletzlichkeit unterminierte meinen Zorn. »Vielleicht möchten Sie eine Tasse Tee.«

»Haben Sie nichts Stärkeres?«

»Ich fürchte nein.«

»Dann Tee. Ja. Gern.«

Ich ging in die Küche und setzte den Wasserkessel auf. Während ich Tee in die Kanne gab und Tassen und Untertassen auf ein Tablett stellte, war ich wie vor den Kopf gestoßen von der profanen Rückkehr Michaela Lanyons unter die Lebenden. Eine Sekunde lang glaubte ich beinahe, sie würde fort sein, wenn ich ins Wohnzimmer zurückkehrte. Aber sie war da, saß vorgebeugt im Sessel wie zuvor. Als ich hereinkam, blickte sie auf und lächelte schwach.

»Es tut mir leid. Ehrlich.«

»Bei mir brauchen Sie sich nicht zu entschuldigen.«

»Nein. Aber ich glaube, ich bin Ihnen eine Erklärung schuldig.«

»Jede Woche laufen Teenager von zu Hause weg. Und etliche kommen nie wieder zurück. Was gibt es da zu erklären?«

Mein Ton klang barsch, sogar in meinen eigenen Ohren. »Entschuldigung.« Ich grinste zerknirscht. »Jetzt entschuldigen wir uns beide.«

»Vielleicht haben wir das beide nötig. Auf unterschiedliche Weise haben wir Nicky beide im Stich gelassen, nicht wahr?«

»Ja, vermutlich haben wir das.«

»Wenn ich gewußt hätte, daß er selbstmordgefährdet war, dann hätte ich ...«, sie zuckte mit den Schultern, »... etwas unternommen.«

»Ich auch.«

»Ich hatte keine Ahnung, daß Mum tot ist und daß Nicky so ... verzweifelt war. Wirklich.«

»Ich glaube Ihnen.«

»Er hat immer so viel von Ihnen gesprochen. Von seinem guten Freund Chris Napier. Er wollte nie ein Wort der Kritik gegen Sie dulden, wollte nie zugeben…« Sie schüttelte den Kopf und ersparte mir damit wohl die verdammenden Worte, die ich genauso leicht selbst hätte aussprechen können. Dann kochte das Wasser im Kessel.

Ich füllte die Kanne, stellte sie auf den Tisch und wartete, während der Tee zog. »Wie haben Sie mich gefunden?« fragte ich, um das Schweigen zu beenden und gleichzeitig meine Neugier zu befriedigen.

»Ich habe in Tredower House angerufen. Die Empfangssekretärin gab mir die Nummer von Grayson. Daher wußte ich, wo Sie sind. Ich bin Ihnen von dort aus gefolgt. Aber auch als Sie hier ankamen, habe ich noch… gezögert.«

»Warum?«

»Sechzehn Jahre für tot gehalten zu werden, ist eine lange Zeit. Man gewöhnt sich daran. Und Gewohnheiten sind nicht leicht abzustreifen.«

»Warum haben Sie es dann getan?«

»Weil Nickys Tod Sie und mich verbindet. Wir können ihn jetzt nicht im Stich lassen. Er hat uns gezwungen, ihn anzuhören, oder? Er hat uns gezwungen, Notiz zu nehmen.«

»Wovon Notiz zu nehmen?«

»Von seiner Überzeugung. Seiner Gewißheit.« Sie beobachtete mich, als ich den Tee einschenkte, und nickte bejahend, als ich ihr Milch und Zucker anbot. Ich trug unsere Tassen durchs Zimmer und setzte mich ihr gegenüber in einen Sessel. »Ich würde darauf wetten, daß er mit Ihnen gesprochen hat, bevor er sich erhängte. Deswegen ist er nach Truro gekommen. Um Sie zu sehen, an dem Ort, wo Sie einst Freunde waren. Habe ich recht?«

»Ja. Sie haben recht.«

»Dann würde ich noch eine Wette eingehen. Aber die ist sicher, denn es dreht sich nur um das, was er mir immer und immer wieder gesagt hat, als ich noch ein kleines Mädchen war. Er glaubte, unser Vater wäre unschuldig – ein Mann, dem Unrecht geschehen ist. Das hat er Ihnen auch gesagt, nicht?«

»Ja, auf seine Weise hat er das vermutlich getan.«

»Aber Sie haben ihm nicht geglaubt. So wie ich, als ich alt genug war, um zu begreifen, was passiert war. Niemand hat Nicky jemals geglaubt.«

»Nicht einmal Ihre Mutter?«

»Sie wollte gern. Aber sie hatte nicht die innere Kraft, sich Considines stetigem Bemühen zu widersetzen, sich selbst als den noblen Retter der Witwe eines Mörders darzustellen.«

»Das klingt nicht, als hätte es zwischen Ihnen und Ihrem Stiefvater viel Zuneigung gegeben.«

»*Zuneigung*?« wiederholte sie voller Zorn. »Ich habe diesen Mann gehaßt. Ich hasse ihn immer noch. Er hat mir das Leben zur Hölle gemacht.«

»Warum?«

»Was meinen Sie wohl?« Ihr Starren zwang mich, den Schluß zu ziehen, der auf der Hand lag. »Er war derjenige, vor dem ich weggelaufen bin. Ich wollte lieber meine Mutter und meinen Bruder in dem Glauben lassen, ich wäre tot, als Considine denken lassen, daß auch nur die entfernte Möglichkeit bestünde, ich könnte noch am Leben sein. Denn er hätte mich gesucht, mit Sicherheit. Er hätte mich gesucht und herumspioniert und …« Sie brach ab. »Tut mir leid. Das wollen Sie bestimmt nicht hören.«

»Michaela …«

»Nennen Sie mich Emma. Bitte. So nenne ich mich seit sechzehn Jahren.«

»In Ordnung. Emma. Wo waren Sie in diesen sechzehn Jahren?«

»London. Gehen da nicht alle Ausreißer hin? Es war gar nicht so schlecht. Da gab es den Mann, den ich in diesen letzten Osterferien in Clacton kennenlernte. Er war dort in Urlaub. Na ja, wir freundeten uns irgendwie an, und ... er machte mir das Angebot, mich aufzunehmen, wenn ich in der Großstadt eine Unterkunft bräuchte. Netter Kerl. Schwul. Vielleicht ist das der Grund, warum er so nett war. Jedenfalls hat er mir den Start ermöglicht. Danach war es bloß ... ein gewöhnliches Leben. Ich arbeite im Schichtdienst an einer Supermarktkasse und habe ein Apartment in einem Hochhaus. Nicht viel, was? Keinen Mann, keine Kinder und einen Job ohne Aufstiegsmöglichkeiten. Aber damit muß man rechnen, wenn man seine Identität aufgibt. Und ich habe es nie bereut. Kein einziges Mal. Das war es wert, um Considines Zugriff zu entkommen.«

»Gehen Sie nicht ein ziemliches Risiko ein, wenn Sie sich jetzt zeigen?«

»Ich zeige mich nicht.« Sie stellte ihre Tasse ab und starrte mich an. »Nicky hat mir gesagt, ich könnte Ihnen vertrauen, Chris. Und genau das tue ich. Keiner darf wissen, daß ich am Leben bin. Wenn Considine es jemals herausfände ...«

»So schlimm kann das doch nicht sein.«

»Ich könnte nachts nicht mehr schlafen, wenn ich mir vorstelle, daß er es weiß.« Sie verschränkte abwehrend die Arme. »Es gibt nichts, wozu er nicht fähig ist.«

Ich hob beruhigend die Hand. »In Ordnung. Okay. Machen Sie sich keine Sorgen. Ich werde es niemandem erzählen. Vor allem nicht Considine. Sie können mir vertrauen. Nicky zuliebe, wenn Sie so wollen. Sie haben recht. Ich habe ihn im Stich gelassen. Aber sagen Sie mir eines, Emma. Was kann ich jetzt, wo er tot ist, tun, um das wiedergutzumachen?«

»Sie können beweisen, daß er recht hatte«, antwortete sie, ohne auch nur eine Sekunde zu zögern. »Sie können beweisen, daß unser Vater Ihren Onkel nicht ermordet hat.«

Zuerst dachte ich, ich träume. Und in gewisser Weise tat ich das auch. Das Läuten der Türglocke wurde zu einem Bienengesumm in meinen Ohren, immer lauter und bedrohlicher, während ich im Schlaf irgendeine innere Landschaft durchquerte, die ich gleich darauf wieder vergaß. Dann wachte ich auf und merkte, daß es die echte, solide Türglocke aus Messing in unserem Haus in der Crescent Road war, die läutete. In meinem Schlafzimmer war es stockfinster, aber durch die Ritzen der Tür drang Licht, und jemand bewegte sich auf dem Treppenabsatz. Ich rollte mich herum und spähte nach den Leuchtziffern meines Weckers. Es war Viertel vor drei, also mitten in der Nacht. Und doch war jemand an der Tür. Wer immer das war, was immer er wollte, ich wußte, wenn jemand um diese Zeit läutete, mußte irgend etwas sehr Ernstes passiert sein.

Jetzt vernahm ich Schritte auf der Treppe, und das Licht wurde heller, als jemand einen weiteren Schalter betätigte. Dann ein Knarren der Bodendielen im Zimmer der Großeltern. Ich kletterte aus dem Bett, ging zur Tür und öffnete sie einen Spalt, ließ meine Augen sich allmählich an die Helligkeit gewöhnen. Mum stand in Morgenrock und Pantoffeln am Geländer und schaute hinunter in die Diele. Ich nahm an, daß Dad nach unten gegangen war und daß er derjenige war, den ich an den Riegeln herumhantieren hörte. Der Briefkasten klapperte, als er die Haustür öffnete und eine barsche, aber gedämpfte männliche Stimme fragte: »Mr. Napier?«

»Ja«, antwortete Dad. »Was kann ich für Sie tun, Constable?«

»Tut mir leid, Sie um diese Zeit zu stören, Sir. Ich habe schlechte Nachrichten. Könnte ich hereinkommen?« Die Tür schloß sich hinter ihm, und in der Diele klang seine Stimme lauter. »Sie betreffen Ihren Onkel, Mr. Joshua Carnoweth.«

»Ist er krank?«

»Ich fürchte, er ist tot, Sir.«

Gerade, als diese Worte ausgesprochen wurden, kamen Großmutter und Großvater aus ihrem Zimmer. Ich konnte sie nicht sehen, aber ich sah, wie Mum sich nach ihnen umdrehte.

»Habt ihr das gehört?« murmelte sie.

»Ich hab's gehört«, sagte Großmutter, »aber ich kann es nicht glauben.« Sie begann die Treppe hinunterzugehen. Mum und Großvater folgten ihr. »Was ist passiert?« fragte sie, als sie die Diele erreichte. »Haben Sie gesagt, daß mein Bruder Joshua tot ist?«

»Es tut mir sehr leid, Ihnen das mitteilen zu müssen, Madam.«

»Aber er war bei bester Gesundheit, als ich ihn zuletzt gesehen habe, erst vor ein paar Tagen.«

Ich trat hinaus auf den Flur und ging auf Zehenspitzen zum Geländer, um etwas sehen zu können. Dann erblickte ich Pam auf den obersten Treppenstufen. Sie sah mich stirnrunzelnd an und preßte einen Finger auf die Lippen.

»Wann ist das passiert, Constable?«

»Er wurde... erst vor ein paar Stunden gefunden, Madam.«

»Ist er im Schlaf gestorben?«

»Eigentlich nicht. Mit gefunden meine ich...«

»*Was* meinen Sie damit? Heraus mit der Sprache!«

Der Constable seufzte. »Ich meine, Madam, daß Mr. Carnoweth heute kurz nach Mitternacht in der Barrack Lane tot aufgefunden wurde.«

»Tot – auf der Straße?«

»Er wies mehrere Messerstiche auf.«

»Allmächtiger Gott«, murmelte Großvater.

»Ermordet?« sagte Mum ungläubig.

»So scheint es, Madam.«

»Wer hat es getan?« fragte Großmutter.

»Das wissen wir noch nicht, Madam. Aber wir haben eine gute Beschreibung von einem Mann, den man vom Schauplatz des Verbrechens hat fortlaufen sehen, und Sie können versichert sein, daß wir uns alle Mühe geben werden...«

»Ermordet?« warf Dad ein. »Hier in Truro?«

»Jawohl, Sir.«

»Aber warum?«

»Es ist zu früh, um...«

»Geld«, verkündete Großmutter, als könne daran überhaupt kein Zweifel bestehen, als habe sie immer befürchtet, daß ihn ein solches Schicksal ereilen werde. »Es wird wegen seines Geldes gewesen sein.«

»Nanceworthal, Sommer sechsundvierzig«, sagte ich, als ich das Foto, das ich von meinem zehnjährigen Freund gemacht hatte, seiner Schwester reichte. Nicky grinste mich von einem Heuhafen auf der Farm der Jagos an. Der Schnappschuß stammte aus unserer Kindheit. »Wir sind nie dorthin zurückgekehrt«, fügte ich hinzu, während sie das vergilbte Foto betrachtete.

»Das kann man auch nicht«, murmelte sie. »Trotzdem, wenn man so etwas sieht, hat man das Gefühl, als wäre es möglich, nicht? Als könnte man in die schwarzweiße Vergangenheit zurückkehren und Nicky herausholen. Aber das kann man nicht. Er ist noch immer dort. Und hierher wird er nie wieder kommen.«

»Das, was Sie getan haben – weglaufen –, muß doch bedeutet haben, alle Erinnerungen hinter sich zu lassen.«

Sie schüttelte den Kopf. »Nicht wirklich. Ich hatte keine. Ich weiß nicht, wieviel Mum behielt, als sie Cornwall verließ, aber was immer es war, es ging bei der Überschwemmung verloren.«

»Sie meinen die Überschwemmung in Jaywick dreiundfünfzig? Considine hat mir davon erzählt.«

»Ja? Nun, er war nicht dort, oder? Aber Sie haben recht, Jaywick, im Januar dreiundfünfzig. Das ist so ungefähr meine früheste Erinnerung – daß Nicky mich mitten in der Nacht aufweckt und mein Bett im Wasser steht. Es war so kalt. Wie Eis. Und der ganze Bungalow bewegte sich. Das schien das Ende der Welt zu sein. Nicky setzte Mum und mich auf eine Matratze, die uns mit der Flut nach oben trug. Er blieb ruhig, Mum weinte bloß, und ich hatte zuviel Angst, um irgend etwas zu tun. Ich erinnere mich, wie er zur Haustür schwamm und sie aufriß und ein Schwall Wasser hereinstürzte. Dann schwamm er zur

Rückseite des Bungalows und durchbrach mit einem Kochtopf die Sperrholzwand, was gar nicht so einfach war. Ich dachte, er sei verrückt geworden und versuche, uns zu ertränken, aber er hatte erkannt, daß das Wasser auf die gleiche Höhe ansteigen mußte, damit der Bungalow nicht kippte. Dann brachte er uns in die Dachkammer und sagte, dort wären wir sicher. Wir saßen die ganze Nacht in eisiger Kälte und Dunkelheit auf den Dachbalken. Nicky schlug ein Loch ins Dach und rief um Hilfe, aber es kam keine Antwort. Später erfuhren wir, daß unsere nächsten Nachbarn alle ertrunken waren. Als der Tag anbrach, schauten wir nach draußen; überall sah man nur graues, wirbelndes Wasser. Bungalows schwammen an uns vorbei. Und Mülltonnen und Autos und Gott weiß was. Unser Bungalow war von der Strömung gegen einen Schuppen aus Ziegelsteinen getrieben worden. Ich nehme an, das hat uns gerettet. Aber ohne Nicky wären Mum und ich mit Sicherheit ertrunken. Er hat uns das Leben gerettet. Das war buchstäblich das einzige, was wir noch hatten, als das Rettungsboot uns fand: das nackte Leben. Alles andere – Kleider, Möbel, alles, was wir besaßen – landete in der Nordsee. Aber dank Nicky waren wir noch am Leben. Ich nehme an, das ist der Grund, warum ich nicht akzeptieren kann, daß er umsonst gestorben sein soll.«

»Vielleicht müssen Sie das aber«, sagte ich sanft. »Ich wüßte nicht, wo ich anfangen sollte, Beweise für die Unschuld Ihres Vaters zu suchen – selbst wenn ich ihn für unschuldig hielte.«

»Können Sie Nickys wegen nicht wenigstens Zweifel hegen?«

»Doch, das kann ich. Aber wohin führt uns das?«

»Ich habe nachgedacht, wissen Sie.« Ihre Augen funkelten vor plötzlichem Eifer. »Dieser Journalist ...«

»Don Prideaux.«

»Ja. Er hat gesagt, daß Edmund Tully vor zwölf Jahren aus dem Gefängnis entlassen wurde. Nun, er ist der einzige Mensch, der die Wahrheit kennt, nicht? Die absolute Wahrheit.«

»Wenn er beim Prozeß gelogen hat, dann wird er auch jetzt lügen. Außerdem haben wir keine Möglichkeit, mit ihm Kontakt aufzunehmen. Er könnte sich überall aufhalten. Er könnte sogar tot sein. Wenn er im gleichen Alter war wie Ihr Vater, müßte er jetzt siebzig sein.«

»Hätte das Innenministerium es Prideaux nicht gesagt, wenn er tot wäre?«

»Vielleicht.«

»Also besteht die Möglichkeit, daß er noch lebt.«

»Trotzdem ...«

»Und Nicky war von dem Fall immer mehr besessen, nachdem ich weggelaufen war. Das hat Considine doch gesagt, oder? Er sammelte Zeitungsausschnitte über den Prozeß. Ging immer wieder das Beweismaterial durch und suchte nach der Antwort. Begreifen Sie doch! Er hat mit Sicherheit nach Tully gesucht.«

»Und?«

»Er hat alles aufgehoben. Das tat er immer. Wenn Nicky Tully gefunden hat, dann gibt es unter seinen Habseligkeiten einen Hinweis darauf, wo er abgeblieben ist – oder wenigstens eine Spur. Und wo sind diese Sachen jetzt?«

»Vermutlich bei Considine.«

»Genau.« Sie sah mich bittend an. »Deswegen kann ich es nicht tun. Sie müssen es tun. Für Nicky *und* für mich. Sie sind der einzige. Es gibt sonst niemanden.«

Es wäre mir vielleicht schwerer gefallen, den Schock über Onkel Joshuas Tod zu verarbeiten, wenn Großmutter und meine Eltern mir offener über die Details berichtet hätten. Doch ihre Entschlossenheit, mich im dunkeln zu lassen – oder mich vor den gräßlichen Tatsachen zu beschützen, wie sie es zweifellos sahen –, gab mir ein Rätsel auf, über das ich nachgrübeln konnte. So hatte ich mehr als genug Stoff zum Nachdenken, als der frühe Morgen in einen langen Tag voller Ungewißheiten überging. Dad und Großmutter brachen gleich nach dem Frühstück zu

Tredower House auf und überließen es Mum, mit Pams Hilfe den Laden zu öffnen. Großvater blieb bei mir zu Hause. Er sollte dort die Stellung halten für den Fall, daß neue Nachrichten eintrafen, und ich war aus dem Weg.

Was ich vor allem wollte, war, Nicky zu sehen, da ich von ihm am ehesten erfahren würde, was wirklich passiert war; denn sicher wußte er mehr als ich, da er ja in Tredower House wohnte, wo, wie ich annahm, die polizeilichen Ermittlungen zusammenliefen. Ich vermutete, daß Dad und Großmutter deswegen dorthingegangen waren; aus diesem Grund, aber auch, um ihre Trauer mit den Lanyons zu teilen. Aber als ich Großvater vorschlug, ebenfalls hinzugehen, wies er diesen Gedanken empört von sich und verriet, ohne es zu wollen, was möglicherweise ihr wahres Motiv war.

»Er war der Bruder deiner Großmutter. Mit den Lanyons war er nicht verwandt. Es steht ihnen nicht zu, sich in seine Angelegenheiten einzumischen – so gern sie das vielleicht auch möchten.«

Und damit begann sich mitten in Kummer und Trauer ein Machtkampf abzuzeichnen. Der Waffenstillstand des Frühjahrs war zu Ende, aufgehoben durch Onkel Joshuas Tod. Großmutter war nach Tredower House gegangen, um ihr Revier abzustecken. Aber war es ihr Revier – oder das von Cordelia Lanyon? Nur ein paar Stunden hatten genügt, um Trauer in Rivalität zu verwandeln.

Und was war mit Onkel Joshua? Wie konnte er tot sein, da ich ihn doch noch, kraftvoll, stolz und voller Elan, am vorhergehenden Nachmittag gesehen hatte?

In den hinteren Garten verbannt, spielte ich Tennis gegen eine Mauer, während der Nachmittag sich dahinschleppte. Und meine Gedanken kehrten immer wieder zu Onkel Joshua zurück. Er hatte so stark gewirkt, so unzerstörbar – wie irgendein Granitblock draußen im Moor. Granit konnte man mit einem Messer nichts anhaben. Um Onkel Joshua zu töten, war mehr nötig als eine dünne Stahlklinge, etwas Geheimnisvolleres und Elementareres. Vielleicht hatte es sich um eine Blutfehde gehandelt, wie in einigen Geschichten über Sherlock Holmes, die ich gelesen hatte. Oder eine Geheimgesellschaft aus Alaska hatte ihre Hand im Spiel, um ihn zu vernichten. Trotz Großvaters Skepsis war ich bereits überzeugt davon, daß Onkel Joshua in die Barrack Lane gegangen war, weil er sich dort mit jemandem verabredet hatte. Schließlich lag die ganze Stadt zwischen ihr und Tredower House. Warum sonst hätte er um Mitternacht dort sein sollen? Als ich ihn zuletzt gesehen hatte, war er in diese Richtung gegangen. In dringenden Geschäften, wie er selbst gesagt hatte. War er in der Zwischenzeit nach Tredower House zurückgekehrt? Und wenn nicht, wo war er gewesen? Und wozu?

Doch keiner hatte es eilig, meine Fragen zu beantworten. Dürftige Aufklärung erhielt ich erst, als Dad und Großmutter um sechs Uhr mit Mum und Pam zurückkamen. Am Teetisch fand eine Art Familienkonferenz statt, bei der alle zu sehr von den Ereignissen aufgewühlt waren, um daran zu denken, sie vor mir geheimzuhalten.

Anscheinend war der Mörder gefaßt worden. Ein Angestellter des Bahnhofs hatte ihn nach der Beschreibung als einen Fahrgast wiedererkannt, dem er eine Fahrkarte für den ersten Morgenzug nach London verkauft hatte. Der Mann war in Plymouth aus dem Zug geholt worden und vermutlich inzwischen wieder in Truro, wo ihn die Polizei verhörte. Sein Name und sein Motiv waren nicht bekanntgegeben worden – falls man sie überhaupt kannte. Nur die Natur seines Verbrechens war klar: Mord. Keiner von uns äußerte irgendeinen Zweifel an seiner Schuld.

Großmutter hatte Onkel Joshuas Leichnam gesehen. Das entnahm ich ihrer Beschreibung, er habe »ungewöhnlich friedlich« gewirkt. Ich hätte sie gern gefragt, wo sie ihn hingebracht hatten, brachte aber nicht den Mut dazu auf. Vielleicht war das besser so angesichts des Wutanfalls, den sie bekam, als Pam sie nach den Lanyons fragte.

»Jeder würde annehmen, er wäre Cordelias Bruder gewesen und nicht meiner, so, wie sie sich benehmen. Was waren sie denn bei ihm schon … bloß angestelltes Personal. Sie sitzen da in Joshuas Haus, als gehörte es ihnen, ohne auch nur zu fragen. Respektlos nenne ich das.«

»Ma, es wird Zeit genug sein, sich später um solche Dinge zu kümmern«, sagte Dad.

»Zeit genug? Mr. Cloke hat sich ebenfalls herausgenommen, mir das zu sagen. Alles zu seiner Zeit, Mrs. Napier. Aber zu wessen Zeit? Das würde ich gern wissen. Wir haben das Recht, es jetzt zu erfahren.«

»Onkel Joshua wollte gestern Mr. Cloke besuchen«, bemerkte ich, eifrig bestrebt, mich an der Diskussion zu beteiligen.

Plötzlich herrschte Stille im Raum. Alle Augen waren auf mich gerichtet. Langsam verstanden sie die Bedeutung meiner Worte. Dann sagte Großmutter: »Was meinst du, Christian?« Sie starrte mich stirnrunzelnd an, während ich stockend von meinem Spaziergang mit Onkel Joshua vierundzwanzig Stunden zuvor berichtete.

Es fiel ihr schwer zu glauben, daß er für irgend etwas meinen Rat gesucht hatte, aber »Geschäfte in der Lemon Street« konnten nur seinen Anwalt bedeuten. Und von dieser Gewißheit war es nur ein kleiner Schritt bis zu einer verstörenden Schlußfolgerung.

»Ich habe es dir ja gesagt, Melvyn«, meinte sie zu meinem Vater. »Es geht um Geld. Das haben Anwälte und Mörder gemeinsam. Alles dreht sich ums Geld, und davon hatte Joshua mehr, als gut für ihn war.«

»Aber die wirkliche Frage ist, wen er …« Dad brach ab, ich glaube, weil er die Spur von Gier in seiner Stimme bemerkte. Onkel Joshua war erst achtzehn Stunden tot und noch längst nicht begraben. Es war zu früh, es war beleidigend voreilig, sich jetzt schon Gedanken darüber zu machen, wer von seinem Tod profitieren würde. Aber er hatte diese Gedanken im Kopf, genau wie Großmutter, und sie waren nicht zu vertreiben.

»Ich werde das vielleicht früher feststellen, als Mr. Cloke recht ist«, sagte Großmutter langsam und entschlossen, als hätte Dad seine Frage zu Ende formuliert. Dann, ohne überhaupt die Ironie ihrer Worte zu erkennen, fügte sie hinzu: »Das bin ich Joshua schuldig.«

»Keiner interessiert sich dafür, nicht?« murmelte Michaela Lanyon alias Emma Moresco, als sie die Nachricht las, die Don Prideaux mir zusammen mit einer Kopie seines Zeitungsartikels geschickt hatte. »Deswegen konnte er die Story nicht weiterverkaufen. Weil sich keiner wirklich dafür interessiert.«

»Ich schon.« Die Bemerkung sollte tröstlich sein, aber Emma ließ nicht einmal erkennen, daß sie sie überhaupt gehört hatte.

»Wissen Sie, was das Merkwürdigste ist? Bis ich sein Foto in der Zeitung sah – irgendein altes Verbrecherfoto der Polizei –, wußte ich nicht mal, wie mein Vater aussah.«

»Hat er von Ihnen gewußt – bevor er starb?«

Sie schaute zu mir auf. »Nein. Mum war erst dreieinhalb Monate schwanger, als er gehängt wurde, und ich war ein kleines Baby, also hat man es ihr nicht angesehen. Sie hat mir erzählt, sie hätte es gnädiger gefunden, ihm nichts davon zu sagen, aber ich bin nicht sicher, daß sie das später nicht bereut hat. Ich habe mir oft gewünscht, sie hätte es ihm gesagt. Das hätte bedeutet, daß es zwischen uns etwas gab, etwas Reales, nicht bloß... die biologische Tatsache. So, wie die Dinge lagen, fühlte ich mich einsamer als ein Waisenkind. Ich hatte immer Angst, die Leute – Schulfreundinnen, Nachbarn – würden dahinterkommen und mir das Etikett Tochter eines Mörders verpassen. Considine hat mir mehrmals genau damit gedroht, wenn ich nicht wollte, daß er...« Sie verstummte, stand auf, ging durch den Raum und schaute aus dem Fenster nach draußen. Dann sagte sie: »Vermutlich bin ich an jenem Tag damals nicht nur vor Neville Considine weggelaufen, sondern auch vor Michael Lanyon.«

»Hatten Sie das schon lange geplant?«

»Daran gedacht ja, lange Zeit. Aber wirklich geplant? Höchstens ein paar Wochen. Seit ich in den Osterferien in einem Café Norman kennengelernt hatte. Ohne sein Angebot, bei ihm zu wohnen, hätte ich nicht den Mut gehabt. Ich kaufte mir ein paar Second-hand-Kleider und versteckte sie in meinem Spind in der Schule. Ich nahm sie in meiner Tasche mit, als ich an dem Nachmittag die Schule verließ, zog mich auf dem Klo des Pausenhofs um und trieb mich dann noch eine Stunde herum, bis der Fünf-Uhr-Zug nach London abfuhr. Norman wußte natürlich, wer ich war, aber sonst niemand. Weder damals noch heute. Ich habe in all den Jahren keiner Menschenseele die Wahrheit anvertraut.«

»Außer mir.«

»Ja. Außer Ihnen.« Wieder sah sie mich an. »Also ist es ziemlich wichtig, daß Sie mich nicht im Stich lassen.«

»Ich kann nicht garantieren, daß es mir möglich sein wird, die Unschuld Ihres Vaters zu beweisen, das wissen Sie. Ich kann nicht das Unmögliche versprechen.«

»Ich verlange ja nur, daß Sie es versuchen. Das ist doch nicht viel, oder?«

»Sicher nicht *zu* viel.«

»Bedeutet das, Sie werden es versuchen?«

»Ja.« Plötzlich glitt ein Lächeln über ihr Gesicht. »Ich denke, das bedeutet es.«

Ein Sprecher der Polizei bestätigte gestern abend, daß der früher am Tag auf dem Bahnhof von Plymouth North Road aus dem Zug nach London heraus festgenommene Mann, Edmund Tully, formell beschuldigt wird, in der Nacht von Donnerstag auf Freitag in Truro Joshua Carnoweth ermordet zu haben, einen vermögenden und hochgeachteten Bürger der Stadt. Der Sprecher sagte, Tully werde am Montag den Richtern von Truro vorgeführt, und fügte hinzu, eine weitere Verhaftung im Zusammenhang mit dem Fall sei nicht auszuschließen.

So lautete der Artikel auf der Titelseite der *Western Morning News* am Samstag, den 9. August 1947. Ich las ihn zuerst über Pams Schulter hinweg in der Küche der Crescent Road, wo wir nach dem Frühstück abwaschen sollten. Er verriet mir zwei Dinge, die ich sowohl interessant als auch rätselhaft fand. Erstens, der Mörder war jemand, der eigens zu dem Zweck nach Truro gekommen war, Onkel Joshua Schaden zuzufügen; meine Theorie über ein aus Alaska stammendes Äquivalent des Ku-Klux-Klan war damit teilweise bestätigt, zumindest in meinen Augen. Zweitens gab es möglicherweise einen zweiten Mörder, irgendeinen Komplizen oder Mittäter; der Sprecher der Polizei konnte eine weitere Verhaftung nur deshalb nicht ausschließen, weil er im Grunde damit rechnete.

Ich faßte auf der Stelle den Entschluß, Nicky zu besuchen. Das hätte ich an einem Samstag vormittag ohnehin getan, und Großmutter und meine Eltern waren offenbar zu beschäftigt gewesen, um daran zu denken, es mir zu verbieten; ich fand also schnell einen Vorwand, das Haus zu verlassen. Nicky wußte vielleicht mehr als ich. Und vor allem würde er mir vielleicht helfen können, endlich zu glauben, daß Onkel Joshua wirklich tot war. Das Ereignis erschien mir noch immer wie eine Mischung aus Alptraum und Gangsterfilm. Irgendwo da draußen fand es tatsächlich statt, aber mein Gehirn weigerte sich, es als Tatsache hinzunehmen. Onkel Joshua war tot – aber nicht für mich.

Deshalb sagte ich Pam, sobald wir mit dem Abwasch fertig waren, ich würde zum Bahnhof gehen, um dort Züge zu beobachten; in Wirklichkeit machte ich mich auf den Weg nach Tredower House. Ich wollte den Umweg über die Daniell Road, Strangways Terrace und Gas Hill nehmen, um weder am Laden, wo Mum mich aufhalten konnte, noch an Mr. Clokes Büro am

Ende der Lemon Street vorbeizukommen, wo vielleicht Großmutter und/oder Dad auftauchten. Diese Route hatte noch den zusätzlichen Vorteil, daß sie am anderen Ende der Lemon Street vorbeiführte, nahe an der Kreuzung zur Barrack Lane. Wenn es dort irgend etwas zu sehen gab, so wollte ich es sehen.

Und es gab etwas zu sehen, etwas, das genau das bewirkte, was der Trauer und dem Kummer meiner Eltern und Großeltern nicht gelungen war. Am Ende der Lemon Street, mir genau gegenüber, als ich aus der Daniell Road kam, stand das Lander Monument, eine große Granitsäule mit einer Statue von Richard Lander, dem berühmten Erforscher Schwarzafrikas, der aus Truro stammte. Zu seinen Füßen arbeitete ein Mann in einem Overall mit Besen und Eimer daran, die Pflastersteine zu säubern. Der beißende Geruch von Reinigungsmittel wehte zu mir herüber, und ich blieb stehen, verblüfft über die Intensität seiner Bemühungen. Ein dunkler, unregelmäßiger Fleck erstreckte sich von dem Denkmal in Richtung Barrack Lane, aber zuerst konnte ich mir nicht vorstellen, worum es sich handelte und warum seine Entfernung so wichtig sein sollte.

Dann, als ich über die Straße starrte, kam es mir in den Sinn. Es war Onkel Joshuas Blut, das über ein Stück des Straßenpflasters von Truro geflossen war. Es war real. Vor meinem geistigen Auge konnte ich im Mondlicht den Kampf am Fuß des Denkmals sehen, das Blitzen der Klinge, die tödlichen Stiche. Ich konnte sehen, wie Tully sich zur Flucht wandte, während Onkel Joshua taumelte und zur Ecke der Barrack Lane stolperte, während Blut aus seinen Wunden strömte. Ich konnte alles vor mir sehen und es endlich glauben.

Plötzlich rannte ich die Lemon Street hinunter, und das Gefälle beschleunigte mein Tempo. Der Umweg war vergessen. Ich wollte nur so weit wie möglich von dem blutbefleckten Pflaster fort. Onkel Joshua war als Junge auf Rollschuhen diesen Hügel hinuntergefahren; das hatte Großmutter mir erzählt. Ich dachte daran, wie er, jung, schlank und mit Adleraugen, mich beim Rennen überholte. Ich muß unten an Mr. Clokes Büro vorbeigekommen sein, aber ich bemerkte es nicht. Ich drängte mich zwischen den wimmelnden Menschen durch, die in der Boscawen Street ihre Einkäufe erledigten, und rannte durch die Cathedral Lane zu der Stelle, wo ich Onkel Joshua zuletzt gesehen hatte. Dort blieb ich stehen. Aber er war nicht da. Ich konnte mich an den Geruch seiner Zigarre erinnern und an sein Grinsen, als er mir die Münze zuwarf. Aber das Bild war schon verblaßt, wie ein zu kurz entwickeltes Foto. Er entglitt mir, und ich konnte zusehen, wie es passierte.

Ich begann dem Weg zu folgen, den wir am Donnerstag von Tredower House genommen hatten, nur in umgekehrter Richtung, vorbei am ehemaligen Haus der Lanyons in der St. Austell Street, über die Boscawen Bridge und Tregolls Road hinauf. Meine Schritte wurden langsamer, als ich mich meinem Ziel näherte. Aus irgendeinem Grund begann ich mich vor der Ankunft dort zu fürchten, während ich sie vorher gar nicht hatte erwarten können. Die Neugier war einer unguten Vorahnung gewichen.

Als ich das Tor zur Einfahrt erreichte, blieb ich stehen und bückte mich, um meine Schnürsenkel zu binden. Sie waren nicht locker, aber ich machte mir nun ernsthaft Sorgen, ob es klug war, die Lanyons zu besuchen. Ich wollte Nicky sehen, aber ich wollte nicht erfahren, was der unbestimmte Verdacht, der sich in meinen Hinterkopf breitmachte, wirklich bedeutete. Ich konnte nicht aufhören, an den Mann zu denken, den Michael auf dem Hof von Colquite & Dew getroffen hatte; an ihr heimlichtuerisches Gespräch. Ich konnte nicht aufhören, mich vor etwas zu fürchten, das ich nicht hätte benennen können.

Als ich mich aufrichtete, hörte ich einen Wagen in gedrosseltem Tempo die Einfahrt herunterkommen. Langsam wurde er oberhalb der abfallenden Böschung des Rasens sichtbar, und ich blinzelte, als ich die Glocke am Stoßdämpfer und das Polizeischild am Kühler sah. Neben mir kam das Auto sanft zum Stehen. Der Fahrer blickte nach rechts und links, bevor er in die Straße einbog. Und dann entdeckte ich auf dem Rücksitz, eingeklemmt zwischen zwei kräftigen Constables, Michael Lanyon. Unsere Blicke trafen sich, und er lächelte schwach, als wolle er mir versichern, ich brauche mir keine Sorgen zu machen, als sei alles nur eine Verwechslung. Dann fuhr der Wagen auf die Straße hinaus.

Im gleichen Augenblick hörte ich hinter mir rasche Schritte. Als ich mich umdrehte, hielten sie inne. Es war Nicky, keuchend und in Tränen aufgelöst. Aus ungefähr zehn Metern Entfernung starrte er mich an.

»Was ist passiert?« rief ich ihm zu.

»Sie haben ihn verhaftet«, sagte Nicky. »Sie haben Daddy verhaftet.«

»Ihnen ist doch sicher klar«, sagte ich, als wir die Außenbezirke von Reading erreichten, »wie zwingend die Beweise gegen Ihren Vater sprachen?« Als Emma sich verabschieden wollte, hatte ich ihr angeboten, sie nach Reading zu fahren, da spät abends von Pangbourne aus nur noch wenige Züge verkehrten.

»O ja«, murmelte sie, »das ist mir klar.«

»Er wurde gesehen, wie er ein paar Abende vor dem Mord in einem Pub einen Umschlag an Tully übergab. Dieser Umschlag wies seine Fingerabdrücke auf und wurde später in Tullys Besitz gefunden; er enthielt fünfhundert Pfund in Fünf-Pfund-Scheinen. Ein Zeuge hatte gehört, wie er zu Tully sagte, er solle das, was er zu tun habe, bald tun, sonst wäre es zu spät. Und Tully hat ausgesagt, seine Aufgabe sei es gewesen, Onkel Joshua zu töten, bevor er sein Testament ändern konnte, in dem Ihr Vater der einzige Erbe war. Also, wie kann Nicky jemals gehofft haben, das alles in Frage zu stellen?«

»Ich weiß es nicht. Und ich werde es nie wissen – wenn wir nicht herausfinden, welche Erkenntnisse er im Laufe der Jahre gewonnen hat.«

»Falls er überhaupt welche gewonnen hat.«

»Ja. Vielleicht ist er nicht weitergekommen. Das ist begreiflich. In gewisser Weise wäre es mir fast lieber.«

»Warum?«

»Weil es dann nicht so schlimm gewesen wäre, daß ich meiner Familie davongelaufen bin, oder?«

»Es klang, als hätten Sie dafür einen guten Grund gehabt.«

»Vielleicht hatte mein Vater auch einen guten Grund. Dafür, die Dinge zu tun, die ihn belastet haben.«

»Falls das so war, Emma, dann glaube ich, ehrlich gesagt, nicht, daß Nicky herausgefunden hat, worin er bestand.«

»Aber Sie sind nicht sicher?«

»Nein, das bin ich nicht. Deswegen fahre ich morgen nach Clacton.«

»Ich bin Ihnen dankbar, Chris. Wirklich.«

»Das brauchen Sie nicht.«

»Und es tut mir auch leid, daß ich Ihnen nicht mehr anvertrauen kann als meine Telefonnummer. Ich glaube, ich habe verlernt, mich auf andere Menschen zu verlassen.«

»Das ist verständlich. An Ihrer Stelle würde es mir genauso gehen. Aber sich auf Leute zu verlassen, ist nicht immer schlecht, glauben Sie mir.«

»Nein.« Ich sah ihr unsicheres Lächeln, das sich im Neonlicht in der Windschutzscheibe spiegelte. »Ich bin davon überzeugt, daß es nicht immer schlecht ist.«

7. Kapitel

Es regnete den ganzen Weg von Pangbourne noch Clacton. Als ich mich der Küste näherte, wurde der Wind stärker. Der Regen prasselte auf den Wagen, als ergieße sich die See über die flache, graue Landschaft von Essex und mich, stürmisch wie in jener Winternacht, als die ganze Vergangenheit der Lanyons weggespült wurde, doch ohne sie zu läutern.

Die Strandpromenade von Clacton sah so trostlos aus, wie ein Seebad an einem verregneten Sonntag nur aussehen konnte. Die Pier war leer, die Geschäfte, Restaurants und Cafés unter den Arkaden hatten geschlossen, die Saison war vorüber. Emma hatte mir Considines Adresse gegeben, doch statt mein Auto gleich in diese Richtung zu steuern, wandte ich mich nach Westen und fuhr an einem regennassen Golfplatz vorbei nach Jaywick, wo die Ufermauer höher war als die Dächer der heruntergekommenen Häuser und die Wolken tief über dem feuchten Versteck hingen, in das die Lanyons sich vor vierunddreißig Jahren vor dem Skandal und der Feindseligkeit geflüchtet hatten. Und alles, was sie dort gefunden hatten, waren Überschwemmung und Verzweiflung gewesen – und Neville Considine.

Die Wharfedale Road war eine lange, gerade Straße mit Terrassenhäusern im viktorianischen Zentrum des Wohngebiets von Clacton. Ich saß ein paar Minuten draußen im Auto vor Nummer siebzehn und legte mir eine Erklärung für diesen unerwarteten Besuch zurecht. Ich hatte vorher nicht angerufen, aber ich war sicher, Considine zu Hause anzutreffen. Die Pubs hatten noch nicht geöffnet, und als Kirchgänger schätzte ich ihn nicht ein. Nein, ich nahm an, genau zu wissen, wo Neville Considine sich aufhielt.

Ich hatte recht, obwohl die lange Zeit, die er brauchte, um an die Tür zu kommen, während ich auf der schmalen Veranda Schutz vor dem Regen suchte und den abblätternden Anstrich des Hauses musterte, ausreichte, mich nervös zu machen.

Eine säuerliche Mischung aus abgestandenen Kochdünsten und feuchtem Gipsgeruch wehte mir entgegen, als er die Tür öffnete. Er trat einen Moment überrascht zurück und lächelte dann mit seinen dünnen Lippen. Auf einmal dachte ich an Emma und daran, was sie alles auf sich genommen hatte, um diesem Mann zu entkommen. »Mr. Napier. So ein unerwartetes Vergnügen.« Er trug eine ausgebeulte, von Kopfschuppen übersäte Jacke über einem Hemd, das so alt und schäbig aussah, als würde sich der Kragen ablösen. Seine Hose war verschlissen und voller Flecken und an den Fußknöcheln über den erstaunlicherweise nagelneuen Rupert-Bear-Slippern verknittert.

»Da gibt es etwas, bei dem Sie mir vielleicht behilflich sein könnten, Mr. Considine. Haben Sie etwas dagegen, wenn ich hereinkomme?«

»Ganz und gar nicht. Aber Sie müssen mit mir natürlich so vorliebnehmen, wie ich gerade bin.« Er führte mich durch einen schmuddeligen Korridor, in den durch ein Fenster auf dem Treppenabsatz über der schmalen Treppe Licht fiel. »Ich bekomme selten Besuch, müssen Sie wissen.« Wir gingen an zwei geschlossenen Türen auf der rechten Seite vorbei und kamen in die Küche, wo Considine gerade beim Frühstück gewesen zu sein schien, worauf das Durcheinander aus Teeblättern, Brotkrumen, marmeladenverschmiertem Messer und Tellern mit Eierflecken auf dem Tisch hindeutete. Im Ausguß befanden sich zahlreiche schmutzige Töpfe und Pfannen; aus dem Hahn tropfte Wasser auf den schwärzlichen Boden eines Topfes. Der Herd war mit alten Fettspritzern bedeckt, das schmierige Linoleum unter meinen Schuhen fühlte sich klebrig an. Auf einer Halterung über dem Grill blickten mich von schmutzigen Geschirrtüchern Porträts des Prinzen und der Prinzessin von Wales an, während ein

Meerschweinchen oder ein ähnliches Nagetier in einem Käfig auf dem laut brummenden Kühlschrank in einem Gewirr von Sägespänen und zerrissenem Zeitungspapier scharrte.

»Kann ich Ihnen eine Tasse Tee anbieten, Mr. Napier? Oder vielleicht einen Sherry?«

»Nichts, danke.«

»Also, was kann ich für Sie tun?«

»Es ... es geht um Nicky.«

»Das dachte ich mir schon.«

»Sie haben mich nie über seine Gläubiger informiert.«

»Ich habe beschlossen, mich selbst darum zu kümmern. Nach Ihrer Großzügigkeit bei den Beerdigungskosten ... Aber was *ist* mit Nicholas? Hat es irgendeine ... neue Entwicklung gegeben?«

»Nein.« Und weil ich Emma auf keinen Fall verraten wollte, fügte ich hinzu: »Nichts dergleichen.«

»Dann verstehe ich nicht ganz.«

»Es dreht sich um seine ... Habseligkeiten.«

Considine runzelte die Stirn. »Ach, ja?«

»Ich habe mich nur gefragt ... Sie halten das vielleicht für dumm, aber ich habe gehofft, daß ich vielleicht etwas haben könnte, das mich an ihn erinnert. Ein Andenken, wenn Sie so wollen.«

»Wie ich sehe, hat sich Ihr Gewissen tatsächlich geregt.« Er kicherte irritierend.

»Ich nehme an, Sie sind im Besitz seiner Sachen.«

»Hängt davon ab, was Sie meinen. Nicholas hat in einer kleinen möblierten Wohnung gelebt. Der Vermieter hat mich kurz nach seinem Tod aufgefordert, seine Habseligkeiten abzuholen, und das habe ich getan. Die Kleider habe ich an eine wohltätige Einrichtung verschenkt, obwohl sie kaum noch zu gebrauchen waren. Der Rest war ... nun ja, größtenteils Müll. Ich habe ihn weggeworfen.«

»Sie haben *nichts* behalten?«

»Es gab nichts zu behalten. Von Nicholas jedenfalls nicht. Das heißt, abgesehen von seinem Album. Ich glaube, ich habe Ihnen schon erzählt, daß Nicholas anfing, Zeitungsausschnitte über den Prozeß seines Vaters zu sammeln, nachdem wir Michaela verloren hatten. Er bewahrte sie in einem großen Album auf, das ich gefunden habe, als ich die Wohnung auflöste. Na ja, ich brachte es nicht über mich, es wegzuwerfen. Nicht nach all der Zeit und Anstrengung, die Nicholas darauf verwendet haben muß.«

»Könnte ich es sehen?«

»Sicher. Natürlich enthält es nichts, was an Nicholas als Person erinnert. Die Zeitungsausschnitte handeln nicht *von* ihm.«

»Trotzdem.«

Er sah mich mit einem seltsamen, halben Lächeln an. »Kommen Sie mit ins Wohnzimmer, Mr. Napier. Da haben Sie es bequemer.«

Wir gingen wieder durch den Korridor, und er öffnete die Tür am anderen Ende, hinter der sich ein überraschend sauberes kleines Wohnzimmer mit einer dreiteiligen Sitzgarnitur und einigen Glasvitrinen befand, in denen eine Fülle von viktorianischem Nippes den Geist seiner verstorbenen, wahrscheinlich dominierenden Mutter heraufbeschwor. Der Kamin war mit Paneelen verkleidet und enthielt statt der Feuerstelle ein elektrisches Heizgerät mit zwei Stäben. Considine beugte sich darüber und schaltete einen Stab ein, der schwach zu glühen begann. Er wies auf einen Sessel und zog dann eine Teekiste aus einer Nische zwischen dem Kaminsims und einem Schrank hervor.

»Die enthält ein paar Sachen von Rose, die ich aus der Wohnung geholt habe. Ich wollte sie aussortieren, aber ...« Er spielte mit einer Perlenkette und ließ sie dann wieder in die Kiste fallen. »Hier ist das Album.« Es war ein großes Spiralheft mit Pappeinband. »Sehen Sie es sich an.« Als ich es aufschlug, hörte ich ihn seufzen und bemerkte, daß er sich neben die Teekiste kniete und weiter darin herumkramte. Ich bemerkte auch, daß der

Regen an die Fensterscheiben prasselte und der Heizstab des Elektrogeräts klopfte und klickte, während er sich erwärmte. In der Luft lag ein Geruch nach versengtem Staub, und es war, als würde nach langer Abwesenheit alter Boden betreten.

Bei den Zeitungsausschnitten handelte es sich um Fotokopien aus den Mikrofilmarchiven, in denen Nicky den Geist seines Vaters heraufbeschworen hatte, doch sie waren so ausgeschnitten und aufgeklebt, als stammten sie aus der Zeit der darin beschriebenen Ereignisse, beginnend mit einem Bericht über den Mord an Onkel Joshua und die Verhaftung von Edmund Tully. Darauf folgte ein Nachruf im *West Briton* und dann... Schon als ich die Albumseite umblätterte und die Überschrift sah, erinnerte ich mich, sie zuerst an einem Augustmorgen in Truro vor vierunddreißig Jahren gelesen zu haben. *Auktionator aus Truro des Mordes an seinem Chef angeklagt.* Das war der Moment gewesen, in dem Michael Lanyons Komplizenschaft beim Mord an Joshua Carnoweth kein entsetzliches Gerücht mehr gewesen, sondern juristische Realität geworden war. Es war der Moment, in dem ich erkannt hatte, daß nichts mehr so sein würde wie früher.

»Das ist eine schreckliche Sache«, erklärte mein Vater, klatschte die Zeitung auf den Schreibtisch und begann, in dem Raum zwischen Schreibtisch und Fenster auf und ab zu gehen. »Eine verdammt furchtbare Sache.« Er hielt die Pfeife in seiner Westentasche so fest gepackt, als sei sie etwas, was er unbedingt bändigen müßte. »Und sie wird auch nicht besser werden.« Er fuhr herum, um Pam und mich anzusehen. »Ihr beide werdet in den kommenden Monaten viel Kraft brauchen. Und deshalb ist es wichtig...« Er brach ab und schaute zu Großmutter hinüber, als wolle er sich bestätigen lassen, daß das, was er zu sagen im Begriff war, wirklich gesagt werden mußte. Sie starrte ihn unerbittlich an, und er räusperte sich. »Und deshalb ist es wichtig, daß ihr versteht, was passiert ist.«

»Was *ist* denn passiert, Dad?« fragte ich naiv. »Wie kann jemand denken, daß Mr. Lanyon Onkel Joshua ermordet hat? Sicher hat dieser andere Mann ...«

»Tully ist von Michael Lanyon dazu angestiftet worden, Christian. Darauf läuft es hinaus. Bezahlt, nehme ich an, um Onkel Joshua zu töten. Und somit sind beide Männer des Mordes schuldig.«

»Dann stimmt es also?« warf Pam ein. »Das über Mr. Lanyon?«

»Man hat mir versichert, daß die Polizei zwingende Beweise hat. Wir müssen davon ausgehen, *daß* es stimmt.«

»Gelten Leute nicht so lange als unschuldig, bis ihre Schuld bewiesen ist?« Ich hatte sofort den Eindruck, daß dies nicht das war, was man von mir hören wollte. »Ich meine ... ist das nicht so?«

Dad kniff die Augen zusammen. »Natürlich ist das so. Michael Lanyon wird einen fairen Prozeß bekommen. Darum geht es nicht.«

»Worum geht es dann?«

»Darum, wie wir von jetzt an bis zum Prozeß mit den Lanyons umgehen«, warf Großmutter unwirsch ein, und ihre Ungeduld schien genauso auf Dad wie auf mich gerichtet zu sein. »Was mich betrifft, haben sie alle das Blut meines Bruders an den Händen.«

»Gott!« murmelte ich, bedrückt von der Erinnerung an die Blutflecken am Lander-Denkmal.

»Eurer Großmutter und mir erscheint es am besten«, sagte Dad mit unsicherer Stimme, »daß wir *überhaupt* keinen Umgang mit ihnen pflegen, bis ... bis das vorbei ist.«

»Aber ...«, begann ich zögernd und dachte an Nicky, den ich zuletzt weinend und verwirrt auf dem Rasen von Tredower House gesehen hatte, als die Polizei seinen Vater wegbrachte.

»Das schließt auch Nicky ein. Tut mir leid, Christian, aber ich muß dir verbieten, den Jungen zu sehen oder zu sprechen. Die Leute könnten eure Freundschaft mißdeuten.«

»Aber wir *sind* doch Freunde.« In dem Schweigen, das darauf folgte, schien ein Leugnen dieser Feststellung zu liegen. »Ich verstehe ja, daß unsere Ferien in Nanceworthal abgesagt werden mußten«, stotterte ich protestierend weiter, »aber das bedeutet doch sicher nicht...«

»Sein Vater war an der Ermordung deines Onkel beteiligt«, erklärte Großmutter wütend. »Meiner Meinung nach solltest du ihn gar nicht sehen *wollen*, und schon gar nicht solltest du dich über abgesagte Ferien beklagen.«

»Ich beklage mich nicht.«

»Für mich hat es sich aber so angehört. Die Beerdigung deines Onkels ist am Freitag. Das ist wichtiger als die Frage, was du in deiner Freizeit tun sollst, mein Bürschchen.«

Die Ungerechtigkeit und auch die Irrelevanz dieser letzten Bemerkung machten mich ganz benommen. Als wolle sie die Spannung mindern, sagte Pam ruhig: »Warum wird Mr. Lanyon verdächtigt, so etwas Schreckliches getan zu haben?«

»Wie es aussieht, ist er der einzige Begünstigte in Onkel Joshuas Testament«, antwortete Dad. »Wir können nur vermuten...«

»Kein Penny für sein eigenes Fleisch und Blut«, sagte Großmutter zu niemand im besonderen. »Das ist an sich schon ein Verbrechen. Aber es hat zu einem noch schlimmeren geführt.«

»Wir können nur vermuten«, fuhr Dad mühsam fort, »daß er der Möglichkeit zuvorkommen wollte, Onkel Joshua könnte sein Testament ändern.«

»Mehr als der Möglichkeit«, sagte Großmutter. »Deshalb wollte Joshua letzten Donnerstag Cloke sehen.«

»Was uns zu eurem gemeinsamen Spaziergang von Tredower House aus bringt, Christian«, sagte Dad. »Hat er dir nicht mehr oder weniger gesagt, daß es das war, was er vorhatte?«

Einen Augenblick verwirrte mich die Frage; ich konnte nicht glauben, daß Dad meinen Bericht über unsere Unterhaltung so sehr mißverstanden hatte. Da irgendeine Antwort wesentlich schien, sagte ich schließlich: »Eigentlich nicht.«

»Mmm.« Dad sah mich stirnrunzelnd an. »Nun, du kannst die Dinge nur so beschreiben, wie du sie in Erinnerung hast, nehme ich an. Was du heute nachmittag wirst tun müssen.«

»Warum? Was passiert heute nachmittag?«

»Ein Polizist will mit dir sprechen. Inspector Treffry. Er möchte dir ein paar Fragen stellen.«

»Worüber?«

»Erzähl ihm einfach, was du weißt, Christian. Du brauchst dir keine Sorgen zu machen.« Er kam herüber und klopfte mir ermutigend auf die Schulter. »Einfacher als die Prüfung am Ende des Schulhalbjahrs.«

»Darf ich dich etwas anderes fragen, Dad?« meldete sich Pam zögernd.

»Was denn?«

»Was über Onkel Joshuas Testament. Du hast gesagt, daß Mr. Lanyon der einzige Begünstigte ist. Bedeutet das, daß er jetzt reich ist?«

»Nein. Das bedeutet es nicht.«

»Warum nicht?«

»Der Mord ändert alles. Er kann nicht erben, wenn er verurteilt wird.«

»Und wer erbt dann?«

Dad zog eine Grimasse und wandte sich ab. Die Frage schien ihn aus der Fassung zu bringen. Aber nicht Großmutter. »Ich werde erben«, erklärte sie ruhig und entschieden. »Und so hätte es von Anfang an sein sollen.«

Ich blätterte weiter die Albumseiten durch. Michael Lanyons Verhaftung und sein Prozeß mit Edmund Tully wegen des Mordes an Joshua Carnoweth waren getreulich in fotokopierten Zeitungsausschnitten aus dem Spätsommer und dem langen Herbst 1947 wiedergegeben. Der Nicky, der in seinen mittleren Jahren

Bibliothekar gewesen war, hatte sie zusammengestellt, ordentlich und methodisch, ein Beweis seiner Achtung vor dem zu Unrecht verurteilten Mann, für den er seinen Vater hielt. Es gab keine hingekritzelten Protestzeilen an den Rändern, die ausdrückten, was er fühlte. Ich mußte mir das vorstellen, während ich die Schlagzeilen überflog. LANYON UND TULLY VOR GERICHT. EDMUND TULLY ÄNDERT AUSSAGE UND BESCHREIBT MORDVERSCHWÖRUNG MIT MICHAEL LANYON. GESCHWORENE BEFINDEN MICHAEL LANYON DES MORDES FÜR SCHULDIG – ER UND EDMUND TULLY ZUM TODE VERURTEILT. EDMUND TULLY BEGNADIGT – URTEIL IN LEBENSLANGE HAFT UMGEWANDELT. HEUTE SOLL MICHAEL LANYON HÄNGEN – KEINE BEGNADIGUNG ERWARTET. Es kam auch zu keiner. Ich wußte das, genau wie Nicky es gewußt hatte. Vielleicht erklärte das, wieso er darauf verzichtet hatte, einen Bericht über die Hinrichtung selbst in seine Sammlung aufzunehmen. Nach dem Morgen der Exekution gab es nichts mehr zu sagen – oder zu lesen. Nur leere Seiten und ein leeres Leben, das sich auf sein frühzeitiges Ende zubewegte.

Aber das stimmte nicht ganz. Als ich das Album schloß, rutschte die Ecke eines losen Zettels heraus. Ich schlug das Album auf der letzten Seite wieder auf und sah, daß in den hinteren Umschlag ein Zeitungsausschnitt geschoben war, als hätte Nicky vorgehabt, ihn zurechtzuschneiden und einzukleben, es aber vergessen. Es war ein Originalzeitungsausschnitt, keine Fotokopie, und neuer als die anderen. Der *West Briton* vom 25. Mai 1967 war ein Blatt, zu dem er eigentlich keinen Zugang hatte, wenn man bedachte, wie weit Clacton von Truro entfernt war. Aber da gab es trotzdem diesen Ausschnitt. Und der Artikel darin war nichts anderes als ein wohlwollender Bericht über die Pensionierung von Detective Superintendent George Treffry vom Cornwall Constabulary, den Mann, der zwanzig Jahre zuvor als einfacher Inspector mit dem sensationellsten Fall seiner ganzen Karriere befaßt gewesen war, wobei er auch im Hause Napier in der Crescent Road in Truro vorgesprochen hatte, um sich mit dessen jüngstem Bewohner zu unterhalten.

Er war ein großer Mann, größer und gedrungener als mein Vater, aber ungefähr im gleichen Alter, und hatte einen stoppeligen Schnurrbart und borstiges Haar. Er trug einen bräunlichen Anzug mit Streifen, der ihn aussehen ließ wie eine Gestalt auf einer Sepia-Fotografie, und er schien sich noch unbehaglicher zu fühlen als ich. Er zupfte an seinem Hemdkragen und tupfte sich den Schweiß mit einem roten Taschentuch von der Stirn, das groß genug war, um einem Piraten als Kopftuch zu dienen. Natürlich war es heiß und drückend, besonders im Wohnzimmer, wo Mum uns hingeführt hatte und wo das Sonnenlicht durch den Wintergarten hereinfiel. Aber Inspector Treffry erweckte den Eindruck, als habe sein Unbehagen noch einen anderen Grund. Vielleicht fühlte er sich mit Kindern nicht wohl, vielleicht war es auch der ganze Lanyon-Fall, der ihm nicht behagte.

»Deine Eltern haben mir gesagt, daß du auf die Truro School gehst, Christian«, bemerkte er mit einem Lächeln, das beruhigend sein sollte.

»Ich fange nächsten Monat an, Sir.«

»Aufgeregt?«

»Nun ja, ich habe eigentlich noch nicht viel daran gedacht. Nicht bei … all dem, was passiert ist.«

»Nein, natürlich nicht.« Er nahm einen Schluck von seinem Tee. »Wegen dieser Geschehnisse habe ich deine Eltern gefragt, ob ich mit dir sprechen könnte. Du hast doch nichts dagegen, oder?«

»Nein, Sir.«

»Ich habe von ihnen gehört, daß du deinen Onkel gesehen hast, und zwar nur wenige Stunden, bevor …« Er ließ den Satz in der Luft hängen und beendet ihn mit einer Handbewegung.

»Ja, Sir. Wir sind zusammen von Tredower House zur Kathedrale gegangen.«

»Hat er gesagt, wohin er wollte?«

»In die Lemon Street.«

»Um seinen Anwalt zu sehen.« Treffry nickte. »Hat er gesagt, weshalb?«

»Nicht genau, Sir.«

»Was hat er denn gesagt – *genau*?«

Ich gab unser Gespräch so exakt wieder, wie ich konnte, und erwähnte sogar Onkel Joshuas Abschiedsgeschenk von einer halben Krone.

»So ein Zufall«, sagte Treffry. »Ich wollte *My Darling Clementine* auch sehen, aber mir ist etwas dazwischengekommen.« Er seufzte. »Wirkte dein Onkel ... ärgerlich wegen irgend etwas, Christian?«

»Nein, Sir. Er war ... eigentlich ziemlich fröhlich.«

»Und Michael Lanyon. Als du ihn das letzte Mal gesehen hast. War er auch ... recht fröhlich?«

»Ja, Sir.«

»Hast du ihn jemals mit diesem Mann gesehen?« Er reichte mir ein Foto. Ich erkannte den Abgebildeten sofort und nickte. »Wo?«

»Auf dem Hof von Colquite & Dew, Sir.«

»Und wann ist das gewesen?«

»Gegen Ende vorigen Monats.«

»Waren sie freundlich? Zueinander, meine ich.«

»Nicht richtig freundlich, nein. Mehr ...« Er zog eine Augenbraue hoch, sah mich an und wartete geduldig darauf, daß ich fortfuhr. »Mehr, als würden sie sich kennen, aber nicht als Freunde.«

»Hast du gesehen, ob Mr. Lanyon ihm etwas gegeben hat?«

»Etwas, ja. Aber ich weiß nicht, was es war.«

»Geld?«

»Es könnte Geld gewesen sein.«

»Du bist ein guter Beobachter, nicht, Christian?«

»Ich weiß nicht, Sir.«

Er streckte die Hand aus und nahm das Foto wieder an sich. »Du weißt, wer dieser Mann ist, nicht?«

»Nein, Sir. Aber ich frage mich, ob es… ob es Edmund Tully sein könnte.«

»Hast du ihn je bei einem anderen Anlaß gesehen?«

»Nein, Sir. Bestimmt nicht.«

»Nun, ich denke, das ist alles, was ich wissen muß.« Er trank seinen Tee aus, stand auf und schaute in den Garten hinaus. »Sieht so aus, als würde das Wetter bis zum Test Match halten. Meinst du, Compton wird wieder über hundert Läufe gewinnen?«

Ich merkte, daß er gönnerhaft mit mir redete. Ich war daran gewöhnt, daß Erwachsene das taten, und gewöhnlich spielte ich mit. Aber während unseres Gesprächs war das Gefühl, ausgeschlossen zu sein, in mir stärker geworden. Ich mußte den Leuten alles sagen, was ich wußte, aber umgekehrt schien das nie der Fall zu sein. Das war nicht fair und nicht richtig. Was ich als nächstes sagte, war daher gleichzeitig ein Protest und eine Bitte um Information. »Hat Mr. Lanyon Tully wirklich angeheuert, um meinen Onkel zu töten, Inspector?«

Treffry warf mir mit gerunzelter Stirn einen freundlichen Blick zu, und ich merkte, daß die Konventionen unserer Beziehung nicht so leicht zu überwinden waren. »Es steht mir nicht zu, das zu sagen, Christian. Das müssen die Geschworenen entscheiden.«

»Dann *wird* es also einen Prozeß geben?«

»O ja. Einen Prozeß wird es allerdings geben.« Er lächelte, wohl in der Hoffnung, mich damit zu trösten, was aber gänzlich fehlschlug. »Und dann werden wir es wissen.«

Und jetzt wußten wir es. Jedenfalls kannten wir die Antwort.

Michael Lanyon wurde gestern zum Abschluß seines Prozesses vor dem Schwurgericht des Mordes an Joshua Carnoweth, seinem vermögenden Chef, der letzten August in Truro begangen wurde, für schuldig befunden. Zu diesem Spruch gelangten die Geschworenen nach sechsstündiger Beratung. Lanyon und sein Mitangeklagter Edmund Tully, der vor drei Tagen seine Aussage änderte und sich schuldig bekannte, wurden zum Tode verurteilt, obwohl der Richter, Mr. Justice Goldfinch, sagte, er werde dem Innenministerium im Fall von Tully wegen des Geständnisses, seiner offenkundigen Reue und seiner Erlebnisse im Krieg eine Begnadigung empfehlen. Wären Tullys Erfahrungen als Gefangener der Japaner nicht gewesen, so hätte er vermutlich die moralische Kraft gehabt, Lanyons verwerfliches Mordansinnen von Anfang an zurückzuweisen. Was Lanyon angeht, sagte der Richter, habe dieser die tödlichen Stiche zwar nicht selbst ausgeführt, doch seine Schuld sei um so größer, da sie in ruchloser Habgier wurzle. Mit Worten sei gar nicht auszudrücken, welchen Abscheu jeder anständige Mensch empfinde bei diesem totalen Mangel an…

Ich schlug das Album zu und sah zu Considine auf, der auf der Sofakante hockte und wehmütig ein gerahmtes Foto betrachtete. »Fertig?« fragte er und schaute zu mir herüber.

»Ich denke schon, ja.«

»Keine angenehme Lektüre, fürchte ich.«

»Nein. Ganz und gar nicht angenehm.«

»Alles andere, was ich aufgehoben habe, gehörte Rose. Das hatte sie neben ihrem Bett, als sie starb.«

Er hielt das Bild hoch, damit ich es sehen konnte, und ich schaute genauer hin. Es handelte sich um drei verschiedene Fotos, die in ovalen Ausschnitten innerhalb des Rahmens angeordnet waren. Das mittlere war ein Bild von Nicky, wie ich ihn nie gesehen hatte, vermutlich mit Ende Zwanzig. Er lehnte in einem karierten Hemd, mit pomadisiertem Haar und lächelndem Gesicht an der Haustür. Das linke Foto zeigte ein kleines Mädchen, das in einem Fotoatelier auf einem Kissen saß und mit einem Ball spielte: Freda, nahm ich an. Das rechte Foto war eines von Michaela als Teenager, wie sie in einem züchtigen Badeanzug mit Röckchen am Strand posierte. Sie lächelte nicht, und ich erkannte sofort den mißtrauischen Blick in ihren Augen. Sie hatte ihn schon damals gehabt.

»Jetzt sind sie alle tot«, murmelte Considine. Sein Blick traf meinen. »Traurig, nicht? Soviel Vitalität, soviel Zukunft, einfach ausgelöscht.«

»Ja«, antwortete ich und wählte meine Worte sehr sorgfältig. »Sehr traurig.«

»Ich denke viel an Michaela, wissen Sie. Welche Art Frau sie geworden wäre. Man kann einfach nichts dagegen machen, gar nichts.«

Ich betrachtete das Mädchen im Badeanzug auf dem Foto und sah die Wollust auf Considines Gesicht. Ich wußte natürlich, welche Art Frau sie geworden war. Und ich wußte, daß ich Considine das nicht verraten durfte – um keinen Preis.

»Sie werfen mir ja gar nicht vor, daß ich glaube, Michaela wäre tot, Mr. Napier.«

»Warum sollte ich das tun?«

»Beim letztenmal haben Sie es getan.«

»Pfeifen im Wald, nehme ich an. Weiter nichts. Es ist sicher am besten, realistisch zu sein.«

»Da stimme ich Ihnen zu. Natürlich hatte ich sie gern.« Er hielt inne, als wolle er einen Effekt erzielen. »Ich hatte sie außerordentlich gern.« Dann lächelte er. »Aber man muß trotzdem den Tatsachen ins Auge sehen.«

»Richtig.«

»Wollen Sie das Foto mitnehmen?«

»Wie bitte?«

»Den Schnappschuß von Nicholas. Sie haben gesagt, Sie wollten ein Andenken an ihn.«

»Oh, ich verstehe, was Sie meinen.« Ich gab ihm das Bild zurück. »Eigentlich nicht, nein. Danke, aber ich... ich möchte die Fotos nicht trennen.«

»Das ist sehr rücksichtsvoll von Ihnen. Ich wollte Ihnen vorschlagen, daß Sie sich einen Abzug davon machen lassen.«

»Trotzdem, ich... ich glaube nicht, daß ich das tun werde. Als Erwachsenen habe ich ihn ja gar nicht gekannt. Vielleicht ist es besser, sich...«

»Sich an die Kindheitserinnerungen zu halten?«

»So ungefähr.«

»Wie bei mir und Michaela. Für mich ist sie immer noch ein Teenager, immer noch meine hinreißende kleine...« Er hielt inne, räusperte sich verlegen und sah mir direkt in die Augen, als mir ein entsetzlicher Gedanke kam. Hatte es mit Michaela begonnen? Was genau war eigentlich in diesem Haus passiert – in den Schlafzimmern über mir – in diesen verlorenen Jahren, in denen ich nichts hatte wissen wollen? »Für Sie wird Nicholas immer ein kleiner Junge bleiben, nicht, Mr. Napier? Der Schulfreund, zu dem Sie die Verbindung verloren haben seit... wann war das eigentlich, daß die Familie Truro verlassen hat?«

»September siebenundvierzig. Gleich nach Michael Lanyons Verhaftung. Sie zogen nach Exeter, um ihn im Gefängnis besuchen zu können. Sie kamen nie nach Truro zurück.«

»Und da haben Sie Nicholas das letzte Mal gesehen – bis vor einem Monat?«

»Ja. Das allerletzte Mal.«

Es war der Tag nach Onkel Joshuas Beerdigung – ein Samstag, an dem ich normalerweise gleich nach dem Frühstück nach Tredower House ging. Aber an diesem Samstag gab es so etwas wie Normalität nicht.

Ich war nicht bei der Beerdigung gewesen. Ich blieb mit Pam und Mum zu Hause, da der Laden zum Zeichen des Respekts geschlossen blieb. Man hatte gesagt, die Beerdigung sei wegen der herumlungernden Presseleute und Fotografen nichts für Kinder, aber ich argwöhnte, daß man uns aus einem anderen Grund ausgeschlossen hatte. Es war ein Anlaß, bei dem eine Begegnung mit den Lanyons unvermeidlich war. Großmutter hatte befürchtet, daß bei dieser Gelegenheit das Eis schmelzen könnte, das sich zwischen den beiden Familien gebildet hatte, und sie war entschlossen, es nicht so weit kommen zu lassen.

Mein Verdacht bestätigte sich durch ein Gespräch zwischen Mum und Dad. Sie hatten ein paar Stunden nach der Beerdigung zusammen im Wintergarten gesessen und wohl nicht bemerkt, daß ich in Hörweite gleich hinter den offenen Fenstern hockte, hinter der Wassertonne verborgen.

»Cordelia war da«, hatte Dad gesagt. »Rose auch. Sie sahen beide ziemlich mitgenommen aus.«

»Hast du mit ihnen gesprochen?« hatte Mum gefragt.

»Wir haben kein Wort miteinander gewechselt. Ich weiß, es scheint hart, Una, aber Michael ist für Onkel Joshuas Tod verantwortlich. Sie müssen natürlich auf seiner Seite stehen. Was bedeutet, daß wir auf der *Gegenseite* sind.«

»Du hörst dich an wie deine Mutter.«

»In dieser Sache sind wir einer Meinung, wenn es das ist, was du meinst. Es ist die einzige Möglichkeit.«

»Wie wird das enden?«

»Es ist am besten, nicht daran zu denken. Bis zum Prozeß können sie in Tredower House bleiben, aber danach werden sie gehen müssen.«

»Vorausgesetzt, daß Michael für schuldig befunden wird.«

»Ja.« Darauf war eine seltsame Stille gefolgt. Dann hatte Dad hinzugefügt. »Aber wir wissen beide, daß es dazu kommen wird.«

Seine Worte gingen mir nicht aus dem Kopf, und bis zum folgenden Morgen hatten sie etwas Düsteres, eine ungerechte Gewißheit angenommen. Ich wußte, ich sollte Michael Lanyon für das hassen, was er getan hatte, aber anscheinend konnte ich das nicht. Ich konnte ihn noch immer nicht mit dem blutbefleckten Pflaster in der oberen Lemon Street in Verbindung bringen. Ich konnte überhaupt nicht viele Zusammenhänge herstellen.

Ich verließ das Haus, nachdem Mum, Dad und Großmutter zum Laden gegangen waren, und sagte Großvater, ich sei mit ein paar Freunden im Boscawen Park zum Kricket verabredet. Aber das stimmte nicht. Mein wirkliches Ziel lag auf halbem Weg den St. Clement's Hill hinauf: Es war der Friedhof. Wenn ich schon nicht zu Onkel Joshuas Beerdigung gehen durfte, konnte ich doch wenigstens sein Grab besuchen.

Ich kletterte am unteren Ende über die Umfassungsmauer, statt durch das Haupttor zu gehen, doch das verkürzte meinen Weg nicht. Die Gräber unten waren eindeutig die ältesten. Ich folgte dem Rundweg quer über den Hügel und den Hang hinauf; die Silhouetten der Grabsteine zeichneten sich wie Burgzinnen vor dem grauen Horizont ab. Es war der erste bewölkte Tag seit Wochen, wenn auch bereits wärmer als manche sonnigen Tage, schwül und drückend. Eine Fliege summte hartnäckig um mich herum, während ich hinaufging, und das Hemd klebte mir feucht am Rücken. Als ich höher kam, erkannte ich die hügelige Form eines frisch aufgeschütteten Grabes vor mir und sah die bunten Farbflecke der ringsum niedergelegten Kränze. Und dann sah ich Nicky.

Er stand neben dem Grab, starrte auf die aufgehäufte Erde und bückte sich ab und zu, um Erdbrocken, die im Gras lagen, auf den frischen Hügel zu werfen. Sein Mund war geöffnet, sein Gesicht schlaff und ausdruckslos, das Haar feucht von Schweiß. Er war so versunken in das, was er tat, daß er mich erst im allerletzten Moment kommen sah. Ich wollte gerade etwas sagen, als er heftig zusammenzuckte und herumfuhr, um mich anzusehen. Ich lächelte, er nicht.

»Mum und Dad wollten mich nicht zur Beerdigung gehen lassen«, begann ich. »Ich nehme an, du hast nicht...«

»Deine Eltern denken, daß mein Daddy Onkel Josh ermordet hat. Was denkst *du*?«

Ich hätte irgendeine Antwort finden sollen, aber meine Gedanken waren so verworren, daß ich nur seinen Blick erwidern und hoffnungslos mit den Achseln zucken konnte.

»Daddy hat es nicht getan. Ich *weiß*, daß er es nicht getan hat. Und du weißt es auch, oder?« Seine Augen flehten mich an, ja zu sagen – oder wenigstens zustimmend zu nicken. Dann konnten wir als Freunde zusammen für seinen Vater eintreten. Aber meine Eltern und Großeltern waren von Michael Lanyons Schuld überzeugt. Ich wußte nicht, wie stark oder schwach die Beweise waren, aber ich wußte, daß sie daran glaubten. Und ich war ein Teil ihrer Gewißheit, so fest daran gebunden, wie Nicky an die Unschuld seines Vaters gebunden war. In diesem Augenblick erkannte ich, was Onkel Joshuas Tod für Nicky und mich bedeutete. Ich hätte es nicht in Worte fassen können, aber die Kraft seines Blicks machte es mir klar. Unsere Freundschaft konnte nicht bestehenbleiben. Sie zerbröckelte wie die Erde in seiner Hand, wie die Hoffnung in seinen Augen.

»Nicht?«

»Nicky, ich kann nicht …«

»Sag es! Sag, daß du auf meiner Seite bist.« Sein Gesicht wurde dunkler, er preßte die Lippen zusammen. »Wenn du wirklich mein Freund bist, dann mußt du es sagen.«

»Aber es ist nicht … ich meine …«

»Bist du auf meiner Seite?« Er muß mir die Antwort vom Gesicht abgelesen haben, aber er wartete noch immer, mir schien minutenlang, obwohl es nur Sekunden waren, in denen wir uns auf gegensätzliche Positionen zurückgezogen hatten und hartnäckig versuchten, den anderen niederzustarren. Dann stieß er einen Schrei aus und rannte auf mich zu.

Es geschah so plötzlich, daß er mich aus dem Gleichgewicht brachte und umwarf. Das nächste, was mir bewußt wurde, war, daß ich auf dem Boden lag, Nicky auf mir saß und mit den Fäusten auf meine ihn abwehrenden Arme einschlug, während er keuchend durch die zusammengebissenen Zähne atmete und uns beiden Tränen aus den Augen strömten – Tränen der Trauer und des Schocks über unsere zerbrochene Freundschaft.

»Ich hasse dich!« schrie er mit sich überschlagender Stimme. *»Ich hasse dich!«*

»He, ihr zwei!« hörte ich eine heisere Stimme von irgendwo hinter uns schreien. *»Hört auf damit!«*

Nicky riß den Kopf hoch und sah über mich hinweg. »Ich werde Daddy auch ohne dich retten«, sagte er fast flüsternd. »Du wirst schon sehen.« Dann sprang er auf und sprintete zwischen den Grabsteinen davon. Bis ich mich wieder auf die Füße gerappelt hatte, war er fast zwanzig Meter entfernt und rannte auf das Tor zu. Ich rief seinen Namen, doch er blickte nicht zurück. Ich bin nicht einmal sicher, daß er mich gehört hat.

Ich war gerade im Begriff, ihm nachzulaufen, als eine große Hand mich bei der Schulter packte. Ein Mann mit rotem Gesicht, in Arbeitshosen und einem kragenlosen Hemd, stand neben mir und atmete heftig. »Das ist ein Friedhof, Junge«, knurrte er. »Das ist kein Ort für Prügeleien.«

»Nein, Sir. Es tut mir leid.«

Er sah mich stirnrunzelnd an. »Aber du brauchst nicht zu weinen. Ich werde dir nichts tun.« Damit ließ er mich los; anscheinend bedauerte er den Kummer, den er verursacht zu haben glaubte. »Du gehst deinem Freund besser nach.« Blinzelnd schaute er hinter Nicky her. »Er rennt ja wie ein Windhund.«

»Das hat keinen Zweck«, murmelte ich.

»Na ja, du weißt sicher, wohin er will.«

Ich nickte vage zustimmend. Die Wahrheit war zu bitter und kompliziert, um sie zu erklären. Nickys Ziel war eigentlich unwichtig. Wohin immer er ging, ich konnte ihm nicht folgen. Nicht mehr.

Sonst befand sich nichts von Nicky in der Teekiste. Considine hatte mir das gesagt, aber er schien nicht überrascht, als ich darauf bestand, selbst nachzusehen. Wenn Nicky Tully *tatsächlich* gefunden hatte, dann hatte er entweder nicht vermerkt, wo er sich aufhielt, oder, eine noch frustrierendere Möglichkeit, Considine hatte die Notiz vernichtet – sie zusammen mit hundert anderen Zetteln und Spuren aus dem Leben meines toten Freundes auf die Müllkippe der Gemeinde geworfen, wo die Ratten daran nagten.

»Tut mir leid, daß Sie mit leeren Händen gehen müssen, Mr. Napier«, sagte Considine, als er mich zur Tür begleitete, doch sein Gesichtsausdruck verriet genau das Gegenteil.

»Da kann man nichts machen.«

»Das ist meistens so, glaube ich. Werde ich Sie bei der gerichtlichen Untersuchung sehen?«

»Fahren Sie deshalb nach Truro?«

»Wieso? Ja. Der Coroner möchte, daß ich etwas über Nicholas' psychischen Zustand in den letzten Monaten aussage. Ich habe gestern einen Brief von ihm bekommen. Die Untersuchung soll am sechsundzwanzigsten dieses Monats stattfinden. Wußten Sie das nicht?«

»Nein.«

»Sie überraschen mich. Ich dachte, man würde Sie auch um eine Aussage bitten.«

»Vielleicht liegt der Brief noch in meiner Post.«

»Vielleicht. Natürlich sind Beweise als solche über die... Verfassung... meines Stiefsohns... ziemlich dünn gesät, wissen Sie.«

»Jetzt mit Sicherheit.«

Considine sah mich mit seinem typischen, vielsagenden halben Lächeln an. »Nun, wie ich schon sagte, tut mir leid, daß Sie die Fahrt umsonst gemacht haben.«

»Mir auch.« Ich erwiderte sein Lächeln etwas grimmig, zufrieden damit, daß er glaubte, mein Besuch habe mir nichts eingebracht. Aber das stimmte nicht ganz. Es gab Leute, die wußten, wo Tully sich aufhielt. Es mußte welche geben. Der Polizist, der ihn 1947 hinter Gitter gebracht hatte, könnte durchaus einer von ihnen sein. In dem Zeitungsartikel über seine Pensionierung stand, daß Superintendent Treffry plante, seinen Ruhestand in einem Landhaus mit Blick über den Hafen von St. Mawes zu verbringen. Es bestand die Möglichkeit, daß er noch lebte und auch noch in St. Mawes wohnte. Vielleicht war das der Grund, warum Nicky den Zeitungsausschnitt aufgehoben hatte. Vielleicht war dies das eine Beweisstück, das ich brauchte.

8. Kapitel

Sobald ich nach Pangbourne zurückkam, rief ich Emma an. Sie war genauso enttäuscht wie ich über die mageren Ergebnisse meiner Fahrt nach Clacton, aber froh, daß es wenigstens einen Anhaltspunkt gegeben hatte, und erleichtert darüber, daß ich nicht davon sprach, meine Suche abzubrechen.

»Ich fahre morgen nach Cornwall. Ich habe so eine Ahnung, daß Nicky Treffry aufgesucht hat. Und ich möchte wissen, was dabei herausgekommen ist.«

»Ich auch. Aber, Chris ...«

»Ja?«

»Wegen Considine. Sie haben doch... nichts durchblicken lassen, oder?«

»Das habe ich sorgfältig vermieden. Obwohl ich zugeben muß, daß ich manchmal, als ich ihn mit dieser gekünstelten Stimme über Sie und Nicky reden hörte, Lust gehabt hätte...«

»Wozu?«

»Ach, es spielt keine Rolle. *Considine* spielt keine Rolle. Versuchen wir, das nicht zu vergessen.«

»Er ist nicht derjenige, hinter dem wir her sind, oder?«

»Nein. Ist er nicht.« Was stimmte. Wenn er es auch, das spürte ich, eines Tages vielleicht sein würde.

Gleich nachdem Emma aufgelegt hatte, rief ich Mark an. Er hatte anscheinend nichts dagegen, in der kommenden Woche ein paar Überstunden zu machen, um mich zu vertreten, weshalb ich ihm seine Offenherzigkeit gegenüber Pauline Lucas nicht mehr ganz so übel nahm. Der andere Grund war, daß ihr unerklärlicher Besuch mir nicht so wichtig erschien und ich glaubte, ihn ignorieren zu können. Emma Morescos Erscheinen in meinem Leben hatte ihn ziemlich an den Rand meiner Gedanken gedrängt.

Als nächstes versuchte ich, mit Pam zu sprechen, um sie um ein Zimmer in Tredower House zu bitten, aber unter der Privatnummer meldete sich niemand. Das Mädchen an der Rezeption meinte jedoch, daß man mich schon unterbringen werde. Wo Pam und Trevor waren, wollte sie merkwürdigerweise nicht verraten, aber zu dieser Zeit erschien mir das nicht wichtig; ich vergaß die Angelegenheit.

Doch dabei sollte es nicht bleiben. Auch nicht, was die rätselhafte Miss Lucas betraf. Gerade, als ich mich fertigmachte, um früh zu Bett zu gehen, rief Tabitha an. Und es war sofort klar, daß sie nicht nur plaudern wollte.

»Was ist mit Mum und Dad los, Chris?«

»Was meinst du damit?«

»Mum sagt, daß Dad nicht da ist, aber sie will nicht sagen, wo er ist – und auch nicht, wann er zurückerwartet wird. Und sie hat mir so eindringlich versichert, daß alles in Ordnung sei, daß wohl gar nichts in Ordnung ist.«

»Ich fürchte, davon weiß ich nichts.«

»Ich dachte, sie hätte sich dir vielleicht anvertraut.«

»Nun ja, zufällig fahre ich morgen zu ihr. Wie wär's, wenn ich dich anrufe und dir Bescheid gebe, wenn ich mir einen Eindruck verschafft habe?«

»Das wäre fabelhaft.«

»Aber ich bin sicher, es gibt nichts, worüber du dir Sorgen machen müßtest.«

»Ja, meinst du? Na, ich wünschte, es wäre so.«

Ich war zu sehr von meinen eigenen Angelegenheiten in Anspruch genommen, um mir darüber den Kopf zu zerbrechen. Das größte Rätsel war mir Tabithas bizarre Idee, ihre Mutter hätte sich vielleicht *mir* anvertraut. Offenbar hatte sie völlig falsche Vorstellungen von Brüdern und Schwestern – wahrscheinlich, weil sie ein Einzelkind war. Ich ging so weit, es noch einmal unter der Privatnummer von Tredower House zu versuchen, aber es meldete sich niemand.

Gerade, als ich den Telefonhörer auflegte, läutete der Apparat wieder, was mich überraschte. Zwei Anrufe an einem Sonntag abend waren zwei mehr, als ich gewöhnlich erhielt, und dieser spezielle Anruf gehörte nicht nur zu den bedrohten, sondern schon zu den aussterbenden Arten.

»Wo warst du den ganzen Tag?«

»Ich habe mich aus deinem Leben herausgehalten, Miv. Das willst du doch, oder?«

»Nun sei nicht so. Sieht so aus, als müßte ich mich *möglicherweise* bei dir entschuldigen.«

»Das müßtest du schon seit Jahren, aber ich hätte nie erwartet...«

»Es geht um diese Lucas. Oder wie immer sie sich nennt. Tatsache ist, daß ich glaube, ich könnte ihr geholfen haben, dich aufzuspüren. Unabsichtlich, meine ich. Ohne es zu wollen, verstehst du?«

»Nein«, sagte ich und versuchte, mich zu konzentrieren. »Ich verstehe nicht.«

»Ich meine, ich habe sie einfach nicht in Verbindung gebracht mit... jedenfalls am Anfang nicht. Aber als ich darüber nachdachte, da hat es geklingelt.«

»Was hat geklingelt?«

»Diese Frau hat mich vor ein paar Tagen angerufen und gesagt, sie wäre eine freie Journalistin namens Laura Banks und von einem der Musikmagazine beauftragt, einen Artikel über mich zu schreiben. Sie machte ein telefonisches Interview mit mir über die alten Tourneen. Das übliche Zeug.«

»Ich nehme an, daß du solche Anfragen häufig bekommst.«

»Nicht viele, du sarkastischer Mistkerl. Aber jetzt hör zu. Ich habe mich tatsächlich geschmeichelt gefühlt. Nicht, daß ich mir diese Zeiten zurückwünsche, aber es macht Spaß, darüber zu reden. Sogar über meinen Exmann – einmal im Monat ungefähr.«

»Willst du damit sagen …«

»Es könnte sein, daß sie mich über dich aushorchen wollte. Sie war jedenfalls sehr neugierig auf dich. Nachdem du gestern mit mir telefoniert hast, habe ich die Nummer angerufen, die sie mir gegeben hat. Nur als Test.«

»Und – kein Anschluß?«

»Die Auskunft hat gesagt, nicht mal die Vorwahlnummer würde existieren.« Es gab eine Pause. Dann meinte sie: »Tut mir leid, Chris.«

»Mach dir nichts draus«, brummte ich und nahm mich zusammen, um ihr nicht die Schuld zu geben. »Das war nicht dein Fehler.«

»Wer ist sie?«

»Ich weiß es nicht.« Aber ich würde es herausfinden. Das schien jetzt das einzig Sichere unter den vielen Unwägbarkeiten. Wenn ich am nächsten Morgen nach Cornwall aufbrach, würde sie irgendwo auf mich warten. Sie war noch nicht mit mir fertig. Vielleicht hatte sie noch gar nicht richtig begonnen. Es sah so aus, als sei da noch einiges im Busch.

»Bist du in irgendwelchen Schwierigkeiten, Chris?«

»Ich weiß nicht genau.«

»Hat das irgend etwas mit Nicky Lanyon zu tun? Ich habe in der Zeitung über ihn gelesen.«

»Überhaupt nichts.«

»Du lügst.«

»Nein. Ich hoffe. Ohne große Zuversicht.«

Wenn es in Truro außer seiner Familie noch jemanden gab, der an Michael Lanyons Schuld zweifelte, so hielt er in den Wochen nach dessen Verhaftung den Mund. Es war leicht zu sagen – wie mein Vater es tat –, die Polizei habe sicher gute Gründe dafür, ihn zusammen mit Edmund Tully anzuklagen. Ich selbst glaubte das auch. Ich war kein rebellisches Kind. Ich war dazu erzogen worden, Autoritäten zu vertrauen und sie zu respektieren. Wenn meine Eltern und die Polizei sagten, etwas sei so und so, dann stand das für mich außer Zweifel.

Warum Michael getan hatte, was er getan hatte, und was die Folgen waren – für ihn und Nicky und mich –, belastete mich weit mehr als die zentrale Frage seiner Schuld oder Unschuld. Da ich keinen Freund hatte, dem ich mich anvertrauen konnte, lief ich in den letzten heißen Tagen des Spätsommers in Truro herum und stellte mir alle möglichen verrückten Geschichten über Onkel Joshuas Ermordung vor. Ich wollte Nicky sehen und den Bruch zwischen uns kitten, ohne dessen Ursache anzusprechen. Aber ich wußte, daß das nicht möglich war. Wenn wir uns das nächste Mal treffen würden – wie ich annahm, zu Beginn des Schuljahrs in Truro –, würde es zwangsläufig zu einer Art Abrechnung kommen. Allerdings hatte ich keine Vorstellung, wie diese aussehen könnte.

»Mein Vater sagt, daß sie den Vater von deinem Freund aufhängen werden«, verkündete Don Prideaux mit schadenfrohem Grinsen, als ich ihn eines Nachmittags beim Angeln am Moresk-Viadukt traf. »Er meint, daß sie ihn am Hals aufknüpfen werden.« Bei dieser Bemerkung gab er Laute des Erstickens von sich und verdrehte die Augen. »Willst du mal sehen, wie sie die Schlinge machen?«

»Das ist kein Spaß!« schrie ich protestierend.

»Das ist eine Quittung«, erwiderte Don. »Mein Vater sagt das. Hochmut kommt vor dem Fall. Das sagt *er*.«

Dons Vater war nicht der einzige, der sich über die Wendung von Michael Lanyons Glück freute. Ich war zu jung, um das damals zu erkennen, aber heute scheint es ebenso offensichtlich wie grausam. Michael Lanyon war durch die Laune eines alten Mannes aus der Gosse geholt worden. Das war es, was man über ihn sagte. Er verdiente die Vorteile nicht, die man ihm geboten hatte. Und nach der gleichen verdrehten Logik verdiente er deshalb, daß ihm diese Vorteile wieder genommen wurden. Er verdiente, gedemütigt zu werden.

Aber das Gesetz hatte etwas viel Schlimmeres als das für ihn vorgesehen. Er und Tully sollten Anfang September in Truro vor Gericht gestellt werden. Bis dahin saßen sie im Gefängnis von Exeter in Untersuchungshaft, hundertfünfzig Kilometer entfernt. Inzwischen hielten Michael Lanyons Mutter, seine Frau und sein Sohn der Belagerung von Tredower House stand, so gut sie konnten. Man sah sie nirgends, und keiner tröstete sie. Auch sie waren Gefangene. Sie hatten keine Gitter vor den Fenstern und keine Wärter, aber für sie gab es sowenig einen Weg nach draußen wie für Michael Lanyon.

Ich sah sie in dieser Zeit nur ein einziges Mal, und das war bedrückend. Es geschah an einem Morgen auf dem Bahnhof. Ich war gleich nach dem Frühstück hinuntergegangen, um von einem beliebten Aussichtspunkt aus die Züge zu beobachten – der Fußgängerbrücke, die westlich des Bahnhofs die Gleise und den Güterbahnhof überspannte. Es war die ideale Stelle, um den ersten Zug von Penzance durchfahren zu sehen, und dort befand ich mich, als der Acht-Uhr-vierzig-Zug aus Bristol einlief. Als der Rauch über der Brücke sich verzogen hatte und ich auf den Bahnsteig hinunterschaute, eilten dort drei Gestalten zum Zug, um einzusteigen: Cordelia, Rose und Nicky.

Sie fuhren nach Exeter, um Michael zu besuchen. Das war mir sofort klar. Die frühe Abfahrt ermöglichte es ihnen, eine Weile zu bleiben, ehe sie zurückkehren mußten. Allerdings wußte ich überhaupt nichts über Besuche in Gefängnissen, und ich wußte auch nicht, ob Nicky mit ihnen hineingehen oder draußen bleiben mußte. Trotzdem erkannte ich die Mischung aus Furcht und Vorfreude auf seinem Gesicht: blaß, angespannt, entschlossen, aber unsicher, was ihn erwartete. Auch das sah ich. Nach und nach wurde er vom Lauf der Dinge mitgerissen. Dies war erst ein frühes Stadium der Ereignisse, aber ich begriff zum erstenmal, was sie für ihn bedeuteten. Und ich fing an, ihn mehr zu bedauern als mich.

Ich rief laut seinen Namen. Aber zu viele Türen wurden zugeschlagen, zu viele Stimmen schrien durcheinander. Innerhalb von Sekunden waren sie in einem Waggon verschwunden. Nicky blickte nicht auf, als seine Mutter ihn in den Zug schob. Er sah mich nicht. Er hörte mich nicht. Er war fort.

Ich rannte über die Brücke zurück, die Treppe hinunter und über die Straße zum Eingang des Bahnhofs. Ich wußte, daß es ein hoffnungsloses Unterfangen war. Ihr Zug stand am hintersten Bahnsteig, und er setzte sich schon in Bewegung, als ich durch die Sperre kam. Aber ich lief ihm trotzdem nach in der vagen Hoffnung, Nicky würde mich sehen und wissen, daß ich ihn wirklich erreichen wollte. Am Ende des Bahnsteigs, wo die Plattform aufhörte, blieb ich stehen, keuchend, die Hände auf den Knien, während der Zug schneller wurde und sich stetig von mir entfernte und durch die Stadt davonfuhr.

Ich habe nie herausgefunden, ob Nicky mich gesehen hat. Die Gelegenheit, ihn zu fragen, ließ lange auf sich warten. Als sie endlich kam, ließ ich sie ungenutzt. Und sie wird niemals wiederkommen.

Als ich früh am Montag morgen meine Tasche packte, traf ein Brief des Coroners von Truro ein. Wie Considine mir gesagt hatte, sollte die Untersuchung von Nickys Tod am 26. Oktober stattfinden, und ich wurde, wie er, als Zeuge vorgeladen. In gewissem Sinne war ich froh, damit einen festen Termin zu haben. Drei Wochen wären genug, so oder so.

Ich fuhr zügig und erreichte St. Mawes am Nachmittag. Das Roseland zeigte seine ganze herbstliche Schönheit: grün, hügelig, strahlend und mild. Die Flußmündung glitzerte in klarem Blau, und vereinzelt sah ich die schlaffen Segel langsam dahingleitender Jachten.

Ich folgte der Spur George Treffrys über das Postamt, wo er

seine Rente abholte, nach Tangier Terrace, einer Reihe von schmalen, weißen, schiefergedeckten Landhäuschen bei Church Hill, die hoch über Stadt und Meer kauerten wie Lummen am Rand eines Abhangs. Auf mein Läuten meldete sich niemand, aber ein Nachbar, der gute Ohren hatte, schaute aus dem Haus und sagte mir, dies sei die Stunde von Mr. Treffrys täglichem »Ausgang«. Er riet mir, es auf der Straße nach Castle Point zu versuchen und nach einem alten Herrn in braunem Anzug und zerbeultem Hut mit schneeweißem Schnurrbart Ausschau zu halten, begleitet von einem ältlichen Bullterrier.

Das war eine gute Beschreibung, aber ich hätte ihn trotzdem verpaßt, wenn ich nicht zufällig über die Ufermauer geschaut hätte, als ich die Straße erreichte. Sein Ausgang hatte ihn offenbar nicht weiter geführt als zu einer Bank im sonnigen Windschatten der Mauer, wo er ruhig seine Pfeife rauchte, während sein Hund ziellos am Ufer umherlief. Ich eilte eine Treppe hinunter und ging auf ihn zu.

»George Treffry?« fragte ich, als ich mich der Bank näherte. Langsam und mit einem Stirnrunzeln wandte er sich mir zu. »Ich nehme an, daß Sie sich nicht an mich erinnern.«

»Da haben Sie recht.« Seine Stimme war mit dem Alter schroffer geworden. Mißtrauisch nahm er mich unter seinem Hutrand hervor in Augenschein. Vielleicht war er besorgt, ich könne ein ehemaliger Knastbruder sein, den er eingesperrt hatte. Falls das so war, muß er zu dem Schluß gekommen sein, ich sei entweder zu jung oder zu achtbar, denn sein Ton wurde freundlicher, als er hinzufügte: »Sollte ich Sie denn erkennen?«

»Chris Napier.«

»Napier?« Das Stirnrunzeln kehrte zurück.

»Joshua Carnoweth war mein Großonkel. Sie haben mich nach seiner Ermordung vernommen. Damals war ich elf.«

»Guter Gott.« Er nahm die Pfeife aus dem Mund und starrte mich an. »Na so was.«

»Darf ich mich setzen?«

»Das ist eine öffentliche Bank.«

Ich nahm neben ihm Platz. Der Bullterrier kam argwöhnisch japsend angelaufen, doch sein Herr beruhigte ihn mit einem Tätscheln. Am Strand brach sich eine Welle. Eine Möwe segelte über uns dahin und verdeckte kurz die Sonne.

»Geht es um den jungen Lanyon?«

»Als Kinder waren wir beste Freunde.«

»Aber nur als Kinder. Ich nehme an, das war im Sommer siebenundvierzig zu Ende.«

»Das dachte ich auch. Aber seit Nickys Selbstmord...«

»Haben Sie Gewissensbisse, Mr. Napier?«

»Ja. Und Sie?«

Er sah mich eindringlich an und lächelte dann schwach, als sei er zu alt, um die Miene des Empörten lange durchzuhalten. »Mir setzt die Arthritis zu. Das Alter langweilt mich zu Tode. Aber mein Gewissen rührt sich nicht mal gelegentlich.«

»Nicky dachte, daß sein Vater unschuldig war.«

»Das hätte ich auch getan, wenn ich sein Sohn gewesen wäre. Aber das war ich nicht. Ich habe einen Mordfall untersucht. Das habe ich Ihrem Freund auch gesagt, als er mich besuchte.«

»Wann war das?«

»Ungefähr eine Woche vor seinem Tod.«

»Da ist Nicky hergekommen?«

»Ja.«

»Was wollte er?«

»Ich glaube, er wollte von mir hören, daß es mir leid tut, die Beweise gegen seinen Vater zusammengestellt zu haben. Daß es mir leid tut, daß er gehängt wurde. Es war schwer herauszubekommen. Er redete nicht sehr klar. Er tat mir leid, aber ich mußte ihm die Wahrheit sagen.«

»Was ist die Wahrheit?«

»Daß sein Vater im Sinne der Anklage schuldig war.«

»Sind Sie sich dessen immer sicher gewesen?«

»O ja. Es war ein deprimierend klarer Fall, wenn Sie es wirklich wissen wollen. Zu ermitteln gab es da eigentlich nicht viel. Wir faßten Edmund Tully weniger als zwölf Stunden nach dem Mord. In seiner Tasche befanden sich blutbefleckte Kleidungsstücke, als wir ihn aus dem Zug holten, und später erwies sich, daß das Blut der Blutgruppe Ihres Onkels entsprach. Es gab Augenzeugen, die Tully bei einer Gegenüberstellung als den Mann erkannten, den sie die Lemon Street hatten hinunterlaufen sehen. Und seine Fingerabdrücke waren auf der Mordwaffe. Er warf das Messer am Fuß des Hügels in einen Abflußgraben, aber es hatte seit Wochen nicht geregnet, also lag es einfach da und wartete auf uns. Alles in allem hatten wir nicht viel Arbeit mit dem Fall.«

»Und was war mit Michael Lanyon?«

»Tully führte uns wenige Stunden nach seiner Festnahme zu ihm. Er hatte fast fünfhundert Pfund in seiner Tasche, und als er sah, wie sich die Beweise gegen ihn häuften, gab er zu, daß Lanyon ihm das Geld gegeben hatte, damit er Mr. Carnoweth aus dem Weg schaffte. Er sollte weitere fünfhundert erhalten, wenn der Job erledigt war. Aber er verpfuschte die Sache so, daß er in Panik geriet und sich davonmachte. Später hat er alles geleugnet und gesagt, wir hätten ihn gezwungen, ein Geständnis zu unterschreiben. Sein Verteidiger hat da eine Geschichte zusammengeschustert, seine Behandlung in japanischer Gefangenschaft hätte ihn empfindlich gegen den geringsten Druck bei Verhören gemacht. Aber es gab gar keinen Druck. Das war nicht nötig. Am Ende, als er sich schuldig bekannte, gab er das zu. Außerdem wußte ich sofort, als er aussagte, daß das die Wahrheit war.«

»Wieso?«

»Das ist einfach ein Gefühl, das man in diesem Beruf bekommt. Was tun Sie?«

»Ich restauriere Autos.«

»Sie können also erkennen, wann ein Motor rund läuft?«

»Ja.«

»Dasselbe gilt für die Geschichten, die die Leute erzählen,

und die Art, wie sie sie erzählen.« Treffry klopfte seine Pfeife an der Kante der Bank aus und inspizierte den leeren Pfeifenkopf. »Alles paßte zusammen, wissen Sie. Tully und Lanyon trafen sich in Oxford. Wurden gute Freunde. Reisten zusammen durch Europa. Tully hatte einen reichen Vater, der seine Rechnungen bezahlte, wie Lanyon Mr. Carnoweth hatte. Dann trennten sich ihre Wege. Lanyon ging nach Truro zurück, Tully zur Familienfirma oben im Norden. Als der Krieg ausbrach, trat er in die Army ein und hatte das Pech, in Malaya zu landen. Beim Fall Singapurs wurde er gefangengenommen und verbrachte mehr als drei Jahre in einem japanischen Lager. Das hinterläßt Spuren. Ich schätze, das hat Tully zum Mörder gemacht.«

»Und was hat Michael Lanyon zum Mörder gemacht?«

»Die Versuchung. Mr. Carnoweth dachte daran, sein Testament zu ändern. Sie wissen das. Sie waren bei ihm, als er seinen Anwalt aufsuchen wollte. Michael Lanyon war der einzige Begünstigte des Testaments, das Mr. Carnoweth abfaßte, als er aus Alaska nach Hause kam und feststellte, wie es um die Mutter des Jungen stand. Ich nehme an, er dachte zu der Zeit, seine eigene Familie brauche keine Hilfe. Später, als er älter wurde und Sie und Ihre Schwester auftauchten und ihn an die nächste Generation denken ließen, beschloß er, sein Vermögen gerechter aufzuteilen. Es war ja weiß Gott genug da. Wenn Michael gewußt hätte, *wieviel* es war, dann hätte er vielleicht nie…« Treffry zuckte mit den Schultern. »Aber das ist reine Spekulation, nicht?«

»Mir kommt es so vor, als wären das alles nur Spekulationen. Sie wußten nicht mit Bestimmtheit, daß Onkel Joshua sein Testament ändern wollte. Oder daß Michael Lanyon wußte, was er vorhatte. Oder auch, daß er wußte, daß er nach dem alten Testament erben würde, wenn wir schon einmal dabei sind.«

»Doch, ich wußte es, Mr. Napier. Tully hat mir das gesagt. Wie sollte er an diese Information gekommen sein, wenn nicht durch seinen alten Freund? Und welchen Grund hätte er gehabt, Mr.

Carnoweth zu ermorden, wenn er nicht seinem alten Freund helfen wollte? Nachdem er aus dem Krieg zurück war, konnte er nicht mehr Fuß fassen. Es hatte noch vor seinem Eintritt in die Army eine Art Familienkrach gegeben. Die Details habe ich inzwischen vergessen. Aber das Ergebnis war, daß er anfing, ein Nomadenleben zu führen, von einer Pension in die andere zog, zuviel trank und zuviel Geld ausgab, bis er sich in Truro wiederfand – nach seiner Aussage eher durch Zufall – und beschloß, seinen alten Kumpel aus Oxford um ein Darlehen zu bitten. Sie waren dabei, als sie sich zum erstenmal nach ungefähr fünfzehn Jahren trafen. Auf dem Hof von Colquite & Dew, wissen Sie noch?«

»O ja, das weiß ich noch. Michael wirkte alles andere als erfreut, ihn zu sehen.«

»Das war, bevor ihm klarwurde, was Tully vielleicht für ihn tun konnte. Tully hing in Truro herum, weil er sah, daß es Lanyon gutging, und dachte, er könnte ihn vielleicht überreden, ihm wieder auf die Füße zu helfen.«

»Das hat Tully gesagt.«

»Nicht nur Tully. Es gab einen Zeugen, der seine Behauptungen bestätigte, Lanyon im Daniell Arms gesehen zu haben – Sie wissen schon, genau gegenüber vom Lander-Denkmal –, und zwar zwei Tage vor dem Mord. Dabei wurde das Geld übergeben. In der Nacht, nachdem Lanyon fünfhundert Pfund in bar von seinem Bankkonto abgehoben hatte. Der Zeuge war ein zuverlässiger Mann. Wie hieß er noch gleich? Vigus, ja. So hieß er. Sam Vigus. Arbeitete für Killigrew, den Spediteur.«

Sam Vigus hatte ich deutlich in Erinnerung als einen etwas dicklichen Mann im Overall, den man in den vierziger und fünfziger Jahren so ungefähr bei jedem Umzug in Truro Möbel packen und schleppen sah. Seine junge Frau war mir sogar noch deutlicher im Gedächtnis als eine der Sklavinnen der Mode, die meiner Großmutter zu ihrem Erfolg im Textilgeschäft verhalfen. Ich hatte vergessen, daß Sam auch eine kleine, aber entscheidende Rolle bei Michael Lanyons Verurteilung wegen Mordes gespielt hatte.

»Vigus hat gesehen, wie Lanyon Tully einen dicken braunen Umschlag übergab. Seine Beschreibung des Umschlags entsprach dem, in dem das Geld in Tullys Tasche gefunden wurde. Und auf diesem Umschlag waren Lanyons Fingerabdrücke. Vigus hat auch gehört, wie Lanyon zu Tully sagte, er solle das, wofür er bezahlt werde, bald tun. Er hat sie aus dem Fenster das Lander-Denkmal betrachten sehen. *Als wählten sie die Stelle aus.* Am nächsten Morgen schrieb Tully einen Brief an Mr. Carnoweth, in dem er ausführte, er habe ein paar peinlich intime Liebesbriefe, die Cordelia Lanyon an Tullys verstorbenen Vater geschrieben habe, und wolle sie an den Meistbietenden verkaufen. Ob Carnoweth ihn am folgenden Tag um Mitternacht am Lander-Denkmal treffen wolle, um sich darüber zu einigen? Das war das Szenario.«

»Aber der Brief wurde nie gefunden, oder?«

»Mr. Carnoweth hat ihn vermutlich vernichtet, bevor er zu der Verabredung ging. Wie auch immer, darum geht es nicht. Es geht vielmehr darum, daß Tully über die Lanyons Dinge wußte, die er nur von einem Familienmitglied hatte erfahren können.«

»Ja, aber Michael hätte leicht einmal erwähnt haben können, daß seine Mutter Onkel Joshuas früherer Schwarm gewesen war, als er und Tully zusammen studierten.«

»Was wollen Sie damit sagen?«

»Ich weiß nicht. Nur, daß der Fall nicht ganz so sonnenklar war, wie er damals zu sein schien.«

Treffry schüttelte mitleidig den Kopf. »Da irren Sie sich, Mr. Napier. Lanyon hat Tully fünfhundert Pfund bezahlt. Das ist eine Tatsache. Er sagte, wegen der alten Zeiten, aber Sie wollen mir sicher nicht weismachen, daß ich das glauben soll. Tully hat Mr. Carnoweth ermordet. Das ist eine weitere Tatsache. Und ich fürchte, daraus folgt zwangsläufig eine dritte.«

»Sie sind sicher, daß Michael Lanyon es verdient hatte, gehängt zu werden.«

»Ja, das bin ich.«

»Und Tully?«

»Er auch.«

»Das Innenministerium war anderer Meinung.«

»So sind eben Politiker. Es gab Mitgefühl mit Tully wegen seiner Kriegserlebnisse und weil er schließlich gestand. Na ja, für mich sah das auch ein bißchen künstlich aus. Ich glaube, Tully wußte, daß er verurteilt werden würde, und meinte, ein Geständnis, wie spät auch immer, könnte ihm eine Begnadigung einbringen. Der Richter schien sich darauf einzulassen, und der Innenminister spielte mit. Beim Prozeß ging Tully viel schlauer vor als bei dem Verbrechen. Das muß ich ihm zugestehen. Ein britisches Gefängnis muß ihm nach dreieinhalb Jahren in Changi Gaol wie ein Ferienlager vorgekommen sein.«

»Aber Michael Lanyon hat nicht gestanden. Selbst als Tullys veränderte Aussage seiner Verteidigung den Boden entzog.«

»Es hätte keinen Sinn gehabt. Keine mildernden Umstände, verstehen Sie. In diesem Sinn war es ein seltsamer Fall. Der Mann, der dem Opfer die tödlichen Stiche beibrachte, schien immer weniger schuldig als der, der ihn dazu überredet hatte. Was Lanyon wirklich an den Galgen brachte, waren der grobe Undank, der ihn dazu veranlaßte, die Ermordung seines Wohltäters in Auftrag zu geben, und die Tatsache, daß er seinen vom Krieg gebrochenen Freund dazu benutzte.«

»Es könnte noch eine andere Erklärung für seine Weigerung geben, die Tat zu gestehen.«

»Seltsam genug, aber ich glaube, da haben Sie recht. Allerdings nicht die Erklärung, an die Sie anscheinend denken.« Der Bullterrier kam herbei und stieß mit der Nase an das Knie seines Herrn, als habe er genug und wolle nach Hause. Aber Treffry hatte es nicht eilig. Er schien die Diskussion zu genießen. »Lanyons Familie war sich seiner Unschuld so sicher, daß er es nicht übers Herz brachte, ihnen die Illusion zu rauben. Vielleicht dachte er, es sei gnädiger, sie mit der Erinnerung an einen Mann zurückzulassen, dem Unrecht geschehen war. Aber nachdem ich seinen Sohn gesehen habe, halte ich das für einen Irrtum. Die Wahrheit ist immer vorzuziehen. Am Ende ist es leichter, mit der Wahrheit zu leben.«

»Und Sie sind sicher, daß Sie die Wahrheit kennen?«

»In diesem Fall, ja.«

»Wie können Sie das? Absolut sicher sein, meine ich.«

»Wie ich Ihnen schon sagte. Professioneller Instinkt.«

»Und was ist dann mit mir? Wie kann ich sicher sein?«

»Wenn das, was ich Ihnen gesagt habe, Sie nicht überzeugt hat, dann...« Er zuckte mit den Schultern. »Dann kann ich Ihnen nicht helfen.«

»Vielleicht doch. Wissen Sie, mir ist eingefallen, daß ein Mann ohne jeden Zweifel die genaue Wahrheit kennt.«

»Tully.« Treffry nickte. »Ihr Freund Nicky Lanyon schien die gleiche Idee zu haben, soweit ich das seinem Gerede entnehmen konnte. Das soll keine Mißachtung des jungen Mannes sein, aber er war ziemlich verwirrt, als er hierherkam. Ich habe allerdings begriffen, daß er auf der Suche nach Tully war, und dachte, ich könnte ihn in die richtige Richtung weisen. Ich fürchte, da mußte ich ihn enttäuschen.«

»Warum? Ist Tully tot?«

»Könnte sein. Er kam mir nie wie jemand vor, der sehr alt wird. Aber ich weiß es nicht – und habe auch keine Möglichkeit, es herauszufinden.«

»Aber die Bewährungsstelle behält doch sicher die bedingt entlassenen Häftlinge im Auge.«

»Ja. Doch das ist seltsam. Vermutlich besser, daß die Presse nie Wind davon bekommen hat. Ein paar Monate nach seiner Entlassung ist Tully verschwunden. Man teilte mir das mit für den Fall, daß er bei mir auftauchte, um alte Rechnungen zu begleichen. Aber ich habe nie etwas von ihm gesehen oder gehört, und auch sonst hat ihn keiner gesehen. Nachdem der junge Lanyon hier war, habe ich mich mit ein paar Leuten von früher in Verbindung gesetzt, und ich kann Ihnen sagen, daß sich nichts geändert hat. Tully ist seit zwölf Jahren wie vom Erdboden verschwunden, und niemand hat von ihm gehört. Wahrscheinlich ist er im Ausland. Südafrika. Argentinien. Etwas in der Art. Dort würde er hinpassen, stelle ich mir vor.«

»Sie meinen, er ist auf der Flucht?«

»Theoretisch ja. Aber da er schon entlassen worden war, wird zwar seine Akte noch geführt, aber es ist keiner hinter ihm her. Übersee ist bloß meine Theorie. Er könnte buchstäblich überall sein. Oder nirgends, natürlich.«

»Und das haben Sie Nicky gesagt?«

»Ganz recht. Das schien ihm vollends den Wind aus den Segeln zu nehmen. In Anbetracht dessen, was passiert ist, tut mir das leid, aber...« Sein müdes Kopfschütteln und der Blick aus zusammengekniffenen Augen aufs Meer schien von all der menschlichen Unzulänglichkeit zu sprechen, die er in seinem Berufsleben kennengelernt hatte. Der Bullterrier setzte sich hin und legte die Schnauze auf Treffrys Stiefel. »Ob Tully tot ist oder nicht, das macht eigentlich keinen Unterschied mehr.«

»Was ist mit seiner Familie? Er könnte Kontakt zu ihr haben.«

»Das bezweifle ich. Seine Eltern waren schon tot, als der Mord passierte, und er und sein Bruder standen sich nicht besonders nahe. Er war der einzige Verwandte, den ich auftreiben konnte, als ich nach Yorkshire fuhr, um Tullys familiären Hintergrund zu beleuchten. Er hatte die Firma der Familie übernommen. Eine Leinenmühle, soweit ich mich erinnere. Vermutlich schon seit Jahren stillgelegt. Und ich glaube, der Bruder sieht inzwischen die Radieschen von unten. Er war etliche Jahre älter als der andere Tully.«

»Wo war diese Mühle?«

»In Hebden Bridge. Auf halbem Weg zwischen Leeds und Manchester. Ich kann mich nicht an viel erinnern. Ein trüber Tag in einer Mühlenstadt in Yorkshire hinterläßt nicht viele Spuren im Gedächtnis. Und Tullys Bruder war so wortkarg, wie man sich nur vorstellen kann. Die ganze Angelegenheit war ihm peinlich. Er wollte nichts davon wissen, und das konnte ich ihm nicht einmal verübeln.«

»Wohin ist Tully dann gegangen, als er aus dem Gefängnis entlassen wurde?«

»Nicht nach Yorkshire. Sein Bewährungshelfer, der, der sich mit mir in Verbindung setzte, als er verschwunden war, saß in London. Er sagte, er hätte Tully irgendwo in einer kleinen Wohnung untergebracht. Beschrieb ihn als Einzelgänger. Na ja, das sind viele ehemalige Häftlinge. Vor allem lebenslängliche. Das ist kein Geheimnis. Und auch daß er getürmt ist, ist nichts Besonderes. Er war von Natur aus ein Vagabund. Also hat er sich davongemacht. Das war zu erwarten.«

»Bei Ihnen klingt das so einfach. So vorhersehbar.«

»Mord ist oft einfach. Daß die Leute denken, er sei kompliziert, ist die Schuld dieser Krimiautoren.«

»Aber es hat solche Dinge wie falsche Urteile gegeben.«

»Nicht in meinem Bereich.«

»Ich wünschte, ich könnte Ihre Zuversicht teilen.«

Treffry gönnte mir ein wohlwollendes Lächeln. »Ich fürchte, daß Emotionen Ihre Urteilskraft trüben, Mr. Napier. Ich nehme an, das spricht für Sie. Doch Sie werden damit nichts erreichen.«

»Aber auch nicht, indem ich die Augen vor der vagen Möglichkeit verschließe, daß Michael Lanyon Unrecht geschehen ist.«

»Vage ist richtig ausgedrückt. Vergessen Sie das nicht. Ein Mann ist so lange unschuldig, bis das Gegenteil bewiesen ist. Aber wenn erst das Urteil gesprochen ist, ist es umgekehrt. Michael Lanyon ist schuldig, bis Sie seine Unschuld beweisen. Und das werden Sie nie.« Sanft stupste Treffry den Bullterrier an, erhob sich von der Bank und bewegte die Beine. »Zeit, nach Hause zu gehen. Buster will seinen Tee. Komm, mein Junge.«

Schwerfällig setzte er sich in Gang, und der Hund trottete hinterdrein. Doch am Fuß der Treppe hielt er an, um mit einer seltsam höflichen Abschiedsgeste seinen Hut zu berühren. Dann ging er hinauf nach Tangier Terrace und zum Ruhesitz seines reinen beruflichen Gewissens.

Die Verhandlung gegen Michael Lanyon und Edmund Tully begann am Montag, dem 1. September 1947, vor den Richtern von Truro. Sie nahm den größten Teil der Woche und täglich ein beträchtliches Stück der Titelseite der *Western Morning News* in Anspruch. Da sie im Hause Napier buchstäblich tabu war, zumindest in meiner Gegenwart, bot die Zeitung, über Pams Schulter gelesen, nachdem sie sie heimlich aus der Mülltonne geholt hatte, im Grunde die einzige Information über die Vorgänge. Ein entfernter Blick auf die Menge, die sich jeden Morgen und Nachmittag vor dem Hof des Gerichts am Back Quay versammelte, um die Angeklagten kommen und gehen zu sehen, reichte allerdings aus, um mich von näherem Hinschauen abzuschrecken. Es war bestürzend, wie die Leute sich benahmen. Sie hatten etwas Häßliches, Rachsüchtiges in den Augen, etwas, das sie so leicht zum Mob werden ließ.

Die Beweise, wie sie in der Zeitung dargelegt wurden, klangen belastend genug, obwohl ich nicht verstehen konnte, wieso es so lange dauerte, sie vorzutragen. Pam zufolge lag das daran, daß ich keine Ahnung hatte, wie ein Gericht arbeitete. Damals führte mich das zu der irrigen Annahme, sie wisse besser Bescheid, aber in dieser Vorfernsehzeit ohne allwöchentlichen Termin mit Perry Mason, lag uns die Welt der Jurisprudenz so fern wie das alte Rom. Wir konnten lesen, was der Bezirkspathologe zu sagen hatte. Wir konnten die von den Zeugen dargestellten Versionen der Ereignisse studieren. Wir konnten uns durch Inspector Treffrys gewissenhafte Schilderung arbeiten, wie und warum seine Ermittlungen ihn zuerst zu Edmund Tully und dann zu Michael Lanyon geführt hatten. Wir konnten jedes Detail analysieren. Aber wie diese Details vom Gericht aufgenommen wurden, welchen Eindruck sie hervorriefen und ob sie Raum für irgendwelche Zweifel ließen, blieb uns verborgen.

Ich dachte oft an Nicky, der in seinem Zimmer in Tredower House die gleichen Zeitungsartikel las, vielleicht heimlich, beim Licht einer Taschenlampe unter der Bettdecke, während seine Mutter und Großmutter sich unten bis spät in die Nacht angstvoll unterhielten. Ich wußte, daß die Dinge für ihn nicht klarer waren als für mich. Und auch nicht einfacher. Die Tatsache, daß in diesem Stadium des Verfahrens keine Gegenbeweise vorgetragen wurden, würde seine geistige Auseinandersetzung mit dem Material der Anklage noch nutzloser machen.

Keiner der Angeklagten sagte als Zeuge aus. Beide warteten mit ihrer Verteidigung. Dem Gerichtsreporter der *Western Morning News* zufolge benötigten die Richter weniger als fünfzehn Minuten Beratungszeit, bevor sie den Fall an das Schwurgericht verwiesen. Das erschien wie eine Folter durch Verzögerung. Drei Tage hatte man der Entscheidung gewidmet, ob es zu einem solchen Prozeß kommen sollte, obwohl jeder Einwohner von Truro schon Wochen vorher wußte, daß er stattfinden würde. Viele von ihnen glaubten, auch den Ausgang zu kennen, und allmählich kam ich ebenfalls zu dieser Annahme.

»Sieht schlecht aus für den jungen Lanyon, nicht?« hörte ich eines Morgens Mrs. Boundy im Laden, wo ich aushalf, da Pams Schule ein Woche früher begonnen hatte als meine, zu meiner Mutter sagen. »Erschreckend, was Leute für Geld alles tun, finden Sie nicht?«

»Es ist einfach furchtbar«, sagte Mum, was zutraf, aber ich hörte ihrer Stimme an, daß sie gern weitere, weniger vorsichtige Bemerkungen gemacht hätte.

»Ich habe seine Mutter gestern aus dem Gericht kommen sehen, sie wirkte sehr mitgenommen und ist in den letzten Wochen schrecklich gealtert.«

»Es muß eine schlimme Belastung für sie sein.«

»Die sicher noch schlimmer wird. Mein Reg meint, er wird auf jeden Fall hängen.«

»Wir sollten keine voreiligen Schlüsse ziehen, Mrs. Boundy.«

»Nein?« Mrs. Boundy ruckte mit dem Kopf wie eine Taube, die Körner erblickt, als sie Mum über die Theke hinweg vielsagend ansah. »Na ja, ich sehe ein, für Sie ist das natürlich unangenehm, Mrs. Napier, sich zu überlegen, wo das Geld des alten Mr. Carnoweth landet, wenn das alles vorbei ist. Wie mein Reg sagt, was für den einen ein Albatros, ist für den anderen eine goldene Gans.«

Ich erreichte Tredower House spät an diesem Nachmittag, den Kopf voll mit längst vergangenen Ereignissen, die in George Treffry nach mehr als dreißig Jahren noch die ungebrochene Gewißheit hinterlassen hatten, daß Michael Lanyon Recht geschehen war. Diese Sicherheit hatte ich nie empfunden, so oft ich das anderen und mir selbst auch vorgemacht hatte. Aber ich konnte noch immer nicht sagen, warum. Und der einzige Mann, der alle Zweifel hätte beseitigen und sämtliche Fragen beantworten können, war verschwunden. Allmählich verlor ich den Mut. Ich war nahe daran aufzugeben.

Aber eine Sackgasse ist nicht immer das, was sie zu sein scheint. Manchmal tut sich ein versteckter Ausgang auf, bevor man gegen die Wand rennt. Was ich vergessen hatte, war, was ich gerade erst zu verstehen begann. Es ging nicht nur um die Vergangenheit.

Die Sekretärin am Empfang teilte mir mit, daß Pam mich in der Wohnung erwarte – dem umgebauten Stallgebäude, das sie und Trevor in ein komfortables Heim verwandelt hatten. Das hörte sich merkwürdig dringend an, und ich ging sofort zu ihr.

Ohne daß sie auch nur ein Wort sagte, erkannte ich, daß irgend etwas nicht stimmte. Sie sah müde aus und umarmte mich fester und länger als sonst. Es war nie unsere Art gewesen, Geschwisterliebe zu demonstrieren, und die Art, wie sie sich an mich klammerte, war noch alarmierender als die dunklen Ringe unter ihren Augen.

»Ich wußte nicht, ob ich mich freuen oder mir Sorgen machen sollte, als ich hörte, daß du kommst, Chris. Ich war nicht sicher, ob ich weiter würde schweigen können. Aber im Augenblick bin ich dankbar für eine Schulter, an die ich mich lehnen kann.«

»Was ist passiert? Wo ist Trevor?«

»Weg.«

»*Weg?* Was soll das heißen?«

»Das soll heißen, daß ich ihn rausgeworfen habe.«

»Großer Gott. Ich hatte keine Ahnung. Tabs hat mich gestern abend angerufen. Sie schien sich um euch beide Sorgen zu machen. Aber... ich dachte, es wäre alles in Ordnung. Was zum Teufel ist hier los? Was hat er getan?«

»Was hat er nicht getan – in all diesen Jahren? Das habe ich mich gefragt. Ich habe mich gefragt, was ich alles nicht gewußt habe und wie lange.«

»Das mußt du mir erklären.«

»In Ordnung. Ich kann dir genausogut die ganzen schäbigen Einzelheiten erzählen. Am Samstag morgen habe ich einen anonymen Brief erhalten. Na ja, jedenfalls einen Briefumschlag. Er enthielt nicht eigentlich einen Brief, bloß ein Foto. Auf dem mein Mann Sex mit einer Prostituierten hat.«

»Du machst Witze.«

»Nein. Ich wünschte, es wäre so. Beim Frühstück habe ich die Post geöffnet, Trevor saß mir gegenüber, und da sah ich ihn auf einmal auf einem Foto in irgendeinem Hotelzimmer mit dieser... dieser...«

»Ich kann das kaum glauben.«

»Das konnte ich auch nicht. Aber ich hatte den Beweis vor Augen. Eine einmalige Sache, meinte Trevor. Ein einziger und nie wiederholter Fehltritt an dem Wochenende, an dem er zu diesem Catering-Kongreß nach London gefahren war. Das Foto war für ihn wohl eine genauso scheußliche Überraschung wie für mich. Offensichtlich hatte er gedacht, ich würde nie etwas davon erfahren. Was außerdem beweist, daß so etwas nicht zum erstenmal passiert ist.«

»Aber ... wer hat das Foto aufgenommen? Wer hat es dir geschickt?«

»Das solltest du besser Trevor fragen. Vielleicht weiß er, wer das arrangiert hat. Mir ist es egal. Irgend jemand, der es gut meint, nehme ich an. Nennt man das nicht so? Jemand, der meinte, mir sollten die Augen geöffnet werden. Nun ja, jetzt sind sie offen. Und wie.«

»Ich kann es immer noch nicht glauben. Ich meine, ihr seid jetzt schon so lange verheiratet ...«

»Vierundzwanzig Jahre.«

»Und du sagst, daß es ... vorbei ist?«

»Nach dieser Sache werde ich ganz bestimmt nicht mehr das Bett – oder das Haus – mit Trevor teilen.«

»Wissen Mum und Dad Bescheid?«

»Noch nicht. Du bist der erste, Chris.«

»Das wird ihnen schwer zusetzen.«

»Denkst du vielleicht, ich sollte ihretwegen versuchen, etwas zu reparieren?«

»Das wollte ich damit nicht sagen. Natürlich nicht.« Tatsächlich war ein Teil von mir insgeheim erfreut darüber, daß Trevors Image als idealer Schwiegersohn unwiederbringlich dahin war. Aber schon begann mir etwas Sorgen zu machen, das mit den Umständen seiner Vernichtung zu tun hatte. Und diese Sorgen drängten das in den Hintergrund, was eigentlich mein einziges Anliegen hätte sein sollen: der Gemütszustand meiner Schwester. »Das ist ein echter Schock, Pam. Solltest du dir nicht ... etwas Zeit lassen, bevor du entscheidest, wie du damit am besten umgehst?«

»Es gibt nur eine einzige Art, damit umzugehen.«

»Das sieht jetzt sicher so aus, aber ...«

»Du verstehst nicht, oder?« Sie sah mich an. »Du hast keine

Ahnung, wie das war. Von dem Foto wurde mir körperlich übel. Nicht von dem, was Trevor darauf tut, sondern weil er es mit einer Fremden tut. Und es gefiel ihm. Er amüsierte sich prächtig.«

»Pam, laß uns doch…«

»Sieh selbst.« Sie wirbelte herum, ging zur Kommode, riß eine Schublade auf und zog einen großen Umschlag heraus. »Ich will nicht, daß später irgend jemand sagt, ich hätte mir das nur eingebildet. Ich hätte überreagiert. Ich hätte alles falsch verstanden.« Sie kam zu mir zurück und hielt mir den Umschlag hin. »Sieh es dir an, Chris. Sieh dir genau an, was mein Mann an den Wochenenden macht, an denen er nicht hier ist. Und *dann* sag mir, daß ich mir Zeit zum Überlegen nehmen soll.«

Ich nahm den Umschlag, griff hinein und zog das Foto heraus. Es war ein großer, glänzender Schwarzweißabzug. Kein Wunder, daß Trevor darüber genauso entsetzt gewesen war wie Pam. Denn das war unbestreitbar er, nackt und grinsend, wie er mit seinem schwabbeligen Körper auf ein Bett stieg. Nur ein einziger Teil seines Körpers war alles andere als schwabbelig. Und der Grund war nicht zu übersehen. Eine attraktive junge Frau mit glatter Haut saß auf dem Bett und zog sich gerade den Slip über die Hüften, während sie Trevor einladend anlächelte.

Ich schnappte nach Luft. Nicht wegen der Eindeutigkeit der Szene, sondern wegen des Gesichts der Frau. Die Erregung darauf war nicht bloß künstliche Lust, um Trevor anzumachen. Es war die Faszination einer raffiniert inszenierten Täuschung. Da war ich mir sicher. Denn es handelte sich um das Gesicht von Pauline Lucas.

9. Kapitel

PAM WAR MIR dankbar, als ich ihr anbot, mit Mum und Dad über ihr Zerwürfnis mit Trevor zu sprechen. Sie würden sich überlegen müssen, wie sich das auf die Führung des Hotels auswirken könnte, ganz zu schweigen von dem Chaos, das es in der behaglichen Selbstzufriedenheit der Familie anrichtete. Ich rief sie am Abend an und schlug beiläufig vor, sie am folgenden Tag zu besuchen, worauf ich prompt zum Mittagessen eingeladen wurde. Ich hatte keine Möglichkeit, sie zu warnen, daß ihnen möglicherweise der Appetit vergangen sein würde, bis wir uns zum Essen an den Tisch setzten.

Ich blieb noch lange bei Pam sitzen und hörte der Schilderung ihrer Eheschwierigkeiten aus einem Vierteljahrhundert zu, die in heftigem Abscheu vor dem kulminierte, was jetzt ans Licht gekommen war. Ich hatte die Ehe der beiden nie für eine ideale Verbindung gehalten, aber sie hatte erstaunlich lange gehalten. Damit war es nun vorbei, zerstört in den wenigen Sekunden, die Pam gebraucht hatte, um einen Umschlag zu öffnen. Genau wie sie glaubte ich keinen Augenblick lang, daß dies Trevors erster sexueller Fehltritt war. Aber Pam kannte jetzt die Fakten. Schlimmer noch, sie hatte gesehen, was sie eigentlich bedeuteten.

Mich beunruhigte am meisten das, wofür Pam aus lauter Empörung über das Verhalten ihres Ehemanns blind war. Wer *war* Pauline Lucas? Und *warum* hatte sie das getan? Ihr Auftauchen in meinem wie in Trevors Leben erschien mir so unergründlich wie absichtlich. Sie hatte bewiesen, daß es in ihrer Macht stand, unseren Schutzwall zu durchbrechen. Aber zu welchem Zweck? Was wollte sie wirklich?

Darüber konnte ich mit Pam nicht sprechen. Sie war nicht in der Stimmung, um zu akzeptieren, daß Trevor möglicherweise hereingelegt worden war, und sie hätte mir vielleicht sogar unterstellt, mit ihm unter einer Decke zu stecken. Ich mußte mit Trevor reden, und zwar so, daß Pam mich nicht verdächtigte, auf seiner Seite zu stehen – was ich ganz bestimmt nicht tat. Ich war genauso abgestoßen von ihm wie Pam. Aber dieselbe Frau hatte es auf uns beide abgesehen, und zwar aus Gründen, die mir unbekannt waren. Für den Augenblick war das wichtiger als die brüderliche Selbstgefälligkeit, in der ich mich sonst so gern gesonnt hätte.

Ich sagte Pam, ich sei gekommen, um mir in Falmouth einen alten Lancia anzusehen, über den ein Kunde mein fachkundiges Urteil wollte, also stellte sie keine Fragen, als ich am nächsten Morgen zeitig aufbrach. Zufällig nahm ich tatsächlich die Straße nach Falmouth, aber nur, weil eine diskrete Unterredung mit dem Küchenpersonal ergeben hatte, daß Trevor sich zu seinem Golffreund Gordon Skewes geflüchtet hatte, der in Perranarworthal das Trumouth Motel führte.

Das Gebäude ähnelte einer amerikanischen Raststätte und war während des verrückten Baubooms Mitte der sechziger Jahre unmittelbar neben der A39 errichtet worden. Inzwischen war jemand so vernünftig gewesen, es abzureißen, aber auch damals schon leistete die Natur gute Arbeit, denn sie hatte dafür gesorgt, daß die Farbe abblätterte und die feuchten Dächer der einzelnen Chalets vor sich hin moderten.

Trevor war noch im Morgenrock und tappte griesgrämig in dem engen Häuschen umher, in dem ein halb geleerter Koffer und ein nicht ganz verzehrtes Motelfrühstück standen. Sein Gesichtsausdruck verriet, daß ich der letzte Mensch war, den er zu sehen wünschte oder erwartete.

»Verdammt, was willst du denn hier?«

»Ich habe das Foto gesehen, Trevor.«

»Sie hat es dir gezeigt? Dieses Miststück.«

»Wenn ich du wäre, würde ich meinen Ton mäßigen. Wir sprechen über deine zu Recht empörte Ehefrau.«

»Und deine Schwester mit der blütenweißen Weste. Weswegen bist du gekommen, Chris? Aus Schadenfreude? Um Salz in die Wunde zu streuen? Um mir zu sagen, daß dies nur bestätigt, was du schon immer über mich gedacht hast – daß ich ihrer nicht würdig bin?«

»Eigentlich nicht.«

»Weswegen dann? Als ihr Botenjunge? Ist dies die Eröffnung der Verhandlungen?«

»Ich glaube nicht, daß es noch viel zu verhandeln gibt, Trevor. Und außerdem hat das nichts mit mir zu tun.«

»Ich bin froh, daß du das erkennst.«

»Aber wir müssen *trotzdem* reden. Über Pauline Lucas.«

»Über wen?«

»Die Frau auf dem Foto.«

»Was?« Er sah mich stirnrunzelnd und verblüfft an. Hin und wieder zuckte er zusammen, was vermutlich auf starke Kopfschmerzen hinwies.

»Ich kenne sie.«

»Du?«

»Nicht auf die gleiche Weise wie du, natürlich, aber ich *bin* ihr begegnet.«

Er starrte mich an. »Ich verstehe nicht.«

»Dann sag mir einfach, was du weißt. Wie hast du sie kennengelernt?«

»Du kennst sie wirklich?« Er faßte mich am Arm, und eine verrückte Hoffnung ließ seine blutunterlaufenen Augen feucht werden. »Du weißt, wer sie ist?«

»Nicht genau. Und du?«

»Natürlich nicht. Wenn ich es wüßte, würde ich sie aufspüren und...« Er brach ab. »Was hast du gesagt, wie sie heißt?«

»Pauline Lucas. Sie hat mich am Samstag in Pangbourne besucht. Und behauptet, sie wäre Mivs Anwältin.«

»Anwältin? Das ist gut.«

»Es ist dieselbe Frau, Trevor. Daran besteht kein Zweifel.«

»Das kann nicht sein. Es sei denn...« Er ließ sich auf das ungemachte Bett fallen und kaute einen Moment mürrisch auf dem Knöchel seines Daumens herum. »Ich dachte, sie hätte nur mich in den Klauen. Was zum Teufel geht da vor?«

»Ich hatte gehofft, das könntest du mir sagen.«

»Also, das kann ich nicht. Seit dieses Bild mit der Post gekommen ist, habe ich sechserlei Höllen durchlebt.«

»Pam auch.«

»Glaubst du, ich hätte gewollt, daß das passiert?«

»Nein. Aber du hast es möglich gemacht, nicht?«

»Sie hat mich reingelegt. Verstehst du nicht? Sie hat die ganze Sache arrangiert.«

»Sag mir, wie.«

»Na gut.« Er nahm eine Kaffeetasse vom Nachttisch und trank sie mit einer Grimasse leer. »Ich weiß zwar nicht, wohin uns das führen soll...« Er zuckte mit den Achseln. »Vor ein paar Wochen verbrachte sie eine Nacht im Hotel. Trug sich als Marilyn Buckley ein. Sagte, sie sei geschäftlich aus London gekommen. Und sah weiß Gott auch so aus. Intelligent, sexy und sehr, sehr cool.«

»Pam schien zu denken, sie sei eine Prostituierte.«

»Vielleicht ist sie das – eine Edelnutte, aber ich habe ihre Rechnung nicht bezahlt. Ich habe Pam gesagt, daß sie in Tredower House war, aber ich glaube nicht, daß sie zugehört hat. Was passierte, war, daß sie mich in der Bar ansprach. Oh, sehr subtil, sehr raffiniert. Aber ich verstand die Botschaft. Sie sagte, ich solle mich bei ihr melden, wenn ich das nächste Mal in London sei. Sie gab mir ihre Telefonnummer, und ich sagte, ich würde sie mir merken. Oder etwas in der Art. Aber ich würde sie nicht vergessen, da war ich mir ziemlich sicher. So eine wie sie vergißt man nicht so leicht.«

»Und die Hotelfachmesse im Olympia stand bevor.«

»Ja. Ich hatte das ihr gegenüber erwähnt. Also, als ich dort war, habe ich sie angerufen.« Er seufzte. »Am Freitag abend trafen wir uns im Ritz zu einem Drink. Dann gingen wir zum Dinner in ein Restaurant in Soho und hinterher in irgendeinen Nachtklub, den sie kannte. Feiner Laden in Piccadilly. Von da aus gingen wir dann zu ihr.«

»Wo war das?«

»Danby Street, Marylebone. Eine Wohnung im dritten Stock, teuer eingerichtet. Na ja, inzwischen war mir ziemlich klar, wie der Abend enden würde.«

»Vermutlich konntest du dein Glück nicht fassen.«

Er sah mich an. »Tu nicht so scheinheilig. Die meisten Männer mit Blut in den Adern hätten das gleiche getan.«

»Weißt du, wie das Foto aufgenommen wurde?«

»Ich nehme an, durch einen durchsichtigen Spiegel. An der Wand im Schlafzimmer hing ein großer Spiegel mit Goldrahmen.«

»Wahrscheinlich hätte man ein noch kompromittierenderes Foto schicken können. Vermutlich solltest du dankbar sein.« Ich konnte der Versuchung nicht widerstehen, ihn ein bißchen zu ärgern, und fügte hinzu: »Hast du irgendwelche abenteuerlichen Stellungen ausprobiert?«

»Dazu hatte ich keine Gelegenheit.«

»Wie meinst du das?«

»Ich meine damit, daß nichts passiert ist.«

»Komm schon, Trevor. Das glaubt dir doch keiner.«

»Nein. Deshalb habe ich gar nicht erst versucht, es Pam zu erklären. Außerdem hatte sie mich schon verurteilt. Wie Marilyn Buckley oder Pauline Lucas oder wie zum Teufel sie auch heißen mag, offensichtlich beabsichtigt hatte. Sie brauchte sich selbst gar nicht aufs Kreuz legen zu lassen, um mich nach allen Regeln der Kunst aufs Kreuz zu legen.«

»Willst du damit sagen, daß du… keinen Sex mit ihr hattest?«

»Sie hat mich nicht gelassen.« Er tat mir fast leid, als er sich mit der Hand übers Gesicht strich und sich an die Details seiner Demütigung erinnerte. »Plötzlich wurde sie kalt, ein paar Sekunden, nachdem dieses Foto aufgenommen wurde. Kalt wie *Eis*. Sprang vom Bett, zog sich wieder an und sagte, ich solle besser gehen. Ich konnte es nicht fassen. Erst hatte sie darum gebettelt, und im nächsten Augenblick warf sie mich raus. Es ergab überhaupt keinen Sinn.«

»Aber jetzt ergibt es einen.«

»Ja. Sie hatte bekommen, was sie wollte.«

»Was hast du getan?«

»Was glaubst du wohl?« Ich hätte Trevor für die Art Mann gehalten, für die ein Nein nicht akzeptabel war. Und etwas in seinem Ton ließ darauf schließen, daß sein Abgang nicht so sang- und klanglos verlaufen war, wie er behauptete. »Ich bin gegangen. Ich habe mich angezogen und bin gegangen wie ein artiger kleiner Junge. Ich habe ihr natürlich gesagt, was ich von ihr hielt, in ziemlich deutlichen Worten, aber ich hatte schon kapiert, daß sie nicht ganz normal ist, wenn du die Wahrheit wissen willst. Ich meine, wer einen Mann so vor den Kopf stößt, fordert Schwierigkeiten doch geradezu heraus. Beim falschen Typ kann man nicht wissen, was passiert.«

»Du meinst, sie machte solche Sachen gewohnheitsmäßig?«

»Das dachte ich – damals. Aber als das Foto kam, nun ja, da änderte sich alles. Gestern bin ich nach London gefahren, um sie zu sehen und eine Erklärung zu verlangen, aber in ihrer Wohnung war niemand. Ein Nachbar sagte mir, sie sei vor einer Woche ausgezogen.«

»Kurz nach deinem Besuch.«

»Genau. Mission erfüllt. Ich hing den ganzen Tag da herum, für alle Fälle, aber von ihr war nichts zu sehen. Ich schätze, der Nachbar hatte recht. Was bedeutet, daß die ganze Sache eigens für *mich* eingefädelt worden war. Für mich persönlich.«

»Du bist nicht der einzige, Trevor. Mich scheint sie auch im Fadenkreuz zu haben.«

»Mir fällt niemand ein, der sich solche Mühe geben würde, mir zu schaden. Die ganze Geschichte ist... verrückt.«

»Es muß eine Verbindung geben«, murmelte ich, ebenso zu mir wie zu Trevor.

»Verbindung zu was?«

»Zu Nicky.«

»Nicky *Lanyon*?« Trevor verdrehte die Augen. »Schlag dir das aus dem Kopf, Chris. Das ist... das ist...«

»Verrückt?«

»*Zu* verrückt, bei weitem zu verrückt. Was glaubst du, wer diese Frau ist? Nickys verlorene Liebe, die auf irgendeine absurde Rache aus ist?«

»Er hatte nie eine.«

»Das kann ich mir vorstellen.« Plötzlich setzte Trevor sich auf und schnippte mit den Fingern. »Aber er hatte doch eine Schwester, nicht? Es stand in der Zeitung. Und sie wäre ungefähr im richtigen Alter.«

»Ich habe ein Foto von der Schwester gesehen.«

»Ja?«

»Nicht der Hauch einer Ähnlichkeit.«

»Bist du sicher? Die Leute verändern sich.«

»So sehr nicht.« Mir gefiel die Richtung nicht, die Trevors Gedanken einschlugen, da ich ihm nicht sagen konnte, wieso ich mir meiner Sache absolut sicher war. »Sie ist nicht Michaela Lanyon.«

»Hast du eine bessere Idee?«

»Im Augenblick nicht. Aber...«

»Dann bleibe ich vielleicht dabei. Wenn man Pam davon überzeugen könnte, daß ich reingelegt worden bin...«

»Sie wird dir nicht glauben.«

»Nein, aber dir wird sie glauben.«

»Ich werde es ihr nicht sagen.«

»Was?«

»Wenn du mit deiner unausgegorenen Idee von Michaela

Lanyon zu ihr gehst, werde ich leugnen, daß wir dieses Gespräch geführt haben.«

Daraufhin sackte er sichtlich in sich zusammen. »Warum?«

»Weil ich die Absicht habe herauszufinden, wer diese Frau ist und was sie will, und ich glaube, die besten Chancen habe ich, wenn ich das leise und diskret mache.«

»Wie willst du das anstellen?«

»Ich habe ein paar Hinweise, denen ich nachgehen kann.« Die Lüge klang überzeugend, selbst in meinen Ohren. »Erstens haben wir jetzt ein Foto von ihr, oder?«

»Du meinst, Pam hat eins.«

»Ich weiß, wo sie es aufbewahrt. Wenn du mir deine Schlüssel für die Wohnung gibst, kann ich es mir holen, während sie im Hotel zu tun hat.«

»Warum sollte ich das nicht *selbst* machen?«

»Weil man dich dabei erwischen könnte. Du bist *Persona non grata* in Tredower House, ich dagegen ein willkommener Gast.«

»Also gut.« Er war zu müde, um sich über die unausgesprochene Unterstellung zu ärgern, er sei nicht in der Lage, ungesehen zu kommen und zu gehen – was er vermutlich wirklich nicht war. »Und was habe ich davon, wenn ich dir die Schlüssel gebe?«

»Den Trost zu wissen, daß das Foto nicht Pams Anwalt in die Hände fällt.«

»Bloß, damit du es überall herumzeigst.«

»Ich werde es auseinanderschneiden, um dich nicht in Verlegenheit zu bringen, Trevor. Ich werde dir sogar das Negativ geben, wenn ich Miss Lucas-Buckley finden und überreden kann, sich davon zu trennen.«

»Eine sehr geringe Chance.«

»Eine andere hast du nicht, denke ich.« Er sah mißmutig zu mir auf. »Was wirst du machen, wenn Pam dich nicht zurückhaben will?«

»An Angeboten fehlt es mir nicht.«

Ich schaute mich um. »Ja, das sieht man.«

»Das hier ist bloß vorübergehend.«

»Hoffentlich.«

»Ich habe gestern in London Tabs gesehen«, sagte er mit trotziger Stimme. »Nachdem ich die Danby Street verlassen hatte, bin ich zu dem Nachtklub in Piccadilly gegangen, in den dieses Miststück mich geführt hatte. Für den Fall, daß sie dort jemand kennt. Aber wenn jemand sie kannte, hat er es nicht verraten. Jedenfalls, auf halber Höhe der Regent Street sah ich auf einmal Tabs aus einem Geschäft kommen. Ich mußte in eine Seitenstraße ausweichen, um ihr nicht zu begegnen. Mein Gott, ich mußte mich *verstecken*. Vor meiner eigenen Tochter.«

»Am Ende wird sie es doch erfahren.«

»Ich will nicht, daß sie dieses Foto sieht.« Er schloß die Augen, eindeutig entsetzt bei dem Gedanken, und ich versagte mir die Bemerkung, daß Pam das vermutlich auch nicht wollen würde. Die Folgen, die es haben könnte, das Bild zu entwenden, waren mir noch nicht ganz klar. Ich wußte nur, daß dies leichter zu bewerkstelligen war, als Pam zu erklären, warum ich es ausleihen mußte. »Du nimmst besser die Schlüssel, verdammt noch mal.«

»So ist's recht.«

»Pam wird mir die Schuld geben, nicht?«

»Natürlich. Aber sie wird es nicht beweisen können.«

»Das macht es nur noch schlimmer.«

»Was soll ich sagen, Trevor? Ich biete dir nicht an, eure Ehe zu retten, nur, die Person zu finden, die für den Bruch verantwortlich ist. Außer dir, natürlich.«

»Herzlichen Dank.«

»Ich brauche die Schlüssel.«

Schmollend sagte er: »Dir macht das Spaß, nicht wahr?«

»Ich glaube mich zu erinnern, daß du meine Trennung von Miv ziemlich genossen hast.«

»Das war anders.«

»Da hast du recht. Du hast mir keinerlei Gefallen getan.«

»Das soll ein Gefallen sein?«

»Möglicherweise.« Ich lächelte. »Wir müssen einfach abwarten, was dabei herauskommt, oder?«

An dem Sonntag, nachdem entschieden worden war, daß Michael Lanyon und Edmund Tully der Prozeß gemacht werden sollte, zwängten wir uns alle sechs – Großmutter, Großvater, Mum, Dad, Pam und ich – in den Talbot und fuhren hinauf nach Perranporth. Dieser verschwenderische Gebrauch des sorgfältig zusammengesparten Benzins wurde damit gerechtfertigt, daß wir eine Verschnaufpause brauchten: ein wenig normales Strandleben und frische Luft. Truro hatte sich im Lauf des letzten Monats wie ein Gefängnis um uns geschlossen, als die Folgen von Onkel Joshuas Ermordung sich langsam in unserem Leben bemerkbar machten. Für die Lanyons gab es natürlich keine Verschnaufpause. Für sie reichten Angst und Unsicherheit bis in die Zukunft. Aber wir erwähnten sie nicht, als wir uns an diesem Nachmittag amüsierten. Ich versuchte, einmal nicht an sie zu denken. Sie gehörten zu dem, wovor wir flohen.

Und sie gehörten auch zu dem, wozu wir früh an diesem Abend zurückkehrten. Eine sanfte, feiertägliche Dämmerung senkte sich über Truro, als wir Chapel Hill hinaufkamen und in die Crescent Road einbogen. Es war kaum jemand unterwegs, und wir im Auto waren stumm und müde von Wind und Sonne und deprimiert vom nahen Ende des Tages und unseres Ausflugs.

Dad steuerte in unsere Einfahrt, und ich kletterte rasch von der vorderen Sitzbank, die ich mit Pam geteilt hatte; das Öffnen der Garagentüren war eine meiner Pflichten. Mum, Großmutter und Großvater stiegen gemächlicher von den Rücksitzen, während ich die Einfahrt hinaufging.

Auf halbem Weg zur Garage blieb ich stehen. Cordelia Lanyon, hager und krank aussehend und in einem langen grauen Mantel, obwohl der Abend warm war, stand zwischen den Säulen des Vordachs vor der Haustür. Sie bewegte sich nicht und sagte auch nichts, sondern starrte mich mit einem seltsamen Ausdruck an, den ich damals nicht deuten konnte, heute aber als unendlich traurig in Erinnerung habe.

Ich hörte die Autotüren zuschlagen und den Motor verstummen und dann leise Schritte in der Einfahrt. Ich merkte, daß Großmutter hinter mich trat und schneller atmete als normal. Bei ihrem Erscheinen verließ Cordelia die Veranda und kam ein paar Schritte auf uns zu.

»Was führt dich hierher, Cordelia?« fragte Großmutter.

»Ich dachte, du würdest es vielleicht gern erfahren, Adelaide.« Es war seltsam, Großmutters Vornamen zu hören – keiner sonst, nicht einmal Großvater, schien ihn zu benutzen. »Wir verlassen Tredower House morgen.«

»Wohin geht ihr, meine Liebe?«

»Exeter. Wir haben dort eine Unterkunft gefunden. Das macht es leichter, Michael zu besuchen.«

»Aber was wird aus Nickys Ausbildung?«

»Wir werden ihn in Exeter zur Schule schicken. Ich habe ihn von der Truro School genommen, wenn es das ist, was du meinst.« Das war für mich ein größerer Schock als für alle anderen. Ich hatte angenommen, ich würde Nicky in ein paar Tagen zu Beginn des Schuljahrs sehen, und jetzt wußte ich nicht, ob ich froh oder traurig sein sollte. »Wie die Dinge liegen, wären wir nicht in der Lage, sein Schulgeld zu bezahlen, selbst wenn wir hierbleiben würden.«

»Es muß schwierig für euch sein.«

»Schwierig?« Cordelia kam auf uns zu und blieb vor uns stehen. Aus der Nähe war ihre Hagerkeit noch auffallender. Die Haut, die sich über ihre hohen Wangenknochen spannte, hatte etwas bläulich Durchsichtiges angenommen. Ihre Augen schienen größer, als ich sie in Erinnerung hatte. »Das kann man wohl sagen.«

»Wollt ihr das Haus schließen?«

»Nein. Die Ellacotts werden danach sehen.« Mr. und Mrs. Ellacott hatten schon vor dem Krieg als Gärtner und Reinmachefrau für Onkel Joshua gearbeitet. Sie waren ein schlichtes und zuverlässiges Ehepaar. »Kein Grund für dich, dir Sorgen zu machen, Adelaide.«

»Ich möchte nicht, daß etwas schiefgeht. Es wäre keine Mühe…«

»Halte dich raus.« Cordelias Gesicht rötete sich, als sie die barschen Worte aussprach. Ihre Augen verengten sich, und sie fügte hinzu: »Wenn du kannst.«

»Es war das Haus meines Bruders.«

»Aber nicht deins. Noch nicht.«

»Wie lange werdet ihr fort sein, was denkst du?«

»Bis der Prozeß vorüber ist.«

»Wir müssen beten…« Aus den Augenwinkeln sah ich, wie Großmutter sich nervös die Lippen leckte. Dann sagte sie: »Für einen guten und gerechten Ausgang.«

»Ja, das müssen wir«, sagte Cordelia langsam und starrte dabei Großmutter an. Dann nickte sie ganz leicht zum Abschied und ging rasch an uns vorbei die Einfahrt hinunter. Mum, Dad und Großvater traten beiseite, um sie durchzulassen, und wir alle sahen ihr schweigend nach, wie sie sich in Richtung Chapel Hill entfernte.

Erst als sie außer Sicht war, sagte Dad: »Ich frage mich, wie lange sie hier gewartet hat, nur, um uns das zu sagen. Sie hätte anrufen können. Oder einen Brief schreiben.«

»Das wäre nicht ihre Art gewesen«, sagte Großmutter. »Sie weiß, daß sie nicht zurückkommen wird.«

Ich schaute erstaunt zu Großmutter auf, als ich erkannte, wie zutreffend und auch ehrlich ihre Worte waren. Ich hatte diese Gewißheit bei Cordelia gespürt, aber nicht begriffen, was sie bedeutete. Die Lanyons verließen Truro und konnten nur zurückkehren, wenn Michael freigesprochen wurde.

Dann wäre ihre Ehre wiederhergestellt. Sonst aber…

»Sie werden nie mehr wiederkommen!« klagte ich.

»Nie ist eine lange Zeit, Christian«, sagte Großmutter. »Aber sie werden eine lange Zeit fort sein, da kannst du sicher sein. Eine sehr lange Zeit.«

Meine Eltern reagierten vorhersehbar unterschiedlich auf die Nachricht über Pam und Trevor. Mum wollte sofort nach Truro fahren und Pam trösten. Dad neigte eher zur Ungeduld mit beiden Beteiligten. Er war bereit zuzugeben, daß Trevor sich vielleicht dumm benommen hatte, aber es erschien ihm unvernünftig, daß Pam wegen eines kompromittierenden Fotos eine Ehe beenden wollte, die ein Jahr vor der Silberhochzeit stand.

Wie kompromittierend das Foto war, sagte ich nicht, aber daß jemand es auf Trevor abgesehen hatte, war klar. Dad betrachtete das als mildernden Umstand und wollte dies auch Pam wissen lassen, wenn sich die Aufregung erst gelegt hätte. Er glaubte anscheinend, das Zerwürfnis sei reparabel – eine Möglichkeit, an die auch Mum gern glauben wollte. Am Ende gab ich den Versuch auf, ihnen zu erklären, daß das, was geschehen war, unwiderruflich sei. Sie würden es schließlich selbst merken und mir vermutlich vorwerfen, ich hätte sie zu falschem Optimismus verleitet. Entweder das, oder Pam würde nachgeben und Trevor wieder aufnehmen, nur, um es kurz darauf wieder zu bereuen. Ich wehrte Dads Verlangen ab zu erfahren, wer Pams anonymer Informant gewesen sein könnte, und beruhigte Mum, was die Verfassung Pams betraf, wog dabei die Alternativen ab und erkannte, daß beide möglich waren.

Nur allzu bald gerieten wir in eine Debatte darüber, wie das Hotel in Trevors Abwesenheit weitergeführt werden sollte. Meine Auffassung, daß es ohne ihn sogar besser laufen könnte, wurde als nicht besonders hilfreich erachtet. Aber Dad hatte meine Meinung noch nie geschätzt, also sah ich keine Notwendigkeit, mir darüber Gedanken zu machen. Es war offensichtlich, in welche Richtung wir uns bewegten. Pam hatte diese

Bedrohung vorhergesehen und mich gebeten, sie abzuwehren. Aber das war leichter gesagt als getan.

»Ich werde einspringen müssen«, erklärte Dad schließlich. »Pam wird nicht ohne Hilfe zurechtkommen.« Und damit begab er sich in sein Arbeitszimmer, um seine Termine für den Rest der Woche zu streichen.

»Keine Sorge«, sagte Mum, sobald er aus dem Zimmer war. »Dazu wird es nicht kommen.«

»Hoffentlich – um Pams willen.«

»Aber solange er nicht hier ist, möchte ich mit dir über etwas anderes sprechen.«

»Über Pam?«

»Nein. Damit hat es überhaupt nichts zu tun.«

»Was dann?«

»Nun ja, eigentlich ist es ziemlich merkwürdig.« Ihre Stimme sank zu einem vertraulichen Flüstern herab. »Es geht jetzt schon seit ein paar Wochen so. Dein Vater sagt, ich soll ihn ignorieren, und er würde verschwinden. Aber da bin ich mir nicht so sicher, und außerdem will er ja nur mit irgend jemandem reden.«

»Wer denn?«

»Ich habe selbst ein paarmal Anrufe von ihm entgegengenommen, und er hört sich recht vernünftig an, obwohl dein Vater glaubt, er wäre vermutlich senil. Er will am Telefon keine Einzelheiten sagen. Im Grunde will er überhaupt nichts sagen. Nur, daß es da etwas gibt, das er uns mitteilen möchte – etwas Wichtiges. Dein Vater meint, daß das nicht stimmt und daß wir ihn nicht ermutigen sollten. Wahrscheinlich hat er recht, aber was kann es schon schaden, dem armen alten Mann entgegenzukommen, wenn er …«

»Wer? Von wem redest du überhaupt?«

»Oh, du wirst dich wahrscheinlich nicht an ihn erinnern. Seine Frau war viele Jahre eine gute Kundin von uns, obwohl sie jetzt tot ist, die arme Seele. Er wohnt in Playing Place. Sie zogen dort in einen Bungalow, als er in Pension ging. Früher wohnten sie natürlich in der Fairmantle Street, gleich um die Ecke bei uns. Aber Playing Place ist nicht weit von Truro entfernt. Da dein Vater sich weigert, ihn zu sehen, und nichts davon hören will, daß ich hingehe, habe ich daran gedacht, Pam zu fragen. Gut, daß ich es unter den gegebenen Umständen nicht getan habe. Aber jetzt bist du hier und hast vielleicht ein bißchen Zeit, und da dachte ich ...«

»So sag mir doch, wer er ist, Mum!«

»Hab' ich das nicht?« Sie sah mich stirnrunzelnd an, als sei das Versäumnis irgendwie meine Schuld. »Sam Vigus. Meinst du, du könntest vielleicht herausfinden, was er will?«

Sie waren fort. Ich hatte es gewußt, aber die Tatsache wurde mir erst wirklich bewußt, als ich über den leeren Rasen schlich und zu den kahlen Fenstern hinaufschaute. Tredower House war verlassen. Onkel Joshua war tot, und die Lanyons waren abgereist. Hier, mit dem vertrockneten Gras unter meinen Füßen und den ersten herbstlich gefärbten Blättern an den Bäumen ringsum, war ich mit etwas konfrontiert, das wie das Ende meiner Kindheit aussah.

Was es natürlich nicht war. Es bedeutete nur das Ende einer Phase meiner Kindheit. Aber auch einer Ära. Was die neue Zeit bringen sollte, in die wir jetzt alle eintraten, hätte ich niemals erahnen können. Überall, wohin ich schaute, gab es nur Unsicherheit. Michael Lanyons Prozeß; meine Freundschaft mit Nicky; meine Fortschritte in der höheren Schule; all das war nebulös und unvorhersehbar, außerhalb meiner Kontrolle, auch wenn es Teil meiner Zukunft war.

Mit elf ist man zu jung, um die Unsicherheit des Lebens zu begreifen. Es kann in jedem Alter verwirrend sein, aber am Anfang der Pubertät wird aus Verwirrung leicht Bedrückung. Ich ging hinunter zu der Roßkastanie in der Ecke des Gartens, setzte mich auf die Schaukel und schwang ziellos hin und her, lauschte dem Knarzen des Seils am Ast und fragte mich, wann oder ob

Mr. Ellacott die Schaukel entfernen würde. Ich sah zu den Knoten hinauf, wußte, daß Onkel Joshua sie geknüpft hatte, stellte mir vor, wie seine kräftigen und flinken Finger das Seil handhabten. Dann dachte ich an Don Prideaux und sein höhnisches Gerede über die Schlinge und sprang so plötzlich von der Schaukel, daß ich fast gestürzt wäre, als ihr Schwung mich nach vorn warf.

Aus meinen stolpernden Schritten wurde ein Rennen. Ich sprintete über den Rasen und wandte mich der Einfahrt zu. Plötzlich wollte ich nur noch fort von Tredower House, in dem nur noch Erinnerungen wohnten und dessen Stille mir in den Ohren dröhnte. Ich hatte genug von Tod und Zweifel. Morgen würde mein erster Tag in der Truro School sein. Ich hatte erwartet, mich davor zu fürchten, aber jetzt sehnte ich mich förmlich danach. Ich lief langsamer, als ich auf die Straße, die zur Boscawen Bridge führte, kam, und betete darum, die Zukunft möge schneller kommen und über mich hinweggehen wie eine Welle, die bricht, aber nicht zerbricht; und ich betete darum, hinter der Welle ruhiges Wasser zu finden.

Playing Place umfaßt das, was einmal die Straße nach Falmouth war, aber jetzt ist es eine stille Gegend ein paar Kilometer südlich von Truro. In den fünfziger und sechziger Jahren wurde dort eine Reihe von Bungalows gebaut. Wie meine Mutter gesagt hatte, waren Sam und Doreen Vigus nach Sams Pensionierung bei Killigrew's in einen dieser Bungalows gezogen. Aber Doreen war inzwischen tot, und Sam verlor vielleicht ein wenig den Sinn für die Realität, weil er so allein und fern von den alten Nachbarn in der Fairmantle Street lebte. Das war sicher eine der Erklärungen für seine Telefonanrufe bei meiner Mutter.

Aber ich glaubte daran so wenig, wie Mum davon überzeugt schien. Und obwohl der gebückte, schwer atmende alte Mann, der an die Tür kam, eine traurige Parodie des fröhlichen, kräftigen Möbelpackers war, den ich in Erinnerung hatte, sah es für mich nicht so aus, als sei sein Geist ebenso rapide verfallen wie sein Körper.

»Christian Napier. Der sind Sie doch, oder? Na, ich werd' verrückt! Kommen Sie doch herein.« Er ließ den Kopf hängen, und sein Kinn sah unrasiert aus, aber seine Augen waren hell und wach. Er trug Hosen, die weit wie bei einem Clown und von kurzen Hosenträgern fast bis unter die Achseln hochgezogen waren, über etwas, das wie eine Schlafanzugjacke aussah. Von seiner Unterlippe hing eine Zigarette, scheinbar von allein, und hinter jedem Atemzug lauerte ein hechelnder Husten. »Ihr Vater hat Sie geschickt, nicht?«

»Eigentlich meine Mutter.«

»Tja, sie hatte immer die besseren Manieren, das ist also keine Überraschung. Kommen Sie doch herein und setzen Sie sich, ja?«

Sam schlurfte durch einen kurzen Flur in den Wohnraum, wo es einen Sessel, einen Aschenbecher und eine Rennzeitung neben einem Paraffinofen gab, der die einzige Wärmequelle im Haus zu sein schien. Eine angegraute Garnitur ehemals weißer Unterwäsche hing zum Trocknen auf einem Gestell vor dem Ofen. Ansonsten verrieten ein vergilbter Stapel alter Zeitungen, etliche leere Apfelmostflaschen und verstreute Zigarettenasche, daß er seit Doreens Tod wenig Fertigkeiten als Hausmann entwickelt hatte. Ich mußte ein Durcheinander von Fußballwettscheinen und Cellophanhüllen von Zigarettenpackungen von dem zweiten Sessel räumen, bevor ich seiner Einladung folgen konnte, mich zu setzen. Tee wurde nicht angeboten, den Apfelmost lehnte ich ab.

»Vermutlich fragen Sie sich, was das alles soll.«

»Meine Mutter tut das jedenfalls.«

»Und Sie nicht, junger Mann?«

»Ich bin ziemlich neugierig.«

»Ach, wir wissen ja, wohin die Neugier führt.« Er hustete lange und rasselnd. »Haben Sie von Nicky Lanyon gehört?«

»Ja. Tatsächlich war ich derjenige, der ihn gefunden hat.«

»Ach, wirklich? Die Zeitungen haben das nicht erwähnt. Sie haben es für sich behalten, was?«

»Eigentlich nicht.«

»Ihre Familie war immer gut darin, Dinge für sich zu behalten. Oder bekanntzumachen. Je nachdem, was ihr mehr nützte.«

»Gibt es etwas, das Sie mir sagen wollen, Mr. Vigus?«

»Ja, das gibt es. Und etwas, das ich Sie fragen möchte. Obwohl ich annehme, daß ich in Ihrem Fall die Antwort kenne. Da Sie und Nicky Freunde waren und Sie ohnehin noch ein Kind, wissen Sie sicher nichts darüber. Ich will bloß in Erfahrung bringen, wer das ausgeheckt hat, verstehen Sie? Ob Sie es alle waren oder nur einer. Ich werde deswegen nichts unternehmen. Hat keinen Sinn. Außerdem komme ich dabei schlechter weg als alle anderen. Es hat in all den Jahren an meinem Gewissen genagt. Deshalb kann ich es ertragen, wenn es das für die wenigen Jahre, die mir noch bleiben, weiterhin tut.«

»Betrifft es Ihre Aussage bei Michael Lanyons Prozeß?«

»Das tut es, junger Mann. Das tut es.«

»Was ist damit? Es war doch die Wahrheit, oder?«

»Nun, es war etwas Wahres dran. Ich nehme an, das kann ich sagen.«

»Sie haben zwei Nächte vor dem Mord gesehen, wie Michael Lanyon im Daniell Arms einen Umschlag an Edmund Tully übergab.«

»Ja.«

»Sie haben gehört, wie er Tully sagte, er solle den Job, für den er bezahlt werde, schnell erledigen, und Sie haben gesehen, wie die beiden zum Lander-Denkmal hinüberschauten, als wählten sie die Stelle, wo es passieren sollte.«

»Na ja, da hört die Wahrheit auf, wenn Sie es wirklich wissen wollen, und es kommt etwas Phantasie ins Spiel.«

»Was meinen Sie damit?«

»Ich habe immer wieder darüber nachgedacht, seit Nicky Lanyon sich erhängt hat, und mich gefragt, ob die Geschichte, die ich damals erzählt habe, vielleicht dazu beigetragen hat. Ich meine, ob sie die Waagschale hat umkippen lassen, verstehen Sie? Es *war* die Wahrheit – über den Umschlag. Das habe ich wirklich gesehen. Aber der Rest...«

»Was wollen Sie damit sagen?«

»Den Rest habe ich erfunden.« Er drückte den Stummel seiner Zigarette aus und sah schwer atmend zu mir herüber. »Ich habe nie ein Wort von dem gehört, was sie sagten.«

Ich erwiderte seinen Blick, ebenso erstaunt wie verwirrt. »Sie haben nichts gehört?«

»Ich war nicht nahe genug dran. Sie haben geflüstert, als schmiedeten sie ein Komplott. Aber was sie wirklich gesagt haben...« Er schüttelte trübselig den Kopf. »Das hätte ich nicht beschwören können.«

»Aber genau das haben Sie getan. Sie haben es beschworen.«

»Ja, ich weiß. Ein Meineid war das, wahrhaftig. Ich habe die Tatsachen verbogen, damit Michael Lanyon schlechter dasteht. Jetzt, wo meine Frau tot und begraben ist, kann ich das sagen. Wenigstens Ihnen kann ich es sagen, nicht? Ich habe keine Angst, daß es Kreise zieht. Das wäre für Ihre Familie schlimmer. Sie haben mehr zu verlieren als ich. Und ich schätze, es ist Zeit, daß Sie es erfahren, falls Sie es nicht schon wissen. Zeit, daß wir das Gift ein bißchen miteinander teilen. Letzten Endes ist es ebenso Ihre Schuld wie meine.«

»Wie kommen Sie darauf?«

»Das ist einfach, junger Mann. Ich habe unter Eid gelogen. Dazu gehört schon einiges. Aber ich habe es getan. Und nicht aus Bosheit oder Übermut. Ich habe es getan, weil man es mir gesagt hat.«

»Gesagt? Wer hat es gesagt?«

Ein verschämtes kleines Lächeln spielte um seine Lippen, als er antwortete. »Ihre Großmutter. Adelaide Napier. Es war ihre Idee. Es hat dazu beigetragen, daß Michael Lanyon gehängt würde. Und jetzt frage ich mich, ob es auch dazu beigetragen hat, daß sein Sohn sich erhängte.«

10. Kapitel

»Erlie«, schien Grossmutter zu sagen. Das Wort bildete sich langsam und mit Anstrengung auf ihren Lippen. Sie lag im Sterben und muß es gewußt haben, obwohl sie mehrere Schlaganfälle erlitten hatte. Dadurch war sie vielleicht physisch gebrochen, aber hinter den tränenden Augen und dem sabbernden Mund arbeitete ihr zähes Gehirn so gut wie immer. Ich konnte die Entschlossenheit spüren, die Weigerung, eine Niederlage hinzunehmen. Der Tod konnte dazu gebracht werden, noch ein wenig zu warten.

»Erlie…« Das glaubte ich sie sagen zu hören. Das war alles, was ich ihrem undeutlichen Murmeln entnahm. Ich konnte es nur hören, wenn ich mich dicht über sie beugte, während sie dalag und einen Zeigefinger krümmte, vielleicht, um mich näher heranzuwinken. Ein Schulfreund, von dem ich nie gehört hatte; ein Liebhaber aus ihrer fernen Jugend. Das nahm ich an. Eine alte Frau erinnerte sich an ein einzelnes Bruchstück der lange zurückliegenden Vergangenheit in dem vergeblichen Versuch, den Tod in Schach zu halten. Nicht mehr. Nur wenige Stunden später, als der Regen gegen die Fenster ihres Schlafzimmers in Tredower House prasselte und die Februardämmerung in schwarze Nacht überging, tat sie ihren letzten, mühsamen Atemzug. *Friedlich zu Hause im Alter von zweiundneunzig Jahren,* würde in ihrem Nachruf stehen, *verstarb nach kurzer Krankheit Adelaide Napier im Kreis ihrer Familie* – und ihrer Geheimnisse.

»Erlie…« Ich erinnerte mich an den Klang und das Wort, für das ich es gehalten hatte, als ich an diesem Nachmittag von Sam Vigus' Bungalow wegfuhr, nicht in Richtung Norden nach

Truro, sondern südlich zum National Trust Garden in Trelissick, wo ich allein und ungestört an den steilen, bewaldeten Ufern des Fal spazierengehen und im schwindenden Herbstlicht nach Antworten suchen konnte. Ich hatte nie herausgefunden, was Großmutter vor neun Jahren auf ihrem Totenbett hatte sagen wollen, aber jetzt war ein Name sehr viel weniger wahrscheinlich als ein Geständnis.

»Er lügt…« Ja. Das hätte es sein können. Das hätte vielleicht die Bedeutung sein können. Denn Sam Vigus hatte gelogen. Er hatte es zugegeben. Und meine Großmutter war dafür verantwortlich gewesen. Auch das hatte er freiwillig preisgegeben, ohne wissen zu können, daß mein eigenes Gedächtnis dafür zumindest eine bruchstückhafte Bestätigung lieferte.

»Warum haben Sie das getan, Mr. Vigus?«

»Doreen war wegen der modischen Kleider, die Ihre Großmutter lieferte, über die Ohren verschuldet. Wir waren mit fast hundert Pfund bei ihr im Rückstand, und ich hätte Gott weiß wie lange gebraucht, um das abzubezahlen. Ich hätte es getan, wissen Sie. Es wäre nicht einfach gewesen, aber ich hätte es getan. Wenn Ihre Großmutter nicht zu mir gekommen wäre und etwas von… anderen Möglichkeiten geflüstert hätte.«

»Sie hat Ihnen im Austausch für Ihre falsche Aussage die Schuld erlassen?«

»Ja, das hat sie.«

»Das glaube ich nicht.«

»Doch, Sie glauben es, junger Mann. Das erkenne ich an Ihren Augen. Sie wissen bereits, daß es die Wahrheit ist. Michael Lanyon war schuldig. Das haben wir beide geglaubt. Was ich im Daniell Arms gesehen hatte, war Beweis genug, zumindest nach meinem Dafürhalten. Ihre Großmutter wollte bloß sicher sein, daß alles so ausgeht, wie sie es für gerecht hielt. Und da ich nicht daran zweifelte, was gerecht wäre, hatte ich nichts dagegen, ein bißchen nachzuhelfen. Nicht wenn ich dabei so schnell und leicht aus meiner Zwangslage herauskam. Aber seither habe ich ständig in einem anderen Dilemma gesteckt.«

»Großmutter hat Ihnen gesagt, was Sie aussagen sollen?«

»Nein. Das hat sie mir überlassen. Sie wußte von Doreen, daß ich der Polizei berichtet hatte, daß ich Lanyon und Tully zusammen gesehen hatte. Nun ja, meine alte Dame war ziemlich geschwätzig. Also kam Ihre Großmutter zu mir und schlug vor, ich sollte sagen, daß ich... nicht nur etwas gesehen, sondern auch etwas gehört hätte. Nur, um der Gerechtigkeit ›den Arm zu stärken‹, wie sie sich ausdrückte. Und als Gegenleistung würden wir die Schulden vergessen.«

»Und Sie haben eingewilligt.«

»Ja, zu meiner Schande habe ich das. Ich ging zu Inspector Treffry und sagte ihm, ich hätte das zurückgehalten, was ich gehört hätte, weil es ein schlechtes Licht auf Michael Lanyon warf, aber mein Gewissen ließe mir keine Ruhe. Zuerst war Treffry wütend, aber er freute sich zu sehr über das neue Beweismaterial, um es lange zu bleiben.«

»Das kann ich mir vorstellen.«

»Damals dachte ich, Ihre Großmutter wollte sicherstellen, daß die Mörder ihres Bruders sich auch wirklich für das verantworten sollten, was sie getan hatten. Aber später, als ich erfuhr, wieviel sie nach dem Testament des alten Carnoweth erbte, wieviel reicher er war, als wir alle gedacht hatten, na ja, da fühlte ich mich elender als ein geprügelter Hund, das gebe ich gern zu. Ich hatte ihr geholfen, ihr Bankkonto mit mehr Nullen zu versehen, als ich gekochte Eier in einer Woche aß. Für nur hundert Pfund, die Doreen für ihre hübschen Fetzen ausgegeben hatte.«

»Sie hätten eine Aussage machen können.«

»Michael Lanyon war tot, und wahrscheinlich hätte mir keiner geglaubt. Denken Sie doch mal vernünftig, junger Mann. Ihre Großmutter wäre imstande gewesen, seelenruhig den Heiligen Geist zu verleugnen. Und ich mußte ja auch an Doreen denken. Sie wußte nichts, verstehen Sie. Gar nichts. Sie dachte, ich hätte die Schulden aus einer Nachzahlung von Killigrew's beglichen. Sie war eine schlichte Seele, hatte keinen Kopf für Zahlen, also hat sie das nie angezweifelt. Außerdem hatte ich mich ja selbst für dumm verkaufen lassen, aber es gibt Schlimmeres als das.«

»Beispielsweise für ein Verbrechen gehängt zu werden, das man nicht begangen hat, weil jemand falsches Zeugnis abgelegt hat.«

»Aber Michael Lanyon hat es begangen. Das wissen Sie so gut wie ich.«

»Wenn Sie da so sicher sind, warum erzählen Sie mir dann dies alles?«

»Weil sich mit der Zugluft und den unerklärlichen Geräuschen, die ich höre, wenn ich nachts wach liege und mich an sein Gesicht erinnere, wie er mich im Gerichtssaal anstarrte, Zweifel einschleichen. Und ich sehe nicht ein, warum ich die als einziger ertragen soll.«

Insofern, erkannte ich, als ich in Trelissick durch den Wald ging, hatte Sam Vigus bekommen, was er wollte. Jetzt teilte ich die Last mit ihm. Das wußte ich. Und, schlimmer noch, mir kam ein *Verdacht*. Hatte sich Großmutter irgendeinem anderen Familienmitglied anvertraut? Dad hatte Mum gesagt, sie solle Vigus ignorieren, ihn vergessen. Warum? Warum war er so unnachgiebig? Ich schaute durch die Bäume auf die King-Harry-Fähre hinunter und lauschte dem stetigen Klirren ihrer Kette, während ich den Faden aufrollte, um den sich jahrelang keiner gekümmert hatte. Eine Lüge war ein einzelner Sprung, der zu tausend Brüchen in der glatten Hülle von Vergangenheit und Gegenwart meiner Familie werden konnte. Sie bewies nichts. Sie rächte niemanden. Aber sie bedeutete, daß ich nicht mit meinen Nachforschungen aufhören konnte.

Tully hatte noch immer den Schlüssel in der Hand, mehr denn

je. Treffry hatte mir und vorher Nicky gesagt, er sei unauffindbar. Aber dann hatte Treffry Sam Vigus als zuverlässigen Mann bezeichnet. Die Wahrheit war, daß er Tully nicht finden wollte, ich dagegen schon. Wenn Nicky Vigus' Geständnis gekannt hätte, hätte er vielleicht nicht so leicht aufgegeben. Vielleicht hätte er getan, was ich jetzt zu tun entschlossen war: Edmund Tully aufzuspüren, wo immer er sich verstecken mochte.

Vertrauen war auch etwas, das mit Vigus' Enthüllungen geschwunden war. Ich wußte nicht, auf wen ich mich verlassen konnte und auf wen nicht. Großmutter hatte mit mir gesprochen, sonst niemand. In den zwei Tagen vor meiner Ankunft hatte sie sich die meiste Zeit apathisch verhalten. Vielleicht wollte sie ihre Kräfte sammeln, ihre Gedanken ordnen. Aber warum der Versuch, mir überhaupt etwas mitzuteilen? Weil sie glaubte, ich würde am besten wissen, wie mit der Information umzugehen sei? Oder weil sie das Gefühl hatte, ich hätte das Recht, das, was andere schon wußten, ebenfalls zu erfahren? Mum hätte mich nicht zu Vigus geschickt, wenn sie eine Ahnung davon gehabt hätte, was er uns mitteilen wollte. Sie zumindest schied aus. Alle anderen jedoch nicht. Nicht einmal Pam, was es mir sehr viel leichter machte, an diesem Abend im Schutz der Dunkelheit in die Wohnung in Tredower House einzudringen und das Foto aus der Kommode zu nehmen, während Pam im Restaurant tapfer lächelnd ihre Runden drehte. Ich konnte schon wieder unterwegs sein, bevor sie den Verlust bemerkte. Und selbst wenn ich noch anwesend sein sollte, würde sie nie auf den Gedanken kommen, ich könnte der Schuldige sein.

Später fuhr ich zum Trumouth Motel und hinterließ Trevors Schlüssel in einem an ihn adressierten Umschlag am Empfang. Er selbst war nicht da, vermutlich ausgegangen, um irgendwo seinen Kummer zu ertränken. Ich war dankbar, mich davonmachen zu können, ohne auf irgendwelche Forderungen seinerseits, ihm die belastende Hälfte des Fotos auszuhändigen, eingehen zu müssen. Ich hatte bereits beschlossen, mir einen Abzug anfertigen zu lassen, damit Pam das Original ihrem Anwalt übergeben konnte, falls die Zeit dafür gekommen war. Wenn eine Scheidung das war, was sie letztlich wollte – wie konnte ich mich ihr dann in den Weg stellen?

Ich suchte sie, als ich wieder nach Tredower House zurückkam, und ihre Gefaßtheit beruhigte mich. Bis auf die relativ triviale Angelegenheit ihrer Schwierigkeiten mit Trevor war alles in Ordnung. Sie wußte schon, wie Mum und Dad die Nachricht aufgenommen hatten, nachdem sie miteinander telefoniert hatten.

»Das mit Dad tut mir leid«, sagte ich in der sicheren Annahme, daß er sich erboten hatte, für Trevor einzuspringen. »Du weißt, wie er ist.«

»Mach dir keine Sorgen. Ich glaube, ich habe ihn davon überzeugen können, daß ich es allein schaffe. Tabs kommt außerdem für ein paar Tage, also konnte ich sagen, weitere Unterstützung wäre nicht nötig. Dein kurzer Besuch war eine echte Hilfe, Chris. Er hat es mir leichter gemacht, es den Leuten zu sagen. Und Tabs war großartig. Sie wurde nicht hysterisch, hat nicht verlangt, daß ich es mir noch mal überlege. Nur echtes Mitgefühl. Wo warst du eigentlich seit dem Mittagessen? Du kannst doch nicht den ganzen Nachmittag in Falmouth mit dem Kopf unter einer Kühlerhaube zugebracht haben.«

»Ich habe Sam Vigus besucht.«

»Wen?« Ihre Unkenntnis klang echt. Wahrscheinlich war auch sie ahnungslos.

»Ein ehemaliger Kunde. Mum wollte, daß ich ihn besuche. Wenn du sie siehst – könntest du ihr vielleicht sagen, am besten, wenn Dad nicht dabei ist, daß nichts dran war?«

»Daß nichts woran war?«

»Sie wird schon verstehen.«

»In Ordnung. Aber du kannst es ihr selbst sagen, wenn du willst. Sie wird morgen abend hier sein.«

»Aber ich nicht. Ich muß früh los.«

»Anscheinend blüht das Geschäft.«

»Na ja, ich habe ständig zu tun, Pam, das steht fest.«

Als ich mich wieder in meinem Zimmer befand, rief ich Emma an. Es war eine Wohltat, ihre Stimme zu hören und zu wissen, daß es wenigstens eine Person gab, zu der ich vollkommen offen sein konnte.

»Es ist etwas passiert, und wir müssen darüber reden. Nicht am Telefon. Es ist zu kompliziert. Könnten wir uns irgendwo treffen?«

»Ja. Natürlich.«

»Wo und wann?«

»Ich habe diese Woche im Supermarkt Frühdienst. Ich höre um drei Uhr auf. Er liegt in Battersea. Warum sagen wir nicht, morgen um halb vier im Battersea Park? Die Bänke neben dem See mit den Ruderbooten.«

»Gut. Ich werde dort sein.«

»Haben Sie etwas gefunden, Chris?«

»Vielleicht.«

»Na, das hört sich jedenfalls besser an als ein entschiedenes Nein.«

»Nicht unbedingt.«

»Wie meinen Sie das?«

»Das erkläre ich Ihnen morgen.«

»Gut, Chris, aber ...«

»Ja?«

»Was immer es auch sein mag, danke. Für Nicky, meine ich. Verstehen Sie?«

»Ich verstehe.«

Der Trubel und die Anonymität meiner ersten Wochen in der Truro School machten es mir möglich, Nicky und den anstehenden Prozeß seines Vaters oft tagelang zu vergessen. Alles war neu und verwirrend – Lehrer, Klassenkameraden, Räume, Bücher, Uniformen: all die einschüchternden Komponenten des

Lebens in einer höheren Schule. *»Hoch auf dem Hügel über der Stadt«*, sangen wir am ersten Schultag in der Kapelle, *»oben im Sonnenschein leben wir.«* Nun, die Sonne schien nicht immer, aber das Gefühl der Distanz zu Truro, das uns die hochgelegene Bildungsstätte vermittelte, kam mir damals sehr gelegen.

Einige der Schüler, die mit mir aus der Vorbereitungsschule gekommen waren, erinnerten sich daran, wie befreundet ich mit Nicky Lanyon gewesen war, aber die, die das nicht wußten, waren in der Mehrzahl und entschlossen, sich nicht von etwas beeindrucken zu lassen, das sie als Versuch betrachteten, mir einen etwas dubiosen Ruhm zu verschaffen. Ich war glücklich, meine Verbindung mit Nicky als etwas Unwichtiges abtun zu können. Nun, nicht direkt glücklich, aber ich ließ es bereitwillig zu. Ich wußte, daß das unloyal war. Ich wußte, daß es unwürdig war. Und doch, hin- und hergerissen zwischen den Notwendigkeiten des Schulalltags und der langsam verblassenden Erinnerung an unsere Freundschaft, ließ ich es geschehen. Niemand schien es auch nur aufzufallen, daß Nicky seinen Platz in der Schule nicht eingenommen hatte. Er hatte mit keinem von uns etwas zu tun. Er war zu einem Fremden geworden.

Aber den Namen Lanyon kannten alle. Und bald würde er in großen Lettern auf der Titelseite jeder Zeitung im Land stehen, ganz zu schweigen vom *West Briton* und der *Royal Cornwall Gazette*. Bald würden die lähmenden Wochen des Wartens vorüber sein. Der Prozeß gegen Michael Lanyon und Edmund Tully wegen Mordes an Joshua Carnoweth sollte am 20. Oktober beginnen. Unter all den Daten längst geschlagener Schlachten und längst verstorbener Könige, die uns in jeder Geschichtsstunde eingetrichtert wurden, hatte sich mir dieses Datum unauslöschlich eingeprägt.

Ein paar Wochen vorher berichtete Dads *Daily Telegraph* von der Hinrichtung zweier bewaffneter Räuber in Pentonvillle, Geraghty und Jenkins, die im Juli verurteilt worden waren, als ich mich noch nicht für solche Dinge interessierte. Sie hatten einen

Autofahrer ermordet, der sie aufhalten wollte, als sie nach einem Überfall auf einen Juwelierladen in London flüchteten. Geraghty hatte geschossen. Jenkins hatte niemanden getötet. Das stand fest. Aber beide Männer wurden gehängt. Unwillkürlich mußte ich an Nicky denken, der vielleicht in einer Pension irgendwo in Exeter diesen Bericht las und ihn für etwas halten würde, was er am wenigsten brauchen konnte: ein schlechtes Omen.

Battersea Park war in kristallklares Sonnenlicht getaucht, das die Gelb- und Rottöne der Bäume rings um den See mit den Ruderbooten zum Glänzen brachte und die Umrisse der Schornsteine des Kraftwerks hinter der Queenstown Road golden nachzeichnete. Kinder auf dem Heimweg von der Schule spielten mit ihren Müttern, und ihre hellen, sorglosen Stimmen übertönten die Klagelaute der Pfauen und das ferne Rauschen des Verkehrs.

Emma sah eigenartig, wenn nicht geradezu exzentrisch aus in ihrer Fliegerjacke über der hellen, karierten Supermarktuniform. Sie saß neben mir auf einer Bank und hörte geduldig meinem Bericht zu.

Ich hatte erwartet, daß sie – zu Recht – ungläubig oder empört reagieren würde. Doch als ich fertig war, lächelte sie mich mitfühlend an und sagte: »Es tut mir leid, Chris.«

»Es tut *Ihnen* leid?«

»Es kann nicht sehr schön sein zu erfahren, daß Ihre Großmutter sich dazu hergegeben hat, einen Zeugen zu bestechen.«

»Ich würde sagen, es war eher Erpressung als Bestechung.«

»Wie immer Sie es nennen, es ändert nichts an den Beweisen gegen meinen Vater, oder?«

»Ja. Aber versprechen Sie sich nicht zuviel davon.«

»Sehe ich so aus, als würde ich das tun?«

»Nein, eigentlich nicht.« Sie war mir müde und entmutigt erschienen, als sie kam; ich nahm an, daß das die Auswirkungen ihrer eintönigen Arbeit an der Supermarktkasse waren. Auch jetzt machte sie einen deprimierten Eindruck, war vielleicht traurig bei dem Gedanken, daß Nicky die Chance vertan hatte, die gleiche Entdeckung zu machen wie ich. Aber das stimmte nicht ganz, wenn ich auch selbst so empfand. Nickys Selbstmord war nötig gewesen, um Sam Vigus aus der Reserve zu locken. Nicky hatte sterben müssen, um die Enthüllung zu ermöglichen.

»Erinnern Sie sich, Emma. Das bedeutet, daß meine Großmutter Beweismittel gefälscht hat. Ich hätte nie gedacht, daß sie zu so etwas fähig wäre, aber sie war es offenbar. Was jedoch nicht bedeutet, daß das *Urteil* falsch war. Tatsache bleibt immer noch, daß Ihr Vater Edmund Tully zwei Tage vor dem Mord fünfhundert Pfund bezahlt hat.«

»Er hat gesagt, er hätte Tully das Geld um der alten Zeiten willen gegeben.«

»Fünfhundert Pfund! Nach dem heutigen Wert wären das mehrere tausend Pfund gewesen. Das ist einfach unglaubwürdig.«

»Sie denken, Vigus hätte sich etwas ausgedacht, das dem, was sie wirklich gesagt haben, ziemlich nahe kommt, nicht?«

»Ich halte das noch immer für die wahrscheinlichste Erklärung. Aber *ein* Mann könnte es uns mit Sicherheit sagen.«

»Tully.«

»Ja. Und ihn hat seit zwölf Jahren niemand mehr gesehen.«

»Was also jetzt?«

»Ich werde nach Hebden Bridge fahren und sehen, was ich herausfinden kann. Vielleicht gibt es einen Freund oder Verwandten von Tully, der mich auf die richtige Spur führen kann.«

»Wann werden Sie fahren?«

»Am Wochenende. Ich habe vorher noch einiges zu erledigen. Wissen Sie, Arbeit von der Art, für die man bezahlt wird.«

Sie grinste. »Ja. Ich weiß. Haben Sie es eilig, nach Pangbourne zurückzufahren? Falls nicht, könnte ich Sie vielleicht zu einer Tasse Tee einladen. Dort drüben, auf der anderen Seite vom See, gibt es ein Café.«

»Danke. Das wäre nett.« Wir standen auf und begannen langsam um den See herumzugehen. »Natürlich nur, wenn zu Hause niemand auf Sie wartet.«

Ich wollte etwas über sie erfahren, was sie lächelnd zur Kenntnis nahm. »Wie ich Ihnen schon sagte, ich bin das Alleinsein gewohnt. Sehen Sie die Wohnungen da drüben?« Sie zeigte auf die Hochhausblocks, die wie Tafelberge hinter den viktorianischen roten Ziegelhäusern am Park aufragten. »Eines von diesen Fenstern ist meins. Und wenn nicht wieder jemand versucht hat einzubrechen, befindet sich niemand dahinter.«

»Haben Sie je daran gedacht, London den Rücken zu kehren?«

»Wohin sollte ich gehen? Und wie sollte ich dorthin gelangen? Meist kann ich nicht einmal die wöchentliche Miete bezahlen.«

»Wenn es so schlimm steht, könnte ich vielleicht...«

»Sagen Sie's nicht.« Sie schüttelte energisch den Kopf. »Ich bin nicht auf der Suche nach Almosen.«

»Das wäre auch keins.«

»Für mich schon.«

»Aber wenn die Dinge neunzehnhundertsiebenundvierzig nur ein wenig anders verlaufen wären, dann wäre Ihre Familie...«

»Reich gewesen? Glauben Sie nicht, daß ich daran auch schon gedacht habe.«

»Was würden Sie als erstes tun – wenn Sie plötzlich zu Geld kämen?«

Sie sah zum Himmel auf, als suche sie nach einer Eingebung. »Oh, ich weiß nicht. Übers Wochenende nach Paris fliegen, nehme ich an.«

»Sind Sie da schon mal gewesen?«

»In Paris? Nein, nie.« Sie ließ den Kopf sinken. »Sie brauchen eine Geburtsurkunde, bevor Sie einen Paß beantragen können, und Emma Moresco ist nie geboren worden.«

Es sah so aus, daß Nickys Schwester in der Schattenwelt, in der zu leben sie gezwungen gewesen war, nicht einmal Phantasien gegönnt waren. Als wir schweigend dahinschlenderten, während sie ihren Träumen nachhing, dachte ich daran, wie anders unser Leben verlaufen wäre, ihres und meines, wenn Edmund Tully und Michael Lanyon sich nie kennengelernt hätten; wenn Tully im Sommer 1947 nicht nach Truro gekommen und Onkel Joshua ein paar Jahre später im Bett eines ganz natürlichen Todes gestorben wäre. Dann würde sich die Vergangenheit auflösen wie eine Kordel, die man falsch herum dreht, und Michael Lanyon hätte niemals unter Mordanklage vor Gericht in Bodmin gestanden.

Den Zeitungsberichten zufolge, die alles waren, woran ich mich halten konnte, fand in den ersten Tagen des Prozesses, in denen die Anklage ihre Argumente vortrug, nur eine ausführlichere Wiederholung der Anhörung statt. Die Beweislast war erdrükkend. Erst jetzt, da ich mir noch einmal vor Augen führe, was sich in diesem Gerichtssaal in Bodmin abspielte, während ich über Algebra büffelte oder mich in der Truro School ins Rugby-Getümmel stürzte, wird mir klar, in welch hoffnungsloser Lage sich Michael Lanyon befand. Edmund Tullys Schuld war nicht zu leugnen, obwohl er sie, zumindest am Anfang, weit von sich wies. Das Problem, vor dem Michael Lanyons Verteidiger stand, war, daß die gemeinsame Anklage eine gemeinsame Verteidigung erforderte, obwohl es keine Gemeinsamkeiten gab. Lanyon und Tully, so wurden sie in den Zeitungen genannt. Und so wurden sie auch von der Öffentlichkeit gesehen, wahrscheinlich auch von den Geschworenen: als Partner bei einem Verbrechen. Das Beweismaterial gegen Michael Lanyon selbst beschränkte sich auf das Geld, das er Tully bezahlt, und das Gespräch, das sie miteinander geführt hatten, als das Geld übergeben wurde. Als Lanyon in den Zeugenstand trat, um ersteres zu erklären und das zweite zu bestreiten, stand bereits Tullys veränderte Aussage im Blickpunkt des Interesses. Das war natürlich dramatisch. Einer der Angeklagten gab auf und gestand ein Kapitalverbrechen. Und da alle dieses Geständnis für wahr hielten und der Mitangeklagte ein Motiv für den Mord hatte, er selbst aber nicht, folgte daraus, daß die Anschuldigung des Gerichts bewiesen war. Die beiden Männer hatten sich verabredet, Joshua Carnoweth zu ermorden. Beide waren schuldig, und einer besaß sogar den Anstand, das zuzugeben. Deshalb stellte sich die Situation für den, der dies nicht tat, um so auswegloser dar: Er war der Anstifter, wie die Staatsanwaltschaft konstatierte – der eigentliche Bösewicht des Stücks.

Damals, im Jahr 1947, war Gerechtigkeit eine ziemlich summarische Angelegenheit. Heutzutage würde es ein Jahr oder länger dauern, bis ein solcher Fall vor Gericht käme, und der Prozeß würde sich monatelang hinziehen. Doch damals war die Welt in mehr als einer Hinsicht anders. Tullys Schuldbekenntnis kam am sechsten Prozeßtag. Am achten war alles erledigt.

Wie ich später erfuhr, war es Mr. Clokes Angestellter Rowe, der anrief, um uns das Urteil mitzuteilen. Wir waren zum Abendessen im Eßzimmer versammelt, als in der Diele das Telefon klingelte. Dad ging hin, sagte, soweit ich es hören konnte, wenig mehr als »Ja«, »Ich verstehe« und »Danke«, kam an den Tisch zurück, verkündete mit undurchdringlicher Miene, Michael Lanyon sei für schuldig befunden worden, und begann mit so grimmiger Miene den Aufschnitt herumzureichen, daß sich jede Diskussion verbot.

Er erwähnte das Strafmaß nicht, und ich war ein wenig unsicher und fragte mich – logisch oder nicht –, ob die obligatorische Todesstrafe für Mord wirklich bedeutete, daß der Richter keinen Ermessensspielraum hatte. Ich hätte danach gefragt, wenn Dad nicht so unzugänglich gewesen wäre. Aber so mußte ich mich, als wir uns später in ihrem Zimmer unterhielten, auf Pams Bestätigung verlassen, daß ich das Gesetz richtig verstanden hätte. Und selbst da glaubte ich noch nicht ganz daran. Bis die Schlagzeile der *Western Morning News* es am nächsten Tag mit der Autorität des gedruckten Wortes verkündete. MÖRDERPAAR VON TRURO ZUM TODE VERURTEILT. Es gab also, wie es schien, wirklich keinen Raum mehr für Zweifel.

Der Zenith Club am oder genauer unter dem Piccadilly Circus war, was die verführerische Atmosphäre betrifft, noch an seinem Tiefpunkt, als ich den horrenden Beitrag für eine vorübergehende Mitgliedschaft bezahlte und früh an diesem Abend in die Bar hinunterging. Die Bühne war leer, die Musik kaum zu hören, die Stimmung lethargisch. Alles war so, wie ich es mir gewünscht hatte, denn es bedeutete, daß Frank, der Barmann, nichts dagegen hatte, sich mit mir zu unterhalten. Obwohl seine Begeisterung merklich nachließ, als ich das Foto aus dem Umschlag zog und ihn fragte, ob er die Frau auf dem Bett erkenne.

»Vielleicht«, sagte er vorsichtig, nachdem er das Bild amüsiert und eingehend betrachtet hatte.

»Ist sie Mitglied?«

»Könnte sein.«

»Kommt sie oft hierher?«

»Ich bin nicht sicher.«

»Ich brauche Namen und Adresse.«

»Dafür setze ich meinen Job nicht aufs Spiel.«

»Aber wäre es Ihnen vielleicht fünfzig Pfund wert?«

»Vielleicht… vielleicht auch nicht.« Er zuckte mit den Schultern. »Ich könnte herumfragen. Mal sehen, was ich in Erfahrung bringen kann, verstehen Sie?«

»Hier ist meine Nummer.« Ich kritzelte sie auf einen Bierdeckel und reichte sie ihm. »Und eine Anzahlung.« Ich legte eine Zehnpfundnote auf den Tresen.

»Machen Sie zwanzig draus.« Er grinste. »Na ja, es ist kein Ortsgespräch, oder?« Ich legte noch einen Fünfer dazu, und damit gab er sich zufrieden. »Aber ich kann nichts garantieren«, sagte er, als er die Geldscheine in seine Westentasche steckte. »Sie könnte sich unter falschem Namen eingetragen haben, nicht? Das kommt nicht selten vor.«

Wie wahr. Höchstwahrscheinlich, gestand ich mir ein, als ich nach Pangbourne zurückfuhr, war der Zenith Club eine Sackgasse. Pauline Lucas, alias Laura Banks oder Marilyn Buckley, hatte vielleicht noch eine Reihe anderer Pseudonyme und hinterließ keine Spuren, außer, wenn das ihren Zwecken diente. Wenn ich sie das nächste Mal traf, und ich war sicher, daß ich sie wiedersehen würde, würde das auf ihr Betreiben hin geschehen und nicht auf meins. Das machte mir erhebliche Sorgen.

Wie sich herausstellte, brauchte ich mir aber nicht zu lange Sorgen zu machen. Ich war kaum fünf Minuten zu Hause, als das Telefon läutete.

»Wo sind Sie gewesen?« fragte eine vorwurfsvolle Stimme, die ich sofort erkannte. Es war kaum zu glauben. »Ich rufe jetzt zum viertenmal an.«

»Miss Lucas.«

»Ja, Mr. Napier. Überrascht, von mir zu hören?«

»Eigentlich nicht. Was wollen Sie?«

»Ich dachte, *Sie* wollen sich vielleicht mit mir unterhalten.«

»Und falls ich das will?«

»Dann stehe ich zur Verfügung. Jetzt. Noch heute abend.«

»Wo sind Sie?«

»In Ihrer Werkstatt.«

»Wo?«

»Glauben Sie mir nicht?«

Ohne ein weiteres Wort legte sie auf. Ungeduldig wählte ich die Nummer meiner Werkstatt. Sie meldete sich beim ersten Läuten.

»Sie sollten Ihre Sicherheitsvorkehrungen verbessern, Mr. Napier, wissen Sie das? Ich meine, Sie haben nicht mal eine Alarmanlage. Ich bin überrascht, daß Ihre Versicherung nicht darauf besteht, daß Sie eine einbauen. Natürlich vorausgesetzt, daß Sie überhaupt versichert *sind.* Aber ich nehme an, daß Sie das sind, wo doch all diese wertvollen alten Autos hier herumstehen. Es ist ja nicht so, als gehörten die alle Ihnen, oder, und daher könnten die Folgen eines Brandes ziemlich …«

Ich warf den Hörer auf die Gabel und raste aus dem Haus. Ich hätte das vorhersehen sollen, ja, das hätte ich wirklich. Sie hatte meine Schwachstelle gefunden, wie sie die von Trevor gefunden hatte. Aber wie weit würde sie gehen? Der Gedanke, daß ich davon nicht die geringste Vorstellung hatte, ging mir nicht aus dem Sinn, als ich den Stag durch die Schlaglöcher in der Straße jagte und mit mehr als der doppelten Geschwindigkeit als erlaubt durch die Pangbourne High Street und die Gassen in Richtung Bowershaw Farm raste. Es war nur blinder Alarm, beruhigte ich mich, nichts als ein boshafter Trick. Sie würde nicht so weit gehen. Sie konnte so was nicht tun.

Aber sie hatte es getan. Als ich um die letzte Kurve vor der Einfahrt in den Hof einbog, sah ich jenseits der Böschung den roten Feuerschein. Ich fuhr durch das Tor und sprang aus dem Wagen. Benzindämpfe und der Gestank von brennendem Gummi stiegen mir heiß und beißend in die Nase. Ich blieb stehen, und meine Augen tränten von dem Rauch, als ich in das brennende Inferno starrte, das hinter der halb geöffneten Tür der Werkstatt wütete. Acht Jahre, sechs Oldtimer, der Lebensunterhalt von zwei Personen und ein sorgfältig aufgebautes Geschäft gingen vor meinen Augen in Flammen auf. Und ich konnte nur zuschauen.

11. Kapitel

»Mir war nicht klar, daß es so schlimm ist«, sagte Pam, als sie aus meinem Wagen stieg, um sich genauer umzusehen. »Es ist nichts übrig, oder?« Ich hatte sie vom Zug aus Reading abgeholt und war mit ihr zur Bowershaw Farm hinausgefahren, um den Schaden zu inspizieren. Oder die Ruinen, was eine genauere Bezeichnung war angesichts der Zerstörungskraft von Sprühlack, Benzin, Öl, Gummi und verschiedenen Lösungsmitteln, wenn man sie unter den richtigen Bedingungen in Brand steckte. Drei Tage waren seit dem Feuer vergangen, und alles, was jetzt noch von Napier Classic Convertibles übrig war, bestand aus zwei großen Haufen, die auf ihre Entsorgung warteten. Die Werkstatt selbst bestand nur noch aus geschwärzten Ziegelwänden und dem Zementboden.

»Ich habe im Ausstellungsraum noch den Bentley Continental«, sagte ich zu Pam, die in der Mitte des Hofs stand. »Vielleicht bietet Dominics Vater mir dafür einen guten Preis.«

»Du denkst doch nicht daran, das Geschäft aufzugeben, oder?« Pam drehte sich um und starrte mich an. Die leise Resignation in meiner Stimme schien sie zu beunruhigen. »Ich meine, das ist ein schwerer Schlag, aber er bedeutet sicher nicht das Ende.«

»Das bleibt abzuwarten.« Ich grinste zerknirscht. »Nach dem hier werden die Kunden nicht scharf darauf sein, mir ihre Autos anzuvertrauen, nicht? Wir sollen sie restaurieren, nicht einäschern. Und dann ist da noch die Frage, wieviel ich als Schadenersatz werde zahlen müssen.«

»Ist das nicht durch die Versicherung gedeckt?«

»Nicht unbedingt. Versicherungen werden unangenehm,

wenn es um Brandstiftung geht. Wer kann bezeugen, daß ich es nicht selbst getan habe?«

»Den Verdacht haben sie bestimmt nicht.«

»Der Sachverständige, der mich aufgesucht hat, schien durchaus der Typ zu sein, der so einen Verdacht hegt. Und ich kann nicht behaupten, daß ich es ihm übelnehme. Eine anonyme Brandstiftung ohne jegliches Motiv ist wenig plausibel.«

»Aber am Telefon hast du gesagt, daß du weißt, wer es war.«

»O ja, das weiß ich. Deshalb mußte ich dich so dringend sehen. Tut mir leid, daß ich dich hierhergelockt habe, aber bei so vielen Kunden, vor denen ich katzbuckeln muß, ganz zu schweigen von deren Versicherungen...«

»Du brauchst dich nicht zu entschuldigen.« Mit einem Seitenblick gab Pam mir zu verstehen, daß sie wußte, daß ich etwas zurückhielt. »Erklär es mir einfach, Chris.«

»Ja, gut. Komm rüber zum Auto. Da ist etwas, was ich dir zeigen wollte.«

Sie folgte mir zu meinem Auto, und wir setzten uns hinein. Ich griff an ihr vorbei ins Handschuhfach, nahm den Umschlag heraus und sah, wie sie verwirrt die Stirn runzelte, als sie ihn erkannte. »Das ist doch...«

»Das Foto, das in deiner Kommode liegen sollte. Ja.«

»Aber...«

»Hast du es vermißt?«

»Ja. Ich dachte, Trevor hätte es genommen, und habe Tabs zu ihm geschickt, damit sie es zurückverlangt, aber er hat gesagt, er wüßte nichts davon. Das hat mich nicht überrascht. Ich hatte gedacht, er hätte es inzwischen ohnehin vernichtet. Ich schätze, das ist meine Schuld, weil ich die Schlösser nicht habe auswechseln lassen. Aber jetzt sieht es so aus, als hätte das keinen großen Unterschied gemacht.« Sie starrte mich an. »Also?«

»Die Frau auf dem Bett und die Brandstifterin sind ein und dieselbe Person. Ich hatte sie schon einmal gesehen, verstehst du, und sie hat behauptet, sie wäre... Aber das spielt keine Rolle.

Wichtig ist nur, daß ich das Foto brauchte, weil es das einzig verfügbare Bild von ihr ist. Ich habe inzwischen einen Abzug machen lassen. Das Original wollte ich dir auf jeden Fall zurückgeben.«

Ihr Blick verriet jetzt nicht nur Ungläubigkeit, sondern auch Zorn. »Ich verstehe das alles nicht.«

»Sie ist darauf aus, uns zu schaden. Auf jede nur mögliche Art und Weise.«

»Uns?«

»Dir. Mir. Trevor. Vielleicht auch Mum und Dad. Du mußt sie warnen, sich in acht zu nehmen. Tabs und Dominic auch. Trevor hereinzulegen, war eine Sache. Dies ...« Ich wies auf das verkohlte Skelett der Werkstatt. »Das soll heißen, daß ich nicht sagen kann, was sie vielleicht als nächstes tun wird.«

»Wer ist sie?«

»Ich weiß es nicht.«

»Du mußt irgendeine Vermutung haben.«

»Nein, Pam, habe ich nicht. Ich habe buchstäblich nicht die leiseste Ahnung. Außer, daß es etwas mit Nicky zu tun hat.«

»Nicky?«

»Ich glaube schon, ja.«

»Das ist verrückt.«

»Na und, das hier vielleicht nicht? Und das, was sie Trevor angetan hat? Extrem, an der Grenze zum Wahnsinn. Meinst du nicht auch?«

»Warum hast du mir das nicht früher gesagt?«

»Weil ich nicht ahnte, daß sie so weit gehen würde.«

»Und was denkst du, wie weit sie *noch* gehen wird?«

»Das kann ich nicht sagen.«

»Mein Gott, das Hotel. Glaubst du nicht, daß sie den gleichen Trick noch einmal versuchen könnte?«

»Merkwürdigerweise nicht. Das scheint nicht ihr Stil zu sein. Das Unerwartete liegt ihr mehr.«

»Moment mal.« Pams Augen verengten sich. »Das ist aber

keine Geschichte, die du mit Trevor ausgeheckt hast, damit ich Mitleid mit ihm habe, oder? Denn wenn das so ist, funktioniert es nicht. Du kannst…« Sie verstummte und schaute sich um, wirkte plötzlich niedergeschlagen. »Tut mir leid. Ich bin ziemlich töricht, nicht? Ich vergesse, daß dies hier wirklich passiert ist.«

»Ja, das ist es.«

»Was willst du jetzt tun?«

»Über das Geschäftliche habe ich noch nicht nachgedacht. Vielleicht sollte ich einfach von vorn anfangen und mit keinem Wort meinen Verlust erwähnen.«

»Kipling.«

»Richtig. *Falls* – das stand auf einem Küchenhandtuch gedruckt, das ich im Büro hatte, um die Kaffeebecher abzutrocknen. Kluge Worte, aber wahrscheinlich sind sie als erste in Rauch und Flammen aufgegangen.

»Sprich mit Dad. Ich weiß, daß du ihn nicht gern um Hilfe bittest, aber du wirst dank ihm eines Tages ein reicher Mann sein, also warum nicht…«

»Dank Onkel Joshua, eigentlich.« Ich sah sie mit einem verkniffenen kleinen Lächeln an. »Laß uns nicht vergessen, wessen Geld es in Wirklichkeit ist.«

»Also gut, Onkel Joshua. Aber der entscheidende Punkt ist…«

»Der Punkt ist, daß ich die Absicht habe herauszufinden, was hier eigentlich gespielt wird, bevor ich den Versuch mache, das Geschäft wieder aufzubauen. Ich will nicht, daß mir ein zweites Mal der Boden unter den Füßen weggezogen wird.«

»Solltest du das nicht der Polizei überlassen?«

»Sie haben keine Anhaltspunkte.«

»Sie haben ein Bild von der Brandstifterin.«

Ich zog eine Grimasse. »Nein, haben sie nicht. Ich habe ihnen das Foto nicht gezeigt.«

»Warum nicht? Das ist nicht der Moment, um zimperlich zu sein. Trevor wird einfach…«

»Es hat nichts mit Trevor zu tun.«

»Weshalb dann?«

»Weil es nichts beweist. Und außerdem habe ich so ein...« Ich schaute durch die Windschutzscheibe auf den grünen Horizont hinter der ausgebrannten Hülle meiner hart erkämpften geschäftlichen Reputation. »Ich habe so ein Gefühl, daß die Antwort ganz nahe liegt und kein Außenseiter eine Chance hat, sie zu finden. Und außerdem, falls und wenn wir sie finden, daß wir dankbar sein werden, die Sache für uns behalten zu haben.«

Das Leben ging weiter. Wenn ich auf den Herbst 1947 zurückblicke, dann sind es die Normalität der täglichen Routine, das Fehlen einer emotionalen Reaktion auf das tragische Schicksal von Michael Lanyon, die mir am verblüffendsten erscheinen. Ich ging von Montag bis Freitag und auch an einigen Samstagen zur Schule; im Laden wurde verkauft wie immer; in der Familie lief alles wie gewohnt. Zumindest sah es so aus. Was vor sich ging, wenn ich nicht zu Hause war – welche geheime Vorfreude auf die Folgen materieller Art, die sich aus den Ereignissen für uns ergaben, bestand –, weiß ich nicht. Aber damals konnte ich nicht abschätzen, wie bedeutsam diese Folgen sein würden. Und niemand wollte mir das sagen, denn bloß davon zu sprechen hätte schon so ausgesehen, als würde man sie sich wünschen – und das hätte bedeutet, auch Michael Lanyons Tod zu wünschen.

Wünsche waren allerdings nicht dazu geeignet, ihn zu verdammen oder zu retten. Das Gesetz hatte seine Methoden und war im Begriff, sie anzuwenden. Ein paar Wochen nach dem Prozeß kam es zur Berufung, die abgelehnt wurde. Wieder ein paar Tage später kam die Ankündigung, Tully sei begnadigt worden. Großmutter betrachtete das als persönliche Beleidigung. »Wie kann ein *Labour-Politiker* es wagen, den Mörder meines Bruders zu retten?« beschwerte sie sich, wobei die Erwähnung der Partei von Mr. Chuter Ede irgendwie dazu diente, die Beleidigung noch zu unterstreichen. »Was in aller Welt weiß er schon darüber?« Die Frage blieb unbeantwortet, aber der Richter hatte im Fall von Tully Begnadigung empfohlen, also hätte Großmutter eigentlich nicht so überrascht sein dürfen.

Mit einiger Verspätung kam auch die öffentliche Meinung in Bewegung. Die Leute merkten auf einmal, daß nur einer von dem »Mörderpaar aus Truro« hängen würde, und das erschien vielen von ihnen ungerecht. Beide oder keiner, war der Tenor der Briefe, die in der Presse abgedruckt wurden, und mehrerer Leitartikel, sogar in den Zeitungen von Cornwall. Erst jetzt wurde den Leuten bewußt, was tatsächlich unmittelbar bevorstand. Das Personal von Colquite Dew verfaßte eine Bittschrift. Evelyn King, hiesiges Mitglied des Parlaments, brachte die Sache im Unterhaus zur Sprache. Die *Western Morning News* druckte ein Interview mit Rose und Cordelia Lanyon, die noch immer in Exeter wohnten. Sie hatten sich an König und Königin gewandt, mit der flehentlichen Bitte einzugreifen. Sie äußerten die Hoffnung, die Hochzeit von Prinzessin Elizabeth werde die Gemüter besänftigen, und erwähnten den bemitleidenswerten Zustand von Michael Lanyons Sohn.

Ach, Nicky. Wie hütete ich meine Gedanken an ihn, als die Tage und Wochen vergingen; wie verbarg ich meinen Wunsch, ihm zu helfen, als wäre er ein Laster, dessen ich mich schämen mußte. Einmal schrieb ich ihm einen Brief, einen Versuch, mit gestelzten Worten mein Mitgefühl auszudrücken, und es war sicher gut, daß ich ihn nicht abschickte. Ich wußte seine Anschrift in Exeter nicht; das redete ich mir jedenfalls ein, aber es war mehr eine Ausflucht. Eines Samstag nachmittags sah ich Ethel Jago in der Boscawen Street, und wenn ich die Adresse wirklich hätte herausfinden wollen, hätte ich sie von ihr erfahren können. Aber ich sprach nicht einmal mit Ethel, sondern verschwand in der Cathedral Lane, um nicht gesehen zu werden, und kam so am anderen Ende der Straße an der Stelle heraus, wo ich vor drei Monaten Onkel Joshua zum letztenmal gesehen hatte. Ich erinnerte mich an die halbe Krone, die er mir zugeworfen und wie sie im Sonnenlicht geglänzt hatte. Die Münze befand sich noch in der Tasche. Die ganze Zeit über hatte ich sie mit mir herumgetragen. Sie war natürlich für das Kino bestimmt. Und ich war seither nicht im Kino gewesen. Sie war für mich und Nicky. Jetzt wurde mir klar, daß ich sie nie ausgeben würde. Nicht für ihren eigentlichen Zweck. Also beschloß ich, sie als Symbol für das Ende von Dingen zu behalten.

Ich frage mich, wann und wie ich sie verlor. In dem Durcheinander eines Umzugs vielleicht oder in der langen, sorglosen Zeit mit Ende Zwanzig und Anfang Dreißig, als jegliche Erinnerungen an die Vergangenheit mir ein Greuel waren. Ich wünschte, ich hätte sie nicht verloren. Nicht so sehr, wie ich mir andere Dinge wünsche, aber trotzdem. *»Die Zukunft ist ein zweischneidiges Schwert«*, hatte Onkel Joshua an jenem Tag gesagt. Und er hatte recht. Aber er hätte seinen Worten noch hinzufügen können, daß das Schwert der Vergangenheit schärfer ist, auch wenn es nur eine Schneide hat.

Die königliche Hochzeit ging vorüber, ohne daß eine Begnadigung ausgesprochen wurde. Briefe an die Presse blieben unbeachtet. Gnadengesuche stießen auf taube Ohren. Was das Gesetz bestimmt hatte, schien es auch entschlossen durchzuführen. Der für die Hinrichtung vorgesehene Tag brach an, mild und regnerisch in Truro, ohne daß im Hause Napier jemand darüber sprach, obwohl wir alle daran dachten, als wir aufstanden, uns wuschen und unser Frühstück einnahmen und so taten, als sei alles ganz normal. Nur, daß der gedämpfte Ton, in dem wir sprachen, das abgeschaltete Radio und die nicht aufgeschlagene Zeitung alles andere als normal waren. Pam und ich stritten uns gewöhnlich um die letzte Scheibe Toast, aber an diesem Morgen ließen wir mehrere Scheiben unberührt stehen.

Kurz vor acht Uhr wurde Michael Lanyon auf das Schafott im Gefängnis von Exeter geführt. Ich war um diese Zeit auf dem Schulweg und trottete lustlos die Quay Street entlang, als die Rathausuhr hinter mir die volle Stunde schlug. Meine Eltern bedienten bereits im Laden, während sich Großmutter zu Hause in der Crescent Road fertig machte, um sich ihnen anzuschließen. Ein paar Minuten später war Michael Lanyon tot. In Truro war von seinem Abgang nichts zu merken. Der Regen fiel weiter, und auch das Leben ging weiter.

Am Montagmorgen machte ich mich auf den Weg nach Norden. Bei abwechselnd Sonnenschein und Regenschauern jagte ich an den Steilhängen der Chilterns vorbei, bis ich auf die M1 gelangte und sie hinter mir verschwanden. Kilometer um Kilometer spulte ich auf der Autobahn ab. Der Himmel wurde bleierner, als der Wind nachließ. Der Tag zog sich zäh dahin und verging schließlich.

Calderdale sah an diesem Nachmittag herbstlich mild aus, seine Moore wirkten friedlich und malerisch. Ich fuhr von Osten her nach Hebden Bridge hinein und konnte es von seiner sanftesten Seite betrachten; die Schornsteine rauchten nicht, die Mühlen schwiegen. Es sah für mich tatsächlich wie der steinerne Geist einer toten Industriestadt aus. Nur geographisch war es noch derselbe Ort, den Inspector Treffry vor vierunddreißig Jahren besucht hatte. In jedem anderen Sinn war es Welten davon entfernt. Die Firma seiner Familie, aus der Tully geflohen war, gab es mit ziemlicher Sicherheit nicht mehr, sie war von der Geschichte begraben. Aber die Geschichte hatte reichlich Spuren hinterlassen, in den Mauer an Mauer gebauten Doppelhäusern, die an den nackten Felswänden klebten, in den Reihen von barackenartigen Mühlengebäuden, die sich am Flußufer drängten. Überall standen Schilder mit der Aufschrift ZU VERMIETEN oder ZU VERKAUFEN, aber Edmund Tullys Vergangenheit war immer noch gegenwärtig in dieser Stadt. Ich spürte sie so sehr, wie ich es wußte, als ich ein Stück weit ins Moor hinausfuhr und dann wieder zurückkehrte in das Gewirr von Stufen, Straßen und verschwiegenen Gassen. Edmund Tully war fort. Aber irgend etwas von ihm war zurückgeblieben.

Ich nahm mir ein Zimmer im White Lion Hotel und schlenderte dann durch die Stadt, als der graue Abend sie einzuhüllen begann wie ein Leichentuch. Eine Gruppe von Jugendlichen saß auf einer Mauer auf dem Hauptplatz, aber sie hätte mir nichts über die Vergangenheit sagen können, außer, wie hart es war, in Hebden Bridge jung zu sein. Es waren die Erinnerungen ihrer Eltern und Großeltern, an denen ich interessiert war.

Die Bar des Albert, ein rauchiges, viktorianisches Lokal an einer Straßenecke, schien für den Anfang der richtige Platz. »Tully, sagen Sie?« brummte ein alter Mann in schmutzigem Anzug und flacher Mütze und unterbrach die ihn mißlaunig stimmende Lektüre des *Halifax Courier*. »Lange her, daß jemand nach dieser Firma gefragt hat. Und noch länger, daß sie ein Problemfall wurde. Was würdest du schätzen, Bert, wann Tully pleite ging?«

»Das muß mindestens zwanzig Jahre her sein«, antwortete der Mann, der neben ihm stand, eine etwas aufgewecktere, aber ähnlich trübselige Erscheinung. »Na ja, zwanzig jedenfalls, seit Henry Tully gestorben ist und dieser karrieregeile Sohn von ihm den Laden innerhalb von zwölf Monaten zumachte.«

»Henry Tully war der ursprüngliche Eigentümer?«

»Nein, nein. Das war sein Vater, Abraham Tully.« Also mußte Henry Tully der Bruder sein, mit dem Treffry 1947 gesprochen hatte. »Erinnerst du dich noch an den alten Abe, Wilf?«

»O ja. Ein harter Mann. Und nicht gerade als fair bekannt.«

»In welcher Branche waren sie tätig?«

»Barchent«, sagte Bert, der sich als der mitteilsamere der beiden erwies. »Wie die übrigen Mühlen hier auch. Stoffe für Mäntel und Hosen und dergleichen. Aber das kommt heute alles aus dem Ausland. Tully hat gutes Geld verdient, bis die auswärtige Konkurrenz ihn fertigmachte.«

»Und der Sohn – wo wohnt er?«

»Spanien, habe ich zuletzt gehört.«

»Keiner von der Familie mehr hier in der Gegend?«

»Nein, keiner.«

»Moment, Bert«, sagte Wilf. »Das kann nicht stimmen. Was ist mit der alten Dame?«

»Ach ja, Miriam. Die habe ich vergessen.«

»Wer ist das?«

»Henry Tullys Witwe.«

»Und sie wohnt noch immer hier?«

»Nicht in Hebden, nein. Oben in Keighley, im Altenheim. Sie wollen sie doch sicher nicht besuchen, oder?«

»Warum sollte ich nicht?«

Die beiden tauschten einen Blick. Dann sagte Bert: »Sie ist nicht mehr richtig im Kopf, junger Mann. Das sagen die Leute.«

»Wissen Sie zufällig die Adresse des Heims?«

»Keine Ahnung.« Wilf zuckte mit den Schultern, um anzudeuten, auch er wisse es nicht. »Wir werden da oben ganz bestimmt keinen Besuch machen, verstehen Sie? Die Tullys waren Eigentümer, und unsereins war Arbeiter, bis die Südkoreaner uns alle arbeitslos machten. Große und kleine Fische vermischen sich nicht, zumindest nicht in dieser Stadt. Was sagten Sie noch, weshalb Sie sich für sie interessieren?«

»Wir könnten entfernt verwandt sein.«

»Dann wären Sie entfernt mit einem Mörder verwandt.«

»Ach ja?«

»Henry Tullys Bruder Edmund hat gleich nach dem Krieg unten im Süden einen Kerl ermordet. Wir dachten, er würde dafür hängen, aber er wand sich heraus, genau, wie er sich aus Hebden herauswand, als es ihm in den Kram paßte.«

»Sie kannten ihn?«

»Vom Sehen und Hören, ja. Aber es ist mehr als vierzig Jahre her, daß er verschwand, und er ist seither nicht mehr aufgetaucht. Wie ich gehört habe, wurde er vor ein paar Jahren aus dem Gefängnis entlassen. Gott allein weiß, warum. Und Gott allein weiß, was seither aus ihm geworden ist. Den werden Sie hier nicht finden, das steht fest.«

Aber es stand durchaus nicht fest. Die Heimat ist der Ort, an dem alles anfängt, und der letzte Ort, den man vergißt. Am nächsten Morgen machte ich mich früh auf den Weg in die Birchcliff Road, in der sich inmitten einer Reihe imposanter viktorianischer Villen mit Blick auf die Stadt – die Snobmeile, hatten Bert und Wilf sie genannt – auch das Haus der Tullys befand. Sie hatten nicht gesagt, welches Haus den Tullys gehört oder welche der aufgegebenen Mühlen im Talgrund das Geld dafür eingebracht hatte. Ich hätte es gern gewußt, aber eigentlich spielte es keine Rolle. Eines war wie das andere. Hebden Bridge; Oxford; Malaya; Truro: Das war die Straßenkarte von Tullys Leben. Ich hatte das Gefühl, nur den Pfeilen folgen zu müssen, um herauszufinden, wo er sich versteckt hielt.

Zurück im White Lion, begann ich nach dem Frühstück alle Altersheime mit einer Telefonnummer in Keighley anzurufen. Das dritte, Ravensthorpe Lodge, bestätigte, daß Miriam Tully dort wohnte. Und Besucher seien stets willkommen.

Mord definiert nicht nur den Mörder, sondern auch das Opfer. Alles andere, was die beiden getan haben und was sie waren, ordnet sich diesem Ereignis unter. Keine andere Art des Sterbens hat eine solche verbindende Kraft. An Joshua Carnoweth erinnerte man sich in Truro nicht als den reich gewordenen Zinnarbeiter, liebeskranken Wanderer oder sentimentalen Einzelgänger, sondern als den reichen alten Mann, der im August 1947 am oberen Ende der Lemon Street erstochen wurde. Und Michael Lanyon blieb nicht als ruhmreicher Kriegsheld oder hart arbeitender Auktionator in Erinnerung, sondern als der habsüchtige Intrigant, der für den Mord verantwortlich war und ein paar Monate später dafür hingerichtet wurde. Den Rest – ihr Leben, ihre Lieben, ihre Erfolge und Mißerfolge – tat man als überflüssige Details ab.

Ich spürte, wie sich dieser Umwandlungsprozeß vollzog, als der Herbst in den Winter überging und alle Proteste und Argumente und Widersprüche angesichts der einen, pragmatischen Wahrheit verstummten. Beide Männer waren tot und begraben. Keiner würde ins Leben zurückkehren, und auch die Lanyons würden nicht mehr nach Truro zurückkommen. Ein Schlußstrich war gezogen, eine Episode abgeschlossen. Es war vorbei.

Doch die Folgen mußten verarbeitet werden. Ich weiß nicht, wann oder wie ich erkannte, daß meine Familie weit über die optimistischsten Schätzungen von Onkel Joshuas Vermögen hinaus reich geworden war. Zweifellos teilte Mr. Cloke seine Geheimnisse äußerst ungern mit. Und die Regelung der Vermögensangelegenheiten eines Ermordeten ist vermutlich eine komplizierte Angelegenheit. Sicher verbrachten Großmutter und mein Vater in jenem Dezember viele Stunden in Mr. Clokes Büro. Nach und nach jedoch sickerte das Bewußtsein von einer großen Erbschaft in unsere Gespräche beim Tee durch, und mir wurde meine eigene begrenzte Sicht der Zukunft klar. »Das verbessert unsere Lage beträchtlich«, gestand Dad eines Tages vorsichtig. Aber an Weihnachten, als der Portwein seine Zunge gelöst hatte, war er mitteilsamer – und auch etwas genauer. »Wir werden leben können wie die Könige. Sich vorzustellen, daß er so viel besaß. Und sich vorzustellen, daß nun alles uns gehört.«

Um genau zu sein: Alles gehörte Großmutter. Sie sollte zwar eine Vorliebe für Extravaganzen entwickeln, aber im wesentlichen würde alles so bleiben, wie es begonnen hatte: Es diente einem Ziel. Der Umzug nach Tredower House und dessen Ausstattung als eleganter Wohnsitz würde uns den Status einer besseren Familie einbringen. Die Vergrößerung eines kleinen Lebensmittelladens mit einem darüberliegenden Zimmer, in dem Textilien verkauft wurden, zu einer regionalen Kaufhauskette würde unseren Ruf als geschäftstüchtig und fleißig festigen. Diese ehrgeizigen Pläne von Großmutter wurden unser aller Schicksal, obwohl es lange gedauert hat, bis ich begriffen habe, worauf sie hinausliefen.

Inzwischen konnten wir uns einen Luxus leisten, von dem wir uns nie hätten träumen lassen. Zur Feier meines zwölften Geburtstags im März 1948 fuhren wir alle zu Beginn der Osterferien für ein verlängertes Wochenende nach London.

Wir stiegen im Claridge's ab, machten eine Bootsfahrt auf der Themse, besichtigten den Tower und gingen in das neueste amerikanische Musical, *Annie Get Your Gun*. Ich kann mich noch heute an die Eindrücke und Geräusche dieses Abends erinnern, an das faszinierende, großstädtische Treiben, das mich in seinen Bann zog. Es ließ mich – wie vielleicht beabsichtigt – jede bewußte Erinnerung an meine gemeinsame Geburtstagsparty mit Nicky in Tredower House im Jahr zuvor vergessen. Das Haus war jetzt unser Zuhause, nicht mehr das der Lanyons; unsere Zukunft, nicht ihre. Und ich begann, die Veränderung zu genießen.

Ravensthorpe Lodge war eines von mehreren spitzgiebeligen viktorianischen Wohnhäusern am nordwestlichen Rand von Keighley, ruhig gelegen und mit einem Panoramablick über Airedale und die Pennines, wenn nicht gerade Wolken und Nieselregen wie jetzt die Sicht versperrt hätten, während ich von Hebden Bridge aus durch das Moor fuhr.

Miriam Tully befand sich nicht in der Halle, wo die meisten der Bewohner zum laut dröhnenden Begleitkommentar eines naturhistorischen Dokumentarfilms im Fernsehen ihr Frühstück einnahmen.

»Sie ist keine von unseren geselligeren Damen«, vertraute mir die Krankenschwester an, die mich in Empfang nahm. Was mir nur recht sein konnte. Das, worüber ich mit ihr reden wollte, eignete sich nicht besonders gut dafür, einen Kommentator, der über die Weidegewohnheiten von Wildtieren dozierte, zu übertönen.

Sie saß in einem Sessel am Fenster ihres Zimmers und las einen in Großbuchstaben gedruckten Roman von Dick Francis. Sie hatte weißes Haar und gebeugte Schultern und befand sich eindeutig in einem Zustand körperlichen Verfalls, wie ihr ungeschickt zugeknöpftes Kleid und das neben dem Sessel bereitstehende Gehgestell verrieten; trotzdem sah sie besser und wacher aus, als ich nach Berts Bemerkungen erwartet hätte.

»Besuch für Sie, Miriam«, sagte die Schwester. »Der Herr, der vorhin am Telefon war.«

»Telefon?« sagte Miriam mit brüchiger, nörgelnder Stimme. »Ich habe niemanden angerufen. Kann ich mir nicht leisten bei den Gebühren, die Sie verlangen.«

»Ich überlasse sie Ihnen«, flüsterte die Schwester mir zu und schlüpfte hinaus. Ihre Stimme hatte eine Spur von Resignation.

»Kommen Sie vom Stadtrat?« fragte Miriam und blickte auf, als ich näher trat; ihre blaßblauen Augen wirkten durch die Brille unnatürlich groß. »Höchste Zeit, daß sich mal jemand um die Leute hier kümmert.«

»Mit dem Stadtrat habe ich nichts zu tun«, sagte ich, zog einen Stuhl heran und wagte ein Lächeln, während ich mich setzte. »Mein Name ist Napier. Ich hoffe, Sie können mir helfen.«

»Kann mir nicht denken, wie.«

»Ich suche nach einem Verwandten von Ihnen, Edmund Tully.«

»Mein Bruder ist tot. Und er hieß nicht Edmund.«

»Ich meine Ihren Schwager. Ich bin sicher, Sie wissen, von wem ich spreche.«

»Ich verstehe überhaupt nichts.« Sie schmollte. »Die Hausmutter wird Ihnen das auch sagen.«

»Kommen Sie, Miriam. Ich glaube Ihnen nicht, daß mit Ihnen etwas nicht...«

»Wie können Sie es wagen, mich mit Vornamen anzureden?« Sie starrte mich an. »Habe ich Ihnen das erlaubt? Vielleicht habe ich es vergessen. Man sagt mir, ich wäre sehr vergeßlich. Aber vielleicht habe ich es auch nicht erlaubt, und Sie legen nur die Anmaßung Ihrer Generation an den Tag, und in diesem Fall...«

»Entschuldigung, Entschuldigung.« Ich hob abbittend die Hände. »Es tut mir leid. Sie haben vollkommen recht – Mrs. Tully.«

»Was sagten Sie noch, wer Sie sind?«

»Chris Napier.«

»Nie von Ihnen gehört.«

»Joshua Carnoweths Neffe.«

»*Wer?*«

»Der Neffe des Mannes, den Ihr Schwager ermordet hat.«

»Mord?« Auf einmal wirkte sie nachdenklich. Sorgfältig legte sie ihr Buch zur Seite. »So eine schreckliche Tat.«

»Wissen Sie, wo Edmund ist?«

»Von Rechts wegen sollte er tot sein. Tot. Wie mein armer, lieber Henry.«

»Aber er ist es nicht?«

Sie zuckte mit den Schultern. »Ich weiß nicht. Ich kann es nur hoffen. Ihr Onkel war nicht sein einziges Opfer. Auch Henry hat er so gut wie ermordet. Die Scham über das, was sein Bruder getan hatte, hat ihn früh ins Grab gebracht. Er hätte sonst die Mühle weiter betrieben, wissen Sie. Er hätte einen Weg gefunden, sie rentabel zu machen. Dann hätte Richard das Familiensilber nicht verscherbeln und mich hier einsperren können.«

»Ist Richard Ihr Sohn?«

»Ein undankbarer Sohn. Was mehr schmerzt als der Biß einer Schlange. Er hat etwas von der Natur seines Onkels. Sitzt da unten in Spanien und führt diese Sportklinik, gegründet mit dem Geld aus dem Verschachern des Lebenswerks von zwei Generationen. Sitzt da an seinem Swimmingpool und trinkt Pimm's, und ich muß …« Sie brach ab und runzelte die Stirn, als werde ihr bewußt, daß sie vielleicht zuviel gesagt hatte. »Nun ja, ich denke, das führt zu nichts.«

»Wann haben Sie Ihren Schwager zuletzt gesehen, Mrs. Tully?«

»Edmund?«

»Ja«, sagte ich und versuchte, geduldig zu bleiben. »Edmund.«

»Ach, vor vielen Jahren. Vor dem Krieg. Eines Tages hat er angekündigt, er werde nach London gehen und einen Job annehmen, den ihm jemand angeboten hatte, den er aus Oxford kannte. Versicherungen, wenn ich mich recht erinnere. Wovon Edmund weniger als nichts verstand. Er haßte Hebden Bridge. Sagte, es wäre zu klein, eine zu feindliche Umgebung, als daß seine exotischen Talente sich darin entfalten könnten. Was er wirklich nicht ertragen konnte, war, unter Henry zu arbeiten. Er meinte, eine Universitätsausbildung würde ihn zu einer gehobenen Stellung in der Firma berechtigen, aber er war nicht bereit, dafür etwas zu tun. Er war nie bereit, in irgendeiner Form zu arbeiten, wenn wir schon davon reden. Ein Junge, der zu nichts taugte, und ein wertloser Mann. Ich habe immer gewußt, daß es mit ihm kein gutes Ende nehmen würde.«

»Erinnern Sie sich, wie sein Freund in London hieß? Oder die Firma, für die er arbeitete?«

»Ich fürchte nein. Edmund blieb nicht lange dort.«

»Aber er kam nicht nach Hebden Bridge zurück?«

»Kein einziges Mal. Nicht mal, um das Grab seiner Mutter zu besuchen. Sie starb, während er in Kriegsgefangenschaft war. Man hätte meinen sollen, daß er ihr die letzte Ehre erweisen würde, als er nach Hause kam, aber nichts dergleichen. Er blieb weg. Wir rechneten nicht damit, noch einmal von ihm zu hören, und ich nehme an, das hätten wir auch nicht – wenn der Mord nicht passiert wäre.«

»Wissen Sie, daß er vor zwölf Jahren aus dem Gefängnis entlassen worden ist?«

»Ich habe so etwas gehört.«

»Aber trotzdem kein Kontakt?«

»Nicht einmal ein Bettelbrief, kann ich glücklicherweise sagen.«

»Könnte er vielleicht an Ihren Sohn herangetreten sein?«

»Richard? Er hat ihn gar nicht gekannt.«

»Oder an irgendeinen anderen Verwandten?«

»Das glaube ich kaum.«

»Aber sicher…«

»Es gibt da natürlich eine Ehefrau. Ich nehme an, mit ihr muß er sich in Verbindung gesetzt haben. Wenn er allerdings auf ein Almosen hoffte…«

»Eine *Ehefrau?*«

»Ja. Edmund hat unten in London ein Mädchen geheiratet, kurz bevor er zur Army ging. Wir haben sie nie kennengelernt, aber vielleicht bestand zwischen den beiden eine echte Affinität, wenn man bedenkt, was wir über sie erfahren haben; deshalb denke ich, ist er möglicherweise zu ihr zurückgekrochen, nachdem er entlassen wurde.«

»Was meinen Sie damit – was Sie über sie erfahren haben?«

Miriam schaute an mir vorbei auf eine Stelle der Tapete, die ein lästiger Fleck in ihrem Gedächtnis hätte sein können. »Ich nehme an, es kann nichts schaden, wenn ich es Ihnen erzähle. Henry hat sich große Mühe gegeben, es geheimzuhalten, aber er ist schon so lange tot, und heutzutage steht der Name Tully in Hebden Bridge für nichts mehr, also welche Rolle sollte es spielen? Wenn es Richard in Verlegenheit bringt, ist es mir auch egal.« Bei dem Gedanken lächelte sie beinahe. »Sie sind schließlich Cousins.«

»Wer?«

»Richard und Edmunds Kind.«

»Es gab ein Kind?«

»O ja. Das war das halbe Problem. Ich glaube, Henry hätte nicht eingewilligt, wenn es nicht seine Nichte gewesen wäre, um die es ging.«

»Edmund hatte eine Tochter?«

»Seine Frau behauptete das, ja. Obwohl ich immer gedacht habe, daß sie vielleicht…«

»Wie alt? Wie alt wäre sie jetzt?«

»Die Tochter? Etwa fünfunddreißig, nehme ich an.« Sie schüttelte verwundert den Kopf. »Ja, so alt muß sie jetzt sein. Wie die Zeit vergeht.« Dann schaute sie zu mir herüber. »Stimmt etwas nicht, Mr. Napier?«

12. Kapitel

NICHTS STIMMTE NICHT. Tatsächlich stimmte so manches – insofern, als es paßte und einen dunkel zu erahnenden Sinn ergab – an der Enthüllung, daß Edmund Tully eine Tochter hatte. Sie wäre ungefähr fünfunddreißig Jahre alt; mehr oder weniger das Alter, auf das ich Pauline Lucas geschätzt hatte. Gut, gut, gut. Irgend jemandes Tochter mußte sie schließlich sein. Und sie mußte in einer gewissen Beziehung zu Edmund Tullys Vergangenheit stehen. Wenn schon Beziehung, warum dann nicht Bindung? Warum dann nicht die Liebe einer Tochter zu ihrem Vater?

Ich sagte Miriam nichts von dem, was ich argwöhnte. Das hatte keinen Sinn. Es war einfacher, dort an ihrem vom Nieselregen beschlagenen Fenster zu sitzen, während der wenig appetitliche Geruch von gekochtem Fisch von unten zu uns heraufdrang und sie weiter voller Bedauern und Groll über ihr Leben sprach. Ich hatte Glück gehabt, sie so alt und verbittert anzutreffen. In früheren Zeiten, als es noch darum ging, eine Stellung und einen Ruf zu schützen, wäre sie bestimmt nicht so mitteilsam gewesen. Aber all das war vorbei. Sie verteilte nicht mehr die Sonntagsschulpreise in der Birchcliffe Chapel. Ihr Mann war nicht mehr Vorsitzender der Vereinigung der Tuchgroßhändler in Hebden Bridge. Und beide lebten nicht mehr in einem großen Haus an der Snobmeile mit Blick auf den rauchenden Schornstein von Abraham Tully Ltd. Die Kapelle war geschlossen, ihr Mann tot, das Haus verkauft, die Firma erloschen. Und da sie nichts mehr zu verlieren hatte außer einem Stuhl im Fernsehzimmer von Ravensthorpe Lodge, konnte sie frei reden. Tatsächlich genoß sie es.

Abraham Tully gründete das Geschäft in Hebden Bridge um 1880, als die Stadt sich gerade in der Barchent-Industrie zu etablieren begann. Treffry hatte mir die Fabrik als Leinenmühle beschrieben, aber was verstand ein Polizist aus Cornwall schon von solchen Dingen? In Wirklichkeit war Barchent das Material, aus dem die Kleidung hart arbeitender Werktätiger bestand. Tully stellte Hosen, Jacken, Kittel und Overalls her, die im ganzen Empire verkauft wurden. Das machte ihn zum reichen Mann und zur Stütze der örtlichen Gesellschaft. Er zog in eines der eleganten neuen Häuser, die in der Birchcliffe Road erbaut wurden, heiratete die Tochter eines anderen Barchent-Magnaten und hatte drei Söhne: John, der als Soldat im Ersten Weltkrieg an der Ruhr sterben sollte; Henry, den sein Vater als Nachfolger und Firmenchef bestimmt hatte, und Edmund, der um einige Jahre jünger war als die beiden anderen und abgöttisch geliebt und nach dem Tod seines Bruders mit verheerenden Folgen verhätschelt und verwöhnt wurde.

So stellte Miriam es jedenfalls dar. Ihr Vater besaß eine Färberei in der Stadt, die Tully später übernahm. Sie heiratete Henry, während Edmund in Oxford studierte, und lernte ihn als den arroganten und rastlosen jüngeren Bruder kennen, der wenig zum Gedeihen der Firma beitrug – vor allem als Henry nach dem Tod des alten Abraham die volle Verantwortung übernehmen mußte – und zu Hause nur Probleme und Spannungen provozierte. Seine Sauftouren und unentschuldigten Abwesenheiten trugen ihm unter der Arbeiterschaft einen schlechten Ruf ein – und damit auch in der Stadt. Als er sich im Herbst 1938 nach London aufmachte, war Miriam von Herzen erleichtert. Für die Ankündigung seiner Abreise wählte er einen Sonntag nachmittag, an dem Miriam, Henry, Baby Richard und die alte Mrs. Tully der feierlichen Enthüllung eines Kriegerdenkmals für die Gefallenen von Hebden Bridge beigewohnt hatten. Nicht einmal die Tatsache, daß sein eigener Bruder unter ihnen war, hatte Edmund dazu bewogen, an der Feier teilzunehmen. Als die

Gesellschaft nach Hause kam, fand sie ihn mit gepackten Koffern und reisebereit vor. Das letzte, was Miriam je von ihm gesehen hatte, war, wie er in verrücktem Tempo die Birchcliffe Road hinunterraste, während seine Mutter in Tränen aufgelöst dastand und sie selbst ihre Freude über diese Entwicklung gut verbarg.

Sporadisch trafen Nachrichten über Edmunds weitere Aktivitäten ein, die Miriam gleichgültig aufnahm. Seine Karriere im Versicherungsgewerbe dauerte nicht einmal ein Jahr. Daß er in die Army eintrat, sah sie weniger als patriotische Tat denn als eine Alternative zur Arbeitslosigkeit; seine gleichzeitig erfolgende Verheiratung nicht als ernsthafte Bindung, sondern als vorübergehende Laune. Von seiner Frau, Alice Graham, hörte und wußte man nichts. Es war das Kriegsministerium und nicht die neue Mrs. Tully, das der Familie mitteilte, daß Edmund bei der Eroberung Singapurs in japanische Gefangenschaft geraten war. Diese Nachricht stürzte seine Mutter in eine Depression, von der sie sich nie mehr erholte.

Als nach dem Krieg in den Zeitungen stand, welcher Behandlung die Kriegsgefangenen der Japaner ausgesetzt waren, zog Miriam den Schluß, daß Edmund wohl nicht überlebt hatte. Schließlich erfuhren sie aber doch über verschlungene offizielle Kanäle, daß er am Leben war, auch wenn seine Frau noch immer schwieg. Von Edmund selbst hörten sie nichts. Wäre er gekommen und hätte um Hilfe gebeten, behauptete Miriam, so hätte man ihn nicht abgewiesen. Doch er tauchte nie auf. Und die Familie ihrerseits suchte nicht nach ihm. Statt dessen rief im Sommer 1947 ein Inspector an – mit der Mitteilung, daß Edmund in Cornwall einen Mann ermordet habe. Für Geld, natürlich. Das schien seine Unverbesserlichkeit nur zu bestätigen. Wieder einmal bestand die Reaktion der Familie darin, nichts zu tun. Ein gewisses Maß an Klatsch in der Stadt mußte man natürlich ertragen. Das war unvermeidlich. Aber Henry war nicht der Hüter seines Bruders. Er erklärte, Edmund solle für das geradestehen, was er getan hatte. Es konnte keine Rede davon sein, ihn zu verteidigen, da sein Handeln unverzeihlich war. Nicht, daß Edmund ihn darum gebeten hätte. Aus dem Gefängnis von Exeter kam keine unterwürfige Bitte um eine Zeugenaussage über Edmunds Charakter, keine durch seinen Verteidiger übermittelte Botschaft. Edmund, so schien es, wollte nichts von ihnen.

Mit seiner Frau jedoch war das eine andere Sache. Unmittelbar vor Beginn des Prozesses schrieb sie und bat um Geld. Nicht für sich selbst natürlich, sondern für ihre Tochter. Edmunds Tochter vielmehr, Ergebnis ihrer kurzen Wiedervereinigung nach dem Krieg, zu der Zeit noch ein Baby. Alice Tully wollte London verlassen und irgendwo neu beginnen, wo sie ihre Beziehung – und die des Babys Simone – zu einem Mörder vergessen konnte. Ihre Verbindung mit Edmund war der Presse noch nicht zu Ohren gekommen, aber wenn sie keine andere Unterstützung fand, würde Alice daran denken müssen, ihre Geschichte an die Sonntagszeitungen zu verkaufen.

»Das war natürlich Erpressung«, erklärte Miriam. »Und ziemlich dreist. Aber es wäre schrecklich gewesen, wenn wir in den Zeitungen so dargestellt worden wären, als ließen wir Edmunds Witwe und sein Kind in Armut leben. Verstehen Sie, wir dachten ja, man würde ihn hängen. Und das Baby war natürlich Henrys Nichte. Er fühlte sich ihr irgendwie verpflichtet und hat nie an Edmunds Vaterschaft gezweifelt – ich dagegen schon, das muß ich zugeben. Bei Frauen dieser Art kann man nicht allzu sicher sein, oder?«

Ich verkniff mir, Miriam darauf hinzuweisen, daß sie eigentlich nicht wissen konnte, welche Art Frau Alice Tully war. Vielleicht hatte Verzweiflung sie dazu getrieben, vielleicht hatte aber auch Edmund seinen Bruder und seine Schwägerin als Menschen geschildert, die eher auf Drohungen als auf Bitten reagieren würden.

Wie auch immer, Henry bezahlte, und er bezahlte bis zu seinem Lebensende, und zwar in Form eines bescheidenen Zuschusses. Alice ließ sich an der Küste in Brighton nieder, wo sie ihren Mädchennamen wieder annahm und eine Pension führte. Einige Monate nach dem Prozeß schrieb Henry an Edmund ins Gefängnis und berichtete ihm von den Vorkehrungen, die er für seine Tochter getroffen hatte, aber er erhielt keine Antwort. Typische Undankbarkeit, wie Miriam das sah.

Edmund befand sich noch im Gefängnis, und Alice lebte noch immer in Brighton, während Simone inzwischen zum Teenager herangewachsen war, als Henry kurz vor Weihnachten 1961 seinen tödlichen Herzinfarkt erlitt. Nachdem sie sich von dem Schock erholt hatte, schrieb Miriam an Alice und teilte ihr mit, daß sie den monatlichen Zuschuß nicht länger bezahlen werde. Simone war schließlich nicht *ihre* Nichte. Und die Zeiten waren hart für eine Witwe mit einer vor dem Ruin stehenden Firma und einem geldgierigen Sohn, mit dem sie fertig werden mußte. Alice antwortete nicht, und Miriam nahm an, sie akzeptiere, daß die Zeit jede Bedrohung, die sie und ihre Tochter vielleicht einmal für die Tullys dargestellt haben mochten, neutralisiert hatte. Und damit war, soweit es Miriam betraf, die Sache beendet.

»Ich weiß nicht, was Alice Graham dem Mädchen über seinen Vater oder dessen Familie erzählt hat«, sagte Miriam. »Was immer es auch war, die Wahrheit oder weniger als die Wahrheit, es hat nie zu irgendeinem Kontakt mit mir geführt. Und ich bin nicht schwer zu finden, wie Sie ja festgestellt haben, Mr. Napier.«

»Hat... Mrs. Graham... Sie darüber auf dem laufenden gehalten, wie ihre Tochter sich entwickelte?«

Miriam schnaubte. »Natürlich nicht.«

»Also könnte sie überall sein und alles mögliche tun, soweit Sie wissen.«

»Was mir egal wäre. Ist es nicht das, was Sie eigentlich meinen?« Sie warf den Kopf hoch. »Nun, ich leugne das nicht. Ich war von Anfang an entschlossen, mich in keiner Weise in Edmunds Leben hineinziehen zu lassen. Was immer und wen immer er anfaßt, wird leicht...«, sie rümpfte die Nase, »... wird leicht schmutzig.«

»Aber Simone war die Nichte Ihres Mannes. Hat er nie daran gedacht, sie zu besuchen?«

Miriam sah mich an, als wäre ich verrückt. »Das ist ihm nie in den Sinn gekommen. Der Zuschuß war eine großzügige Anerkennung. Zu großzügig, meiner Meinung nach.« Es war eine Meinung, die sie Henry Tully gegenüber zweifellos oft geäußert hatte. »Richard war entsetzt, als er erfuhr, was sein Vater ihr alles bezahlt hat.« Sie lächelte. »Einer der wenigen Punkte, in denen *wir* uns einig waren.«

»Hat er seine Kusine nie sehen wollen?«

»Eigentlich will er nicht einmal *mich* sehen, Mr. Napier, ganz zu schweigen von der Tochter eines Onkels, an den er sich nicht mal erinnern kann. Außerdem hat er sie gesehen, strenggenommen. Alice Graham hat uns ein Foto von dem Baby geschickt, als sie uns das erste Mal um Hilfe bat.«

»Haben Sie das noch?« Es war reine Spekulation, aber wenn das Baby eine Ähnlichkeit mit Pauline Lucas hatte...

»Ich fürchte nein. Ich mußte mich von den meisten meiner Habseligkeiten trennen, als ich hier einzog. Wie Sie sehen, ist die Unterbringung nicht sehr komfortabel. Ich konnte nur ein paar kostbare Andenken an glücklichere Zeiten behalten. Ein Foto von Edmunds Tochter gehörte, wie Sie sich sicher denken können, nicht dazu.«

»Glauben Sie, daß Alice Graham immer noch in Brighton wohnt?«

»Ich habe nicht die leiseste Ahnung.«

»Es ist bloß so, wenn ich irgendeine Chance haben soll, Ihren Schwager zu finden...«

»Dann müssen Sie Ihr Glück in Brighton versuchen. Meine Güte, sind Sie hartnäckig! Vom einen Ende des Landes zum anderen. Ihre Zielstrebigkeit ist ziemlich anstrengend, muß ich sagen.«

»Sie erinnern sich nicht zufällig an ihre Adresse?«

»Doch.« Sie zog die Augenbrauen hoch, als wolle sie mir das überraschte Lächeln vorwerfen, das auf meinem Gesicht erschien. »Ich glaube, es ist ein Vorbote von Senilität, daß das Gedächtnis da am besten funktioniert, wo es um unwichtige Dinge geht. Vor zwanzig Jahren hätten Sie Alice Graham im Ebb Tide Guest House am Madeira Place in Brighton finden können. Wer weiß, was heute ist. Aber ich stelle mir vor, Sie werden es ziemlich bald herausfinden. Dürfte ich Sie als Gegenleistung für die Information vielleicht um einen kleinen Gefallen bitten?«

»Ja, gerne.«

»Führen Sie mich zum Lunch aus, bevor Sie fahren. Ich schlage das Brown Cow in Bingley vor. Es ist nicht weit, und mit ein bißchen Glück haben sie keinen gekochten Fisch auf der Speisekarte.«

Nachdem das Finanzamt seinen Anteil an Onkel Joshuas Vermögen eingefordert hatte, blieben Großmutter ungefähr eine Million Pfund in zinsbringenden Anlagen und etwa die Hälfte in Anleihen, Anteilscheinen und ähnlichen Wertpapieren sowie Tredower House samt Inventar. Was damals eine Million wert war, wären heute zehn Millionen oder mehr. Ich spreche also vom Erwerb eines Vermögens praktisch über Nacht. Keiner hat es mir oder Pam gesagt, und an unserem Lebensstil konnte man es auch nicht ablesen, aber Tatsache ist, daß wir Anfang 1948 eine sehr reiche Familie wurden.

Selbst wenn Großmutter einen Hang zur Verschwendung gehabt hätte, so wäre diese an den Rationierungen und wirtschaftlichen Einschränkungen gescheitert. Im England der Nachkriegszeit gab es nicht viel, wofür man Geld ausgeben konnte, und strenge Devisenkontrollen verhinderten, daß man es ins Ausland schaffte. Diese Welt ist so weit von der Gegenwart entfernt, daß es mich überrascht, sie als Kind noch selbst erlebt zu haben.

Allerdings reisten in diesem ersten Sommer unseres relativ wenig zur Schau gestellten Wohlstandes Großmutter und Großvater auf der *Queen Mary* nach New York, um ihren diamantenen Hochzeitstag zu feiern. Das war so ungefähr die einzige auffällig große Geldausgabe, die ein Beobachter hätte feststellen können: Ein altes Ehepaar unternimmt seine erste Auslandsreise. Sie kamen zurück mit Geschichten über das Empire State Building, die Freiheitsstatue, Diners am Tisch des Kapitäns sowie der Erkenntnis meiner Großmutter, die Zukunft des Einzelhandels liege darin, Kunden mit den guten Dingen zu versorgen, die in New York so reichlich angeboten wurden. Im Kleinen hatte sie das schon im Textilgeschäft begriffen, und jetzt plante sie, das von Onkel Joshua geerbte Geld in dieses neue Einkaufskonzept zu investieren und den Namen Napier unauflöslich damit zu verbinden.

Im Lauf der nächsten Jahre wurden Kaufhäuser namens Napier's in Truro, Plymouth, Torquay, Exeter, Taunton und Bournemouth eröffnet. Dad hörte auf, Speck in Scheiben zu schneiden und Käse abzuwiegen, und wurde Leiter und Geschäftsführer einer großen und angesehenen Firma. In den Augen der Öffentlichkeit *war* er Napier's, und er spielte die Rolle mit Begeisterung, legte sich einen Daimler, einen Chauffeur, ein Ehrenamt als Friedensrichter, eine Vorliebe für maßgeschneiderte Anzüge und Golf sowie, als er die Fünfzig überschritten hatte, die Korpulenz eines erfolgreichen Geschäftsmannes zu.

Er war natürlich kein Selfmademan, und hinter seinem Aufstieg zum erfolgreichen Unternehmer stand Großmutter. Und dahinter wiederum stand Onkel Joshuas Geld. Ironischerweise war Napier's, auf lange Sicht gesehen, ein Mißerfolg. Die guten Jahre wogen die schlechten nie ganz auf. Eine Menge Leute wurden beschäftigt, Massen von Kunden bedient und unzählige Geschäfte getätigt. Aber dabei wurde niemand wirklich reich, und deshalb war es von Vorteil, daß Großmutters eher passivere Investitionen so gute Erträge brachten.

All das sage ich aus der Rückschau, aber damals wirkte Napier's wie eine Art finanzieller Leviathan, dessen Solidität und Vertrauenswürdigkeit von der Fassade in der Boscawen Street noch betont wurde. Das Harrod's von Cornwall nannte man es. Nun ja, ganz so groß war es nie, aber es war *das* Geschäft in Truro. Und der Name, der in ebenso vielen großen goldenen Lettern über dem Eingang prangte, wie sich zu beiden Seiten elegant dekorierte Fenster befanden, war sowohl buchstäblich als auch metaphorisch zu dem geworden, was Großmutter sich erhofft hatte: dem größten in der Stadt.

Er war auch meine Zukunft, eine fix und fertige Karriere, bei der ich eines Tages die Nachfolge meines Vaters antreten sollte. Während ich Schule, Wehrdienst und Universität durchlief, lag sie vor mir, diese Karriere, wartete auf mich, ob ich sie wollte oder nicht. Als Pam Trevor Rutherford heiratete und er ins Geschäft einstieg, während ich in London noch ein sorgloses Studentendasein führte, sah ich in ihm keinerlei Bedrohung. Damals glaubte ich, wenn die Zeit dafür reif wäre, könne ich bei Napier's jede Rolle spielen, die ich wollte. Die Frage war bloß, *ob* ich wollte.

Ich beeilte mich nicht mit der Entscheidung. Ich schaffte es sogar, Großmutter zu überreden, mir nach Abschluß des Studiums ein Jahr als Globetrotter zu finanzieren, um über meine Zukunft nachzudenken. Die Monate, die ich frei und ungebunden in den Staaten zubrachte und in einem metallicblauen Chevrolet Corvette mit in voller Lautstärke aufgedrehtem Radio, aus dem Elvis-Presley-Songs dröhnten, die Freeways unsicher machte, hinterließen in mir eine Vorliebe für schicke Kabrioletts, Rock 'n' Roll und platinblonde Kellnerinnen, aber keine große Begeisterung für das Warenhausmanagement.

In Wirklichkeit aber hatte ich keine klare Vorstellung davon, was ich mit meinem Leben anfangen wollte, und so landete ich schließlich mit dem verzweifelten Gefühl von Unvermeidbarkeit mit vierundzwanzig Jahren als Managementtrainee im Familienunternehmen. Allerdings war ich nicht länger der designierte Nachfolger; Trevor hatte inzwischen festen Boden unter den Füßen. Als mein Vater zu Beginn von Napier's zweitem Jahrzehnt als Firma etwas weniger arbeitete, war Trevor dort zur treibenden Kraft geworden. Er begrüßte meine Ankunft mit kaum verhüllter Feindseligkeit und sorgte für meine rasche Versetzung zur Filiale in Plymouth, wo der dortige Manager, Humphrey Metcalfe, mir »den letzten Schliff« geben sollte, wie er sich auszudrücken pflegte.

Miriam Tullys Beschreibung, wie ihr Schwager aus Oxford zurückgekehrt war, gab mir einen Eindruck davon, was Trevor von mir gehalten haben muß. Sicher sah er in mir einen arbeitsscheuen und verwöhnten Eindringling, der im Herbst 1960 in sein Reich hineinplatzte. Und vermutlich war ich genau das. Aber unter der Fuchtel von Humphrey Metcalfe konnte man weder faul noch verwöhnt *bleiben*; so wie er guten Kunden gegenüber zu kriecherischer Unterwürfigkeit neigte, machte er es sich zur Gewohnheit, das Personal mit cholerischen Tobsuchtsanfällen einzuschüchtern. Der Sohn des Chefs war ein Phänomen, das er sowohl fürchtete als auch haßte, doch mein teilnahmsloses Herangehen an das Arbeitsleben sowie heimliche Anweisungen, die Trevor ihm vielleicht erteilt hatte, gaben ihm mehr Grund, mich zu hassen als zu fürchten. Das Ergebnis waren untergeordnete Aufgaben und unterdrückte Beschwerden. Die Filiale in Plymouth, ein nackter weißer Megalith, der die Ladenfront des Armada Way dominierte, wurde von Architekturstudenten manchmal mit einem Kreuzschiff verglichen. Für mich war es eher eine Galeere, auf der ich eine Strafe ableistete, indem ich für einen gemeinen Diktator niedere Arbeiten verrichtete. »Musso« Metcalfe nannte das Personal ihn hinter seinem Rücken, und die Anspielung auf Mussolini implizierte, daß er irgendeinem »Hitler« verpflichtet war. Doch was das Personal betraf, gehörte ich nie wirklich dazu. Sie trauten mir nicht, denn keiner von ihnen wußte, daß ich weder besser bezahlt noch besser behandelt wurde als sie. Das Management nahm die Einstellung wörtlich, ich solle mich hocharbeiten. Wir saßen also im selben Boot, aber für mich stellte es sich nie so dar.

Don Prideaux war so ungefähr der einzige Freund, den ich in Plymouth hatte, wenn man von den anderen Stammgästen des Abbey absieht, des Lokals, das in der Nähe meiner Wohnung lag und in dem ich viele Mordgelüste auf Humphrey Metcalfe ertränkte. Don war zu Beginn des zweiten Schuljahrs mit einem mühsam erarbeiteten Stipendium an die Truro School versetzt worden. Obwohl er mich niemals vergessen ließ, daß Ausbildung und Karriere mir auf einem Silbertablett serviert wurden, während er sich seine durch Anstrengung und Fleiß verdienen mußte, trafen wir uns unter der Woche regelmäßig zu Lokalbesuchen, vereinbarten an Freitagabenden Rendezvous zu viert und an den Wochenenden Ausflüge in dem froschäugigen Sprite, den ich von dem bißchen Bargeld kaufte, das mir mein Großvater in seinem Testament hinterlassen hatte, nach Bartmoore. Der sentimentale alte Bursche wußte, daß ich an der kurzen Leine gehalten wurde, und er fand sie vielleicht *zu* kurz, aber er konnte nicht viel dagegen tun.

Der letzte Rat, den Großvater mir gab – heute denke ich, es war vielleicht auch der erste –, lautete, ich solle das einmütige Drängen von Schwester, Vater, Mutter und Großmutter zu heiraten und einen Hausstand zu gründen, ignorieren. Finanzielle Freiheit war ihm zu spät im Leben zuteil geworden, um sie noch richtig genießen zu können, und deshalb vermute ich, daß er mir eigentlich sagen wollte, was er als junger Mann getan hätte, wenn er die gleichen Möglichkeiten gehabt hätte wie ich.

Das einzige Problem bestand darin, daß ich nicht mehr ganz so jung war. 1963, im Jahr Profumos, der Beatles und des großen Postraubs, als die Gesellschaft allmählich freizügiger wurde, war ich siebenundzwanzig. Ich stand vor der Wahl, entweder das zu tun, was immer weniger geduldig von mir erwartet wurde, oder mich aus dem zu befreien, was ich als Fassade bürgerlicher Wohlanständigkeit betrachtete; ich mußte wählen zwischen einer langweiligen, sicheren, einengenden Zukunft und dem großen und verlockenden Unbekannten.

Im Oktober nahm ich eine Woche frei, um mich in London mit einigen alten Freunden von der Universität zu treffen und daran zu erinnern, daß das Leben eigentlich Spaß machen sollte. Die meisten von ihnen waren inzwischen verheiratet und verfolgten ihre Karrieren mit mehr Eifer als ich. Spaß, so stellte sich heraus, war mittlerweile auch ihnen fremd geworden. Aber nicht in *allen* Fällen. Johnny Newman, mit dem ich in meinem letzten Studienjahr die Unterkunft geteilt hatte, wollte immer Rock 'n' Roll-Sänger werden. Als ich ihn auf der Party einer gemeinsamen früheren Freundin in Hampstead traf, erzählte er mir, daß er im Begriff war, mit seiner Band, den Meteors, die aus ihm, drei Gitarristen und einem Schlagzeuger bestand, full-time auf Tournee zu gehen. Johnny zeigte keine Neigung, sich einem Agenten zu verpflichten. Er war der Meinung, die Band wäre besser dran, wenn sie sich selbst managte. Aber die fünf Musiker sollten sich auch auf die Musik konzentrieren. Was sie brauchten, war ein nicht musizierendes Mitglied, das die Engagements und den Transport organisierte, für Unterbringung sorgte und eine rudimentäre Buchhaltung führte.

Ich verbrachte den größten Teil dieser Nacht und den nächsten Morgen damit, Johnny und die anderen davon zu überzeugen, daß ich aufgrund meiner Erfahrung als Manager *und* Verkäufer bei Napier's der richtige Mann für diesen Job war. Ich wurde das sechste Bandmitglied.

Dad war natürlich entsetzt. »Hast du den Verstand verloren, Junge? Das kann doch nicht dein Ernst sein.« Aber es war mein Ernst. Und es war sein Ernst, als er mir androhte: »Du wirst auf dich gestellt sein, wenn du diesen Job aufgibst. Du bekommst keine Unterstützung von mir oder deiner Mutter. Du kannst auf nichts zurückgreifen. Hast du das verstanden?« Ich versicherte ihm, ich hätte es verstanden, obwohl es für mich nicht ganz so eindeutig war. Ich glaubte nicht, daß er mir ein endgültiges Ultimatum stellte, und ich glaubte auch nicht, daß ich mir sämtliche Möglichkeiten verbaute. Erst später entdeckte ich, wie stur wir beide sein konnten – wie nachtragend und halsstarrig, selbst dann, wenn Verzeihung und Reue dringend nötig gewesen wären.

Wie sich herausstellte, war Meteors ein treffender Name für die Band. 1964 stieg sie für ein paar Monate als strahlender Stern am Musikhimmel auf. »Wasting the Night« erreichte die Top Twenty. Die Musikpresse jubelte sie hoch. Eine Reihe lukrativer, aber anstrengender Auftritte und Studioaufnahmen brachten uns Ruhm und Reichtum näher. Ich machte mich verdient, indem ich so etwas wie Ordnung im Leben der Mitglieder aufrechterhielt – ich verwaltete das Geld, organisierte die Auftritte, redete mit Journalisten, verhandelte mit Plattenfirmen. Ich hielt sogar den Kleinlaster, in dem wir durch die Lande reisten, auf der Straße und in funktionsfähigem Zustand – was an und für sich schon eine heroische Leistung war.

Doch der Fehler der Meteors war menschlicher und nicht technischer Natur. Der Leadgitarrist, Andy Wicks, hatte echte musikalische Ausstrahlung, aber leider auch eine Neigung zur Selbstzerstörung. Er wurde nicht Opfer von Alkoholismus und Drogenabhängigkeit, sondern war vielmehr ihr Freund. In diesem Sinne starb er im Kreise seiner Freunde, als er in einer Kellerwohnung an seinem eigenen Erbrochenen erstickte.

Johnny und die anderen nahmen es tapfer auf und beschlossen, als Vier-Mann-Band weiterzumachen. Aber Andy hatte die besten Texte geliefert und dem Spiel am meisten Seele gegeben. Ohne ihn war die Band zum Niedergang verdammt. Ich hatte keine Ahnung, daß es so kommen würde. Keiner von uns ahnte das. Zuerst schwankte die Welt nur leicht unter unseren Füßen, aber am Ende sollte sie zu einem steilen Abhang werden, den wir hinunterrasten.

Irgendwo in der Mitte dieses Abhangs, Andy war noch nicht ganz ein Jahr tot, und in der Hoffnung, noch immer für Geld, wenn auch nicht für viel, auftreten zu können, schaffte ich es mit großer Überredungskunst, eine Reihe von Auftritten entlang der Südküste an Land zu ziehen. Inzwischen war es schwer, die Band zusammenzuhalten. Ihr kompliziertes Liebesleben, ihre Drogenabhängigkeit, ganz zu schweigen von *meinem* starken Trinken, verbunden mit dem Bewußtsein des unausweichlichen Abstiegs, führten zu mehr verpatzten Auftritten, Absagen und häßlichen Streitereien mit Nachtclubmanagern, als der angeschlagene Ruf der Meteors aushalten konnte.

Brighton war nur einer der Orte, an dem die Dinge schiefliefen, aber Johnny reagierte so heftig, als ihn ein Studentenpublikum in der Universität von der Bühne buhte, daß er hinterher das Zimmer kurz und klein schlug, das ich mit ihm teilte. In bester Popstar-Tradition war das kein Hotelzimmer, sondern eine schäbige Dachkammer in der Nähe des Bahnhofs. Ich glaube, in diesem Augenblick erkannte ich, daß es kein Comeback geben würde. Diese Nacht in Brighton war eine Klasse für sich. Ich brauchte sechzehn Jahre, um zu erkennen, daß es schlimmer hätte kommen können. Wir hätten nur im Ebb Tide Guest House am Madeira Place wohnen müssen, dann wäre die Pensionswirtin, der ich fünfzig Pfund zu zahlen hatte, um den Schaden zu ersetzen und die Polizei draußen zu halten … Edmund Tullys Frau gewesen.

»Mrs. Graham?«

»Ja.« Sie war ungefähr sechzig, und in ihrem feingeschnittenen Gesicht zeigten sich die ersten Spuren des Alters, die sie jedoch mit einigem Erfolg kaschierte. Das dunkle Haar trug sie zurückgekämmt. Gekleidet war sie in einen elegant geschnittenen Faltenrock und eine frische weiße Bluse; von der traditionellen Pensionswirtin in einem Badeort hatte sie nichts an sich. »Brauchen Sie ein Einzelzimmer?«

»Ja, nur ein Einzelzimmer.« Wir standen auf der Veranda des Ebb Tide Guest House. Hinter uns lag die Straße im milden Oktobersonnenschein; Verkehrsgeräusche und das Kreischen der Möwen vermischten sich in der Brightoner Luft. Ich war am Abend vorher spät aus Hebden Bridge nach Hause gekommen und am späten Vormittag dann die Küste von Sussex hinuntergefahren. Unterwegs hatte ich mir eine Strategie überlegt.

»Haben Sie etwas frei?«

»Aber ja. Im Augenblick ist es ruhig. Ich kann Ihnen sogar eine Suite zum normalen Zimmerpreis geben. Übernachtung und Frühstück für sieben Pfund fünfzig. Wäre Ihnen das recht?«

»Hört sich gut an.«

»Dann kommen Sie herein.«

Die Fassade des Ebb Tide hatte recht hübsch ausgesehen, Gitter und Balkongeländer glänzten, die cremeweiß getünchten Mauern strahlten im Sonnenschein. Auch das Innere war sauber und anheimelnd, der Teppich unter meinen Füßen dick. Ich folgte ihr durch den Flur, um mir das luftige Speisezimmer zeigen zu lassen; dann gingen wir zur Treppe zurück.

»Kommen Sie auf Empfehlung?«

»Das eigentlich nicht. Das... Fremdenverkehrsbüro... hat mich an Sie verwiesen.«

»Weil Sie meinen Namen wußten, dachte ich, jemand hätte Sie zu mir geschickt.«

»Ach, den hat die Dame im Büro erwähnt.«

»Wirklich?« Sie sah mich zweifelnd an, als wir den Treppenabsatz erreichten. »Na ja, etwas muß ich ja richtig machen. Das ist es.« Sie öffnete eine Tür und trat zurück, um mich vorbeizulassen. Das Zimmer war klein, aber ordentlich möbliert. Nur roch es etwas zu stark nach Luftreiniger. Doch das Fenster versprach einen Blick aufs Meer, und das Bett besaß eine feste Matratze.

»Sehr hübsch. Wie das ganze Haus. Sind Sie schon lange hier, Mrs. Graham?«

»Schon eine ganze Weile, ja.«

»Führen Sie die Pension ganz allein?« Da ich ihr Stirnrunzeln sah, fügte ich hinzu: »Ich meine, Sie und Ihr Mann?«

»Ich bin Witwe.«

»Oh, tut mir leid, das zu hören. Haben Sie Kinder, die Ihnen zur Hand gehen?«

Sie preßte die Lippen zusammen, und ihre Haltung versteifte sich. »Sind Sie sicher, daß es das Fremdenverkehrsbüro war, das Sie hergeschickt hat, Mr...?«

»Napier.«

»Die meisten Gäste fragen mich nämlich nach heißem Wasser und den Essenszeiten, nicht nach meiner Familiengeschichte. Und sie wissen gewöhnlich auch nicht, wie ich heiße, es sei denn, sie waren vorher schon einmal hier, und das waren Sie nicht.«

»Dann sollte ich Ihnen wohl besser reinen Wein einschenken.«

»Warum tun Sie es nicht?«

»Ich bin auf der Suche nach Ihrem Mann, Edmund Tully.« Mit keinem Wimpernschlag verriet sie ihre Überraschung. Ich mußte ihre Fassung bewundern. Aber die Art, wie ihre Augen unruhig mein Gesicht musterten, verriet mir, daß ihr Gehirn schnell arbeitete, um einen Ausweg zu finden. »Versuchen Sie es nicht mit der Witwennummer, das kaufe ich Ihnen nicht ab.«

»Wer sind Sie.«

»Das spielt keine Rolle. Ich möchte einfach wissen, wo Tully ist.«

»Ich denke, Sie sollten besser gehen. Das Zimmer ist nicht mehr zu haben.«

»Dann werde ich woanders hingehen. In der ganzen Straße gibt es Pensionen, und alle haben freie Zimmer. Ihre Nachbarn, Mrs. Graham. Da Sie Ihren Mädchennamen benutzen, wollen Sie bestimmt nicht, daß die Leute erfahren, wer Ihr Mann ist und was er getan hat. Wenn Sie mir nicht helfen wollen, könnte ich gezwungen sein, Ihre Nachbarn aufzuklären.«

»Mistkerl!« Sie sagte das in einem Ton und mit einem so reservierten Gesichtsausdruck, daß nicht klar war, wen sie meinte – mich oder Edmund Tully.«

»Nur, wo er ist.«

»Ich sagte Ihnen schon, ich bin Witwe.«

»Beweisen Sie es.«

»Ich brauche nichts zu beweisen.«

»Warum schützen Sie ihn?«

»Das tue ich nicht.«

»Dann sagen Sie mir, wo er sich aufhält.«

»Das kann ich nicht.«

»Ich denke doch. Betrachten Sie es so: Sie schulden Tully gar nichts, warum also helfen Sie mir nicht, ihn zu finden? Ist das nicht besser, als daß Ihre Freunde und Nachbarn erfahren, daß Sie von Tullys Bruder Geld erpreßt haben, um sich mit Ihrer Tochter hier niederzulassen?«

»Meiner Tochter?«

»Henry Tullys Witwe hat mir alles darüber erzählt. Sie können aufhören, sich zu verstellen.«

Irgend etwas – vielleicht, das Unvermeidliche hinzunehmen – ließ ihre Aufsässigkeit verschwinden. Leise zog sie die Tür hinter sich zu, ging hinüber zum Fenster und blinzelte in das Sonnenlicht hinaus. Dann drehte sie sich zu mir um. »Sie sagten, Ihr Name sei Napier. Wie das Kaufhaus Napier's?«

»Ja.«

»Wieso fragen Sie dann mich, wo Edmund ist? In wessen Auftrag handeln Sie?«

»In meinem eigenen.«

»Ist Melvyn Napier Ihr Vater?«

»Ja.«

»Weiß er, daß Sie hier sind?«

»Nein. Aber ich verstehe nicht…«

»Warum wollen Sie Edmund finden?«

»Um die Wahrheit über den Mord an Joshua Carnoweth zu erfahren.«

»Also, ich kann Ihnen nicht helfen. Ich habe Edmund seit Jahren nicht gesehen. Er könnte auch tot sein, ich weiß es nicht.«

»Was ist mit Ihrer Tochter? Könnte sie mit ihm in Verbindung stehen?«

Alice Graham lächelte bitter. »Das ist unmöglich.«

»Sind Sie sicher, daß Sie sie gut genug kennen, um so etwas zu sagen?«

»O ja.«

»Wissen Sie, ich glaube, daß ich sie möglicherweise kennengelernt habe. Erst vor kurzem. Unter dem Namen Pauline Lucas.«

»Unmöglich.«

»Ich habe ein Foto von ihr. Kein sehr schönes, fürchte ich. Überhaupt nicht schön. Aber ich bin sicher, Sie werden sie erkennen.«

»Nein, Mr. Napier, das werde ich nicht.«

»Schauen Sie es sich an.« Ich griff in die Innentasche meiner Jacke. »Dann werden Sie ...«

»Ich habe keine Tochter.«

»Was?«

»Ich habe überhaupt keine Kinder, weder lebende noch tote. Ich bin kinderlos, verstehen Sie?«

»Aber ...«

»Ich habe die Tullys belogen. Mir allein hätten sie nie einen Penny gegeben. Aber für eine Nichte ...«

»Sie haben ihnen ein Bild des Mädchens geschickt.«

»Ein Bild *eines* Mädchens. Der Tochter einer Kusine, die kurz nach dem Krieg geboren wurde. Ich wußte, daß sie sie nie würden sehen wollen. Ein Bild war mehr als genug für sie. Und für mich.«

»Ich glaube Ihnen nicht.«

Sie zuckte mit den Schultern. »Das können Sie halten, wie Sie wollen.«

»Schauen Sie sich das an.« Ich zog das Foto aus seinem Umschlag und hielt es ihr hin; ich wollte sie zwingen, es zu betrachten, damit Pauline Lucas mir nicht wieder durch die Lappen ging. »Sie erkennen sie, nicht?«

Aber aus ihrer desinteressierten, angewiderten Miene ging deutlich hervor, daß sie sie nicht erkannte. »Ich habe sie noch nie in meinem Leben gesehen.« Dann bemerkte sie die Enttäuschung auf meinem Gesicht. »Sieht so aus, als hätten Sie einen größeren Irrtum begangen, Mr. Napier. Ich nehme an, es ist teuer, solche Fotos aufnehmen zu lassen. Es muß sehr ärgerlich sein zu erfahren, daß Sie Ihr Geld verschwendet haben.«

»Sie lügen.«

»Nein, ich lüge nicht. Ich habe keine Tochter. Und wenn ich eine hätte, wäre sie nicht von Edmund Tully. Er und ich ... also, ich werde es Ihnen sagen. Als er aus dem Krieg zurückkam, war er nicht mehr fähig, ein Kind zu zeugen. Die Japaner ... sind nicht gerade zart mit ihm umgesprungen.« Sie machte eine wegwerfende Handbewegung, die mir oder der Vergangenheit oder beidem gelten mochte, ging wieder zur Tür und öffnete sie. »Ich denke, Sie sollten jetzt gehen. Ich habe Ihnen genug erzählt.«

»Sie haben mir gar nichts erzählt. Wo ist er?«

»Was veranlaßt Sie eigentlich zu der Annahme, ich wüßte das oder es interessierte mich? Ich habe Edmund geheiratet, weil er gut aussah und mir schmeichelte und weil ich zu jung war, um es besser zu wissen. Ich habe die Art von Fehler gemacht, die viele Mädchen meiner Generation gemacht haben, und Sie brauchen mich daran nicht zu erinnern.«

»Vielleicht hätte ich das auch nicht, wenn Sie nicht beschlossen hätten, Geld aus diesem Fehler herauszuschlagen.«

»In Ordnung.« Sie schloß die Tür wieder – und kurz auch ihre Augen. »Ich habe Henry Tully betrogen. Aber sein Bruder hat mir viel übler mitgespielt. Ich brauche mich für nichts zu entschuldigen. Jedenfalls nicht bei Ihnen.«

»Wie konnten Sie so sicher sein, daß Sie damit durchkommen?« sagte ich, noch immer in der Hoffnung, daß es in Wirklichkeit doch eine Tochter gegeben hatte. »Was wäre gewesen, wenn er das Mädchen hätte sehen wollen?«

»Dann wäre er mir auf die Schliche gekommen. Aber er hat sich niemals auch nur die Mühe gemacht, mich zu sehen, und ich war sieben Jahre mit seinem Bruder verheiratet. Außerdem haben weder er noch Edmund der Polizei gesagt, daß ich überhaupt existiere. Das machte ziemlich klar, daß ich ihnen beiden lästig war. Also meinte ich, daß meine Chancen, damit durchzukommen, ganz gut standen. Und wenn es nicht geklappt hätte, hätte das auch keine große Rolle gespielt. In diesen Nachkriegsjahren in London war ich so arm und verzweifelt, wie ich es meinem schlimmsten Feind nicht wünschen würde. Ich hatte nichts zu verlieren, nur ein besseres Leben zu gewinnen. Also habe ich es versucht, und es hat geklappt.«

»Aber Edmund muß gewußt haben, was Sie taten. Henry hat ihm ins Gefängnis geschrieben.«

»Ja. Und Edmund hat nichts gesagt. Er hatte immer einen abartigen Sinn für Humor. Er fand es komisch – daß Henry für den Unterhalt seiner nicht existierenden Tochter bezahlte. Er hielt es für einen richtig guten Witz. Das hat er mir jedenfalls gesagt, als er mich nach seiner Entlassung besuchte. Ich dachte, ich wäre ihn endgültig losgeworden, aber dank Henry wußte er, wo er mich finden konnte.«

»Also war es ein Schock, als Edmund vor zwölf Jahren hier auftauchte?«

»O ja. Ein sehr unangenehmer Schock.«

»Ist er lange geblieben?«

»Er ist überhaupt nicht geblieben. Er wollte etwas Geld, weil er wußte, daß ich bereit sein würde, dafür zu bezahlen, daß er wieder ging. Es war in der Pfingstwoche, ich hatte das Haus voller Feriengäste und konnte keinen Exsträfling von Ehemann gebrauchen, der hier herumhing. Also füllte ich seine Brieftasche und schickte ihn weg.

»Wohin?«

»Das verstehe ich nicht an Ihrem Besuch, Mr. Napier. Ich habe seither nichts mehr von Edmund gehört und ihn auch nie wieder gesehen. Und ich beschwere mich auch nicht darüber, das können Sie mir glauben. Es ist mir egal, was er vorhatte. Aber wenn Sie es wirklich wissen wollen, nun ja, dann hätten Sie sich nicht all die Mühe zu machen brauchen, um es herauszufinden. Fragen Sie einfach Ihren Vater.«

»Meinen Vater? Was meinen Sie damit?«

»Ich meine damit, daß ich Edmund nicht gefragt habe, wohin er gehen würde, als er vor zwölf Jahren dieses Haus verließ, daß er es mir aber trotzdem gesagt hat. Er hat gesagt, er ginge nach Truro. Um Melvyn Napier zu besuchen.«

13. Kapitel

»Er hat gesagt, er ginge nach Truro. Um Melvyn Napier zu besuchen.« Ich erinnerte mich an Alice Grahams genaue Worte und ihren verwirrten Ausdruck, als ich spät an diesem Nachmittag aus Brighton wegfuhr. Meine Überraschung konnte ihr nicht entgangen sein, genausowenig wie die Ironie, die daraus einen Witz machte, der Edmund Tully vielleicht gut gefallen hätte. »Das haben Sie wirklich nicht gewußt, oder? Sie hatten keine Ahnung.« Überhaupt keine. Da hatte sie recht. Ich fühlte mich, als wäre ich plötzlich erwacht und stellte fest, daß ich mich nicht mehr in dem Zimmer befand, in dem ich eingeschlafen war. »Ich fürchte, Ihr Vater wollte Sie im dunkeln tappen lassen, Mr. Napier.«

»Vielleicht ist es Tully nicht gelungen, ihn zu treffen«, sagte ich schwach.

»Er schien aber dazu entschlossen. Für ihn stecke da Geld drin, hat er gesagt. Und er muß es erhalten haben, denn sonst wäre er wieder zu mir gekommen, um sich welches zu holen. Aber das war nicht der Fall.«

»Warum hätte er denken sollen, mein Vater würde ihm etwas geben?«

»Da werden Sie Ihren Vater fragen müssen.« Ja. Ich würde ihn fragen müssen. Aber konnte ich darauf vertrauen, daß er mir eine ehrliche Antwort gab? »Edmund schien immer zu glauben, in Truro wäre Geld zu holen. Deswegen ist er überhaupt hingefahren.«

»Ich dachte, er sei einfach zufällig in die Stadt gekommen.«

»Wohl kaum. Er hat mir einmal erzählt, er hätte einen alten Freund in Truro, den er um Bargeld angehen könne, wenn es nötig wäre. Jemanden, von dem er sicher war, daß er ihn nicht abweisen würde.«

»Wie konnte er sicher sein?«

»Ich habe das so aufgefaßt, als wollte er den Mann erpressen.«

»Erpressen? Was könnte er denn gegen Michael Lanyon in der Hand gehabt haben?«

»Was weiß ich?« Sie war jetzt ein wenig rot geworden, irgendein erinnerter Zorn brannte wohl noch in ihr.

»Ich habe den Eindruck, daß *Sie* etwas wissen, Mrs. Graham.«

»Tja, ich denke da an etwas Bestimmtes.«

»Und das wäre?«

»Daß er einer von mehreren ›Kumpeln‹ von Edmund war. Ziemlich bald nach der Hochzeit habe ich gemerkt, daß Edmund mehr an Männern lag als an Frauen. In dem elenden kleinen Haus, in das wir nach unserer Heirat einzogen, hat er ganz hinten in einem Schrank ein Bündel Briefe versteckt. Ich fand sie, als er nicht zu Hause war. Sie stammten von Männern, mit denen er Affären hatte.«

»Und Michael Lanyon war einer davon?«

»Das weiß ich nicht. Aber in Oxford waren sie enge Freunde. Sie sind zusammen durch Europa gereist. Es wäre einleuchtend, nicht? Michael Lanyon war inzwischen selbst auch verheiratet und besaß einen Sohn. Und er hatte einen gut bezahlten Job. Ideale Beute für Edmund. Vor allem, wenn Lanyon seine Frau wirklich liebte.«

»Ich denke, das tat er.«

»Na, da haben Sie's. Edmund blieb nur ein paar Monate bei mir, als er aus dem Krieg zurückkam, aber lange genug, um mir zu zeigen, wie der Krieg ihn verändert hatte. Selbstsüchtig und faul war er schon immer gewesen. Aber danach war er grausam und rachsüchtig, als wolle er sich an seinen Folterern rächen, indem er selbst andere quälte. Als er fortging, nahm er die Briefe mit.«

»Wann war das?«

»Im Dezember sechsundvierzig. Kurz vor Weihnachten.«

»Und wann hörten Sie wieder von ihm?«

Bei der Erinnerung lächelte sie bitter. »Neun Monate später habe ich, wie alle anderen, in der Zeitung von seiner Verhaftung gelesen. Edmund sagte nichts über mich und ich nichts über ihn. Ich war inzwischen ohnehin umgezogen und hoffte, er würde mich nicht mehr finden, also gab es niemanden, der uns miteinander in Verbindung bringen konnte.«

»Was glauben Sie, warum er die Polizei in dem Glauben ließ, er wäre unverheiratet?«

»Weil ich der Polizei einiges über ihn hätte erzählen können. Ich vermute, daß er monatelang mit dem Inhalt dieser Briefe alte Schulden eingetrieben hatte. Und es wäre für seine Verteidigung nicht förderlich gewesen, wenn man ihn als Erpresser bloßgestellt hätte, oder?«

»Es hätte Michael Lanyon helfen können.«

»Ja, hätte es?« Sie sah mich herausfordernd an. »Nun ja, das ging mich nichts an. Was mich betraf, konnten Edmund und sein ›Busenfreund‹...«

»Ruhig hängen?«

Sie antwortete nicht sofort, als überlegte sie sich die Sache. »Ja. Genau.«

Aber nur einen von ihnen hatte man gehängt. Der andere war zurückgekehrt, wie ein Hund zu seinem Erbrochenen, zu dem Mord, von dem er immer noch zu profitieren hoffte. Aber wie? Über welches Druckmittel verfügte er? Womit konnte er drohen – so lange Zeit nach dem Geschehen?

Mein Vater wußte es. *Hatte* es gewußt, zwölf Jahre lang. Oder vielleicht noch länger. Sam Vigus' Meineid und Großmutters Komplizenschaft waren dabei nicht genug. Es mußte etwas geben, das Tully zweifelsfrei zu beweisen imstande war und das der Familie schwer schaden konnte. Weniger hätte nichts bewirkt, und es hatte offenbar etwas bewirkt. Und ausgereicht, daß Tully sich irgendwo außerhalb der Reichweite des Gesetzes niederlassen und sich den relativen Luxus leisten konnte, seine Frau in Ruhe zu lassen.

Als ich wieder zu Hause war, rief ich meine Eltern an, um ihnen zu sagen, daß ich am nächsten Tag in dringenden Geschäften vorbeikommen würde – allerdings ohne ihnen einen Hinweis darauf zu geben, worin diese Geschäfte bestehen könnten. Doch nicht zum erstenmal wurde ich von den Ereignissen überrollt. Ich war nicht der einzige, der eine lange verschlossene Tür öffnen wollte.

»Chris?« schnauzte Dad mich an. »Was zum Teufel ist los? Zuerst erzählt uns Pam, daß irgendeine Verrückte einen Rachefeldzug gegen dich führt, und dann... und dann das, um Gottes willen.«

»Was? Was ist denn passiert?«

»Wir sind heute nach Truro gefahren, um mit Pam und Tabs zu Mittag zu essen und darüber zu reden, wie man dieses gottverdammte Durcheinander um Trevor in Ordnung bringen kann. Als wir zurückkamen, erst vor ein paar Stunden, stellten wir fest, daß jemand in das Haus eingebrochen ist.«

»Ihr hattet Einbrecher im Haus?«

»Nein, so verdammt vernünftig ist das nicht. Soweit wir sehen können, fehlt nichts. Nicht einmal der Schmuck deiner Mutter. Aber das Haus sieht aus, als hätte eine Bombe eingeschlagen. Dekorationen zerschlagen. Bilder zerschnitten. Sessel aufgeschlitzt. Und überall ist rote Farbe verschmiert. Als hätte jemand einfach damit um sich geworfen. Auf Vorhängen, Teppichen, Wänden. Du kannst es dir nicht vorstellen. Sie war ungemein gründlich. Es gibt nicht viel, was sie nicht auf ihre gemeine Weise vernichtet hat. Und was ich wissen möchte, ist...«

»Wer sie ist?«

»Darauf kannst du wetten. Die Polizei meint, es wären Vandalen gewesen. Irgendwelche Herumtreiber, die unter Drogen standen. Aber so war es nicht, oder?«

»Nein, wahrscheinlich nicht.«

»Mrs. Hannaford ist heute nicht gekommen. Und wir waren in Truro. Es war die erste Gelegenheit, die sie hatte, so etwas zu tun. Also, wer ist sie? Und was will sie?«

»Ich weiß es nicht. Aber du weißt es vielleicht.«

»Ich? Was zum Teufel soll das denn heißen?«

»Das kann ich dir am Telefon nicht erklären. Es ist zu kompliziert.«

»Dann solltest du besser herkommen und es mir von Angesicht zu Angesicht sagen.«

»Dieses eine Mal, Dad, bin ich mit dir einer Meinung. Ich fahre gleich morgen früh los.«

Pfingstwoche 1969. Alice Graham zufolge war das der Zeitpunkt, zu dem Edmund Tully Brighton verlassen hatte, unterwegs nach Truro, um einen Geldbeschaffungsplan durchzuführen, zu dessen Ausarbeitung und Verbesserung er zweiundzwanzig Jahre Zeit gehabt hatte. Pfingsten fiel normalerweise in den späten Mai oder frühen Juni, lag nah am Geburtstag meiner Großmutter. In dem Jahr war sie neunzig geworden, was zum Anlaß für eine große Familienfeier in Tredower House genommen wurde. Ich hätte dort sein sollen. Das wurde von mir erwartet, wenn nicht gefordert.

Ende der sechziger Jahre bedeuteten mir Erwartungen und Forderungen nicht viel. Der langsame Absturz der Meteors in den zwei Jahren nach Andy Wicks' Tod brachte mir ein Alkoholproblem ein, das sich an irgendeinem nicht genau zu definierenden Punkt zu einem regelrechten Alkoholismus auswuchs. Dann tauchte Myfanwy Probin alias Melody Farren mit ihrem schlanken Körper und ihrer süßen Stimme auf und rettete mich. Doch die Rettung war von kurzer Dauer. Wir lernten uns im Herbst 1966 kennen, als die Meteors für eine Weile ihre Begleitband waren, und heirateten im folgenden Frühjahr, kurz bevor sie erkannte, daß es im Popgeschäft bessere und attraktivere Angebote gab als mich. Nun, das war zweifellos der Fall. Obwohl sie selbst zugeben würde, daß sie keine kluge Wahl getroffen hatte und dies der Grund war, warum ihre Gesangskarriere so schnell zu Ende ging.

Unsere Ehe hatte ein noch schnelleres Ende. Die achtzehn Monate, die wir zusammen waren, habe ich heute in den entlegensten Winkel meiner Erinnerung vergraben, nicht so sehr der nervenaufreibenden Streitereien, sondern des Scherbenhaufens wegen, den sie zurückließen. Im Winter 1968/69 wohnte ich in einem Einzimmerapartment in der Nähe der Untergrundbahnstation Archway und machte mir mit Hilfe einer Flasche Wodka am Tag vor, ich könne jederzeit wieder zu einer normalen und respektablen Existenz zurückkehren, wenn ich nur wollte. Ich hatte eine Ehefrau verloren und mindestens zwei Karrieren ruiniert, und die Wahl, ob ich mir etwas daraus machen oder trinken sollte, fiel mir leicht.

Gelegentliche Anrufe bei Mutter und Schwester hielten für die Familie die Fassade aufrecht. Meine Scham und mein Stolz waren zu groß, um ihnen zu gestehen, wie tief ich gesunken war, und sie um Hilfe zu bitten. Ob sie meiner Behauptung glaubten, ich würde Weihnachten in Johnny Newmans Villa an der Costa del Sol verbringen – er besaß gar keine Villa, und wenn er eine besessen hätte, hätte er mich nicht eingeladen –, weiß ich nicht. Doch selbst in meinem benebelten Zustand wußte ich, daß Großmutters neunzigster Geburtstag ein Familientreffen war, das ich nicht versäumen durfte.

Ich wollte tatsächlich hinfahren. Ich schaffte es sogar, den Schnapskonsum einige Tage zuvor einzuschränken. Der Gedanke, wie sehr sie sich meiner schämen würden, wenn ich es nicht täte, half mir dabei. Inzwischen waren die Symptome für das, was ich noch immer nicht als Krankheit erkannte, so offensichtlich, daß sie ihnen nicht verborgen bleiben konnten. Doch das kurze Intermezzo relativer Nüchternheit versetzte mich in die Lage, die auffälligeren Symptome zu kontrollieren. Am 30. fuhr ich mit dem Zug nach Truro, sah viel besser aus, als ich mich fühlte, und war entschlossen, jedermann in Tredower House über meinen wirklichen Zustand hinwegzutäuschen, indem ich als gesundes und zufriedenes Familienmitglied auftrat.

Ungefähr zur gleichen Zeit machte sich wohl auch Edmund Tully auf den Weg nach Truro. Meine Entschlußkraft erlahmte, noch bevor ich den halben Weg zurückgelegt hatte. Aber Tully kehrte nicht um. Davon war ich inzwischen überzeugt.

Als ich am Mittwoch nachmittag ankam, leitete meine Mutter die Aufräumarbeiten in Lanmartha. Mrs. Hannaford hatte ihre Tochter als Hilfskraft eingesetzt, und beide bestätigten mir, daß das Haus schon viel besser aussehe als vorher; viele der zerstörten Gegenstände waren weggeworfen oder zur Reparatur beiseite gestellt worden, die beschädigten Möbel waren mit Tüchern verhüllt, und der größte Teil der Farbe war zwar nicht entfernt, aber doch von blutroten zu lachsrosa Flecken auf Wänden und Teppichen verblaßt. Das Haus roch nach Putzmitteln, Politur und Desinfektionssprays, aber es strahlte auch die Atmosphäre eines Ortes aus, der kein Heim mehr ist.

Mein Vater hatte den Vormittag auf dem Golfplatz verbracht, erzählte mir Mum, doch hatte das keine erkennbar besänftigende Auswirkung auf seine Laune gehabt. Er war immer noch düsterer Stimmung und machte auch mich für das verantwortlich, was passiert war.

Ich fand ihn in seinem Arbeitszimmer, in zahllose Papiere auf seinem Schreibtisch vertieft. »Ich prüfe noch, ob jemand an meinen Finanzunterlagen gewesen ist«, erklärte er, als ich beim Anblick von Stapeln von Kontoauszügen, Anteilscheinen und Steuerunterlagen die Augenbrauen hochzog. »Mir kam der Gedanke, daß der Vandalismus vielleicht verdecken sollte, daß jemand herauszufinden versuchte, wieviel wir wert sind.«

»Das glaube ich nicht, Dad.«

»Was glaubst du dann?«

»Ich glaube, daß es euch schaden sollte. Einfach so. Pams Ehe.

Meine Firma. Euer Zuhause. Lauter natürliche Ziele für Feinde. Dinge, an denen wir hängen und die Pauline Lucas zerstören konnte.«

»Also, da du jetzt hier bist, wirst du mir sagen, wer sie ist?«

»Ich weiß es nicht.«

»Aber am Telefon hast du gesagt...«

»Daß *du* es vielleicht weißt. Ja. Ich halte das für sehr gut möglich.«

Seine Oberlippe zitterte, aber er unterdrückte das verächtliche Schnauben. »Das mußt du mir schon näher erklären, Junge«, sagte er mit dem Kopfschütteln, das ich so gut kannte und in dem sich sorgfältig dosierte Enttäuschung und Mißbilligung mit einer Spur Verachtung mischten.

»Es hat etwas mit Edmund Tully zu tun.«

»Tully?«

»Ich weiß von seiner Frau, daß er dich vor zwölf Jahren kurz nach seiner Entlassung aus dem Gefängnis besucht hat.«

»Was?«

»Das kannst du doch nicht vergessen haben.«

»Vergessen?« Er sprang von seinem Stuhl auf und kam um den Schreibtisch herum, um sich vor mir aufzubauen. »Verdammt, wovon redest du eigentlich? Ich habe Tully vor vierunddreißig Jahren vor Gericht gesehen, und das ist alles. Ich habe nie in meinem Leben mit ihm gesprochen.«

»Er ist im Frühjahr neunundsechzig nach Truro gefahren. Er hat seiner Frau erzählt, er hätte Geschäfte mit dir.«

»Er hatte keine ›Geschäfte‹ mit mir. Und soweit ich mich erinnere, hatte er keine Frau. Hast du den Verstand verloren?«

»Nein, Dad. Ich fange gerade an, ihn zu gebrauchen. Erinnere dich an Großmutters neunzigsten Geburtstag im Mai neunundsechzig. Ungefähr um die Zeit müßte Tully bei dir aufgetaucht sein.«

»Tully, Tully, Tully. Hör endlich auf, diesen Namen zu nennen! Es überrascht mich, daß du Erinnerungen an den neunzigsten Geburtstag deiner Großmutter heraufbeschwörst, wenn ich bedenke, wie du ihn gefeiert hast. Betrunken in einem Straßengraben, war es nicht so?«

»Nicht ganz.«

»Es hätte aber so sein können. Was hast du je für diese Familie getan, Chris? Sag mir das. Was genau hast du je getan, das dich berechtigt, mich ins Kreuzverhör zu nehmen?«

»Ich würde das nicht als Kreuzverhör bezeichnen.«

»Wie würdest du es dann nennen?«

»Ich würde es Suche nach Wahrheit nennen.«

»Wahrheit? Mein Gott.« Er wies auf die Papiere auf dem Schreibtisch hinter ihm. »Da ist die Wahrheit, Junge. Da ist die Realität dessen, was ich für dich getan habe. Intelligentes, überlegtes Finanzmanagement. Eines Tages wirst du davon profitieren. Eines Tages wirst du reich sein. Nicht, weil du dich selbst darum bemüht hättest, sondern weil ich es getan habe. *Meiner* verdammten Anstrengung hast du es zu verdanken. Also halte mir keine Predigt.«

»Was ist los?« fragte ich sanft. »Warum bist du so wütend?«

»Ich habe jedes Recht, wütend zu sein. Hast du den Zustand dieses Hauses gesehen?«

»Ja. Und ich habe auch den Zustand meiner Werkstatt gesehen. Der war erheblich schlimmer. Aber ich habe dir nicht die Schuld daran gegeben, oder? Noch nicht.«

»Was soll das denn heißen?«

»Es soll heißen, daß ich noch immer auf deine Antwort warte. Warum ist Tully zu dir gekommen?«

»Du hast deine Antwort gehabt. Er ist nicht gekommen.«

»Ich glaube dir nicht.«

»Was?« Wenn er zwanzig oder auch nur zehn Jahre jünger gewesen wäre, hätte er mich vermutlich geschlagen. Ruhig und entschlossen hatte ich es ausgesprochen. Er log, und ich war nicht bereit, ihn damit durchkommen zu lassen. Er log, und wir wußten es beide.

»Tully hat Michael Lanyon mit einigen Briefen erpreßt, die bewiesen, daß sie einmal ein Liebespaar gewesen waren. Deswegen bezahlte Michael ihm fünfhundert Pfund. *Und* konnte nicht erklären, welchen Grund er dafür hatte.«

»Blödsinn. Beim Prozeß wurde bewiesen…«

»Sam Vigus hat gelogen.«

»Ach, er hat gelogen, ja? Und die Beweise waren gefälscht, und die Polizei war korrupt? Ist das deine brillante neue Theorie?«

»Nein.«

»Dann sag mir, Chris, warum hätte Sam Vigus lügen sollen – unter Eid?«

»Weil Großmutter ihn dazu gebracht hat.«

»Großmutter?« Er starrte mich an, und in seinem Gesicht erkannte ich die Spur von Verstellung, die ich gesucht hatte. Sicher, er war wütend. Aber nicht so wütend, wie er mir weismachen wollte. Hinter seiner Übertreibung verbarg sich etwas, und ich war nahe daran, es herauszufinden.

»Vigus hat mir alles darüber erzählt.«

»Du hast mit ihm gesprochen?«

»Ja. Vorige Woche.«

»Deine Mutter hat dich darauf gebracht, oder?«

»Sie hat mir gesagt, daß Vigus dich angerufen hat, ja. Aber es war meine Idee hinzugehen und zu hören, was er zu sagen hat. Er konnte nicht verstehen, warum du nicht auf seine Anrufe reagiert hast.«

»Warum sollte ich mit dem alten Dummkopf reden wollen?«

»Aus gar keinem Grund, nehme ich an, wenn du schon wußtest, um was es ging.«

»Ich weiß nur, daß er es nicht wert ist, daß man ihm zuhört.«

»Meinst du heute – oder vor vierunddreißig Jahren?«

»Ich meine immer. Wenn er beim Prozeß einen Meineid geschworen hat, dann ist das seine Sache. Ich habe nichts damit zu tun.«

»Doch. Wir alle haben damit zu tun. Großmutter hat Vigus dazu gebracht, um sicherzustellen, daß sie Onkel Joshuas Geld erben würde. Aber sie hat sich verrechnet. Sie hat angenommen, daß Michael Tully wirklich dafür bezahlt hat, den Mord zu verüben. Aber das glaube ich nicht. Und wer sollte das besser wissen als Tully selbst? Wenn ich recht habe...«

»Ja? Was ist, wenn du recht *hast*?«

»Dann ist es kein Wunder, daß er nach seiner Entlassung nach Truro ging. Er wußte, daß Vigus einen Meineid geschworen hatte. Aber er kam nicht, um Vigus zu treffen, oder? Er kam, um dich zu besuchen.«

»Das tat er nicht.«

»Er muß dich getroffen haben. Und du mußt ihn bezahlt haben, damit er den Mund hält, denn sonst wäre er zu Vigus gegangen.«

»Du redest totalen, verdammten Unsinn.«

»Wieviel hast du ihm bezahlt? Und wofür genau? Er konnte nicht wissen, daß es Großmutter war, die das Beweismaterial manipuliert hat. Da stand einfach sein Wort gegen das von Vigus. Und wer hätte etwas auf das Wort eines verurteilten Mörders gegeben? Oder sich überhaupt darum gekümmert? Keiner....« Ich hielt inne und starrte in die mißtrauischen Augen meines Vaters. Plötzlich begriff ich. Und in diesem Augenblick konnte ich mich nur fragen, warum ich nicht schon früher darauf gekommen war. »Aber die Lanyons hätten sich darum gekümmert, nicht? Damit hat er gedroht. Ihnen die Wahrheit zu sagen: Daß Michael bei dem Mord keine Rolle gespielt hatte, daß seine Schuld darin bestand, eine homosexuelle Vergangenheit gehabt zu haben. Es ging gar nicht um den Beweis. Er wußte, du würdest lieber zahlen als riskieren, daß die Lanyons versuchen, den Fall wieder aufrollen zu lassen. Das hätten sie nicht geschafft, aber sie hätten uns große Unannehmlichkeiten machen können.«

»Die Unannehmlichkeit bist du, Chris. Du und dieser... dieser unausgegorene Kreuzzug. Was soll das? Willst du dein Gewissen wegen Nicky beruhigen?«

»Ja. Warum auch nicht? Ich habe kein reines Gewissen und tue auch nicht so.«

»Nun ja, ich habe ein reines Gewissen. Und ich warte noch immer, daß ich erfahre, wer gestern in dieses Haus eingebrochen ist und mit all seiner Kraft versucht hat, alles zu zerstören. *Wer* und *warum*?«

»Darauf warte ich auch. Die einzige Möglichkeit, deine Frage zu beantworten, besteht darin, daß du meine beantwortest. Finde Tully, und ich nehme an, du wirst auch Pauline Lucas finden. Also, hast du ihn bezahlt, damit er das Land verläßt? Wie sah der Handel aus? Das würde erklären, warum...?«

»Jetzt reicht es!« Er schlug mit der flachen Hand auf die Schreibtischplatte und lehnte sich dann an die Kante, um sich abzustützen; das Verpuffen seiner Energie und seine heiser gewordene Stimme verrieten sein Alter. »Ich lasse mir das nicht länger bieten. Du bist mein Sohn. Das mindeste, was ich von dir verlangen kann, ist, daß du meinen Worten glaubst. Ich habe niemals mit Edmund Tully gesprochen, und ich habe ihm nie einen Penny bezahlt. Verstehst du das?«

»Nein. Du sagst nicht die Wahrheit.«

»Wenn du das denkst... dann geh.« Langsam ging er um den Schreibtisch herum zu seinem Stuhl und umklammerte dessen Rückenlehne. »Ich lasse mich nicht in meinem eigenen Haus von meinem eigenen Sohn als Lügner bezeichnen.«

»Wie du willst.« Ich ging zur Tür und drehte mich dort noch einmal zu ihm um; ich ließ ihn erkennen, daß es ihm völlig mißlungen war, mich einzuschüchtern. Dies war nur eine Atempause, das wußten wir beide. Früher oder später würden wir unseren Konflikt austragen müssen, aber im Moment wußte keiner von uns, wie das zu bewerkstelligen war. »Ich werde nicht aufgeben, Dad.«

»Nein?« Er reckte das Kinn vor, als er dieses Wort ausstieß. »Da wäre ich nicht so sicher. Du hast dein ganzes Leben damit verbracht *aufzugeben*.«

»Ja, vielleicht bin ich deswegen so sicher«, sagte ich und bedachte ihn mit einem sarkastischen Lächeln, das ihm und mir gleichermaßen galt. »Diesmal wird das nicht passieren.«

Eine Sucht untergräbt die Willenskraft so sehr, daß die stärkste Entschlossenheit zu einer schwachen Hoffnung verblaßt. Zweieinhalb Stunden im Zug von Paddington aus genügten, um an jenem Freitag nachmittag im Mai 1969 auch den letzten Rest meines längst in Wodka ertränkten Willens zu besiegen. Ich fing an, mich vor der Atmosphäre zu fürchten, die in Tredower House herrschen würde – aufgeladen vom unausgesprochenen Vorwurf, daß ich durch die Art, wie ich mein Leben führte, alle im Stich gelassen hätte. Ich begann mir vorzustellen, wie die anderen Blicke tauschten, von denen sie annahmen, ich würde sie nicht sehen, mißbilligend die Stirn runzelten und verzweifelt den Kopf schüttelten. Ich war mit einer Erkenntnis konfrontiert, der ich hatte ausweichen können, solange sie in Truro lebten und ich in London: Ich war nichts, worauf man stolz sein konnte. Wie auch immer man meine Rolle definierte – als Onkel, Bruder, Sohn oder Enkel – ich entsprach ihr nicht.

Ich verließ den Zug in Exter schon halb betrunken, nachdem ich eine Stunde im Speisewagen zugebracht hatte. Es war ein warmer Frühlingsabend und die Zeit, in der die Kneipen öffneten. Ich zog von Pub zu Pub durch die Stadt, ohne bestimmtes Ziel, und redete mir ein, ich würde später nach Truro weiterfahren. Insgeheim wußte ich bereits, daß ich es nicht tun würde, weil ich schon zu oft in diesen Abgrund geglitten war, um den Vorgang noch für umkehrbar zu halten.

Es war ein Schock, mich in der Nähe des Gefängnisses wiederzufinden. Als ich am Tor vorbeikam, erinnerte ich mich verschwommen daran, daß Michael Lanyon hier vor zweiundzwanzig Jahren gehängt – und begraben – worden war. Ich ging durch eine Gasse neben der hoch aufragenden Ostmauer und lauschte dem unverständlichen Gemurmel von Stimmen, die aus den hochgelegenen, vergitterten Fenstern drangen. Am Ende der Gasse gab es ein kleines Pub, in das ich mich setzte und zielstrebig trank, bis alle Erinnerungen an den Sommer und Herbst 1947 gelöscht waren. Im nächsten Gasthaus, das ich aufsuchte, nahm ich mir für die Nacht ein Zimmer und erwachte spät am Sonntagmorgen mit den gewohnten Gedächtnislücken. Nur eines wußte ich noch kristallklar: Eigentlich hätte ich in Truro sein sollen. Ich hätte es noch immer schaffen können, wenn auch nur knapp. Aber ich konnte mir selbst nicht ins Gesicht sehen, geschweige denn meiner Familie. Hastig kritzelte ich einen Entschuldigungsbrief an Großmutter, in dem ich behauptete, mit Grippe im Bett zu liegen, und warf ihn ein, ehe ich den Zug zurück nach London bestieg.

Im nachhinein betrachtet ist mein Handeln erbärmlich. Man könnte es komisch finden, wenn es nicht meine jämmerliche Unfähigkeit bewiese. Der Alkohol machte mich nicht nur dumm, sondern auch unzuverlässig. Ein Poststempel von Exeter auf meinem Brief war so ziemlich das sicherste Mittel, den Briefinhalt und damit auch mich der Lüge zu überführen. Vielleicht wollte ich unbewußt genau das. Vielleicht war mir inzwischen klar, daß ich nicht viel tiefer sinken konnte.

Pauline Lucas' neueste Gewalttat hatte an Pams Entschlossenheit, ihre Ehe zu beenden, nichts geändert. Als ich spät an diesem Nachmittag Tredower House erreichte, war sie gerade von einem Treffen mit ihrem Anwalt zurückgekehrt. Tabitha hatte ihrer Mutter den Rücken gestärkt und deutlich gemacht, auf wessen Seite sie stand. Wer immer Pauline Lucas sein und welche Motive sie auch haben mochte, Trevor war ein zu bereitwilliges Opfer gewesen, als daß Pam ihm hätte verzeihen können. Mein Vater hatte sie angefleht, es sich noch einmal zu überlegen oder eine Entscheidung wenigstens aufzuschieben, aber sie war unerbittlich: Die Scheidung war beschlossene Sache.

Beim Tee diskutierten wir darüber, welche Folgen das haben würde. Oder vielmehr, Pam und Tabitha diskutierten, während ich mit halbem Ohr zuhörte und mich innerlich mit einem ganz anderen Problem herumschlug. Endlich, als das Gespräch ins Stocken geriet, stellte ich die Frage, die durch meinen Besuch in Lanmartha nicht beantwortet worden war.

»Kann eine von euch sich an irgendwelche seltsamen Vorkommnisse in der Zeit, als Großmutter ihren neunzigsten Geburtstag feierte, erinnern?«

»Warum in aller Welt willst du das denn wissen?« Pam war offensichtlich entsetzt über die scheinbare Irrelevanz meiner Frage. »Das muß zwölf Jahre her sein.«

»Es könnte eine gewisse Bedeutung für das haben, was gerade passiert. Ich glaube, Edmund Tully ist nach seiner Entlassung aus dem Gefängnis im Mai neunundsechzig nach Truro zurückgekommen.«

»Na, ich habe ihn jedenfalls nicht gesehen.«

»Und ich hätte ihn nicht erkannt, wenn ich ihn gesehen hätte«, sagte Tabitha. »Für mich war er immer nur ein Name.«

»Was Großmutters Geburtstag betrifft, Chris«, sagte Pam, »erinnere ich mich am deutlichsten an jemanden, der *nicht* nach Truro gekommen ist. Beim Geburtstagslunch war ein Platz für dich reserviert, weißt du. Bis zum letzten Augenblick schien Großmutter anzunehmen, du würdest vielleicht doch noch auftauchen. Wir alle hofften das, vor allem Dad. Ich bin nicht sicher, ob zwischen euch jemals Gras über diese Sache gewachsen ist.«

»Ich auch nicht.« Ich lächelte bitter. »Aber vergiß meine Untaten. Ich habe den Geburtstag nur erwähnt, damit du dich vielleicht besser an irgendwelche … unerklärlichen Vorfälle erinnerst.«

»Welcher Art?«

»Das weiß ich nicht. Wenn schon nicht daran, daß Tully am

hellichten Tag hier erschienen ist, dann vielleicht an einen eigenartigen Anruf oder...« Ich zuckte mit den Schultern. »Einfach an irgend etwas Ungewöhnliches.«

»Mir fällt nichts ein«, sagte Pam. »Und Tabs muß bis zum Tag der Feier in der Schule gewesen sein, deshalb...«

»Nein, ich war nicht in der Schule«, unterbrach Tabitha sie. »Urgroßmutters Geburtstag war am Ende meiner Schulferien. Ich war die ganze Woche zu Hause.«

»Ja, wirklich, Schatz?«

»Ja. Weißt du nicht mehr? An dem Freitag hast du mich zu einem Sportfest in Wadebridge gebracht. Flossy und ich haben einen Preis gewonnen.« Flossy war eines der Ponys, die Tabitha als Teenager geritten hatte, als sie ganz verrückt nach Pferden war. Sein Stall war in den Anbau für die Privatwohnung einbezogen worden, als man Tredower House in ein Hotel umgewandelt hatte. »Das kannst du nicht vergessen haben. Es war unser erster und einziger erster Preis.« Sie lachte. »Die Rosette habe ich immer noch.«

»Ja, natürlich.« Pam lächelte bei der Erinnerung. »Wir waren so stolz auf dich.« Doch dann konnte sie sich den Zusatz nicht verkneifen: »Also, *ich* jedenfalls war das.«

»Komm schon, Mum. Dad war auch stolz auf mich.«

»Ja?« Pam schien geneigt, das zu leugnen. »Wie ich mich erinnere, warst du an diesem Abend sehr wütend, weil er sich so wenig für deinen Sieg interessierte.«

»Ja, aber das war ungewöhnlich. Normalerweise hätte er...« Tabitha unterbrach sich und sah mich an. »Du hast gefragt, ob etwas Ungewöhnliches passiert wäre, Chris. Also, ich nehme an, *das* war ungewöhnlich. Auf seine Art.«

»Was war denn passiert?«

»Sobald wir aus Wadebridge zurück waren, bin ich zu Dad gegangen, um ihm die Rosette zu zeigen. Er befand sich mit Großvater in seinem Arbeitszimmer. Sie waren... Na ja, wenn ich jetzt zurückdenke, ist es sonderbar. Ich konnte anscheinend ihre

Aufmerksamkeit nicht gewinnen. Sie haben ... sie haben sich gestritten.«

»Worüber?«

»Ich weiß nicht. Das hat mich nicht interessiert. Ich wollte ihnen einfach erzählen, wie gut Flossy und ich gesprungen waren, aber sie schienen kaum zu bemerken, daß ich überhaupt anwesend war.«

»Das arme Kind kam in Tränen aufgelöst zu mir«, sagte Pam. »Sie wollte ihren Vater mit ihrer Leistung beeindrucken, aber er konnte nicht einmal ein paar Minuten seiner kostbaren Zeit für sie erübrigen.«

»Und ihr Großvater auch nicht«, merkte ich an. »Ich frage mich, aus welchem Grund.«

»Es wird geschäftlich gewesen sein«, meinte Pam mit einer wegwerfenden Handbewegung. »Wann war es das nicht? Sie haben vermutlich ...« Sie unterbrach sich und schnippte mit den Fingern. »Jetzt fällt mir alles wieder ein. Ja. Was für ein Abend. Tabs war wütend. Für die Feier mußten noch die letzten Vorbereitungen getroffen werden. Und da verkündete Trevor, er und Dad müßten zu einem Essen mit einem Lieferanten nach Plymouth. Der wäre nur für ein paar Tage im Lande und müßte hofiert werden. Also fuhren sie ab und überließen es mir, immer wenn ein Zug aus London erwartet wurde, zum Bahnhof und wieder zurück zu fahren, bloß für den Fall, daß *du* mitgekommen wärst.«

»Vielleicht war es das, worüber sie gestritten haben«, meinte ich. »Ob sie wirklich gehen müßten.«

»Oh, Trevor hätte nichts dagegen gehabt. Ihm wäre jeder Vorwand recht gewesen, mir nicht helfen zu müssen. Außerdem, wenn es um Geschäfte ging, sagte er Dad niemals nein.«

»Das stimmt«, warf Tabitha ein. »Aber das ist ja das Ungewöhnliche daran. Großvater hatte ihn gebeten, etwas zu tun – was, weiß ich nicht –, und er wollte nicht. Ich meine, er hatte

Einwände. Starke Einwände. Die beiden lagen wirklich im Clinch. So hatte ich sie vorher nie gesehen.«

»Und du hast keine Ahnung, worüber sie gestritten haben?«

»Überhaupt keine.« Tabitha runzelte die Stirn. »Aber es muß wichtig gewesen sein.« Sie sah Pam an und dann wieder mich. »Oder nicht?«

14. Kapitel

Streitereien mit meinem Vater hatte Trevor immer gern mir überlassen. Das Geheimnis seines Erfolgs, sowohl als Schwiegersohn als auch als stellvertretender Geschäftsführer, war ein gewisses Maß an Willfährigkeit, das er als Loyalität und ich als Servilität bezeichnet hätte. Damals, im Mai 1969, wäre es ihm nie in den Sinn gekommen, auch nur einen Schritt vom Weg abzuweichen.

Aus Tabithas Erinnerungen aber war zu schließen, daß er es trotzdem einmal getan hatte. Die plötzliche Ankündigung, er müsse Dad nach Plymouth begleiten, legte nahe, daß sein Widerstand nicht lange angehalten hatte. Aber ein Essen mit einem Lieferanten, wie lästig auch immer, war ein zu trivialer Anlaß. Es mußte um mehr gehen. Pam zufolge waren sie spät zurückgekommen, sehr spät. Und da am nächsten Morgen jedermann guter Stimmung für Großmutters Feier sein mußte, gab es Gründe genug, den Streit zu verbergen; einer davon, und kein geringer, war der Skandal, daß ich noch immer nicht erschienen war. Aber trotzdem muß die Unstimmigkeit weiterbestanden und unter der Oberfläche weitergeschwelt haben. Was immer Dad an diesem Abend von Trevor verlangt hatte, es war fast ein wenig zuviel gewesen, aber eben nicht ganz. Dad wollte nicht zugeben, daß er Tully mit Geld abgefunden hatte, doch ich war davon überzeugt, daß Tully die Ursache des Krachs zwischen ihnen gewesen war. So, wie Trevor sich jetzt in Selbstmitleid erging, hatte ich eine gute Chance, das herauszufinden.

Ich ließ Pam und Tabitha in dem Glauben, ich ginge auf mein Zimmer, um mich früh schlafen zu legen, als ich mich verabschiedete. Wahrscheinlicher war jedoch, daß ich erst spät zum

Schlafen kommen würde. Ich ging geradewegs zu meinem Auto und machte mich auf den Weg nach Perranarworthal.

Im Trumouth Motel sagte man mir, Trevor sei nicht da. Aber ich hatte neben seinem Wagen geparkt, und ohne den konnte er nicht weit sein. Das Norway Inn auf der anderen Straßenseite sah vielversprechend aus.

Tatsächlich war Trevor dort; er saß auf einem Hocker an der Bar. Als jemand, der die Anzeichen aus persönlicher Erfahrung kennt, schätzte ich, daß er sich auf halbem Weg zwischen betrunken und sehr betrunken befand. Kopf und Oberkörper schwankten, seine Augen waren glasig, der Aschenbecher vor ihm übervoll. Er zuckte zusammen, als er mich sah, während er gerade einen weiteren Schluck Lager trank – nach dessen Aussehen zu urteilen eine extra starke Marke.

»Hallo, Trevor!«

»O Gott.« Er stierte mich an. »Kannst du mich nicht in Ruhe lassen?«

»Die Einsamkeit scheint dir nicht gerade gut zu bekommen.«

»Immer noch besser als die Alternative, glaub mir.« Einen Moment lang bemühte er sich, klar zu denken. »Wenn du unbedingt bleiben willst, kannst du mir noch einen Drink spendieren. Carlsberg Special.«

»In Ordnung.« Es hatte keinen Sinn, mit ihm darüber zu streiten. Auch das wußte ich aus persönlicher Erfahrung. Ich bestellte für ihn, was er wollte, und für mich ein Mineralwasser. Dann setzte ich mich auf den Barhocker neben ihm. »Wie steht es so?«

»Das solltest du doch wissen. Ich wette, Pam hat es dir erzählt. In allen Einzelheiten.«

»Sie scheint entschlossen, die Scheidung einzureichen.«

»Ja. Und ich habe eigentlich keine Wahl, oder? Nicht, solange sie das verdammte Foto hat. Das *du* versprochen hattest zurückzuhalten.«

»Ich habe gar nichts versprochen. Außerdem hat das Feuer in

meiner Werkstatt alles geändert. Du bist nicht das einzige Opfer von Pauline Lucas.«

»Nein? Na, ich nehme an, das ist ein gewisser Trost. Aber bilde dir nicht ein, ich würde dir glauben, daß du Pam das Foto deshalb zurückgegeben hast. An mir hat dir nie etwas gelegen. *Ich* bin kein Napier, nicht? Kein vollwertiges Mitglied der Familie, kein Blutsverwandter. Also kann man mich am ausgestreckten Arm verhungern lassen, wann immer es einem in den Kram paßt.«

»Trevor...«

»Aber daran liegt mir nichts. Nicht mehr. Ich habe die Nase voll von deiner Familie. Pam kann ihre Scheidung haben. Sie kann alles haben, was sie will. Außer mich auf einem Tablett. Ich bin weg. Ich breche alle Brücken hinter mir ab.«

»Was soll das heißen?«

»Glaubst du, ich würde den ganzen Winter hier sitzen bleiben, während Pam mich ausbluten läßt? Denk doch mal nach. Ich habe Freunde in sonnigeren Gegenden. Zeit, daß ich sie besuche.«

»Was sind das für Freunde?«

»Bessere, als du gern glauben würdest.« Um dem Nachdruck zu verleihen, stupste er gegen meine Brust, hielt das Glas dabei schief in der Hand und verschüttete Lager auf mein Hemd. »Sie werden mich mit offenen Armen empfangen.« Dann kicherte er. »Und Beinen.«

»Wann fährst du?«

»Je eher, desto besser. Das hier ist unser Abschiedsdrink, Chris, wie ich ohne jedes Bedauern sagen kann. Ach, übrigens, mein Glas ist fast leer.«

Ich ließ ihm ein weiteres Lager einschenken und hielt sein Feuerzeug für ihn fest, während er sich zu seinem Bier eine Zigarette anzündete. »Bevor du abreist, Trevor«, unternahm ich einen Versuch, »da gibt es ein kleines Rätsel, das du vielleicht für mich lösen kannst.«

»Du meinst, warum ich Pam überhaupt geheiratet habe? Na, ich werde es dir sagen. Wegen ihres Geldes. Des Geldes ihrer Großmutter, sollte ich wohl besser sagen. Von dem ich jetzt verdammt wenig sehen werde.«

»Es betrifft tatsächlich Großmutter. Erinnerst du dich an die Feier zu ihrem neunzigsten Geburtstag?«

»Ja, sicher. Aber du nicht, was?«

»Du hattest am Abend davor einen Streit mit Dad.«

»Ach ja?«

»Worum ging es dabei?«

In seiner Benebelung sah er mich stirnrunzelnd an. »Warum willst du das wissen?«

»Es hatte mit Edmund Tully zu tun, nicht?« Langsam breitete sich Erschrecken auf seinem Gesicht aus, und ich wußte, daß ich auf der richtigen Spur war. »Dad hat ihn abgefunden, oder? Ihn bezahlt, damit er über Michael Lanyon den Mund hält. Aber was hattest du damit zu tun, Trevor? Was wollte Dad von dir? Solltest du das Geld übergeben? Oder Tully aus dem Land schaffen? War das der Grund, warum ihr nach Plymouth gefahren seid?«

Er sah mich lange an, bevor er antwortete. »Warum fragst du nicht deinen alten Herrn?«

»Das habe ich getan. Er streitet alles ab.«

»Das kann ich mir vorstellen.«

»Aber ich habe recht, nicht? Es hatte mit Tully zu tun.«

»Vielleicht.«

»Was war das für ein Handel?«

»Es gab keinen.«

»Es muß einen gegeben haben. Sonst wäre er nicht so einfach von der Bildfläche verschwunden.«

»Das ist alles, was du weißt.«

»Falls ich das falsch verstanden habe …«

»Das hast du. Wie üblich.«

»Dann klär mich auf. Sag mir, was wirklich passiert ist.«

»Kann ich nicht.« Er nahm einen großen Schluck Lager. »Kann ich einfach nicht.«

»Warum nicht?«

Er grinste schief. »Ich glaube nicht, daß du auf den Schock vorbereitet bist.«

»Probier's doch aus.«

Das Grinsen wurde kalt. »Als Alkoholiker warst du mir lieber, Chris. Es hat dich davon abgehalten, immer weiter Fragen zu stellen.«

»Eine offene Antwort würde dasselbe bewirken.«

»Vielleicht.« Er beugte sich dichter zu mir. »Natürlich lag es daran, daß du Alkoholiker warst, daß du es an dem Tag nicht bis nach Truro geschafft hast. Sonst ...«

»Ja?«

»Na, sonst wärst du vielleicht genau im falschen Moment erschienen.«

»Und ich hätte Tully gesehen?«

»Wenn er zu sehen war.«

»Hör mit den Spielchen auf, Trevor. War er da oder nicht?«

»Vielleicht beides.«

»Es kann nur das eine oder das andere sein.«

»Nicht unbedingt.«

»Sag es mir einfach. Was wollte Dad von dir?«

»Dein Vater? Was für ein Mann, he? Was für ein feiner Mensch. Nach allem, was ich für ihn getan habe, nach allem, was ich mir habe bieten lassen ... läßt er zu, daß Pam mich aufs Abstellgleis schiebt. Ist das zu glauben? Ihm scheint nicht klar zu sein, wieviel er mir schuldet. Ohne mich wäre er ...« Trevor verstummte und starrte mich an, durch die Intensität seiner Gefühle etwas ernüchtert. »Vielleicht ist es Zeit, daß du erfährst, was du für einen Vater hast – wozu er imstande ist.«

»Was solltest du für ihn tun, Trevor?«

»Ihm helfen.« Trevor beugte sich noch dichter zu mir und flüsterte nur noch. »Edmund Tully zu begraben.«

Daß ich zu Großmutters Feier nicht erschien, war, wie sich herausstellte, noch nicht der Tiefpunkt. Auf den mußte ich noch ein bißchen hinarbeiten, bis weit in den folgenden Winter hinein. Es war ein regennasser Tag in der Shaftesbury Avenue. Später Vormittag, aber ich war schon betrunken. Ich stand auf dem Mittelstreifen der Straße zwischen zwei Pollern, wartete darauf, daß ich die Straße queren konnte, und sah zufällig mein Spiegelbild im Fenster eines Taxis, als es wegen eines Staus anhielt. Ich sah noch schlimmer aus als sonst, durchnäßt vom Regen, mit abgehärmten Gesichtszügen, hohläugig und mit schwarzen Ringen unter den Augen, genau so, wie ein Mann aussieht, wenn er den Halt verloren hat.

Dann erkannte ich den Fahrgast auf dem Rücksitz des Taxis, der mich entsetzt und erstaunt anstarrte. Es war Miv. Sie war so schön wie eh und je – gepflegt und teuer gekleidet – und schien wirklich erschrocken. Sie lehnte sich auf ihrem Sitz vor und griff nach dem Fenster, ich glaube, um es zu öffnen und mit mir zu sprechen. Aber in dem Moment kam der Verkehr wieder in Gang, das Taxi fuhr weiter, und sie war verschwunden. Und ich blieb zurück, lehnte mich, um Halt zu finden, an einen Poller, während der Regen vom Himmel strömte und ein Gefühl grenzenloser Scham in mir aufstieg.

In den folgenden Monaten gestand ich mir endlich ein, daß ich professionelle Hilfe brauchte, und gewöhnte mir den Alkohol ab. Wann immer ich Gefahr lief, rückfällig zu werden, rief ich mir Mivs Gesichtsausdruck in Erinnerung. Es war nicht leicht. Es gab Rückschläge, weiß Gott, und Rückfälle in die alten, schlechten Angewohnheiten. Aber endlich, 1970 zu Weihnachten – immer der schwerste Test für einen Alkoholiker –, konnte ich behaupten, die Sucht bezwungen zu haben, obwohl der Sieg darüber immer nur vorläufig bleibt und nur so lange währt, wie die Zeit, die seit dem letzten Drink vergangen ist.

Das waren mittlerweile drei Jahre, seit ich mit Mivs Hilfe die Firma Napier Classic Convertibles gründete. Ich bat meinen

Vater, auch ein bißchen Geld hineinzustecken, doch obwohl Großmutters Tod im Jahr zuvor und die anschließende Veräußerung der Kaufhäuser ihm mehr Bargeld eingebracht hatte, als er anzulegen wußte, weigerte er sich – ein Akt der Unversöhnlichkeit, für den ich am Ende dankbar war.

Seit dem Umzug nach Pangbourne hatte ich mir meinen Lebensunterhalt als reisender Automechaniker im Themsetal verdient und Autos, Lieferwagen, Lkws, Traktoren und sogar Erntemaschinen repariert. Es hatte etwas wunderbar Therapeutisches, kaputte alte Fahrzeuge wieder funktionstüchtig zu machen. Meine Zeit bei den Meteors hatte mir nicht viel eingebracht, aber die vielen Stunden, die ich mich mit ihrem launischen Kleinlaster herumschlagen mußte, zahlten sich schließlich aus. Ich begann, mich auf klassische Kabrioletts zu spezialisieren, weil das besser bezahlt wurde und interessanter war als die Reparatur eines Ford Escort. Um anspruchsvollere Aufträge übernehmen zu können, mietete ich mir von einem Farmer, dessen Landrover ich mehrmals wieder zum Laufen gebracht hatte, eine Werkstatt. Mundpropaganda und gezielte Werbung brachten mir mehr und mehr Kunden. 1973 beschloß ich, ein richtiges Geschäft daraus zu machen. Und ich habe es nie bereut. Bis Pauline Lucas ein Streichholz an das hielt, was ich mir in all den Jahren mühsam erarbeitet hatte, und ich in den Trümmern nach der Wahrheit zu suchen begann, der Wahrheit über sie und Michael Lanyon und …

Edmund Tully. Jetzt wußte ich, wo er war. Trevor hatte es mir gesagt. Und noch einiges andere, vielleicht mehr, als ich wirklich wissen wollte. Wir hatten das Norway Inn verlassen und waren nach Falmouth gefahren, wo wir am äußersten Ende von Pendennis Point auf einem verlassenen Parkplatz hielten. Wir stiegen aus, lehnten uns an das Geländer und starrten in die dunkle, samtige Nacht, während sich unter uns wie ein flüsternder Chor die Wellen an den Felsen brachen. Und dann spuckte Trevor, von der kühlen Oktoberluft wieder ernüchtert, aber aus Zorn noch immer redselig, sein zwölf Jahre altes Geheimnis aus.

»Anscheinend war Michael Lanyon wirklich unschuldig. Jedenfalls an dem Mord. In Oxford waren er und Tully ein Liebespaar gewesen – und danach auch noch, nehme ich an. Lanyon hatte ihm ein paar ziemlich deutliche Liebesbriefe geschrieben, die Tully aufbewahrt hatte. Als es ihm nach dem Krieg schlechtging, beschloß er, Lanyon mit den Briefen zu erpressen, weil er wußte, daß dieser verheiratet und inzwischen wohlhabend war. Mehr sollte es nicht sein: einfach eine Erpressung. Lanyon bezahlte, damit seine Frau nicht die Wahrheit über ihn erfuhr. Fünfhundert Pfund. Leicht verdientes Geld. Aber Tully hatte sich umgehört, während er in Truro war, und erfahren, daß Joshua Carnoweth ein sehr reicher Mann und Michael Lanyon sein Augapfel war. Also beschloß er, auch den alten Mann auszuquetschen. Es ging nicht um Liebesbriefe von Cordelia Lanyon an seinen Vater, die Tully zum Verkauf anbot, sondern um Briefe von Michael an Tully selbst. Er hatte ein paar zurückbehalten, nur für den Fall, daß er die gleiche Masche noch einmal anwenden mußte. Aber warum sollte er warten, wenn soviel Geld in greifbare Nähe gerückt war? Tully dachte, er hätte das große Los gezogen.«

»Aber Onkel Joshua hat nicht bezahlt?«

»Er war zu hart für das Spiel. Ich nehme an, man macht in der Tundra Alaskas kein Vermögen, um auch nur einen Bruchteil davon einem Erpresser zu überlassen. Anscheinend hat Onkel Joshua ihm gesagt, er solle sich zum Teufel scheren, *und* erwähnt, Michael Lanyon würde eines Tages sein Vermögen erben, ob er nun in der Zwischenzeit als Homosexueller bloßgestellt worden wäre oder nicht.«

»Warum hat er dann diese Verabredung mit Cloke getroffen?«

»Ich weiß nicht? Vielleicht hat Tullys Erpressungsversuch ihn veranlaßt, noch einmal über sein Testament nachzudenken, und er wollte seinen Reichtum gleichmäßiger verteilen. Es ist unwahrscheinlich, daß er Tully das mitgeteilt hat, oder? Und da er nicht lange genug lebte, um die Verabredung einzuhalten, ist das alles bloß Spekulation.«

»Aber warum hat Tully ihn umgebracht?«

»Offenbar einfach aus Wut. Er war wütend, daß man ihn abgewiesen hatte. Er stach einfach zu und machte sich dann aus dem Staub.«

»Und die Briefe?«

»Die ließ er in seiner Unterkunft. Unter den Bodendielen in seinem Zimmer versteckt. Da die Polizei sie nie gefunden hat, nehme ich an, daß sie noch dort sind. Wo immer das auch sein mag. Tully hat Melvyn gesagt, er könnte sie sich holen, wenn das nötig wäre. Aber ich vermute, das könnte auch ein Bluff gewesen sein.«

»Warum hat er sie zurückgelassen?«

»Weil sie ihn mit dem Mord in Verbindung brachten und die Geschichte unterminierten, die er sich in dieser Nacht ausgedacht hatte. Die Geschichte, die er erzählen wollte, falls er gefaßt würde. Anscheinend hatte er einen echten Haß auf Lanyon. Es lief auf Neid hinaus. Er wußte, daß Onkel Joshuas Tod Lanyon zu einem reichen Mann machen würde, und er hatte nicht vor, für diesen Ausgang der Geschichte zu hängen. Also dachte er sich ein anderes Motiv aus, eines, bei dem Lanyon sogar noch schlechter dastand als er selbst. Natürlich wäre er lieber ungeschoren davongekommen, aber falls das nicht der Fall sein sollte, konnte er wenigstens versuchen, Lanyon mit in den Abgrund zu reißen. Und es hat ja auch funktioniert, nicht? Tully wußte, daß Lanyon es nie über sich bringen würde, die Wahrheit zu sagen. Man hätte ihm natürlich auch nicht geglaubt, weil die Briefe, die Tully ihm verkauft hatte, bereits vernichtet waren. Also hatte er keine plausible Erklärung dafür, warum er ihm überhaupt Geld gegeben hatte. Und dann war da noch Sam Vigus.«

»Dank Großmutter.«

»Ja. Nun, sie war immer jemand, der seine Sache gründlich macht. Sie hatte das Geld im Auge, und außerdem, das muß man ihr zugute halten, glaubte sie fest an Michaels Schuld. Vigus' Zeugenaussage ein bißchen zu manipulieren, kam ihr vernünftig vor, um ganz sicher zu gehen, daß Onkel Joshuas Vermögen in der Familie blieb. Nur wurde Tully nicht gehängt, nicht? Und Tully wußte, daß Sam Vigus gelogen hatte.«

»Großmutter war ja wirklich wütend über Tullys Begnadigung.«

»Weil sie Angst hatte, die Manipulation des Beweismaterials könnte auffliegen. Was dann ja auch geschehen ist – ein paar Tage vor ihrem neunzigsten Geburtstag.«

»Willst du damit sagen, daß Tully sich mit Großmutter in Verbindung gesetzt hat?«

»Nein, nein. Melvyn war derjenige, zu dem er ging – der Mann, der am meisten zu verlieren hatte. Tully rief ihn an und vereinbarte ein Treffen in Boscawen Park. Und da enthüllte er, was damals im Jahr siebenundvierzig wirklich passiert ist und was er unternehmen würde, wenn Melvyn ihm nicht die Kleinigkeit von hunderttausend Pfund zahlte, damit er verschwindet.«

»Die Sache den Lanyons verraten?«

»Genau. Tully hatte sich alles genau überlegt. Im Gefängnis hatte er das Gesetz studiert und glaubte, wenn er die Behörden überzeugen könnte, daß er Lanyon hereingelegt hatte, würden sie den armen Kerl posthum begnadigen müssen. Und damit wäre der Grund für die Nichtanerkennung des Testaments von Onkel Joshua hinfällig. Sein Vermögen müßte auf die Erben des ursprünglich Begünstigten übergehen. Kannst du mir folgen, Chris? Das Haus, das Geld, alles würde an die Lanyons zurückfallen. Und dazu noch Entschädigung, Schadensersatz und Gott weiß noch was.«

»Stimmt das?«

»Du müßtest einen Anwalt fragen, um das endgültig zu beantworten. Aber für Melvyn hörte es sich jedenfalls überzeugend an. Vor allem, weil er das schmutzige Geheimnis kannte, das Michael Lanyon überhaupt an den Galgen gebracht hatte.

Großmutter hatte es ihm erzählt. Er wußte, was ihr Anteil daran war. Es hatte alles nicht so schlimm ausgesehen, als man noch damit argumentieren konnte, es diene einem guten Zweck. Aber wenn Tully seine Drohung wahr machte, könnten sie der Verschwörung zur Irreführung der Justiz angeklagt werden – und das hätte den Bankrott bedeutet.«

»Aber Tully wäre wieder ins Gefängnis gekommen, wenn er zugegeben hätte, beim Prozeß gelogen zu haben.«

»Richtig. Aber er sagte, einem alten Knastbruder wie ihm würde das nichts ausmachen. Und um darauf nicht hereinzufallen, hätte man bessere Nerven gebraucht als Melvyn.«

»Dad hat also eingewilligt.«

»Ja. Tully gab ihm achtundvierzig Stunden, um das Geld zu beschaffen. Die Übergabe sollte am Freitag nachmittag auf dem Parkplatz des Bahnhofs von St. Erth stattfinden.« St. Erth war eine Station im Süden der Linie nach Penzance, wo die Fahrgäste in Richtung St. Ives umstiegen. Trevor erriet, daß die Wahl des Ortes mich verwirrte, und erklärte mir: »Tully wollte sich nicht in Truro herumtreiben, um nicht erkannt zu werden. Er wollte bis Freitag in Penzance bleiben und dann auf dem Weg nach London das Geld in Empfang nehmen. St. Erth ist zwischen der Ankunft der Züge ziemlich verlassen, und rings um den Parkplatz gibt es keine Häuser, also ist der Ort schön diskret. Melvyn war ebenso damit einverstanden. Er wollte nicht mit einem verurteilten Mörder gesehen werden. Er lieh sich sogar meinen Wagen, um hinzufahren, und erzählte mir irgendein Märchen, sein Daimler würde nicht anspringen.«

»Und du hattest keine Ahnung, was vor sich ging?«

»Nicht die leiseste. Ich war noch nicht hineingezogen worden. Großmutter wußte natürlich davon. Sie war dafür, auf Tullys Forderung nicht einzugehen. Wie der Bruder, so die Schwester, nehme ich an. Aber am Ende hat Melvyn sie umgestimmt, und sie rückte das Bargeld heraus. Er verließ das Büro nach dem Mittagessen, angeblich um Golf zu spielen. Statt dessen fuhr er nach St. Erth und traf Tully, als er aus dem Zug stieg. Es hätte eine glatte Transaktion werden sollen. Binnen Minuten erledigt. Aber … etwas ging schief.«

»Was?«

»Anscheinend standen sie hinter dem Auto, bei geöffnetem Kofferraum, in dem die Tasche mit dem Geld lag. Tully zählte es nach, langsam und methodisch. Niemand war zu sehen. Der Zug nach London hatte längst den Bahnhof verlassen, und die wenigen hier ausgestiegenen Fahrgäste waren schon gegangen. Sie hatten den Parkplatz mehr oder weniger für sich. Melvyn sah zu, wie Tully sich durch die Banknotenbündel arbeitete, und fragte sich, ob er jemals zu Ende kommen würde. Schließlich war er fertig. ›Scheint alles da zu sein‹, verkündete er. ›Sehr schön für den Anfang.‹ Wer weiß, was er damit gemeint hat. Vielleicht war es ein Hinweis, er würde wiederkommen. Melvyn hat es jedenfalls so aufgefaßt. Na, du weißt ja, wie cholerisch er ist. Irgend etwas rastete bei ihm aus. Einfach so.« Er hielt inne. »Er hat dich als Kind viel geschlagen, nicht?«

»Gelegentlich.«

»Aber nicht mit einem Wagenheber auf den Hinterkopf, nehme ich an.«

»Großer Gott, willst du damit sagen …«

»Er versetzte Tully einen Schlag mit dem erstbesten Gegenstand, den er in die Finger bekam: meinem Wagenheber. Tully stürzte nach vorn in den Kofferraum. Er war bewußtlos. Melvyn geriet in Panik – das würdest du auch. Er hievte Tullys Beine in den Kofferraum, schlug den Deckel zu und fuhr weg, wobei er hoffte, daß ihn keiner gesehen hatte. Ein paar Kilometer weiter die Straße hinunter bog er in die Zufahrt zu einer Farm ein und stieg aus, um nachzusehen, was mit Tully war.«

»Und, war er tot?«

»Ja, weil ihn der Wagenheber an der Schädelbasis getroffen hatte. Sieht so aus, als wäre die Front für Melvyn der bessere Platz gewesen als das Versorgungsbataillon.«

»Mein Gott. Ich hätte nie gedacht...«

»Daß er dazu fähig ist? Nein, ich auch nicht. Und *er selbst* auch nicht, nehme ich an. Aber er war es. Und es konnte nur noch schlimmer werden, bevor es besser wurde. Du kannst eine Leiche im Kofferraum ja nicht einfach ignorieren, oder? Jedenfalls nicht lange.«

»Was hat er gemacht?«

»Er raste wie ein Verrückter zurück nach Truro und erzählte Großmutter, was passiert war. Er hoffte, sie würde mit den Fingern schnippen und die Leiche verschwinden lassen. Statt dessen sagte sie ihm, er solle selbst mit den Fingern schnippen – und mich schnellstens aus dem Geschäft holen. Sie meinte, daß zwei von uns nötig wären, um ihn zu begraben. Denk bloß mal nach. Wenn du rechtzeitig in Truro eingetroffen wärst, hättest du meinen Platz einnehmen können – du wärst willkommen gewesen.«

»Du glaubst doch nicht etwa...«

»Nein, Chris. Das tue ich nicht. Ich rechne damit, daß du die Polizei gerufen und fröhlich zugesehen hättest, wie dein Vater ins Gefängnis gekommen, deine Schwester und deine Nichte aus Heim und Haus vertrieben und die Warenhäuser Napier's in Lanyon's umbenannt worden wären, und zwar von einem Tag auf den anderen. Aber ich bin moralisch nicht so sensibel. Ich war nicht gerade begeistert von dem, was Melvyn von mir verlangte, aber im Grunde sah ich ein, daß wir keine andere Wahl hatten. Tully war tot. Aber keiner würde ihn vermissen. Oder ihn suchen. Und er *war* ein Mörder. Das wollen wir nicht vergessen. Er hatte nicht nur Joshua Carnoweth auf dem Gewissen, sondern auch Michael Lanyon. Wir konnten ihn nicht lassen, wo er war. Wir mußten entweder zur Polizei gehen oder...«

»Wo habt ihr ihn begraben?«

»In Bishop's Wood, spät in derselben Nacht. Angeblich waren wir in Plymouth mit einem Lieferanten beim Abendessen. Es war Schwerstarbeit, das kann ich dir sagen. In der Woche davor hatte es ziemlich viel geregnet, also war der Boden einigermaßen weich, aber trotzdem ...« Trevor seufzte. »Seither habe ich einen gesunden Respekt vor Totengräbern. Sie sind skandalös unterbezahlt.«

»Findest du das witzig?«

»Damals ganz bestimmt nicht. Ich fand, daß es ein Alptraum war, wenn du die Wahrheit wissen willst. Ich fand, daß dein Vater mich in ein noch tieferes Loch gezerrt hatte, als wir für Tully graben mußten. Ich hatte soviel Angst, daß ich ihm ganz klar sagte, was ich davon hielte. Und mitten in diesen Streit platzte Tabs. Aber das änderte nichts. Wir mußten es hinter uns bringen oder uns einigen ziemlich grauenhaften Konsequenzen stellen. Erinnere dich, Tullys Leiche lag in *meinem* Auto. Melvyn hat es nie gesagt, aber er ließ durchblicken, daß er vielleicht versuchen würde, mir die Sache in die Schuhe zu schieben, falls etwas schiefging. Aber wir sind ja damit durchgekommen, nicht? Keiner hat uns gesehen. Keiner hat Verdacht geschöpft. Und keiner hat Edmund Tully jemals wieder ausgegraben.«

»Willst du damit euer Verhalten rechtfertigen?«

»Sei bloß nicht so scheinheilig. Ich habe nur geholfen, das Chaos zu beseitigen. *Das Chaos deiner Familie.* Vergiß das nicht. Ich habe nicht dazu beigetragen, daß ein Unschuldiger verurteilt wurde. Ich habe niemanden ermordet. Das eine hat deine Großmutter getan, das andere dein Vater. Sie sind diejenigen, die du beschuldigen kannst. Nicht mich. Und am Ende wirst du von ihren Verbrechen profitieren. Vergiß auch das nicht. Ich zweifle nicht daran, daß du in Melvyns Testament großzügig bedacht sein wirst. Aber ich nicht, da kannst du sicher sein. Jetzt sieht es ganz so aus, als hätte ich all meine körperlichen und geistigen Kräfte mobilisiert, um Tully in jener Nacht in Bishop's Wood ein paar Meter tief unter die Erde zu bringen, ohne daß ich auch nur den geringsten persönlichen Gewinn davon hätte.«

»Was willst du – soll ich dich bemitleiden?«

»Das wäre gar nicht so falsch. Aber keine Sorge, ich erwarte nicht, daß du mir auf die Schulter klopfst und sagst: ›Gut gemacht, Trev. Du hast getan, was du konntest. Ich bin stolz auf dich.‹ Ich erwarte nicht mal die Anerkennung, daß ich mich in einer verdammt heiklen Lage befand. Aber in einem Punkt könntest du meine Neugier befriedigen. Jetzt, da du weißt, was wirklich passiert ist – was wirst du tun? Was *genau* wirst du jetzt tun?«

»Erlie …«, hatte Großmutter auf ihrem Totenbett in Tredower House im Februar 1972 gemurmelt. »Erlie …« Und jetzt gab es noch eine andere Deutung für ihre stockenden Abschiedsworte. »Er lügt.« War es das? »Er liegt in Bishop's Wood.« Auch das konnte sein. Durchaus.

Bishop's Wood nimmt einen Teil des Flußtals des Allen oberhalb von Idless ein, einige Meilen nördlich von Truro. Mittendrin liegt eine erhaltene alte Burg, die Nicky und ich gegen römische Soldaten verteidigten, wenn wir von Truro aus ganztägige Ausflüge dorthin unternahmen. Bei Nacht war der Wald dunkel und verschwiegen, und jemand, der verzweifelt und entschlossen genug war, konnte dort einen Toten in der durchaus realistischen Hoffnung begraben, daß man ihn nie entdecken würde.

»Er war ein kleiner, magerer alter Mann«, hatte Trevor gesagt. »Aber trotzdem hätten wir es fast nicht geschafft, ihn zu dem Loch zu tragen, das zu graben wir Stunden gebraucht hatten. Dann mußten wir es zuschütten und tarnen. Im immer schwächer werdenden Schein einer Taschenlampe mit Blättern und Ästen bedecken. Gott – was für eine höllische Geschichte.«

Allerdings. So ist das oft bei Morden, dachte ich jedenfalls, als ich allein nach Truro zurückfuhr, nachdem ich Trevor beim Trumouth Motel abgesetzt hatte: ein unschuldiger Mann gehängt; sein Sohn in den Selbstmord, seine Tochter in eine zweifelhafte Flucht vor ihrer eigenen Identität getrieben. Und am Ende eine einzige Frage: »*Was genau* wirst du tun?«

Ich schlief nicht viel in dieser Nacht, sondern lag wach im Bett und fragte mich, was ich getan hätte, wenn ich die Wahrheit erfahren hätte, solange Nicky noch lebte. Ich wollte glauben, daß ich ihm alles erzählt und ihm den Beweis für die Unschuld seines Vaters geliefert hätte, nach dem er sich so sehr sehnte. Aber hätte ich das wirklich? Hätte ich das, wo so viel auf dem Spiel stand?

Ich war wegen Dads Schweigen über Großmutters Anteil an der Verurteilung Michael Lanyons viel wütender als über den Mord an Edmund Tully. Den fand ich irgendwie verzeihlich. Ich war fast froh, daß er ihn begangen hatte; froh, daß der Mann, der 1947 hätte gehängt werden sollen, gewaltsam zu Tode gekommen und in ungeweihter Erde begraben worden war. Aber Mord war Mord. Einen Teil der Wahrheit zu enthüllen bedeutete, alles zu enthüllen. Vielleicht hätte ich geschwiegen, auch wenn Nicky noch gelebt hätte.

Um diese Vorstellung loszuwerden, um mich von dem zu distanzieren, was meine Familie seiner angetan hatte, verließ ich am nächsten Morgen noch vor der Dämmerung das Hotel und fuhr nach Idless hinaus. Ich beobachtete den Sonnenaufgang zwischen den Wolkenstreifen über den ausgedehnten grünen Hügeln, die sich von Bishop's Wood in Richtung St. Austell erstreckten, und dachte noch einmal über alles nach, bis ich mir klar darüber war, was ich zu tun hatte.

Dann rief ich von der Telefonzelle im Dorf aus Emma an. Sie klang noch ziemlich verschlafen. Aber was ich sagte, ließ sie hellwach werden.

»Können Sie sich den Tag freinehmen und nach Cornwall kommen?«

»Was? Einfach so?«

»Es ist wichtig. So wichtig, wie nur irgend etwas sein kann.«

»Na ja, ich denke, ich könnte krank werden, aber …«

»Tun Sie's. Glauben Sie mir, Emma, es ist überaus wichtig, daß Sie kommen.«

»Also gut.« Ihre Stimme veränderte sich. »Ich werde kommen.«

»Es gibt einen Zug von Paddington um sieben Uhr vierzig. Könnnen Sie den noch schaffen?«

»Ich will's versuchen.«

»Kaufen Sie eine Fahrkarte nach St. Erth. Da hole ich Sie ab.«

»St. Erth? Warum nicht Truro?«

»Sie werden es verstehen, wenn Sie dort ankommen. Ich verspreche Ihnen, Emma, sehr bald werden Sie alles verstehen.«

15. Kapitel

»Ich bin froh, daß Sie es mir erzählt haben«, sagte Emma und schaute blinzelnd auf die Brecher des Atlantik, die gegen Chapel Rock krachten. »Ich bin froh, daß Sie das Gefühl hatten, es mir sagen zu können.« Es war spätnachmittags in Perranporth, und ein eisiger Wind blies von der See her, als wir an diesem kalten Oktobertag auf der niedrigen Umfassungsmauer zwischen Parkplatz und Promenade saßen und zusahen, wie die Flut über den Sandstrand kam. Der Himmel war grau und bewegt, aber die Vergangenheit war wie eine von allen Geheimnissen saubergewaschene Schieferplatte. Sie wußte es jetzt. Und durch ihr Wissen hatte ich meinen Frieden mit Nicky gemacht. »Danke, Chris.« Sie legte ihre Hand auf meine. »Es bedeutet mir viel.«

»Es ist keine schöne Geschichte«, sagte ich nachdenklich. Der Bahnhofsparkplatz in St. Erth, die lehmigen Reitwege von Bishop's Wood, das gepflegte Gelände des Penmount-Krematoriums: In den vergangenen Stunden hatten wir alle diese Orte aufgesucht, während ich ihr die tristen Fakten ihrer Familientragödie berichtete. »Aber Sie hatten ein Recht darauf, es zu erfahren.« Und sie hatte alles erfahren. Dafür hatte ich gesorgt. Die Unschuld ihres und die Schuld meines Vaters waren jetzt klar. Es gab nichts mehr zu verbergen. »Jetzt kennen Sie die Wahrheit, Emma. Was Sie damit machen … ist Ihre Sache.«

»Was erwarten Sie von mir?«

»Ich weiß nicht. Wenn wir Napiers nicht gewesen wären, wären Sie vermutlich als verwöhnte Tochter reicher und in Sie vernarrter Eltern aufgewachsen. Wir haben Sie und Nicky betrogen, und wir haben Tully geholfen, Ihren Vater umzubringen. Wir müssen uns für vieles verantworten.«

»Nichts davon war Ihre Schuld.«

»Aber ich habe davon profitiert. Großmutter hat versucht, die Interessen der nächsten Generation zu wahren, wie irrig das auch immer gewesen sein mag. Ich war ein Teil ihrer Entschuldigung.«

»Was sie getan hat, hat sie aus egoistischen Gründen getan. Wenn sie noch am Leben wäre, würde ich mir wünschen, daß sie leidet. Das gebe ich zu. Tully auch. *Besonders* Tully. Aber sie sind beide tot. Es ist zu spät, um Rache zu nehmen. Ihr Vater und Ihr Schwager haben einen Mann beseitigt, den ich unter den gleichen Umständen mit Freuden selbst getötet hätte. Soll ich sie dafür hassen?«

»Sie könnten sie für den Diebstahl Ihres Erbes hassen. Wir reden von Millionen Pfund, Emma.«

»Ach ja? Nun, wenn das Leben, das ich geführt habe, mir irgend etwas beigebracht hat, dann, daß es einige Dinge gibt, die wichtiger sind als Geld.«

»Trotzdem gehört es rechtmäßig Ihnen.«

»Aber um es zu bekommen, müßte ich die Gerichte dazu bringen, meinen Vater freizusprechen. Und das werden sie nicht, oder? Es gibt zu vieles, das sie entwirren müßten. Und wenn sie es versuchen würden, würde es ziemlich unangenehm für sie. Trotzdem danke, Chris. Aber ich denke, ich werde darauf verzichten.«

»Vielleicht gibt es einen einfacheren Weg.«

»Wie kommen Sie darauf?«

»Es ist mir eingefallen, als ich in St. Erth auf Sie gewartet habe. Ich meine, mir ist klar, daß dabei alle glimpflich davonkommen, aber ...«

»Was?« Sie wandte sich zu mir.

»Mein Vater ist sechsundsiebzig Jahre alt. Er kann nicht ewig leben. Ich stelle mir vor, daß ich eine ziemliche Menge Geld erbe, wenn er stirbt.«

»Und?«

»Ich würde es Ihnen geben. Jeden Penny.«

»Wie bitte?«

»Ich will es nicht. Eigentlich bin ich nicht sicher, ob ich es je gewollt habe. Und jetzt, wo ich weiß, daß ich kein Recht darauf habe, nun ja, warum sollten Sie es nicht bekommen?«

»Sie sind verrückt.«

»Wir könnten ein juristisches Dokument aufsetzen, in dem alles, was ich von ihm erbe, auf Sie übertragen wird, falls das Ihre innere Ruhe wiederherstellt.«

»Meine innere Ruhe braucht nicht wiederhergestellt zu werden.« Sie starrte mich ungläubig, fast wütend an. »Sie sagen, Sie wollen das Geld nicht. Na ja, ehrlich gesagt, es kränkt mich ziemlich, daß Sie annehmen, ich wollte es.«

»Aber es gehört Ihnen.«

»Ich sage es nur noch einmal, Chris. *Ich will es nicht.*« Ihr Ärger ließ nach. Sie schaute wieder aufs Meer hinaus. »Wissen Sie was? Ich war noch nie in meinem Leben in Cornwall. Ich habe es nie gewagt. Ich bin froh, daß Sie mich gezwungen haben herzukommen.«

»Hier hätten Sie geboren werden sollen.«

»Das hat Nicky auch immer gesagt. Er hatte mir versprochen, hier mit mir Ferien zu machen, wenn ich die Schule hinter mir hätte. Mir all die Orte zu zeigen, an die er sich aus seiner Kindheit erinnerte. Ich glaube, er hoffte, wir könnten zusammen hierherziehen, wenn ich größer wäre und Considine mich nicht mehr daran hindern konnte. Aber bis dahin …« Sie zuckte mit den Schultern. »Ich nehme an, wir hätten für den Anfang bei Tante Ethel in Nanceworthal wohnen können. Vielleicht wäre etwas daraus geworden.«

»Das könnten Sie ja immer noch«, schlug ich vor. »Sie wäre überglücklich, wenn sie wüßte …« Der leichte Druck von Emmas Fingern auf meine Lippen brachte mich zum Schweigen.

»Sagen Sie es nicht«, murmelte sie. »Dazu ist es zu früh.« Ihre Hand zog sich zurück.

»Sie könnten trotzdem herkommen. Ferien machen. In einem Ort wie diesem wohnen. Ich bezahle es.«

»Jetzt sind wir schon wieder beim Geld.«

»Nur, weil ich etwas besitze und Sie nicht. Ich würde Ihnen Cornwall gern zeigen. Wie Nicky es tun wollte. Das ist etwas, was ich tun könnte … für euch beide.«

Sie sah mich lange nachdenklich an, ehe sie sagte: »Das ist allerdings verlockend.«

»Im Herbst ist es still hier. Und schön.«

»Mir steht *tatsächlich* eine Woche Urlaub zu.«

»Dann nehmen Sie ihn.«

»Wann?«

»Nach der gerichtlichen Untersuchung.«

Sie runzelte die Stirn. »Sie sagen dabei aus, nicht?«

»Ja.«

»Sagen Sie nichts über … all das, ja? Ich meine, selbst wenn Sie daran gedacht hatten … es aufzudecken … ich möchte es nicht. Das ist es einfach nicht wert. Außerdem würde Ihnen keiner glauben.«

»Nein«, meinte ich zerknirscht, »das glaube ich auch.«

»Was werden Sie Ihrem Vater sagen?«

»Nichts. Ich will seine Erklärungen und Ausflüchte nicht hören. Er hatte eine Gelegenheit, mir die Wahrheit zu sagen, aber er hat sich statt dessen fürs Lügen entschieden. Was mich betrifft, ist unsere Beziehung damit so ziemlich beendet.«

Unsere Blicke trafen sich, und sie zuckte entschuldigend mit den Achseln. »Tut mir leid.«

»Das braucht es nicht. Mir tut es nicht leid.«

»Wirklich?«

»Na ja, nicht so leid, wie es mir tun würde, wenn Sie sich nicht von mir zu einem Urlaub einladen ließen, sobald die Untersuchung vorbei ist. Was meinen Sie?«

»Vielleicht«, war das, was Emma an diesem Abend schließlich sagte, auf halbem Weg der A 303 nach London. Auf ein definitives »Ja« mußte ich bis zum sonntäglichen Mittagessen in Pangbourne am folgenden Wochenende warten und mich mit dem Versprechen zufriedengeben, sich bis dahin entschieden zu haben.

Ich hätte sie mit Freuden den ganzen Weg nach Battersea gefahren, aber sie bestand darauf, den Rest des Weges im Zug zurückzulegen. Ihr Widerstreben, Hilfe anzunehmen, war psychologisch leicht erklärbar. Von Kind an hatte sie gelernt, daß Geschenke eine dubiose Sache waren, die sowohl positive als auch negative Folgen haben konnten. Das verlieh ihr allerdings auch etwas Geheimnisvolles, das ich attraktiv zu finden begann. Ich hatte das, um was sie mich gebeten hatte, aus einer Art Pflichtgefühl Nicky gegenüber getan, und jetzt verlangte sie nichts mehr von mir. Das Ende unserer merkwürdigen Beziehung war abzusehen, aber ich wollte nicht, daß es dazu kam.

Was die Wahrheit über ihren Vater betraf, die eng mit der über meinen Vater verknüpft war, so sah ich wie sie keine andere Alternative, als sie ruhen zu lassen. Dad würde sich fragen, ob ich mich an das halten würde, was ich ihm versprochen hatte: *Ich werde nicht aufgeben.* Für den Augenblick genügte es mir, ihn im Ungewissen zu lassen. Am Ende würde er zu dem Schluß gelangen, daß er mich doch richtig eingeschätzt hatte. Aber eines Tages, gelobte ich mir, würde er ein böses Erwachen erleben.

All das natürlich unter der Voraussetzung, daß ich frei entscheiden konnte, was aufgedeckt wurde und was nicht. Aber das war nicht ganz ungefährlich, wie Emma am Sonntag nach dem Lunch meinte, als ich sie zu einer Spazierfahrt mitnahm und ihr zeigte, was von der Werkstatt übrig war.

»Sie haben noch immer keine Ahnung, wer Pauline Lucas ist?«

»Keine.«

»Oder was sie will.«

»Keine Ahnung. Wissen Sie, ich dachte, sie hätte mit Tully zu tun. Das ergab nicht viel Sinn, aber sonst schien nichts zu passen. Jetzt… ich weiß es einfach nicht.« Ich lächelte grimmig. »Ich glaube, deswegen brauche ich auch Ferien.«

Emma erwiderte mein Grinsen, deutete aber nicht an, wie sie sich entscheiden würde, bis wir nach Harrowcroft zurückkamen. Sie fragte, ob ich irgend etwas aus den Trümmern gerettet hätte, und ich zeigte auf eine Kiste mit Werkzeugen, einige noch immer vom Feuer geschwärzt, die in der Garage stand.

»Das ist alles, was übrig ist?« fragte sie und bückte sich, um sie zu betrachten.

»Alles, was man noch benutzen kann.«

»Sie hat gründliche Arbeit geleistet, nicht wahr?«

»Ich fürchte ja.«

»Ich glaube, dann haben Sie recht.« Sie richtete sich auf und lächelte. »Sie brauchen tatsächlich Ferien. Wie wär's mit Cornwall – Ende des Monats?«

Und so wurde es verabredet. Sie würde die Woche, in der die Untersuchung stattfand, freinehmen und ein kleines Hotel oder Gästehaus finden, um irgendwo in sicherer Entfernung von Truro zu wohnen. Ich würde in Tredower House absteigen und die Tage damit zubringen, mit ihr die Gegend von Land's End und Lizard zu erkunden. Es würde das erste Mal sein, daß sie London für eine Weile verließ, und darüber war sie sehr aufgeregt, auch wenn sie es zu verbergen suchte. Mich erregte diese Aussicht ebenfalls, aus den verschiedensten Gründen, die zu analysieren ich noch nicht bereit war. Ihr Leben im verborgenen hatte sie so unsicher gemacht, daß sie jünger wirkte, als sie eigentlich war, unschuldig, verletzlich, brüderlichen Schutzes bedürftig – wie ich es sah. Nur war ich nicht ihr Bruder. Und wollte es nicht werden. Aber ich wollte auch nicht, daß sie aus meinem Leben verschwand.

Es war möglich, daß ich mehr Schutz brauchte als Emma, und daran sollte ich bald erinnert werden. Ich war an diesem Abend, nachdem ich sie nach Reading gefahren hatte, damit sie ihren Zug noch erreichte, kaum ins Haus getreten, als das Telefon läutete und ich mich in einem Gespräch mit der Frau befand, die anscheinend beschlossen hatte, mich zu vernichten.

»Hier ist Pauline Lucas, Mr. Napier. Ich habe Ihre Nachricht erhalten.«

»Welche Nachricht?«

»Die Sie bei Frankie im Zenith Club hinterlassen haben. Ich nehme an, Sie suchen mich.«

»Überrascht Sie das?«

»Nichts, was Sie tun, überrascht mich.«

»Was wollen Sie?«

»Sie treffen.«

»Das sagten Sie letztes Mal schon.«

»Ich meine es ernst. Interessiert?«

»Habe ich eine Wahl?«

»Natürlich. Aber wenn Sie persönlich mit mir sprechen wollen, dann gehen Sie morgen nachmittag um fünf Uhr zur Untergrundbahnstation Baker Street. Warten Sie auf der Plattform der Circle Line, auf der die Züge nach Westen abfahren. Stellen Sie sich neben den Kasten mit dem Feuerlöscher, ungefähr in der Mitte.«

»Moment. Warum...«

»Wenn Sie nicht pünktlich genau an dieser Stelle stehen, werden Sie mich nicht treffen.« Sie hielt eine Sekunde inne, bevor Sie hinzufügte: »Andernfalls schon.« Dann legte sie auf.

Baker Street zu Beginn der Rush-hour am Montagabend war ein von Menschen wimmelndes Labyrinth aus Treppen, Bahnsteigen und – durch das Zusammentreffen von vier verschiedenen Bahnlinien – miteinander verbundener Durchgänge. Ich stand an der angegebenen Stelle und beobachtete die Züge, die herein- und hinausratterten, musterte die zahllosen Gesichter der Pendler, die ein- und ausstiegen, und schaute zu der Fußgängerbrücke hoch, die die Bahnsteige der Züge nach Osten und Westen verband. Ich wartete geduldig, da ich wußte, daß Pauline Lucas auf ihre Art Wort halten würde, fragte mich allerdings, wie diese Art wohl aussehen mochte. Ich war mir bewußt, daß rings um mich herum Menschen kamen und gingen. Die Minuten bis fünf Uhr verrannen. Ich war natürlich zu früh gekommen. Sie, was ebenso natürlich war, nicht.

Kurz vor fünf fuhr ein Zug ein und wieder hinaus. Ich war einen Augenblick allein, aber schon im nächsten kamen weitere Fahrgäste die Treppe herunter und stellten sich zu mir auf den Bahnsteig. Ich schaute zur Uhr und sah, daß die volle Stunde erreicht war. »Wo sind Sie?« murmelte ich lautlos. Ich blickte zur Fußgängerbrücke und dem Tunneleingang dahinter und dann hinüber zum gegenüberliegenden Bahnsteig.

Und da war sie, mir genau gegenüber. Sie lächelte schwach und legte den Kopf schief, als unsere Blicke sich trafen. Sie trug einen hellen Regenmantel und sah aus wie eine ganz normale berufstätige Frau, die vom Büro nach Hause fährt, nur daß ihr, anders als den meisten Pendlern um sie herum, nicht die geringste Spur eines harten Arbeitstages anzusehen war.

»Hallo, Mr. Napier!« rief sie. Ihre Stimme überbrückte den Graben zwischen uns. »Nett, Sie wiederzusehen.«

»Haben Sie das mit persönlich gemeint?« beschwerte ich mich. In den meisten Stationen der Untergrundbahn hätte ich auf eine Wand voller Werbeplakate geschaut. Hier lagen sich die Bahnsteige gegenüber, und sie konnte in dem sicheren Wissen mit mir reden, daß sie sich außerhalb meiner Reichweite befand. Hinter ihr lag ein Durchgang zum Bahnhof. Hätte ich versucht, die Brücke zu überqueren, so hätte sie genug Zeit gehabt, in der Menge unterzutauchen und in einer der anderen Bahnlinien zu verschwinden. Sie konnte also sowohl unsere Begegnung als auch deren Ende bestimmen.

»Ich bin hier, oder nicht? Sie können mich sehen. Und ich höre zu.« Das taten auch mehrere Leute um uns herum, die wegen des seltsamen Schauspiels die Blicke von ihren Zeitungen hoben. »Haben Sie mir nichts zu sagen?«

»Ich hätte gern eine Erklärung.«

»Für die jüngsten Vorkommnisse in Ihrer Familie? Wieso glauben Sie, Sie hätten ein Recht darauf? Schließlich waren sie ja wohl kaum unverdient, oder?«

»Was meinen Sie damit?«

»Sie wissen, was ich meine. Sie können sich bloß nicht dazu durchringen, es zuzugeben.«

»Hat das etwas mit Nicky zu tun?«

»Wer ist Nicky? Ein Freund von Ihnen?«

»Ja, das war er.«

»Wieso die Vergangenheitsform?«

»Weil er tot ist.«

»Wirklich? Wie ist er gestorben?«

»Ich denke, das wissen Sie.«

»Sagen Sie es mir trotzdem.«

»Er hat sich umgebracht.«

»Ach ja?« Sie schaute an den Gleisen entlang, da sie wie ich hörte, daß sich ein Zug näherte. Dann sah sie wieder zu mir herüber. »Vielleicht sollten Sie sich besser um Ihre Freunde kümmern, Mr. Napier.«

»Wer sind Sie?«

Doch der Zug kam, ehe sie antworten konnte, falls sie das überhaupt vorhatte. Zischend öffneten sich die Türen, und ich konnte sie nur noch durch das Gewimmel der Menschen hindurch erkennen. Ich verrenkte mir fast den Hals, um sie nicht aus den Augen zu verlieren. Dann fuhr der Zug ab, und ich sah sie wieder. Sie stand noch immer an derselben Stelle.

»Wie ist das?« fragte sie, sobald es ruhiger wurde und ich sie verstehen konnte. »Zu leiden, ohne zu wissen, warum?«

»Was glauben Sie denn? Ich habe schwer gearbeitet, um etwas aus meiner Firma zu machen.«

»Genau, wie Ihre Schwester schwer gearbeitet hat, um etwas

aus Ihrer Ehe zu machen. Und Ihre Eltern, um etwas aus ihrem Heim zu machen.« Sie nickte. »Oh, ich glaube Ihnen. Ich wollte, daß jeder von Ihnen vermißt, was ich ihm weggenommen habe.«

»Warum hassen Sie meine Familie?«

»Das tue ich nicht. Nicht mehr. Sie haben nicht genug gelitten, aber das konnten Sie ja auch nicht, oder? Das wäre nicht möglich ohne...« Zu meinem Erstaunen stockte ihre Stimme, und sie sah auf einmal verzweifelt aus. Sie legte eine Hand auf die Stirn. Ein Mann, der ein paar Meter von ihr entfernt stand, starrte sie sichtlich verwirrt an. Dann gewann sie ihre Fassung zurück. »Keine Sorge, Mr. Napier. Ich habe nicht vor, die Übeltäter zu Opfern zu machen.« Sie hatte ihre Stimme wieder unter Kontrolle. »Dies ist ein Abschied. Sie werden nichts mehr von mir hören.«

»Wer sind Sie?« wiederholte ich.

»Die Freundin eines Freundes, könnte man sagen. Und im Grunde nicht viel besser als Sie.« Damit drehte sie sich um und ging auf den Durchgang zur Metropolitan Line zu; sie bewegte sich langsam, als wolle sie mich provozieren, ihr zu folgen.

Ich wußte, daß die Anlage des Bahnhofs gegen mich war, und auch sie wußte das, aber ich konnte nicht einfach zusehen, wie sie verschwand. Ich begann den Bahnsteig entlangzurennen, überquerte die Fußgängerbrücke und eilte die Stufen zum anderen Ende des Durchgangs hinunter. Ich konnte sie nirgends entdecken. Es war ohnehin nicht einfach, eine dunkelhaarige Gestalt im Regenmantel unter so vielen Menschen zu erkennen. Ich erreichte die Bahnsteige der Metropolitan Line und lief so schnell ich konnte durch die Menge zum oberen Ende der Treppen, die zu den Linien Baker und Jubilee führten.

Dort blieb ich stehen. Mir wurde bewußt, wie vergeblich das war, was ich tat. Ich konnte die Verfolgung auf gut Glück fortsetzen, hatte aber keine realistische Chance, sie einzuholen. Sie konnte jede von einem halben Dutzend unterschiedlicher Strekken genommen haben. Es war, als wolle sie mir zu verstehen geben, daß sie die Situation absolut im Griff hatte. Und ich verstand es. Aber trotzdem gab es noch eine Chance, wie winzig auch immer. Ich konnte richtig raten oder die Täuschung durchschauen. Der am wenigsten wahrscheinliche Weg war vermutlich der, den sie gewählt hatte.

Ich vertraute meiner Intuition und kehrte zurück zur Circle Line. Ein Zug nach Osten stand am Bahnsteig, als ich mich der Fußgängerbrücke näherte. Ich rannte darauf zu, aber die Türen hatten sich schon geschlossen, und er fuhr an. Und da, im zweiten Wagen, der an mir vorbeirollte, stand Pauline Lucas und hielt sich in aller Gemütsruhe an einer Halteschlinge fest. Sie lächelte, als sie mich erblickte, und hob zu einem ironischen Abschiedsgruß die Hand.

Dann war sie verschwunden. Der Zug beschleunigte und fuhr in den Tunnel, bis nur noch das leiser werdende Geratter auf den Schienen zu hören war. Stille breitete sich in der abgestandenen Luft aus, aber nur für kurze Zeit. Ich starrte in das schwarze Loch des Tunnels.

Frankies Geschichte, die ich ihm mühsam bei drei überteuerten Gläsern Mineralwasser an der Bar des Zenith Club entlocken konnte, lautete, er habe sich wie versprochen nach der Frau erkundigt, die ich als Pauline Lucas kannte – ohne Erfolg.

»Keiner wußte was, Kumpel. Oder keiner wollte was sagen.«

»Wie erklären Sie sich dann, daß sie von unserer Vereinbarung erfahren hat?«

»Muß sich bis zu ihr herumgesprochen haben. Ich kann nicht sagen, daß ich überrascht wäre. Sie sieht aus wie eine von der Schwesternschaft?«

»Welcher Schwesternschaft?«

»Die hochklassigen Nutten, die ihre Kunden herbringen, damit sie Appetit kriegen. Sie laufen nicht alle in Netzstrümpfen und Miniröcken am King's Cross herum, oder? Für die anspruchsvolleren Kunden gibt es bessere. Davon kommen etliche zu uns. Sie halten meist zusammen. Verstehen Sie, was ich meine?«

»Sie denken also, daß sie eine Prostituierte ist?«

»Na ja, soweit ich mich an das Bild erinnere, das Sie mir gezeigt haben, sah sie nicht gerade aus wie eine Kindergärtnerin.« Er grinste. »Es sei denn, den Job macht sie tagsüber.«

»Danke für nichts.«

»Kein Problem. Aber Moment, bevor Sie gehen ...« Er beugte sich vertraulich über die Bar, und ich roch seinen Spearmintkaugummi. »Warum wollen Sie sie unbedingt finden? Wenn es um spezielle Dienstleistungen geht, findet sich auch eine andere.« Er zwinkerte. »Ich könnte Ihnen eine persönliche Empfehlung geben.«

Wer war sie? Ihrer eigenen Beschreibung nach die Freundin eines Freundes, was sicher eine Freundin von Nicky bedeutete. Aber keiner, der ihn gekannt hatte, hatte jemanden erwähnt, der ihrer Beschreibung entsprach. Alle waren sich darüber einig gewesen, daß Nicky nur wenig Freunde beiderlei Geschlechts besaß, und Pauline Lucas schien für einen emotional labilen Bibliothekar in Clacton eine besonders unwahrscheinliche Bekanntschaft. Aber vielleicht waren seine Tage bei den Atomkraftgegnern der Schlüssel. Vielleicht hatten sie sich bei einem Marsch in Aldermaston kennengelernt. Hatte Considine nicht etwas davon gesagt, ein Mädchen hätte ihn überhaupt erst in diese Geschichte verwickelt? Doch das würde implizieren, daß sie etwa im gleichen Alter wie Nicky und ich wäre, aber ich hätte sie auf gut zehn Jahre jünger geschätzt. Aber welchen Weg ich auch einschlug, es gab nichts, womit ich sie in Verbindung bringen konnte.

Am nächsten Morgen frühstückte ich spät, das traurige Vorrecht der Arbeitslosen, und fragte mich, wie oder ob ich mehr über neuere Freundschaften herausfinden konnte, die Nicky vielleicht geschlossen hatte, bevor er bei mir aufgetaucht war.

Ich dachte, es sei der Briefträger, als ich zur Haustür ging. Statt dessen stand Neville Considine in einem schäbigen Regenmantel draußen und lächelte verschlagen, als genieße er die unangenehme Überraschung, die sein Besuch bedeutete.

»Guten Morgen, Mr. Napier. Ich komme gerade von Grayson Motors. Sie sagten mir, ich würde Sie hier finden. Wie ich hörte, hat es in Ihrer Werkstatt gebrannt. Sicher sehr bedauerlich für Sie.«

»Was kann ich für Sie tun?«

»Hätten Sie vielleicht ein paar Minuten Zeit für mich?«

»Ich denke schon. Kommen Sie doch herein.« Ich führte ihn in die Küche und bot ihm widerstrebend Tee an, denn die Kanne stand gut sichtbar auf dem Tisch. Er nahm an, und ich merkte, daß er mich beobachtete, als ich ihm eine Tasse einschenkte und reichte. Ich hatte den Eindruck, daß er wußte, was ich wirklich von ihm hielt, und ich glaubte auch, daß er wußte, warum ich es mir nicht leisten konnte, diese Meinung zu äußern. »Was führt Sie zu mir, Mr. Considine?«

»Ich habe vor, meinen Wagen zu wechseln. Sie erinnern sich an den Fiat?«

»Ja, ich erinnere mich daran.«

»Ich brauche etwas Zuverlässigeres. Und da Sie doch in der Branche sind, habe ich gedacht …«

»Der einzige Wagen, den ich zu verkaufen habe, ist ein Bentley Continental. Sie haben ihn vermutlich im Ausstellungsraum gesehen.«

»Ja, habe ich. Klasse Auto.«

»Aber vermutlich außerhalb Ihrer Preisvorstellungen. Ich bezweifle, daß ich Ihnen helfen kann. Aber vielleicht können Sie mir helfen.«

»Wie das?«

»Sie haben mal ein Mädchen erwähnt, dem Sie die Schuld daran gaben, daß Nicky an der Demonstration gegen die Atomkraft teilgenommen hat.«

»Ja. Gillian Hendry. Sie hatte einen schlechten Einfluß auf ihn.«

»Wie alt wäre sie jetzt?«

»Meine Güte, Mr. Napier, was für eine Frage. Lassen Sie mich überlegen.« Mit hörbarem Schlürfen trank er aus seiner Tasse. »Sie war ein paar Jahre jünger als Nicholas. Vierzig, schätze ich.«

»Nicht jünger?«

»Nicht viel. Warum?«

»Könnte sie das sein?« Ich nahm das Foto aus der Tasche meiner Jacke, die hinter der Tür hing, und reichte es ihm. Er schaute es kurz an, und sein Blick wurde starr. Für den Bruchteil einer Sekunde, nicht länger, schien klar, daß er die Frau kannte. Aber er sagte nichts. »Also, könnte sie es sein?«

»Nein.« Er räusperte sich. »Mit Sicherheit nicht.«

»Dann irgendeine andere Freundin von Nicky?«

»Ich glaube nicht.« Er gab mir das Foto zurück und sah mich direkt an. »Ich kenne diese Frau nicht.«

»Sind Sie sich da sicher?«

»Ganz sicher.« Er trank noch etwas Tee. »Darf ich fragen, wann das Bild aufgenommen wurde?«

»Warum möchten Sie das wissen, wenn es das Bild einer völlig Fremden ist?«

»Ach, reine Neugier.« Er grinste auf seine anzügliche Art. »Schließlich ist das kaum ein alltäglicher Schnappschuß, nicht?«

»Es wurde erst vor kurzem aufgenommen.«

»Und haben Sie ... die Frau kennengelernt?«

»Ja. Tatsächlich glaube ich, daß sie für die Zerstörung meiner Werkstatt verantwortlich ist.«

»Wirklich? Aber Sie ... kennen ihren Namen nicht?«

»Nicht ihren richtigen Namen, nein.«

»Schade, daß ich Ihnen nicht helfen kann.«

»Der Mann, mit dem sie zusammen ist, ist mein Schwager. Das Foto hat zum Scheitern seiner Ehe geführt. Auf das Haus meiner Eltern ist auch ein Anschlag verübt worden. Das sieht ganz nach einem Rachefeldzug aus, und deswegen kam mir der Gedanke, daß ein Zusammenhang mit Nicky bestehen könnte.«

»Wenn das so ist, dann weiß ich nichts davon. Tut mir leid, von den Schwierigkeiten Ihrer Familie zu hören, Mr. Napier, tut mir wirklich leid. Und noch mehr tut es mir leid, daß auch ich dazu beitragen muß, aber…« Er leerte seine Tasse und stellte sie auf den Tisch. »Die Not gebietet es.«

»Wessen Not?«

»Meine. Und ich fürchte, sie bezieht sich auf mehr als bloß einen neuen Wagen. Deswegen bin ich zu Ihnen gekommen. Ich hatte nie das Vergnügen, Ihren Vater kennenzulernen, aber wie ich höre, ist er ein Mann von beträchtlichem Wohlstand, um nicht zu sagen großem Reichtum. Ich frage mich, ob Sie bei ihm vielleicht in einer gewissen Angelegenheit für mich vorstellig werden könnten.«

»In welcher Angelegenheit?«

»In einer finanziellen.« Er ging ein paar Schritte zum Fenster und schaute in den Garten hinaus. Dabei schlug er hinter dem Rücken die Hände im gleichen Rhythmus aneinander, in dem der Wasserhahn der Spüle neben ihm tropfte. Es sah so aus, als sollte ich für ihn um irgendeine Art von Kredit bitten, aber der Gedanke war so absurd, daß mir sofort klarwurde, daß etwas anderes dahinterstecken mußte. Er drehte sich um und lächelte mich mit zusammengekniffenen Lippen an. »Ich verlange eine Million Pfund, Mr. Napier.«

»Was?«

»Eine Million, zahlbar auf ein bestimmtes Konto; die Details werde ich Ihnen noch mitteilen. Bis Ende dieser Woche will ich zehn Prozent, als Anzahlung sozusagen, und den Rest binnen einer weiteren Woche. Zeit genug für Ihren Vater, denke ich, um genügend Geld flüssig zu machen.«

»Wovon zum Teufel reden Sie eigentlich?«

»Sollte meine Forderung nicht erfüllt werden, sehe ich mich gezwungen, die Behörden davon zu unterrichten, wie Edmund

Tully vor zwölf Jahren zu Tode kam – und weswegen er ermordet wurde. Ich bin im Besitz der Briefe, die Tully 1947 in seiner Unterkunft zurückließ, und ich habe von Ihrem Schwager Anhaltspunkte dafür, wo in Bishop's Wood seine Leiche zu finden ist. Als nächster Anverwandter von Michael Lanyons Witwe habe ich außerdem ein gesetzliches Anrecht auf das gesamte Vermögen des verstorbenen Joshua Carnoweth. Deswegen denke ich, werden Sie mit mir der Meinung sein – und auch Ihren Vater davon überzeugen können –, daß die Summe, die ich verlange, durchaus … angemessen ist.«

16. Kapitel

DAS ZUSCHAUERGELÄNDE DER Culdrose Royal Navy Air Station dröhnte vom Lärm der Hubschrauber, der noch durch die geschlossenen Fenster des Wagens meines Vaters drang. Zwei Tage waren vergangen, seit Neville Considine sein Ultimatum gestellt hatte, und mein Vater schien um ebenso viele Jahre gealtert. Er saß auf dem Fahrersitz, die Schultern nach vorn geneigt, das Gesicht düster und mißmutig, die Unterlippe in unterdrückter Wut vorgeschoben, und folgte mit den Augen sinnlos konzentriert den Starts und Landungen der Hubschrauber. Ich hatte ihm die Nachricht telefonisch mitgeteilt und gewußt, daß ich mit ihm persönlich reden mußte, ehe klarwurde, was zu tun wäre. Jetzt waren wir hier, um unter dem fadenscheinigen Vorwand, die Helikopter zu beobachten, heimlich miteinander zu verhandeln. Jeder von uns machte den anderen für das verantwortlich, was passiert war, und zwar so sehr, daß es uns unendlich viel lieber gewesen wäre, uns nicht sehen und schon gar nicht sprechen zu müssen. Aber Considine hatte uns dazu gezwungen.

»Eine Million Pfund«, brummte Dad. »Mein Gott, der Mann geht aufs Ganze, was?«

»Kommt drauf an, wie man es betrachtet«, konterte ich. »Eine Million ist ungefähr die Hälfte von dem, was Michael Lanyon von Onkel Joshua geerbt hätte.«

»Und er erwartet ernstlich, daß ich ihm soviel bezahle?«

»Auf jeden Fall ist es ihm ernst mit dem, was er unternehmen wird, wenn du es nicht tust. Bei der gerichtlichen Untersuchung wird er damit beginnen.«

»Verflixt und zugenäht.« Dad rieb sich die Stirn, und ich bemerkte eine Verletzung an seinem Kinn, wo er sich beim Rasieren geschnitten hatte. Er durchlebte eine nervenzermürbende Zeit, und ich war überrascht, wie leid er mir plötzlich tat – obwohl er die Probleme in vielerlei Hinsicht verdient hatte. »Warum hat Trevor das getan?«

»Du weißt warum. Weil er sauer ist, daß man ihn vertrieben hat, wie er das sieht, und weil die Scheidung ihn wahrscheinlich teuer zu stehen kommen wird. Ich nehme an, er betrachtet euer gemeinsames Geheimnis als einen Trumpf, den er zu Geld machen kann.«

»Aber er kommt dabei genauso schlecht weg wie ich, mein Gott.«

»Nicht ganz. Außerdem ist er vermutlich ziemlich sicher, daß du bezahlen wirst. Und in dem Fall holt er heraus, was immer Considine ihm versprochen hat.«

»Er ist ein Dummkopf, so einem Mann zu vertrauen.«

»Na, das ist sein Problem, oder? Ich weiß nicht, welchen Handel sie geschlossen haben, und es ist mir auch egal. Ehrlich gesagt, dir sollte es auch egal sein.«

»Verdammt, sie können überhaupt nichts beweisen.« Er zog die Brauen zusammen, als ihm ein hoffnungsvoller Gedanke kam. »Was besagen die Briefe schon – angenommen, daß Considine sie wirklich hat? Wie kann Trevor sicher sein, wo wir Tully begraben haben – ich würde die Stelle nicht mal bis auf eine Viertelmeile wiederfinden. Wer sagt denn, daß das nicht bloß ein Versuchsballon ist – eine verdammte Spekulation?«

»Niemand. Considine behauptet, er hätte die Adresse von Tullys Vermieterin aus alten Presseberichten über ihre Aussage beim Prozeß und hätte den gegenwärtigen Besitzer des Hauses bezahlt, um danach suchen zu dürfen. Aber er könnte lügen. Und auch Trevor könnte lügen, wenn er behauptet, sich an die Stelle zu erinnern, wo ihr Tully begraben habt. Es könnte ein gigantischer Bluff sein. Wenn es das ist, was du denkst ...«

»Könnte ich Considine sagen, daß er sich zum Teufel scheren soll.«

»Genau.«

»Aber dann würde er bei der Untersuchung den Mund aufmachen. Und selbst wenn er keine wirklichen Beweise hätte, würden die Zeitungen anfangen, die Sache auszugraben, diesen alten Narren Vigus aufspüren und ihm die Würmer aus der Nase ziehen, und dann...« Er schüttelte den Kopf. »Das kann ich nicht riskieren. Das kann ich einfach nicht riskieren.«

»Also wirst du Considine die Million zahlen?«

»Du denkst, daß mir das recht geschieht, nicht, Chris?« Er drehte sich zu mir um. »Von einem schleimigen kleinen Intriganten in die Knie gezwungen zu werden. Aber vergiß eines nicht: Was immer ich Considine zahlen muß, zahlst auch du. Deine Mutter und ich können von unserem Einkommen recht komfortabel leben. Die Million wird aus dem Kapital bezahlt werden müssen. Und auf das, was übrig bleibt, hat Pam als erste Zugriff.«

»Ich habe nichts dagegen. Meinetwegen könnt ihr es auch dem Tierheim von Battersea vermachen. Mit Geld hat all das angefangen, Dad. Verstehst du nicht? Onkel Joshuas Geld – und alles, was Großmutter unternommen hat, um es auch bestimmt zu bekommen. Eine Lüge. Dann noch eine. Und noch eine und noch eine und noch eine. Du hättest mir vorige Woche die Wahrheit sagen sollen – sogar dann noch –, und es wäre mir vielleicht möglich gewesen, dir zu verzeihen. Aber du hast zugelassen, daß ich es von Trevor erfahre. Wirklich, ein Teil von mir wünscht, du würdest dich weigern zu bezahlen. Dann würde vielleicht die ganze Geschichte ans Tageslicht kommen.«

»Wenn du so empfindest, warum hast du dich dann bereit erklärt, als Bote für Considine zu fungieren?«

»Weil nur *ein* Teil von mir so empfindet. Der Rest fürchtet sich davor, was die Wahrheit anrichten könnte. Was sie Pam und Tabs antun könnte. Und Mutter. Und dir, natürlich. Schließlich und endlich *bist* du mein Vater.«

»Schade, daß dir das nicht früher eingefallen ist. Wenn du

nicht jeden verdammten Stein aufgehoben hättest, um nachzuschauen, was darunter ist…«

»Dann hätte Considine dich jetzt nicht am Wickel? Siehst du das so? Alles meine Schuld, ja?«

»Weitgehend ja, Junge.«

Ich starrte ihn an und wußte, daß ich wütender hätte sein müssen, als ich war. Aber sein Eifer, mir die Schuld zuzuweisen, war so erbärmlich, um auch nur Verachtung zu verdienen. Er war wie ein Ertrinkender, der um sich schlägt. Ich seufzte. »Also, was soll ich tun?«

»Finde heraus, wo Trevor sich versteckt. Wenn ich daran denke, was ich alles für ihn getan habe…«

»Keiner weiß, wo er ist. Das habe ich dir doch gesagt. Er hat sich letzten Donnerstag im Trumouth Motel abgemeldet und gesagt, er mache Ferien im Ausland – irgendwo in der Sonne, mit einer Freundin, wie er durchblicken ließ. Ich habe Pam gefragt, wer und wo das sein könnte, aber sie hatte keine Ahnung, und ich konnte nicht weiter in sie dringen, ohne Verdacht zu erregen. Tabs weiß auch nichts, genau wie das Hotelpersonal. Die Vertraulichkeit hat ihre Grenzen, und Trevors ehemalige Freundinnen befinden sich außerhalb dieser Grenzen.«

»Dann die Briefe. Wir sollten Considines Geschichte überprüfen. Wenn er die Adresse von Tully aus alten Zeitungsberichten in Erfahrung bringen konnte, dann kannst du das auch.«

»In Ordnung. Ich werde es versuchen. Könnte eine zeitraubende Angelegenheit werden. Und du hast nur bis morgen Zeit, Considine die Hunderttausend zu bezahlen; sonst erzählt er dem Coroner am Montag seine Geschichte.«

»Ja, ja, ich weiß«, versetzte Dad barsch. »Glaubst du, ich bin blöd?«

»Ich glaube, daß du wenig Spielraum hast. Soll ich Considine sagen, daß du seine Bedingungen akzeptierst?«

»Ja, zum Teufel.« Er packte das Steuerrad, streckte langsam die Arme und lehnte den Kopf an die Kopfstütze. »Ich werde dafür sorgen, daß die Anzahlung morgen vor Geschäftsschluß auf seinem Konto ist. Was den Rest betrifft, nun ja, wenn die Untersuchung erst mal vorbei ist, hat er so schnell kein Publikum mehr für seine Behauptungen, und wir gewinnen ein bißchen Zeit zum Atmen.«

»Nicht viel.«

»Besser als nichts. Laß ihn glauben, ich würde nachgeben. Dann habe ich eine Chance, mich ein wenig umzuhören, wo Trevor sein könnte, während du feststellst, ob die Briefe wirklich existieren und ob Considine sie hat. Wenn ich Trevor wieder auf meine Seite ziehen kann, spielen sie keine so große Rolle. Und wenn Considine sie nicht hat, spielen sie überhaupt keine Rolle.«

»In Ordnung. Wenn du so vorgehen willst.«

»Hast du einen besseren Vorschlag?«

»Ich habe überhaupt keinen Vorschlag. Außerdem ist es unwahrscheinlich, daß du mit deiner lebenslänglichen Gewohnheit brichst, nicht auf meinen Rat zu hören.«

»Ich brauche deine Hilfe, Chris.« Er versuchte, die Bitte aufrichtig klingen zu lassen, aber seine Stimme verriet trotzdem, daß meine Hilfe etwas war, worum er eigentlich nicht bitten wollte. »Ich kann nicht alles tun, was getan werden muß, ohne daß deine Mutter Lunte riecht.«

»Schon in Ordnung. Ich werde den größten Teil der Lauferei erledigen.« Ich sah auf meine Uhr und öffnete die Tür. »Ich sage dir Bescheid, wenn ich etwas in Erfahrung gebracht habe.«

»Chris ...«

»Ja?« Ich drehte mich um und wartete auf das Eingeständnis, daß er etwas Unverzeihliches getan hatte, aber ich kannte ihn zu gut, um damit wirklich zu rechnen.

»Du mußt das mal aus meiner Sicht betrachten. Als mir klarwurde, was deine Großmutter getan hatte, war Michael Lanyon schon tot und begraben. Ich konnte nichts tun, um die Sache in Ordnung zu bringen, ohne die Familie zu zerstören. Das verstehst du doch sicher.«

»Aber du hast sie zerstört, Dad. Genau das hast du erreicht. Liebe, Vertrauen, Loyalität – was ist damit passiert? Wir haben Großmutters – und Tullys – Lüge vierunddreißig Jahre lang gelebt: eine Lüge, die du noch immer aufrechterhalten willst. Und jetzt, großer Gott, tue ich dasselbe.«

»Weil du weißt, daß es so am besten ist.«

»Nein. So ist es am schlimmsten. Ich tue es, weil ich nichts anderes tun *kann.*« Ich stieg aus. »Ich melde mich«, fügte ich hinzu. Dann schlug ich die Tür zu und ging langsam zu meinem Wagen.

Tullys Vermieterin war mir als Zeugin aus den Zeitungsberichten über den Prozeß nicht in Erinnerung geblieben. Sie konnte nicht viel gewußt haben und hätte leicht ganz übersehen werden können. Keiner der Artikel, so ausführlich sie auch waren, gab ihre Aussage wörtlich wieder. Und die Zeitungen, die sich in der Bibliothek von Truro befanden, waren die Wochenzeitungen von Cornwall; ich sah sie an diesem Nachmittag mehrere Stunden lang durch, ohne etwas zu finden. Die *Western Morning News* hatte täglich und daher detaillierter berichtet, aber das bedeutete eine Fahrt nach Plymouth, und inzwischen war es zu spät, um mich noch auf den Weg zu machen, bevor die dortige Bibliothek schloß.

Pam war froh über meine Gesellschaft, nachdem Tabitha nun nach Hause gefahren war, aber verwirrt von meinen neugierigen Fragen, wo Trevor steckte, da ich behauptete, das Interesse an den Ereignissen rund um Großmutters neunzigsten Geburtstag verloren zu haben. Noch verwirrter war sie, als ich sie nach Tullys Vermieterin im August 1947 fragte, worüber sie mir überhaupt keine Auskunft geben konnte.

Am folgenden Morgen fuhr ich früh los und saß schon kurz nach Öffnung der Bibliothek von Plymouth vor einem staubigen schwarzen Wälzer, in dem die *Western Morning News* gesammelt waren. Die Artikel über die Anhörung ergaben nichts, aber über den Prozeß selbst wurde so ausführlich berichtet, daß meine Hoffnung wuchs. Doch sie wurde enttäuscht, als ich die Ausgabe von Donnerstag, dem 23. Oktober 1947, aufschlug und feststellte, daß die Ecke einer Seite fehlte. Die letzten Absätze über die Verhandlung in Bodmin Assizes am Vortag waren herausgerissen. Considine hatte gefunden, wonach er gesucht hatte – und zu verhindern gewußt, daß das noch jemandem gelang. Aber da hatte er die Rechnung ohne den Wirt gemacht. Die Zeitung besaß mit Sicherheit ein Archiv, zu dem Don Prideaux mir Zugang verschaffen konnte. Ich eilte hinüber in die Redaktion, erfuhr dort aber, daß Don den ganzen Tag bei Gericht war.

Verständlicherweise überraschte es ihn, mich draußen warten zu sehen, als er in der Mittagspause aus dem Gerichtsgebäude kam, doch nach ein paar Gläsern in meiner alten Stammkneipe, dem Abbey, war er bereit, mir einen Zettel zu schreiben, der mir Zutritt zum Archiv verschaffte. Unter der Bedingung, daß ich ihm überraschende Entdeckungen mitteilte.

»Du interessierst dich doch nicht zufällig für den Sommer und Herbst siebenundvierzig, Chris, oder?«

»Wie hast du das erraten?«

»Ganz einfach. Aber zu erraten, was du suchst, ist wohl eine andere Sache.«

»Schwer zu sagen, bis ich es gefunden habe.«

»Ich muß gleich zurück. Warum treffen wir uns nicht später wieder hier? Dann kannst du mir alles erzählen.«

»Gut. Wir sehen uns, wenn das Lokal öffnet.«

Doch um diese Zeit war ich schon wieder in Truro und hatte unsere Verabredung vergessen. Tullys Vermieterin, die am dritten Tag des Prozesses zu seinen Aktivitäten in der Mordnacht ausgesagt hatte, war Mabel Berryman. Sie vermietete ein Dachzimmer ihres Hauses in der Kenwyn Road an Handelsreisende und dergleichen und war ziemlich schlecht auf Tully zu sprechen, der – Überraschung, Überraschung – verschwunden war, ohne die Miete für die letzte Woche bezahlt zu haben. Ihre Hausnummer war nicht angegeben, aber das hatte Considine offenbar nicht aufgehalten.

Mich auch nicht. Die ältliche Bewohnerin des dritten Hauses in der Kenwyn Road, die ich herausklingelte, konnte sich an Mabel Berryman erinnern – »Schon seit mindestens zwanzig Jahren tot und dahin« – und auch an ihre genaue Adresse. »Merkwürdig«, fügte sie hinzu, »Sie sind schon der zweite in dieser Woche, der nach ihr fragt.«

Und so endete die Spur bei ihrem geldgierigen Nachbarn, dem »jungen Warren Dobell«, der sich eigentlich eher in meinem Alter befand. Er war so von seiner Modelleisenbahn besessen, die den größten Teil des Erdgeschosses einnahm, daß er das Anheben einiger Dielenbretter in der unbenutzten Dachkammer als unbedeutende Angelegenheit zu betrachten schien, vor allem, wenn die Person, die dies tat, ihn für die Belästigung großzügig entschädigte. »Er sagte, diese Mabel Berryman, die früher hier gewohnt hat, wäre seine Tante, und er suchte ein paar Briefe, die sein Vater ihr aus dem Schützengraben geschickt hat. Er hat sie auch gefunden und mitgenommen. Warum sollte ich etwas dagegen haben? Ich wußte ja nicht, daß sie sonst noch jemand will, oder? Sind Sie auch mit Berrymans verwandt?«

Es hätte natürlich keinen großen Unterschied gemacht, wenn ich ein Verwandter gewesen wäre. Dobell hatte das Geld für die Vergrößerung seines Schienennetzes und Considine die Briefe – was ich meinem Vater bei einem ziemlich einseitigen Telefongespräch später an diesem Abend mitteilen mußte.

»Die Briefe existieren und sind in seinem Besitz.«

»Verdammt.«

»Hast du das Geld auf sein Konto eingezahlt?«

»Ja.«

»Neuigkeiten von Trevor?«

»Nein.«

»Soll ich Considine dann am Montag sagen, daß er das Geld bis nächsten Freitag erhält?«

»Ja, tu das.«

Dad hatte die Hoffnung, sich herauszuwinden, noch immer nicht aufgegeben. Hinter seiner barschen Reaktion stand die störrische Weigerung, sich geschlagen zu geben. Ich dagegen war geneigt, den ungleichen Kampf aufzugeben. Considine hatte uns genau da, wo er uns haben wollte, und es sah nicht danach aus, als könne sich das noch ändern.

Daher war es eine Erleichterung, meinen Vater sich selbst zu überlassen und den größeren Teil des Wochenendes mit Emma zu verbringen, die am Samstag aus London kam und ein kleines Hotel bezog, das ich in Penzance für sie gefunden hatte. Das Zimmer war von mir im voraus bezahlt worden, aber das sollte sie erst erfahren, wenn sie abreiste. Inzwischen hoffte ich auf ein paar erholsame Tage mit Wanderungen auf den Klippen und Besichtigungen in der Umgebung. Ich hatte ihr nichts über Considines Erpressung erzählt, weil es mir nicht fair erschien, sie mit einer weiteren Schwierigkeit zu belasten, für die sie nicht verantwortlich war – und auch, weil ich mir Sorgen machte, wie sie reagieren könnte. Der Mann, der am Elend ihrer Kindheit schuld war, war drauf und dran, sich mit dem davonzumachen, was rechtmäßig ihr zugestanden hätte.

Der Sonntag war ein strahlend klarer Tag. Emma schaute von Land's End aus über das grenzenlose Blau des Atlantik und gestand, sie empfinde eine Art Farbenschock nach der grauen Trostlosigkeit Londons. Ich verstand, was sie meinte. Cornwall besitzt die Fähigkeit, die Sinne zu schärfen. Ich sah, wie sich das auf Emma auswirkte, als wir durch Penwick fuhren und sie mit kindlichem Staunen die Szenerie auf sich wirken ließ und enthusiastisch ihrer Begeisterung Ausdruck verlieh. »Gott, Chris, ich glaube, ich hatte einfach vergessen, wie schön die Welt ist. Jetzt bin ich hier, und ich glaube, ich will nie wieder fort.«

Im Hafen von Mousehoule aßen wir Sandwiches mit frischen Krabben zu Mittag, fuhren dann um die Bucht herum nach Marazion und spazierten über den Damm hinaus zu St. Michael's Mount.

»Sind Sie je mit Nicky hiergewesen?« fragte sie zögernd.

»Ja. Bei einem Klassenausflug in unserem letzten Jahr auf der Vorbereitungsschule.«

»Das war noch vor meiner Geburt. Ach, wer hätte gedacht, daß ich eines Tages …« Sie lächelte. »Warum ist mir nicht trauriger zumute, Chris?«

»Ich weiß nicht, aber ich weiß, daß er damit einverstanden wäre.«

Das war zweifellos richtig. Nicky hätte nicht gewollt, daß etwas seine Schwester bekümmerte, und ich schuldete es ihm, dafür zu sorgen, daß das nicht geschah – am allerwenigsten durch mich. Ich wußte, daß der Weg, den wir gingen, trügerisch und auch verlockend war. Deshalb war ich so entschlossen, ihn vorsichtig zu gehen.

Später, als wir über den Damm nach Marazion zurückgingen und das tiefe Blau des Nachmittags in das verschwommene Gold des frühen Abends überging, sagte sie zu mir: »Ich bin froh, daß Sie die gerichtliche Untersuchung nicht erwähnt haben, Chris. Tun wir so, als würde sie gar nicht stattfinden. Ich werde morgen in Penzance herumspazieren und denken, was ich für ein Glück habe, das ist alles. Und dann, am Dienstag … wohin werden Sie mich bringen?«

»Zum Lizard. Das ist ein Ort, der seinesgleichen sucht. Sie werden ihn lieben.«

»Ich habe das Gefühl, ich tue es jetzt schon.« Sie lächelte, beugte sich herüber und küßte mich. Dann ging sie weiter den Damm entlang, als sei nichts geschehen. Ich blieb ein paar Sekunden stehen und sah ihr nach. Bis ich merkte, daß Wasser an den Kieselsteinen zu meinen Füßen leckte. Die Flut stieg, wie sie es immer tut, in frohen wie in traurigen Stunden.

»Keine Sorge, Nicky«, murmelte ich. Dann rief ich Emma und lief ihr nach.

Als ich an diesem Abend nach Tredower House zurückkam, sagte mir die Empfangsdame, Pam wolle mich dringend sprechen. Ich ging also sofort in die Wohnung hinauf.

»Dad war hier«, verkündete Pam. »Er wollte Margaret Faull besuchen. Anscheinend geht es ihr nicht gut.«

Margaret Faull war Dads langjährige Sekretärin im Kaufhaus Napier's gewesen. Doch etwas an Pams Ton ließ erkennen, daß sie die Erklärung nicht glaubwürdig fand. »Er hatte gehofft, dich sprechen zu können. Es schien ziemlich dringend zu sein. Er hat stundenlang hier herumgesessen und auf deine Rückkehr gewartet.«

»Nun, jetzt bin ich ja da.«

»Am besten rufst du ihn gleich an.«

»Mach' ich.« In beiläufigem Ton fügte ich hinzu: »Von meinem Zimmer aus.« Doch Pam sah noch immer verwirrt aus, als ich ging.

Nicht verwirrter allerdings, als meine Mutter am Telefon klang. »Er wird deinen Anruf im Arbeitszimmer entgegennehmen, Lieber«, erklärte sie mir und fuhr dann hastig und mit leiserer Stimme fort: »Ist irgend etwas zwischen euch beiden? Er war in den letzten paar Tagen furchtbar zerstreut.«

»Deprimiert wegen des Einbruchs, denke ich. Ich werde versuchen, ihn aufzuheitern.«

»Ich wäre dir dankbar, wenn dir das gelingen würde.« Ich hörte ein Klicken in der Leitung. »So, da ist er«, sagte sie heiterer. »Wiedersehen, Lieber.« Ein weiteres Klicken, als sie auflegte.

»Hallo, Dad. Neuigkeiten?«

»Wo zum Teufel hast du gesteckt?« Falls es Neuigkeiten *gab*, waren sie eindeutig nicht gut. »Ich habe den ganzen Nachmittag auf dich gewartet.«

»Ich war draußen. Das schöne Wetter genießen.«

»Das *Wetter*? Guter Gott, Junge, ist dir klar, wie verzweifelt unsere Situation ist?«

»Mir ist klar, wie verzweifelt *deine* Situation ist, ja. Also, was ist passiert?«

»Ich habe Trevor gefunden.«

»Wo ist er?«

»Teneriffa. Margaret Faull hat mich auf seine Spur gebracht. Sie wußte immer besser als ich, was beim Personal vor sich ging. Trevor hatte ein Verhältnis mit Eileen Bishop, unserer Einkäuferin für Kleider, damals, Ende der sechziger Jahre. Offenbar war das so ziemlich allen bekannt. Sie war immer eine flatterhafte Person, daran erinnere ich mich. Jetzt hat sie eine Boutique für Bademoden.«

»Vermutlich auf Teneriffa.«

»Ja. Und da versteckt sich Trevor.«

»Bist du sicher?«

»Ja. Ich habe mit ihm gesprochen. Margaret hat für mich Eileen Bishops Mutter angerufen, die in Redruth wohnt. Sie hat mir die Nummer gegeben.«

»Was hat er gesagt?«

»Daß er nicht wüßte, wovon zum Teufel ich rede.«

»Wirklich?« Trevor hatte offenbar mehr Mumm, als ich gedacht hatte. »Na ja, das mußte er wohl sagen.«

»Nur weil er meint, bei einem Ferngespräch käme er damit durch. Von Angesicht zu Angesicht wäre das anders.«

»Du meinst, du fährst nach Teneriffa?«

»Natürlich nicht. Du fährst hin.«

»Ich?«

»Ich möchte, daß du nach der gerichtlichen Untersuchung so schnell wie möglich hinfliegst und Trevor sehr deutlich sagst, wenn er nicht …«

»Ich kann nicht.«

»Was?«

»Ich muß die ganze Woche nach Cornwall.«

»Unsinn. Ich werde für deine Unkosten aufkommen, Chris. Du brauchst bloß …«

»Ich fliege nicht.« Ich dachte an Emma und das Staunen, mit dem sie alles Neue aufgenommen hatte. Nichts in der Welt konnte mich dazu bringen, ihr – oder mir – das Vergnügen an weiteren Ausflügen zu nehmen.

»Auf keinen Fall.«

»Du mußt.«

»Kommt nicht in Frage.«

»Aber …« Er begann zu stottern. »Aber um Gottes willen, Junge, verstehst du denn nicht … wie wichtig das ist?«

»Du fliegst, Dad. Du bringst ihn dazu, seine Meinung zu ändern.«

»Verdammt, wie soll ich deiner Mutter denn so einen Ausflug erklären?«

»Sag ihr, daß du noch immer versuchst, Pam und ihn zu versöhnen.«

»Das würde sie nie glauben.«

»Warum nicht? Es wäre nicht die erste Lüge, die du ihr auftischst, oder?«

»Hör mir zu. Du mußt …«

»Ich muß gar nichts, Dad. Morgen werde ich für den Coroner eine gute Show abziehen, und ich werde Considine sagen, daß du mitmachst. Alles andere … ist deine Sache. Gute Nacht.« Ich legte den Hörer auf und nahm nicht mehr ab, als nach etwa einer Minute das Telefon läutete. Ich war sicher, daß der Anrufer auch so wußte, was ich ihm mitteilen wollte. Es war an der Zeit, daß er seine schmutzige Arbeit selbst erledigte.

Die gerichtliche Untersuchung des Todes von Nicholas James Lanyon fand im gleichen Gerichtssaal statt, in dem die Richter von Truro einst über die Mordanklage gegen seinen Vater entschieden hatten. Die Untersuchung des Coroners war allerdings wesentlich kürzer und weniger sensationell. Die Freunde und Verwandten des Verstorbenen, dessen Tod gleich nach der Verhandlung unseres Falls untersucht werden sollte, sorgten dafür, daß unsere Versammlung, die nur aus vier Personen bestand, nämlich Neville Considine, Ethel Jago, Don Prideaux und mir, etwas größer wurde. Und Considine schien vermutlich nur deshalb anwesend zu sein, weil er als Zeuge geladen worden war.

Ich kam so spät, wie es vertretbar war, weshalb Don nur kurz »Nett, daß du erscheinst« murmeln konnte, als ich mich setzte. Considine warf mir einen Blick zu, sagte aber nichts, obwohl sein angespanntes kleines Lächeln Bände sprach. Ethel Jago nickte mir unauffällig zu, als sei sie unsicher, ob ich sie überhaupt grüßen würde.

Dann wurden die Geschworenen hereingeführt, kurz darauf folgte der Coroner, und die Verhandlung nahm ihren geschäftsmäßigen Lauf. Der Pathologe war der erste Zeuge, der aufgerufen wurde. Er gab einen sachlichen Bericht über die Technik des Erhängens und schien Nicky fast Komplimente zu machen, weil er seinem Leben so erfolgreich – und vermutlich schnell – ein Ende gesetzt hatte. Dann faßte Detective Sergeant Collins seine Ermittlungen zusammen. Es gelang ihm, die Verbindung zur Verurteilung und Hinrichtung von Michael Lanyon wegen Mordes sowohl unvermeidlich als auch nicht weiter bemerkenswert erscheinen zu lassen. Niemand, das war deutlich, hielt es für sinnvoll, das düstere Nachspiel eines weitgehend vergessenen Verbrechens auszuwalzen.

Ich wurde als nächster aufgerufen und durch die sachlichen Fragen des Coroners zu ebenso sachlichen Antworten aufgefordert. Ich erwähnte, daß ich Nicky in der Kindheit gut gekannt hatte, ohne auszusprechen, daß wir eigentlich enge Freunde waren. Seinen Gemütszustand am letzten Nachmittag seines Lebens schilderte ich wahrheitsgemäß. Alles, was ich später herausgefunden hatte – zusammen mit der Ungerechtigkeit dessen, was vor vierunddreißig Jahren im gleichen staubigen Gerichtssaal geschehen war – blieb unerwähnt und wurde auch nicht angedeutet.

Der einzige Anwesende, der wußte, wie knapp ich mich faßte, trat nach mir in den Zeugenstand. Neville Considine, im gleichen billigen Anzug wie bei Nickys Beerdigung, stellte sich selbst als rücksichtsvollsten aller Stiefväter dar, der über Nickys Selbstmord tief betrübt, aber leider nicht überrascht war. Er betrachtete ihn als Höhepunkt einer seit Jahren anhaltenden Depression und eines Rückzugs, die durch Nickys zwanghafte Beschäftigung mit der Hinrichtung seines Vaters und den Schock über den Tod seiner Mutter verstärkt worden waren. Wenn man Considine so hörte, hatte man fast den Eindruck, er vermisse seinen Stiefsohn. Er war cleverer, als man vermutet hätte; seine Schlauheit versteckte er hinter aufgesetzter Bescheidenheit. Allmählich wurde mir klar, was er für ein schrecklicher Feind sein konnte – und wie recht Emma hatte, ihn zu fürchten.

Considine war der letzte Zeuge, der aufgerufen wurde; danach verlas der Coroner noch einen Brief von Nickys Arzt in Clacton über seine Krankengeschichte, bevor er die Geschworenen aufforderte, sich zu beraten. Sie kamen schnell zu der Schlußfolgerung, daß es sich um Selbstmord »im Zustand gestörten seelischen Gleichgewichts« handelte. Und obwohl die Aussagen, die wir gemacht hatten, im besten Fall selektiv und im schlimmsten verzerrt waren, hatte der Spruch dennoch seine Richtigkeit. Nickys seelisches Gleichgewicht *war* gestört gewesen.

»Grüßen Sie Ihren Vater«, flüsterte Considine mir zu, als wir den Gerichtssaal verließen. »Freut mich, daß er in der Lage war, meine Forderung zu erfüllen. Darf ich mich darauf freuen, bis Ende dieser Woche wieder von ihm zu hören?«

»Ja«, antwortete ich mürrisch aus dem Mundwinkel. »Das dürfen Sie.«

»Ausgezeichnet. Vielen Dank, Mr. Napier.«

Dann standen wir im gleißenden Tageslicht auf der Back Quay, wo sich die Menge während der Anhörung jeden Tag versammelt hatte, um Michael Lanyon und Edmund Tully auszupfeifen und zu beschimpfen. Auf uns jedoch wartete keine Menschenmenge. Sergeant Collins nickte mir zu, paßte dann den Pathologen ab und ging mit ihm davon. Considine murmelte, er müsse nach Clacton aufbrechen, und lief rasch in Richtung Parkplatz. Ich sah mich nach Ethel Jago um, doch sie war verschwunden. Und mir wurde klar, daß es zu Ende war. Ganz prosaisch war das Buch über Leben und Tod von Nicky Lanyon zugeklappt worden.

»Das ging schneller, als ich gedacht hatte«, sagte Don dicht hinter mir. »Jede Menge Zeit zum Lunch, bei dem du mir ein paar kleine Geheimnisse verraten wirst, etwa, warum Considine sich so hastig aus dem Staub gemacht hat und du am Freitag abend nicht im Abbey erschienen bist. Was ist los, Chris? Du kannst es mir ruhig sagen.«

Nach gemeinsam verbrachten eineinhalb Stunden im City Inn war Don nicht klüger als zuvor. Er hatte sich durch die gleichen alten Ausgaben der *Western Morning News* gearbeitet wie ich, nachdem er im Abbey vergeblich auf mich gewartet hatte, doch da er nicht wußte, wonach ich suchte, half ihm das wenig. Und auch die gerichtliche Untersuchung hatte nichts ergeben, was seinen Argwohn bestätigt hätte. Aber Considines Verhalten – »Ich hatte erwartet, er würde sich Zeit lassen in der Hoffnung, daß ich ihn zum Essen einlade« – und mein zurückhaltendes Auftreten im Zeugenstand – »Du hast dich angehört wie bei einem verbalen Drahtseilakt« – bedeuteten, daß der Argwohn berechtigt war.

»Du bist doch hinter etwas her, Chris, und ich möchte wissen, was es ist.«

»Ich habe keine Ahnung, wovon du redest.«

»Doch, hast du, also erspar mir dein Pokerface und das Leugnen. Ich bitte doch nur um einen Gefallen für einen alten Freund. Wenn dies – was immer es ist – eines Tages eine große

Story wird, dann laß es mich wissen, ja? Ich könnte einen Knüller, der landesweit auf den Titelseiten steht, wirklich gebrauchen, verstehst du? Bloß einen – bevor ich meinen Job endgültig an den Nagel hänge.«

»Bis dahin vergehen noch Jahre.«

»Und ich habe Jahre darauf gewartet, einem großen Knüller mal so greifbar nahe zu sein.«

»Woher weißt du, daß du nahe dran bist?«

»Reporterinstinkt. Der hat mich bis jetzt noch nie im Stich gelassen. Sind wir im Geschäft?«

»Ja – solange du nicht ernstlich von mir erwartest, daß ich liefere.«

Dons Instinkt war gesund. Das mußte ich ihm lassen. Seine Leber allerdings war das weniger; ich ließ ihn im City Inn zurück, damit er sie noch ein wenig mehr malträtieren konnte, und ging zum Lemon Quay zurück, wo ich meinen Wagen geparkt hatte. Ich fragte mich, ob ich nicht direkt nach Penzance fahren und Emma erzählen sollte, wie die Untersuchung verlaufen war, statt bis zum Morgen zu warten; wir hatten verabredet, daß ich sie um zehn Uhr abholen sollte, damit wir zusammen den Tag auf dem Lizard verbrachten.

Ich hatte mich schon mehr oder weniger entschlossen, unverzüglich nach Penzance zu fahren, als ich Ethel Jago erspähte, die gerade an den Büros des *West Briton* vorüberging. Sie bewegte sich langsam und machte einen niedergeschlagenen Eindruck. An ihren Armen hingen zwei prall gefüllte Supermarkttüten. Sie strebte auf den Busbahnhof zu, was mich überraschte, da ich angenommen hatte, sie sei mit dem Auto aus Nanceworthal gekommen. Eine Busfahrt war sicher eine strapaziöse Angelegenheit. Mein Gewissen regte sich, weil ich nicht früher mit ihr gesprochen hatte. Also rief ich ihren Namen und eilte auf sie zu.

»Ach, Christian, du bist es.«

»Sind Sie nicht mit dem Landrover gekommen, Ethel?«

»Der ist nicht durch den TÜV gekommen. Dennis arbeitet jetzt daran. Sonst hätte er mich begleitet.«

»Soll ich Sie nach Hause fahren?«

»Ich möchte dir keine Umstände machen.«

»Kein Problem, wirklich. Geben Sie mir die Tüten.«

Sie war zu müde, um groß zu protestieren. Ich lud sie und ihre Einkäufe in den Stag, und wir machten uns auf den Weg. Sie hatte davon gehört, daß Pam Trevor hinausgeworfen hatte, und sagte, es tue ihr leid. Ich fragte sie, wie es auf der Farm liefe, und sie gab zu, daß Dennis die Arbeit mit zunehmendem Alter immer schwerer fiel, wobei sie den naheliegendsten Grund allerdings nicht erwähnte: Er besaß keinen Sohn, der ihm helfen und eines Tages sein Nachfolger werden konnte. Sie fragte mich nach dem Geschäft mit den Oldtimern, und ich erzählte ihr von dem Feuer – ohne zu erwähnen, daß es sich um Brandstiftung gehandelt hatte. Wir waren beide ein wenig auf der Hut voreinander, und es widerstrebte uns, über den oberflächlichen Austausch von Neuigkeiten hinauszugehen, da wir Angst hatten, sonst auf heikles Terrain zu geraten.

Vielleicht war das der Grund, warum wir nicht über die Untersuchung sprachen, bis wir uns an Bord der King-Harry-Fähre befanden und darauf warteten, daß hinter uns die anderen Autos verladen wurden, während der Fal träge an der Rampe vorbeiströmte und von Wolken gesprenkelter Sonnenschein auf den herbstlich gefärbten Wäldern am Ufer von Roseland spielte.

»Das ist also das Ende«, sagte Ethel. »Die Welt ist jetzt mit Nicky fertig. Möge er in Frieden ruhen.«

»Amen.«

»Ich vermisse ihn immer noch, obwohl ich ihn nur einmal im Jahr gesehen habe. Es ist komisch. Ich nehme an, der Unterschied liegt darin, daß ich jetzt *weiß*, daß ich ihn nie mehr sehen werde. Und unser Tommy ist auch nicht mehr da, und Michaela…« Sie schüttelte traurig den Kopf, und ich widerstand der Versuchung, ihr auf der Stelle zu sagen, daß eine Tragödie nicht wirklich passiert war. Ihre Nichte lebte und atmete, während wir hier saßen. Ich wußte, wo sie sich befand. Es ging ihr gut. Und bald... Aber ich sagte nichts. Ich hatte geschworen, es nicht zu tun, und war entschlossen, mein Versprechen zu halten. Ethel seufzte. »Man stellt sich Fragen, wirklich. Armer Nicky. So ein trauriger, einsamer Junge. Ich glaube nicht, daß er nach dir noch einen richtigen Freund hatte, Christian.«

»Das würde mir leid tun«, sagte ich, als die Klappen sich hinter uns schlossen und die Fähre sich in Bewegung setzte. »Wir alle brauchen Freunde.« Dann erinnerte ich mich an Pauline Lucas und das, was sie von sich gesagt hatte: *»Die Freundin eines Freundes.«* Considines Ultimatum hatte mich von der Suche nach ihrer Identität abgelenkt. Er hatte geleugnet, sie zu kennen, aber das war nicht überzeugend gewesen. Wenn er – aus welchem Grund auch immer – gelogen hatte, dann war es durchaus möglich, daß Ethel mir vielleicht einen Hinweis geben konnte. »Ich möchte Ihnen etwas zeigen, Ethel, und Sie bitten, mir zu sagen, ob Sie diese Frau kennen. Vielleicht ist sie eine Bekannte von Nicky. Es ist reine Spekulation, aber sehen Sie sich das Foto trotzdem an.«

Ich nahm es aus der Tasche und zog es halb aus dem Umschlag, so daß Ethel die Frau auf dem Bett erkennen konnte, nicht aber den Mann, der im Begriff war, sich mit ihr zu vergnügen. Ethel betrachtete das Bild zwinkernd; dann kramte sie in ihrer Handtasche nach der Lesebrille und sah es sich genauer an. Sie zog scharf den Atem ein und hielt das Bild zusätzlich mit der linken Hand fest, um die Vibration der Fähre auszugleichen. Aber keine Vibration konnte erklären, warum ihre Finger dabei so zitterten. »Mein Gott«, murmelte sie. »Großer Gott im Himmel.«

»Was ist? Kennen Sie die Frau?«

»Woher hast du das, Christian?«

»Spielt keine Rolle. Wissen Sie, wer sie ist?«

»Ist das erst vor kurzem aufgenommen worden?«

»Vor ein paar Wochen, aber…«

»Dann lebt sie also? Sie ist wirklich und wahrhaftig am Leben?«

»Wer? Wen meinen Sie?«

»Michaela.« Ethel starrte mich an. »Das ist sie.«

»Michaela?«

»Ja. Ich schwöre, das ist sie.« Sie schaute wieder auf das Foto, und ich sah Tränen in ihren Augen glitzern. »Michaela ist zu uns zurückgekommen.«

17. Kapitel

SIE MUSSTE VON IHREM Zimmer aus beobachtet haben, wie ich in den Hof des Hotels fuhr, denn ein paar Minuten später kam sie lächelnd heraus. Sie trug eine Jeans, die Fliegerjacke und einen hellgelben Pullover, den ich noch nicht gesehen hatte. Die Sachen standen ihr, und vermutlich hätte ich ihr das auch gesagt, wenn es ein solcher Tag gewesen wäre, wie ich ihn ihr versprochen hatte. Aber so ein Tag war es nicht, sosehr ich meine Phantasie auch anstrengte.

»Hallo, Chris«, begrüßte sie mich, als sie in den Wagen stieg. »Alles in Ordnung mit Ihnen?«

»Mir geht's gut.«

»Sie sehen... nachdenklich aus.«

»Die Untersuchung war eine traurige Angelegenheit.«

»Ja. Ich habe den Bericht in der Zeitung gelesen. Aber die Untersuchung kann doch gar nicht so nüchtern gewesen sein, wie der Bericht sich las.«

»Nein, war sie auch nicht.«

»Aber jetzt ist sie vorbei.«

»Ja, ist sie.«

»Also, fahren wir zum Lizard? Vielleicht wird ein bißchen frische Luft uns aufheitern.«

»Ja. Fahren wir.« Ich brachte ein Lächeln zustande und fuhr ostwärts aus Penzance hinaus, um die Mount's Bay herum und dann Richtung Helston. Je mehr ich darüber nachdachte, desto schlimmer wurde es. Sie war nicht Michaela. Das war eine Lüge, die sie mit Considine ausgeheckt hatte. Die beiden steckten von Anfang an unter einer Decke, so sehr, daß sogar ein Kindheitsfoto von Emma, wie immer sie wirklich heißen mochte, unter

Nickys Habseligkeiten geschmuggelt worden war. Inzwischen hatte ich ein echtes Kinderbild von Michaela gesehen, das Ethel Jago in Nanceworthal vom Speicher geholt hatte, um meine Zweifel an der Identität ihrer Nichte zu zerstreuen. Zwischen diesem Bild und dem Foto der Frau auf dem Bett lagen fast dreißig Jahre, aber das Gesicht war dasselbe. Das Gesicht war das von Michaela.

Und dann fielen alle Teile des Puzzles an die richtigen Stellen. Emma hatte Michaela gespielt, um an mein Gewissen zu appellieren und mich zu bewegen, das Familiengeheimnis preiszugeben, das Considine benutzte, um meinen Vater zu erpressen. Considine hatte die Information geliefert, die sie brauchte, um ihr übles Spiel durchzuziehen, überzeugt, Michaela sei von Brian Jakes ermordet worden. Aber ihr Plan war fehlgeschlagen. Michaela war nicht tot. Nickys Selbstmord mußte sie so tief berührt haben, daß sie beschloß, meine Familie dafür zu bestrafen, daß sie sich auf seine Kosten bereichert hatte. Eigentlich konnte ich ihr das nicht verübeln. In gewisser Weise war ich ihr sogar dankbar. Ohne das Foto, das sie benutzt hatte, um Pams Ehe zu zerstören, hätte ich Emmas Intrige nie durchschaut. Natürlich nur, solange ich das nicht sollte. Irgendwann, in nicht allzu ferner Zukunft, hätte ich entdecken müssen, wie sehr ich manipuliert worden war. Sie und Considine hätten die Million kassiert und wären verschwunden.

Sie brauchten nur noch ein paar Tage. Nur ein paar Tage, in denen ich weiter glauben sollte, Trevor sei Considines Informant und ich das Beste, was Michaela Lanyon je begegnet sei. Normalerweise hätte sie damit durchkommen und ich die Sache ausbaden müssen. Es gab keinen Beweis, daß Emma überhaupt existierte. Ich hatte, so wie sie es verlangte, niemandem von ihr erzählt. Wenn Trevor meinen Vater endlich davon überzeugen würde, daß er an der Intrige nicht beteiligt war, und sie dann zu mir als dem einzigen anderen Menschen kamen, der Considine von Tullys Ermordung hätte erzählen können, was würde ich dann sagen? Wie sollte ich erklären, was ich unwissentlich getan hatte?

Ich war verbittert und zornig und verwirrt darüber, wie geschickt ich getäuscht worden war. Wenn ich nur nicht unbedingt hätte glauben wollen, daß sie Michaela war.

Aber es gab einen schwachen Trost. Noch war nicht alles verloren. Die genaue Lage von Tullys Grab hatte sich als Bluff erwiesen, nachdem Trevor nichts mit der Sache zu tun hatte. Damit blieben nur die Briefe. Wenn ich Emma mit der Drohung erschrecken konnte, sie als Erpresserin bei der Polizei anzuzeigen, würde sie vielleicht einwilligen, die Briefe herauszugeben, und damit wären wir quitt. Was sie mit Considine verband, konnte ich nicht wissen, aber ein Vertrauensverhältnis kam mir unwahrscheinlich vor. Vielleicht hatte er sie gezwungen mitzumachen. Vielleicht hatte er sie irgendwie in der Hand, und ich konnte ihr anbieten, da herauszukommen. Er hatte Michaela erkannt, als ich ihm das Bild gezeigt hatte. Das war jetzt klar. Aber er hatte Emma nicht vor der Gefahr gewarnt, die das für sie bedeutete, sonst hätte sie sicherlich niemals riskiert, für eine Woche nach Cornwall zu kommen. Wußte sie, wieviel Geld er verlangte? Es wäre untypisch für Considine gewesen, irgend jemanden fair zu behandeln, nicht einmal seine Partnerin bei einem Verbrechen.

Im Geist überlegte ich mir Möglichkeiten, einen Keil zwischen Considine und Emma zu treiben, während ich weiter nach Südosten fuhr, durch Helston, über die Straße von Coverack und an den Satellitenschüsseln von Goonhilly vorbei. Unterwegs erzählte ich ihr so natürlich wie möglich von der gerichtlichen Untersuchung und betete, sie würde meinen flachen Tonfall und die scharfen Seitenblicke nicht bemerken. Ich strebte der langen, geraden Nebenstraße zu, die von Goonhilly Downs nach Cadgwith führt, und hoffte, daß sie nicht würde flüchten können, wenn ich irgendwo auf dieser Straße anhielte. Der Morgen war kühl und bewölkt und das Licht auf dem weiten Heideland des Lizard merkwürdig silbrig. Wir waren allein, unbeobachtet, ungeschützt, und unser Ziel reiste mit uns.

»Wohin fahren wir?« fragte sie, als mein Bericht über die Untersuchung endlich einem Schweigen wich, das ich nicht verhindern konnte.

»Es ist nicht weit.«

»Aber wohin? An die Küste?«

»Nein. Nicht an die Küste.«

»Etwas stimmt doch nicht, Chris. Warum sagen Sie mir nicht, was es ist?«

»Was sollte denn nicht stimmen?«

»Ich weiß es nicht, das ist es ja.«

»Sie wissen es nicht?« Wir kamen an einer kleinen Anpflanzung von Nadelbäumen vorbei, und ich fuhr langsamer. »Oh, ich denke doch, daß Sie es wissen.«

»Was ist? Sie sprechen in Rätseln.«

»Rätseln? Wirklich?« Ich fuhr noch langsamer, steuerte an den grasbewachsenen Straßenrand und hielt an. Als ich den Motor abstellte, waren da nur noch das Flüstern des Windes im Stechginster, das flache Grasland zu beiden Seiten, das Asphaltband vor und hinter uns, der graue Himmel über und der schmale Raum zwischen uns. »Lösen Sie es für mich, Emma. Wenn Sie können.« Ich wandte mich zur Seite und sah sie direkt an. »Erinnern Sie sich an Pauline Lucas? Ich habe Ihnen das Foto gezeigt.«

»Ja. Was ist mit ihr?«

»Sie haben sie nicht erkannt, oder?«

»Nein. Natürlich nicht.«

»Das ist merkwürdig.«

»Wieso?«

»Weil ihr euch als Kinder gekannt haben müßt.«

Sie starrte mich an; ihre Lider flatterten. »Wie bitte?«

»Sie müssen sie gekannt haben. Ihre Tante hat ein Foto von Pauline aufgenommen, als sie noch ein Kind war.«

»Ich verstehe nicht.«

»Ich auch nicht. Aber wie alle Rätsel, so *hat* auch dieses eine Lösung. Sie ist nur nicht sehr offensichtlich, bis man herausgefunden hat, worum es sich dreht. Wenn man das schafft, ergibt auch alles andere einen Sinn.«

»Was meinen Sie?«

»Pauline Lucas ist Michaela Lanyon, Emma. Deswegen führt sie einen Rachefeldzug gegen meine Familie, und deswegen ist Ihre kleine Intrige gerade geplatzt.«

Ihre Miene gefror. In ihren Augen stand Verblüffung, aber auch Schläue. Sie sagte nichts, doch ich konnte spüren, wie ihre Gedanken rasten, um eine Lösung für das Problem zu finden, mit dem ich sie konfrontiert hatte. Wie würde sie aussehen? Glattes Leugnen oder ein komplizierteres Manöver? Würde sie ihre Rolle bis zum Ende spielen oder hier und jetzt aufgeben?

»Considine hat Ihnen versichert, sie sei tot, nicht? Dann hat er diese auch so plausible Lebensgeschichte für Sie erfunden und Sie überredet, sich als die echte Michaela auszugeben. Es konnte nicht schiefgehen, oder? Nicht, nachdem Sie mich einmal davon überzeugt hatten, daß Sie Michaela sind, und mich Geheimhaltung schwören ließen, weil Sie angeblich noch immer Angst vor dem Mann haben, der Sie als Kind mißbraucht hat. Das war eine gute Idee. Sehr gut. Vielleicht basiert sie auf der Wahrheit. Considine verschwendet nicht gern etwas – nicht einmal die Details seiner eigenen Perversionen. Trotzdem nichts, worüber Sie sich Sorgen machen müßten. Alles alte Geschichten. Außer, daß Michaela nicht tot ist. Was Ihre Rolle als Michaela nur um so abartiger erscheinen läßt und bedeutet – für den Fall, daß Sie das erwogen hatten –, daß weitere Verstellung sinnlos ist.«

Sie sagte noch immer nichts. Sie leckte sich die Lippen, schaute durch die Windschutzscheibe nach draußen, sah dann wieder zu mir, wog sorgfältig ihre Optionen ab, anscheinend zu besorgt über ihre prekäre Lage, um auch nur eine Andeutung von Scham zu zeigen.

»Ich weiß, was Sie getan haben, und Sie wissen es auch. Sie haben alles darangesetzt, daß ich Ihnen vertraue, Sie mag und als Freundin betrachte. Sie haben einen Toten und eine schwer geschädigte Frau benutzt, um einen schmutzigen Plan auszuhecken. Was ich wissen will, ist: Warum? Sagen Sie mir nicht, es wäre bloß wegen des Geldes. Erstens, weil Sie eine Närrin sein müßten, um sich darauf zu verlassen, daß Considine es mit Ihnen teilen wird, und zweitens, weil das die ganze Angelegenheit so absolut verachtenswert machen würde. Und ich würde gern glauben – wirklich, ich würde sehr gern glauben –, daß Ihr Motiv nicht schierer Habgier entsprang.«

»Tat es auch nicht.« Sie senkte den Blick, während sie sprach. »Es tut mir leid, Chris. Gott, es tut mir leid.« Einen Moment lang dachte ich, sie würde anfangen zu weinen.

»Dafür ist es ein bißchen spät.«

»Ja. Ich weiß. Aber ...« Sie sah zu mir auf. »Es gibt so viel, was Sie nicht verstehen.«

»Was?«

»Hier, ich werde es Ihnen zeigen.« Sie beugte sich vor, nahm ihre Handtasche vom Wagenboden auf und legte sie sich auf den Schoß. »Das ist alles so verrückt, wirklich.«

»Hat Considine etwas gegen Sie in der Hand?« fragte ich und bereitete mich darauf vor, mitfühlend zu klingen.

»Eigentlich nicht.« Sie öffnete den Reißverschluß der Tasche und griff hinein. »Eigentlich ist es eher andersherum.« Dann lächelte sie, und ich sah plötzlich die Waffe in ihrer Hand, die direkt auf mich gerichtet war. Sie entsicherte sie. »Sie können mir glauben, sie ist geladen, Chris. Ich werde sie benutzen, wenn ich muß.«

Ich starrte auf den Lauf der Waffe und fragte mich eine Sekunde, ob ich träumte. Aber als ich in ihre kalten, harten Augen schaute, wußte ich, daß dem nicht so war. »Das würden Sie nicht tun«, sagte ich, aber ich war mir alles andere als sicher.

»Und ob ich es tun würde. Ich denke, Sie wissen das. Ich wäre nicht so weit gekommen, wenn ich nicht bereit wäre, notfalls drastische Maßnahmen zu ergreifen.« Ihre Stimme hatte sich verändert. Die zerbrechliche Persönlichkeit von Michaela Lanyon war abgestreift worden wie eine Schlangenhaut. Die eiskalt berechnende Frau, die mich mit einer Waffe bedrohte, war die wahre Emma Moresco. »Legen Sie Ihre Brieftasche auf das Armaturenbrett. Dann steigen Sie aus und gehen geradeaus. Lassen Sie den Zündschlüssel stecken. Ich übernehme den Wagen. Ich fürchte, unsere Wege trennen sich hier.«

»Moment...«

»Tun Sie es einfach. Keine Diskussion. Keine Verzögerung.«

Ich zog langsam die Brieftasche aus der Jacke und warf sie auf das Armaturenbrett. »Sind Sie knapp bei Kasse, Emma?«

»Sie bekommen es zurück. Den Wagen auch. Ich werde beides in Pangbourne lassen. Ich muß Sie nur aufhalten. Lange genug, um eine Verfolgung zu verhindern.«

»Früher oder später werde ich Sie finden.«

»Nein, das werden Sie nicht. Der Job im Supermarkt, das Apartment in einem Hochhaus, die Londoner Telefonnummer, all das wird sich schon bald in Luft auflösen. Genau wie ich.«

»Was ist mit Considine?«

»Sorgen Sie einfach dafür, daß er bis Freitag das restliche Geld bekommt. Wenn er es hat, wird er die Briefe vernichten.«

»Wie kann ich da sicher sein?«

»Gar nicht. Aber wenn Sie ihn einmal zum Millionär gemacht haben, kann er kaum Ihren Vater als Mörder bloßstellen, ohne sich selbst als Erpresser zu verraten. Sie können allerdings sicher sein, daß er die Briefe benutzen wird, um Ihre Familie zu zerstören, wenn er nicht pünktlich bezahlt wird. Und jetzt machen Sie, daß Sie rauskommen!«

Ich öffnete die Tür und stieg aus; das Bewußtsein meiner eigenen Dummheit wuchs, als die Angst nachließ. Ich hatte diese Stelle gewählt, weil ich dachte, sie sei hier im Nachteil, doch das Blatt hatte sich gewendet.

Inzwischen war sie auf ihrer Seite aus dem Wagen gestiegen und zielte nun über das Autodach hinweg mit der Waffe auf mich. »Gehen Sie!«

»Das hier ist noch nicht zu Ende, glauben Sie mir.«

»Für Sie und mich ist es zu Ende. Bewegen Sie sich!«

Ich fing an zu gehen, lauschte meinen eigenen Schritten auf dem Asphalt und schätzte ab, wie weit ich mich vom Wagen entfernte. Etwa eine Minute verging. Dann hörte ich das vertraute Geräusch, mit dem der Motor des Stag ansprang. Ich fuhr herum, sah, wie er auf der Straße wendete und dann dröhnend in die Richtung verschwand, aus der wir gekommen waren.

Einen Augenblick blieb ich stehen, wo ich war, und blickte dem Wagen nach, lauschte dem verklingenden Motorengeräusch. Endlich war er am Horizont verschwunden. Ich fluchte, machte kehrt und ging los.

Bis zum ersten Weiler waren es ungefähr anderthalb Kilometer. Ich hatte genug Kleingeld bei mir, um von der dortigen Telefonzelle aus ein Taxi zu rufen, doch es brauchte eine halbe Stunde, bis es eintraf, und Emma hatte fast zwei Stunden Vorsprung, als ich Tredower House erreichte. Ich bat Pam, den Taxifahrer zu bezahlen, mir das Geld für die Zugfahrt nach Pangbourne zu leihen und mich zum Bahnhof zu bringen. Sie nahm meine Behauptung, man habe mir den Wagen gestohlen, mit sichtlicher Skepsis auf, denn in diesem Fall hätte ich den Diebstahl der Polizei gemeldet und mich nicht so beeilt, den nächsten Zug nach Hause zu erwischen. Und sie argwöhnte außerdem einen Zusammenhang mit dem bizarren Verhalten eines weiteren Familienmitglieds.

»Dad ist heute früh nach Teneriffa geflogen«, verkündete sie, als wir über die Umgehungsstraße brausten. »Um Trevor zu sehen, wie Mum behauptet. Weißt du etwas darüber?«

»Ich fürchte nein.«

»Anscheinend benimmt er sich in letzter Zeit eigenartig. Ich nehme an, darüber weißt du auch nichts.«

»Richtig. Ich weiß nichts.«

»Was habt ihr beide vor?«

»Nichts.«

»Ich glaube dir nicht.«

»Um Gottes willen, Pam, was *könnten* wir denn vorhaben?«

»Ich weiß nicht. Aber ich glaube dir trotzdem nicht.«

Es war früher Abend, als ich in Pangbourne ankam. Ich fragte mich, ob Emma den Wagen wirklich dort zurückgelassen hatte. Meine Hausschlüssel hingen am gleichen Bund wie die Autoschlüssel, also war ich in Schwierigkeiten, wenn sie es nicht getan hatte. Doch zumindest in dieser Sache hatte sie Wort gehalten. Die Schlüssel steckten tatsächlich in der Haustür, der Stag stand ordentlich in der Garage, und meine Brieftasche lag auf dem Beifahrersitz. Ich hatte Zeit genug im Zug verbracht, um meinen nächsten Schritt zu planen, und er erschien mir noch immer als der beste – und einzige –, den ich tun konnte. Und so holte ich trotz der Müdigkeit das Auto aus der Garage und fuhr nach Clacton. Emma würde längst über alle Berge sein, wo immer ich sie auch suchen würde. Das wußte ich. Aber ich wußte auch, wieviel rücksichtsloser sie war, als ich erwartet hatte. Das bedeutete, daß sie nicht die Juniorpartnerin war; sie war viel zu dominierend, um Considines Schachfigur zu sein. Vielleicht war es eher umgekehrt, wie sie selbst gesagt hatte. In diesem Fall war Considine das schwache Glied. Und er würde es schwerer haben, sich in Luft aufzulösen.

Sprühregen trübte das bernsteinfarbene Licht der Straßenlaternen, als ich vier Stunden später aus dem Wagen stieg und über den nassen, verlassenen Bürgersteig zum Haus Nummer 17 in der Wharfedale Road in Clacton ging. Die Fenster waren dunkel und die Vorhänge offen, doch sie enthüllten nichts außer der vom Neonlicht erhellten Rückseite einer Frisierkommode in einem der Schlafzimmer. Ich drückte auf die Klingel und hörte sie drinnen läuten, aber sonst rührte sich nichts. Das Haus machte einen verlassenen Eindruck. Es sah tatsächlich so aus, als sei Neville Considine getürmt.

Ich läutete noch einige Male und versuchte es mit dem Türklopfer, doch umsonst. Dann drückte ich die Klappe des Briefkastens hoch und spähte hindurch, konnte aber nur den vagen Umriß der Treppe erkennen. Kein Anzeichen von Leben.

Nebenan war das anders. Als ich wieder auf die Veranda trat, öffnete sich quietschend ein Schlafzimmerfenster in Nummer 19, und eine Stimme fuhr mich gereizt an: »Um Gottes willen, geben Sie doch endlich Ruhe. Es ist niemand zu Hause.«

»Tut mir leid, wenn ich Sie gestört habe«, sagte ich und blinzelte zu einer Gestalt im Pyjama hinauf. »Ich suche Neville Considine.«

»Das hatte ich mir fast gedacht.«

»Die Sache ist ziemlich dringend.«

»Nun, er ist weggegangen.«

»Wissen Sie, wohin – oder für wie lange?«

»Für ein paar Tage, hat er gesagt. Keine Ahnung, wohin. Soll ich ihm sagen, daß Sie hier waren?«

»Nein, danke. Das wird nicht nötig sein.«

Considine war also untergetaucht, vermutlich von Emma vorgewarnt, daß ich nach ihm suchen würde. Meine Hoffnung, einen Riß in ihrem Bündnis zu finden, schwand, genau wie die Hoffnung, einen von beiden vor Freitag zu sehen. Ich fuhr zum Strand hinunter und ging dort entlang, wo die Wellen sich träge unter einem sternenlosen Himmel brachen. Wie die Lanyons bei ihrer Flucht aus Truro war auch ich hier, wo die Küste von Essex sanft zur Nordseite hin abfiel, an ein Ende gelangt. Considine mußte geahnt haben, daß es in der tragischen Geschichte der Lanyons ein Geheimnis gab, aber er hatte die Hilfe eines Insiders gebraucht, um herauszufinden, um was es sich handelte. Er hatte mich ausgewählt, und er hatte sich mit Emma Moresco zusammengetan, um mich aufs Glatteis zu locken. Wie reich ich ihn für seine Bemühungen belohnt hatte! O ja, ich hatte seine Arbeit gut erledigt. Nur zu gut. Meine Belohnung bestand darin, daß ich endlich die Wahrheit erfuhr und zusah, wie andere davon profitierten. Darin lag eine Art Gerechtigkeit: die unbarmherzige, willkürliche Gerechtigkeit, die Michael Lanyon getroffen hatte. Das schien seine Richtigkeit zu haben, hinterließ bei mir aber doch einen bitteren Nachgeschmack. Und er wurde immer bitterer.

Ich wußte, was als nächstes geschehen würde. Ich fuhr nach Hause und wartete. Und ich mußte nicht lange warten. Am Donnerstag war mein Vater aus Teneriffa zurückgekommen und suchte nach Antworten. Er fuhr direkt vom Flughafen zu mir und war noch wütender, als ich erwartet hatte.

»Trevor hat es Considine nicht erzählt.«

»Ich weiß.«

»Verdammter Mist, wie hat er es dann herausgefunden?«

»Ich habe es ihm gesagt.«

»*Du?*«

»Da war ein Mädchen. Die beiden haben mich gemeinsam hinters Licht geführt. Ich habe keine Entschuldigung, und ich glaube auch nicht, daß du irgendwelche Erklärungen hören willst. Tatsache ist ... ich bin verantwortlich.«

»Guter Gott, ich kann es nicht glauben. Nicht mal von dir.«

»Du wirst es aber glauben müssen.«

»Wie konntest du so dumm sein? Ein Mädchen? Ist das alles, was nötig war?«

»Sag, was du willst. Das ändert nichts. Ich wurde durch einen Trick dazu gebracht, jemandem zu vertrauen, der in Wirklichkeit für Considine arbeitete. Das Ergebnis ist dasselbe. Bezahle – oder trag die Konsequenzen.«

»Eine Million Pfund, weil du deinen Mund nicht halten konntest?«

»Wenn du es so sehen willst, ja. Sie wissen nicht, wo Tully begraben ist, aber sie haben die Briefe und sind dazu in der Lage, eine Menge Schaden anzurichten. Du hast die Wahl.«

»Was ist das für eine Wahl?«

»Die, vor der du stehst.«

»Was ich dir zu verdanken habe.«

Ich zuckte mit den Schultern.

»Und welche Garantie habe ich, daß sie die Briefe vernichten werden?«

»Gar keine.«

»Na großartig. Also, nach dieser Sache kannst du dich von jeglicher Erbschaft verabschieden, mein Junge, das steht fest.«

»Das habe ich bereits getan.«

»Von diesem Augenblick an kannst du mit keinem Penny mehr von mir rechnen.«

»Das hatte ich auch nicht erwartet.«

»Ich meine es ernst, Chris. Ich kann über vieles hinwegsehen, aber deine eigene Familie zu verraten, das ist zuviel. Das ist verdammt zuviel.«

»Wenn es um Verrat geht, dann sind wir jetzt vielleicht einigermaßen quitt. Wie auch immer, von dir brauche ich keinerlei Belehrungen. Die Tür ist dort.«

»Du undankbarer Narr.«

»Du hast genug gesagt, Dad. Und ich auch. Geh einfach. Laß mich in Ruhe.«

»Genau das habe ich vor. Ich werde dich in Zukunft allerdings in Ruhe lassen. Tatsächlich werde ich mich nach Kräften bemühen, so zu tun, als existiertest du nicht mal.«

»Fein.«

»Ich verstehe dich überhaupt nicht, weißt du das?«

»Du hast mich noch nie verstanden.«

»Meinetwegen kannst du zur Hölle gehen, Junge.«

»Leb wohl, Dad.«

Nachdem mein Vater fort war, tat ich etwas, was ich mehr als zehn Jahre nicht mehr getan hatte: Ich ging in ein Pub und betrank mich. Man ist nie geheilt, sondern nur gebessert, heißt es, und dieser Abend bewies das. Ich schämte mich, daß ich nicht begriffen hatte, wessen Absichten ich in den letzten Wochen wirklich gedient hatte; gedemütigt durch den Verlust dessen, was sich als bloße Vorspiegelung von Zuneigung erwiesen hatte; vor allem aber deprimiert von der Leere, in der ich zurückblieb. Alkoholismus ist teilweise ein Verlust der Selbstachtung. Nun, ich hatte sie nicht so sehr verloren, sie war mir gestohlen worden, aber das Ergebnis war dasselbe. Ich genehmigte mir einen Drink und wußte, daß es dabei nicht bleiben würde. Und dann zählte nichts mehr. Die Zukunft war unwichtig, die Vergangenheit konnte mich nicht berühren, und die Gegenwart war verschwommen.

In einem der Pubs traf ich Mark Foster. Er war begierig, über seine Chancen auf eine Stellung zu diskutieren, aber mein Zustand muß bewirkt haben, daß er sie ziemlich gering einschätzte, was Napier Classic Convertibles betraf. Am Ende brachte er mich nach Hause und beinahe auch noch zu Bett.

Am nächsten Tag erwachte ich mit einem Kater, als hätte mich eine Dampfwalze überrollt, und einem Gefühl tiefster Selbstverachtung. Ich war entsetzt, wie leicht ich rückfällig geworden war, im Alkohol Trost gesucht hatte, und auch entsetzt darüber, was dieser Rückfall bedeutete. Konnte ich nur unter für mich günstigen Umständen abstinent sein? Wenn das zutraf, dann war jeder Tag, seit ich mich selbst aus dem Rinnstein gezogen hatte, eine Vergeudung von Zeit und Mühe gewesen.

Das konnte ich nicht zulassen. Diese Aussicht war nicht nur abschreckend, sondern ernüchternd. Sobald Unmengen von Tee meinen Kater gemildert hatten, fuhr ich in die Lambourn Downs und marschierte bei beißendem Westwind einen Kilometer oder mehr am Ridgeway entlang. Das half mir, einen klaren Kopf zu bekommen. Wie leichtgläubig ich auch gewesen war, welche Schuld ich auch auf mich geladen hatte, ich konnte mich nur zu einem noch größeren Narren machen, wenn ich mich dem Selbstmitleid hingab. Es war Zeit, mein Haus in Ordnung zu bringen.

Als ich am Nachmittag nach Pangbourne zurückkam, rief ich meine Bank an und vereinbarte für Montag einen Termin. Ich brauchte einen Vorschuß auf das, was die Versicherungsgesellschaft am Ende ausspucken würde, wenn die Firma wieder auf die Beine kommen sollte. Dann besuchte ich Mark und sagte ihm, wie die Dinge standen. Er war sichtlich erleichtert, daß ich etwas unternahm, und froh, nicht mehr an mein unmögliches Benehmen in der vergangenen Nacht erinnert zu werden.

Das Wochenende wollte ich damit verbringen, mich nach einem möglichen neuen Ort für die Werkstatt umzusehen und einen realistischen Finanzplan zu erstellen, um ihn der Bank zu unterbreiten. Ich versuchte, Geld zusammenzukratzen, während mein Vater soeben einem Fremden eine Million Pfund ausgehändigt hatte. Zumindest nahm ich an, daß es so wäre. Die Ironie war nicht zu übersehen. Unter den gegebenen Umständen rechnete ich nicht damit, daß er mich informierte. Was die Briefe betraf, so war deren Zerstörung, wie Emma hatte durchblicken lassen, eine Formalität. Eine Million Pfund, nachweisbar bezahlt, würde zu sehr nach Schweigegeld aussehen, falls die Zahlung je bekannt wurde, weil sie es riskierten, mehr zu verlangen. Außerdem, wer brauchte mehr als eine Million? Sie würde sicher damit zufrieden sein, genau wie ich mich mit dem würde zufriedengeben müssen, was die Zukunft für einen schwer geprüften Autorestaurator in mittleren Jahren bereithielt.

Doch wenn ich gedacht hatte, es sei allein meine Entscheidung, einen Schlußstrich unter die jüngste Vergangenheit zu ziehen, dann wurde ich bald eines Besseren belehrt. Ich war am Samstag nachmittag gerade von einer Rundfahrt zurückgekommen, auf der ich mir in Frage kommende Werkstätten angesehen hatte, als das Telefon klingelte. Die Stimme der Anruferin war mir sofort vertraut und verwirrte mich.

»Sie sind also gut aus Cornwall zurückgekommen?«

»Emma?«

»Ja. Legen Sie nicht auf, Chris.«

»Sagen Sie mir einen Grund, warum ich das nicht tun sollte.«

»Sie kennen nicht die ganze Geschichte. Ich bin ebensosehr ein Opfer wie Sie.«

»Am Dienstag haben Sie so etwas in der Art angedeutet. In der Sekunde, bevor sie mit einer Waffe auf mich zielten.«

»Ich hatte keine Wahl. Ich mußte Sie loswerden. Andernfalls hätte Considine …«

»Was hätte Considine?«

»Ich kann es erklären, nachdem er jetzt das Geld hat. Und ich würde es gern erklären. Ehrlich. Ich möchte nicht, daß Sie mich hassen. Bitte hören Sie mir zu.«

»Ich höre.«

»Ich kann es Ihnen nicht am Telefon erklären. Könnte ich … Hören Sie, kann ich heute abend zu Ihnen nach Hause kommen? Wir müssen reden. Bitte, Chris. Geben Sie mir noch eine Chance.«

»Ich kann Sie nicht hindern hierherzukommen.«

»Aber werden Sie mich anhören, wenn ich komme?«

»Vielleicht.«

»Ich denke, damit muß ich mich zufriedengeben. Werden Sie allein sein?«

»Ja.«

»Gut. Hören Sie, es könnte spät werden. Ich muß dafür sorgen … Also, ich werde kommen. Einverstanden?«

»Wenn Sie es sagen.«

»Bis später dann. Und, Chris …«

»Ja?«

»Es tut mir *wirklich* leid.«

Das sollte es ihr auch tun, denn wie sich jetzt herausstellte, war der Anruf offenbar bloß ein letzter Trick zum Abschied. Ich wartete den ganzen Abend immer ungeduldiger, aber sie ließ sich nicht blicken. Kurz nach Mitternacht, als ich gerade aufgeben und zu Bett gehen wollte, läutete das Telefon, doch kaum hatte ich den Hörer abgenommen, legte die Person am anderen Ende auf.

Ich wußte nicht, was ich davon halten sollte, daß Emma nicht erschienen war. Alles, was sie bisher getan hatte, schien einem Zweck gedient zu haben, wie abwegig auch immer. Aber welchen Zweck konnte es haben, mich noch länger hinzuhalten, nachdem das Geld bezahlt worden war? Die einzige Art, mich gegen sie zu wehren, war die, nicht an sie zu denken. Aber sie ging mir nicht aus dem Kopf. Noch nicht. Aber wenigstens konnte ich so tun.

Am Montag morgen dachte ich mehr an mein bevorstehendes Gespräch mit der Bank als an Emma Morescos Machenschaften. Ich war gerade im Begriff, das Haus zu verlassen, in einem Anzug, der geschäftsmäßig, aber nicht zu teuer aussah, und zog mir ein letztes Mal vor dem Spiegel in der Diele die Krawatte zurecht, als es an der Tür läutete.

Mein Besucher war ein kräftig gebauter Mann mit harten Gesichtszügen, der einen Regenmantel trug. Das graumelierte Haar wehte im Wind. Augen unter schweren Lidern verliehen seinem Gesicht einen gelangweilten und gleichzeitig skeptischen Ausdruck.

»Mr. Napier?«

»Ja, ich bin Chris Napier. Was kann ich für Sie tun?«

»Detective Inspector Jordan, CID Essex.« Er zückte seinen Ausweis. »Könnte ich Sie kurz sprechen?«

»Nun, eigentlich bin ich ein bißchen in Eile.«

»Wird nicht lange dauern.«

»Gut. Treten Sie ein.«

»Danke.« Er folgte mir in die Diele und zog die Eingangstür hinter sich zu.

»Sie sagten Essex, Inspector. Dann sind Sie hier ja ziemlich weit von zu Hause entfernt, nicht?« Als ich keine Antwort erhielt, fügte ich hinzu: »Wie kann ich Ihnen helfen?« Ich hatte schon gewisse Befürchtungen. Für mich bedeutete Essex nur eines: Neville Considine.

»Gehört die Ihnen, Sir?« Jordan hielt mir eine meiner Visitenkarten hin. Da ich sie auf Ausstellungen klassischer Autos dutzendweise verteilt hatte, handelte es sich kaum um ein Sammlerstück. Ich nickte zustimmend. »Und Sie sind der Eigentümer?«

»Ja.«

»Gegenwärtig ist ja nicht viel davon übrig, wie ich hörte. Ich habe bei der angegebenen Adresse in der Station Road angerufen und gehört, daß es bei Ihnen kürzlich ein Feuer gegeben hat. Offenbar alles abgebrannt.«

»Richtig. Aber ich verstehe nicht ganz ...«

»Wir haben Ihre Karte in der Brieftasche eines Mannes gefunden, der am Wochenende in Essex ermordet wurde. Ich habe mich gefragt, ob er vielleicht ein Kunde von Ihnen war.«

»Wie heißt er?«

»Neville Frederick Considine.« Als er den verblüfften Ausdruck auf meinem Gesicht sah, fuhr er fort: »Sie haben ihn also gekannt, Sir?«

»Ja, ich habe ihn gekannt. Allerdings nicht als Kunden. Was ... was ist passiert?«

»Das versuchen wir noch festzustellen. Kennen Sie Clacton überhaupt?«

»Ein wenig.«

»Jaywick?«

»Ich bin ... schon dort gewesen.«

»Tatsächlich? Das ist doch eigentlich keine Touristengegend.«

»Ich war nicht als Tourist dort.«

»Als was dann, Sir?«

»Ich kannte jemanden, der dort wohnte. Hören Sie, sind Sie ...«

»In Jaywick wurde Mr. Considine aufgefunden. An der alten

Seemauer, wo die Ferienhäuser aufhören und die Sümpfe beginnen. Ein Mann, der seinen Hund spazierenführte, hat die Leiche gestern morgen entdeckt.«

»Wie lange war er schon... ich meine...«

»Wir glauben, daß er spät am Samstag abend getötet wurde. Wo waren Sie übrigens an diesem Abend, Sir?«

»Hier.«

»Allein?«

»Ja.«

»Das kann also niemand bestätigen?«

»Nein, das ist schlecht möglich. Ich lebe allein, Inspector.«

»Ach so, Sir. Ich verstehe.«

»Wo war Considine... ich meine, wurde er in Jaywick getötet oder später dort hingebracht?«

»Warum fragen Sie, Sir?«

»Ich kann mir nicht vorstellen, was er dort gewollt hat.«

»Sie kennen ihn also gut, Sir?«

»Das würde ich nicht sagen. Es ist bloß...«

»Wir sind mehr oder weniger sicher, daß er an Ort und Stelle getötet wurde. Sein Wagen war am Straßenrand geparkt, wenn man das als Straße bezeichnen kann. Da Sie Jaywick kennen, werden Sie wissen, was ich meine.«

»So vertraut bin ich eigentlich nicht mit...«

»Wann haben Sie Mr. Considine zuletzt gesehen, Sir?«

»Vor einer Woche.«

»In Clacton?«

»Nein, in Truro.«

»Was hat Sie beide dorthin geführt?«

»Eine gerichtliche Untersuchung. Wir waren Zeugen.«

»Tatsächlich?«

»Considines Stiefsohn war ein alter Freund von mir. Er hat vor zwei Monaten in Truro Selbstmord begangen. Sie haben vermutlich über den Fall gelesen. Er bekam seinerzeit ziemlich viel Publicity.«

»Nicky Lanyon.« Jordan schnippte mit den Fingern. »Natürlich. Der Sohn von Michael Lanyon. Ich wußte nicht, daß Neville Considine sein Stiefvater war.«

»Nun, er war es.«

»Tatsächlich?« Jordan runzelte die Stirn. »Waren Sie seit der Untersuchung noch einmal in Clacton, Sir?«

»Ja, das war ich. Am Tag danach.«

»Um Mr. Considine zu sehen?«

»Ja, aber er...«

»War nicht da?« Jordan zückte sein Notizbuch und sah hinein. »Ein Nachbar hat uns erzählt, daß spät am Abend des Siebenundzwanzigsten jemand an die Haustür von Mr. Considine in der Wharfedale Road gehämmert hat. Waren Sie das, Sir?«

»Ich habe nicht gehämmert. Ich habe einfach...«

»*Waren* Sie es?«

»Ja.«

»Es sei ziemlich dringend, sollen Sie dem Nachbarn gesagt haben. Näheres wollten Sie nicht sagen. Hätten Sie etwas dagegen, das jetzt zu tun?«

»Ich hatte gehofft... er könnte mir vielleicht ein... ein Andenken von Nicky geben.«

»Aber das ist doch wohl kaum eine dringende Angelegenheit, Sir.«

»Vielleicht nicht. Es war nur so eine... Redewendung.«

»Und seither haben Sie ihn nicht mehr gesprochen?«

»Nein. Ich habe ein paarmal angerufen, aber...« Ich wagte ein Lächeln. »Kein Glück.«

»Wirklich? Der Nachbar sagt, am Freitag sei Mr. Considine nach Hause gekommen. Aber Sie haben ihn nicht erreicht?«

»Offenbar nicht.«

»Fällt Ihnen irgendein Grund ein, warum Mr. Considine in Gefahr gewesen sein könnte?«

»Nein.«

»Jemand, der ihm vielleicht schaden wollte?«

»Nein.«

»Oder ihm feindselig gesinnt war?«

»Nein.«

»So, daß er ihm mit einem Wagenheber auf den Kopf schlug und in einem Straßengraben sterben ließ?«

»Nein, ich sage Ihnen doch, ich kenne niemanden.« In meinem Kopf schrillten Alarmglocken, die bei jeder neuen Frage lauter wurden. »Woher… woher wissen Sie, daß es ein Wagenheber war?«

»Weil er neben der Leiche zurückgelassen wurde, Sir. Der Mörder muß ihn in Panik fallengelassen haben. Kennen Sie die Art Werkzeug, die ich meine?«

»Natürlich.«

»Ach ja, Sir, Sie sind ja selbst in der Autobranche. Ja, das verstehe ich. Zweifellos besitzen Sie mehrere.«

»Nur einen.«

»Er ist nicht im Feuer kaputtgegangen?«

»Nein. Ich… habe einige Werkzeuge aus den Trümmern gerettet.«

»Darunter auch einen Wagenheber?«

»Ja.«

»Wo ist er jetzt?«

»In der Garage.«

»Hätten Sie etwas dagegen, daß ich ihn mir mal ansehe? Nur um zu prüfen, ob er noch da ist, meine ich.«

»Ganz und gar nicht. Folgen Sie mir.« Langsam gingen wir aus dem Haus und zur Garage hinüber. Meine Gedanken rasten. Ich hatte für Samstag nacht kein Alibi. Dafür hatte Emma gesorgt, als sie sich mit mir verabredete. Der anonyme nächtliche Anruf konnte bedeuten, daß sie nachgeprüft hatte, ob ich auf sie wartete. Und sie hatte Zugang zu meiner Garage gehabt, als sie meinen Wagen dort abstellte. Langsam nahm ein schrecklicher Gedanke Gestalt an. »Da sind wir«, verkündete ich und schloß das Garagentor auf. »Ich glaube, ich erinnere mich, wo ich ihn gelassen habe.«

»Hoffentlich, Sir.«

Ich schob das Tor auf, schaltete das Licht ein und ging an meinem Wagen vorbei zu der Kiste, die an der Wand in einer Ecke stand. Die Werkzeuge sahen nicht so aus, als hätte sich jemand daran zu schaffen gemacht, aber schon als ich begann, sie zu durchsuchen, wußte ich, daß der Wagenheber nicht da sein würde. Er lag in einem forensischen Labor in Essex, in Plastik verpackt und mit einem Etikett versehen, voll von Considines Blut und meinen Fingerabdrücken. Emma Moresco hatte sich als zu schlau für uns beide erwiesen.

»Haben Sie ihn gefunden, Sir?« fragte Jordan von der Tür aus.

»Nein.« Ich stand auf und drehte mich zu ihm um. »Ich fürchte, nein.«

18. Kapitel

Er würde mich festnehmen. Das war der Gedanke, der am lautesten in meinem Kopf dröhnte, als ich zusah, wie Detective Inspector Jordan näher kam. Er würde mich unter Mordverdacht festnehmen, und ehe der Tag zu Ende ging, würde ich formell unter Anklage stehen, Neville Considine erschlagen zu haben. Die Mordwaffe gehörte mir, ich konnte nicht beweisen, wo ich in der fraglichen Nacht gewesen war, und man hatte beobachtet, wie ich mich vor Considines Haus verdächtig benahm. Es sah nach einem eindeutigen Fall aus, und Jordan war im Begriff, ihn endgültig abzuschließen.

»Der Wagenheber ist nicht da?« sagte er, und sein Gesicht nahm im trüben Licht der Neonröhre einen harten Ausdruck an.

»Nein.«

»Wo ist er denn?«

»Ich bin nicht sicher.«

»Wollen Sie damit sagen, daß Sie ihn nicht haben?«

»Nein.« In meinem Kopf herrschte Chaos. Was sollte ich tun? Ihm die ganze Geschichte erzählen und hoffen, daß er mir glauben würde? Nichts zugeben und alles leugnen? Beides würde mir wohl kaum nützen. Emma Moresco erschien mir wie ein Hirngespinst. Aber ich wußte, daß sie real war und daß meine einzige Chance darin bestand, etwas zu tun, was sie nicht vorhergesehen hatte. »Er ist hier irgendwo. Ich bin… nicht gerade ein sehr ordentlicher Mensch.«

»Es gibt nicht viele Stellen, wo man nachsehen könnte.« Jordan schaute in die staubigen Ecken, und ich merkte, daß auch er sich bemühte, mit den Ereignissen Schritt zu halten. Er war hergekommen, um eine offene Frage zu klären, nicht, um den

Hauptverdächtigen festzunageln. »Ich fürchte, ich muß darauf bestehen, daß Sie ihn mir zeigen, Mr. Napier.«

»Natürlich.« Ich schlug mir gegen die Schläfe. »Jetzt weiß ich es wieder. Er ist im Schrank.«

»In welchem Schrank?«

»Dort. Unter der Bank.« Ich zeigte auf die Werkbank, die den größten Teil der rückwärtigen Garagenwand einnahm, und den zweitürigen Schrank darunter. Die vordere Stoßstange des Stag war etwa eine Handbreit von den Türgriffen entfernt. »Ich habe über das Wochenende einige von den Werkzeugen saubergemacht und in den Schrank gelegt. Der Wagenheber muß dabei sein. Ich setze den Wagen zurück, dann können Sie selbst nachsehen.«

»In Ordnung.« Er sah mich stirnrunzelnd an. »Wenn Sie sicher sind, daß er dort ist.«

»Ganz sicher. Warten Sie.« Ich quetschte mich an ihm vorbei, stieg in den Wagen und ließ den Motor an. Mir war bewußt, daß er mich beobachtete. Ich zwang mich zu langsamen Bewegungen. Dann, als ich den Wagen zurücksetzte, richtete er seine Aufmerksamkeit auf den Schrank.

»Das reicht!« rief er und hob die Hand, um mir zu bedeuten, der Abstand sei ausreichend.

Doch für mich war das das Signal, den Fuß hart aufs Gaspedal zu drücken. Der Stag schoß rückwärts hinaus auf die Straße, und als ich ihn wendete, hörte ich den hinteren Kotflügel gegen ein geparktes Auto prallen. Dann legte ich den Vorwärtsgang ein und raste durch die Schlaglöcher davon. Im Rückspiegel sah ich Jordan aus der Garage rennen und sich in den Wagen schwingen, den ich gerammt hatte. Er mußte sehen, in welche Richtung ich in die Hauptstraße einbog. Ich entschloß mich, nach rechts zu fahren, Richtung Reading, und wäre dabei beinahe mit einem Postauto zusammengestoßen. Aber mein Vorsprung war nicht groß genug. Jordan würde über Funk die örtliche Polizei verständigen, und sehr bald würden sämtliche Streifenwagen Readings nach mir Ausschau halten. Es würde eine kurze, ziellose Fahrt werden. Es sei denn…

Ich nahm die erste Querstraße links und schaute in den Rückspiegel, um mich zu vergewissern, daß er noch nicht in Sicht war. Ich verlangsamte die Geschwindigkeit auf beinahe unerträgliche fünfzig Stundenkilometer, als ich durch die ruhige Wohnstraße bis an ihr Ende fuhr. Ich erinnerte mich, daß dort unter der Eisenbahnlinie ein Zubringerweg zur Kläranlage und dahinter ein Fußweg über die Felder zum Fluß führte, wo er in den Treidelpfad mündete. Auf diesem Weg konnte ich zu Fuß nach Pangbourne zurückgehen, ohne von der Straße aus gesehen zu werden, und am Bahnhof in einen Zug steigen, entweder nach London oder nach Oxford, und von da aus… Doch wohin, spielte im Augenblick keine Rolle. Ich mußte bloß die Nerven behalten und aus der Gegend verschwinden, ehe Jordan und seine Verstärkung merkten, daß ich den Wagen stehengelassen hatte.

Ich parkte vor dem letzten Haus in der Straße, sperrte den Wagen ab und ging lässig auf die Eisenbahnbrücke zu, wobei ich darauf gefaßt war, Jordan gleich hinter mir rufen zu hören, ich solle stehenbleiben. Aber es passierte nichts. Er war auf mein Manöver hereingefallen. Sobald ich von den Häusern aus nicht mehr zu sehen war, ging ich schneller und überlegte mir fieberhaft, wie ich weiter vorgehen sollte. Da ich weggelaufen war, würde die Polizei mich für schuldig halten. Innerhalb einer halben Stunde war ich von einem angesehenen örtlichen Geschäftsmann, der mit seiner Bank über einen Kredit verhandeln wollte, zu einem Flüchtling geworden, den man bald landesweit verfolgen würde. Es fiel mir schwer, nicht in Panik zu geraten. Was wollte ich damit erreichen? Was wollte ich mit diesem verrückten Verhalten bloß erreichen?

Ich hatte darauf keine Antwort, nur, daß ich wußte, wer Neville Considine wirklich ermordet hatte: Emma Moresco. Niemand außer mir würde auch nur an ihre Existenz glauben, geschweige denn, sie zu finden versuchen. Sobald ich mich im

Gewahrsam der Polizei befand, war sie frei und ich am Ende. Aber wenn ich dem Gesetz lange genug einen Schritt voraus bleiben könnte, würde ich vielleicht in der Lage sein, Emma zu überlisten. Ich war wütend und entsetzt. Mich zu benutzen, um Geld aus meinem Vater herauszuholen, war eine Sache, mir den Mord an ihrem Komplizen in die Schuhe zu schieben, eine ganz andere. Ich wollte jetzt nicht mehr nur Gerechtigkeit, sondern auch Rache. Ich wollte das Lächeln, das ich mir nur zu gut vorstellen konnte, endgültig von ihrem Gesicht radieren, wollte die Beziehung zwischen uns zu meinen Bedingungen beenden und nicht zu ihren.

Es war ein grauer, trüber Morgen, der Wind blies eisig, und bald würde es regnen. Ich war nicht für einen Spaziergang am Flußufer gekleidet und hatte das deutliche Gefühl aufzufallen. Aber ich wußte, daß mich in Wirklichkeit niemand beachtete. Die wenigen Spaziergänger und Leute, die mit ihren Hunden unterwegs waren, gingen, ohne mich eines Blicks zu würdigen, an mir vorbei. Keiner interessierte sich für mich, doch später, wenn mein Name und mein Bild in den lokalen Fernsehnachrichten erschiene, würden sie sich vielleicht an mich erinnern. Für den Moment jedoch hatte ich gute Chancen, eine große Entfernung zwischen mich und die Orte zu legen, an denen man mich kannte.

Jedenfalls solange ich die Nerven behielt. Als ich die Brücke erreichte, an der die Straße nach Whitchurch über den Fluß führte, schaute ich nach beiden Seiten, ehe ich sie rasch überquerte und dann zum Bahnhof eilte. Die vormittägliche Ruhe war beunruhigend. Der erste einlaufende Zug fuhr nach London. Doch durch Reading zu fahren, wo die Suche am intensivsten sein würde, schien noch riskanter, als weitere zehn Minuten auf dem Bahnsteig zu warten, bis ich einen Zug nach Oxford nehmen konnte. Diese zehn Minuten, die mir unendlich lang erschienen, vergingen ohne Zwischenfall. Dann lief gemächlich ein Zug ein, und ich konnte Pangbourne endlich hinter mir lassen.

Die Fahrt nach Oxford dauerte ein halbe Stunde. In dieser Zeit legte ich mir einen Plan zurecht. Ich vermutete, daß die Polizei von Considines neu erworbenem Reichtum noch nichts wußte. Das Konto, auf das er sich das Geld hatte überweisen lassen, befand sich bei der Londoner Zweigstelle einer internationalen Bank, die zweifellos ein Muster an Diskretion war. Emma mußte Zugang zu dem Geld haben, denn das Mordmotiv war offenbar gewesen, ihrem Partner das Geld abzunehmen. Also handelte es sich wahrscheinlich um ein gemeinsames Konto. Aber sie konnte jetzt nicht einfach den ganzen Betrag abheben, denn der Zeitpunkt wäre höchst verdächtig, falls er je bekannt würde. Ich an ihrer Stelle hätte mir Zeit gelassen und gewartet, bis man mich festgenommen, angeklagt und die allgemeine Aufregung sich gelegt hatte; dann hätte ich die ganze Summe kassiert und mich davongemacht. Solange ich mich auf der Flucht befand, war Emma verwundbar – aber nur, wenn ich sie, zusammen mit einigen definitiven Beweisen für ihre Beziehung zu Considine, ausfindig machen konnte. Dann würde die Polizei mich vielleicht anhören. Aber wo sollte ich anfangen, nach ihr zu suchen? Wie konnte ich sie jagen, während andere mich jagten?

In Oxford angekommen, ging ich ins Stadtzentrum, hob mit meiner Kreditkarte bei einer Bank den erlaubten Höchstbetrag ab, kaufte mir einen Regenmantel, eine Tasche, einige Toilettenartikel und Unterwäsche, ging dann zurück zum Bahnhof und nahm den nächten Zug nach Birmingham. Die Anonymität einer Großstadt gewährte mir im Moment den größten Schutz, und mit etwas Glück würden die Transaktionen in Oxford meine Verfolger für eine Weile auf die falsche Fährte lenken.

Vom Bahnhof in der New Street aus ging ich auf gut Glück los und nahm mir unter falschem Namen ein Zimmer im Holiday Inn. Für den Rest des Tages blieb ich in meinem Zimmer, beobachtete, wie der graue Nachmittag in Dunkelheit überging, und widerstand der starken Versuchung, mich mit dem Inhalt der

Minibar zu betrinken. Die frühen Abendnachrichten im Fernsehen brachten weder etwas über mich noch über Considine, aber ich vermutete, daß die Fahndung nach mir auf vollen Touren lief.

Als es dunkel war, ging ich in die Stadt und beobachtete den abendlichen Stoßverkehr rund um Paradise Circus, aß in einem Fast-food-Lokal und wanderte ziellos durch die Straßen. Jedes Pub, an dem ich vorbeikam, war eine Verlockung, und nur der Gedanke, daß ich Emma den Sieg auf einem Tablett präsentierte, wenn ich mich bis oben hin betrank, gab mir die Willenskraft weiterzugehen. Endlich, als ich trotz all meiner Ängste müde genug war, um schlafen zu können, schlich ich ins Hotel zurück.

Für eine Nachricht im Fernsehen hatte es nicht gereicht, doch die Zeitungen waren voll davon. Die Blätter, die ich mir am nächten Morgen vor Tagesanbruch an einem Kiosk in der Nähe des Hotels besorgte, enthielten alle Berichte darüber, daß die Polizei einen »Geschäftsmann aus Berkshire suchte, der ihr möglicherweise bei der Aufklärung des brutalen Mordes an einem Rentner aus Clacton am Wochenende behilflich sein konnte«. Man zitierte Detective Inspector Jordan vom CID Essex mit der Aufforderung an den »fünfundvierzig Jahre alten Christian Terence Napier«, er möge sich »unverzüglich mit der Polizei in Verbindung setzen«. Ein paar Zeitungen brachten auch ein unscharfes Foto, auf dem ich mich als den zweiundvierzigjährigen Christian Napier bei der Party zum einundzwanzigsten Geburtstag seiner Nichte erkannte. Die Aufnahme konnte nur aus dem Fotoalbum der Familie stammen, und ich stellte mir vor, wie unglücklich meine Mutter gewesen war, als sie es hatte herausgeben müssen. Mein Vater jedoch bewahrte offenbar Haltung. Am Ende eines der Berichte wurde er zitiert, wie er Jordan unterstützte: »Wir möchten, daß unser Sohn sich so bald wie möglich der Polizei stellt und all dies aufklärt.«

Ich hätte mir gewünscht, daß er geäußert hätte, er glaube an meine Unschuld, doch falls dem so war, hatte man es nicht gedruckt.

Natürlich stand mein Vater genauso unter Druck wie ich; er mußte seine Zunge und seine Geheimnisse hüten und gleichzeitig mit der zweifellos verstörten Reaktion meiner Mutter auf die Ereignisse zurechtkommen. Ich schätzte, daß es nicht lange dauern würde, bis er sich in seine übliche Zuflucht in Streßzeiten zurückzog: den Golfklub. Früher oder später würde ich ihn am neunzehnten Loch finden. Gegen Mittag unternahm ich den ersten Versuch in einer Telefonzelle. Der dritte, ein paar Stunden später, war erfolgreich. Ich nannte dem Barmann den Namen von Dads Steuerberater und wurde anstandslos verbunden.

»Anton?«

»Nein, Dad. Ich bin's. Hör zu, mir ist klar, daß du nicht frei sprechen kannst, aber tu dein Bestes. Ich bin in einer verdammten Klemme. Ich habe Considine nicht umgebracht.«

»Das ... habe ich auch nie angenommen.«

»Ein Jammer, daß du den Zeitungen das nicht gesagt hast.«

»Ich bin selbst in einer schwierigen Lage.«

»Weiß die Polizei von dem Geld?«

»Anscheinend nicht.«

»Und du hast auch nichts verlauten lassen?«

»Nein.«

»Nun, ich werde es vielleicht tun müssen. Das verstehst du doch, oder?«

»Da bin ich nicht sicher.«

»Das Mädchen hat ihn umgebracht. Dad. Die, die mich hinters Licht geführt hat. Wegen des Geldes vermutlich. Also kann ich mir kaum vorstellen, wie ich aus dieser Sache herauskommen soll, ohne aufzudecken, daß Considine dich erpreßt hat.«

»Das wirst du aber müssen.«

»Ich versuche dir doch zu sagen, daß genau das wahrscheinlich nicht möglich sein wird.«

»Ich werde alles tun, was ich kann, um ... das sicherzustellen.«

»Was meinst du damit?«

»Ich war so vorsichtig, bei der Transaktion einen Mittelsmann zu benutzen. Man hat mir versichert, so könnte ich alles leugnen. Wenn du verstehst, was ich meine.«

»*Leugnen?*«

»Ich muß einen schweren finanziellen Verlust verkraften, und bei aller Fairneß, ich finde, damit sollte meine Verwicklung in diese Geschichte beendet sein.«

»Du ... was?«

»Unter den gegebenen Umständen kann ich nicht mehr sagen.« Und damit legte er ruhig und endgültig den Hörer auf.

Verzweifelte Situationen verlangen verzweifelte Schritte. Als ich in der Telefonzelle stand, die Abschiedsworte meines Vaters im Ohr, wußte ich, daß ich etwas Entscheidendes unternehmen mußte. Indem ich in Birmingham herumschlich und darauf wartete, ob mir zuerst das Glück oder das Geld ausginge, konnte ich nichts erreichen. Ich hatte zwar nur eine schwache Hoffnung, Emma Moresco zu finden, aber es war an der Zeit, zu handeln. Ich hob den Hörer ab und wählte.

»Hallo?« antwortete Miv.

»Ich bin's, Chris.«

»*Chris?*«

»Hört sich an, als hättest du Zeitung gelesen.«

»Ja, habe ich, und ich konnte nicht glauben, was ich da gelesen habe.«

»Dann tu's auch nicht. Ich war es nicht, Miv, glaub mir.«

»Wieso bist du dann weggelaufen?«

»Weil ich der einzige Mensch bin, der weiß, wer es wirklich getan hat, und ich muß in Freiheit bleiben, bis ich denjenigen finde.«

»Kannst du der Polizei das nicht einfach sagen?«

»Sie würden mir nicht glauben. Aber ich hoffe, daß du mir

glaubst – wenn du es hörst. Ich brauche deine Hilfe, Miv. Du bist die einzige, an die ich mich wenden kann.«

»Was ist mit deiner Familie?«

»Die Polizei wird sie überwachen. Aber das mit dir haben sie vielleicht noch nicht herausgefunden. Oder hat sich die Polizei schon bei dir gemeldet?«

»Nein.«

»Siehst du! Außerdem, warum sollte ich mich in der Stunde der Not an meine Exfrau wenden – nachdem, was sie beim Scheidungsverfahren über mich gesagt hat?«

»Genau. Warum solltest du?«

»Erinnerst du dich an den Tag, an dem du mich von einem Taxi aus betrunken in der Shaftesbury Avenue gesehen hast?«

»Ich erinnere mich.«

»Das ist der Grund. Ich bin nicht betrunken, aber ich bin in furchtbaren Schwierigkeiten. Du mußt das Taxi halten lassen und aussteigen, Miv. Wirst du das tun? Wirst du mir eine Chance geben? Mehr verlange ich nicht.«

»Du siehst furchtbar aus«, sagte Miv drei Stunden später zur Begrüßung. Das Spiegelbild, das ich über ihre Schulter hinweg im nachtschwarzen Fenster des Bahnhofbüffets von Crewe sah, ließ diese Äußerung noch untertrieben erscheinen, aber ich tröstete mich damit, daß ich meinem Foto in den Zeitungen um so weniger glich, je schlechter ich aussah. Im Gegensatz zu mir war Miv das blühende Leben. Die viele frische Luft und die veganische Ernährung schienen ihr gutzutun. Ihre Kleidung war eine seltsame Mischung aus Hippieklamotten und Armeerestbeständen, aber irgendwie schaffte sie es, darin auszusehen wie in einem Cocktailkleid.

»Danke, daß du gekommen bist«, murmelte ich und trank meinen Kaffee. »Ich hatte mich schon gefragt, ob du es dir vielleicht doch noch anders überlegen würdest.«

»Habe ich.«

»Aber du bist trotzdem gekommen.«

»Als wir noch verheiratet waren, Chris, hast du mir reichlich Gelegenheit gegeben, mich im Stich gelassen zu fühlen. Ich möchte nicht, daß jemand anders sich auch so fühlt.«

Ich zuckte zusammen. »Wenn du so empfindest ...«

»Das tue ich, aber ich bin hier, also kannst du ruhig sagen, was du zu sagen hast. Die Lage muß ja noch schlimmer sein, als sie sich in den Zeitungen darstellt, wenn du mich um Hilfe bittest.«

»Sie ist so schlimm, wie sie nur sein kann«, erwiderte ich, beugte mich über den Tisch zu ihr und senkte die Stimme. »Ich bin von einem Profi hereingelegt worden.«

»Und dieser Profi ist die Frau, die sich als meine Anwältin ausgegeben hat?«

»Nein. Aber man könnte sagen, daß sie miteinander zu tun haben.«

»Aha, also bin ich teilweise an den Schwierigkeiten schuld, in denen du steckst. Ist es so?«

»Eigentlich nicht. Aber wenn diese Annahme dazu beiträgt, daß du mir hilfst ...«

Sie seufzte. »Was willst du von mir?«

»Ich möchte, daß du beim CID Essex anrufst, wenn du nach Hause kommst, und denen sagst, ich hätte mich bei dir gemeldet. Sag, ich sei knapp bei Kasse, weil ich Angst hätte, Geld von meinem Konto abzuheben, das man zu mir zurückverfolgen könnte. Ich hätte dich gebeten, mir auszuhelfen. Sag ihnen, du hättest eingewilligt, mich morgen nachmittag an der Fährstation Holyhead zu treffen, um mir etwas Bargeld zu bringen.«

»*Holyhead?*«

»Erfinde, was immer du willst. Sag, ich dächte daran, mich nach Irland abzusetzen oder so. Es spielt keine Rolle. Solange du die Aufmerksamkeit der Polizei nur weit von dem Ort ablenkst, an dem ich wirklich sein werde.«

»Und wo wirst du sein?«

»Clacton.«

Sie zog die Augenbrauen hoch. »Dem Schauplatz des Verbrechens.«

»Das überzeugt dich vielleicht davon, daß ich unschuldig bin.«

»Oh, ich bin überzeugt. Aber bist *du* es auch? Überzeugt, daß ich der Polizei nicht die Wahrheit sagen werde, meine ich?«

Ich sah ihr fest in die Augen. »Ja. Das bin ich.«

»Wie kannst du so sicher sein?«

»Weil du immer schrecklich ehrlich gewesen bist. Deswegen hast du mich verlassen, falls du dich erinnerst?«

Widerwillig mußte sie lächeln. »Was ist, wenn ich beim Verhör zusammenbreche, nachdem du in Holyhead nicht aufgetaucht bist?«

»Das wirst du schon nicht. Sie werden denken, ich hätte kalte Füße bekommen oder bemerkt, daß du beschattet wirst. Sie werden dir keine Schuld geben. Vor allem, wenn du in der Rolle der verbitterten Ehefrau dick aufträgst.«

»Und später – wenn sie herausfinden, daß du in Clacton warst?«

»Sie werden annehmen, daß ich sie absichtlich irregeführt habe. Außerdem wird bis dahin alles vorbei sein.«

»Wie meinst du das?«

»Ich habe nur eine Chance, Miv. Wenn ich die vertue, kann ich mich genausogut selbst stellen. So ist das. Jetzt oder nie.«

Nachdem ich Miv zum Zug zurück nach Llandudno begleitet hatte, nahm ich einen Bummelzug nach Nottingham und übernachtete in einem billigen Hotel in Bahnhofsnähe. Am nächsten Morgen fuhr ich zuerst in östlicher Richtung nach Norwich, dann in südlicher nach Colchester, wo ich die Lokalbahn nach Clacton nahm. Es war eine seltsame Reise in leeren Zügen und unter einem bleiernen Novemberhimmel; auf Umwegen näherte ich mich meinem Ziel, scheinbar ohne die Entfernung zu verringern. Bewußt mied ich London und alle Orte, an denen auch nur der leiseste Verdacht bestand, daß jemand mich kannte, doch unbewußt schob ich den Moment hinaus, meinen sorgfältig überlegten Plan in die Tat umzusetzen. Ich hatte alle Optionen gegeneinander abgewogen und mich für diesen einen Versuch entschieden. Die Chancen standen schlecht für mich. Ich erwartete nicht, daß ich Erfolg haben würde, wußte aber auch, daß ich es mir nicht leisten konnte, keinen zu haben.

Ich setzte meine Hoffnung auf Considines mißtrauische und heimlichtuerische Natur. Ich war sicher, daß er die Möglichkeit bedacht hatte, Emma könne sich gegen *ihn* wenden, und nahm an, daß er eventuell geplant hatte, *sie* auszutricksen. Emmas Anonymität war ihr entscheidender Vorteil, also war es nur logisch, daß er versuchte, sie an diesem Punkt zu packen. Falls das so war, befand sich vielleicht irgendwo in seinem Haus ein Hinweis auf ihre Identität und ihren Aufenthalt: ein belastendes Stück Papier; ein vielsagendes Beweisstück, das alles aufklärte. Natürlich konnte die Polizei das bei der Suche nach Beweisen gegen *mich* mitgenommen haben. Doch ich hätte darauf gewettet, daß sie auf meine Ergreifung warteten, ehe sie der Frage eines Motivs nachgingen. Vier Tage waren seit dem Mord vergangen. Wenn sie *tatsächlich* in der Nähe der Wharfedale Road 17 gelauert hatten, hatten sie das sicherlich inzwischen aufgegeben. Mit etwas Glück würde das Fahndungsteam sich in Holyhead aufhalten und die Fährstation observieren. Und damit war für mich der Weg frei, meine fragile Theorie zu überprüfen.

Ich erreichte Clacton am Spätnachmittag eines trüben Dienstags; meine Angst war größer geworden, weil ich befürchtete, daß mein Foto hier zwangsläufig mehr verbreitet worden war als in Birmingham oder Nottingham. Ich hatte mir am Tag, bevor ich Birmingham verließ, einen Tweedhut mit weicher Krempe gekauft, mit dem ich mich normalerweise niemals hätte blicken lassen, und setzte ihn jetzt auf, um nicht erkannt zu werden. Aber eigentlich vertraute ich eher darauf, daß niemand mich auf den Straßen von Clacton vermutete.

Auch mir kam es ziemlich verrückt vor, genau das zu tun, als ich zwanzig Minuten später kaltblütig die Wharfedale Road in voller Länge vor mir sah und dann auf der Seite mit den geraden Hausnummern entlangging. Eine Frau mit einem Kinderwagen trat vor mir aus einem Tor und ging an mir vorbei, als würde ich nicht existieren. Dann erreichte ich die Höhe von Nummer 17. Kein Polizist bewachte die Tür, und auch sonst gab es keine Anzeichen für einen erst kürzlich verübten Mord. Wenn Considine hier auf dem Grundstück erschlagen worden wäre, hätte es natürlich anders ausgesehen. Aber so …

Ich bewegte mich zügig vorwärts, damit niemand hinter einem Fenster mit Netzgardinen auf den Gedanken kommen konnte, ich treibe mich in finsterer Absicht hier herum; im Gehen zählte ich die Häuser jenseits von Nummer 17. Die Wharfedale Road endete an einer T-förmigen Kreuzung, wo ich mich nach links wandte und die Straßenseite wechselte, um auf Considines Hälfte an den Hintergärten entlangzugehen. Zwischen diesen und den Hintergärten der Häuser der nächsten Parallelstraße befand sich eine schmale Gasse, die pfeilgerade zwischen den rückwärtigen Gartenmauern verlief. Die Mauern hatten hölzerne Tore, durch die man die Gärten betreten, aber nicht einsehen konnte. Trotzdem war es nicht schwer, die Tore bis zu dem von Nummer 17 zu zählen. Ich war erleichtert, die Gasse bis auf verbeulte Abfalltonnen, von Katzen angenagte Müllsäcke und Verpackungen chinesischer Fertiggerichte leer zu finden, und ging weiter.

Als ich Considines Tor erreichte, drückte ich auf die Klinke. Wie erwartet war abgeschlossen. Nach einem prüfenden Blick in beide Richtungen zog ich mich am oberen Rand des Tors so weit hinauf, daß ich hinübersehen konnte. In den benachbarten Gärten war niemand; es sah so aus, als könnte ich ungesehen eindringen. Ich stellte einen Fuß auf die Klinke und kletterte über das Tor.

Irgendwie hatte ich erwartet, daß Considines Garten einer

Wildnis ähnelte, doch tatsächlich war er sauber und gepflegt und hatte ein Gewächshaus, ein Gemüsebeet, einen kurz geschnittenen Rasen und einen frisch gestrichenen Schuppen. Das bedeutete, daß ich keine andere Wahl hatte, als direkt über den Zementweg zur Hintertür zu gehen und zu hoffen, daß mich aus den benachbarten Häusern niemand sah.

Soweit ich es einschätzen konnte, schaffte ich es unbeobachtet. Dann begannen die eigentlichen Komplikationen. Die Tür selbst war solide konstruiert, so daß ich nur die Wahl zwischen Wintergarten und Küchenfenster hatte. Ich entschied mich für den Wintergarten, ergriff einen Besen, der an einem Regenrohr lehnte, und wollte gerade eine der Scheiben einschlagen, als ich bemerkte, daß ein Fenster auf der anderen Seite nicht gesichert war. Es schloß nicht ganz mit dem Rahmen ab, als hätte sich das Holz verzogen, und paßte nicht mehr hinein. Ich war erleichtert, relativ leise vorgehen zu können, stellte den Besen beiseite, nahm einen Schraubenzieher aus der Tasche, den ich für solche Zwecke mitgebracht hatte, und stemmte das Fenster einen Spalt weit auf. Dann zog ich es ganz auf, was nur ein leises Quietschen verursachte, und kletterte vorsichtig ins Haus.

Der Wintergarten schien ein Mittelding zwischen Considines penibel gepflegtem Garten und dem schmutzigen Innern des Hauses zu sein, ein stacheliger Wald aus dicken, gesunden Kakteen, die zwischen rostenden Vogelkäfigen und verschimmelten Liegestühlen blühten. Ich ging weiter in den hinteren Wohnraum, wo das stockfleckige Dach des Wintergartens der Düsternis einen gelblichen Schimmer verlieh. Der Raum war halbwegs möbliert, die Stühle und Tische jedoch so mit Pappkartons vollgestellt, daß sie einen regelrechten Hinderniskurs bildeten. Den Etiketten zufolge enthielten sie Großeinkäufe an gebackenen Bohnen, Tomatensuppe, Fruchtkonserven, Speck, Tee, Seife, Salz, Zucker und weiß Gott was noch, gehamstert aus Angst vor Inflation oder weltweiter Hungersnot oder irgendeiner sonstigen Katastrophe in Considines Einbildung. Ich bahnte mir einen

Weg zwischen den Kartons hindurch und entdeckte dabei keinen Schrank oder ähnliches, in dem Dinge, wie ich sie suchte, versteckt sein konnten. Ich erreichte den Flur und ging in das vordere Wohnzimmer, in das er mich vor einem Monat geführt hatte.

Der Raum war so, wie ich mich an ihn erinnerte. Nichts deutete darauf hin, daß die Polizei ihn durchsucht hatte. In einer Ecke stand ein Schreibschrank, ein passendes Möbel, um mit meiner Suche zu beginnen. Doch zuerst wendete ich mich der Teekiste in der Nische neben dem Kamin zu. Sie war noch immer am selben Platz und enthielt die Dinge, die Considine aus Nickys Wohnung mitgenommen hatte. Doch mindestens ein Gegenstand fehlte: das Album. War es im Besitz der Polizei? Und wenn ja, warum? Wenn nicht, was war dann aus ihm geworden?

Dann erspähte ich den Schildpattrahmen mit den drei Bildern, den Considine mir gezeigt hatte: Nicky als junger Mann; Freda als Baby; Michaela. Ich nahm ihn aus der Kiste und hielt ihn ans Licht.

Das Foto von Michaela war ausgewechselt worden. Verschwunden der Teenager im Badeanzug, der zu Emma Moresco wurde. An ihrer Stelle befand sich die Aufnahme des kleinen Mädchens, das Pauline Lucas einst war – dasselbe Foto, von dem Ethel Jago einen Abzug besaß und das auf dem Nachttisch von Michaelas Mutter gestanden hatte.

Ich legte das Bild wieder in die Kiste zurück, ging zum Schreibtisch und öffnete die Klappe. Der Inhalt sah ziemlich unverfänglich aus: Haushaltsrechnungen, ein Stapel Samenkataloge, alte Briefumschläge, auf denen Considine anscheinend lange Divisions- und Multiplikationsübungen durchgeführt hatte, ein Durcheinander von Büroklammern, Bleistiftstummeln und Gummibändern. Die Schublade unter der Klappe schien vielversprechender zu sein. Sie enthielt ein halbes Dutzend eselsohriger Notizbücher, in denen Zettel steckten. Doch bei näherem Hinsehen erwiesen sie sich als Kontobücher, die er als selbständiger Elektriker während der letzten vierzig oder fünfzig Jahre geführt hatte, und die losen Zettel enthielten Namen und Adressen von Kunden. Der Schrank unter der Schublade war vollgestopft mit den *Reader's-Digest*-Ausgaben mehrerer Jahrzehnte.

Als nächstes probierte ich es mit den Vitrinen, suchte in den Porzellanvasen und Teekannen und verzierten Lackdosen nach versteckten Dokumenten, doch ich fand keine.

Ich ging hinaus in die Diele, öffnete den Schrank unter der Treppe und fand einen museumsreifen Staubsauger inmitten eines von Spinnweben überzogenen Durcheinanders aus Rohren, Kabeln, Zollstöcken und Verteilerkästen. Keine Aussicht auf eine freudige Überraschung. Ich schloß die Schranktür, ging zur Treppe und rannte hinauf, zwei Stufen auf einmal nehmend.

Die Türen der oberen Zimmer standen offen. Hinter einer befand sich ein Bad, hinter einer anderen eine Toilette. Der nächste Raum, in den ich sehen konnte, als ich den Treppenabsatz erreichte, enthielt ein Bett und einen Kleiderschrank. Ich ging auf den Schrank zu. Doch in diesem Moment hörte ich rechts von mir ein schwaches Geräusch, das mich mitten im Schritt erstarren ließ.

Es war unverkennbar das Atmen eines Menschen. Den Bruchteil einer Sekunde dachte ich, ich hätte mich verhört. Dann drehte ich mich nach dem Zimmer am anderen Ende des oberen Flurs um und sah darin eine Gestalt auf dem Bett sitzen. Meine Nackenhaare sträubten sich. Da war jemand, der jetzt aufstand und mich anstarrte: eine Frau, deren Gesicht im Gegenlicht des Fensters nicht zu erkennen war.

»Sie«, sagte sie fast tonlos. Und ich erkannte ihre Stimme sofort.

19. Kapitel

SIE WAR UNAUFFÄLLIG in einen schwarzen Pullover und Jeans gekleidet. Das dunkle Haar schien noch kürzer, als ich es in Erinnerung hatte. Sie trug weder Schmuck noch Make-up, und ihr Gesicht sah unnatürlich blaß aus. Sie hatte Angst. Das erkannte ich an ihrem flachen Atem und den weit aufgerissenen Augen. Sie wußte nicht, warum ich hier war und was ich mit ihr anstellen würde. Es gab keine Schienen, die uns trennten. Diesmal war sie diejenige, die überrumpelt worden war. Ein wegen Mordes gesuchter Mann, den zu ruinieren sie sich einige Mühe gegeben hatte, stand zwischen ihr und der Treppe und versperrte die Tür des Zimmers, in dem sie sich versteckt hatte. Potentiell war ich eine ernste Bedrohung. Aber sie war nicht eingeschüchtert und im Begriff, klein beizugeben. Ich hatte den Eindruck, das würde das letzte sein, was ihr je in den Sinn käme.

Nicht, daß sie sich Sorgen hätte machen müssen. Ausgerechnet für sie stellte ich keinerlei Bedrohung dar. Nicht jetzt, da ich wußte, wer sie wirklich war.

»Hallo, Michaela«, sagte ich, so ruhig ich konnte, und trat langsam in den Raum. »Was machen Sie hier?«

»Michaela?« murmelte sie ungläubig.

»Ja. Michaela Lanyon. Ihr Name bis vor sechzehn Jahren.« Ich schaute mich um. Der Raum war klein, eher eine Kammer als ein Schlafzimmer. Ein einzelnes Fenster ging auf die Straße hinaus. Das Mobiliar bestand aus einem schmalen Bett mit Tagesdecke, einem Nachtkästchen, einem wacklig aussehenden Schreibtisch unter dem Fenster und ein paar leeren Regalen an einer Wand. Die verblichene Tapete hatte ein Muster aus pausbäckigen weiblichen Cherubinen in Pyjamas und Pantoffeln und Heiligenscheinen über den Köpfen. Ich betrachtete sie und begriff plötzlich. »Und Ihr Zimmer«, sagte ich und schaute Michaela an. »Bis vor sechzehn Jahren.«

Sie starrte mich einige Sekunden lang schweigend an und sagte dann: »Wie haben Sie es herausgefunden?«

»Ethel Jago hat Sie auf dem Foto erkannt.«

»Ich hatte nicht gedacht, Ihre Schwester würde den Mut haben, es irgend jemand zu zeigen.«

»Und ich hatte nicht gedacht, Ihre Tante würde die Frau auf dem Foto erkennen.«

»Das hätten Sie erraten können.«

»Das hätte ich vielleicht auch, nur sind Sie nicht die einzige, die mich in den letzten paar Wochen durch die Mangel gedreht hat.«

»Warum haben Sie Considine umgebracht?«

»Ich habe ihn nicht umgebracht.«

»Die Polizei scheint das aber zu denken.«

»Das sollte sie auch.«

»*Sollte* sie?« In anscheinend echter Verblüffung runzelte sie die Stirn. »Wovon reden Sie?«

»Ich wurde reingelegt. Von jemandem, der noch geschickter war als Sie.«

»Wer?«

»Das ist eine gute Frage. Sie hat mich übertölpelt, indem sie behauptet hat, Sie zu sein.« Ich sah, wie sie überrascht zusammenfuhr. »Deswegen bin ich hier. Um herauszufinden, wer sie wirklich ist. Wenn ich kann.«

»Sie sind verrückt.«

»Dazu hätte ich einigen Grund, nach allem, was Sie beide mir angetan haben. Aber nein, ich bin so wenig verrückt wie Sie. Und ich sage die volle Wahrheit.«

Sie schüttelte den Kopf. »Das glaube ich nicht.«

»Sagen Sie mir, warum Sie hier sind, Michaela.«

»Ich habe Ihnen gar nichts zu sagen.« Sie wollte an mir vorbeigehen, aber ich streckte einen Arm aus, um ihr den Weg zu versperren. »Lassen Sie mich durch«, sagte sie und starrte mich mit eisiger Miene an.

»Erst, wenn Sie mich bis zum Ende angehört haben. Sehen Sie, ich glaube, ich weiß, warum Sie hier sind. Weil Considine tot ist, nicht? Also ist es endlich ungefährlich, nach Hause zu kommen. Die Tür mit dem Schlüssel zu öffnen, den Sie all die Jahre aufbewahrt haben, und das Haus zu betreten, in dem Sie Ihre Kindheit verbracht haben. Was immer das für eine Kindheit war mit einem Stiefvater wie Considine.« Ihre Augen flackerten erschrocken bei dieser Bemerkung. »Er war derjenige, vor dem Sie weggelaufen sind, oder? Er – und die Dinge, die er Ihnen angetan hat. Aber weglaufen bedeutete, daß Sie Nicky allein und ihn glauben lassen mußten, Sie seien tot. Sie haben sich nicht bloß deshalb entschlossen, mir und meiner Familie zu schaden, weil wir besaßen, was Nicky und Sie hätten bekommen sollen. Sie haben es getan, um Ihr Gewissen zu erleichtern, weil Sie ihn im Stich gelassen hatten. Stimmt das nicht?«

»Sie wissen nichts darüber«, sagte sie verbittert.

»Was haben Sie gedacht, als Sie mich unten hörten? Daß Considine von den Toten auferstanden ist, um Sie zu quälen? Waren Sie deshalb zu erschrocken, um wegzulaufen?« Ich sah, wie sie schauderte und den Blick abwandte. Es war nicht einfach, ihre Selbstbeherrschung zu erschüttern, aber Neville Considine schaffte es sogar noch als Toter. Der Gedanke ließ mich plötzlich tiefes Mitleid mit seinen beiden Stiefkindern empfinden. »Hat Nicky gewußt, daß Considine Sie mißbraucht hat, Michaela? Hat Ihre Mutter es gewußt? Hatte sie eine Ahnung, welcher Art von Mann sie Sie anvertraut hat?«

Michaela sah mich mit zusammengekniffenen Augen an. »Wer hat Ihnen das erzählt?« fragte sie leise und mißtrauisch.

»Emma Moresco. Die Frau, die sich für Sie ausgegeben hat. Und wer hat es ihr erzählt? Nun, Considine natürlich. Wer sonst?«

»Das kann nicht sein.«

»Aber es ist so. Und da ist noch mehr. Fragen Sie sich doch, warum ich Considine hätte töten sollen. Welches Motiv könnte ich gehabt haben? Und wenn ich ihn getötet *hätte*, warum sollte ich dann nur wenige Tage später am hellichten Tag hierherkommen? Welchen Sinn hätte das? Es sei denn, Emma Moresco hätte ihn getötet und mir die Schuld in die Schuhe geschoben. Es sei denn, ich wäre hier in der Hoffnung, daß Considine irgendeinen Hinweis auf ihre Identität in diesem Haus hinterlassen hat. Es sei denn, mit anderen Worten, daß ich wirklich die Wahrheit sage.« Langsam ließ ich den Arm sinken, aber sie rührte sich nicht. »Gehen Sie nach unten und rufen Sie die Polizei, wenn Sie wollen. Ich werde Sie nicht daran hindern. Oder bleiben Sie und hören Sie sich an, was ich zu sagen habe.«

»Warum sollte ich?«

»Weil Sie ebenfalls ihr Opfer sind, wenn Sie zulassen, daß sie damit davonkommt. «

»Woher weiß ich, daß Sie das nicht alles erfinden?«

»Das wissen Sie nicht. Aber Sie wissen, daß Considine tot ist, und irgendwie glaube ich nicht, daß Sie immer noch denken, ich hätte ihn umgebracht. Ich brauche Ihre Hilfe, Michaela. Ich muß Considines geheimstes Versteck finden. Und Sie müssen mich hinführen.«

»Wieso denken Sie, ich könnte das?«

Ich riskierte ein zerknirschtes Lächeln. »Aus Verzweiflung.«

Ein Augenblick verging. Dann trat sie vorsichtig einen Schritt zurück. Ihr Gesichtsausdruck entspannte sich ein wenig.

Ich schaute sie an. »Bedeutet das, daß Sie mir helfen werden?«

»Es bedeutet, daß ich zuhören werde«, sagte sie gelassen. »Mehr nicht.«

Aber mehr verlangte ich natürlich auch nicht.

Sie hörte mir schweigend zu, auf dem Bett sitzend, die Arme um den Körper geschlungen, und schaukelte leicht vor und zurück, während ich am Fenster stand und nervös die Straße im Auge behielt, während ich das makabre Spiel beschrieb, das Emma Moresco mit mir getrieben hatte. Ich erzählte ihr alles, wie ich Emma alles erzählt hatte, und aus dem gleichen Grund. Nur, daß ich diesmal das Risiko kannte, das ich einging. Sie konnte sich weigern, mir zu glauben, und die Polizei rufen. Sie konnte sogar akzeptieren, daß das, was ich sagte, die Wahrheit war, und dennoch die Polizei rufen. Schließlich hatte Emma Nicky gründlicher gerächt, als seine wirkliche Schwester es hätte tun können. Warum sollte Michaela auf meiner Seite sein und nicht auf der von Considines Mörderin? Warum sollte sie jemandem helfen wollen, den sie vorher zu ruinieren versucht hatte? Warum sollte sie nach dem, was wir ihrem Vater angetan hatten, einen Finger krumm machen, um ein Mitglied meiner Familie vor einem Unrecht zu bewahren?

Am Ende, als ich alles gesagt hatte, was zu sagen war, und sie alles wußte, was ich herausgefunden hatte, war sie es, die mir den Grund dafür nannte.

Sie saß noch immer auf dem Bett, mit abgewandtem Gesicht, und sprach mit seltsamer, leiser Stimme, die kaum ihre eigene zu sein schien, und einem Unterton von verzweifelter Wildheit. »Ich hatte gedacht, ich könnte Ihnen in so einer Situation fröhlich den Rücken kehren. Ich sollte Sie hassen, nachdem Sie jetzt zugegeben haben, daß Nicky die ganze Zeit recht hatte und Ihre eigene Großmutter einige der Beweise gefälscht hat, für die unser Vater gehängt wurde. Ich sollte Sie und Ihre gesamte Familie den Wölfen zum Fraß vorwerfen. Aber das kann ich nicht. Es ist wirklich ein Witz, aber ich stelle fest«, hier hielt sie inne und sah mich über die Schulter hinweg an, »daß ich tatsächlich Mitleid mit Ihnen habe. Es scheint, als wäre Nicky in der Wahl seiner Freunde doch nicht so unglücklich gewesen, wie ich dachte.«

»Ich hätte schon längst versuchen sollen, die Wahrheit herauszufinden, Michaela.«

»Ja, das hätten Sie. Aber ich hätte auch das tun sollen, was Emma Moresco an meiner Stelle so geschickt gemacht hat, nicht? Ich war bloß zu wütend, um es zu sehen. Und zu ängstlich, nehme ich an, nachdem ich all die Jahre ein anderes Leben geführt habe. Das Ergebnis ist, daß eine Frau, die ich überhaupt nicht kenne, uns beide zum Narren gehalten hat. Aber sie hat auch einen entscheidenden Fehler begangen.«

»Welchen?«

»Sie ist habgierig gewesen. Sie hat die Sache angefangen, weil sie dachte, ich sei tot, und sich nicht davon abbringen lassen, als sie erfuhr, daß ich noch lebte. Sie denkt, sie könnte noch immer damit durchkommen. Und das hätte sie vielleicht auch geschafft, wenn sie sich damit begnügt hätte, den Profit mit Considine zu teilen. Aber sie wollte alles. Oder vielleicht hat Considine ihr keine Wahl gelassen. Wie auch immer, sie wird scheitern. Es wird nicht funktionieren.«

»Warum nicht?«

»Weil Sie recht haben. Considine war ein großer Geheimniskrämer. Er hortete Geheimnisse wie Trophäen. Deswegen bin ich heute hergekommen. Um ... seine Trophäen von mir zu holen.« Sie beugte sich vor und zog einen ledernen Aktenkoffer unter dem Bett hervor, wo ihn die Tagesdecke verborgen hatte. Er war abgenutzt und verkratzt. Noch immer trug der Deckel die Initialien N. F. C. »Er hat den Dachboden mit Brettern verkleidet und als Dunkelkammer für sein Hobby benutzt, die Fotografie. Aber das Fotografieren war für ihn nur ein Vorwand, um sich einzuschließen.« Sie schwieg einen Augenblick, holte dann tief Luft, um sich zu beruhigen, und fuhr dann fort: »Und mich manchmal auch.« Sie schluckte schwer. »Ich erinnere mich, wie er diesen Aktenkoffer zum allerersten Mal öffnete und mir die Bilder und Magazine zeigte, die er darin aufbewahrte. Ich begriff nicht. Ich hatte keine Ahnung. Später ... waren auch Bilder von mir dabei. Sie waren seine Garantie dafür, daß ich Mum niemals erzählen würde, was er mit mir anstellte. Er sagte, sie würde denken, ich hätte ihn dazu verleitet, die Bilder würden das beweisen, und ich war dumm genug, ihm zu glauben.«

»Sie brauchen mir das nicht zu erzählen, Michaela.«

»Nein, wahrscheinlich nicht. Aber deshalb war es mir vorher nicht möglich zurückzukommen, verstehen Sie? Ich hatte immer Angst, Considine würde sterben und Mum oder Nicky würden diesen Koffer finden und aufmachen und mich sehen und ...« Sie stieß einen langen, tiefen Seufzer aus. »Soviel Angst, so lange Zeit – und für nichts, jetzt, wo sie alle tot sind. Mum und Nicky ... und Considine auch.«

»Sie sind also wegen des Inhalts dieses Aktenkoffers gekommen«, drängte ich sie sanft; ich wartete darauf, daß sie aussprach, was ich hinter ihren Worten spürte. »Ich verstehe.«

»Ja.« Sie nickte. »Und er war da, wo er immer gewesen ist, in einem Verschlag auf dem Dachboden. Aber er war nicht abgeschlossen.« Bei diesem Gedanken runzelte sie die Stirn und ließ die Schlösser aufschnappen. »Considine muß aufgehört haben, ihn abzusperren, als er allein lebte.« Langsam öffnete sie den Deckel. »Ich hatte Angst, die Polizei hätte ihn vielleicht mitgenommen, aber es sah nicht so aus, als wären sie überhaupt auf dem Dachboden gewesen. Ich habe den Aktenkoffer heruntergeholt, um zu sehen, ob er noch das enthält ... was er früher immer enthielt. Und das tut er. Aber da war noch etwas.« Sie griff in den Koffer, nahm einen gelbbraunen Umschlag heraus und reichte ihn mir, während sie den Deckel wieder zufallen ließ.

Es war ein Brief, handschriftlich an Considine adressiert und erst kürzlich von der Post abgestempelt. Er fühlte sich dünn an – anscheinend enthielt er nur ein einziges gefaltetes Blatt. »Was ist das?« fragte ich.

»Sehen Sie selbst. Wenn der Brief nicht gewesen wäre, weiß ich nicht, ob ich Ihnen zugehört hätte. Er beantwortet Ihre Fragen. Und wirft ein paar andere auf.«

Ich öffnete den Umschlag, nahm den Bogen Papier heraus und entfaltete ihn. Es war eine Geburtsurkunde oder vielmehr die Kopie einer Geburtsurkunde, erst vor ein paar Wochen von einem Londoner Standesamt ausgestellt, und dokumentierte eine Geburt im Februar 1947 unter einer Adresse in Stepney. Der Name des Vaters war mit Edmund Abraham Tully angegeben, der der Mutter mit Alice Jane Tully, geborene Graham. Das Kind war ein Mädchen. Sein Vorname lautete Simone, der zweite Vorname... Emma.

Michaelas MG fraß die Kilometer in südwestlicher Richtung auf der A12 durch Essex, während der graue Nachmittag rasch in die Dämmerung überging. Wir sprachen wenig oder gar nicht miteinander; ein unausgesprochener Waffenstillstand rückte Erinnerungen und Vorwürfe in den Hintergrund, solange das augenblickliche Problem ungelöst war. Es würde eine Zeit kommen, sich dem Unrecht zu stellen, das wir einander und denen zugefügt hatten, die uns nahestanden, doch noch war es nicht soweit.

Es dunkelte, als wir den Dartford-Tunnel erreichten, und bereits früher Abend, kalt, feucht und mit einem rauhen Wind vom Kanal her, als wir von einem Parkplatz in der Nähe des Palace Pier in Brighton in Richtung Madeira Place zurückgingen. Einmal hatte Alice Graham mich aufs Glatteis geführt, aber ein zweites Mal würde es ihr nicht gelingen.

Doch Lügen sind natürlich nur eine Möglichkeit, einer Abrechnung zu entgehen. Sobald ich die geschlossene Tür und die dunkle Fassade des Ebb Tide Guest House sah, wußte ich, daß sie eine andere gewählt hatte.

»Die Vögel sind ausgeflogen«, sagte Michaela, als ich sie wieder am Fuß der Vordertreppe traf, nachdem ich mehrmals vergeblich an der Haustür geläutet hatte. »Das war zu erwarten.«

»Aber wohin?« schnauzte ich.

»Die benachbarten Pensionswirtinnen wissen es vielleicht«, antwortete sie und begegnete meiner Verzweiflung mit kühler

Logik. »Möglicherweise mußte sie ein paar Gäste ausquartieren, wenn es eine plötzliche Abreise gab.«

»Was wahrscheinlich ist«, sagte ich und fühlte eine Spur Optimismus.

»Ganz recht. Warten Sie unten am Pier, ich werde sehen, was ich herausfinden kann.«

Ich tat wie geheißen und schlich zwanzig sehr lange Minuten im Schatten der Promenade in der Nähe des Eingangs zum Pier herum, bis Michaela am unteren Ende von Madeira Place auftauchte und mich heranwinkte.

»Mrs. Beavis im Rock Pool sagt, daß Alice Graham letzten Sonntag spontan in Urlaub gefahren ist. Sie hat keine Ahnung, wohin oder für wie lange.«

»Das paßt.«

»Ich habe gesagt, daß ich Alices Tochter suche.«

»Und?«

»Mrs. Beavis hat gesagt, sie hätte sie seit Jahren nicht gesehen. Aber es besteht kein Zweifel, daß sie existiert.«

»Das weiß ich.« Ich seufzte. »Verzeihung. Das ist nicht Ihre Schuld. Aber Tatsache ist, daß wir nicht weiterkommen, oder? Die beiden sind getürmt. Und Emma hat vermutlich darauf geachtet, keine Spuren zu hinterlassen.«

»Sie ist nicht unfehlbar. Und vergessen Sie nicht, daß sie unter ihrem ersten Vornamen bekannt ist: Simone.«

»Sind Sie da sicher?«

»Ja, weil ich ihn bei Mrs. Beavis ausprobiert habe, und sie hat angebissen. Sie ist eine hoffnungslose Klatschbase. Deswegen hat es so lange gedauert. Ich habe behauptet, ich wäre mit Simone zur Schule gegangen, hätte aber inzwischen den Kontakt zu ihr verloren und versuchte, ein Klassentreffen zu organisieren. Ohne es zu merken, hat sie mir freundlicherweise den Namen der Schule genannt und mir dann über Simones weiteres Leben berichtet. Nicht, daß sie viel gewußt hätte, das war ja zu erwarten. Simone ist ein bißchen geheimnisvoll. Aber als ich gefragt habe, ob sie je geheiratet hat, lautete die Antwort ja. Sie ist geschieden und hat einen Sohn aus dieser Ehe. Die Großmutter ist ganz vernarrt in ihn. Raten Sie mal, wie er heißt.«

»Keine Ahnung. Hat es...« Ich brach ab, als es mir vorkam, als funkelten ihre Augen in der Dunkelheit. »Edmund«, murmelte ich.

»Richtig. Offenbar ist er elf oder zwölf und lebt bei seinem Vater.«

»Wo?«

»Im Speckgürtel von Surrey.«

»Da bräuchten wir schon genauere Angaben.«

»Ich weiß. Aber Mrs. Beavis ist eine Klatschbase, kein Adreßbuch.«

»Dann brauchen wir ein Adreßbuch. Ich frage mich, ob Alice Graham ihres mitgenommen hat.«

»Schwer zu sagen.«

»Sicher. Aber wir werden es feststellen müssen, oder?«

»Ja.« Michaela nickte. »Das denke ich auch.«

Sechs Stunden später gingen wir ans Werk. Michaela hielt Wache, während ich mit einem Stück Gerüstrohr, das ich aus einer Baubaracke an der Uferstraße gestohlen hatte, die schmalen Stufen zur Haustür von Alice Grahams Souterrainwohnung hinunterging. Das Geräusch, das beim Einschlagen des Fensters im oberen Teil der Haustür entstand, schien mir so laut, daß ich befürchtete, die Bewohner der örtlichen Leichenhalle aufzuwecken, ganz zu schweigen von den schlafenden Anwohnern des Madeira Place, aber nichts rührte sich; also machte ich weiter. Ich griff durch die Scheibe, um den Riegel zu öffnen, und betrat dann die Wohnung. Allmählich bekam ich Übung im Einbrechen.

Ich hatte Glück, denn das erste, was ich im Licht von Michaelas Taschenlampe sah, war ein Telefon, das auf einem kleinen Tisch gleich hinter der Tür stand. Und auf einem Brett darunter lag ein in Leder gebundenes Adreßbuch. Ich nahm es an mich und trat den Rückzug an, denn ich dachte, daß ich immer noch zurückkommen könnte, wenn das Buch uns nicht weiterhalf. Doch ich hoffte inständig, daß es nicht nötig sein würde.

Und es war nicht nötig. Es dauerte eine Weile, bis wir gefunden hatten, was wir suchten, denn Alice Graham hatte die Information – wie zu erwarten – unter dem Anfangsbuchstaben des Nachnamens ihres Enkels eingetragen, Morrison. Da stand die Adresse des kleinen Edmund, aufgeführt zusammen mit der seines Vaters, Ian, und seiner Stiefmutter, Sally; es war eine Anschrift in der Larchdale Avenue in Weybridge.

Für Alices Tochter fanden wir sieben verschiedene Adressen und Telefonnummern: Erst eine in einem Haus in Brighton, dann eine in Horsham, zwei in London, eine in Paris, eine in Amsterdam und noch eine in London. Aber alle waren durchgestrichen, und mir war klar, daß sie nicht den geringsten Wert hatten. Simone würde längst über alle Berge sein und sich keinem dieser Orte auch nur nähern. Aber Blutsbande konnte sie nicht abschütteln, und es bestanden gute Chancen, daß sie sich dadurch verraten würde.

Die Pariser Adresse allerdings ging mir nicht aus dem Kopf, als wir spät nachts auf dunklen, leeren Straßen Brighton verließen. Ich erinnerte mich, daß ich Emma an dem Tag, an dem wir uns im Battersea Park getroffen hatten, gefragt hatte, ob sie je in Paris gewesen sei, und ihre Antwort lautete: *»Paris? Noch nie.«* Die Lüge war ihr so glatt über die Lippen gekommen, wie es ihre Gewohnheit war, nehme ich an. Aber jetzt war sie ins Stolpern geraten. Eine Lüge zuviel, ein Risiko zuviel, ein Schritt zu weit. Wir waren hinter ihr her, und wir würden sie finden.

Für den Rest der Nacht und den größten Teil des folgenden Vormittags stiegen wir in einem großen und anonymen Hotel am Gatwick Airport ab. Ich versuchte ohne viel Erfolg, etwas zu schlafen, widerstand der Versuchung, Miv anzurufen, weil ich befürchtete, ihr Telefon könne inzwischen abgehört werden, schaltete die Fernsehnachrichten ein und sah in der Zeitungen nach, ob es weitere Berichte über mich gab – was nicht der Fall war –, und versuchte, mir einen detaillierten Plan für unser weiteres Vorgehen auszudenken.

Doch am Ende gestanden wir uns beide ein, daß wir improvisieren mußten. Emmas – vielmehr Simones – Exmann war wohl kaum in ihre Machenschaften eingeweiht oder bereit, sie zu schützen. Irgendwie konnte ich mir nicht vorstellen, daß er sich weigern würde, uns zu helfen, wenn wir ihn von der Dringlichkeit des Falls überzeugen konnten. Andererseits war er eine unbekannte Größe, und ich konnte es mir nicht leisten, auch nur einen einzigen Fehler zu machen. Wenn er mich erkannte oder sich gegen uns wandte, waren wir am Ende, bevor wir überhaupt begonnen hatten.

Widerstrebend willigte ich daher ein, den persönlichen Kontakt Michaela zu überlassen. Wir verließen das Hotel, fuhren nach Weybridge und fanden die Adresse der Morrisons in einer breiten Allee mit freistehenden Villen am wohlhabenden Rand von St. George's Hill. Das Haus war groß, hatte eine breite Front, bestand aus roten Ziegeln und befand sich so weit von der Straße entfernt, daß die hohen Büsche davor es den Blicken entzogen. Wir parkten ein Stück vom Eingangstor entfernt, beobachteten die goldenen Blätter, die von den Alleebäumen fielen, und warteten darauf, daß Ian Morrison von der Arbeit heimkehrte. Vor der Garage neben dem Haus stand ein geparkter Wagen, der aussah, als könne er seiner Frau gehören, doch von ihr selbst war nichts zu sehen, und außerdem waren wir übereingekommen, daß wir sie nicht allein ansprechen wollten. Simone war für sie und Ian wahrscheinlich keine angenehme Erinnerung. Wir wußten nicht, wie lange sie schon verheiratet waren und ob Sally bereits vor der Scheidung auf der Bildfläche erschienen war. Für uns waren sie vollkommen fremd, nichts weiter als Namen in einem Adreßbuch. Aber sie waren ein wesentlicher Teil von Simone Grahams Vergangenheit – und Emma Morescos Gegenwart.

Wir brauchten nicht so lange zu warten, wie wir befürchtet hatten, denn noch bevor die ersten Schulkinder heimwärts trotteten, kam ein kräftiger, blonder, etwa vierzigjähriger Mann in dunklem Anzug und Mantel und mit einer Aktenmappe unter dem Arm die Straße vom Bahnhof her und verschwand in der Einfahrt der Morrisons. Michaela gab ihm zehn Minuten Vorsprung und ging dann hinein.

Eine Viertelstunde später kam sie wieder heraus, schlenderte lässig zum Wagen, stieg ein und fuhr los.

»Nun?« fragte ich.

»Nettes Paar«, sagte sie. »Freundliche, normale Leute. Er ist so früh nach Hause gekommen, um das Feuerwerk für ihre Party heute abend vorzubereiten. Heute ist doch Guy Fawkes Night, oder?«

»Ja.«

»Das Leben geht weiter.«

»Für nette, freundliche, normale Leute, meinen Sie?«

»Wahrscheinlich. Ich hoffe, sie werden ihren Spaß haben. Und das ist jetzt vermutlich Edmund.« Als wir die Kreuzung am Ende der Straße erreichten, bog gerade ein Junge in schlecht sitzender Schuluniform um die Ecke und ging auf das Haus der Morrisons zu. Er hatte das blonde Haar seines Vaters, aber den zierlichen Körperbau seiner Mutter. Er erinnerte mich an Nicky und mich selbst, als wir etwa in seinem Alter waren, damals, im Sommer 1947, als sein Großvater in Truro einen alten Mann und damit eine Kinderfreundschaft tötete. »Sie wissen übrigens nichts«, fuhr Michaela fort. »Über Tully. Ich habe den Namen erwähnt, aber sie schauten mich bloß verständnislos an. Simone hat sich immer Graham genannt. Sogar als sie noch verheiratet war.«

»Wissen sie, wo sie ist?«

»Nein. Anscheinend hat sie sich in letzter Zeit immer rarer gemacht. Keine Adresse, keine Telefonnummer. *Sie* meldet sich bei *ihnen*. Oder sie nehmen über ihre Mutter Kontakt mit ihr auf. Aber ich hatte den Eindruck, daß sie darauf nicht viel Wert legen. Die Scheidung liegt lange zurück, es war wohl eine ziemlich kurze und stürmische Ehe. Keiner von ihnen wollte viel über Simone sagen, aber sie tauschten eine Menge vielsagender Blicke. Simone ist jemand, den sie lieber vergessen würden.«

»Ich auch. Wenn ich könnte.«

»Dann sitzen Sie und die Morrisons im selben Boot. Simone macht von ihrem Recht Gebrauch, ihren Sohn zu sehen, auch wenn ihnen das nicht paßt, und zwar jeden zweiten Sonntag. Aber in letzter Zeit ist sie mehrmals hintereinander nicht erschienen.«

»Sie war zu sehr damit beschäftigt, mich hereinzulegen.«

»Vermutlich. Aber für diesen Sonntag gilt das nicht. Außerdem hat sie Edmund versprochen, in London mit ihm in den Tower zu gehen.« Michaela sah zu mir herüber, während sie auf eine Lücke im Verkehr wartete. »Mit Großmutter.«

»Wirklich?«

»Die Morrisons haben gesagt, sie würden ihr ausrichten, daß sie sich bei mir melden soll, wenn sie kommt, um den Jungen abzuholen. Ich habe meine Telefonnummer hinterlassen, obwohl sie nicht überzeugt schienen, daß sie mich anrufen wird. Was mir ganz recht ist, denn ich würde nicht zu Hause sein, um ihren Anruf entgegenzunehmen, falls sie anriefe!«

»Nein.« Ich nickte zustimmend zu dem, was sie damit andeuten wollte. »Das würden Sie wohl nicht.«

»Sie wird ihren Sohn nicht enttäuschen.« Michaela bog in die Hauptstraße ein, und wir fuhren nach Norden, ihr Ziel offenbar deutlich vor Augen, während ich lediglich an das denken konnte, was gerade hinter uns lag. »Und *wir* werden *sie* nicht enttäuschen.«

Wieder wurde es rasch dunkel, während Michaela in Richtung London fuhr und mir unterwegs anbot, bis Sonntag in ihrer Wohnung unterzutauchen. Unwillkürlich mußte ich daran denken, wie sonderbar es war, daß wir nach all den Wochen Versteckspiel nun auf einmal Verbündete waren. Wir hatten unsere Gründe dafür, trotzdem war es verblüffend. Sollte dies je ein Ende haben, würden wir uns besser kennen, als sie es beabsichtigt und ich für möglich gehalten hatte. Aber wie das Ende aussehen würde, das konnte ich mir nicht vorstellen. Keiner von uns würde das letzte Wort haben.

Die Wohnung erwies sich als elegant möbliertes Penthouse in einem großen Gebäude in der Nähe des Sloane Square. Als sie mich hineinführte, mußte sie meinen überraschten Gesichtsausdruck bemerkt haben. Das hier war weit entfernt von Emma Morescos angeblichem Apartment in einem Hochhaus in Battersea.

»Sehr viel anders, als sie es Ihnen geschildert hat, habe ich gar nicht angefangen«, sagte Michaela, meinen Gedanken erratend, »aber der Rest war Wunschdenken von Considine. Er hätte es gern gehabt, wenn ich im Leben eine Versagerin gewesen wäre.«

»Und statt dessen …«

Sie zuckte mit den Schultern. »Ich komme zurecht.«

»Wie?« Ich lächelte verlegen. »Wenn Sie nichts dagegen haben, daß ich frage.«

»Und wenn ich doch etwas dagegen habe?«

»Dann wird uns bis Sonntag die Zeit lang werden.«

»Tut mir leid, aber ich fühle mich noch nicht so weit, mich irgend jemandem zu offenbaren.«

»Wenn Sie meinen.«

»Ja.«

»Aber es ist seltsam.«

»Was denn?« Der Blick, den sie mir zuwarf, hätte von Nicky stammen können.

»Ich habe das untrügliche Gefühl, daß Sie bis Sonntag so weit sein werden.«

Mein Gefühl trog mich nicht. Samstag abend war Michaela bereit, mir mehr über sich selbst zu erzählen, als je einem Menschen zuvor. Wir saßen inzwischen seit achtundvierzig Stunden in der Wohnung fest, und das Warten war nicht spurlos an uns vorübergegangen. Sie hatte ein paarmal das Haus verlassen, um Lebensmittel zu besorgen, und hinter geschlossener Schlafzimmertür mehrere Telefongespräche geführt, aber wie ihr normales Leben sonst verlief, vermochte ich nicht zu sagen. Ich war auf und ab gegangen, hatte Kaffee getrunken, ziellos in Illustrierten geblättert, nachdenklich auf die Skyline von London gestarrt und mich gefragt, ob uns Emma Moresco ins Netz gehen würde. Dabei hatte ich versucht, so gut wie möglich mit der erzwungenen körperlichen Untätigkeit und der seelischen Anspannung fertig zu werden.

Ich hatte bewußt darauf verzichtet, Michaela nach ihrem Leben zu fragen, und die wenigen Hinweise ignoriert, die etwas darüber aussagen konnten: das Eintreffen von Briefen, die an Miss C. A. Forbes adressiert waren; eine Büchersammlung, in der es hauptsächlich um Möbel, Architektur und Inneneinrichtung ging; auf dem Kaminsims lehnende Einladungen mit Goldrand, auf denen Caroline Forbes zu einer schicken Party hier und einem eleganten Empfang dort gebeten wurde. Ich vermutete, daß sie einem lukrativen Designerjob nachging, aber ich war entschlossen, ihre Intimsphäre zu wahren. Sie hatte aufgehört, mich zu hassen, und ich hatte aufgehört, wegen des Schadens, den sie mir zugefügt hatte, wütend auf sie zu sein. Was aber an die Stelle dieser Gefühle getreten war – außer unser beider Wunsch, uns an der Frau zu rächen, die uns überlistet hatte –, war alles andere als klar.

Am Samstag abend jedoch gab sie mir einen ersten Einblick in ihr Leben. Wir mußten entscheiden, was wir tun wollten, wenn wir am folgenden Morgen nach Weybridge fuhren. Allerdings hing die Entscheidung von der Persönlichkeit Emma Morescos ab, von der wir nur wußten, daß sie es sehr gut verstand, Menschen zu täuschen.

»Ich glaube, sie ist ein bißchen wie ich«, gestand Michaela.

»Inwiefern?«

»Sie ist gewöhnt, so zu tun als ob. So sehr, daß sie sich sogar selbst etwas vormacht.«

»Und was macht sie sich vor?«

»Daß sie keine anderen Menschen braucht.«

»Und das tut Caroline Forbes auch, nicht wahr?«

»Sie muß.«

»Warum?«

»Weil sie es immer getan hat. Von Kindheit an.«

»Wann haben Sie beschlossen wegzulaufen?«

»Warum wollen Sie das unbedingt wissen?«

»Will ich gar nicht. Aber ich möchte Ihnen einfach das Gefühl geben, daß Sie es mir sagen können. Wir müssen uns morgen gegenseitig vertrauen können. Schließlich wissen Sie alles, was es über mich zu wissen gibt.«

»Sie sehen das als Gegenleistung.«

»Als unvermeidlich. Emma Moresco hat mir die Geschichte Ihres Lebens erzählt. Aber die war gelogen. Meinen Sie nicht, daß Sie die Dinge richtigstellen sollten?«

Sie stand auf und starrte aus dem Fenster, die Arme abwehrend vor dem Körper verschränkt. »Manchmal ist es besser, die Lücken nicht zu füllen.«

»Aber nicht immer.«

»Doch, immer ... nach meiner Erfahrung schon.«

»Aber mit der Erfahrung ist das so eine Sache, oder?«

Sie drehte sich zu mir um. »Was meinen Sie damit?«

»Sie bereitet einen nicht auf das Unerwartete vor.«

Sie schwieg lange, dann sagte sie: »Machen wir einen Spaziergang, Chris.« Es war das erste Mal, daß sie mich beim Vornamen nannte, und ein deutlicher Hinweis darauf, daß sie ihre Abwehr allmählich aufgab. »Ich brauche ein bißchen frische Luft.«

Und so erfuhr ich bei einem Spaziergang um Mitternacht am Chelsea Embankment endlich die Wahrheit über Michaela Lanyon. Und mit einemmal war mir klar, was ich zu tun hatte. Die Abrechnung war in greifbare Nähe gerückt, als wir das Flußufer verließen – und ich war für sie bereit.

20. Kapitel

DER SONNTAGMORGEN IN Weybridge war ruhig und grau, wie nur Herbstsonntage in einer englischen Vorstadt sein können. Wir parkten in einer Sackgasse, die von der Larchdale Avenue abging und von der aus wir auf der anderen Seite die Einfahrt der Morrisons sehen konnten. Wir beobachteten das Kommen und Gehen von Zeitungsjungen, gepflegte alte Herren, die weniger gepflegte Hunde an der Leine spazierenführten, und langsam fahrende Autos. Die Zeit kroch dahin, die Straße war still, nichts geschah. Und es sah auch nicht so aus, als würde etwas geschehen. Bis sie plötzlich auftauchte, so unerwartet und überraschend wie eine Haifischflosse im Meer.

Ein weißer Ford Granada hielt unauffällig kurz vor der Einfahrt der Morrisons. Dann, eine Sekunde, nachdem ich die Beifahrerin als Alice Graham erkannt hatte, stieg auf der Fahrerseite ihre Tochter aus – die Frau, die ich als Emma Moresco kannte – und eilte rasch über den Gehweg. Sie trug graue Wildlederstiefel und einen schwarzen, mit Pelz besetzten Mantel. Ihr Haar war weniger lockig, als ich es in Erinnerung hatte, und professioneller frisiert. Dies war Simone Graham ohne Verkleidung.

»Gehen wir«, sagte ich, sobald sie die Einfahrt der Morrisons betreten hatte und nicht mehr zu sehen war. Michaela nickte, und wir stiegen aus dem Wagen.

Wir liefen schnell, da wir wußten, daß Simone nicht lange bleiben würde, rechneten allerdings damit, daß die geheimnisvolle Botschaft, die Michaela bei den Morrisons hinterlassen hatte, sie wenigstens für einige Minuten aufhalten würde. Michaela ging zur Fahrerseite des Ford, während ich an die Beifahrertür trat.

Als ich ans Fenster klopfte, zuckte Alice Graham überrascht zusammen. Alle Farbe wich aus ihrem Gesicht, als sie mich erkannte. Dann fuhr sie herum und merkte, daß Michaela sich auf den Fahrersitz geschoben hatte. Ehe sie reagieren konnte, öffnete ich die hintere Tür und setzte mich auf den Rücksitz.

»Guten Morgen, Mrs. Graham«, sagte ich leise. »Überrascht, mich zu sehen?« Sie drehte sich nach mir um, die Augen weit aufgerissen vor Schreck. »Es überrascht Sie vielleicht noch mehr, daß meine Begleiterin die Frau ist, als die sich Ihre Tochter ausgegeben hat: Michaela Lanyon.«

»Ich weiß nicht, wovon Sie reden«, sagte sie heiser.

»Eigentlich sollten Sie leugnen, daß Sie eine Tochter haben, vor allem eine, die die Rolle anderer Leute spielt, aber ich bin froh, daß wir damit keine Zeit vergeuden müssen.«

»Verlassen Sie den Wagen!«

»Sagen Sie, wußten Sie vorher Bescheid oder erst hinterher? Ich meine, wußten Sie, daß sie Considine ermorden wollte?« Sie zog scharf die Luft ein und runzelte die Stirn, als sie sich nach mir umdrehte. »Oder haben Sie überhaupt nicht gewußt, daß sie ihn umgebracht hat?« Jetzt hatte sie Angst, und zwar vor etwas Schlimmerem als der Falle, in die sie gegangen war. Sie fürchtete sich vor der Wahrheit über ihre Tochter. »Man könnte den Mord an Considine als Dienst an der Öffentlichkeit betrachten, aber glauben Sie mir, ich habe nicht die Absicht, ihn mir in die Schuhe schieben zu lassen.«

»Lassen Sie mich in Ruhe.«

»Das würde ich sehr gern tun, wenn Ihre Tochter nur *mich* in Ruhe gelassen hätte. Aber das hat sie nicht. Sie hat mich zum Narren gemacht. Gut, damit kann ich leben, aber wegen Mordes gesucht zu werden, ist etwas anderes, oder? Das könnte man als ernsthafte Beeinträchtigung meines Lebens betrachten.«

»Wenn Sie auch nur den geringsten Zweifel daran haben, Mrs. Graham«, sagte Michaela, »dann lassen Sie mich Ihnen versichern, daß das, was er sagt, wahr ist. Vielleicht dachten Sie, es ginge bloß darum, daß Sie mithelfen, die Napiers zu betrügen, aber ich fürchte, es ist weit darüber hinausgegangen.«

»Und deswegen muß es hier und jetzt ein Ende haben«, fuhr ich fort. »Man muß sie aufhalten. Zu ihrem eigenen Besten und zu dem ihres Sohnes.«

Alice Grahams Stimme war nur noch ein niedergeschlagenes Murmeln. »Was wollen Sie von mir?«

»Wir möchten, daß Sie hier sitzenbleiben und mir helfen, Ihren Enkel zu unterhalten«, sagte Michaela, »während Mr. Napier ein Wörtchen mit Ihrer Tochter redet.«

»Und Sie sollen eine Frage beantworten«, fügte ich hinzu.

»Das wird warten müssen«, unterbrach Michaela mich hastig. »Da kommen sie.«

Ich blickte auf und sah Simone Graham und neben ihr den kleinen Edmund in Jeans, Turnschuhen und Dufflecoat. Sie standen vor der Einfahrt der Morrisons. Während ich sie beobachtete, drehte sie sich in unsere Richtung. Simones Hand, die gerade ihrem Sohn durchs Haar fuhr, erstarrte. Sie hatte uns gesehen. Ich öffnete die Tür, stieg aus und ging langsam auf sie zu.

»Wer sind Sie?« sagte Edmund mit heller Kinderstimme, als ich näher kam.

»Ein Freund deiner Mutter.«

Ängstlich sah er zu Simone auf, und sie tätschelte beruhigend seine Schulter. »Alles in Ordnung, Edmund. Du brauchst keine Angst zu haben.«

»Im Wagen ist noch eine Freundin«, sagte ich und lächelte ihm zu. »Warum wartest du nicht mit ihr und deiner Großmutter, während ich … mich ein bißchen mit deiner Mutter unterhalte?«

Wieder schaute er zu Simone auf. »Ja«, sagte sie fröhlich. »Tu das, Edmund. Es wird nicht lange dauern.« Doch er zögerte und sah mich mißtrauisch an. »Nun geh schon. Ich glaube, Großmutter hat ein Geschenk für dich.«

Widerstrebend, aber gehorsam ging er an mir vorbei. Simone

sah ihm nach, während ich sie beobachtete. Dann hörte ich, wie hinter mir die Autotür geöffnet und geschlossen wurde.

»Was wollen Sie?« fragte Simone mit schneidender Stimme und versteinerter Miene, als sie ihre Aufmerksamkeit wieder mir zuwandte.

»Was glauben Sie wohl?«

»Mehr als ein paar Worte, nehme ich an.«

»Gehen wir ein Stückchen.«

»In Ordnung.«

Nebeneinander gingen wir langsam am Haus der Morrisons vorbei.

»Wie haben Sie mich gefunden?«

»Das ist eine lange Geschichte.«

»Wer ist die Frau im Wagen?«

»Michaela.«

»Das hätte ich mir denken können.«

»Die echte Michaela. Wie Sie die echte Simone sind.«

»Ich habe Sie unterschätzt, das gebe ich zu.«

»Das ist noch nicht alles, was Sie werden zugeben müssen.«

»Da wäre ich nicht so sicher.«

»Wir sind hier nicht in den Goonhilly Downs. Es gibt jede Menge Zeugen, darunter Ihren eigenen Sohn. Wenn Sie mich erschießen würden, wäre das schlecht für Ihr Besuchsrecht.«

»Ich habe keine Waffe bei mir. Achtbare Mitglieder der Gesellschaft tragen so etwas nicht, wenn sie mit ihren Kindern was unternehmen.«

»Und das sind Sie – ein achtbares Mitglied der Gesellschaft?«

»Ja. Und ich bin bereit, das zu beweisen, indem ich einen gesuchten Mörder der Polizei ausliefere.«

»Ich fürchte, so einfach wird das nicht gehen.«

»Warum nicht?«

»Weil zwei gegen einen stehen. Michaela wird mich in allen Einzelheiten bestätigen – *und* mir ein Alibi für die Nacht von Considines Ermordung geben. Wir können beweisen, wer Sie sind. Wir haben sogar Ihre Geburtsurkunde. Und ich glaube offen gesagt nicht, daß Sie sich darauf verlassen können, daß Ihre Mutter einem scharfen Verhör gewachsen ist.«

»Sie können mich nicht mit dem Mord in Verbindung bringen.«

»Seien Sie da nicht so sicher. Solange die Polizei gedacht hätte, daß ich Sie nur erfunden habe, gut. Aber das wird sie jetzt nicht mehr denken. Und sicher gibt es irgend etwas von Ihnen an Considines Leiche oder in seinem Wagen oder seinem Haus – irgendein winziger kriminalistischer Hinweis, den Sie nicht wegerklären können.«

»Das würde niemals ausreichen.«

»Ich denke doch. Und ich glaube, Sie denken das auch.«

»Nein.«

»Sie gehen unter, Simone. Merken Sie nicht, wie der Boden unter Ihren Füßen bröckelt?«

»Wenn ich untergehe, dann nehme ich Ihre gesamte Familie mit – die Toten wie die Lebenden.«

»Darauf würde ich nicht wetten. Mein Vater ist ein Experte für Schadensbegrenzung. Er wird sich aus allem herauswinden, was Sie ihm anhängen.«

»Die Zeitungen werden ihn fertigmachen. Und Sie auch.«

»Leere Worte, basierend auf der falschen Annahme, daß mir an ihm liegt. Dank Ihnen bin ich nicht mehr sicher, ob mir an ihm liegt.«

»Sie bluffen.«

»Nein, ich verhandle. Ich gebe zu, Sie können meiner Familie das Leben schwermachen – ein häßlicher, peinlicher Skandal, vielleicht Schlimmeres. Und ich gebe zu, daß ich mich aus vielem werde herausreden müssen. Aber die Chancen, daß Sie ohne Schaden aus dieser Sache hervorgehen, stehen sehr schlecht. Und deswegen bin ich bereit, Ihnen ein Angebot zu machen.«

»Was für ein Angebot?«

»Ein großzügiges, unter den gegebenen Umständen.«

Wir gingen schweigend ein paar Schritte, und unsere Schuhe quietschten leicht auf den feuchten Herbstblättern, die auf dem Trottoir lagen. Dann sagte sie: »Sprechen Sie weiter.«

»Sie gehen zur Polizei und gestehen, daß Sie Considine ermordet haben. Plädieren Sie auf Totschlag, weil er Sie mit irgendwelchen obszönen Fotos erpreßt hat, die er von Ihnen als Teenager aufgenommen hat. Er hat Sie Ende der fünfziger oder Anfang der sechziger Jahre aufgegabelt, als Sie mit Ihrer Mutter außerhalb der Saison in Clacton Urlaub machten. Das wird sie natürlich bestätigen müssen. Aber schon allein das Zeug, das man in Considines Haus finden wird, wird einiges beweisen.«

»Und wo sind diese Fotos?«

»Sie haben Sie sofort nach dem Mord verbrannt.«

»Und was ist mit dem Wagenheber – *Ihrem* Wagenheber?«

»Sie haben ihn aus meiner Garage gestohlen. Ich bin ein Freund von Ihnen.«

»Was Sie natürlich bestätigen werden.«

»Ja.«

»Warum sind Sie weggelaufen?«

»Ich bin in Panik geraten, als mir klarwurde, was passiert sein mußte. Schließlich habe ich Sie aufgespürt und überredet, ein Geständnis abzulegen.«

»Und das Geld? Ziemlich seltsam, nicht, daß ein Erpresser und sein Opfer ein gemeinsames Bankkonto haben, auf dem eine Million Pfund liegt.«

»Die Polizei hat keinen Grund, nach geheimen Konten zu suchen. Außerdem wird das Geld nicht auf dem Konto liegen. Sie werden die Bank anweisen, meinem Vater die ganze Summe zurückzuzahlen.«

»Ach, wirklich?« Sie sah mich an.

»Ich fürchte, ja.«

»Die Polizei wird bestimmt Lunte riechen. Vor allem, wenn sie merkt, daß mein Freund und ich unabhängig voneinander mit Considine bekannt waren. Das ist ein zu großer Zufall.«

»Es ist überhaupt kein Zufall. Wir haben uns in seinem Haus kennengelernt. Ich war dort, um über Nicky zu reden. Sie waren dort, um ihn um die Rückgabe der Fotos zu bitten. Hinterher waren wir zusammen, und Sie haben mir erzählt, daß er Sie erpreßt.«

»Und was ist mit den Briefen? Ich habe sie noch, wissen Sie.«

»Machen Sie damit, was Sie wollen. Sie spielen jetzt keine Rolle mehr.«

»Wie ich sehe, haben Sie sich alles sehr genau überlegt.«

»Das ist für Sie die einfachste Lösung. Ich schlage vor, daß Sie sie annehmen.«

»Warum sollte ich? Was springt dabei für mich heraus?«

»Eine wesentlich mildere Strafe, als Sie bekommen würden, wenn die Polizei die Wahrheit erführe – und wenn ich muß, werde ich dafür sorgen, daß sie sie erfährt. Entscheiden Sie sich.«

Wir hatten eine Kreuzung am Ende der Larchdale Avenue erreicht und überquerten die Straße, um auf der anderen Seite langsam wieder zurückzugehen.

»Also, wie lautet Ihre Antwort?«

»Sagen Sie mir zuerst, wie Sie mich gefunden haben.«

»Considine hatte sich eine Kopie Ihrer Geburtsurkunde beschafft. Sie war in seinem Haus versteckt. Michaela wußte, wo wir suchen mußten.«

»Ja, natürlich.«

»Ja. Sie hätten aufhören sollen, solange Sie noch im Vorteil waren, Simone, wirklich. Den Mord zu begehen und Ihren Plan weiterzuführen, nachdem Sie wußten, daß Michaela lebt, war einfach tollkühn.«

»Ich hatte keine Wahl. Considine hätte versucht, mich um meinen Anteil zu betrügen, wenn ich ihn am Leben gelassen hätte. Er hat sich die Kopie meiner Geburtsurkunde ja nicht aus genealogischer Neugier beschafft. Er plante irgend etwas gegen mich, da können Sie sicher sein.«

»Aber vermutlich nichts so Drastisches wie einen Mord.«

»Er hat den Tod verdient. Das wissen Sie. Und Michaela weiß das auch, nehme ich an. Ich hatte keine Gewissensbisse, ihn umzubringen.«

»Das hatte ich auch nicht angenommen.«

»Außerdem, wenn ich ihn verschont hätte, dann wären Sie vom Haken gewesen. Ich habe das alles nicht allein des Geldes wegen getan.«

»Warum dann?«

»Um herauszufinden, was mit meinem Vater passiert ist. Ich habe ihn nie kennengelernt. Ihn nie gesehen. Meine Mutter hat gesagt, er hätte sie verlassen, als sie mit mir schwanger war, und wäre spurlos verschwunden. Sie hat mir nie von dem Mord oder seinen Verwandten in Yorkshire erzählt und die ganze Geschichte geheimgehalten. Ich war nicht im Land, als er sie besuchte, nachdem er aus dem Gefängnis entlassen worden war, also konnte sie auch das vor mir verbergen.«

»Wann haben Sie es herausgefunden?«

»Erst als sein Name nach Nickys Selbstmord in allen Zeitungen stand. Da hatte sie keine andere Wahl mehr, als es mir zu erzählen. Und sobald ich hörte, wohin er nach der letzten Begegnung mit meiner Mutter gegangen war, wußte ich, daß die Napiers ihn irgendwie aus dem Weg geräumt hatten.«

»Und ich war das Mittel zum Zweck, die Wahrheit herauszufinden.«

»Nein. Das war Considine. Ich ging zu ihm, weil mir klarwurde, wenn ich in bezug auf die Gründe meines Vaters, nach Truro zu gehen, recht hatte, dann hatte Considine einen finanziellen Anreiz, mir zu helfen. Daß ich seine angeblich tote Stieftochter spielen sollte, um Ihnen ein schlechtes Gewissen zu machen, war seine Idee. Ohne Zugang zu den Geheimnissen Ihrer Familie wären wir nicht sehr weit gekommen.«

»Und wer konnte Ihnen diesen Zugang besser verschaffen als ein Familienmitglied?«

»Ganz recht. Sie waren das schwache Glied, Chris – Nickys

Kindheitsfreund. Uns für Sie zu entscheiden, war das Nächstliegende.«

»Und ich war der ideale Kandidat für eine Mordanklage.«

»Weil es bedeutete, daß Sie alle leiden würden. Ihre Eltern, Ihre Schwester und Ihr Schwager, alle würden davon betroffen sein. Alle würden ihre eigenen bitteren Pillen einmal selbst zu schmecken bekommen.«

»Aber Ihr Vater *war* ein Mörder, Simone. Ihn hat man nicht hereingelegt. Warum war er es wert, gerächt zu werden?«

»Weil er, als er aus dem Krieg nach Hause kam, etwas Besseres verdient gehabt hätte, als jemanden erpressen zu müssen. Er brauchte Hilfe und Mitgefühl, nicht Zurückweisung. Sie haben ihn zum Mörder gemacht, und dann haben sie ihn zweiundzwanzig Jahre im Gefängnis verrotten lassen, ehe sie ihn endgültig erledigt haben.«

»Ich will nicht mit Ihnen streiten. Aber Ihre Schilderung von Edmund Tully akzeptiere ich nicht. Sie hört sich wie die idealisierte Version von einem Vater an, den Sie leider nie kennengelernt haben. Aber wenn Sie an einer Phantasiegestalt festhalten wollen, gut. Ich glaube ohnehin nicht, daß das viel mit Ihren Motiven zu tun hat. Ich glaube, es drehte sich nur um Geld. Deswegen sind Sie das Risiko eingegangen, Considine aus dem Weg zu räumen. Damit Sie alles für sich allein einheimsen konnten.«

»Warum auch nicht? Das Risiko hätte sich ausgezahlt, wenn Sie der Polizei nicht entwischt wären und sich mit einer Person zusammengetan hätten, von der Considine mir versichert hatte, sie wäre tot. Ich gebe zu, als Sie mir zum allerersten Mal von Pauline Lucas erzählten, hatte ich das unangenehme Gefühl, sie könnte Michaela sein. Aber da steckte ich schon zu tief drin, um aufzugeben. Außerdem schien es eigentlich unmöglich. Ich meine, wo war sie in all den Jahren?«

»Das geht Sie nichts an. Aber es ist trotzdem lehrreich – wieviel wirksamer sie ihre Spuren verwischt hat als Sie.«

»Wie meinen Sie das?«

»Sie hat jede Form persönlicher Bindung vermieden. Das ist der Schlüssel, Simone: Isolierung. Sie dagegen haben eine Mutter, einen Exmann und einen Sohn. Und Sie stehen mit allen in Verbindung. Zu viele Beziehungen, um sie zu verbergen. Einfach zu viele.«

»Mein Untergang ist also, daß ich einen Sohn habe, an dem ich hänge?«

»In gewisser Weise, ja. Ohne ihn hätten Sie uns einen Schritt voraus bleiben können. Aber indem Sie heute wie üblich hergekommen sind, um ihn abzuholen...«

»... habe ich Schwierigkeiten förmlich heraufbeschworen.« Sie seufzte und schaute in Richtung Auto. »So ist das mit Kindern, Chris. Man kann sie nur schwer loslassen. Er hat sich auf den Ausflug heute so gefreut. Und wissen Sie was? Ich auch.« Sie blieben stehen, als widerstrebe es ihr weiterzugehen und den Punkt zu erreichen, an dem sie die Insassen des Autos deutlich sehen konnte: ihren Gesichtsausdruck, ihren Blick. »Ich dachte, durch die Dinge, die man mit einer Million Pfund kaufen kann, würde ich mich ein für allemal als Mutter bewähren.«

»Warum werden Ihre Fähigkeiten als Mutter denn bezweifelt?«

»Wegen eines Vorstrafenregisters, wenn Sie es unbedingt wissen wollen. Es gibt ein paar frühere Verurteilungen, die mir vor Gericht schaden könnten.«

»Verurteilungen weswegen?«

»Drogenhandel. Und ein oder zwei andere Dinge. Dies ist nicht das erste Mal, daß ich versucht habe, an eine Million zu kommen – und daß es mir mißlungen ist.«

»Das kann ich nicht ändern.«

»Das kann *niemand* ändern.«

»Wie lautet Ihre Antwort, Simone? Unsere Zeit ist fast um.«

»Meine Antwort?« Sie sah mich an, und ein zynisches, selbstironisches Lächeln spielte um ihren Mund. »Ach, ich glaube, Sie haben die ganze Zeit gewußt, wie die Antwort lauten würde, nicht, Chris? Bevor Sie überhaupt die Frage gestellt haben.«

21. Kapitel

UND SO KAM DER HANDEL zustande – ein Handel, den ich inzwischen Grund hatte zu bereuen. Dabei weiß ich bis heute nicht, wie ich die Karten, die ich damals in der Hand hielt, besser hätte ausspielen können. Damit die düsteren Geheimnisse der Vergangenheit nicht ans Licht der Öffentlichkeit gelangten, mußte ich dem Gericht elf Monate später bei Simone Grahams Mordprozeß Lügen auftischen. Simone selbst spielte ihre Rolle so gut, daß ich manchmal glaubte, ihre erfundene Begegnung als Teenager mit Considine hätte wirklich stattgefunden. Sie hatte natürlich den Vorteil, den Considine-Lanyon-Haushalt, wie er vor zwanzig Jahren gewesen sein mußte, mit verblüffender Genauigkeit beschreiben zu können. Ein Arsenal an harter Pornographie im Gartenschuppen der Wharfedale Road Nummer 17 und die Aussagen einiger Nachbarn bewirkten, daß niemand um das Opfer trauerte. Sie wurde wegen Mordes verurteilt und erhielt das obligatorische Lebenslänglich. Aber es gab so viele mildernde Umstände, daß ihr Verteidiger – der glaubte, es würde mich interessieren – mir mitteilte, sie werde wahrscheinlich nicht mehr als fünf oder sechs Jahre im Gefängnis zubringen.

Alice Graham erzählte mir vor und während der Verhandlung ziemlich viel über ihre Tochter – und darunter war auch die Antwort auf die Frage, die ich ihr in Weybridge gestellt hatte. Alice bereute am meisten, daß sie Simone nicht von Anfang an die Wahrheit über Edmund Tully gesagt hatte. Dann hätte Simone sich nie eine so romantische Vorstellung von ihm machen können. Zweifellos erklärte der fehlende Vater zumindest teilweise ihre wilde und rücksichtslose Natur. Die Ehe mit Ian Morrison und die Verantwortung als Mutter hatten ihren Hunger nach

Glamour und exzessivem Leben nur verstärkt. Als ihre Ehe gescheitert war und ihr unsteter Lebenswandel sie das Sorgerecht für ihren Sohn gekostet hatte, nahm sie die früheren kriminellen Kontakte zur Drogenszene von Brighton wieder auf und versuchte, auf illegale Weise schnell an Geld zu kommen. Aber in ihrem Fall hatte das Verbrechen sich nicht ausgezahlt.

Jedenfalls nicht, bis sie wegen Mordes im Gefängnis landete. Der Prozeß hatte von Tag zu Tag mehr Publicity gewonnen, und das Urteil löste eine Welle des Mitgefühls für eine Frau aus, die in den Medien als eine Art moderne Heldin dargestellt wurde. Sie hatte sich durch den sexuellen Mißbrauch in ihrer Jugend nicht unterkriegen und sich als Erwachsene nicht erpressen lassen, nur um dann vom Gesetz erneut zum Opfer gemacht zu werden. Was war es denn für ein Verbrechen, fragten die Leitartikelschreiber, sich endlich gegen den Mann zu wehren, der sie verfolgt hatte? Was war das für ein Land, wollten feministische Gruppen wissen, in dem ein solcher Akt überhaupt als Verbrechen galt? Im Parlament wurden Fragen gestellt, Geistliche zu diesem Thema im Fernsehen interviewt. Jeder hatte eine Meinung. Bis auf die, die die Wahrheit kannten. Wir schwiegen aus gutem Grund, während die Welt Simone Graham mit ihrem gewinnenden, fotogenen Lächeln zum Symbol sozialer Ungerechtigkeit hochstilisierte. Don Prideaux war so ungefähr der einzige Journalist im Land, der die Geschichte nicht ganz schluckte. Aber auch er konnte nicht herausfinden, was wirklich passiert war. Er hoffte weiter auf seinen Titelseitenknüller. Aber er hoffte vergeblich.

Als gegen Simones Urteil Berufung eingelegt wurde, war bereits eine umfangreiche Kampagne für ihren Freispruch im Gang. Doch die Richter ließen sich nicht umstimmen, und diejenigen, die sich der Sache verschrieben hatten, verlangten daraufhin eine Verkürzung der Haftstrafe. Zuerst schienen sie damit auf taube Ohren zu stoßen, aber ich zweifelte kaum daran, daß die Behörden am Ende nachgeben würden. Tatsächlich kam

Simone ein Jahr vor der optimistischen Schätzung ihres Anwalts auf freien Fuß. Innerhalb weniger Wochen hatte sie ihre Geschichte für eine nicht genannte Summe an eine Sonntagszeitung verkauft, aber sie bot mir keinen angemessenen Anteil daran an, obwohl ich doch bei der Erfindung ihrer fiktiven Vergangenheit eine kreative Rolle gespielt hatte. Sie schaffte es, mich fast ganz aus den Schlagzeilen zu verdrängen – wofür ich ihr sehr dankbar war.

Als ihr Name nicht mehr in den Zeitungen stand, dachte auch ich nicht mehr so oft an sie, aber ganz vergessen konnte ich sie nie. Nachdem sie frei und alles erreicht war, wofür ihre Fürsprecher sich eingesetzt hatten, interessierte sich kaum noch jemand für sie. Die Jahre vergingen, und ich hörte nichts mehr von ihr.

Während dieser Jahre beherrschte die echte Michaela meine Gedanken, anfangs völlig unerwartet und später ganz selbstverständlich. Es kostete mich viel Zeit und Mühe, sie aus ihrer Anonymität herauszulocken und wieder mit den Jagos und ihrer eigentlichen Identität zu vereinen. Ich dachte, mein hingebungsvoller Einsatz für diese Aufgabe entstamme meinen Schuldgefühlen, weil ich Nicky im Stich gelassen hatte, aber schließlich wurde mir klar, daß ich dabei war, mich in sie zu verlieben. Und ungefähr zur gleichen Zeit entdeckte ich erstaunt und höchst erfreut, daß auch *sie* sich in *mich* verliebte.

Ich blieb der einzige Mensch, dem sie je die Wahrheit über ihre Flucht aus Clacton als Siebzehnjährige und ihren anschließenden Triumph über eine Reihe von Schwierigkeiten, Nöten und Mißhelligkeiten erzählte, der sie schließlich zu Caroline Forbes machte, einer Innenarchitektin Mitte Dreißig, die einen ansehnlichen Ruf genoß und immer mehr Kunden unter der schicken und wohlhabenden Londoner Gesellschaft hatte. Das Wissen um das Geheimnis ihrer Vergangenheit schuf zwischen uns eine Bindung, die mit der Zeit stärker wurde. Es ergab sich einfach, daß wir zuerst Freunde, dann ein Liebespaar und schließlich Mann und Frau wurden. Und erst später fragten wir uns, wieso es so lange gedauert hatte.

Die Heirat mit Michaela schuf eine Barriere zwischen mir und meiner Familie, die ich mehr bedauert hätte, wenn ich Michaela weniger geliebt hätte. Pam hatte sich inzwischen von Trevor scheiden lassen und segelte glücklich mit dem Besitzer einer florierenden Schiffsbauwerft in Falmouth in eine zweite Ehe. Aber sie machte Michaela noch immer in gewisser Weise für ihren Bruch mit Trevor verantwortlich – was zweifellos auch so war – und konnte sich daher mit ihr als Schwägerin einfach nicht abfinden. Meine Mutter teilte Pams Ablehnung, obwohl ich glaube, daß wir sie hätten umstimmen können, wenn sie die Geburt ihres Enkels noch erlebt hätte. Was Trevor von der ganzen Sache hielt, habe ich nie herausgefunden. Er hielt sich in den folgenden Jahren weder lange in Teneriffa auf noch sonst irgendwo. Tabitha zufolge, dem einzigen Mitglied der Familie, das mir nicht den Rücken kehrte, ist er heute Manager eines Countryklubs in Kenia. Sie und Dominic waren kürzlich mit Trevors Enkeln bei ihm zu Besuch und kamen mit der nicht gerade überraschenden Neuigkeit zurück, daß das Klima sich nicht mit seinen Trinkgewohnheiten vereinbaren ließe. Tabitha schien sich Sorgen um ihn zu machen, wenn auch vielleicht zuwenig.

Ein Teil von mir hätte die Reaktion meines Vaters auf eine Lanyon als Schwiegertochter genossen, aber er starb, als wir unsere Beziehung noch geheimhielten. Er erlag einem schweren Schlaganfall während eines Golfspiels und hatte es nie über sich gebracht, mir dafür zu danken, daß ich ihm das an Considine gezahlte Geld zurückgebracht hatte. Wie sich aber herausstellte, hatte er seine Dankbarkeit dadurch geäußert, daß er mich doch noch in seinem Testament bedacht hatte. Das machte mich zu einem reichen Mann, und noch reicher wurde ich, als Pam kurz darauf Tredower House verkaufte und mir den Anteil am Hotel auszahlte, den Großmutter mir vermacht hatte. Ich bestand darauf, alles Michaela zu überschreiben, doch sie weigerte sich standhaft, auch nur einen Penny anzunehmen. Am Ende fiel ihre Weigerung allerdings nicht mehr ins Gewicht. Was mir gehörte und eigentlich ihr hätte gehören sollen, gehörte schließlich uns beiden. Und natürlich unserem Sohn. Er wurde im zweiten Jahr unserer Ehe geboren, ein paar Monate nach dem Tod meiner Mutter. Wir tauften ihn Nicholas Joshua und stellten bald fest, daß wir ihn Nicky nannten.

Kurz nach unserer Heirat erwarben wir ein altes Farmhaus oben auf dem abfallenden Hang der Chilterns in der Nähe von Nettlebed, und dort wohnen wir noch immer und führen ein glückliches und zufriedenes Familienleben – etwas, was keiner von uns beiden je erwartet hatte und was wir deswegen um so mehr genießen. Michaela gab ihre Arbeit als Innenarchitektin auf, als Nicky geboren wurde, aber ich habe die Firma für Autorestauration behalten und betreibe sie heute mehr als Hobby denn aus finanzieller Notwendigkeit. Die Farm verfügt über genügend geräumige Scheunen und Nebengebäude, um mich von der Einrichtung eines Museums für Oldtimer neben der Werkstatt träumen zu lassen, obwohl Gott allein weiß, warum ich den Frieden und die Ruhe, die ich hier genieße, mit Busladungen voll Besuchern teilen möchte. Das schien auch Miv so zu sehen, als sie uns neulich besuchte, um sich nach dem Wohlergehen ihres Exmannes zu erkundigen.

»Nachdem du all die Jahre immer wieder auf die Nase gefallen bist, mußtest du wohl am Ende auf den Füßen landen, Schatz. Hier hast du es geschafft. Eine reizende Frau, ein Sohn, eine schöne Umgebung. Wenn ich du wäre, würde ich nichts daran ändern.«

Aber Veränderung ist nicht immer freiwillig. Das Leben, das Michaela und ich führen, ist alles, was wir uns nur wünschen können. Doch ein Teil seiner Vollkommenheit besteht darin, daß wir um seine Zerbrechlichkeit wissen. Ich habe einen Handel mit Simone Graham abgeschlossen, aber ich konnte nie sicher sein, daß die Sache damit beendet wäre. Ich habe gehofft und gebetet, daß es so sei, gleichzeitig aber auch gewußt, daß dies nicht der Fall sein würde. Nicht auf Dauer. Und ich hatte recht, weshalb das, was gestern morgen geschah, mich nicht ganz unerwartet traf.

Wir haben in den Schweizer Alpen, in der Nähe von Montreux, ein kleines Chalet gemietet, wo wir im Winter Ski laufen und im Sommer über die Bergwiesen wandern. Nicky mußte wegen der Osterfeiertage nicht in die Schule, und wir hatten beschlossen, seine Ferien in der Schweiz zu verbringen. Das Wetter war schön, und ich wollte mit dem Stag über Frankreich fahren und unterwegs die alljährlich stattfindende Oldtimer-Ausstellung *Avant-Hier* in Reims besuchen, während Michaela und Nicky nach Genf fliegen und von dort aus mit dem Zug nach Montreux weiterreisen sollten. Ich war in der Werkstatt, um den Wagen für die lange Fahrt vorzubereiten, als das Telefon klingelte – und nicht mehr aufhörte zu läuten. Michaela war mit Nicky in Reading, um ihm neue Schuhe zu kaufen. Ich hatte das Haus für mich allein und keine große Lust, an den Apparat zu gehen, aber der Anrufer war hartnäckig, und schließlich gab ich nach.

»Hallo«, sagte ich, als ich den Hörer abgenommen hatte. Noch bevor der Anrufer sich meldete, wußte ich, wessen Stimme ich hören würde.

»Chris, ich bin sicher, Sie wissen, wer ich bin. Wir müssen uns treffen.«

»Warum?« fragte ich nach einer längeren, ergebnislosen Denkpause.

»Ich erkläre es Ihnen, wenn wir uns sehen.«

»Erklären Sie es mir jetzt.«

»Nein. Truro, morgen nachmittag, auf dem Friedhof, wo Ihr Großonkel begraben liegt. Wir treffen uns um vier Uhr an seinem Grab. Und kommen Sie allein.«

»Hören Sie, Simone, was immer Sie zu sagen haben, kann …«

»Seien Sie einfach dort. Oder Sie werden die Folgen zu tragen haben.« Dann war die Leitung tot.

Ich schaute in das Sonnenlicht, das durch die Tür der Werkstatt fiel und in dem Staubkörnchen tanzten. Ich hatte lange genug Zeit gehabt, mich darauf vorzubereiten, was passieren würde. Aber ich wußte noch immer nicht, wie ich darauf reagieren sollte.

Michaela sagte ich nichts von diesem Anruf. Ich war sicher, daß sie mich nicht allein gehen lassen würde, wenn sie es wüßte. Aber dies war ein Problem, das ich verursacht hatte, und ich wollte, daß sie und Nicky weit fort waren, wenn ich es zu lösen versuchte, ganz *und* endgültig. Simones Timing hatte dafür gesorgt, daß sie tatsächlich weit fort waren, und diese Chance wollte ich nicht ungenutzt lassen.

Früh am nächsten Morgen brachte ich Michaela und Nicky nach Heathrow zum Flughafen und ließ sie in dem Glauben, ich würde mich auf den Weg nach Dover machen, sobald ich sie abgesetzt hatte. Aber mein Ziel lag im Westen, nicht im Süden. Eine lange, schnelle Fahrt auf der wohlbekannten Straße durch Wessex brachte mich gegen Mittag nach Cornwall. Ich erreichte Truro am frühen Nachmittag, stieg für die Nacht im Tredower-House-Hotel ab und ging zu Fuß zum Friedhof. Bis zu meiner Verabredung hatte ich noch reichlich Zeit. Ich wußte noch immer nicht, was ich tun sollte. Aber bald schon würden sich Vergangenheit und Gegenwart zur Zukunft vereinen. Und dann würde ich es wissen.

MORGEN

An diesem Morgen wachte ich früh auf, als die Nacht noch kaum der Dämmerung gewichen war. Den Bruchteil einer Sekunde dachte ich, Michaela liege schlafend neben mir. Dann erinnerte ich mich wieder, wo ich mich befand – und warum. Plötzlich war ich hellwach.

Ich verließ Tredower House, als es allmählich heller wurde, Kaninchen auf dem Rasen grasten und ein Eichhörnchen auf dem Roßkastanienbaum von einem Ast zum nächsten sprang. Die Luft war kühl und frühlingshaft, die Stadt so ruhig und leer wie ein verwaistes Museum. Fast unbewußt schlug ich den Weg ein, den ich mit Onkel Joshua an jenem letzten Nachmittag seines Lebens vor fast fünfzig Jahren gegangen war, den Hügel hinunter und durch die Old Bridge Street zur Kathedrale, wo wir uns getrennt hatten.

Aber an diesem Morgen würde es keinen Abschied geben. Ich folgte seiner unsichtbaren, rasch ausschreitenden Gestalt durch die Cathedral Lane, über die Boscawen Street und dann in weitem Bogen die Lemon Street hinauf und dem in der Morgendämmerung kaum erkennbaren winkenden Finger des Lander-Denkmals entgegen.

Als ich mich dem Kamm des Hügels näherte, sah ich, daß ich nicht der einzige war, der sich so früh auf den Weg gemacht und diesen Weg eingeschlagen hatte. Auf der anderen Seite des Denkmals wurde eine Gestalt sichtbar, als ich näher kam. Unsere Blicke begegneten sich, und im Augenblick des gegenseitigen Erkennens fühlte ich mich ganz plötzlich ungeheuer erleichtert. Nicht nötig, bis heute nachmittag zu warten, dachte ich. Sie kann ihre Antwort sofort haben.

Gestern abend habe ich alles durchdacht. Ich habe mir Zeit genommen. Ich habe alle Verästelungen berücksichtigt. Ich habe in der hereinbrechenden Nacht so lange die Gewißheit in mir wachsen lassen, bis sie jenseits aller Zweifel stand. Jetzt alles ans Tageslicht zu zerren, sehr viel mehr auszugraben als einen längst verwesten Leichnam in Bishop's Wood, ist für Simone riskanter als für mich. Wir sind beide des Meineids schuldig, aber sie läuft Gefahr, ihre lebenslängliche Haftstrafe wegen Mordes doch noch absitzen zu müssen, während der Mord an Edmund Tully vom Gesetz nicht mehr geahndet werden kann. Ihr Vorteil – und ihr Ansporn – ist ihre Entschlossenheit, mich unterzukriegen. Doch alles, was kein totaler Sieg ist, wird für sie wie eine Niederlage sein. Sie will das Geld. Natürlich will sie das Geld. Aber noch mehr will sie die Lust, die es ihr bereitet, es mir wegzunehmen. Sie will gewinnen, wo Edmund Tully verloren hat.

Und ich werde sie gewinnen lassen, ja, das glaube ich wirklich. Aber das Geld gehörte mir nur auf dem Papier. Moralisch gesehen stand es Michaela zu. Und Onkel Joshua natürlich. Er hat es sich vor neunzig Jahren durch harte Arbeit in der Wildnis Alaskas verdient und ist in dem Bewußtsein gestorben, einem Erpresser auch nicht einen Penny davon abgegeben zu haben. Je älter ich werde, desto näher fühle ich mich ihm – und desto mehr widerstrebt es mir, ihn im Stich zu lassen.

Letzten Endes aber lag die Entscheidung nicht bei mir. Michaela gehörte das Geld, und sie sollte die Entscheidung treffen. Ich hatte sie im Chalet angerufen, nachdem Nicky ins Bett gegangen war, um ihr die Neuigkeit mitzuteilen. Zuerst war sie wütend auf mich, weil ich ihr nicht gleich davon erzählt hatte. Doch ihr Zorn verrauchte schnell. Sie wußte, wen ich hatte schützen wollen, und sie wußte auch, daß es nur einen einzigen Weg geben konnte.

»Was machen Sie denn hier?« fragt Simone, als wir uns am Sockel unter dem Denkmal gegenüberstehen. Sie scheint meine

Gegenwart beinahe übelzunehmen – als sei ich in ihren Besitz eingedrungen. »Können Sie nicht schlafen?«

»Ich kann nicht *warten*.«

»Dann warten Sie nicht länger. Akzeptieren Sie mein Angebot jetzt, und wir brauchen uns heute nachmittag nicht mehr zu treffen – oder überhaupt je wieder.«

»Wenn ich das nur glauben könnte.«

»Sie können.«

»Nein. Wenn ich diesmal bezahle, wird es ein zweites Mal geben und danach auch noch ein drittes Mal. Sie werden immer wieder kommen und mehr verlangen. Sie können nicht anders.«

Sie lächelte, als hätte ich ihr ein Kompliment gemacht. »Dieses Risiko müssen Sie einfach eingehen.«

»Ich fürchte, dazu bin ich nicht bereit. Sie haben recht. Wir brauchen uns heute nachmittag nicht mehr zu treffen. Oder überhaupt jemals wieder. Aber nur deshalb, weil ich mich von Ihnen nicht erpressen lasse. Weder jetzt noch in der Zukunft.«

»Was soll das heißen?«

»Das soll heißen, daß wir keinen Handel abschließen. Sie werden von mir keine halbe Million Pfund bekommen. Ich werde Ihnen nicht einmal das Kleingeld aus meiner Tasche geben.«

»Sie weigern sich?«

»Absolut und unwiderruflich.«

Sie starrt mich ungläubig an. »Das ist nicht Ihr Ernst.«

»O doch.«

»Ich kann Ihre gemütliche Welt zum Einsturz bringen. Haben Sie das vergessen?«

»Nein.«

»Dann *müssen* Sie akzeptieren.«

»Aber ich habe mich dafür entschieden, es nicht zu tun. Sehen Sie, ich glaube, daß Sie bluffen. Sie können mir schaden, das stimmt, aber nur, indem Sie gleichzeitig auch sich selbst schaden. Und Sie sind zu vernünftig, um das wegzuwerfen, was Sie besitzen.«

»Was besitze ich denn?«

»Die Freiheit. Zu einem bestimmten Preis.«

Sie kommt näher. Ihre Augen verengen sich. »Sie täuschen sich. Ich werde es durchziehen. Und ich werde Sie mit mir in die Tiefe reißen. Das ist es mir wert. Wegen des Geldes. Wegen der Spannung, ob ich damit durchkomme. Und wegen der Befriedigung, daß mein Vater beerdigt wird, wie es sich gehört.«

»Das werden Sie nie erreichen.«

»Nein? Trevor Rutherford könnte der Polizei zeigen, wo sie graben muß. Und ich schätze, man wird ihn dazu zwingen, wenn ich ausgesagt habe.«

»Das würde keinen Unterschied machen.« Ich halte inne und überlege noch einmal, ob ich ihr sagen soll, was ihre Mutter ihr verschwiegen hat. Dann beendigt das kalte, harte Glitzern ihrer Augen meine Überlegungen. »Edmund Tully war nicht Ihr Vater.«

»Was?«

»Es war bloß sein Name, den Ihre Mutter auf Ihre Geburtsurkunde geschrieben hat. Er war ihr Ehemann, doch Ihr Vater war er nur vor dem Gesetz. Das ist der Grund, weshalb er sie verließ, nachdem er aus dem Krieg zurückgekommen war. Sie erwartete ein Kind von einem anderen Mann.«

»Sie lügen.«

»Sie hat es mir selbst erzählt. Fragen Sie sie, wenn Sie mir nicht glauben.«

»Sie wissen, daß ich das nicht mehr kann.« Ganz kurz drückt ihr Gesicht eine Mischung aus Trauer und Haß aus. »Meine Mutter ist vor drei Monaten gestorben.«

»Ach ja?« frage ich, ehrlich überrascht. »Das tut mir leid. Ich hatte nichts davon gewußt.«

»Sie müssen davon gewußt haben.«

»Nein. Aber das erklärt natürlich, warum Sie bis jetzt gewartet haben. Ihre Mutter hat für Sie einen Meineid geschworen, genau wie ich. Aber ich bin Freiwild, Ihre Mutter dagegen…«

»Es erklärt, warum Sie glauben, mich belügen zu können.« Ihr Gesicht ist gerötet vor Wut, ihre Stimme zittert. *»Das ist alles.«*

»Ich lüge nicht, Simone. Ihre Mutter hat mir die Wahrheit gesagt, streng vertraulich. Und ich hätte diese Vertraulichkeit respektiert – wenn Sie sich an unsere Abmachung gehalten hätten. Doch das haben Sie nicht getan, also müssen Sie die Folgen tragen, wie unangenehm sie auch sein mögen.«

»Und wer soll mein wirklicher Vater gewesen sein?«

»Das weiß ich nicht. Ihre Mutter wollte es nicht verraten. Ein Urlauber? Ein Handelsvertreter? Ein Nachbar? Sie werden es nie erfahren. Sie hat das Geheimnis mit ins Grab genommen.«

Ich trete einen Schritt auf sie zu und spreche leiser. »Was *unser* Geheimnis betrifft, schlage ich vor, daß Sie das gleiche tun. Um Ihres Vaters willen.«

»Mistkerl«, murmelt sie. »Das ändert gar nichts.«

»Ich denke doch. Für Sie. Ich glaube, es durchtrennt eine Verbindung, die nie wirklich existiert hat.«

Sie starrt mich an. Für diese eine Enthüllung haßt sie mich mehr als für alles andere. »Ich werde es trotzdem durchziehen. Das verspreche ich Ihnen. Ich werde es tun – und sei es nur, um Sie zu ärgern.«

»Das bringt Sie nicht weit.«

»Weit genug, um Sie zu ruinieren.«

»Das glaube ich nicht. Ich werde alles leugnen.«

»Das werden Sie nicht können. Ich habe die Briefe noch.«

»Fein. Veröffentlichen Sie sie. Wecken Sie Zweifel an Michael Lanyons Schuld. Ich habe nichts dagegen. Werfen Sie soviel Schmutz, wie Sie mögen. An den Toten kann er nicht hängenbleiben. *Mein* Vater, *Ihre* Mutter, Sam Vigus, Miriam Tully: Sie können nichts mehr gestehen. Was mich betrifft, ich gehe das Risiko ein. Mein Wort wird gegen Ihres stehen. Ich frage mich, wem man mehr glauben wird. Einer geständigen Lügnerin, die das Geld genommen hat und weggelaufen ist? Oder einem – wie haben Sie mich noch genannt –, einem hingebungsvollen Familienvater. Der Tod Ihrer Mutter erhöht meine Chancen. Sie können Ihre Geschichte verkaufen und alle, die die Kampagne für Ihre Freilassung unterstützt haben, lächerlich machen. Sie können Michaela und mir das Leben schwermachen, aber nicht unmöglich. Das ist der Punkt. Was immer Sie tun, wir werden es durchstehen. Und wissen Sie, warum?«

»Sagen Sie es mir.«

»Weil Michaela echt ist.«

»Und ich nicht, nehme ich an.«

»Das haben Sie gesagt.«

»Und was ist damit?« Rasch fährt ihre Hand in die Manteltasche, und ich sehe plötzlich, daß sie eine Waffe in der Hand hält und direkt auf mich zielt. Flüchtig geht mir der Gedanke durch den Kopf, ob es wohl dieselbe Waffe ist, mit der sie mich so viele Jahre zuvor in Goonhilly bedroht hat. Sie sieht jedenfalls so aus. »Ist die echt genug für Sie, Chris?«

»Sie werden mich nicht erschießen, Simone.«

»Nein – wo das doch so eine tolle Story ergäbe?«

»Keiner würde Sie dafür bezahlen.«

»Nein. Aber man würde mir zuhören, nicht? Man würde mir glauben. Man würde mir glauben müssen, weil Sie nicht da wären, um mir zu widersprechen.«

»Sie werden es trotzdem nicht tun.«

»Warum nicht?«

»Weil Ihnen nicht so viel daran liegt, ob man Ihnen glaubt. Edmund Tullys Tochter könnte vielleicht daran liegen, aber Ihnen nicht.«

»Seien Sie nicht so sicher. Ich war einmal berühmt. Ich war eine Heldin. Und jetzt – was bin ich? Arm, einsam und in mittleren Jahren. Meine Mutter ist tot. Mein Sohn vernachlässigt mich. Keiner beachtet mich. Keiner kümmert sich darum, was ich tue oder denke. Nun, das gefällt mir nicht, Chris. Ich werde nicht gern ignoriert.« In den Falten ihres Gesichts und den trüber gewordenen Augen erkenne ich ihr geheimes, labiles Selbst, und plötzlich wird mir klar, daß Habgier möglicherweise nicht mehr als treibende Kraft hinter ihrem Handeln steht. »Hiermit würde ich von neuem berühmt.«

»Aber Sie wären keine Heldin mehr.«

»Na ja, die Rolle hat mir eigentlich nie wirklich gefallen.« Sie stützt die Waffe mit der anderen Hand ab, hebt sie mit gestrecktem Arm an und entsichert sie. »Das hier paßt besser zu mir. Wie der Vater, so die Tochter. Denken Sie noch immer, ich würde bluffen?«

»Es ist vorbei, Simone. Verstehen Sie das nicht? Es ist zu Ende.«

Sie nickt. »Für einen von uns.«

»Ich denke eher, für uns beide.« Ganz am Rande meines Blickfelds sehe ich in der Daniell Road einen Milchwagen langsam in unsere Richtung kommen. Ich spüre, wie die Stadt allmählich zum Leben erwacht. Morgen ist heute geworden. Und gestern. Alles drängt sich in eins zusammen. »Leben Sie wohl.« Ich drehe mich langsam um und gehe den Hügel hinunter, richte den Blick fest auf die Rathausuhr, die ich einst die Stunde von Michael Lanyons Hinrichtung schlagen hörte.

»Bleiben Sie stehen!« ruft Simone mir mit brüchiger Stimme nach.

Aber ich bleibe nicht stehen. Ich drehe mich nicht einmal um. Ich gehe mit zügigen Schritten, straffe die Schultern und fülle meine Lungen mit der klaren, frischen Luft so vieler Morgen, die ich vielleicht noch erleben werde.

Danksagung

Für Hilfe und Rat, die sie mir während der Planung und Niederschrift des vorliegenden Romans großzügig gewährten, danke ich folgenden Personen: Christopher Street, der Hintergrundinformationen über das Geschäft mit der Restaurierung klassischer Autos lieferte; Charles und Thelma North, deren Erinnerungen an Lebensmittel- und Textilhandel vor, während und nach dem Zweiten Weltkrieg sich als unschätzbar wertvoll erwiesen; und vor allem Malcolm McCarraher, der unermüdlich die juristischen Verästelungen der Handlung prüfte und einfallsreiche Lösungen für alle von ihm identifizierten Probleme beisteuerte.